剪刀小姐

爱情的偏差

MISS.JIANDAO

上

I U 唐欣恬 著

陕西新华出版传媒集团
三 秦 出 版 社

图书在版编目（CIP）数据

剪刀小姐的偏差爱情 / 唐欣恬著. —西安：三秦出版社，2018.2

ISBN 978-7-5518-1713-4

Ⅰ. ①剪… Ⅱ. ①唐… Ⅲ. ①长篇小说－中国－当代 Ⅳ. ①I247.5

中国版本图书馆CIP数据核字(2017)第329614号

剪刀小姐的偏差爱情

唐欣恬 著

出　　品　大周互娱
总 策 划　周　政
总 监 制　杨翔森　曾筱佳
编辑总监　冯　娟
责任编辑　王怡晨
特约编辑　李　安
封面设计　小　乔
版式设计　李映龙
封面绘制　潘　冉

出版发行　陕西新华出版传媒集团　三秦出版社
社　　址　西安市北大街147号
电　　话　（029）87205121
邮政编码　710003
印　　刷　长沙鸿发印务实业有限公司
开　　本　880mm×1230mm　1/32
印　　张　18
字　　数　563千字
版　　次　2018年2月第1版
　　　　　2018年2月第1次印刷
标准书号　ISBN 978-7-5518-1713-4
定　　价　69.80元（全二册）

网　　址　http://www.sqcbs.cn

剪刀小姐的偏差爱情

目录 CONTENTS

第1章 理智与情感 —— 001

第2章 孺子可教 —— 015

第3章 嫉妒 —— 031

第4章 晕血症 —— 044

第5章 新年快乐 —— 058

第6章 朋友 —— 073

第7章 Moonlight and You —— 088

第8章 桔梗花 —— 103

第9章 吻 —— 115

第10章 噩梦 —— 130

剪刀小姐的偏差爱情

目录

CONTENTS

第11章 约会
—— 143

第12章 抱抱你
—— 155

第13章 我们
—— 168

第14章 寸光阴
—— 181

第15章 出口
—— 195

第16章 怕
—— 210

第17章 不眠
—— 224

第18章 最高峰
—— 240

第19章 喜欢
—— 254

第20章 天堂
—— 267

MISS.JIANDAO

第1章

理智与情感

池仁在北京首都国际机场T3航站楼听到徐娅的名字时，他感情用事地断定，那就是他的徐娅，或者说，那就是在十六天前把他甩了的徐娅。他听到广播四平八稳地响起：乘客徐娅、××请速到11号登机口登机。乘客徐娅、××请速到11号登机口……

坐在贵宾室里的池仁把他的黑色行李袋往肩上一挎，拔腿就跑。

11号登机口。池仁一眼就锁定了徐娅，是她，鹤立鸡群的个子，梳着光溜溜的马尾，穿着一件红色的小羊皮夹克。而她就站在登机口，左顾右盼，对广播中的催促充耳不闻。池仁大步跨了过去："小娅。"

"池仁？"徐娅并不意外，她一向认为，人生何处不相逢。

但紧接着，她说："哈尼。"

池仁回过头，他身后的小个子男人势必就是徐娅口中的“哈尼”了。

“我们进去吧。”小个子男人越过池仁，搂住了徐娅的腰。

徐娅一偏头，丰唇对上小个子男人的耳朵：“你这拉肚子的毛病，真得找个中医好好调理一下。”

池仁没时间拐弯抹角：“小娅，他是谁？”

而接下来的广播代替徐娅回答了池仁的问题：乘客徐娅、××，请速到11号登机口登机。

池仁一通百通。这个小个子男人叫××，从刚刚开始，他的名字就排在徐娅的后面，和徐娅比翼双飞。而他叫什么并不重要，重要的是，他和徐娅的关系非同寻常。

徐娅上前，落落大方地拥抱了池仁：“我们改天再约。”

池仁却一把擒住了徐娅的手臂：“我们才分手十六天。”

换言之，你要不要这么快就另结新欢？

与此同时，坐在不远处的江百果估算了一下，她距那个身高一米八三的男人有两米四远，而那个男人对那个身高一米七六的女人一共说了三句话，她的“愤懑指数”就飙升到了八十八。呵，又一条拿得起放不下的可怜虫，和王约翰隶属同一个物种。

十六天，江百果和王约翰分手至今，也有十六天了。在江百果看来，他们是和平分手，但显然王约翰并不这么认为，因为他吞了安眠药，自杀了，不过未遂。

而当江百果站在朋友的立场，带着一箱苹果去慰问王约翰时，她万万没想到等待着她的是“众叛亲离”。甚至连她的朋友都说：“我们知道你无情，但不知道你这么无情。”

对于这样的指责，江百果不能认同。她爱过王约翰，甚至可以不用“过”这个字眼，至今，她仍对王约翰情有独钟。但她的漂泊，和他的按部就班；她的无肉不欢，和他的食素；她的不拘小节，和他的洁癖；甚至她岌岌可危的睡眠，和他的鼾声，注定了他们不可能走到最后。既然他们不可能走到最后，她便没有理由再继续下去。她不知道这有什么不对，难道说，不撞南墙不回头，甚至撞了南墙也不回头，才是对的？

难道人心是肉长的，头脑就形同虚设吗？

但不能认同，不代表江百果无动于衷。当下，王约翰仍半死不活，而她像没事人一样坐在这儿，该去哪儿去哪儿，该干吗干吗。她可以断定，这里头一定有什么不对，但是，是她不对吗？

北京首都国际机场T3航站楼，11号登机口。

江百果一米五八的个子，蹬着一双马丁靴盘腿坐在座位上，一只手握拳，另一只手从棉马甲的口袋里掏出一盒口香糖，啪的一声，打开盒盖，往嘴里倒了三颗。她一口嚼下去，别开了目光。

那小个子男人猛地推开了池仁："真是闻名不如见面，好一块狗皮膏药。"

"你知道我？"池仁问了句废话。

徐娅拦住小个子男人："好了。"

池仁却仍自顾自地追问："你知道我，小娅和你提过我？你们早就认识了？你们该不会早就……"

坐在不远处的江百果把口香糖嚼到第九下，又把目光拉了回来。她自言自语，接了池仁的话："早就勾搭上了。"

小个子男人假模假式地回忆着："你刚才说，你和徐娅分手多久了？"

"十六天。"池仁一板一眼。

"我和徐娅好了小半年了。"

池仁痛心疾首："小娅！"

徐娅要速战速决了，她和小个子男人统一了战线："你要骂我劈腿吗？我也不想啊，要不是你像块狗皮膏药一样怎么甩都甩不掉，我们早就井水不犯河水了，我还用得着劈腿吗？池仁，你好歹是个男人，你哪怕就当好男不跟女斗，饶了我行不行？就算我伤了你的心，你还可以有面子；就算你不要面子了，你也总得要脸啊。有句话是怎么说的来着？树活一张皮，人活一张脸啊！"

"还有句话是怎么说的来着？对，闻名不如见面。如果我没猜错的话，你就是那位'前女友'小姐了。"

这句话，是江百果说的。

不知道她是什么时候站到了池仁的身边的，甚至，她的小手钻进了他的臂弯，揪住了他的衣袖。

池仁穿了一件军绿色的夹克，而江百果穿了一件迷彩图案的棉马甲，二人搭配得天衣无缝。接着，江百果皱了皱眉头。她失误了，这个男人绝不止一米八三，他应该有一米八五以上，而两厘米的误差并不在她所能接受的范围之内。但眼下，相较于这个“惊人”的误差，她还有更重要的事要做，比如，解决这个叫徐娅的女人。

“你是？”徐娅终于露出了意外之色。她的“人生何处不相逢”，可不包括和江百果的相逢。

“你能有你的哈尼，他就不能有他的达令吗？”江百果绘声绘色，“我们……在一起有半年了。”

“半年？”徐娅居高临下。

“对，就是比小半年，再久那么一点点。”

“池仁，你开什么玩笑！”徐娅破了音。

池仁要开口，却被江百果钻进他臂弯的小手狠狠地掐了一下。隔着两层的衣物，她就掐了他一层薄薄的皮肉，痛得他开不了口。

“谁会拿这种事开玩笑？”江百果一偏头，一踮脚，亲吻了池仁的肩头，隔着两层的衣物，四毫米的纤维，不痛不痒，却也做到了演戏演全套，等打发了那一对狗男女，她也算功德无量。谁让相较于池仁这一条拿得起放不下的可怜虫，那一对狗男女的嚣张，更加入不了她的眼！

徐娅和小个子男人终于登机了。徐娅几乎是被两名地勤人员押解而去，她一直回看着，脖子都要断了。

终于，江百果后退一步：“不用谢。”

直到这时，池仁才得以打量江百果……这个小不点儿。马丁靴套在她的脚上，就像他小时候穿的黑色胶皮雨靴，一走起路来踢踢踏踏，仿佛随时会掉。她两条还不及他小臂健壮的小腿包在烟灰色的紧身牛仔裤里，平行叉开，与肩同宽，支撑着她看似硕大的身躯，但也仅限于“看似”了。池仁敢打赌，在她宽大的黑色毛衣和迷彩图案的棉马甲里，根本没有几两肉。池仁注意到，她左手握拳，像是攥着什么，至于攥着什么，就不知道了；她的脸不及他的巴掌大，白到没有血色，但照她刚刚的“拔刀相助”，又不像是羸弱之人；她浓眉大眼，顶着一头乌黑的短发，用一个词来形容就是，英气，对，英气十足。

江百果扬了一下嘴角，暗暗对池仁嗤之以鼻。这个男人，不看不知道，细细一看，他和他的感情用事还真是“表里如一”。他蓄着和她大同小异的短发，这发型于她是英气十足，于他，也太娘娘腔了，一不打理，刘海儿便垂下来，连眉毛都遮住了。他细皮嫩肉，唇边的青色大概要在六小时之后才能泛滥，举手投足之间就像被设置了程序的机器人。江百果敢打赌，他的座右铭一定是“天道酬勤”“好人有好报”，诸如此类。他身上的香水味，是女人的芳香，但他又不像是会拈花惹草之人，尤其是在他和那个女人分手仅仅十六天的今天。那么……那么他身上为什么会有女人的芳香？江百果甩了一下头：总之，可惜了他的健壮身材和好看的单眼皮，可惜了。

江百果扭头就走，橙红色的腰包在臀上一颠一颠的。

池仁追上去，他的一步顶她的两步：“我为什么要谢你？”

江百果没有停下脚步：“我就知道。”

“你知道什么？”

“我就知道，你有百分之七十的可能会狗咬吕洞宾。”

池仁越过江百果，面对着她，一步步倒退着走：“你骂我？”

“我是说，有百分之七十的可能。”

“那么另外百分之三十？”

江百果对答如流：“那个女人千错万错，但有一句话是对的。树活一张皮，人活一张脸。我们人是高等动物，所以，除了情感和欲望，我们还有理智和头脑。假如你不要脸就能挽回她的假仁假义，我支持你；但假如不能，假如你的感情用事不能解决你们之间的问题，不能为你们带来出路，甚至会让你们连朋友都做不了，请问，你的不要脸又是何苦来哉？假如你认同我以上的言论，你就要谢谢我，毕竟，我尽了我的绵薄之力，让你保住了你的脸，让你不至于一无所有。这，就是另外百分之三十。”

眼看池仁就要背对着撞上一排手推车，江百果却装没看见。

池仁撞上去，痛得叫了一声，掉了队，再追上去：“你千错万错，但也有一句话是对的。我们人，是高等动物。”

“但是？”

“但是，那是因为我们除了欲望，除了理智和头脑，更有情感，而这才是我们和禽兽之间的分别。”

江百果停下了脚步："你骂我是禽兽？"

"飞禽走兽。"

江百果有点闷闷不乐。托王约翰的福，她被扣上了一顶"无情"的帽子，这又平白无故冒出来一个池仁，把她归类为禽兽，不，也算不上平白无故，是她自己没事找事，惹火烧身。就这样，她一个脑热，推了池仁一把。她自以为她干枯的手臂孔武有力，但池仁纹丝未动。

不但纹丝未动，他还倾向了她："你叫什么名字？"

"不关你的事。"

"我叫池仁。"

"我知道，吃人，可你更像是被人吃的盘中餐。"

"这位'不关你的事'小姐，谢谢你。虽然我不能认同你的言论，虽然你是好心做了坏事，但我还是要谢谢你的好心。"

"我说了，不用谢。"江百果冷着脸。

这时，池仁眯了眯眼睛，一对好看的眼睛像是会让人无所遁形。江百果以为她的脸上沾了什么，抬手摸了摸，却什么都没有。

"你怕疼吗？"池仁没头没脑地问了这样一个问题，并把他甩在身后的挎包拉到了身侧，拉开了其中一条拉链，在里面找着什么。

"那要取决于'疼痛指数'。"江百果习惯用数字说话，"你知道人的疼痛程度可以分为十级吗？骨折是四级，男人被攻击下半身是六级，而女人的自然分娩接近于十级。"

"那要是拔一根眉毛呢？"池仁张开右手手掌，他从挎包里找到的，是一把银色的镊子。

江百果思考着："接近于……零级。"

"那就好。"池仁一边说，一边把左手伸向了江百果的耳侧，随即将掌心扣在她的脑后，令她动弹不得。不等她反抗，他把右手也伸向了她，或者说，是把他右手中那一把银色的镊子伸向了她。他以迅雷不及掩耳之势，拔下了她左眉眉梢的一根眉毛。最后，他把"凶器"塞回挎包，拉上拉链，像是什么事也没有发生。

"浑蛋！"江百果火冒三丈。

池仁心平气和，仍盯紧了江百果，两颗黑眼珠在单眼皮下颤巍巍地跳跃："你的眉毛很好看，就多了那碍眼的一根，现在好了，现在真的很好看，无可挑剔。不用谢，我们扯平了。”

这一次，换池仁扭头就走。

而江百果百思不得其解，那像是什么事也没有发生的一幕，更像是瞬息万变；那接近于无的疼痛感，像一双昆虫的翅膀拂过她的皮肤，更像是血管中的血液在蠢蠢欲动，像是外在的，更像是自发的。

这一次，换江百果追了上去。

池仁大踏步，江百果就要一路小跑：“喂，你是做什么的？”是什么男人会随身携带一把镊子，会对女人的眉眼品头论足？到底是什么男人，会胆大，却又心细地为女人描眉画眼？

池仁放慢了脚步，这小不点儿，跑了几步便气喘吁吁。

“造型师？”江百果认为这有百分之七十的概率。

但池仁百分之百地否定了她：“秘书。”

江百果停下了脚步。她引以为傲的推断，在这个男人身上一一失灵，先是他的身高让她在阴沟里翻了船，后来，他该走的时候不走，该留的时候又扬长而去，而他还是一名……一名秘书？而这又合情合理。他有一副好皮囊，他细致入微，他百折不挠，他或许还有三分的头脑、三分的身手，那么，他至少会是一名“及格”的秘书。

他的老板一定是女性，用香水味掩盖一身的铜臭，并对他描眉画眼的技艺赞不绝口。江百果双手环胸：不会错的，他是一名女老板的男秘书，这回，一定不会错的。

当江百果在池仁的余光中慢慢离开时，池仁没有停下脚步，因为他没有停下脚步的理由。他仅仅是回了头，抬手，向她道别。

就这样，江百果也抬了手，一，二，三，挥动了三下，如同为他和她的邂逅画下了一个三角形的句号，牢不可破。

接着，江百果垂下双臂，缓缓放开了她一直紧握的左拳，而在她冰凉的掌心里，赫然也是一把镊子。

翌日。

池仁在泰国普吉岛被电话叫醒时，是中午十一点半了。他在前一天的午夜两点抵达普吉岛，入住了位于卡塔海滩的一家名为卡塔塔尼的五星级度假村。电话是他的老板何一雯打来的。江百果最后的结论准确无误：他是一名女老板的男秘书。

池仁上一秒还在梦里金戈铁马，这一秒接通何一雯的电话便井井有条："何总，我真的随时可以改签。"

"别别别，千万别改签，你不就走个五天吗？没有你，我死不了。"何一雯声如洪钟，"我这儿没事儿，就是打个电话关心关心你。怎么样？难得度假，是如鱼得水，还是闲得发慌？"

池仁赤裸着上身下了床，唰地拉开窗帘："还好。"

"还好就好。"何一雯那厢像是忙得团团转，"那我们周二见。"

池仁挂断了电话，整个身子一分为二，一半浸在冷气里，一半沐浴在阳光下，令他有些说不出来的难过。泰国普吉岛，这也是一片眼看就要被中国人"占领"的海滩，而池仁还是第一次来。或者不要说泰国普吉岛了，就连山东的青岛、厦门的鼓浪屿和海南的三亚，他也还一概没有去过。

打开挎包，池仁从里面拎出来一条蓝绿格子的沙滩裤。这是何一雯送他的，原是何一雯买给她丈夫的，但至今没有派上用场，她说她量他除了衬衫和西裤没有度假的行头，便送他了。

池仁扯下标签，穿上它，倒在了露台的躺椅上。

这便是度假了。

他从二十二岁开始成为一名秘书，至今八年。当然，那时候他还不是何一雯的秘书。那时候，他还是新上场的斗鸡，知道他要的是什么，却不知道如何要。他在六年间换了四任老板，而何一雯是他的第五任，至今，也两年有余。而如今，他在这个圈子里炙手可热。在那些人的口口相传中，他不是秘书，而是明枪，是暗箭，好像没有他解决不了的问题，也没有他扮演不了的角色，他随传随到，不卑不亢。

就这样，何一雯主动给池仁放了假，为他安排了泰国普吉岛五天四夜的行程。何一雯知道，她的小恩小惠，池仁会记在心上，除了不卑不亢，她还要他不离不弃。

池仁轻笑一声。何一雯这个人，聪明一时，糊涂一时。她糊涂在他的去留哪里是她能左右的，但她又聪明在，她猜对了，难得度假，他这会儿还真是闲得发慌了。池仁看了看表，现在还不到十二点。

没来由地，池仁偏了一下头，不过扑了个空。那个小不点儿……她成年了吗？一定有，照她的"老奸巨猾"，她一定不是个孩子了，但偏偏长了一副未成年的身板，她走在他旁边，他要是不偏头，都看不到她。

到底，他不知道她的名字。

六个小时前。

江百果被铃声叫醒时，是这一天的早上五点半，而她，也在泰国普吉岛。

江百果和池仁乘坐同一班航班，在前一天的午夜两点抵达泰国普吉岛，之后，她入住了位于卡塔海滩的一家青年旅馆。江百果的电话不是谁打来的，而是她设置的闹钟。接着，她在洗脸的时候，不可避免地照了照镜子。她抬手，向上推了推她的左眉眉梢，那里少了一根眉毛，就少了那么一根眉毛，看起来却大不一样了。

江百果知道池仁也在这里。

她知道他和她乘坐了同一班航班，以及他坐在商务舱。她知道他先于她十米步入了泰国普吉岛闷热的夜色中。他人高马大，而她无孔不入，那么，他在明，她在暗，她知道他有百分之九十九的可能不知道她也在这里。但敌在明，我在暗的坏处便在于，在七个小时的旅程中，她一直把玩着她从不离身的镊子，而她都不知道她为什么会不安。

六点二十分，江百果拎着她的手提箱，抵达了一家名为卡塔塔尼的五星级度假村。当然，她不知道池仁也在这里。在前一天的午夜，她目送他坐上了一辆银灰色轿车，消失在了夜色中，她以为她和他终于分道扬镳。但即便她知道他也在这里，她该来也还是要来。

江百果是一名发型师，她不是来度假的，她是来工作的。

早上七点，江百果用一只黑色发夹将她的短发通通向后拢去，就势扣上一顶棕色草帽，戴上了白色口罩。她娴熟地翻开她的银灰色手提箱，将层叠式工具箱一一铺陈开来，站到了新娘的身后。

这一对新人也算是混得不差了，在这儿喜结连理，亲朋好友不说，就说十几名工作人员的食宿也不是个小数目了，虽然，他们安排她住在了青年旅馆。

江百果将五指探入了新娘一脑袋的黄毛中，而新娘从镜子里上上下下地打量江百果，从脸，到胸脯，甚至到胯下。

“女的。”江百果不问自答。

这情形，江百果习以为常。

新娘当即变脸：“我以为我请的是首席。”

“你说你要最好的。”江百果的嗓音穿过口罩，稍显沉闷。

“对，你们告诉最好的就叫首席。”

“我就是。”

面对江百果手中的剪刀，新娘几乎要跌下椅子：“你就是什么？”

“首席，也就是最好的。”江百果话音未落，新娘的一缕黄毛便落了地。

中午十二点，池仁顶着烈日，奄奄一息地到了度假村中的一家餐馆，要了一份牛肉三明治套餐和一个青芒果果盘。他是偌大的棚式餐馆中唯一的一名食客，至于其他来自五湖四海的人，无一不是在沙滩上用餐，毕竟，他们千里迢迢地来了，为的就是这烈日，和碧海蓝天。

池仁坐到风扇下，打开了笔记本电脑。三号廊桥的项目，何一雯说了，她要万无一失，而他当然会万无一失。

就是这鬼天气，像是要把人榨干似的。池仁在把满满一杯冰水一饮而尽，要再来一杯时，服务生却没有了人影儿。那一男一女、一黑一白的两名服务生扔下了他，跑去了海滩。

在来用餐的途中，池仁有看到海滩的泳池畔正在举行一场盛大的婚礼。当时，是伴郎在致辞，说的是一些陈词滥调，诸如好兄弟做出了这样那样的改变，是因为他遇上了一个女人，而在这个女人的身上，有着这样那样的魔力……当时，池仁会心一笑。

爱情，是多么美好。

口干舌燥的池仁合上了笔记本电脑，留下了包括小费在内的一千五百泰铢，结束了午餐。

而江百果在看到池仁向她走来时，吓了一跳。

那会儿，新郎都在亲吻新娘了，这一场盛大的婚礼眼看就要落下帷幕了，她眼看就要功成身退了……她盘腿坐在一把太阳伞下，“哧溜哧溜”地嘬着一杯冰凉的西柚汁，心满意足。

“心满意足”是江百果的常态。她爱她的工作，这份在别人看来变幻莫测的工作，对她来说，是手到擒来。当她的同僚们把这份工作和艺术混为一谈时，她始终与数字为伍。她甚至可以根据眉间距和人中的长度计算出染色剂的色号，以及发卷的个数，而这她几乎不会失手。

至于工作之余，江百果有过不在少数的恋人，而她从他们身上得到了多少的快乐，并不会在结束之际换来多少的悲伤。每一次，她都知道问题的所在，她比他们任何一个人都知道什么是对的，什么是死路一条，所以，她从他们身上得到了多少的快乐，那就是全部了。

江百果不知道为什么会有人因为感情而伤心欲绝，因为在她看来，人是受头脑的支配的，包括人心。

但这一次，一向游刃有余的江百果看到池仁向她走来时，还真是吓了一跳。

她猛地咽下一口西柚汁，冰凉的汁液像是从食管生生地砸在了她的心上。也罢，放马过来，今天她倒要看看，到底是她无情，还是他们看不穿；到底是她禽兽，还是他们可怜兮兮……

只可惜，池仁走向的……并不是她。

“小馨？”他走向的，是新娘。

江百果一泄气，从躺椅上滑了下去。随即，她扒着躺椅，探出头来。池仁的一颦一笑，她并不陌生，在北京首都国际机场T3航站楼的11号登机口，当他面对徐娅时，他也是这个德行。

江百果气结：又来？

就这样，江百果又“救”了池仁一次。她想，她迟早是要出手的，那拖拖拉拉还不如当机立断。

当时，池仁在对新娘说：“你今天……真漂亮。”

江百果从池仁的后方一把握住了他的手臂，带走了他。她对他窃窃私语：“是我拯救了她的鸡窝，她当然漂亮，何止漂亮，根本是重新做人。”

“你？”池仁还算临危不乱。

这一次，江百果自报家门：“江百果。”

棕榈树下，池仁往里退了退，分了她半树树荫。他打量她，白色T恤和黑色短裤十有八九是工作人员统一的制服，他有看到扛着摄像机的家伙们也是这番穿戴。而她说是她拯救了小馨的“鸡窝”，那么，她是发型师了？

他又低头看了看她的双手，白底青筋，骨节分明，指甲像是新剪的，光秃秃的，再往下，她黑色短裤下的小腿，一样是青筋毕露……

江百果习惯了这样的打量，她营养不良的外表一直是她职业上的绊脚石。人们习惯了以貌取人，像是只有五大三粗，才会拔山盖世；像是只有戴一副眼镜，才满腹经纶；像是只有弱不禁风，才会禁受不了背叛；像是只有独树一帜的男性，才能做最好的发型师。

有几个小孩子从泳池里钻了出来，拥向池仁和江百果。池仁护了江百果一把，却让手里的电脑湿了半边。江百果不领情："你这个人还真是不分轻重缓急。我又不是泥做的，不会沾点水就化掉。"

池仁用他polo衫的下摆包住了电脑："什么叫轻重缓急？难道人不是最重要的？"

江百果席地而坐："我们就像是两个世界的人，鸡同鸭讲。"

她抬头，打量他。他穿着蓝绿格子的沙滩裤，人字拖上印有度假村的logo，这还都说得过去，但他上身的一件白色polo衫，就精致得和沙滩格格不入了。他的头发仍蓬松松的，随着热浪摆动。墨镜遮住了他的单眼皮，反倒映出了她蜷缩成一团的身影。

"你也是来工作的？"江百果的目光落在池仁的电脑上。

池仁也坐了下来："我没有工作之余。"

"也对，秘书。"江百果认同地点点头，话锋一转，"她是你什么人？"

这个她，自然是指新娘。

池仁没说话。

但答案，是明摆着的。

江百果背靠棕榈树，伸直了腿："我能打个比方吗？假如说，那个叫小娅的是你的……这道伤口，那这个小馨，又算你的什么？"

江百果口中的"这道伤口"，是指池仁下巴上的一个口子。她有百分之百的把握，那三毫米的血色，是他在剃须的时候留下的。

池仁摸了摸下巴，接着拉高了他挨着江百果这一侧的衣袖，露出了大臂上的一道伤疤："那小馨，姑且算这个。"

江百果几乎是敷衍地扫了一眼："这么严重？"

池仁也伸直了腿："我们在分手的时候约好了，如果五年之后我们都没有找到对的人，就再给自己和对方一次机会。"

江百果失笑："我以为这种鬼话仅限于电影的台词。那今年……是第几年了？"

"快两年了。"

"还不到两年？不，应该说，还不到一天，你就偶遇了你的两位前女友。池仁，你到底有多少个前女友？遍布五湖四海？"江百果又百思不得其解了，"你到底是长情，还是多情？"

池仁轻笑："你这是在问我……我身上到底有多少处伤口吗？"

"你的意思是，你的每一段感情都刻骨铭心？"

"那你的意思又是什么？你经历的每一段感情，对你而言，又代表着什么？"

江百果伸出了双手："指甲。它们在新长出来的时候，我也会开心。但一旦长长了，碍事了，是我的负担了，我就会把它们剪掉，过去的，就让它过去。"

池仁偏过头来："江小姐，你说对了一句话。"

"哪一句？"

"我们的确是两个世界的人。"

这时，池仁和江百果谁也没有看到有人"入侵"了他们的领地，但的确有这么一个男人："百果？"

江百果仰头："这么巧？"

男人打趣："Come on！你不会把我的名字忘了吧？我好歹也是你的初恋。"

"赵宾斌。"

男人不依不饶："哪一个宾字在前？"

江百果站直身，拍拍屁股："我有百分之五十的机会答对，要我碰碰运气吗？"

男人无可奈何地摇摇头："你真是一点都没变。"

池仁仍席地而坐，目光无论如何都不能从江百果的小腿上移开。那样的青筋毕露，发生在她这样一个小不点儿的身上，又在这样近的距离之下，令人触目惊心。江百果一低头，池仁如同被抓了个正着。

跟着，他也站直了身。

"不给我们介绍一下吗？"那男人说。

江百果斩钉截铁："没这个必要。"

池仁一侧身，用自己的身体隔开了江百果和那男人，对她低语道："看来，你剪掉的'指甲'也不在少数。"说完，他对那男人微笑着点点头，不疾不徐地走开了。

江百果没有目送池仁。倒是那男人，把池仁从头看到了脚："他在追你？"

"我可不想和那种人扯上关系。"江百果一挑眉，"他也没有在追我。"

"那种人是哪种人？"

江百果搜肠刮肚："不能……招惹的人。"

MISS.JIANDAO

第2章

孺子可教

池仁和江百果的第三次见面，是在两个小时之后。

他们似乎都知道他们一定会再见面，但谁也不知道会以这样的方式。

当时，池仁穿着他的蓝绿格子沙滩裤，戴着一副黑色泳镜，整个人沉在海水里，思绪都杂乱无章了。而江百果像一条鱼似的游到了他的身下。他们四目相对。他看到了她，她戴着一副白色泳镜，穿着白色的连身泳衣，肩带遮住了整个肩膀，也露出了整片瘦骨嶙峋的后背。她也看到了他，但他眯着他的眼睛，以至于她判断不出他是死是活。

就这样，江百果一鼓作气，将池仁扛出了海面。

池仁爆发了剧烈的咳嗽。

江百果把泳镜推上额头，伸手拍打池仁的后背。他比她想象中的健硕，那么，她这一伸手，她和他的距离也就比她以为的亲密。

“你会游泳。”江百果这一句是陈述句。

咳嗽令池仁说不出话来，他脸孔发青，嘴唇发白。

“所以，你是要自杀？”江百果这一句，像是疑问句，也像是陈述句。

在每一个浪头中，江百果不能和大自然抗衡，便像是对池仁投怀送抱。她低低地骂了一声，便推开他，没入海面，又变回了一条鱼，要扬长而去。自杀？又一个为“爱情”自杀的男人？正是他们亲手把他们歌颂的“爱情”造就成了一个刽子手，最后，还要把屎盆子扣在对方的头上，怪对方无情。

而池仁一把抓住了江百果的脚踝。

江百果蹬了几下，徒劳无功，呛了两口水，不得不掉头回来，双手攀上了池仁的肩头。

她要破口大骂，但他抢了先：“救我。”

救我。

就这两个字，令江百果不得不冷静下来。

而就连池仁自己也没有想到，有一天，他会求一个小不点儿救命。毕竟，即便是在他跃入这碧海之际，他也没有想到，接下来他会和“自杀”两个字挂上钩。

他不想自杀，至少在一开始，他是不想的。

他有着出类拔萃的水性，当时，他像鲨鱼一样无所畏惧，又闭上眼睛，像海藻一样随波逐流。他甚至还在问自己那个无聊的问题：这就是度假了吗？这海浪的声音，他并不陌生，在他六岁时，母亲就送了他手掌大的海螺，每当他把耳朵贴上去，他就能捕捉到这样的声音，又何须跋山涉水？

后来，他把脸孔埋进海水里，张开了眼睛。在这个除了他，没有第二条生命的空间里，他又问了自己另一个问题：十四年过去了，他还能做到吗？

十四年过去了，他还能找到那个孩子吗？

至今，他还差得远呢，他还能做到那件事吗？或许，他根本做不到那件他必须做到的事，根本……做不到。

就这样，池仁和自己打了一个赌。他抬头，深吸了一口气，接着，又埋下头去。他说：只要他能闭气两分钟，他将不再动摇，他将对自己的选择深信不疑，只要闭气两分钟，只要一百二十秒。

江百果是在池仁数到第一百一十五下的时候把他打出海面的。

当时，池仁真的要坚持不下去了。在他杂乱无章的思绪中，有一股力量异军突起。那一股力量对他说，假如他真的坚持不下去了，假如他这十四年来存在的意义变得毫无意义，那么，就从这里半途而废也未尝不是一种解脱，就从这里，放弃他一文不值的生命。

但猛地，江百果把他打出了海面。

“先上岸再说。”她命令他道。

接着，是江百果先出发的，但是，最后是池仁先上的岸。他在海水及腰深的地方站直身，蹚着水花，势不可挡，而江百果的双脚连地都够不着。她全力以赴，又划了两下水，而她除了蹚着水花，还趔趄了一下，搅起了一大片的泥沙。

江百果上了岸，两条腿因为肌肉的紧张而瑟瑟发抖。她越过池仁：“你这样都可以做救生员了，还用别人救？”

“我不想再这么下去了。”池仁没有追上去，而是长臂一伸，一把把江百果拽了回来。

江百果又暗暗地骂了一句。她和他在力量上的悬殊，是她无能为力的。或许有一天，他们会成为朋友，成为敌人，或者继续做着萍水相逢的陌生人，或许也有一天，他们会成为恋人，但无论如何，她对他而言，将永远是个“弱小”。

她心浮气躁：“你不用说你不想怎样，你直接说你想怎样。”

“教我。”

“教你什么？游泳吗？”江百果讽刺道。

池仁指了指太阳穴：“教我用这里，教我什么是你所谓的理智和头脑。”

江百果一怔：他是来真的？他的铿锵之语，他那像是会膨胀的身躯，像是定格了一样的单眼皮，无一不代表他是来真的，他不是说说就算。无论他受过怎样的苦难，将来又会不会有所改变，至少此时此刻，他在向往她的生存方式。

然而，就在池仁毫不犹豫的此时此刻，江百果犹豫了：这十四年来，让她百毒不侵的生存方式究竟……是不是对的？

两个小时前，池仁一个人走开，给了江百果和赵宾斌一个二人世界。

漫步在泰国普吉岛的卡塔海滩，赵宾斌对他和江百果的往事如数家珍，有开心的，也有不开心的。江百果一直在寻找一个附和的切入点，但对于赵宾斌所描述的诸如某一场倾盆大雨，某一个大排长龙的路边摊，某一条奄奄一息的流浪狗，某一首歌，某一件衬衫，她却怎么想都想不起来。

末了，赵宾斌举了白旗："百果，你真的有爱过我吗？"

"当然，你是我的初恋。"

赵宾斌发自肺腑地说："百果，我知道有一句话叫动什么，也别动感情。但我要送你另外一句话，不动感情，和不会动感情，是两码事。"

说完，赵宾斌摆摆手，头也不回地离开了。这一趟，他是带着妻儿来度假的。他结婚了，妻子是他的大学同学，儿子三岁了。他没有对江百果念念不忘，但值得珍藏的旧时光，他也有好好珍藏。

目送赵宾斌离开，江百果再也坚持不住了，王约翰的自杀，池仁的坚定不移，赵宾斌的一语中的……难道，当她对他们不屑一顾时，她才是那个异类？她才是那个混在人类这种高等动物中的可怜虫？不会动感情？不会爱？难道，她之所以歌颂她的大脑，是因为她除了它，一无所有？

难道，她没有心吗？

赵宾斌说得对，不动感情，和不会动感情，是两码事。

但眼下，池仁却在对她说："教我。"

泰国普吉岛下午三点的日光，刹那间就蒸发了池仁和江百果皮肤上的水分。这温度不冷不热，这空气又咸又甜，以至于江百果在这样剑拔弩张的气氛之中，竟有些昏昏欲睡。

"你需要考虑？"池仁打断了她。

"不，我不需要考虑。"江百果像是打了个盹，又变得神清气爽。

“要拒绝我吗？”

“不，我答应，我答应你。”江百果的双手垂在两侧，手指摩挲着大腿，腿上沾着的白色沙砾硌得她隐隐作痛，告诉她眼下所发生的事是真真切切的。

而她君子一言，驷马难追。

三周后，也就是整整二十一天后，江百果仍没有等到池仁的电话。

她是先于他离开的泰国普吉岛，离开时，她把她的号码万无一失地留给了他。她在数字上从来不会失手，那么，造就这种局面的唯一一种可能就是，他并没有打给她。

二十四岁的江百果有着十四岁的身板，和三十四岁的老到，而她通常会被定义为面嫩，而并非少年老成。尤其是她在北京的三里屯商圈拥有一家占地四百平方米的发型沙龙，这似乎并不是区区少年老成就能做到的。

在这家名为“无误”的发型沙龙里，除了江百果，稳坐第二把交椅的是一个叫张什的男人。张什三十六岁，和江百果一个属相，八年前，江百果是他的徒弟，而八年后，他要看江百果的眼色行事。

“想什么呢？”在休息室里，张什用他的脚踢了下江百果的椅子。

江百果稳住手里的饭盒：“我手机号多少？”

张什摸不着头脑，但还是很溜地背了一遍。

江百果自言自语：“没错。”

张什站直身，从江百果手里拿下她吃剩下一大半的饭盒：“在等电话？”

说到身形，张什比池仁是有过之而无不及，甚至可以称得上是彪形大汉。这也是他和江百果的一个共同点——论外表，她和他都不像个发型师，一个像手无缚鸡之力的书生，一个像单刀赴会的豪杰。江百果从裤兜里摸出了她的镊子，攥在手里：“有个人在二十天前就该给我打电话了，二十天前，这不是个小数目。”

“不会是你手机坏了吧？”

“不会吧。”江百果又摸出了手机。

张什把江百果的动作一一看在眼里。

“都过了二十天了，你再等下去也不会有结果。果子，偶尔情不自禁一次，你不会掉块肉的。”张什转身去扔饭盒。

而江百果一转念：“老张，你会背我手机号？”

张什回头看了一眼江百果攥着镊子的手，答非所问：“我说你这臭毛病还能不能改？”

张什去扔饭盒了，力道有些大，汤汤水水洒了一地。他会背江百果的手机号？就他那个撂爪就忘的脑子，却会背江百果的手机号？这的确不是什么好兆头。

江百果目送张什脑后三厘米长的小辫儿一颤一颤地晃出了休息室，不得不先把池仁抛到了脑后。

八年了，她和张什认识八年了。八年前，当十六岁的她被她的第三个师父骂得狗血淋头时，是张什接手了她，而当时，他们都不知道，他会是她的最后一个师父，至今。

其间，江百果在接着被张什骂得狗血淋头，皮肉之苦更不在话下，尤其是她左肩肩头的烫伤，那可是一辈子的疤。

但江百果知道，没有张什的严苛，不会有她的今天。

一年前，江百果离开了她和张什效力的老东家，创立了无误沙龙。张什二话不说，和江百果共进退。但当江百果回绝了他，还是毫无转圜余地地回绝了他的入股提议时，他掀了桌子，又离开了江百果。但就在十一个月前，也就是说，张什仅仅离开了一个月，便又回来了。他和江百果斤斤计较地谈了薪水，留在了她的旗下。

在这八年中，张什有数不胜数的女伴、三任恋人，以及一次婚姻，而和他步入婚姻殿堂的人，便是他们效力的老东家的独生女。借用池仁的用词，张什和江百果是一类人，或者与其说是“人”，不如说是“禽兽”。甚至，江百果面对张什会自叹不如，就“理智”而言，她若是道高一尺，张什便是魔高一丈。

但今天，他背出了她的手机号。

在江百果看来，手机号这玩意儿，存在手机里就够了，记在心上，有点儿矫情。

至于这时的池仁，他在柏瑞地产何一雯的办公室里接连打了三个喷嚏。

何一雯退避三舍：“我一直以为你是铁打的。”

何一雯四十五岁，意大利原装进口的束腹也束不住她的中段了，但风韵犹存的脸孔还是能打八十分的，一颦一笑间颇有几分刘晓庆的影子，内扣的黑发像假发似的，几年如一日。

今天是何一雯的生日，但在百十来号人的柏瑞地产，就池仁一人知道今天是何一雯的生日，毕竟当事人认为，三十四，三十八，四十，四十五……这疯长的数字不如下地狱去吧。

何一雯对着黑漆漆的电脑屏幕，托了托她内扣的发尾："你说，我是不是该换个发型了？"

"三号廊桥设计方的修改方案被建筑方驳回了，双方都不肯让步。"

"不然，换个颜色？你说，红色会不会太夸张了？"

"他们都不肯让步，我们就更要说一不二。"

"给我找个最好的发型师。"

池仁脱口而出："她说……她就是最好的。"

"谁？"

池仁顿了顿："有那么一个人就是了。"

退出何一雯的办公室，池仁用了三分钟敲定了三号廊桥设计方和建筑方的会面，就在周三，就在柏瑞地产的三楼。何一雯的小聪明逃不过池仁的眼睛。她的不着边际，就是对他的默许，她准他"喧宾夺主"，因为他的正确，归根结底是她的正确，而他的失误，也将由他自己擦干净自己的屁股。

总之，何一雯能坐到今天的位置，没有大智慧，至少也是有小聪明的。

三分钟后，池仁致电了江百果。第一通电话，江百果没有接。五分钟后，池仁拨了第二通电话，江百果接了。

"我是池仁。"池仁坐在楼梯间，把玩着一支香烟。

而江百果蹲在无误沙龙一侧的天井里："好久不见。"

"好久不见。在忙？"

江百果用她的镊子在膝盖上画着圈："我今天休息，每周一。"

"所以你是战略性地不接我的第一通电话？"

"我不玩这种小伎俩。"江百果说一不二。刚刚有个客人投诉，说预约了一点，结果一点来了，还是等到了三点，江百果对前台大发雷霆。前台是个叫冉娜的胖子，是无误沙龙除了江百果之外，唯一一名女性。

江百果对池仁化被动为主动："我以为我们的约定取消了。"

"为什么？"

"这都过去大半个月了。"江百果没有说二十一天，她说她不玩小伎俩，但这也未必，比如，她总不能让池仁知道她在掰着手指头数数。

"你教我的第一课，是不要操之过急。"

"也就是说，你是战略性地保持了大半个月的沉默？"

"我算不算孺子可教？"池仁供认不讳。

江百果站直身，向嘴里扔了三粒口香糖："第二课，可以不说实话的时候，打死也不要说实话。"

那厢，池仁也站直身，踱上了台阶："好。"

"有事找我？"江百果问。照池仁一板一眼的行事风格，假如不是有事，他或许会再等上二十一天。

池仁踩着一级一级的台阶来到了天台，点燃了香烟："我知道你是行业内的佼佼者，但我不知道你们那一行会不会像明星一样，档期一排就排到两年后。但两年后是行不通的，因为我老板明天就要改头换面。另外，我也不知道你的计费方式，但钱不是问题，我老板注重的是物有所值。"

十一月的北京，高处不胜寒，但池仁有条不紊。

他在感情上的意气用事，和他在感情之余的井井有条，让他判若两人。

江百果有好一会儿插不上话："池仁，你根本不了解我，就敢贸贸然把你老板的脑袋，乃至你的小命交给我？"

"江小姐，你也根本不了解我，那能不能网开一面，让我插个队？明天上午十一点。"

"等等，你说你老板要改头换面……是确有其事？"

"不然？"

"我以为是借口。"江百果踱着步，"男女之间有一种理由叫借口，你大可以找一个借口，漏洞百出都无所谓，因为但凡对方对你有一点点的好感，你就能蒙混过关。你不能一直等你的老板、你的狐朋狗友、你的七大姑八大姨心血来潮，因为你不能让你自己的时机掌握在别人的手里。这是我教你的第三课。”

这回，换池仁有好一会儿插不上话。

风起，他的眼睛里进了沙子。他掐灭了烟，透过一层雾蒙蒙的水汽，恍惚看到了江百果。他看到了她气势汹汹的浓眉大眼，和她的一把骨头。在她的长篇大论中，他甚至看到了她的盔甲，她几乎是全副武装。

“好，我记下了。”池仁说。

他请江百果教他不是做做样子，倘若可以，他希望他可以青出于蓝。

而翌日，池仁便学以致用。

上午十一点，陪同何一雯抵达无误沙龙的人不是池仁，而既然不是池仁，那是谁也就无关紧要了。江百果找了一圈，她自认为她做到了不动声色，但张什还是问她：“等人啊？”

江百果没否认：“有人放了我鸽子。”

何一雯没有被江百果表里不一的“表”所左右，二话不说就穿上了无误沙龙的袍子。毕竟，她习惯性地对池仁深信不疑，只要池仁说这个江百果是最好的，那就算这个江百果是只泼猴，她也要试试看它通天的本领。

江百果亲自给何一雯洗了头，而她至少有两年没有亲自给客人洗过头了。她旁敲侧击：“池仁他心也太大了吧？连个面都不露，也不怕我一剪子下去，把他的饭碗给剪没了？”

何一雯昨晚睡得不好，这会儿，一躺下来就打盹儿：“放心，只要我的脑袋还挂在脖子上，他的饭碗就不会丢。”

江百果职业性地笑了笑，她能做的，也就是点到为止。

何一雯嘴皮子不动了，大脑却在不停运转。有些话，不说是不能说，因为一说出来，不亚于晴天霹雳。何一雯一向知道她对池仁深信不疑，却不知道，她都能和他生死与共了。但即便知道了，她也无能为力。她这个人，做不到一个人生，一个人死，做不到一个人面对千军万马，一个人腹背受敌，那么，她就不得不依靠池仁。

谁让池仁对她已经四十五岁守口如瓶；对她和她丈夫岌岌可危的关系不闻不问，却又能为她粉饰太平；为柏瑞地产不遗余力；为她修眉；为她烘焙蛋糕。

就在昨天，池仁为她烘焙了北海道蛋糕作为生日礼物，她甚至把盘子都舔了个干干净净。

所以是的，只要她还有一口气在，她就会把池仁拴在她的裤腰带上。

江百果用了十五分钟帮何一雯改头换面，至于改了什么换了什么，无关紧要，重要的是，何一雯满意极了。

更重要的是，当江百果要去透透气，握着一杯热可可走出无误沙龙时，她看到了池仁。

江百果看到一辆黑色的雷克萨斯就停在路边，而池仁就坐在副驾驶座上。车窗形同虚设，他们公开、公平，当他看到她时，她也看到了他。

池仁下车，走向江百果："搞定了？"

江百果耸耸肩："会不会觉得我赚钱太容易了？"

"何总？"池仁以大局为重。

江百果头都不回："还在照镜子。"

就这样，池仁脱下了他的黑色大衣，披在了江百果身上。

她穿着一条墨绿色的哈伦裤，上面就穿了一件黑色套头卫衣，袖子还卷到了手肘，小臂皮肤干燥，像是泛起了一层薄薄的白雾，一杯热可可升腾的水汽在转眼间便无影无踪。

江百果没有后退，她抬头打量池仁。真是活见鬼了，她一眼就认出了车窗后的他，但一面对面地细细打量，他又不是她认识的他了。他打理了头发，刘海儿向后梳去，露出了整片额头，以及两道浅显的横纹，往下，凌厉的单眼皮却又如春风般和煦，再往下，无情的嘴角却又似是多情。

或许，他根本就不该与什么格子沙滩裤，什么人字拖为伍，他就该西装革履。

他穿了黑色牛津鞋，有百分之九十的概率是四十四码的，铅灰色的西装裤令他比她想象的稍稍瘦削了些，白色衬衫上无一条褶皱。

问题是，他的白色衬衫再高级，也一定没有她的黑色套头卫衣抗寒，但她没有把大衣还给他，反而是把她手中的热可可递给了他：“我还没动过，请你了。”

江百果腾出手，拉拢了大衣的两襟，羊绒的丝滑令她爱不释手：“来都来了，还藏着掖着？”

池仁喝了一口热可可：“接了两通电话，正要进去。”

“这是借口吗？”

“可以不说实话的时候，打死也不要说实话。”池仁一字不差。

江百果失笑。

“有效果吗？”池仁勤学好问。

江百果把大衣的衣领竖起来：“你这一招送温暖效果更好。”

“你是说，偶尔的关怀也是可取的？”

“当然，我教你的是理智，不是铁石心肠。”

狂风怒号，池仁把纸杯叼在嘴上，为江百果系上了大衣的纽扣：“我没想到你喜欢这个。”他的大衣穿在她的身上，几乎要找不到她了。

“我喜欢。”

“我更没想到……你会承认。”

江百果从池仁的嘴上拿下纸杯，把余下的不热了的可可一饮而尽：“这是我要教你的第四课，把假的说得像真的，把真的说得像假的，就算让自己都真假难辨，也在所不惜。”

何一雯和陪同她的司机是由张什送出来的。何一雯一出来，就把她脖子上的巴宝莉围巾解下来，搭在了池仁的脖子上：“你的病假我是不会批的。”池仁对女人的无微不至，何一雯是见怪不怪了的。

何一雯对江百果褒奖地点点头，便由司机护送上了车，坐在了后排的位置。张什缩回了无误沙龙，而江百果没动，池仁也就没动，直到江百果用下巴一指：“你老板在等你。”

但池仁像是被什么问题难住了：“江小姐，我是你什么人？”

江百果一怔。

昨晚，睡得不好的人除了何一雯，还有江百果。如江百果对池仁所言，每周一，也就是昨天，是她的休息日。可昨天下午，她在无误沙龙坐镇到了五点便回了家，而这是前所未有的。通常，即便是休息日，她也会留到晚高峰之后。

江百果一个人住在东三环的一套酒店式公寓里，四十平方米，麻雀虽小，五脏俱全。

她把一盒速食咖喱饭放进微波炉，九十秒后，香气四溢。两百八十克一盒的速食咖喱饭，她吃得一粒米都不剩，这也是前所未有的。通常，她多多少少会浪费一点。

晚上七点，她对着镜子，用她从不离身的镊子拔下了一根眉毛，那是大半个月前，池仁为她拔下的那一根眉毛所在的地方，春风吹又生。那一刹那，她的疼痛指数还是约等于零，但愉快指数逼向了九十。这令她不得不承认，她是愉快的，因为她想再见到池仁。

晚上八点，王约翰致电江百果。他还是声嘶力竭，请江百果再给他一次机会，他说这一次，他会按照她的方式做。江百果蜷缩在沙发里，揪着落地灯的灯绳开灯又关灯，关灯又开灯。她问王约翰："我的方式？我的方式是什么方式？"王约翰无言以对。

"约翰，我没有方式，我只要结果，我只要我自己不受到伤害，但我也并不想伤害你们。"江百果陷在黑暗里，挂断了电话。

江百果知道，她不想伤害他们，却还是伤害了他们，一如她也不想一发不可收拾地变成今天这副百炼钢的模样，却还是变成了这副模样。

但她还是想再见到池仁。

她不是铁石心肠，她爱过赵宾斌，也爱过王约翰，她为她和他们的每一段交集都谱写了如梦如幻的开篇，但她能做到的，也仅此而已了。她能开一个好头，却每每不知道要如何进行下去。她知道恋爱这回事儿再进行下去，势必会大雪封山，而她只要春花秋月，因为她只敢要春花秋月。就这样，她屡屡把他们都撂在了半道儿上。

就这样，一整夜，江百果都在辗转反侧，她想再见到池仁，却不想伤害他。

而眼下，池仁穿着白色衬衫，拥有迷人单眼皮的眼睛一眨不眨，郑重其事地提出了这样一个问题："江小姐，我是你什么人？"

"你说呢？"江百果反问。

她天马行空。今天的最高气温是零下一度，创下了同期最高气温的七十三年新低。眼下是中午十二点整，阳光千金不换，在这样一个会被载入史册的节点，在这个对江百果而言，日复一日的红男绿女东奔西走的街头，她以为，池仁提出这样一个“人模狗样”的问题，势必会有一个“人模狗样”的答案。

比如，他不是池仁，而是池仁的双胞胎哥哥吗？毕竟，他今天看起来大不一样。

又比如，他是她失散多年的哥哥吗？毕竟，生活往往比故事更加狗血。

又比如，他和她十四年前的大病一场，和将她困了十四年的梦境息息相关吗？光是这么想想，江百果都血脉偾张了。

可惜到头来，池仁说：“如果我是你的男朋友，那你和他穿情侣装，我是不是可以象征性地表示抗议？”

江百果捧腹大笑，齐耳的黑发随风飞舞，瘦削的肩膀一颤一颤的，几乎要挂不住池仁的大衣了。池仁口中的“他”，是指张什，而他口中的“情侣装”，是无误沙龙人手一件的制服。

“你是我的学生。”江百果玩心大发，微微板起了脸孔。

池仁没退缩，但有些冷了，把双手插进了裤兜：“有一个词叫言传身教。”

江百果看出池仁有些冷了，便把大衣脱下来，要给他披回去：“那如果你是我的男朋友，你为什么要叫我江小姐？”

“百果。”池仁一点就通。

江百果就势：“那我接受你象征性的抗议，我以后不穿这件就是了。”

江百果要把池仁的大衣给他披回去，却高估了自己，她的脚尖都要断了，手臂都要脱臼了，整个人都要投怀送抱了，却还是够不到他的肩膀。而池仁没有接手，只是微微蹲下了身。江百果的心跳漏了一拍：“你还是……有两下子的。”

池仁看了一眼江百果的左眉眉梢：“进去吧。”

江百果师长般拍了拍池仁的肩膀，掉头进了无误沙龙。而这时，张什隔着江百果探出头来，他甚至还不知道池仁姓甚名谁：“周六的店庆party，来不来？”

池仁看向江百果。

江百果也看向池仁，但话是对张什说的：“来，他当然来。”

于是，池仁的话也是对张什说的：“周六见。”

当池仁上车，坐回了副驾驶座时，何一雯又在打盹儿了。

无论她对外说她芳龄几何，更年期却不管她这一套。她的失眠，不是因为孤枕难眠，甚至不是因为她的丈夫在她四十五岁生日的前一晚仍杳无音信，而是她就这样了，像风中残烛，哪哪都不听使唤，该睡觉的时候比猫头鹰还神采奕奕，不该睡觉的时候，一合眼就酣然入梦，不分时间，不管场合，就这样了。

司机一踩油门，何一雯一个激灵，醒了，摸了摸嘴角，有口水的黏腻感。池仁若无其事地一回头：“何总，好看。”他指的是她的新发型。

车内的暖气刚刚奏效，何一雯就出了汗，绑着束腹带的一圈奇痒难耐。她对着中央后视镜照了照，摆谱道：“也就这么回事儿。”

这时，池仁收到一条新信息，来自一个不显示名字的号码：最后一条线索也断了。

池仁揣回了手机，面无表情，漫无目的地将视线转向了车窗外。但随即，他又掏出手机，回复道：继续找。

车子行驶了二十分钟，池仁才又回头：“何总，下午三点的下午茶，小宋会送您过去。他们家的草莓勺子蛋糕您一定要尝尝，我推荐的，不会让您失望，关键是我请。”

何一雯闭目养神：“能有几个钱？”

“不论多少，该我请。”池仁转回了头。他的黑色羊绒大衣上，江百果留下的发蜡味在渐渐消散。

至于何一雯的下午茶，是一场半公半私的约会。上个月，池仁说他堂姐在筹备一家按摩院，请何一雯卖他个面子，和他堂姐聊聊，万一一拍即合，能入股就再好不过了。何一雯当场点了头，事后却一推再推，在池仁的步步紧逼之下，这才敲定了今天的下午茶。

平心而论，何一雯一个地产公司的老总，对区区一家按摩院，不投，是合情合理；投了，是闲情逸致。但池仁就是吃准了她一点，他的面子，她不会不卖。事到临头，何一雯又坐不住了。池仁做了她两年的秘书了，他连他的父母都没提过，一个从石头缝里蹦出来的堂姐……真不知道是何方神圣。

晚上十一点，江百果剪完了她今天最后一位顾客的头发，一进休息室，便仰面倒在了瑜伽垫上，高举双腿。职业病，江百果的两条小腿患有静脉曲张，稍站久了，两个小腿肚子就像要爆炸似的。但即便如此，她每天仍要站十个小时以上。

她就这么高举着双腿，致电了池仁。

几乎是立即，池仁便接了电话。不接电话的小把戏江百果不玩，他也不玩。

江百果直截了当："店庆party，周六九点。"

池仁一个人住在北三环的一套酒店式公寓里，一百二十平方米，是江百果那边的三倍，但租金是江百果那房子的十倍有余。一来是因为这里落成于三年前，而江百果那边，是在三年前进行了第二次翻新；二来，这幢公寓在交通便捷之余，还做到了闹中取静，毗邻一座停业了的会所，而会所掩映在一片四季常青的松林之中，权当是这里的后花园了。

晚上十一点，池仁从柏瑞地产回来，刚刚上了电梯，为了接江百果的电话，一侧身，又迈了出来："你这是理由，还是借口？"

"一半一半，可以吗？"

池仁走向了公寓大堂的后门，后门外，便是一条通往松林的幽径，两旁的地灯聊胜于无，以至于他的倒影清清楚楚地映在茶色玻璃门上。下午，池仁代表何一雯参加了一场例会，晚上，他又陪她出席了一场揭幕式，一条墨蓝色的领带在脖子上捆了八个小时。池仁三下五除二地扯下领带："周六我带两瓶酒过去，会不会失礼？"

"把你的两瓶酒换两箱啤的，他们一定会好好招呼你。周六见。"江百果挂断了电话。

这时，张什俯身到了江百果脸孔的上方。他才洗了把脸，也没擦，水珠扑簌簌地往下掉："那个男秘书，你跟他来真的？"

江百果挪了个位置："老张，你说我留长头发会不会很怪？"

张什蹲下身："你别转移话题。"

江百果一蹿，站直了身，两条打战的小腿并不妨碍她气势汹汹：

“什么叫来真的？不来真的，难道我还来假的？老张，我不是被告，你们也不是法官。”

江百果前脚一走，张什后脚就把江百果的瑜伽垫踢了个翻飞。他这个暴脾气，改是改不了了，但鉴于江百果是个敢和他硬碰硬的主儿，久而久之，他也就不当着她的面发脾气了，背后，爱怎么发就怎么发。

至于张什对江百果算不算别有用心，江百果不知道，张什自己知道。他三十六岁了，一身的男人味儿，又挥金如土，什么样的女人没打过交道，过眼云烟的数不胜数，海誓山盟的也有几个，甚至连爱情的坟墓也进进出出了。他知道，能让他用心的只有那个人，但那个人，不是江百果。

江百果骑着她的地平线200绝尘而去的噪音透过墙壁传来，令张什陷入了沉思。说来，他对江百果身边接连不断的男人也是见怪不怪了，但这回那道貌岸然的男秘书总像是有些不一般，也不知道……会不会坏了他的事。

而当张什看着江百果的时候，前台冉娜在看着张什。

一年前，江百果从老东家带走两根顶梁柱，一根是张什，另一根便是冉娜。冉娜身高一百六十五厘米，体重一百六十五斤，亚麻色的长发五五分，鹅蛋脸就露出窄窄的一条，但双下巴是挡不住的。身为一名前台，她妙语连珠，是“宾至如归”的代名词。

冉娜和江百果一样，不知道张什心系于谁，又或者，他到底有没有心。她唯一知道的就是，张什的眼里没有她，虽然，她心系于他三年了。

MISS.JIANDAO

第3章

嫉妒

那厢，在江百果挂断电话后，池仁没有直接上楼，而是推开了大堂的茶色玻璃门，沿着一路的地灯，去了那家停业了十四年有余的会所。会所单名一个“姚”字，牌匾不在了，加之之前盛极一时时，这里也就是一个所谓上流社会的领地，如今，被人遗忘到连名字都叫不上来也是正常的。

这里采用的是西班牙建筑风格，拱门从里到外，层层相扣，落地玻璃窗搭配木棱装饰，尽显通透。

出入口只有一处，幽径也只有一条。池仁闭上眼睛，他以为，他对这里了如指掌了，闭上眼睛也能来去自如，但末了，他做不到，他在一望无垠的黑暗中摸索了也就五六米的样子，便在惶惶不安中，重获了光明。

池仁看到，有一扇玻璃窗被打破了，那有棱有角的窟窿就像一口黑洞，似在等着什么。这两三年来，这里的破败势不可挡，当它不再神秘，它也就逃不开被人染指的命运。甚至，池仁依稀能还原那时的场景——那些人把砖头掷向它，口中还念念有词："有钱人就没一个好东西……"

池仁掉头离开了。

翌日，周三。

柏瑞地产人人自危。三号廊桥的建筑方单方面撕毁了合约，但眼下，怎么以牙还牙、以眼还眼还是其次，关键是三号廊桥在六个月后还能不能准时交付，而这决定了柏瑞地产至少半壁江山会不会毁于一旦。

池仁和设计方的代表在会议室里或坐，或站，或踱来踱去，无论如何也联系不上何一雯。

下午四点半，何一雯来了。池仁依据从会议室外传来的脚步声断定来者是何一雯，便不动声色地走出了会议室。四点半，这比他计划的……早了一点点。

会议室外，何一雯带着一身的酒气，一步三晃。池仁及时扶住何一雯，对后方颤巍巍不敢上前的女职员下令："倒一杯热茶来，快。"何一雯不知道是哭是笑："Sorry，我迟到了。"池仁一转身，将何一雯背到背上："何总，你这不是迟到的问题了。"

池仁将何一雯背回了办公室，撂在沙发上。何一雯喘不上气来，不管不顾地解开了宝蓝色真丝衬衫的纽扣。池仁背过身去，接着，又转了回来，他接手了何一雯的自救，解开了她肚子上钢铁般的束腹带，一不小心，便弄断了右手食指的指甲。

而当池仁解开了束腹带的最后一个搭扣时，何一雯肚子上白花花的肥肉荡出了涟漪。这个女人，对似水的年华无能为力，对她的丈夫无能为力，甚至连腰围都管不了了，而接下来，她恐怕还会对柏瑞地产的危机无能为力……何一雯平复了呼吸，像是重获了新生，缓缓张开了眼睛。

池仁快去快回，取来了一条毛毯，盖在了何一雯的身上。何一雯一下子哭出来，一欠身，搂住了池仁的脖子。这样的局面，和池仁计划的……有些许出入，但好在，也难不倒他。

何一雯语无伦次，池仁东拼西凑，凑成了个完整句子：她说，她要坚持不下去了。

池仁不用问也知道，这个外强中干的女人克服了的，和要接着克服的千难万险，归根结底，都是因为她深爱着她那身患抑郁症的丈夫。无论是柏瑞地产，还是意大利原装进口的束腹，都不过是她的避难所。

而池仁知道的，比何一雯以为他知道的要多得多，所以，他什么也不用问。

何一雯收紧了手臂，把池仁当作救命稻草："你会帮我的，是不是？"

池仁抬手，安抚地拍了拍何一雯的后背："放心，有我在。"

女职员端着热茶拍马赶到，目睹了这样"香艳"的场景，手一抖，热茶晃了出来。她"嗞"了一声，掉头就跑。

池仁把她挡下："我要拜托你两件事。"

"什……什么？"

"第一，把茶放下。第二，把嘴巴闭紧。"

池仁说的是"拜托"，但是，他是恐吓了她。

女职员双手把热茶奉上，又掉头就跑。在柏瑞地产，谁都知道池仁的温文儒雅。而在茶余饭后，他们也会议论纷纷，说池仁会不会有着深藏不露的另一面。而他们谁也不知道，池仁的另一面是不容置疑的。

两天后，周六。

无误沙龙一周年店庆。

早上九点，池仁搬着两箱啤酒，吃了闭门羹。

九点半，冉娜第一个来上班，池仁这才知道了江百果所谓的店庆派对在周六九点的那个"九点"，不是早上九点，而是在夜幕降临后。池仁有些无奈，便要走，结果冉娜以派对的菜单为借口跟他东拉西扯，扯到江百果也来上班了。

江百果怀里抱着安全帽，嘴上叼着一截法棍："你永远是在不该出现的时候出现。"

除了安全帽，江百果的膝盖上还绑着厚重的护膝，其中一边的快要掉了。池仁蹲下身，帮江百果将护膝解了下来："我连自行车都不会骑。"

江百果索性把另一条腿也交给了池仁："我会载人。"

池仁仍要走："那……先不耽误你了。"

江百果从法棍的尾端撕了一半递给池仁，把其余的囫囵塞进嘴里："来都来了。"

池仁也把"嗟来之食"塞进嘴里，没尝出好坏，因为他全部的注意力都集中在了江百果的手上。那一双手的表皮在从室外进入室内后，在巨大的温差之下变得皱巴巴的。她明明也算是个靠手吃饭的人，照理说，双手应该有在保养，起码不至于皴裂，但手背上还是布满了纵横交错的血丝，和白底青筋相得益彰，令池仁想到了一个可能并不太合适的词——

青面獠牙。

江百果注意到池仁在注意她的手，便把手插进了棒球服外套的口袋。那是波士顿红袜队的队服。

池仁移开了目光："来都来了？所以，你要我留下？"

假如说适才，池仁的目光让江百果的不悦指数达到了二十，那么，他若无其事的一句"你要我留下"不亚于火上浇油，七十？不，八十。她要他留下？他以为他是谁？

江百果猛地掏出了手，手背向上，伸向了池仁："吓到你了？"

池仁心平气和："你小瞧我了。"

"从没见过哪个女人的手是这个样子的？"

"还真是没见过。"

江百果几乎是在挑衅："你以为我们一管一管挤在你们头上的，说是纯天然，不含化学制剂，无毒无害，就真的无毒无害吗？不过，我这是过敏，你不用大惊小怪。"

"大惊小怪的人是你。"池仁一语道破。

池仁扔下江百果，走向了冉娜："请问，有没有哪里能让我打发一下时间？"

紧接着，池仁抬腕看了看时间："不，不是'一下'，大概还有……十一个小时。"

相较于池仁的从容，江百果惊觉她的"不悦指数"，与其说是"不悦指数"，还不如说是"难堪指数"飙升。她的手泡了八年的化学制剂，一向不是细皮嫩肉。包括王约翰在内的男人们，就算爱死了她的人，也没有一个人爱上她的手，不过，她无所谓。

每年冬天，她的手都会莫名其妙地过敏，布满血丝，而她去医院检查了很多次都找不到过敏原，不过，除了会痛，她也无所谓。

她没有想过，有一天她会因为她的手而难堪。

她从来没有想过，有一天，当一个男人对她的手目不转睛时，她会想找条地缝钻进去。

好在，池仁没有咬住她不放。

池仁被冉娜带进了休息室。他退到一角，那里有一张公用的长沙发、一张水滴形茶几，和一卷写着江百果的名字的军绿色毛毯。

最初，偌大的休息室是池仁一个人的天下。他把他的灰色羊毛大衣搭在长沙发一侧的扶手上，人坐在了中央。他如常把刘海儿梳到脑后，穿着白色衬衫和墨蓝色西裤，两脚落在与肩同宽的位置，身子前倾，手肘落在双膝上，手里把玩着屏幕黑漆漆的手机。

十点一过，陆续有人进来。池仁始终是以静制动的一方，对方沉默，他便沉默；对方友善，他便友善；对方提问，他便有问必答，直到张什进来。

张什今天穿了骷髅图案的卫衣，他既不沉默，也不友善："本店有免费Wi-Fi。"

"不用了，谢谢。"池仁把手机搁在了茶几上。

张什对着镜子，在他的小辫儿上扣上了一顶黑色礼帽。作为一名发型师，他要注重的不仅限于发型。他从镜子里打量池仁："你该不会一整天都穿成这样吧？"

池仁有些走神："有什么问题吗？"

张什回过头："不累吗？"

"不会。"池仁点到为止。

这时，江百果隔着八丈远叫了一声"老张"，头再向外一偏，张什便知道他今天的第一位客人到了。在无误沙龙，算上江百果和张什，一共有八位发型师，而慕江百果和张什之名而来的客人，能占到六成。

张什又看了一眼池仁，衬衫和西裤他看不出什么门道，但鞋，是铁狮东尼的小牛皮双色德比鞋。这鞋，他也有一双，但还在途中，还在从意大利到他手上的某个地方，他连摸都还没摸到，池仁却已把它狠狠踩在脚下了。

“老张！”江百果又叫了一声。

终于，张什挎上了他装剪刀的挎包，出去了。

一上午，江百果都没有再踏进休息室半步。这不是她教池仁的第五课，不是她欲擒故纵，而是她分身乏术。她忙里偷闲，也就偷了半分钟的时间，对冉娜道了谢。她是谢冉娜帮她拖住了池仁。

江百果和冉娜算不上朋友，但显然，冉娜是江百果的心腹，就好比池仁的去留，冉娜不能让池仁自作主张，她拖住了他，等江百果定夺。

而池仁也知道，这不是江百果教他的第五课，而是她忙。休息室的玻璃墙贴了磨砂膜，但没有贴到底，池仁穿过从地面向上五十厘米的玻璃墙能捕捉到江百果瘦削的小腿，它们包在一条破旧的牛仔裤里，疾风骤雨般地来来回回。

假如，江百果问他：从没见过哪个女人的腿是这个样子的吧？他也会回答：还真是没见过。

池仁没见过哪个女人的腿，像江百果的腿一样金戈铁马。

中午十二点，冉娜踏进休息室，给了池仁一份外卖单。池仁一目十行，点了一份猪排饭：“她不吃吗？”

“她一忙起来，就三餐不定。”冉娜退了出去。

中午十二点半，池仁解决了一盒难以下咽的猪排饭。

直到下午三点，江百果叼着一块巧克力姗姗而来。池仁仍坐在长沙发的中央，在看电视。电视是调成静音的，新闻频道，主播在混时间地播报着无关紧要的，甚至算不上新闻的新闻。

有几个发型师和助理四散着，有的休息，有的消遣，但个个都没骨头似的，坐得像一摊烂泥，和池仁的“坐如钟”截然不同。而江百果一来，他们便鱼贯而去。

江百果伸脚，踢了踢池仁的鞋：“往边上挪点儿。”她可不管那鞋是不是价值不菲。

池仁照做了。

江百果在长沙发上躺下来，头枕在了池仁的大腿上。她从来不会说累，不代表她不会累。

“这是第几课？”池仁微微低下头来。这个角度的江百果，薄如蝉翼的皮肤下，血管纵横交错。

江百果像啮齿类动物似的，嘎嘣嘎嘣地嚼着并不高级的巧克力。她闭上眼睛：“这不是上课。”

池仁调整了一下坐姿。

江百果张开眼睛：“别告诉我，你在紧张。照理说，你也算经验丰富了。”

“经验丰富不代表可以师出无名。”池仁看了一眼茶几上的手机。他伸手把它摆正了，又有些走神。

江百果坐直身：“我以为，你这个人是讲感情的。”

此言一出，江百果马上就后悔了。池仁是讲道理，还是讲感情，哪怕是讲真金白银、礼义廉耻、飞机大炮都不重要，重要的是，她江百果讲什么，是讲课，还是讲感情。活到了二十四岁，江百果从来不怕动心，她的理智好就好在让她的心收放自如……但她动心了吗？她对他动心了吗？

江百果知道，有百分之一百的概率，池仁的下一句会是：讲感情？那首先我们要有感情，才能讲感情。

那接下来，她要怎么说才好？

她偷偷地摸向了裤兜里的镊子，那是她的定心丸。

但好在，这时，池仁的手机一震。

池仁几乎是从长沙发上弹了开来，他操起手机，丢下江百果，在进入这间休息室之后，第一次走了出去——没有给江百果一字半句，甚至连眼色、手势都没有，旁若无人地走了出去。

九点，晚上九点，无误沙龙一周年店庆派对拉开了帷幕。

除了无误沙龙的工作人员，到场的还有部分VIP客户，几个平面模特，以及一位歌星，当然，算不上一线，共计六十八人。餐食走的是大口吃肉的路线，和这里遍地都是水泥，漫天都是管道的装潢风格相吻合。

池仁的两箱德国啤酒供不应求，他差人又送来了六箱。

江百果站在桌子上，拿着银色的口琴，连吹带唱地表演了一首罗大佑的《光阴的故事》。她全身的每一处关节都在律动，齐耳的黑发扑了满脸，从缝隙中露出闪光的双眸和笑盈盈的嘴角，令坐在角落里的池仁有一刹那不知道今夕是何年。

一曲唱毕，江百果跳下桌子，被张什接了个满怀。

张什一收紧手臂，便令江百果紧紧贴合了他。八年前，她就是这副德行，谁也不知道她瘦骨嶙峋的身躯里藏了些什么。但他知道，她是一匹千里马，他知道他慧眼识珠，他知道她能有今天。而今天，她的后来者居上，的确令他自叹不如了。

“Sorry！”江百果笑着说。

接着，张什恍然大悟：刚刚，不是他把江百果接了个满怀，而是江百果，让他把她接了个满怀。毕竟这会儿，池仁以迅雷不及掩耳之势带走了江百果。显然，江百果利用他，让池仁心生嫉妒。也显然，江百果得逞了，池仁心生了嫉妒，这儿也就没他什么事儿了。

池仁把江百果带向了他一直盘踞的角落，途中，江百果语速飞快：“第N课，有一句话是这样说的，爱情的两要素就是性和嫉妒。今天我们要讨论的是后者，但这一课，你似乎是无师自通。”

“你是说Cassie？”池仁指的是一位平面模特。刚刚，他和她相谈甚欢。

池仁把单人沙发让给江百果，自己在她腿旁的一方坐垫上落座，低她一等：“Cassie是我们公司形象代言人的候选人之一。你……嫉妒了？”

“池仁，我是你什么人？”江百果问道。

池仁心领神会：“百果，你是我的女朋友。”

“那我有没有嫉妒的立场？”

“有……”池仁轻笑一声，“你当然有。”

江百果打开一罐啤酒，把双腿提上了沙发，屈膝而坐。她居高临下：“亲爱的，你在下午三点十分接到了一通电话，之后就整个人都不对劲了，那我身为你的女朋友，又有没有权利过问，那一通电话有何奥妙？”

“不对劲？你把我的好心情称为不对劲？”池仁玩味着，微微蹙了眉头。

好心情？江百果暗暗拍案叫绝，对，就是这个词，好心情。她见过的池仁，有百分之九十的时间都在笑着，却又有百分之一百的时间都是身处迷雾中的。他是百折不挠的，却也是跌跌撞撞的。她从来没有见过他的好心情。

但眼下，江百果的鼻腔里充斥着匈牙利、土耳其、印尼等等异国美食的香气，耳朵里回荡着贾斯汀·比伯的热门单曲，不远处的一群男男女女在玩着“官兵捉贼”的游戏，而池仁，池仁在和她打太极。

江百果心有不甘，她从池仁的头上找到了一根白发：“我在问你电话的事。”

池仁顿了顿：“对不起。”

“对不起什么？”

“那不关你的事。”

江百果识趣打住，她会心一笑：“你的头发该剪了，随时来找我。”

“好。”

而孟浣溪就是在这个时候到的，不早不晚，就是在池仁和江百果的对话走进了死胡同的这个时候。

孟浣溪是江百果老东家的独生女，也就是张什的前妻。她和张什，以及和江百果最不对路的地方便在于，身为发型师的张什和江百果是动手不动口，而孟浣溪是做主播的，动口不动手。孟浣溪二十八岁，一张巴掌脸，不化妆就像什么都没有，但也正是因为像什么都没有，才怎么化，怎么有。

孟浣溪有一对梨窝，叫人过目不忘，用张什的话说，当初他毁就毁在孟浣溪的这一对梨窝里了，她一笑开了花，甜得跟蜂蜜似的，谁能知道她蜇起人来跟蜜蜂似的。

孟浣溪带了一瓶玛歌庄园和六打的纸杯蛋糕来，和江百果在无误沙龙的中心点会合：“我和我爸的一点心意，还请百果老师笑纳。”

也不知道是谁给“老师”一词定义的，总之，三百六十行，行行里的前辈都能被称为“老师”。江百果行不更名，坐不改姓，被称为百果老师，而张什是圈子里鼎鼎大名的Bernie老师。

张什凑过来，对孟浣溪没好气儿：“谁请你来的？”

江百果当张什不存在：“听说孟叔前一阵子请大家去马来西亚度假？”

“那你听没听说，他一回来就裁员了？也就是说，那是他送给大家的遣散礼。”孟浣溪的一对梨窝楚楚动人。

“我给孟叔打过电话，他没接。”

位于东北角的冉娜，对张什和孟浣溪目不转睛。三年前，当冉娜对张什小鹿乱撞时，张什和孟浣溪正处在天雷勾地火的分分合合中，他们一相亲相爱，就举国同庆；他们一翻脸，就世界末日。而最激烈的一个回合，便是他们你揪着我，我揪着你，领了两本结婚证，而六个月后，除了结婚证，他们又悄无声息地领了两本离婚证。

有人说，张什娶孟浣溪是为了孟家的家业。也有人说，孟浣溪怀了孩子，但孩子不是张什的。总之，当时孟浣溪人不像人，鬼不像鬼，而张什跟没事儿人似的，两个人说好了，就此打住。

位于西南角的池仁在绕了半圈之后，找到了冉娜：“她是？”

“孟浣溪小姐，文娱频道六点档《每日星闻》的主播，也是百果的……老朋友。”

“老朋友？”

冉娜看了池仁一眼，这个男人，并不接受她这个浑水摸鱼的答案，那她就不得不再透露一点：“或者说，是百果的自立门户，导致了孟小姐父亲的沙龙难以为继。当然，严格来讲，张什和我是同党，但我们的作用和百果相比……可以忽略不计。”

池仁饶有兴致地双手环胸：“哦？”

冉娜将第三个纸杯蛋糕塞进了嘴里。她虽身为“两朝元老”，对其中的来龙去脉清清楚楚，但有时候，眼见也未必为真，所以，到底是江百果过河拆桥，还是孟家和孟浣溪泼了江百果脏水，至今，她也不能妄下定论。

但蛋糕她还是要吃的，哪怕是她的情敌孟浣溪送来的。

池仁的手机一震。他看了一眼，走出了无误沙龙。

而江百果不早不晚，捕捉到了池仁的动向。他又去接电话了，就像下午三点十分一样，走得无牵无挂。张什和孟浣溪的争论渐渐被江百果的耳膜屏蔽。现在，她只关心一件事，那就是池仁下午的那一通电话和这一通电话有何奥妙，电话那一厢又是何方神圣。

晚上十一点的三里屯，是一场永远也不会散的筵席。

池仁用了半分钟便结束了这一通电话，之后，他站在人来人往的街角，点燃了一支烟。池仁没有烟瘾，但在泰山压顶的时候，抑或是志得意满的时候，他都会点上一支。

显然，今天他属于后者。

三天前，柏瑞地产令人措手不及的危机，池仁是始作俑者。或者说，很久之前，建筑方和设计方的蓄势待发，以及更久之前，柏瑞地产冒进承建三号廊桥，都是池仁设计好的。

而三天后的今天，下午三点十分，池仁等到了他等了两年之久的消息：柏瑞地产，恐怕是凶多吉少了。

而就在刚刚，他又等到了他等了十四年之久的一通电话：那个人要见他，而且是马上，立刻。

池仁丝毫不觉得突然。

假如有人觉得突然，那也一定是那个人。毕竟，那个人直到今天才要见他，而他在这十四年当中，将他们的久别重逢模拟了千万次。

池仁转过头，无误沙龙就位于他的斜后方，遍地的纸醉金迷。没来由地，池仁不准备和江百果道别了，他准备在吸完这一支烟后，就从她的世界消失，从她无情的、战无不胜的世界消失，就把他和她的这一段交集，当作十分钟的中场休息。休息结束了，他还要接着打他的仗。

池仁想，理智如江百果，一定也不屑于道别。毕竟，往事的消逝，抑或是生根发芽，都无关于道别，人们会记住应该忘记的，也会忘记应该记住的。

至少，池仁想，他不会忘记江百果那一副英气十足的眉眼、那一双手、那两条小腿，和那不知道是不是天生的铜墙铁壁般的身躯。

而这是第一次，池仁把一支烟吸到了尽头。他把烟蒂扔到垃圾桶上，让它自生自灭。

这时，冉娜像没头苍蝇一样冲出了无误沙龙：“池先生！百果……百果她出事了！”

池仁一共用了两秒钟回到无误沙龙，就在这有限的两秒钟之内，他还在想：假如他没有要不辞而别就好了，假如，他刚刚在接完电话之后就回到无误沙龙，就回到江百果身边，说上一两句客套话再离开她就好了，或许她就不会出事了。

而两秒钟之后，池仁看到了江百果。

他看到了无误沙龙里一片混乱，而江百果是当之无愧的焦点，直挺挺地倒在一片血泊之中。

鲜血从江百果的左额角汩汩而出。池仁的第一反应是她要死掉了，流了这么多的血，她一定要死掉了。池仁的大脑一片空白，不是破晓的浓雾，不是退潮的沙滩，不是银装素裹，而是像被闪电划破的夜空，以至于有一些完整的画面像在闪光灯之下完完整整地被定格。

类似这样的画面，池仁见过。

池仁当然见过，十四年前的那一段往事，他从不刻意铭记，却永远记得真真切切。

池仁责无旁贷地冲向了江百果，毕竟，身处她一左一右的张什和孟浣溪怒目相对，隔着她还在推推搡搡，留她倒在中间，反而碍事似的。但中途，池仁在混乱中被人绊了个趔趄，就这么一眨眼的工夫，江百果自己站了起来。

在众人的惊愕中，江百果像死而复生似的，一鼓作气地站了起来。

池仁分辨出，江百果头破血流是不假，但染红她额角的除了她的鲜血，还有那一瓶玛歌庄园。那半支破碎的酒瓶，就在江百果的脚边。

江百果抬手，摸了一下她的左额角，浓稠的血液并不是红酒能比得了的。她一边把手指上的血液悄悄抹到身后，一边下令道："今天就到这儿吧。"

虾兵蟹将们不敢不从，一把抓上外套和皮包就蜂拥而出。这下令的不是别人，而是江百果，就算她奄奄一息了，她让他们滚蛋，他们也得弃她而去，更何况，她还顶天立地地站着。

冉娜和他们逆行，要回到江百果的身边，中途被池仁抓住："谁干的？"

冉娜想方设法地维护凶手："张什吓唬孟小姐，不是动真格的，是吓唬，但百果替孟小姐挡了……"

"也就是说，是张什。"池仁得出了结论。

五米之外，张什揪着孟浣溪的脖领子："你就是来毁我的！"

不管有没有用，孟浣溪也一直在对张什拳打脚踢："恶人先告状，你还是不是男人？！"

冉娜一跺脚："救护车，怎么还没人叫救护车？！"

但池仁拦下了冉娜："等等。"

池仁看着江百果，抛开她被鲜血糊住了的半张脸孔，她仍浓眉大眼，薄唇紧闭，呼吸平稳，没什么……料的胸脯以平常的频率震荡着。她就像一名演员，在戏里命悬一线，在戏外，连脸都不用洗一把就能去领盒饭。甚至，池仁怀疑，她会不会是……装的？她从哪里搞来的血浆，以假乱真？

直到池仁确定江百果也在看着他，不，应该说，她是在尽力看着他，但涣散的目光却从他身上滑过来，滑过去。她如同飞旋的陀螺慢慢停下来，终于要坚持不住。

池仁冲向了江百果，并对冉娜大喝："叫救护车！"

江百果倒在了池仁的怀里，扑了满脸的黑发凝结成块，散发着血腥味和红酒的芳香。

MISS.JIANDAO

第4章

晕血症

江百果再张开眼睛时，是凌晨三点了。在这期间，她与其说是昏迷，不如说是酣睡了一场。她不痛不痒，也无忧无虑，甚至没有做梦，没有做那十四年来如影相随又支离破碎的梦。

她用了三秒钟的时间，断定了她躺在医院的病床上。病房的面积不亚于她的公寓，仅摆放了她这一张病床，俗称VIP病房。远处留有唯一一盏地灯，空气中没有消毒水的气味，窗帘是法兰绒的，粉红色的病号服上没有条纹。

而她平生最不习惯的就是粉红色。

江百果抬手摸向额头，手背上扎着输液的针头。她换了只手，额头上的伤口被包扎好了，徒留太阳穴，上面青筋一跳一跳的，代表着睡眠不足。

病房门留有一条缝隙，有人在门外踱来踱去，控制了脚步声，却阻止不了这条缝隙的忽明忽暗。江百果有百分之百的把握，那是池仁。她知道在无误沙龙，她倒在了池仁的怀里。在那一刹那，她担心她会毁掉他的白色衬衫。

江百果也知道，当她被抬上担架时，除了孟浣溪避之不及，张什要跟来，却被池仁打了一拳；冉娜也要跟来，却也被池仁谢绝了，他请冉娜留在无误沙龙善后。

接着，江百果便浑浑噩噩地陷入了梦乡。之前，她一直放心不下，怕只怕这芝麻绿豆大的小事儿惊动不少的人。眼下，既然池仁帮她把他们一一打发了，她大可以睡一会儿了。

猛地，江百果一欠身，像是在找什么。在床头柜上，她的随身物品摆得整整齐齐，她找到了她的镊子，攥在了掌心里。

江百果没有再看向病房门外，而是看向了反方向的米色法兰绒窗帘。她知道，池仁在打电话，从他乍隐乍现的身影中她便知道，他又在打电话。

从赵宾斌到王约翰，江百果不是没有过争风吃醋，但她能做到的，是永远在最后关头反败为胜。但现在，现在她是在和一通又一通无影无形的电话争风吃醋吗？她嗤笑了一声，她是不是撞坏头了，才会乐在其中？

“在笑什么？”池仁无声无息站到了江百果的床边。

“我笑了吗？”江百果转过头来，打量池仁。显然，他更不对劲了，不，不是不对劲，是他的心情更好了。

而她担心他的白色衬衫真是多余。他一定有上百件的白色衬衫，大同小异，甚至一模一样，在家里，在公司，在车上，让他能以不变应万变。

“笑了。”池仁坚持道。

“笑的人是你。”

“我笑了吗？”

“笑了。”欲加之罪，何患无辞，江白果果断回“怎么说，我也是个死里逃生的病患，你笑得这么过分，会不会太不合时宜？”

"死里逃生？"这一次，池仁是真的笑了，"江百果小姐，你一共缝了八针是不假，但是这只是皮外伤罢了。"

接着，池仁微微俯下了身："况且，你还鼾声如雷。"

江百果不是不尴尬的："那一定是因为我的呼吸系统受到了损伤。"

池仁站直身："骗你的。"

池仁走向了沙发，坐下来，昏黄的地灯就在他的脚边，在他墨蓝色的西裤裤管上投射出浓淡相宜的光晕。他说得自然而然："再睡一会儿吧，我在这儿陪你。"

江百果的胸口闷闷的："我不用人陪。"

"的确，你都生死攸关了，还不忘解散闲杂人等。"

"因为这是我一个人的事。"

"冉娜说，你是替孟小姐挡的？"

江百果顿了顿："怪我，逞什么英雄。"

池仁又站直身，走向了江百果，托着她的头，从她脑后的两只枕头中撤走了一只："以后离张什远一点。"

江百果没说话。

张什是个什么样的人，江百果自认为她知道。八年前，张什收她为徒，为的就是别人都说她不行，而他就偏偏要说她行，就像他追求的女人，都是别人说他追求不上的；就像他使之对他不离不弃的客人，也都是别人口中见异思迁的。

他和孟浣溪的恩怨情仇也不例外。打赌的时候，没人敢赌他能把孟浣溪娶到手，结果，他不但娶了，还离了。

在叫张什"老张"之前，江百果叫了他五年的"师父"。而这个师父除了教了他该教的，更是她为人处世的榜样。

他知道他要什么，他直截了当。他可以在她得过且过时，泼她一脸的染色剂；可以在她冥顽不灵时，将一百八十度高温的夹板挥向她的左肩肩头；也可以在没有一个人支持她时，把自己的脑袋交给她。

他为她贡献了他蓄了三年的长发。

相较于感激，江百果对张什更多的是钦佩。对，就是这个词，钦佩，江百果希望有朝一日，她能像张什一样挥洒自如。

但今天，江百果不知道为什么张什要把那一瓶玛歌庄园挥向孟浣溪，甚至，她因为留神池仁又去接电话了，都没注意到他们为什么一言不合。等她注意到了，张什都出手了……

冉娜说了，张什不过是要做做样子。同样，在千钧一发之际，江百果也认为，至少有百分之九十的概率，张什也就是做做样子。

但随着碎片四散，江百果头晕目眩，才知道他竟然是来真的……

池仁又坐回了沙发，把抢来的那一只枕头连同双手垫在了自己的脑后。

江百果睡意全无："你真的要在这儿坐上一整夜？"

"三点多了。"池仁看了看时间。

"你走吧。我说了，我不用人陪。"江百果客客气气。她的理智告诉她，他再留下来，对她有百害而无一利。

"你说你不用人陪，这其中也包括我？"

"当然。"

"但你昏倒……不只是昏倒，你连睡着的时候，都拉着我的手不放。"池仁有理不在声高。

江百果抬手，捂住了隐隐作痛的额头："那……是我失误了。"

池仁同样睡意全无，但也没有再说话。对于江百果的抱歉，他不想客气，或者说，何止不想客气，他真恨不得让她承担全部的责任。多少年来，他有他的全盘计划，不出意外的话，今夜他和那个人的会面将是他人生的转折点。

但显然，江百果就是个意外。

在救护车上，江百果拉着池仁的手不放，但说"不放"也未必，她都任人宰割了，掰总是能掰开的，但池仁对医护人员说："就这样吧。"

接着，那个人又致电了池仁，说再给他半个小时的时间。池仁纵观全局，说他至少还要两个小时。那个人挂断了电话，取消了会面，就因为他一念之差，对方取消了他心心念念了十四年的会面。

直到救护车抵达了医院，江百果还是拉着他的手不放。他试探性地掰了一下，还真没掰开。

池仁也有争取。在江百果被送入急救室的途中，他一只手为江百果所有，用另一只手致电了那个人十几遍，而这也是十四年间，他第一次主动致电那个人。可惜，电话中传来的始终是“您拨打的电话暂时无人接听”。池仁火冒三丈，在行进当中，一脚踹坏了走廊里的一排蓝色塑料座椅。

就这样，池仁知道了，那一排貌不惊人的蓝色塑料座椅，价值人民币两千元整。

但塞翁失马，焉知非福。池仁接到了另一通电话，对方的第一句话仅仅三个字：“找到了。”

那时候，江百果大抵是睡熟了，猛地，便放开了池仁。池仁飞快地为江百果掖了掖被角，走出了病房，关门的时候，又有些不放心，便留了一条缝隙。

找到了，池仁等了十四年的会面，在最后关头被付之一炬，但他找了十四年的人，在今天找到了。那时候，她还是个六七岁的孩子，像露珠般晶莹剔透，又像战士般奋不顾身，但末了，她更像他的一阵幻觉，在弹指间就消失得无影无踪。

十四年了，连池仁的坚定都被腐蚀得锈迹斑斑了，那一幕幕他信以为真的画面，都和梦境真假难辨了，连他自己都要问自己了，或许，她真的是他的一阵幻觉吗？因为在生与死的边缘，因为他当时冷冷清清的处境，因为他在虚张声势之下，也不过是个胆小鬼，所以，他就杜撰了一个她，让她支持他，陪伴他吗？

但好在，他还没放弃。

对方在电话里对池仁说：“她在上海。”

就这样，池仁将在五小时后，由北京飞往上海。

江百果数了两百只的羊，仍辗转反侧。但池仁铁了心，保持沉默。他不想和江百果扯上关系的，不想，更不该。

在泰国普吉岛的卡塔海滩，他是一时糊涂，让江百果做了他的救命恩人。而等到何一雯改头换面，他又是一时糊涂，让江百果和他的师生关系板上钉钉。甚至，他还一度当了真，真要向江百果取取经，继而诞生了第一课，第N课，和“如果我是你的男朋友”这样的鬼话。

他是要悬崖勒马的。就在无误沙龙，他是要不辞而别的，毕竟，他没有理由把不相干的她卷进他接下来动荡不安的生活。

为了保持沉默，池仁连手表都不能看上一看，但他估摸着快五点了。再等一等，只要再等一等，他就能回到他的轨道，继续前进了。

张什拎着粉红色的保温瓶赶来时，池仁手里端着的是白色的一次性餐盒，两个人在江百果的病房外狭路相逢。张什左眼眼圈青黑，是被池仁那一拳打的，昨晚刚打完还不明显，等色素一沉积，便像熊猫似的。

“她怎么样了？”张什算是抛出了橄榄枝。

池仁中规中矩：“今天就能出院。”

张什指了指自己的额角，代表江百果的伤口：“会不会留疤？”

池仁一怔。会不会留疤？这问题理应是由江百果问的，但她没问，他也就没往那方面想，似乎这对她来说无关紧要，对他来说，也就更不值一提。但她……好歹也是一个女人，就算是英气十足，就算不是娇生惯养，就算不好看……等等，她不好看吗？池仁问住了自己。

他从来没有想过这个问题，就像他从来没有把她当作一个女人。

“老张？”江百果在病房里唤了一声。

池仁一侧身，让开了路：“进去吧。”

张什进去了，池仁没有紧随其后，他的目光集中在张什粉红色的保温瓶上，那里面装的无论是什么，也好过他白色的一次性餐盒。

这时，池仁的手机振动，送他去机场的车子在二十分钟前就到了，而这是司机第三次催促他了。至于前两次，他都在医院的食堂里“不紧不慢”地排队。他自诩帮人帮到底，江百果好歹也是个“死里逃生”的病患，他不能扔下她，任其饿肚子。

但现在没有这个必要了，现在，张什来了。

从池仁的角度看过去，他看到张什停在江百果的床边，弯下腰去，大概是在查看江百果的伤口。他看不到江百果，但能听到他们的对话。他听到江百果大人有大量地说道：“我说你这脾气还能不能改了？也老大不小的人了。”

“我又不是冲你。”张什算得上低声下气。

“冲谁也不行。”

“好了好了，没下回了。”

池仁抬手将刘海儿向后抓了抓，转身离开了。他把装着小米粥和素什锦的一次性餐盒随手搁在了走廊转角的垃圾桶上，把搭在手臂上的风衣随意地穿上，头也不回地离开了。

车子发动的时候，池仁抬头看了一眼江百果病房的窗口。而那些窗口长得都一样，因此，一时间池仁判断不出江百果的位置，但他还是煞有介事地看了一眼。终究，他还是不辞而别了。

司机尽职尽责地赶着时间，在一个急转弯之后，他便真的离开了她。

而当时，江百果还真就站在窗口。

张什用的粉红色保温瓶是孟浣溪的，一百来块钱的东西，就算是离婚了，也没必要算作财产斤斤计较，便留在了张什的手里。至于其中色香味俱全的海鲜粥，是张什从一家老字号买来的。

江百果下了床，站到窗口：“海鲜会不会影响伤口的愈合？”

张什一拍脑门：“哟，这我还真说不好。”

“他人呢？”江百果指的是池仁。

“你问我，我问谁？”

这时，江百果目睹着一辆黑色轿车驶出了医院的停车场。没有任何迹象表明，那辆黑色轿车上坐着池仁，但江百果就是隐隐约约地陷入了离愁。

张什大剌剌地往沙发上一坐：“孟浣溪让我给你带好儿。呵呵，她还有脸让我给你带好儿。果子，你别理她满嘴放屁。”

江百果逆着光：“昨晚……她说什么了？”

张什一怔：“你……你不是说皮外伤吗？怎么还断片儿了？”

江百果顿了顿：“不管她说了什么，孟叔的面子，该给的还是要给。”

至于孟浣溪到底说了什么，江百果决定，过去的，就让它过去。

而江百果大事化小的态度，张什是求之不得。昨晚上，无误沙龙的一周年店庆派对是孟浣溪的第二站了，之前她就喝了点儿红酒，红酒的后劲儿一上来，再加上她一直就是个狗改不了吃屎的直肠子，说着说着，就口无遮拦了。假如，江百果没听见孟浣溪说了什么，那真是谢天谢地。但假如，江百果听见了，却装没听见，那……张什光是这么想想，就不寒而栗。

但愿，但愿她是真没听见。

没来由地，江百果走向了张什：“起来。”

张什汗毛都竖起来了：“干什么？”

“我让你起来。”江百果伸手揪住了张什的肩膀。

张什挥开江百果的手，愤愤地站了起来。

江百果对着沙发一屁股坐下去，习惯性地盘上了两条腿：这里还有池仁的气息，不是一个男秘书身上的女人的香水味，而是一个男人的气息，混杂着须后水和樟脑丸的味道。至此，江百果百分之百地确定，池仁是不辞而别了。

而她早该想到的。当她坚持要把他垫付的医药费还给他，他没有客气，而是说“好，最后一起算给你”时，她就该想到，他和她之间，没有“最后”了。

张什无所事事，把一壶海鲜粥灌进了自己的肚子。

“还真下雪了！”张什准备离开，看了一眼窗外，“天气预报还真准啊。”

一不小心，地面都湿漉漉的了。

江百果掌心里的镊子，硌得她生疼生疼的。

受雨雪天气影响，池仁被堵在了水泄不通的机场高速上，比预计的时间迟了整整一个小时抵达机场。好在，航班也延误了，机场里滞留了大批乘客，人声鼎沸。

池仁拎着行李袋走进贵宾室，找了个角落的位置，打算小憩一会儿，却怎么睡也睡不着。江百果果然没有致电他，那一把硬骨头宁可接受一个不算结局的结局，也不会“自贬身价”致电他。

池仁笑了笑，模仿着江百果，穿着鞋就把双腿提到了座位上。有工作人员看到了，也不便唐突指责，提醒地清了清嗓子。池仁作罢。

这便是贵宾室了，享受，却也束缚。

池仁又想：假如那天，他一直坐在这里，没有因为徐娅赶赴11号登机口，那么，江百果就没有机会“英雄救美”，她那像爪子一样的小手，也就没有机会钻进他的臂弯。那么，他们便不会有后来的种种。那么，他也就能按计划行事了。

但池仁又想：现在这样，也没什么不好。

直到登机，何一雯一共给池仁打了十九通电话，当然，这是因为池仁一通也没有接。柏瑞地产是何一雯的心血不假，但更是池仁计划中的绊脚石，因此，他不得不将它一脚踢开。

也因此，自始至终，他为何一雯做了太多。

比如，他用两年的时间，为何一雯积累财富，而那些财富足以保障她未来二十年衣食无忧。

比如，何一雯无父无母，没有手足，唯一一个至亲便是她身患抑郁症的丈夫。池仁怜惜何一雯，即便抛开她和他上下级的关系，不论他和她立场是否对立，他也发自肺腑地怜惜这个情深义重的女人。他对她的喜好了如指掌，在这两年间，他投其所好，也给她逆耳忠言。

再比如，他甚至为何一雯铺好了后路。他杜撰了他的堂姐，为何一雯打通了按摩院的生意，那稳中有升的生意对日益力不从心的何一雯而言，无疑是最佳的选择。

再比如，在那个周三，在三号廊桥的设计方和建筑方一拍两散的那个周三，何一雯的缺席也是池仁计划之中的。毕竟，他做不到面对面地置何一雯于死地。

但他的计划是，由他"堂姐"陪同何一雯去享有身为女人的权利——找一个什么都好的男人，享有身为女人的何一雯，因为丈夫的反复无常，而丧失了的女人的权利。

可惜，这一次，池仁失策了。

何一雯回绝了他"堂姐"的邀请，并悲从中来，这也便是为什么她会酩酊大醉地返回柏瑞地产。

但现在，池仁不能接何一雯的电话。

现在，何一雯要开始学着一个人渡过难关。

下午四点，池仁乘坐的航班姗姗降落在了上海虹桥机场。

池仁难得生病，这一次的感冒却来势汹汹。他在飞机上吃了两粒感冒药，戴上眼罩，一路上都昏昏沉沉，直到空姐毕恭毕敬地唤醒了他，告诉他他是最后一个乘客了。

赵大允混迹在接机的人群中，等到了最后，终于等到池仁。他接下池仁手中的行李袋："这么沉得住气，不像你的作风。"

池仁头昏脑涨，手臂绕上赵大允的肩膀："都安排好了吗？"

"你发烧了。"赵大允身高一米七，肌肉绰绰有余，但藏在衣物中不显山，不露水，像个文质彬彬的公务员，尤其当他戴着一副金丝框的眼镜时。

“我问你都安排好了吗？”池仁忽冷忽热，有些暴躁。

“是，她现在在恒隆广场等您。”

赵大允为池仁做事六年有余。

当时，二十四岁的池仁在“那个人”的人围追堵截下躲进了一条小巷，是素不相识的赵大允帮他打了掩护。而最后，是福不是祸，是祸躲不过，又是拼命三郎赵大允和他并肩作战。脱险后，池仁感激赵大允的拔刀相助，而授人以鱼，不如授人以渔，就这样，有了后来。

后来，赵大允说，假如当时池仁没有遇到他，大不了断几根骨头，挨几下刀子，但假如他没有遇到池仁，大概他这个有案底的小混混至今还在游手好闲。所以，要谢，也应该是他谢谢池仁。

六年有余，如今二十七岁的赵大允有百分之一的时间会把池仁当朋友，余下百分之九十九的时间，他会把自己摆在下属的位置，称池仁为“您”。

下午四点的上海，万里无云。

赵大允开着一辆八成新的奔驰E260，池仁坐在后排。

车子是租来的。严格来讲，赵大允仅为池仁一人做事，而且，做的还都不是台面上的事，打一枪换一个地方，也就不必处处安家置业，也便于掩人耳目。

池仁将风衣盖在身上，闭目养神，呼吸紊乱。

赵大允从中央后视镜中扫了池仁一眼，就知道他睡也睡不着，便汇报道：“她叫唐茹，二十一岁，华东政法大学社会学大三的学生，少言寡语，是个不起眼的乖乖牌。但照她少得可怜的几个朋友说，她私下还算开朗，除了……患有严重的晕血症。成绩中游，样貌中等……”

“样貌中等？”池仁张开了眼睛，和赵大允在中央后视镜中对视。

赵大允赔罪地笑了笑：“Sorry，口误，是美若天仙。”

池仁的眼皮发沉，又合上了：“十四年前，发生了什么？”

“十四年前，她七岁，由于父亲调职，全家迁至西安。后来，她父母离异，她又跟随母亲去了广州。在她十二岁那年，母亲再婚，她一个人从广州辗转回到西安。两年后，她父亲因病去世，肺癌，她被她一直单身的姑姑收养，又回到了祖籍山东，直到上大学，来了上海。”

池仁有好一会儿没有说话，以至于赵大允都怀疑他是不是睡着了，但这时，他又开了口：“辛苦吗？”

“不，不辛苦……”赵大允以为池仁是在问他，顿时滔滔不绝，“相比去年的深入虎穴，前年尼泊尔的死里逃生，大前年你炒我的鱿鱼，大大前年的……”

“我是问她，这十四年来，辛苦吗？”

赵大允哭笑不得地推了推金丝框眼镜：“和您一比，她那也算不了什么。”

车子抵达恒隆广场，赵大允不用给池仁当下马石，也就没有熄火，等着池仁自己下车就是。池仁下了车，走了两步又退回来，在赵大允踩下油门之前，敲了敲他的车窗。赵大允打开车窗，等着池仁的指示，但池仁就说了三个字：“辛苦了。”

赵大允眼眶一热。

说到“辛苦”，赵大允也是有发言权的。当年，他三番五次犯下抢劫的罪行，无非就是为了一个钱字，而钱的用处，也不过就是供他们一家三口混口饭吃。

赵大允的父亲因公高位截瘫，说是因公，却因为雇主的位高权重和合同的漏洞，没有拿到分文赔偿。母亲把官司打了一年又一年，换来的却是负债累累。就这样，当年铺在赵大允脚下的路就两条：一是去抢，二是饿死。在赵大允看来，他一个人去抢，远远好过一家三口饿死。

好在，池仁给了他第三条路。

再说回到“辛苦”，赵大允还是那句话，和池仁一比，他们的千难万险都不值一提，包括他，也包括唐茹。

恒隆广场的伊曼咖啡厅，池仁直奔E3号卡座。赵大允说，他将唐茹安排在了这里，从中午十二点，她就等在这里了，因为池仁乘坐的航班晚点了整整五个小时，他除了嘱咐她爱吃什么就吃什么，还为她准备了很多杂志，以及平板电脑。

但眼下，这里空空如也，桌上连残羹剩饭都没有。

池仁舟车劳顿，感冒药的药力也过了劲，致使他重重地跌坐在了蓝色的沙发里。他双肘支住桌面，十指按住像要裂开的头皮。

他就知道，他就知道好事多磨，到了这临门一脚，也不会让他称心如意。

“池先生？”一道女声从池仁背后传来。

池仁猛地一回头。

这便是唐茹了。那一年，是他和她第一次见面，他十六岁，她七岁，是他把她卷进了他的腥风血雨，她任凭他调遣。十四年后，这是他和她的第二次见面，她……她当然不再是他梦中那个似乎只及他的腰那么高，只能在他腿边团团转的孩子了。

她长大了。

池仁站直身，膝盖磕在桌子腿上，发出砰的一声巨响。

她长到这么高了，大概有一米七的样子，比江百果那个小不点儿高了半个头。池仁别开脸，清了清奇痒难耐的喉咙：江百果？他的感冒势必要归咎于她，要不是她没事找事，弄得自己头破血流，他也不会病来如山倒。

“是……池先生吗？”如赵大允所说，唐茹有些怯生生的。

她穿着鹅黄色的高领针织衫、白色牛仔裤，和蓝色帆布鞋，怀里抱着中规中矩的牛仔夹克、白色帆布包，以及一摞花花绿绿的杂志和一个平板电脑。她有可能是局促，也有可能是不堪重负，总之，她在池仁的注视下收紧了手臂，而她的右手还端着一杯喝了一半的香草拿铁。

“坐。”池仁接下了唐茹手里的杯子，放在了对面的位置。

唐茹温驯地在池仁的对面坐下来，将怀里杂七杂八的东西一股脑儿堆在旁边：“我……我去洗手间了。”

“带着所有这些？”池仁也坐了下来。

唐茹不自在地笑了笑，双手搭在桌沿上，绞作一团：“放这儿怕丢了。”

池仁向后一躺，背靠沙发，桌子下的长腿一不小心碰到了唐茹的腿。唐茹像怯弱的小动物般弹开。池仁低低地说了一声“抱歉”。

他打量她，样貌中等？这种程度才叫样貌中等？赵大允那小子的标准会不会太高了？她只是素面朝天罢了，但那自儿时起就有的自然卷，那浓淡相宜的眉毛，那杏目和樱唇，池仁不得不让自己改观，他梦中的孩子是一个少女了。

她的双手更是细白，柔若无骨，指甲圆润，散发着淡粉色的光泽，和江百果那个小不点儿的爪子有着天壤之别……池仁抬手要了一杯水，一饮而尽。

而唐茹将双手缩到了桌子下。

池仁隐隐不是滋味，他从这孩子草木皆兵的反应中便不难得出结论：这十四年来，她并不好过。

唐茹舔了一下干燥的嘴唇："赵大哥说我们是老朋友了。"

"赵大哥？"池仁回味了一下，"你管赵大允叫赵大哥，管我叫池先生？"

唐茹垂下眼，不知道该说些什么。

池仁忙不迭地挽回："我没有异议，随便你。是，我们是老朋友了，赵大允说……小时候的事你不记得了，我……我们是邻居。"

"邻居？"这是唐茹的追问。

"对。"池仁端起杯子，见里面一滴水都没有了，他又放下，将打好的腹稿娓娓道来，"你住在五楼，我住在你的楼下。"

唐茹全神贯注："是，小时候的事，我在生了一场大病后就不记得了。我一直以为每个人的童年都是空白的，后来我才慢慢知道，只有我……不，我的童年甚至不能叫空白，而是像被切掉了一块。你们记得幼儿园的饭菜，六点档的动画片，记得新年的酒心巧克力和鞭炮声，记得左邻右舍的小伙伴和爸妈的奖罚。只有我，我只知道我在大病一场后，转了学，去了另一座城市，我只知道这些……"

池仁的身子向前倾："那些鸡毛蒜皮，忘了就忘了，无所谓的。"

唐茹心急，身子也向前倾："但医生说，我的晕血症是因为我把童年的恐惧体验产生的瘾觉带到了今天。"

池仁整个人为之一振。

"童年的恐惧体验？"唐茹像是压抑了太久，"但没人能告诉我我童年的恐惧体验到底是什么，包括我爸妈。池先生，或许你知道？但首先，你知道什么是晕血症吗？在血液的世界里，我的鼻子比狗鼻子还要灵敏，那无处不在的味道让我恶心、发汗、心悸，不失去意识决不罢休。"

就这样，池仁又一次默念了江百果的名字。

隔着一张狭长的原木桌，池仁和唐茹双双前倾的身体令他们的脸孔近在咫尺。而这样的近在咫尺，池仁和江百果也有过，在北京首都国际机场T3航站楼的11号登机口，江百果从天而降，一双小手钻进了他的臂弯，她转头的时候，他恰好也转了头。

但这两个女人，截然不同。

不过相差了区区三岁，她们一个是野生的猛兽，另一个是饱受风霜的花蕾；一个独当一面，另一个自身难保；一个伤透了多少男人的心，另一个动不动便溃不成军。

就在昨晚，就在刚刚过去的昨晚，江百果还在无误沙龙“浴血奋战”；而唐茹，如他所料，患有挥之不去的晕血症。

而这，是拜他所赐。

十四年前，他的母亲从八楼一跃而下，头朝下重重地摔在素不相识的唐茹的脚下。他扑上去，没有让唐茹背过身去，甚至没有让她蒙上眼睛，他自私自利地命令七岁的她帮他堵住母亲血流如注的伤口。

池仁坚决道：“不知道，我也不知道在你身上发生过什么，但也有可能什么都没有发生过。我们偶然间接触到的一句话、一个画面、一个人，甚至是做的一个梦，都有可能随着时间的冲刷，被我们信以为真。或者，退一步说，发生过的，我们不能从头来过；过去的，我们就让它过去。”

唐茹的双目泛起了水雾，放大了眼底的血丝。她一把擒住池仁的手，用力之猛，使得她淡粉色的指甲镶上了一圈白边。

池仁反手拍了拍唐茹的手背：“以后有什么难处，尽管和我说。”

MISS.JIANDAO

第5章 新年快乐

江百果重返无误沙龙，是在一周后。她额头上的伤口没什么大碍，但整个人就是无精打采，明日复明日，便自己给自己放了一周的假。

上一场雪化成了水，水冻成了冰，冰又消融，就像什么也没有发生过一样。

无误沙龙也恢复了原貌。空气中找不到一丝丝德国啤酒和匈牙利烤肉的味道，玛歌庄园和纸杯蛋糕也就像梦一场。地面上的血迹擦得比掩盖杀人现场还要干净。众人也心照不宣，对派对上的意外绝口不提，至少，对江百果绝口不提。

一早，冉娜把卷了边儿的一沓预约单砸给江百果，兀自啪啪地按着计算器："按照惯例，你平均一天剪十五颗脑袋。而接下来，你要用一周的时间搞定两周的客人，所以，你平均一天就要剪……三十颗脑袋。”

江百果坐在冉娜的位子上，把预约单推开：“这你也要用计算器？”

“你以为每个人的数学都像你一样好？”冉娜俯身，看了看江百果的伤口，“还疼吗？”

江百果不答反问：“娜娜，老张有什么好？”

冉娜对张什的心，江百果知道。在无误沙龙，她和冉娜是仅有的两名女性，即便算不上朋友，也是广义上的同类。更何况，江百果理智归理智，亦如其他女性一般心细如发。冉娜也知道，她的心思逃不过江百果的火眼金睛。

“他可是你师父。”冉娜笑嘻嘻地顾左右而言他。

“我知道一日为师，终身为父，我也知道老张不是个坏人，但作为男人，他有什么好？”这是江百果第一次多管闲事。

冉娜“啧”了一声，看不能蒙混过关，便顿了顿，一本正经：“因为得不到的，永远是最好的。”

江百果受益匪浅，点点头便走。

“你的帽子。”冉娜把江百果落下的棒球帽抛给她，帽子在空中划过一道抛物线。

江百果接下棒球帽，扣在头上，遮住了额头上的伤口。得不到的，永远是最好的，冉娜一语道破，这是赵宾斌和王约翰放不下她的原因，也是她对池仁牵挂的原因。

但赵宾斌最后还是放下了她，那同理，王约翰也会放下她，而她，她也会放下池仁。七天，池仁不辞而别整整七天了，江百果知道他不会再找她，却无从追究，因为他感情用事，因为他不按常理出牌，因为他想怎样就怎样，他不想找她，就不会再找她。但江百果不知道，她要用几个七天才能放下。

冉娜按下了三角形的播放键，一边和着旋律膀大腰圆地翩翩起舞，一边向四面八方喷射空气清新剂，为接下来十二小时的迎来送往做着最后的准备工作。

江百果一转念：“娜娜，那天你听见了吗？孟浣溪说了什么，把老张气成那样？”

冉娜一踮脚，转了个圈："没听见，我离着八丈远呢。"

"哦，是吗？"江百果这句话听上去不像疑问句，就像个附和。毕竟，她说完，转身便走了。

但这话听上去不像疑问句，不代表没有疑问。江百果清清楚楚地记得，当时，她一直困惑于致电池仁的是何方神圣，对张什和孟浣溪的对话充耳不闻，但她清清楚楚地记得，冉娜就在她的余光中。八丈远？那可绝对不是八丈远。

做贼心虚的冉娜连看都没敢再看江百果一眼。

那天，她目睹了孟浣溪对江百果冷嘲热讽，江百果似乎没往心里去，反倒是张什，频频在中间和稀泥，直到他和孟浣溪一触即发，她马上上前，要给他们打打圆场，可惜，还是来不及了。但是，她听见了，她听见了孟浣溪对江百果说："百果老师，敢不敢和我打个赌？"

张什急赤白脸："我赌你大爷啊！"

孟浣溪的架势八匹马也拦不住："用不了多久，你也会尝到被最亲近的人背叛的滋味！"

最亲近的人……冉娜确定，孟浣溪说的所谓的江百果最亲近的人，非张什莫属。而照孟浣溪的胸有成竹和张什的急赤白脸，张什背叛江百果……似乎是迟早的事。

鱼和熊掌不可兼得，若冉娜只能保护一个人，要么是张什，要么是江百果，那么，她选择保护前者。

而就在这一天，江百果失去了一位客人。

在对待客人的问题上，江百果一直是个"两面派"，她一向把客人称为客人，而并非上帝，但她对客人的在乎，却是谁也比不了的。毕竟，她知道任意妄为是不能给她带来钱的，吃饭要钱，房子要钱，孑然一身地活着要钱，无误沙龙上上下下、从里到外都要钱，要没有后顾之忧地活着，更要钱。

而只有客人，才能给她带来钱。

但即便江百果对他们投其所好地"哄"着，有时候，她也还是会留不住他们。

今天的这一位客人，人称谭小姐的她失了恋，便要换个发型，摆出了一副"都听你的"的嘴脸。这一类客人，在江百果这儿不在少数，其中有七成，能说到做到，说了“都听你的”，便随遇而安，但余下的三成，上一秒还“都听你的”，下一秒便有的是主意。

在这三成中，江百果能再搞定九成，无非是白白赠送个护理，对方得了便宜，也就罢了。

但今天，江百果翻了脸。

对方才抱怨了一句“这颜色染了就跟没染一样，我一千八百块就这么打了水漂”，江百果便撂了挑子：“谭小姐，我就算给你染出花儿来，也改变不了你失恋的事实。”

谭小姐跳脚：“怎么说话呢你？！”

江百果靠在镜子上，双手环胸：“这是事实，是谁也改变不了的事实。”

就如同，江百果也改变不了池仁不辞而别的事实。

谭小姐怒喝：“有病！”

江百果心烦意乱，身体冒了汗，纱布下的伤口像是有小虫子爬过，奇痒难忍。她一把摘下了棒球帽：“是，我是有病。”

这是江百果今天的第五位客人，也是最后一位。当她跨上她的地平线200要拂袖而去时，冉娜拦住了她：“你要走可以，我给你叫辆车。”鉴于冉娜的体积几乎是江百果的两倍，江百果不得不摘下了头盔：“你算老几，敢管我？”

冉娜坚持道：“万一你有个好歹，无误沙龙就没了，无误沙龙没了，我还怎么留在老张身边？”

江百果顿了顿，跨下了车：“算你有道理。”

冉娜给江百果叫了辆车。临上车，江百果交代冉娜：“今天又压了二十五颗脑袋，接下来一天要剪几颗，你算好了告诉我。”

冉娜点点头。

江百果上了车，难得拖泥带水，又打开车窗：“这是我第一次做逃兵，也是最后一次。”

“我算老几，你自己有数就好。”虽然冉娜在张什和江百果中间选择的是张什，但这并不代表江百果在她心中就没有一席之地，既然有，那她就不免要耍小性子。

江百果碰壁，忙不迭对司机说了句“我赶时间”，逼得人狠狠踩下了油门。接着，车子一个急转弯，她从口袋里掏了一半的镊子掉入了座位旁的夹缝里。

不对劲，江百果把隐隐作痛的头仰在了靠背上，所有的一切都不对劲了。

她这是在搞什么？自从她多管闲事地救了池仁一次又一次，又自寻烦恼地收他为徒，她就在等他的电话。他出现了，又消失，她就再等他出现。等他不辞而别了，她所有的一切就更不对劲了。她疑心重重，气跑了她的客人，又气跑了冉娜，气完了，又在乎，好像这有什么大不了的似的。

这样一来，她和当年死缠烂打的赵宾斌，和如今歇斯底里的王约翰，又有什么两样？

但这……又似乎不是一件坏事，就像是火苗微弱的炉子上的一锅水，不温不火了十四年，终于有了沸腾的迹象。

末了，江百果把那一把镊子就留在了座位旁的夹缝里，反正，它也没什么与众不同，类似的，她有一大把。反正，她江百果的臭毛病，无非是把一些有的没的握在掌心里，以稳定她偶尔动荡的心。

而当江百果把一把新的镊子握在掌心里时，她决定了，她不能让池仁就这么从她的指缝间逃之夭夭，或许，与其说是她收他为徒，还不如说……他是她千载难逢的转机。

这一天到了尾声时，深藏不露了三年的冉娜对张什迈出了她的第一步。她说得自然而然：“听说哪哪哪有一家水煎包，好吃得不得了，是不是就在你们家那边？听没听说过？走啊，一块儿尝尝去啊？”

可惜，张什不知道冉娜得知了他和孟浣溪的勾当，也就有什么说什么：“不去了，站着都能睡着了。”江百果不在，张什就要一个人顶大半边的天，十二个小时下来，连尿个尿都是跑去跑回。

而冉娜得知了张什和孟浣溪的勾当，也并不代表她能拿他怎么样。她作罢：“好，那明儿见。”

张什点点头，多一个字都懒得说。

池仁从上海回到北京，是转年一月的事了。

虽说整个冬天仍绵绵无绝期，但怎么说也是跨了年，便像回事儿似的。

而池仁一直逗留在上海，并非为了唐茹，或者说，并非全为了唐茹。柏瑞地产的事尘埃落定，说好听了，他总算能停下来歇歇脚；说不好听了，这个风头他总得避一避，即使不是上海，南京、重庆、大理，飞往哪里他都无所谓。

在上海跨年的时候，池仁在外滩最热闹的酒吧包了个最不热闹的卡座，约了赵大允。

赵大允不用“您”这个字眼的时候，也就是他把池仁当朋友的时候：“这也就是你，换了别人，谁叫我，我也不能应啊。大街小巷都是发横财的和臭流氓不说，光堵车就堵死了。个个都还没开喝呢，就都跟喝高了一样，好像一跨年，还真能怎么着似的。”

“一个人跨年，也太凄凉了。”池仁照旧穿了白色衬衫，袖口卷到了手肘。

赵大允不以为然，掏了掏耳朵：“我才找到《美国往事》导演剪辑版的蓝光。”即便是最不热闹的卡座，赵大允的耳膜也快被震穿了。

池仁过意不去地笑了笑。

他不行，在这一点上，他就不行。有时候，他宁愿为了一包可有可无的香烟，或是一杯喝不喝都无所谓的咖啡，远赴千里，也不愿一个人独处。

至于跨年，池仁更是从来没有一个人过。他的女朋友有时一年一换，有时两年，无论对方是谁，他都会绞尽脑汁。吃什么，玩什么，接下来再吃什么，再玩什么，礼物是什么，怎么开头，又怎么收尾，他都会安排得井井有条。可惜，他的无微不至，换来的却是她们一个个地转身离开。

她们说，他让人透不过气来。

池仁知道，问题一定是出在他的身上。

但他不知道，全心全意有什么问题。他的母亲在他十六岁那年离开了他，她在临终之际还在说，要全心全意爱一个人，才不枉为人。

而他原以为，江百果能帮他找到答案。只可惜，他遇到她的时候……不是时候。酒吧氧气稀薄，池仁松了松领口，也无济于事。他早一点遇到她就好了，早一点，或者晚一点都好，可偏偏是在这个他要乘胜追击，什么也顾不上的节骨眼，总之，不是时候。

这时，赵大允又道：“总之，你抓紧，情人节恕不奉陪。”

池仁不置可否。

“我还以为，下一个会是唐茹。”

“我和她的关系，你又不是不知道。”

DJ打了鸡血一般，赵大允不得不扯着嗓子吼：“我知道，我知道你要补偿她，问题是你们非亲非故，孤男寡女，你要站在什么立场补偿她？哥哥？朋友？这说得过去吗？”

赵大允问池仁的这个问题，池仁也问过自己，十四年来，他一心要找到唐茹，但找到之后呢？

他知道他该对她好，她没钱的话，他可以给她钱；她生病的话，他可以给她他的五脏六腑；她生死攸关的话，他甚至可以为她挡子弹，因为这十四年来，她是他极夜中的光线。

因为，当年七岁的她对十六岁的他说了一声“明天见”，让他知道了在这个世界上，还有人把他放在心上。换言之，就因为她的一声“明天见”，他才留在了这个千疮百孔的世界上。

但假如他为她挡了子弹，他要别人怎么说他呢？哥哥？朋友？池仁没有答案。

说曹操，曹操到，唐茹致电了池仁。

池仁挺了挺脊背：“喂。”

唐茹喃喃地说了句什么，池仁没听清。

池仁站直身，走向了洗手间。

洗手间像是另一个世界，一墙之隔，《SOS for Love》的呼喊像是被捂在了棉被里。白炽灯下，池仁看到一面镜子前的男人的脸上，粉底深不可测；他看到另一个小便池前的男人的背影，那人裤子都没穿好就搔首弄姿。他听到有人用上海话和英文高谈阔论，他听清了唐茹的呼救。

他听到唐茹说：“池先生，你能来接我吗？”

“你在哪儿？”池仁隐隐不安。

唐茹的声音闷闷的，整个人有如瓮中的鳖：“我在青山路一家餐厅的……厕所里。有人跟踪我，我就一头扎进来了，不知道……不知道他们还在不在外面。”

池仁的手攥住了洗手间大门的把手：“挂断电话后，把你的位置发给我。”

“好。”

“留在餐厅，但不要把自己关在厕所里。万一有事，就大声向周围的人求救，不要怕妨碍到别人。小茹，你太内向了，能有个机会锻炼锻炼，不是坏事。”说完，池仁挂断了电话，猛地拉开洗手间的大门，把要推门而入的男人吓得一蹦三尺高。

重返震耳欲聋的世界，池仁劈开人山人海，回到卡座，叫上赵大允便走：“唐茹被人跟踪。”

“什……什么？”赵大允来不及塞进嘴里的一块文斯勒德奶酪从叉子上滚到身上，再滚到地上，被人一脚踩扁。

“去开车，快！”池仁将赵大允推出了人山人海，自己却被人挡了下来。

对方是个二十岁上下的女孩子，化着烟熏妆，把写有她电话号码的字条塞进了池仁的裤兜。池仁不是“猎场”的常客，但被当作“猎物”也不是第一回了。他习惯性地点点头，之后排除万难，抽了身。

在单身的时候，池仁对女孩子的主动来者不拒，而这也是他每一次结束单身的方法。他不知道在茫茫人海中，哪一个是他一直在等的人，便不得不屡败屡战，却也屡战屡败。

不等赵大允把车子停稳，池仁便上了车，也不等池仁坐稳，赵大允便又发动了车子。

池仁没有等到唐茹发来的位置，反而等到了她的又一次致电，因为那厢信号断断续续，唐茹的声音也是忽远忽近。她说她不敢离开厕所，发送位置也一直发送失败，她甚至不知道餐厅的名字，唯一知道的，就是餐厅的门口立有一座雕塑，是个穿着白色围裙、托着托盘的侍应生，人身，青蛙脸。

池仁说他在路上了，马上到。

接着，赵大允致电了他的人。他为池仁做事，不可能事必躬亲，他也有他的人。不出一分钟，他的人回电说，青山路55号，池塘餐厅。

如赵大允所言，在这辞旧迎新之际，整座城市的交通濒临瘫痪。虽说明天和今天并不会有什么不同，明年也不会比今年更称心如意，但人们还是郑重其事。

池仁下了车，飞奔向池塘餐厅。他在心浮气躁的世界里，一心飞奔向快要坚持不住的唐茹。他的导航告诉他，他还有最后的两点三公里。

而江百果就是在这个时候又冒了出来，像是一棵在皑皑白雪下熬过来的小草，等到了春暖花开，又冒了出来。

唐茹那厢的信号有多弱，江百果这厢的就有多强，她给池仁发来了视频的邀请。

池仁一边飞奔，一边用手指挡住手机的摄像头，接受了江百果发来的视频邀请。几乎是立即，江百果英气十足的脸孔便占据了池仁手机的屏幕。

有哪里不对……池仁扫了江百果一眼，又一眼，到底是有哪里不对？她还是那副怡然自得的德行，黑亮的头发在摄像头前似乎在发光，虽素面朝天，但浓眉大眼，唇红齿白，便称得上浓墨重彩。她头上戴着棕色的驯鹿鹿角的发卡，鼻尖顶着个乒乓球大小的玩具红鼻头……池仁终于知道了到底有哪里不对，今天是跨年，她却扮了一头驯鹿？可今天不是圣诞节。

真是没有谁比她更任性了。

“哈喽？”江百果那厢看不到池仁，她甚至不知道有没有联系上他。

“新年好。”池仁说。

江百果喜气洋洋：“新年好！不过……不是时候？”

池仁在把江百果尽收眼底的同时，仍滴水不漏地挡住摄像头，连根汗毛都不给江百果看上一眼。江百果额头上的伤口被刘海儿挡住了，但照她那厢的歌舞升平来看，想必她也是跨年的爱好者，那么想必，她的伤口已无大碍了。

池仁一心二用，险些撞上一辆和他同样横冲直撞的摩托车。

他手心冒了汗，但手机的屏幕上仍是江百果喜笑颜开的脸……他们都是有过去的人，他有，赵大允有，唐茹有，想必江百果也有她的过去。但今天，不要说是不堪一击的唐茹了，即便是赵大允和他，也都远远比不上挥斥方遒的江百果。

相较于江百果的今朝有酒今朝醉，他们都是走不出过去的失败者。

有人在叫江百果了：“果子，到你了，快快快！”

“马上！”江百果的红鼻头歪了，她对着镜头扶了扶，“飞镖，我们在玩儿飞镖。”

“去吧。”

江百果在小野丽莎的歌声中捕捉到了池仁气喘吁吁：“你该不会是在……”

池仁转过了最后一个弯：“不是，不是你想的。”

江百果适可而止，她说她是无事不登三宝殿，是有事而来，或者也可以说是有备而来。她除了偶尔的失误，一向是有备而来。池仁问：“急事？”江百果说：“不，不是急事，至少，一定没有你眼下的事十万火急。”

池仁说：“是，我眼下的事十万火急。”

就这样，江百果结束了视频。

自始至终，江百果对池仁保持了兴高采烈，她不能给他脸色，更不能满不在乎，矬子里拔将军的话，也就是兴高采烈还好一点。她有备而来，但百密一疏，万万没计算到池仁连面都不肯露上一露，他仅仅给了她三十六秒的时间，其中还有二十八秒，他让她自说自话。

江百果摘掉了红鼻头和驯鹿鹿角的发卡，将其扔在一旁。

拨开一层层的狐朋狗友，江百果在万众瞩目下射出飞镖，命中靶心。

一个身穿公主裙的女孩子挽上江百果的手臂：“有心事？”

“算是。”江百果不否认。

“想那么多干吗？人生苦短，及时行乐。”

“及时行乐……你又怎么知道我没有乐在其中？”

就像手指上的倒刺、舌尖上的溃疡，越疼，就越要让它疼，江百果对她和池仁不可言喻的关系乐在其中。他越捉摸不定，她便越要捉摸，如此一来，她至少知道她还是活着的，而活着，好过不痛不痒。

叫作“池塘”的餐厅门口立有一座雕塑，人身青蛙脸的侍应生穿着白色围裙，托着托盘。池仁脱下了他的灰色大衣，搭在雕塑上，推门而入。

他的白色衬衫被汗洇湿，但脸孔还是镇定，至少，侍应生还问了他有没有订位。池仁不动声色地环顾四周：“请问，洗手间在哪儿？”

没有，池仁环顾四周，没有发现可疑人等。

唐茹所在的厕所，当然是女厕所。池仁敲了门：“小茹？”门内鸦雀无声。池仁侧身，推开了门。洗手池的位置空空如也，三个隔间，有两间的门是虚掩着的，池仁在最里面的一间找到了唐茹。唐茹在池仁推开门后，恐慌地投进了他的怀抱。

“没事了。”池仁宽慰地拍了拍唐茹的后背。

唐茹如梦初醒，这才退开了一步。

“有没有看清是什么人？”

“我……我和几个朋友约了唱歌，九点在KTV碰面，有两个穿夹克的男人从宿舍楼下就跟着我。我打不到车，甩不掉他们，也不知道能不能报警。”

“你打给我是对的，做得好。”

有不相干的女人推门而入，一看池仁，还以为自己误闯了男厕所，等灰溜溜地退出去时再一看，便杀了个回马枪。

池仁喂唐茹吃下定心丸：“我保证，外面没有你说的穿夹克的男人。我们走。”

唐茹点点头，寸步不离地跟在池仁身后：“我是不是给你添麻烦了？”

怎么说也是跨年，唐茹穿了白色紧身毛衣、灰色羊毛百褶裙和白色长筒靴，包裹着她姣好的身躯。她的鞋跟有七厘米，大概是因为平时不怎么穿高跟鞋，走路时她的膝盖微微弯着。

“不麻烦，一点也不麻烦。”池仁笃定道。

纵横交错的餐桌就像个迷魂阵，唐茹脚下一绊，落在后面，情急之下，揪住了池仁的裤兜，不过这得到了池仁的默许。他不便拉着唐茹的手，那么，让她揪住他的衣服一角，也不失为上上策。

“跟着我。”池仁说。

唐茹稍稍放松了紧绷的五指，直到……从池仁的裤兜里摸出了一张字条。

字条是那个化着烟熏妆的女孩子塞给池仁的，上面除了龙飞凤舞的电话号码，还有一个唇印。

唐茹像个犯了错的孩子，手忙脚乱地又把字条物归原主：“对不起，对不起，我不是故意的。”

池仁词穷：“不要紧的。”

餐厅外，刚刚赶来的赵大允拿着池仁搭在雕塑上的大衣，严阵以待。好在，就在他又要致电他的人时，池仁和唐茹走了出来。赵大允如释重负：“我都要布下天罗地网了。”

池仁从赵大允手里接下他的大衣：“先离开这儿再说。”

赵大允开车，池仁和唐茹坐在后排。

唐茹懊恼道：“一定是我想太多了，好端端的，怎么会有人跟踪我？”

“会不会是……”赵大允有他的推测。

但池仁打断了赵大允：“警惕性高是好事，不过，也不要想太多了，自寻烦恼。你和朋友约了哪里？我送你过去。”

唐茹看了看时间，一波三折，这会儿都十一点半了：“太晚了，我还是回宿舍好了。”

赵大允心直口快：“晚什么晚！今天过不了十二点的，要么是七岁往下，要么是七十岁往上。”

就这样，池仁和赵大允赶在十一点五十五分，将唐茹送到了KTV。途中，关于唐茹是不是疑神疑鬼，池仁也有他的答案，而且，一定和赵大允的推测不谋而合：他能找到唐茹，那那个人也一定能，何况，他刚刚动摇了和那个人一荣俱荣、一损俱损的柏瑞地产，那个人也该有所行动了。

但池仁不能向唐茹和盘托出。十四年前的腥风血雨，和今天的危机四伏，都不是唐茹应承受的。而既然十四年前，是他拖她下水，十四年后，就算天塌下来，他也要替她顶住。

唐茹去KTV途中，一而再再而三地回头。

池仁站在车子旁目送她，他没有说他会留下来等她，但这似乎是不必说的。

赵大允也下了车，掏出香烟，给池仁点了一支，再给自己点了一支：“接下来怎么办？有了她，敌暗我明，防不胜防啊。”

池仁夹着烟狠狠嘬了第一口：“沈龙传媒那边……能不能再施加一点压力？”换言之，他要以攻代守。

“别说一点了，两点也能。”赵大允对池仁忠心耿耿，即使是不可能的事，他也会化不可能为可能。

“帮我订回北京的机票，下周三，不，下周二。”

“那唐茹这边要不要转移？”

池仁坚决道：“不，不要动她。”池仁认为，四海为家便等同于居无定所，而居无定所，也不是唐茹应承受的。

唐茹进去了四分钟，也就是在十一点五十九分时，便又急匆匆地跑了出来，当时，池仁和赵大允连一支烟都还没解决。池仁一朝被蛇咬，十年怕井绳：“出什么事了？”唐茹虽上气不接下气，却笑着：“没……没事。”

赵大允识相，像啄木鸟似的，叼着烟嘬了最后两口，便一溜烟儿钻回了车子。

预算有限，唐茹和朋友们相约的这一家KTV位置偏僻，即便是在辞旧迎新之际，仍门可罗雀，偶尔有过往的路人，也都是行色匆匆。但当新年的钟声敲响，不知道是哪里的欢庆声，还是百转千回地传了过来。唐茹到底才二十一岁，虽有着不符合年龄的束手束脚，但也有着同样不符合年龄的童心，她甚至跳了跳脚：“新年快乐！”

“新年快乐。”池仁哽咽。

他把她十四年间的苦难一股脑儿地包揽，便也将她的欢喜当作千金不换。

赵大允坐在车子里自言自语：“我说什么来着，我说什么来着？”他不是事后诸葛，他早就说了，池仁和唐茹非亲非故，孤男寡女……

而同一时间，另一个城市，张什扳过江百果的头，醉醺醺地亲了她的嘴。

江百果不算小题大做，她仅仅是不悦地推开了张什。张什大呼小叫：“有什么大不了的？还不都是跟老外学的。”江百果擦了擦嘴：“没什么大不了的，意思意思得了，伸舌头就是你的不对了。”

一群跟老外学坏了的红男绿女还在成双成对地抱着啃，没人注意到江百果的离去。张什倒是注意到了，还追了上去。不过皮包骨的江百果在人潮中像“浪里白条”，张什五大三粗，还酩酊大醉，毫无悬念地就被甩下了。

而这时，孟浣溪给张什发来了信息，寥寥四个字：第二年了。

一年前，江百果自立门户时，或者说，她对孟叔背信弃义时，张什和孟浣溪做了一笔交易。孟浣溪说，假如张什能在两年之内扳倒江百果，她就回到他的身边。

而当新年的钟声敲响，第二年了。

张什醉醺醺的，手指不听使唤，打了错，错了删，删了再打，最后终于给孟浣溪回了信息：我爱你第五年了。

当物以类聚，人以群分时，谁都以为张什和江百果是一类人，理智，无情。但就像每一个物种都有自己致命的弱点一样，每一个无情的人也都有他一往情深的例外。而说一不二的孟浣溪，就是张什的例外。五年前，张什为了孟浣溪，做了孟叔铁打的营盘里铁打的兵，在他为了她放弃了整片花园后，她嫁给了他；在他又对整片花园蠢蠢欲动时，她杀死了肚子里他们四个月大的孩子，离开了他。在她离开了他后，他发誓他会不惜一切代价，让她回到他的身边。

当时，张什并不知道，有一天他的“一切代价”里，会包括江百果。

直到一年前，孟浣溪找到张什，和他做了这一笔交易，给了他这唯一一次将功补过的机会。

张什口出狂言，说这是小事一桩，他拿了真金白银，要入股无误沙龙。他以为他有了话语权，就能将无误沙龙鲸吞蚕食。结果，江百果让他死了入股的心。张什出师不利，不得不再伺机而动。

更令张什头痛的是，江百果在三个月之内就让无误沙龙站稳了脚跟，在一年之内，就让孟叔一蹶不振。传闻，孟叔除了负债累累，还病由心生。身为江百果的师父，张什是心服口服。甚至，他能倒背如流的手机号，除了孟浣溪的，也就是她江百果的了。

总之，最令张什头痛的是，他对孟浣溪的男欢女爱是真的，他对江百果的爱徒心切，也是真的。

在无误沙龙一周年店庆派对上，孟浣溪三五个回合下来，就要暴露张什奸细的身份。张什一个脑热，便对孟浣溪动了手，无论如何，他不能让她坏了他的大事，就算是把她“废”了，他也要让她回到他的身边。说来，他和她动手也不是一次两次了，他们一个是一点就着，一个是眼睛里容不得半点沙子，几年下来，没少小磕小碰。

但令张什措手不及的有两点：一来，他以为他从路过的冉娜手中拿来的是一个纸杯蛋糕，但等他知道那不是一个纸杯蛋糕，而是一瓶玛歌庄园后，为时已晚；二来，江百果替孟浣溪挡了下来。

幸好，江百果是铁打的。

第二年了，不用孟浣溪废话，张什也知道第二年了，所以他才亲了江百果。他知道，他要毁掉江百果，就要先毁掉他和她的师徒情分。

至于江百果，她在张什处心积虑之际，在想一件事。

她在想，当新年的钟声敲响，池仁有没有跟老外学坏。

MISS.JIANDAO

第6章 朋友

周二，池仁从上海返回北京。

当他乘坐的出租车从北京首都国际机场驶上机场高速时，他打开了手机备忘录。他怠工多日，备忘录上的行程安排虽井井有条，但也罗列得令人望而生畏。

可这其中，并不包括江百果。

池仁没有把江百果在去年最后一次联络他记录在案。她说她有事找他，却又在今年销声匿迹。

按理说，池仁是可以化被动为主动的，但他从前天等到了昨天，又从昨天等到了今天，也就越来越被动了，如今再主动，就像是马后炮。是，她是说她有事找他，但以她的活络，没有他，她也一定能解决，毕竟条条大路通罗马。

但不安，他还是有的。当初，他请她帮他时，她是二话不说，甚至，他没请她帮他时，她都拔刀相助，如今换了她有事找他，他反倒躲了个干干净净。

没办法，谁让任何人、任何事，都要为唐茹让路。

这时，池仁一转头，看见了江百果。

前方大概是出了事故，这会儿，三条车道上的车子以每小时五公里的速度齐头并进，池仁看见江百果就在他右侧的车道上，驾驶着一辆黑色牧马人。显然，江百果先于他看见了他，相较于他的意外，她除了意外，还因偶遇而喜悦，按下了车窗。

别无他选，池仁也按下了车窗。

“这么巧？”江百果说道。

“我从上海回来。”

“我都不知道你去上海了。”

“你？”

“哦，东京有个秀，我让老张代表无误沙龙去露个脸。”江百果用右手握着方向盘，左手伸出车窗拍了拍车门，“老张的车。”

相较于江百果这厢的敞亮，池仁那一厢的车窗仅仅落下了一半。而终于，江百果看见池仁不是一个人，在他的左侧，还坐着一个女人。那女人像是一直在闭目养神，微卷的长发遮住了她面向左侧的脸孔。她穿着一件米色羽绒服，整个人清汤寡水得像是隐了身，直到她被池仁和江百果的对话打扰而转过头来，江百果才看见她。

像是看见大变活人，江百果的震撼指数高达五十九，就差那么一点点，她的车子就要以每小时五公里的速度追尾了。

而那女人当然是唐茹。

这一趟，赵大允驻守在了上海，但他说，新年新气象，离开了北京十四年的唐茹也是时候回去看看了。池仁知道赵大允是要做红娘，却不知道赵大允这样做是不是对唐茹最好。他不管这是不是对的，更无所谓他自己的好歹，他要做的，就是对唐茹好而已。他坚信他毁了七岁的她……乃至其后，否则如今含苞待放的她，又怎么会连个护花使者都没有？这想必是因为她拒他们于千里之外，想必是因为她十四年前的阴影。

总之，唐茹和池仁登上了同一班航班，回到了她离开了十四年的北京。

途中，唐茹晕机，直到上了出租车，仍面无血色。

池仁一侧身，背对江百果，面向唐茹：“好些了吗？”

唐茹点点头。

“是不是风吹到你了？”池仁在江百果的目光中，将车窗又关了一些。

“不会。”唐茹又摇了摇头。

江百果在接二连三的刹车中，将一切尽收眼底。

池仁终于又面向了江百果，即便没有天时，没有地利，他也不得不做中间人：“江百果，唐茹。”

江百果对唐茹点了头，一言未发。而唐茹对江百果礼貌地挥手：“你好。”池仁也将一切尽收眼底，江百果的点头刚刚好，反倒是唐茹，像是极尽讨好之能事。池仁有点不是滋味，假如战战兢兢的唐茹习惯了讨好每一个人，那么他就要代替每一个人加倍地讨好她，因为这是她应得的。

“那我们再联系。”池仁要给他与江百果的交流画下句号。

江百果没说二话，用她爪子一样的手比了个“OK”的手势。

就这样，池仁关上了车窗。接着，两辆车就像是在僵持了一个世纪后，分出了高下。池仁和唐茹所乘坐的出租车，一溜烟就将江百果驾驶的黑色牧马人甩在了身后。

江百果也要关上车窗的，但就在最后关头，车窗被卡住了。当车速飙升到了每小时八十公里，凌厉的风从那一道缝隙里钻进来，像刀片似的，一下下割在她的脸上。

他说她叫什么？唐茹？唐茹……大概和11号登机口的徐娅，和泰国普吉岛的小馨大同小异。而他，还真是不甘寂寞。

出租车上，唐茹稍稍振作了些：“那个江小姐，是你的朋友？”

“嗯……”池仁字斟句酌，“她是一个……很有意思的人。”

“看得出来。”

“什么？”

“我说看得出来，她很有意思。”

池仁没有再接话，他心事重重。这一次故地重游，唐茹势必会不虚此行，但是是往好的一面发展，还是会一发不可收拾，他没有太大把握。

池仁送唐茹入住了距他的公寓楼最近的一家快捷酒店，对此，他无可奈何。还在上海的时候，他就为唐茹预订了距他的公寓楼最近的一家五星级酒店，但唐茹坚持，她要花自己的钱，而她自己的钱，是住不了五星级酒店的。

至今，池仁和唐茹共进过三次晚餐，他请了她一次海鲜，她请了他一次火锅，两个人AA了一顿自助餐，也算扯平了。

另外，池仁送了唐茹一台笔记本电脑。唐茹说，下不为例。但池仁有一就有二，又送了唐茹一辆电动自行车。他抢先一步，说事不过三。唐茹将笔记本电脑和电动自行车的单据都拿到了手，总价一万两千块。

从上海飞北京的机票，唐茹也坚持要花自己的钱。所以这一次，池仁也没有坐商务舱。

从跨年开始，池仁就在唐茹身边部署了人手，当然，唐茹是被蒙在鼓里的。但始终，没有“穿夹克的男人”浮出水面。

无论是上海虹桥机场，还是北京首都国际机场，皆风平浪静。

鉴于快捷酒店的安保力度达不到自己的要求，池仁除了部署人手，更亲自入住了唐茹所在的605房间西北角的612房间。当然，这也是瞒着唐茹的。而在唐茹拿到605房间的房卡之前，或者说，在三天之前，他就派人踩了点儿，为唐茹安排了朝南的房间。

而他站在612房间朝北的窗口，就能看到他的公寓楼，以及“姚”会所的旧址。虽然，他看到的不过是冰山一角，虽然，在十四年前，唐茹就将这是非之地从她的脑海中连根拔除了，但他仍不敢贸贸然地带她直奔主题。

下午四点，池仁接到了他的人手发来的消息：唐小姐在大堂。

唐茹在大堂拿了一张地图，便离开了快捷酒店。池仁悄悄跟了上去。

从四点到六点，唐茹除了买了一支牙膏，漫无目的，米色羽绒服口袋里的地图形同虚设。池仁知道，在离开了十四年之后，唐茹不是来故地重游的，她是来找些什么的，虽然她也不知道她到底要找些什么。

六点，唐茹返回了605房间。

十分钟后，池仁在612房间用手机拨通了605房间的电话，问唐茹有没有恢复元气。唐茹说她没事了，还出去转了转，买了一支牙膏。

七点，池仁和唐茹坐在一家面馆里吃牛肉面，唐茹有言在先，这一顿她请。

唐茹戴了一顶毛线帽，热气腾腾的牛肉面一下肚，汗就出来了。她摘下帽子，头发乱糟糟地贴着头皮。池仁脱口而出："抽时间，我带你去剪剪头发。"

唐茹多了心，以为池仁嫌她，便又匆匆把帽子扣回了头上。

"我不是这个意思。"池仁翻开了一旁的酒水单，"喝点什么？"

"我不喝，你点你自己的，我请。"唐茹再三强调，这一顿她请。

池仁默默放下了酒水单。

但唐茹又翻开了："那我陪你。"

"我也不是这个意思。"池仁放下了筷子，"小茹，我们有话直说。"

唐茹像是求之不得，用手背抹了抹嘴："池先生，我们十四年没见面了，换了是你，一个十四年没见面的人无缘无故地找到你，说是你的朋友，对你比家人还要好，你能不能做到心安理得？"

"你怀疑我？"池仁好言好语，"小茹，我说了，你对我有任何疑问，尽管问我。"

"我问了，而你也回答了。你说你三十岁，无父无母，未婚，奉公守法；你说你在大学毕业后定居北京，是一名不多见的男秘书；你说你收入不菲，钱不是问题。"唐茹隔着毛线帽，挠了挠发痒的头皮，"你说你是我小时候的邻居、朋友。你知道我的父母姓甚名谁，知道我在这二十一年间到过哪里，甚至知道我有晕血症，所以，在我告诉你我有晕血症的时候，你一点也不意外，因为你早就知道。"

"有什么问题吗？"

"没问题吗？"唐茹隔着餐桌逼向了池仁，发梢掉进了牛肉面的碗里，"如果仅仅是一个小时候的邻居、朋友，真的会知道这些吗？"

池仁把唐茹的发梢捞出来，递给她纸巾："说到底，你还是怀疑我。"

唐茹撤退，靠在了椅背上：“你对我……有什么目的？”

“没有，我对你没有目的。我对你好，是因为你在我和我妈处于危难中的时候，向我们伸出过援手。”池仁说了不算是实话的实话，一笔带过。

“处于危难中的时候？可当时，我才七岁。”

“所以说，都是些小事，你忘了就忘了，不必强求。”池仁伸手，叫来了服务员，自作主张地要了两杯柚子茶，一冰一热，并抢先一步说，“你请，我答应你请。”

唐茹一声叹息。

两杯柚子茶上来了，池仁问唐茹是要冰的还是要热的，唐茹要了冰的，池仁便留下了热的。两个人像是在交锋中擦身而过，这会儿又双双按兵不动了。

池仁知道，他瞒不了唐茹太久。唐茹说得对，换了是他，一个消失了十四年的邻居、朋友从天而降，围着他团团转，他也会疑心重重。他知道，唐茹迟早会记起来，当年，自私自利的他强迫七岁的她做了什么，而七岁的她又对他有着怎样的大恩大德。池仁不怕唐茹记起来，毕竟，他找到她，就是来报恩的，他怕只怕，她会再一次不堪重负。

与此同时，唐茹也知道，她瞒不了池仁太久。

她骗得了赵大允，未必骗得了池仁，或者，她骗得了他一时，也骗不了他多日。这个男人骨子里，绝不似表面上的四季如春，倘若她做不到一鼓作气，他迟早会识破她并不是他苦苦寻找了十四年的那个“她”，她只怕到时候，她会吃不了兜着走。

可光是十四年前发生了什么，她都套不出他一字半句来！

唐茹知道，十四年前发生的那件事，是他对“她”唯命是从的根基，而当她一无所知时，根基除了是根基，更是绑在她身上的定时炸弹。但偏偏，那件事除了池仁和那个“她”，再也没有第三个当局者，包括她的雇主，也一样对此一无所知。

池仁的手机振动了一下。

赵大允发来消息：沈龙传媒搞定了，准备周六的第一次亮相吧。

池仁吃光了面：“周六晚上，要不要去参加个舞会？”

唐茹拿腔拿调：“我不会跳舞。”

“我们就是去凑凑热闹，无聊了，随时走人。”

“那什么时候……先带我去剪剪头发。”

周六晚，沈龙传媒作为业内的后起之秀，用舞会的形式来庆祝一年的累累硕果。而池仁的亮相，是作为沈龙传媒二把手孙明美的秘书——最新一任。

孙明美今年二十有八，比池仁小了两岁，生着东方人的脸孔，但从小接受的是西方的教育，回国后，和老马识途的吴煜共创了沈龙传媒。二人一女一男，一洋一中，一勇一稳，配合得天衣无缝。

当然，在池仁之前，孙明美也是有一个得力助手的，但既然池仁要来，他也就不得不将这个位置“让”出来了。在池仁的“安排”下，有人对那得力助手开出了不亚于天上掉馅饼的条件，他自然头也不回地另谋高就。

再有人穿针引线，池仁也就告别了柏瑞地产那个奄奄一息的空壳，做了孙明美最新一任的秘书，即刻上任。

时间倒退几个小时，周六下午一点四十，池仁带唐茄抵达了无误沙龙。冉娜笑脸相迎，但公事也要公办：“池先生有预约吗？”

“有，我和百果老师约了两点。”论公事公办，池仁自有一套，用了“百果老师”四个字。

赶上周末，无误沙龙里人头攒动。池仁从镜子的迷宫中找到江百果，一时间却难以分辨哪个是真的她，哪个又是镜子中虚幻的影像。

江百果把玩着银色的剪刀走上前来：“我都说了，你随时过来，不用预约。”

两天前，池仁致电江百果。当时，江百果在工作，没有接到电话。后来，江百果回电池仁，而池仁在陪唐茄回“家”的途中，没有接。十四年了，唐家当然不再是昔日的唐家，旧貌换新颜。唐茄置身于水泥森林，装作触景生情，便说要自己走一走。

借这个时机，池仁再回电江百果，江百果接了。

池仁问江百果周六下午两点有没有时间。江百果足智多谋，说：“你可以随时带她过来，不用预约。”

这个“她”，当然是指唐茄。

这一通电话，时长仅仅十二秒。毕竟，江百果还在工作，双方谁也没有一句闲言碎语。

“稍等。”眼下，江百果对唐茹点点头，不亲不疏，又是刚刚好。

江百果转身去扫尾，举手投足间，不疾不徐，但无论是客人，还是无误沙龙的人，都在来来往往中为她让了路。

唐茹怯生生地问池仁：“她是这儿的老板？”

池仁不知道从哪里拎了个高脚凳来，在座无虚席的无误沙龙中，为唐茹平添了一席：“她不仅是这儿的老板，还是最好的发型师。呵呵，敢自称最好的，至少勇气可嘉。”

“这可以坐吗？”唐茹不敢贸贸然。

“当然。”

“你是这儿的常客？”

池仁一转念：“倒也……不算常客。”

说来，这也才是池仁第三次过来。第一次，他陪何一雯过来，耍了个“雕虫小技”，连门都没进。第二次，他倒是滞留了整整十四个小时，但最后，抱着血淋淋的江百果上了救护车，也算不上善始善终。而这次，他一进门就得意忘形了，拿自己当了半个主人。

池仁再一次从镜子的迷宫中找到江百果。她去扫尾的客人是一位雍容的太太，五十岁上下，内外兼修。自始至终，江百果言笑自如，对那位太太和对一名学生，对一个男人，甚至和对他，似乎没什么两样。换言之，或许在江百果眼中，那位太太和一名学生、一个男人，甚至和他池仁，都不过是她的客人、她的泛泛之交罢了。

就这样，池仁没有再造次。

直到两点半，江百果带了个助理来，她半真半假地说，这是无误沙龙最好的助理。梳中分的助理给唐茹穿上了紫红色的袍子，带她去洗头。

而池仁分了心：他和唐茹从一点四十等到两点半，这会不会是江百果的别有用心？他分明约了她两点，她还大包大揽，让他随时过来，但到头来，她却让他和唐茹枯坐了近一个小时。

大体上，池仁这个人可以一分为二。感情的事，他感情用事，沦为食物链的末端。但感情之余的事，他能右手画圆，左手画方，他能不能站上食物链的顶端，全凭他想或不想。

至于对江百果，池仁是后者。也就是说，她是他“感情之余的事”。

他第一次见她，在北京首都国际机场，是她多管闲事，他谢了她，以为两不相欠。

他第二次见她，在泰国普吉岛的海滩，又是她多管闲事，他们鸡同鸭讲，他说他和她就像是两个世界的人。

他第三次见她，在泰国普吉岛的汪洋大海，一如既往，是她多管闲事。但既然她救了他的命，他不妨让她帮人帮到底，请她做了他的老师。

此后，她虽美其名曰“老师”，但上不上课，逃不逃学，合不合格，全凭他这个学生说了算。一言概之，他才是占了上风的那一个。

今天也不例外，江百果虽给了他和唐茹近一个小时的下马威，但末了，他还是识破了她。

“跟我来。”江百果带路，带池仁离开了鱼龙混杂的无误沙龙，来到了她常常独处的天井。

站了四个小时，江百果在人后筋疲力尽，蹲下身，一把皮包骨还遵循惯性上下颠了颠。她摘下头上的黑色礼帽，压在下面的刘海儿纷纷垂下来，遮住了她的眉眼。她用手抓了抓，像个离家出走又无处可去的孩子。

“很辛苦吗？”池仁跟着蹲下身，尽管他穿着笔挺的灰色西装裤。

江百果一笔带过：“习惯了。”

“你的头发也该剪剪了。”他打量她。

江百果也嫌发梢扎眼睛，晃了晃头：“得等老张从日本回来。”

池仁眉头一蹙：“一定要他操刀吗？”

“老规矩了。一样的，他的脑袋非我莫属。”江百果穿了件褐色的灯芯绒衬衫，或许不是衣服宽大，而是无论什么衣服穿在她的身上都显得宽大，下摆若有若无地拨弄着地面。

池仁没说话，手摸向了裤兜里的香烟。

江百果的手也摸向了裤兜里的口香糖，同时也摸到了镊子。她下了下狠心，没去碰它。

就像是别人家的饭永远比自家的香，池仁眼馋江百果的口香糖，便把抽出来的一支香烟又塞回了烟盒，也不管它会不会被拦腰折断。他向江百果伸手，江百果给他倒了两粒，之后，一如既往地给自己倒了三粒。

那沁人心脾的薄荷味令江百果戒不掉。

“你那天找我，什么事？”池仁话一出口，他才知道他仍对那天的事念念不忘。

“那天？哪天？”

“跨年那天。”

“哦……”江百果若有所思，一口白花花的利齿被禁锢在了没什么血色的薄唇之内。

“解决了？”

“没，还没解决。”

池仁表明立场：“那能帮的，我一定帮。”

这时，梳中分的助理远远地对江百果打了个响指，表示要把唐茹交还给江百果了。江百果一边站直身，一边向池仁伸了手，要拉他一把：“还要不要请你帮忙，容我再想想。要知道……那不是小事一桩。”

池仁握住江百果的手站直身，没有在第一时间松开她。他将她的手背翻到了上面，她的青筋是挥之不去了，但血丝褪去了大半，没那么骇人了。他这才松开了她。

江百果再度扣上了黑色礼帽：“她是你女朋友吗？”

“不是。”池仁无半点虚言。

“那就好。”江百果把刘海儿塞回礼帽，“一个有女朋友的男人，是不可以碰其他女人的手的，绝对不可以。”

“就算对方是朋友，也不行吗？”

“不行。”江百果的手冻僵了，刘海儿怎么塞也塞不齐整。

池仁拨开江百果的手，为她代劳。她小小的个子，就到他的胸口，这会儿不再像离家出走，却又无处可去的问题儿童了，反倒像个赶着去上学，却怎么梳都梳不好麻花辫的学习委员，但总之，她像个孩子。谁又能知道，她是无误沙龙的所有者，是让张什甘拜下风之人，是孟浣溪的眼中钉、肉中刺。

池仁的手穿过江百果的黑发，扣住她的头顶。她连骨头都像个孩子，单薄得连脉搏都在夸张地蠢蠢欲动。天井呈狭长的一条，池仁不能上天，也不能入地，不免因为江百果的“与众不同”而冲动。

他冲动地说道：“以后，我帮你剪头发，这也没什么难的。”

江百果耳根发了热。

池仁把江百果最后一绺刘海儿塞进了礼帽，手掌隔着那一层薄薄的黑色呢子，仍牢牢地压在她的头顶。他知道，只要他这么压着，她就抬不起头来，只要她抬不起头来，他就不用面对他的“祸从口出”。

以后，他帮她剪头发？凭什么？他凭什么？她有张什，而即便没有张什，她的无误沙龙人才济济。

还“这也没什么难的”？他真是吹牛不打草稿了。

他才把她归类为“感情之余的事”，才对他占了上风而沾沾自喜，而这……是不对的。

被池仁这么压着，江百果说抬不起头来，还就真抬不起头来。她没办法，狠狠推了池仁一把，转身就走。

“江百果。”池仁喊道。

江百果没有停下脚步，双手插进裤兜，握住了她的镊子。那独属于镊子的逼人寒气和棱角令她渐渐安心。

池仁又喊道：“江百果！”

这一次，江百果停下脚步，泰然自若：“拜托，我今天还有十二个客人。”

池仁人高马大，三两步就追上了刚刚快马加鞭的江百果。一旦他将她打回“感情之余的事”，他便是谈判中的主导者，明明不是商量，却偏偏用好商好量的口吻：“我们做朋友好不好？”

江百果知道，池仁口中的“朋友”，是普通朋友。而假如她说不好，他们便连普通朋友都没得做。

我们做朋友。这五个字，江百果耳熟能详，对，对对，它是三番五次被她当作句号的，对赵宾斌，对王约翰，对张三李四，屡试不爽。但这一次，它被池仁当作了开场白，他和她没有开始，便迎来了句号。

“我不是你的老师吗？”江百果装腔作势，“尊师重道……”

池仁打断了江百果：“不用，我不用你做我的老师了。我们……”

江百果上了火，以牙还牙，以眼还眼，也打断了池仁：“客人在等我。”

江百果又一次转身就走，背对着池仁摆了摆手，洒脱得像是道了一句“后会有期”。到底，池仁又摸出了那一支香烟，那一支被他抽出来，又塞回去，又抽出来的历经千锤百炼的香烟，他把它叼在嘴里，分不清谁比谁更坎坷。

总之，江百果的不置可否，令他隐隐不安。

唐茹穿着紫红色的袍子，绞着手，端坐在熙熙攘攘的人群中。

江百果说了一声“久等”，便魔术师般将白色的围布抖了一抖，唰的一声，围布笼罩了唐茹。围布的边缘像是最后一圈的涟漪，落在了唐茹优美的小腿上。

江百果在唐茹的身后站定，二人亲密无间，却隔着一面落地镜遥遥相望。唐茹的头发还在滴水，死气沉沉地搭在头皮上，又杂乱地披到脑后。在江百果眼中，这个时候是最考验女人容貌的时候，额头是不是干瘪，耳郭是不是有福之人的模样，是婴儿肥，抑或是国字脸，这时候暴露无遗。

但眼下，江百果关心的是另一件事：“你说你是自然卷？”

“有什么问题吗？”唐茹莺声燕语。

江百果打开了吹风机：“没，没问题。”开了眼角、垫了下巴、一脸玻尿酸却打死也不承认的女人比比皆是，但连烫个头发都遮遮掩掩，坚持自己是自然卷的，不多。但不多，不代表不行。

江百果不予追究。

鉴于江百果一米五八的身高，唐茹的椅子被调得矮了些，让她坐得有些憋屈。她一跷二郎腿，脚尖踢到了落地镜，使得镜子中的她连同江百果在震颤中变幻莫测。唐茹倒吸了一口寒气，又悄悄摆回了双腿并拢的坐姿。憋屈？她一个天生的演员，演个楚楚可怜的受气包，虽手到擒来，但憋屈的地方，又何止是这双腿并拢的坐姿！

她不能能言善道，不能浓妆艳抹，不能一醉方休，尽管那个叫池仁的男人秀色可餐，她也不能想入非非。

她拿人钱财，替人消灾，不能越雷池半步。

但这通通不在话下。一直以来，她就是个两面派，夜色中纵身一跃跃入纸醉金迷的世界，天亮了，再扮演她的小家碧玉，从没露过馅。否则，那条自称小邓的走狗也不可能代表雇主万里挑一般挑中她，对她委以重任。

江百果拿上了剪刀：“修一下，还是？”

“等下有个舞会，池先生说你是最好的，你帮我决定。”

“舞会？你是说今天？”江百果用勾着剪刀的右手食指稍微托了托帽檐。

唐茹半推半就：“我不出洋相就谢天谢地了，总之，你帮我……”

唐茹话音未落，江百果就在做她该做的事了。刚刚，她对池仁说她今天还有十二个客人，而这其中，还不包括唐茹，否则，就是十三个了。江百果用余光看了看墙壁上的挂钟，三点了，而她临时决定，要在六点赶赴一场她之前拒绝了的约会。

换言之，她要在三个小时之内，解决掉十三颗脑袋。

“礼服？”江百果问。

唐茹结结巴巴地道：“孔雀蓝，一字肩，有点……怎么说呢？有点像是回到十八世纪的欧洲。”

“巴洛克。”江百果点点头，剪下了唐茹的第一绺发丝。

至于池仁，他在解决掉了那一支扭曲的香烟后，回了等候区。

直到唐茹对着镜子里的池仁挥了挥手，江百果一抬眼。

“你叫他池先生？”江百果问唐茹。

唐茹拿不准江百果的目的：“嗯？嗯。”

“那他怎么称呼你？”江百果将剪刀插回了腰间的挎包，补充道，“哦，他怎么称呼你？我好随他。”

“小茹，他叫我小茹。”

江百果绕到唐茹身前，和唐茹面对面，微微弯下腰，用刷子扫去了唐茹脸上的碎发，动作不轻不重，但若一定要选其一，那一定是重。她重复了一遍：“小茹。”

唐茹双手撑在扶手上，身子向后退了退。

江百果若无其事，又绕回到了唐茹的身后：“我帮你把头发盘起来。”

“不用了。”鉴于椅子真的太矮了，唐茹多一秒也坐不下去了。

“十八世纪的欧洲，你要披头散发吗？”江百果坚持。

唐茹从镜子里寻求池仁的支援，无奈，池仁在讲电话。

江百果有感而发："小茹啊，你有没有觉得，电话是池先生生命中不可或缺的一部分？"

而唐茹是唐茹本身也好，是演员也罢，总归是女人，是一种最善于把握蛛丝马迹的生物。唐茹终于好好打量了江百果，她的眉眼始终掩在压得低低的帽檐之下，鼻尖布满因全力以赴而渗出的汗水，两片严丝合缝的薄唇没什么血色。她大概比唐茹矮了半个头，三百六十行，却偏偏入了这一行，令包括唐茹在内的一切大个子都要坐在她的眼皮底下。

她穿着灯芯绒衬衫和直筒牛仔裤，袖口卷着，裤管也卷着，暴露着她干枯的手腕和脚踝，一举一动却孔武有力。

总之，她和在机场高速上留给唐茹的第一印象并无出入：过刚者，易折。

不足为奇。

"这我倒是没觉得。"唐茹娓娓道来，"他和我在一起的时候，从来不接任何人的电话，有时候我都怀疑，他是不是在避讳我。"

闻言，江百果一分心，唐茹的一绺秀发便从她的指缝间滑了下去。

她将错就错，将唐茹的那一绺秀发就留在了颈侧。她轻笑："那一定是因为任何人的电话，都没有和你在一起重要。"

"但愿吧。"唐茹对着镜子左右照了照。

池仁带唐茹告辞的时候，江百果没有亲送，甚至连道别都没有。她站在下一个客人的身后，谈笑风生。

唐茹回头看了一眼，收回了对她"不足为奇"的评价。

在唐茹心里，有这样一张纸，从中间一分为二，一边是她知道的事，另一边，是她不知道的事。比如，她只知道她是拿人钱财，替人消灾，却不知道她是拿了什么人的钱财，要替什么人消灾。比如，她只知道池仁寻觅了二十一岁上下，自然卷，以及身患晕血症的"她"十四年，却不知道"她"的晕血症从何而来。比如，她只知道那一条叫小邓的走狗要她和池仁两情相悦，所以，她借由跨年，自导自演了一场跟踪和被跟踪的戏码，却不料，池仁咬钩会咬得那么急。

又比如，她知道池仁就住在612房间，却不知道，要怎么走进他的房间。

又比如，唐茹知道，那个叫江百果的女人恐怕没那么简单，却不知道她到底高明在哪里。

至于池仁，他也回头看了一眼江百果，像是在看和不看之间天人交战，但最终，还是看了。这个家伙，令每一件事悬念丛生，像是落了下风，却又不甘于落了下风。

“我这样……会不会太夸张了？”唐茹揪了一下池仁的衣袖。

池仁为唐茹披上外套：“不会，很好看。”

MISS.JIANDAO

第7章

Moonlight and You

下午五点五十八分，江百果为她今天的最后一位客人撤下了白色围布，右手手指神经性地颤抖。冉娜为她拿来了一杯冰茶，插了吸管，直接送到她嘴边：“都说不去了，怎么又去了？”

江百果嘬着嘴，一饮而尽：“我要给自己一次机会。”

“也好……”冉娜一攥拳，拳头像馒头似的，“加油。”

冉娜以为，江百果是要给自己和吴煜一次机会。毕竟，自从跨年起，吴煜对江百果的追求，是无误沙龙众人有目共睹的。而冉娜更知道，吴煜邀请了江百果在今晚出席沈龙传媒的年会，但之前江百果是拒绝了的。

而只有江百果自己知道，沈龙传媒的年会是一场舞会。适才，唐茹也提到了舞会。那么，至少有百分之六十的概率，那会是同一场舞会。

百分之六十，这概率够高了。

总之，只有江百果自己知道，她要给自己和池仁一次机会。

江百果在晚上七点四十分抵达了威尔士酒店。事先，她没有就她的“出尔反尔”联络吴煜，以至于眼下，她被两名警卫拦在了红毯的入口，被要求出示请柬。

“我是……吴总的朋友。”江百果临危不乱，但不能否认，这金碧辉煌的酒店稍稍超出了她的预期。说来，她和吴煜也是新识，她知道吴煜的名片上写着沈龙传媒归他所有，却不知道所谓沈龙传媒是方是圆。

这时，警戒线外一阵骚动，一群粉丝上蹿下跳地高呼着偶像的名字。尽管今晚他们的偶像并不是主角，那油头粉面的小生站在孙明美的身边，是衬红花的绿叶。作为沈龙传媒的二把手，也就是池仁的新上司，孙明美穿着桃红色的旗袍和白色貂皮，配以她不中不洋的做派，五分婉转，五分豪迈，左右互搏似的。

警卫们一心扑在了孙明美及其偶像男伴的身上，冷落了江百果，直到粉丝中扔出了鸡蛋，砸向了那小生，质问他在上一段恋情中是不是脚踏两条船。

而鸡蛋砸向哪里并不重要，重要的是，它砸中了江百果。蛋壳在江百果的额头上四分五裂，蛋液便沿着江百果的脸缓缓淌下。

警卫兵分两路，一路以迅雷不及掩耳之势控制了“大义凛然”的粉丝，另一路护送孙明美及其偶像男伴踏上了红毯。他们照旧是出尽了风头，徒留下江百果这代罪羔羊一身狼狈。

至此，江百果是想离开了的，她想，她本就不该来的。她这一来，不过是有百分之六十的概率能和池仁不期而遇，却有百分之一百的概率要对吴煜强颜欢笑。

更甚的是，在和池仁的百分之六十里，她有百分之九十的概率，除了道一声“好巧”，其余的什么也做不了。

这样的赔本买卖，她不该做的。

总之，至此，江百果一边不断从头上摘下蛋壳，一边想苦海无边，离开算了。

而池仁和唐茹就是在这时登场的。无疑，他们也是不折不扣的一对璧人，否则，警戒线外的骚动不会死灰复燃，献给他们这无名小卒。而江百果仍把守在红毯的入口，虽不是拦路虎，但池仁和唐茹也不能对她视若无睹。

唐茹在孔雀蓝中肤如凝脂，在一字肩下凹凸有致，一米七的身子骨，踏在三厘米高的高跟鞋上，仍亭亭玉立。毋庸置疑，出自江百果之手的盘发为她锦上添花，而从发饰上垂下的面纱令她的杏目转盼流光，却又刚刚好地露出她的朱唇榴齿。

反观池仁，他为唐茹的装扮尽心尽力，对自己，倒像是将就了。

他穿了一套黑色西装，连衬衫、领带和鞋子也都是黑色的。他的刘海儿如常向后梳去，一丝不乱，甚至连发丝之间的间隙都整齐划一。他因为懈怠而走了寻常路，又因为走了寻常路而无可挑剔。

至于江百果，她比任何一个人都能在这种情形下稳住阵脚，但也如同任何一个人无法鉴于这种情形就令时光倒流。她在红黑相间的格子斗篷下，穿了黑色雪花呢的锥子裤和黑色粗跟皮鞋，纵然她的锥子裤裤线笔直，皮鞋也锃亮，但一念及脸孔上快要干涸了的蛋液，她的举手投足到底是不能像她的斗篷一样熨帖。

“江小姐？”唐茹的开场白合情合理。

江百果笑盈盈地一抬手，算作打过招呼。

“你怎么会在这儿？”池仁问得也合情合理。

江百果轻描淡写：“吴总叫我来凑凑热闹。”

“吴总？你是说……吴煜？”风平浪静下，池仁对此竟兴致勃勃。

但同时，池仁看到江百果的发梢间还残留了一片蛋壳，他伸手伸到一半，又打住了，改为指点江山：“这里……”

江百果摘下蛋壳，不问自答：“不管你们信不信，这不是冲我来的。”

池仁话锋一转，转了回来：“你说你是吴总的朋友？”

这时，警卫偏偏又顾得上江百果了，对江百果下了最后通牒。池仁掏出请柬：“这位小姐是我的朋友。”

警卫对池仁毕恭毕敬，但公事仍要公办：“池先生，您一张请柬仅允许携一位女伴，您看……”

就这样，池仁被杀了个措手不及，竟面临二选一的难题。

唐茹不是等闲之辈，纤纤玉指挽住了池仁的手臂。面对众人的目光，令人应接不暇的闪光灯，以及平白无故便又骚动的粉丝大潮，唐茹的惶惶之色并不过分。她低低地唤了一声：“池先生……”

就这样，江百果改变了主意。

在这个人心隔肚皮的世界，对一个连头发是不是自然卷都要谎报军情的女人，江百果不认为有必要手下留情。就这样，她改变了主意。她不管唐茹留下来是为了什么，不管唐茹是人是鬼，不管唐茹这么做对吴煜是不是公平，甚至来不及计算自己的胜率，便决定留下来。无论如何，她要做池仁那难题的答案，也就是那二选一的“一”。

江百果向池仁讲道理：“池仁，你可不可以先带我进去……梳洗一下？”

池仁转头，安抚地拍了拍唐茹挽住他手臂的手：“小茹，你在这儿稍等我一下。”

这是唐茹始料不及的。

小邓明明有言在先，说池仁会为了她赴汤蹈火。虽然他们谁也不知道，在十四年前她和池仁有过多不一般的过往，但小邓斩钉截铁，说她是池仁的无可替代。那么，这江百果又算哪根葱？

就这样，唐茹贴向了池仁，睫毛连同音调都颤巍巍的：“拜托，别扔下我。”

而小邓到底是对的，但凡“她”动动小拇指，池仁便没有半个不字。

池仁毅然决然地放弃了江百果，却还“假惺惺”地出谋划策：“快给吴总打个电话。”

江百果把点点滴滴尽收眼底，做最后一次努力：“我总不能这个样子……”

唐茹的手从池仁的手肘上滑下去，握住了他的手。

于是乎，池仁要速战速决了：“我进去再帮你想办法。”

“我不需要你想办法……”江百果仍在坚持，“我需要的，只是进去梳洗一下。”

警卫受够了江百果：“这位小姐，还请借一步说话。”

江百果挥开了警卫，凶神恶煞般：“我好端端的被误伤，你们还没给我一个说法。这笔账，我们等下再慢慢算。”

但对池仁，江百果还在讲道理：“池仁，我和小茹一样身为女孩子，但眼下她光彩照人，我却这副德行，我们能不能不讲感情，先讲讲道理？你真的要对我吝惜这举手之劳？”

“对不起。”池仁反手握住了唐茹的手。如同江百果有她的镊子，而他有他的唐茹，唐茹是他的定心丸。

而江百果找不到她的镊子，她出门出得急，忘了把它装进口袋：“对不起什么？”

“无论是感情，还是道理，都要为她让步。”池仁带走了唐茹。

红毯有如通天大路，而池仁和唐茹是天作之合。他走得无情无义，和江百果心目中最初的那条可怜虫判若两人。反观唐茹，她还回了一下头。她耳畔的一绺秀发，是江百果一不小心后将错就错留下来的，正随风摇曳着，像是嘲讽着江百果的鸡蛋碰石头。

江百果被警卫们押解而去。他们受够了她的“胡编乱造”，先礼后兵了。

池仁也算言而有信，在安顿好了唐茹后，带了孙明美的口谕来寻江百果。无疑，他扑了个空，甚至连警卫们都不知道江百果最后何去何从。

舞会在晚上八点整拉开帷幕，吴煜和孙明美相继讲了话，并共舞了第一支曲子。池仁作为沈龙传媒的“后来者”，依序打点了上上下下。这对足智多谋的他而言并不难，只是他对江百果的所作所为令他久久不能释怀。

池仁自认为，他是恩将仇报了。

他和江百果非亲非故，她帮了他一次又一次，还将毕生所学对他倾囊相授，甚至就在今天，她还为唐茹在无误沙龙的消费打了七折。而他，却一次又一次地把她摆在了抱歉的位置。

这是第一次，他看到她失态。

这是第一次，她不是他心目中的她了。昔日，她头破血流，仍有的是分寸，如今，区区一枚鸡蛋反倒令她失态了。就在刚刚，他看到她迁怒于警卫，不分青红皂白。

从晚上八点到八点四十分，池仁再三衡量，等再见到江百果，他是要将他和唐茹的渊源和盘托出，还是要装作今天的事不曾发生。而江百果又能不能将今天的事一笑置之，这甚至决定着，他还有没有机会再见到她。

总之，池仁是万万没想到，在八点四十分，他就再见到了江百果。

是他死心眼了。江百果都说了，她是吴煜的朋友，那么，她就理应能进来，非但能进来，还理应是这副盛装。

她盛装登场，在吴煜的臂弯里，和他共舞了一曲《After the Storm》，引得在场众人窃窃私语："她是谁？"

池仁自然知道，她是江百果。

纵然，她已不是他心目中的她了。

她身穿一条纯白色鱼尾礼服，通身是薄如蝉翼的蕾丝，像第二层皮肤似的贴在身上，高领、长袖，独独露出了大片的脊背。而眼下，吴煜的手掌就贴在那儿。她的发型几乎和他的如出一辙了，将刘海儿光溜溜地梳到脑后，于他，是气宇轩昂，于她，则是盛气凌人，同样质地的蕾丝发带在颈侧打了个结，勾魂摄魄。

破天荒地，她化了妆，眼尾高挑，薄唇鲜红，艳光四射。

在场的众人仍交头接耳："她是谁？"

吴煜的男女之事一向乏善可陈，这还是他第一次把一个女人带上台面。

孙明美连跳了三曲，整个人汗津津的，跷着二郎腿一坐，健硕的大腿从旗袍的开叉中坦荡荡地露出来："我还以为老吴不近美色，原来，是时辰未到。"

池仁试探地："她是吴总的……女朋友？"

"这问题，难道不该是你来回答我吗？"孙明美瞥了池仁一眼，"多少人向我保举你，希望你不会让我失望。"

"一定。"池仁点到为止。

池仁之所以煞费苦心进入沈龙传媒，做了孙明美的秘书，和他昔日进入柏瑞地产做何一雯的秘书，有着同样的目的——总有一天，他要让那个人血债血偿。但不一样的是，柏瑞地产和那个人的致鑫集团一荣俱荣，一损俱损，而沈龙传媒却是那个人的绊脚石。

所以，池仁要做的，无非是让沈龙传媒这块绊脚石变成巨石，变成大山，变成那个人连飞也飞不过去的大山。

相较于吴煜的保守，孙明美是个不折不扣的激进派，而能助池仁一臂之力的，恰恰是她的激进。总之，池仁的当务之急便是要先助孙明美一臂之力，架空吴煜。

但眼下，池仁不关心吴煜和孙明美的鹬蚌相争，也不关心沈龙传媒的发展，甚至将那个人的恶有恶报都抛到了脑后。眼下，他唯一关心的是，为什么这一曲《After the Storm》没完没了。

唐茹自然也知道，那个被推上风口浪尖的女人，是江百果。

她见过三六九等的男人、千奇百怪的女人，见过不如她的，也见过略胜她一筹的，江百果却是第一个令她跌破眼镜的。她下午才见过江百果，当时江百果不过是一个给她剪头发的陌生人，全身皮包骨头，但此时……

此时她艳光四射，她是吴煜的座上宾。而吴煜，甚至比池仁的上司孙明美更有权有势。

而最令唐茹坐不住的是，连池仁也对江百果目不转睛了。

唐茹握住粉拳，拍了拍胸口："池先生，我有点闷得慌，我们可不可以出去走走？"

池仁一动不动。

唐茹再看向江百果和吴煜。他们的迂回步技惊四座，吴煜虽相貌平平，毛发稀疏，举手投足却是个地道的谦谦君子；她虽皮包骨头，通身雪白，摒弃了花红柳绿，一颦一笑却是不可一世。

唐茹急了眼："池先生……"

池仁如梦初醒："嗯？"

唐茹不得不耐着性子："我是说……"

但池仁没有给唐茹第二次机会，他不由分说拉上她，融入了舞池："不会吗？我来教你。"

唐茹措手不及，虽穿着只有三厘米高的高跟鞋，却崴了脚。区区华尔兹，她是会的，说不会，是演戏。一融入舞池，在池仁的退步下，她便不由自主地进了一步，几乎是天衣无缝。随即，她才又做回演员。

池仁却不疑有他："来，我往左退，你往右进，像刚才那样。"

相较于原地打转，唐茹走了一步险棋："池先生，你喜欢江小姐？"

“谁？”池仁一怔。

“江小姐，江百果小姐。”唐茹暗想，装什么装？

而池仁还真不是装的。那一刹那，他还真没有把“江小姐”和江百果对上号。在他心里，江百果是一名久经沙场的战士，是一头青面獠牙的小兽，是一座至高无上的巅峰，却独独不是一个……女人。

直到唐茹点拨了他，他才恍然惊醒，原来她也是一个女人。

“我当她是朋友。”池仁斩钉截铁道。

这时，江百果的目光锁定在了池仁的脸上，无论池仁是和她四目相对，还是对唐茹轻声细语。久而久之，池仁动了气，这个女人一定要这么极端吗？不看他时一眼不瞧，从她一登场，到一支舞都要跳完了，一直视他如无物；这一旦看了，便又直勾勾的，甚至连对吴煜轻声细语时，她都在看他。

池仁满腹疑问，这么久，她到底在吴煜的耳边呢喃了什么？

而稍后，江百果便揭晓了答案。

一支舞跳完，吴煜和江百果便挡住了池仁和唐茹的去路。吴煜无须多言，一伸手，便对唐茹发出了下一支舞的邀请。池仁茅塞顿开：这一定是江百果的“阴谋诡计”。

唐茹不能拒绝吴煜，也就不得不把池仁留给了江百果。

无疑，这也是池仁万万没想到的。他以为，对于他的恩将仇报，江百果是不会原谅他了，即使说原谅，也一定是口是心非，却不料，江百果对适才的事绝口不提，还对他满面春风。

甚至，不等他礼貌地伸手，她便先伸了手：“不知道我有没有这个荣幸？”

池仁不能拒绝江百果，更何况，这一曲《Moonlight and You》还是他的挚爱。

仍是江百果主动，她向池仁迈出小小的一步，执起他的手，仰视他：“我不大会穿高跟鞋。”

所以，她没有穿高跟鞋，银白色的舞鞋是平底的，站在吴煜的身边，还算相配，投入了池仁的怀抱，却显得分外娇小。

池仁的手掌落在江百果的脊背上，那一对蝴蝶骨尖锐而脆弱，像是只要他轻轻一捏，他们就会两败俱伤。

“没想到你是吴总的朋友，世界真小。”池仁在带江百果做了一个旋转的动作后，直入主题。他有他的目标，他可以对她抱歉，也可以和她共舞，甚至可以迁就她的娇小，但他要知道的事也一定要知道。

“怎么？在红毯上的时候，你以为我是个骗子？”

“不，我是说……你们是怎么认识的？”

江百果微微踮着脚，又要保持动作的轻盈，尤其是在后退拖曳的时候，便吃力得很，但她还坚持得住：“他在追我。”

“哦？”这个答案，在池仁意料之外，但细细一想，又在他意料之中。

江百果知无不言，言无不尽：“我和他第一次见面，是跨年那天，在pub，我们有共同的朋友。他对我一见钟情，虽然，我们共同的朋友说他这个人就像根木头，但我看未必。至少，他对我展开的攻势是五花八门。”

池仁点点头：“跨年那天……我们还通了电话。”

“视频。”江百果纠正。

“对，视频。”池仁又点点头。他垂着眼，江百果的额头就在他的眼皮底下，在她发际线的位置，生长着细细软软的绒毛，令她不折不扣地像一头还没有进化完全的小兽。

“那天，你说你有要紧事。我们没讲几句，你就挂断了。”

“嗯，那天……我和小茹在一起。”

这次，换江百果点了点头。

池仁不再说话，他问了他该问的问题，也得到了他要得到的答案，再说话，怕言多必失。

于是乎，换江百果上场。她请吴煜带走唐茹，当然不仅仅是为了和池仁共舞一曲，她也有她的目的：“池仁，今后我就不是你的老师了。”

不是老师，是朋友了吗？那正合他意……他和她的关系，本就该化繁为简。

却不料，江百果还有下文：“池仁，你能不能做我的老师？”

“什么？”池仁一怔。

“教我。”江百果踮着的脚不堪重负，鞋跟终于在后退时重重地落在了地板上，而这是狐步舞的大忌，所谓轻盈，化为乌有。

“教我。”当初，他也曾这样请求她，一字不差，连语调都像是一个模子刻出来的。

池仁的掌心微微汗湿了：“我能教你什么？”

江百果放下了她搭在池仁肩头的手，手指指向了他的心脏：“教我，怎么才能伤心。”

“我不懂。”池仁的头有些昏沉沉的。江百果骨子里散发出来的香味，是由成千上万的化学药剂混杂而成的，不亚于慢性的毒药。

“不会的，总要学学。”江百果是认真的。

“不会伤心，不好吗？”

“你就当我是好奇。”

“好奇往往是会付出代价的。”

江百果好言好语：“那你就当是礼尚往来，行不行？有借就要有还。”

池仁猛地带江百果左转步，由于江百果的手还没有回到池仁的肩头，她几乎被他甩了出去。他一用力，才又在千钧一发之际将她拉了回来。

“我何德何能，能教你这个？”池仁也是认真的。

江百果鼻子微微发酸：“千万别妄自菲薄，你是独一无二的人选。”

“江小姐……”池仁从称谓上就要退避三舍。

“你不是叫我百果的吗？”江百果强词夺理，“人往高处走，水往低处流，我们不能倒着走。”

“好，百果。”池仁不在小事上斤斤计较，“我们就事论事，我首先要得到你的心，才能让你伤心。”

江百果点了点头：“是这样。”

“已经，你是说我已经得到你的心了吗？”池仁没有百分之百的把握。

“快了，你只要再努力一点点。”

池仁总结陈词：“也就是说，你要我追求你，再抛弃你？”

江百果双目放光：“就这么简单。”

池仁不悦："简单？感情不是儿戏。"

"正因为感情不是儿戏，我才会向你提出这样的请求。"江百果豁出去了，她甚至在舞步上都化被动为主动，"池仁，你说过，人类之所以被称为高等动物，是因为我们除了理智和头脑，更有感情，否则，和禽兽有什么两样？"

"我是说飞禽走兽。"池仁纠正。

江百果却自顾自地继续说道："我不知道你经历了多少段感情，但我经历过的，一定不会比你少。当你全身心地投入时，我却在拿那些男人做算术题，他们的优点是加分，缺点是减分，和我合不合拍是系数，总之，我可以计算出我每一段感情的结果。那些成败与否我不必交给时间，因为我早就知道了答案，而我……厌倦了这样。"

池仁嗤笑："你好大的口气。"

"对你？我不敢。"江百果无比坦白，"因为我计算不出我们的结果，因为我看透了那些男人的花花肠子，却连你的身高都猜不中。"

"一百八十六。"

"你看，我从一八三修正到了一八五，却还是有偏差。"

池仁一转念："你说你计算不出我们的结果？"

"难道你有答案？"江百果不无期待。

池仁看向了唐茹。在这一曲《Moonlight and You》中，这是他第N次看向唐茹了，他看到她在吴煜的怀抱中惶惶不安。假如说江百果像一锅热水，在每一次的旋转中摩擦生热，那么，唐茹就像一块坚冰，手脚愈来愈不听使唤，在每一次的打磨中饱受煎熬。

池仁将江百果带向了舞池的边缘："我的答案就是，我们是不会有结果的。"

因为，只要唐茹对他有一丝一毫的依赖，他便会全心全意地将自己奉献给她，绝不分给其他女人一丝一毫，江百果也不例外。只要唐茹不放开他，他便不会放开她。

江百果被池仁强行带向了舞池的边缘，仍不肯放弃："那就再好不过了，你尽管来伤我的心。"

"我没有答应你。"

"你一定要答应我，这是你欠我的。你忘了吗？当初你可怜兮兮的时候，我是怎么可怜你的？”江百果红了眼圈，“求你了，帮帮我，让我做一件我不知道答案的事，让我不及格一次，让我输一次，让我知道我和飞禽走兽是不一样的……”

江百果话音未落，池仁松开了江百果，转身离开。

他没有和她跳完这一支舞。而她有百分之百的把握，他是故意的，他在这一曲《Moonlight and You》还有六秒钟便结束的时候转身离开，故意给了她没有结局的结局，又一次。

吴煜和唐茹的这一支舞虽有始有终，但二人在该分开的时候，像弹开似的分开了，一拍两散。

当唐茹回到池仁的身边时，吴煜也回到了江百果的身边。

吴煜今年三十有三，堪称大器晚成。从昔日的光棍儿，到如今的黄金单身汉，他并非对单身情有独钟，而是没有遇上令他情有独钟的人罢了。

直到跨年那天，他遇上了江百果。

人人都说江百果是个冷血动物、刽子手，“杀人不眨眼”，但吴煜自有一套，他说她是个弱小，而他将是她的英雄。

虽然，连江百果都请吴煜回头是岸：“这是你的错觉。错觉，你懂吗？就好比你看上了一个朝三暮四的女人，人人都说她水性杨花，就你非说她有一颗至真至纯的心。要知道，群众的眼睛才是雪亮的，不是她至真至纯，而是你蠢。”

可如此一来，吴煜便更对江百果欲罢不能了。

“你说，她是个什么样的女人？”江百果问吴煜。

这个“她”，指的自然是唐茹。

“说不好。”吴煜的心思通通在江百果的身上。

江百果追问：“说不好？”

吴煜绞尽脑汁：“内向，脆弱，就像……就像是活在自己的小世界里。”

江百果礼貌性地点点头，却不敢苟同。吴煜认为，她江百果是弱小，唐茹也是弱小，但她知道，她江百果和唐茹绝不能画上等号。那么，吴煜至少看错了一个，且大错特错。

池仁携唐茹向孙明美告辞，江百果的目光肆无忌惮地围着池仁团团转，虽换不来池仁的回应，却令吴煜不得不问：“百果，你和他到底是什么关系？”

江百果不遮不掩：“那要由他说了算。”

池仁送唐茹回快捷酒店，有司机效力，二人坐在车子的后排，有一搭没一搭地谈着天。比如，唐茹说今天的香槟喝起来很不一样，池仁便说，那是2013年的香槟，虽然那一年年初产区的气候不尽如人意，但后期的奋起直追弥补了年初的不足，使得那一年的香槟和传奇的1996年旗鼓相当，喝起来自然很不一样。

比如，池仁称赞了唐茹的悟性。唐茹惴惴不安，说：“你是指跳舞吗？”池仁若有所思，说：“不仅仅是跳舞。”

当年，她还是个七岁的孩子，便能临危不惧。

唐茹不能冒险地追问。她也不能说，当人人都当她是个小家碧玉时，她却有着夜夜笙歌的另一面，管他什么华尔兹狐步舞的，她一通百通。

比如，唐茹说她明天就要回上海了。池仁点点头。唐茹接不了下文。

比如，车子抵达快捷酒店后，唐茹说晚安。

晚安。除此之外，池仁也接不了下文。他知道唐茹心事重重，却不知道如何是好。这是他的痼疾了，那些他为之全心全意付出过的女人，个个是所谓的女人心，海底针，他常常不知道如何是好。有位老师能为他指点迷津就好了……他一怔，他曾经有过一位老师的，可惜，是曾经了。

唐茹回到房间后，开了灯，躲在窗帘后看到池仁的车子这才缓缓驶离。

他真是对她无微不至。

唐茹在307房间里踱来踱去。按计划，她明天就要回上海了，怎么说她也还是个学生，学生就要以学业为重。而她本以为，这无伤大雅。她本以为，池仁是送到她嘴边的肉，但江百果……那不是一盏省油的灯。

对，刚刚她请池仁上来喝杯咖啡就好了。不过，住在这简陋至极的快捷酒店，她拿什么请他喝杯咖啡？唐茹心浮气躁，拿了个枕头，发泄般扔在了墙上。

半个小时后，池仁只身一人回来了。

唐茹仍躲在窗帘后，在夜幕中一眼认出他。他的步履不疾不徐，她看到他手指间夹着的香烟，燃烧的顶端忽明忽暗。

十五分钟后，唐茹致电池仁。无论如何，她不能坐以待毙。

不出唐茹所料，池仁在洗澡。电话中虽没有水流声，但池仁的一声“喂”却带着润物细无声的回声。

“池先生，帮帮我……”而唐茹的呼唤，楚楚可怜。

池仁是穿着浴袍从312房间冲进307房间的，发梢淌着水，双眸中流露着焦急。唐茹不是不心动的，虽然她身边的男人有如过江之鲫，但这一个，将他们对比得不值一提。

但唐茹不能心动，至少，不能在这个节骨眼儿心动。毕竟，她刚刚才赤脚跳上玻璃杯的碎片，不要说血流不止了，连碎片都还插在伤口里。

而她，真的患有晕血症。

唐茹的晕血症是如假包换的。假如说她从头到脚还有一个地方是禁得住推敲的，那便是她真的患有晕血症。同时，这大概是她最终被委以重任的关键。当时，唐茹权当是塞翁失马，焉知非福，那长年来挥之不去的痛苦，也是时候给她点甜头尝尝了。

“池先生，你怎么……”唐茹摇摇欲坠。

你怎么会在这里？

唐茹有始无终，倒在了池仁的怀抱里。

而当唐茹睁开眼睛时，她没有在医院，也没有在去往医院的途中，她就躺在她307房间的床上，而池仁蹲在她的脚边，在为她包扎伤口。她的伤口不下五处，好在都是皮外伤，池仁向酒店要了医药箱，亲力亲为。

唐茹吞下自导自演的苦水，睁开眼睛。她和他一样，穿着浴袍，但不一样的是，他是情急之下，她却是设计好的。而眼下，他将那一定满是螨虫的白色被子盖到了她的脚踝，几乎将她捂得密不透风。

“你怎么会在这里？”唐茹终于将这个问题有始有终地问了出来。

池仁合上了医药箱，将被子向下拉，连唐茹的一双脚都盖上了。他敢作敢当：“我不放心你一个人。”

唐茹坐直身，酥胸不经意地半露：“为什么对我这么好？到底为什么？”

池仁背过身，整理一地狼藉：“我们是多年的朋友。”

“你就不怕，有一天我会离不开你吗？”

“不怕。”

“但我怕。”唐茹拉拢了浴袍的领口。刚刚她的不经意也是如假包换的，她可以不拘小节，但池仁的那个“她”，不可以。

池仁发自肺腑：“小茹，我不会离开你。”

当夜，池仁并没有留下来。

虽然她和他双双穿着浴袍，即便她都在床上了，即便她二十一岁，不再是个孩子了，而他也说了不会离开她，但他还是在她安然入睡后，离开了她，回到了他的312房间。

而唐茹也是真的安然入睡了。

这还是第一次，她先于她身边的男人入睡。

翌日，池仁送唐茹登上了飞往上海的航班。他答应她，他一有时间就去看她。唐茹一瘸一拐，又一步三回头，到底又转身投入了池仁的怀抱：“总有一天，你会把我们小时候的故事讲给我听，对不对？”

池仁抬手拍了拍唐茹的脊背，不置可否。

那段往事，是分担，抑或是分享，他还不能妄下定论。

唐茹以退为进：“就算你是个骗子，我也认了。”

池仁轻笑：“下次吧，下次我讲给你听。”

唐茹志得意满。一旦他将那段天知地知，他知“她”知的往事向她和盘托出，她也就等于拆除了她漫漫前路中防不胜防的那颗定时炸弹。总之，到目前为止，她还是拿着一手好牌的。

MISS.JIANDAO

第8章

桔梗花

等唐茹登上了飞往上海的航班，池仁开车驶向了何一雯的家。

途中，池仁对唐茹献给他的吻“念念不忘”。就在刚刚，唐茹在退出他的怀抱后，杀了个回马枪，将她娇艳欲滴的双唇献给了他，没有铺垫，也没有辗转，开始得不是时候，结束时更是无厘头，她转身便逃之夭夭。

第十三个。

假如这能被称为“吻”的话，唐茹是池仁吻过的第十三个女人了。这个数字对池仁毫无意义，他不以它为耻，亦不以它为荣。他曾把她们每一个放在心上，也会把她们每一个留存在记忆中。

而照唐茹的稚拙，池仁不难看出，她大概至今都不曾领略过爱情的美妙。而他不知道，这是不是也要归咎于他。

车子一个左转弯，驶离了既定的路线。

“怎么回事？”池仁问。

司机回答道：“远航桥上有事故，走这边比较快。”

池仁一向通情达理，点点头作罢。虽然，走这条路势必会路过无误沙龙——江百果的无误沙龙，而他似乎……也没必要对她敬而远之。更何况，这个时间，她一定在忙。

车子停在红绿灯前时，池仁距无误沙龙大概有十五米的距离，而江百果中了那微乎其微的概率，就蹲在路旁，蹲在她那辆半新不旧的地平线200旁，手机贴在耳朵上。

十五米的距离，池仁不确定江百果的嘴有没有在动。他未雨绸缪，掏出了手机。

而显然，江百果并非是在致电他。

池仁按了按额角，暗自难堪地将手机放回了口袋，倒也无妨。他的这辆车子，江百果并不认识，隔着一层车窗和一层车膜，他看得到她，她却看不到他，他在暗，她在明，他坐拥地利。

道路两旁的车停得无法无天，使得好端端的双向车道变成十字路口一样要交叉避让。池仁的车子一步三停，距江百果十米，五米，直到绿灯又变成了红灯，他就停在了她的面前。

江百果仍在通话中，一张巴掌大的脸孔冷若冰霜。

显然，她在对对方大发雷霆。但对方是何许人也？池仁不知道。

就在昨晚，江百果身穿一袭白色鱼尾礼服，艳光四射，没把谁放在眼里，却独独对他池仁低下了她高贵的头。而眼下，她又摇身一变，变回了他心目中的她，穿着黑色的套头卫衣，以及一根裤管能塞进她两条腿的牛仔裤，素面朝天，依旧是没把谁放在眼里地蹲在这人来人往的闹市区，和电话那厢的某某大动干戈。

那是谁？电话那厢的人，到底是谁？

想必，在江百果的心中，那人也是有些分量的吧？

破天荒地，池仁拿勤勤恳恳的司机开了刀：“你刚刚说什么？走这边比较快？”

“池先生，我……”

池仁象征性地看了看时间："掉头。"

"这……"面对水泄不通的道路，司机左右为难。

"我说掉头。"

就这样，江百果一边对电话那厢的张什大发雷霆，一边目睹了这样一幕：一辆黑色凯迪拉克在鸣笛声中横在了道路中央，像一条巨龙被困于一条小溪。

江百果缓缓站直了身，任凭张什在那厢连连作揖，没再理他。

她目送池仁的车子终于在前前后后蠕动了六个回合后，掉头扬长而去。

当然，此时她并不知道，那辆承载了鸣笛声和恶言恶语的黑色凯迪拉克，是池仁的车子。

"再说吧，国际漫游。"江百果挂断了张什的电话，倚在了她的地平线200上。

先前，江百果派张什远赴东京，代表无误沙龙出席一场发型秀，本想着尽如人意的话，便能在日本首屈一指的时尚杂志上挂挂名，即便是不尽如人意，最差也就是白去一趟，搭上往返的机票和十天半个月的食宿。这点钱，江百果并不会对张什斤斤计较。

但张什愣是给她捅了个娄子出来。

抄袭，是这个圈子里大忌中的大忌，比庸庸碌碌更令人不齿。

刚刚张什致电江百果来投案自首的时候，江百果先于他的致电两个小时，该知道的就都知道了。但整整两个小时后，江百果仍火冒三丈："你的脑子被拿去喂狗了吗？"

张什理亏，不在于他抄袭，而在于他的抄袭是有目的性的。孟浣溪给他的时间所剩无几了，他不能再混日子："谁还没个脑子发热的时候？"

"老张，你做老鼠屎我不管，但你别给我坏了无误沙龙这一锅好粥。"

那厢，张什狠狠掐熄了才抽了一半的香烟。他对江百果的抱歉真是多余，他那铁打的徒弟，在乎的永远是她自己，至于别人的死活，她才不管。但也正因为这样，她才青出于蓝而胜于蓝，有了今天的无限风光。

那么他张什，管好他和孟浣溪破镜重圆的事就谢天谢地了。至于她江百果，就算有朝一日跌倒了，摔了个稀巴烂，她也一定能在哪里跌倒，就在哪里鲤鱼打挺般站起来。

何一雯的家，池仁在两年间来过几十次了，大多是为了公事，其余的，是送药，送饭，雪中送炭。

而今天，他不请自来，为的是亲眼看看何一雯的近况。

关于何一雯的近况，池仁耳闻了不少。例如，何一雯从柏瑞地产引咎辞职，也就不得不踏着他为她铺好的路，将事业的重心转移到了按摩院的生意上，虽是小生意，但贵在杀鸡用了宰牛刀，她应付得绰绰有余。

再例如，何一雯的丈夫入选了一个新型治疗抑郁症的医学项目，而且疗效显著。

总之，池仁是希望亲眼看看何一雯的否极泰来，也不枉他们两年间的“并肩作战”。

池仁看了看时间，快十一点了。他知道，何一雯在她钟爱的塞纳河西餐厅订了今天的位子，中午十二点，两位。说是钟爱，她却许久没光顾过了，因为那里是她丈夫当年向她求婚的地方，而自从她丈夫被抑郁症的阴云笼罩，她就没再踏入过那里半步。

昨天，池仁在得到何一雯在塞纳河西餐厅订了位子的消息后，心头一块大石落了地。那一对夫妻的苦尽甘来，是他希望的。

然而，当何一雯冲出楼门时，她并不像池仁希望的那般盛装赴约，相反，她几乎是蓬头垢面，脚上穿着拖鞋便冲出了楼门。池仁措手不及，直至何一雯钻上了她的车子，绝尘而去。

“跟上。”池仁如临大敌。

司机忙不迭发动了车子。对他而言，今天也是一波未平，一波又起。

池仁的车子几乎是紧紧尾随一路狂飙的何一雯的车子，而何一雯始终不知不觉。最后何一雯的车子毫无公德心地停在了一家医院外，即刻令四面八方水泄不通，而她不管不顾地冲进医院，途中连掉了右脚的拖鞋亦不知不觉，池仁不得不面对即便是他也在逃避的现实。

现实是，就在何一雯以为她爬出了谷底时，命运却给了她当头一棒，告诉她谷底下还有十八层地狱等着她。

池仁将司机甩在了医院外，命令他在等拖车拖走何一雯的车子期间，确保何一雯的车子完好无损。司机像老母鸡似的张开双臂，对抗着屡屡要拿车子泄愤的人群。

池仁在急救室的走廊找到何一雯，蹲下身，为她穿上她掉了的右脚的拖鞋。而她脚上的鞋，是穿反了的。

“池仁？”何一雯和池仁堪称久别重逢。而他们之前的告别，甚至算不上告别，因为无法告别，池仁选择了不辞而别。

但眼下何一雯顾不上那些有的没的，她抓住池仁的手臂：“他自杀了。他……医生明明说他有好转了，他……他却自杀了……”

池仁按住何一雯的肩头：“不会有事的，我保证，他不会有事的。”

但池仁的保证一文不值。医生从急救室走出来，摇了摇头。

何一雯在昏厥之前，有长达五分钟的歇斯底里。五分钟，在人的一生中不足挂齿，甚至在短短的一天中，都可以忽略不计，但假如用来对一个人拳打脚踢，便是漫长的。何一雯猛地将池仁推倒在地，除了拳打脚踢，她甚至将金属的医用推车高高举起，重重地砸在了池仁的身上。

五分钟后，何一雯一撒手，一闭眼，昏厥在地。

池仁伤痕累累地离开了医院。何一雯对他打归打，骂归骂，却始终没有说出个所以然来。在旁观者眼里，她不过是要找个出口，而池仁，就是这个出口。

但何一雯说不出个所以然来，不代表池仁可以心安理得。相反，在何一雯对他出手之前，他便自己定了自己的罪：假如他没有陷柏瑞地产于困境，没有试图改写何一雯的人生；假如何一雯至今仍稳坐柏瑞地产，无功无过；假如他没有在事后离开何一雯，没有因为试图让她自力更生而离开她；假如他们任何一个人走出的任何一步，与今天有着一丝一毫的不同，那么，白色被单下一动不动的那个男人，或许还有坐起来的可能。

那么，或许他不会死去。

然而，在至高无上的命运前，永远不存在“假如”。

这一年的春天，姗姗来迟。

四月将临，池仁在上海对唐茹说下一周气温就会回升，结果第二周，仍春寒料峭；后来唐茹在北京和池仁打赌，说迎春花明天就会开放时，结果第二天，枝丫上仍死气沉沉。

而唐茹再次从上海飞抵北京后，便留了下来。池仁为她办理了为期半年的交换学生的手续，二人不必再两地奔波。至于半年后，唐茹胜券在握，但凡她对池仁表示她要留下来，池仁甚至能让她的祖祖辈辈都永远地留下来。

说来，那江百果虽来势汹汹，却也没有了下文，以至于池仁对唐茹的好，令唐茹鸡蛋里挑不出骨头。同时，那小邓仍将她的每一笔酬劳准时汇入她的账户，令她颇有无功受禄的惶惶了。

唯一美中不足的是，那关乎十四年前那件事的谜底，池仁屡屡顾左右而言他，迟迟没有揭晓。唐茹不能操之过急，也就先不了了之了。

关于迎春花的打赌，唐茹输了，便要为池仁在厨房大显身手。而在唐茹当真购置了大包小包的食材后，池仁不得不将她带回了自己的公寓。

这是池仁第一次将唐茹带回自己的公寓，毕竟他一直在顾虑一点。

他的公寓就毗邻废弃了的“姚”会所，也就是十四年前的事发地。他不确定唐茹尘封的记忆会不会因为故地重游而一发不可收拾，更不确定那对她而言，是幸，还是不幸。

但显然，池仁是多虑了。

另一厢，由于这一年的春天迟迟不来，江百果手背的过敏反反复复，令她不胜其烦。但这样也好，每每她蜷坐一团，专心地用拇指和食指的指甲撕去手背上的爆皮时，她就想不起池仁了。

说来，在挨过了冬季最后一场鹅毛大雪，以及一而再再而三的倒春寒之后，江百果即便努力去想，也想不起太多有关池仁的点滴了。

本来嘛，他和她的交集就少得可怜。

本来嘛，她对他除了在沈龙传媒的舞会上破釜沉舟，也就无能为力了。

稀松平常的周四下午，无误沙龙仍人满为患。张什在东京的胡作非为拖了无误沙龙跻身日本时尚圈的后腿，却无碍茫茫的平民百姓日复一日地为江百果贡献金山银山。江百果忙里偷闲，将同样是忙里偷闲的张什堵住：“晚上涮羊肉，去不去？”

张什尿急，夹着双腿：“都谁啊？”

“就你跟我。”

张什做贼心虚：“有事儿？”

“没事儿就不能聊聊？”

张什快要尿裤子了：“到底有事儿没事儿？”

江百果直言：“我要和《米娜》谈合作，先跟你聊聊，听听你有何高见。”《米娜》是国内一家时尚杂志，谈不上数一数二，但也算一流了。江百果另辟的跨国路既然被张什堵了个死死的，她也就不得不回过头来，按部就班。

张什记仇：“我？我一老鼠屎，我算老几？”

“少废话。你晚上有事儿？”江百果也不是不讲道理。

张什“啧”了一声。

“那改天。”江百果不强求。

不料，张什又叫住了江百果：“果子，你就这么把我当回事儿？”

江百果不置可否，扫了一眼张什的裤裆，猛地瞪大了眼睛。张什上了当，还当自己尿了裤子，双手一捂，撒腿就跑。江百果哈哈大笑。

就事论事，张什今天晚上还真有约了。孟浣溪接了部戏，女三号，虽是个脸谱化的小人物，但好歹也算是进军了影视圈。张什借机约她，说帮她庆祝庆祝，她点了头，但眼下张什却动了放她鸽子的念头。

一来，他要真撂倒江百果，孟浣溪才会和他重修旧好，那么，他就不能白白浪费和江百果“共谋大计”的机会。

二来，一边是生鱼片，一边是涮羊肉，那么，他选后者。

就这样，张什尿完了尿，凑回江百果身边：“南巷口涮肉，你请。”

只可惜，因果报应往往不期而至，不等张什放孟浣溪的鸽子，江百果就先放了张什的鸽子。因为，晚上九点半，也就是距无误沙龙打烊仅仅剩下半个小时的九点半，池仁来了。

池仁在消失了半个冬季，又让初春的芬芳在转瞬间溜走后，在江百果以为他再也不会出现时，又出现在了江百果的地盘。而且，他不仅人来了，还带来了花。

第一眼扫到池仁站在前台和冉娜寒暄时，江百果手里的梳子掉到了地上。江百果蹲下身去捡梳子，错过了池仁投向她的目光。

江百果捡起梳子，接着做她该做的事。

客人是个新客人，发了飙：“你有没有搞错，掉到地上的梳子还往我头上插？”

江百果如梦初醒：“抱歉。”

之后，江百果没再看向前台，以及池仁。都这个时间了，无误沙龙仍热火朝天，个个都在忙着扫尾，像是黎明前的黑暗。江百果垂着眼，余光中有各式各样的小腿在来回穿梭。她知道，有百分之五十的可能性，池仁会向她走来，也有百分之五十的可能性，不会。

她关于他的判断，注定了是一半对一半，像是全凭撞大运。

江百果“打发”了客人后，再看向前台，池仁已经不在了。冉娜对江百果勾勾手指，江百果屏气凝神地上前。

冉娜将前台桌下的花提上来，紫色的一束，被一根白色丝带扎成小小的一捆，美不胜收，又落落大方。“他说他在车里等你。”冉娜把花带到，也把话带到。

江百果抱上花，冲进休息室洗了把脸，抓上外套就走，走了一半，想到把花忘在了茶几上，拍了拍脑门又折回去，再出来时被张什堵了个正着。

张什刚刚没看到池仁，还满脑子的肥牛和百叶：“等我五分钟，先拉一泡，好狠宰你一顿。”

江百果这才又想到，池仁一露面，连个正脸儿都没给，她就把包括张什在内的大千世界通通抛到了脑后。

而她不觉不妥：“老张，改天，我补你三顿。”

江百果拔腿就跑。张什摸不着头脑，又心有不甘，到底是追了上去，这才看到了池仁。

论心潮澎湃，张什并不亚于江百果。当初，池仁的从天而降、去也匆匆，就够令他腻味的了。区区一个男秘书，愣是把他自认为了如指掌的爱徒弄得像另外一个人，而他对爱徒的没有把握，注定了他对他和孟浣溪的未来加倍没有把握。

好不容易，江百果把池仁这一篇儿翻了过去。

好不容易，他以为池仁和他们井水不犯河水了，池仁却卷土重来？

张什没露面，默默退回了无误沙龙。说来，喜上眉梢的江百果，他还是第一次见。八年，张什扪心自问，他认识江百果足足八年了，还不够吗？

但这还真是他第一次见她毫无章法可言。

池仁没有带司机，坐在驾驶位上，开着副驾驶位这一侧的车窗，和弯着腰的江百果四目相对。夜色中，他以为她的双眸是可以燎原的星星之火，而她以为他的是深海的粼粼波光。

“上车。”池仁自然而然，像是他从没有离开她，像是她仍是他的老师，甚至仍是他“言传身教”的恋人，像是忘了，她也曾请他做她的老师，而他不留余地地回绝了她，离开了她。

江百果站直身，没上车，而是若有所思。

这辆黑色凯迪拉克，七成新，没有刮痕，没有装饰，没有任何独到之处，却有如历尽沧桑，她见过，她一定在哪里见过。

猛地，江百果绕到了车头，瞄准了它的车牌。果不其然。

江百果像一个在课堂上抢答的孩子：“那天，是你在这里掉头，对不对？”

池仁是有备而来的，却百密一疏，被杀了个措手不及。她记得？她不但记得，还哪壶不开提哪壶！

江百果刨根问底，趴回副驾驶位这一侧的车窗上，上半身几乎钻进车子：“那天，你来找过我？来都来了，又不露面？你知不知道这里不能掉头？喏，摄像头看没看到？还没有收到罚单吗？”

“那天是哪天？”池仁宁死不屈，“我倒要查查看是谁开着我的车胡来，罚单也好冤有头，债有主。”

江百果钻研池仁的眼睛，那一对单眼皮说一不二。

她作罢：“那可能是我搞错了。”

“上车。”池仁从车内为江百果打开了车门。

江百果抱着那一束紫色的花坐上来，一如既往的身轻如燕，池仁几乎察觉不到车子合理的震颤。他踩下油门，目不斜视，那皮包骨头的女人便隐没在了他的余光中。池仁明知道她不可能凭空消失，他明知道的，但他还是偏了一下头，确认了一下。

江百果面向车窗外，给了池仁小半个侧脸。

他看到她青白的皮肤上蒙着一层薄薄的白雾。春天是个干燥的季节，她把她的精力都用在了伤男人的心上，血肉之躯反倒常常被怠慢。

他看到她细长的睫毛不带一丝丝柔情似水的弧度，反倒像针尖般危险。

“知道这是什么花吗？”池仁有备而来，层层递进。

江百果转过头来：“这你还真难倒我了。”

“不常收到花吗？”这一句并不是池仁的腹稿。但她不是久经沙场吗？他不禁要灭灭她的威风。

江百果却耸耸肩，就此打住。

她打量他。这个男人大概会把白色衬衫穿进棺材里，但这又似乎是他的最佳选择。他瘦了一点点，下颌骨的阴影像是能藏匿很多秘密。

江百果又回了一下头，车子的后座上放着他的灰色西装外套和黑色领带，怪不得，怪不得当对面的车灯闪过，他的眼底遍布血丝。

他一定和她一样，一根弦绷了十二个小时。但不一样的是，她像个机器人，做着日复一日的动作，为的不过是让资产下那个毫无意义的数字像滚雪球似的越滚越大。她知道她的能量并非无穷无尽，总有一天，她会倒下，却不知道她为什么还要继续。

但他不一样，想必他有着明确的方向和恢宏大气的目标。

这注定了他将有无穷无尽的可能性。

池仁公布了答案：“桔梗花。”

“它的花语是什么？”江百果掏出了手机。

池仁一怔，短短几分钟，江百果在认出了他的车子后，又一次难住了他。花语，这是他不该忽略的问题，却又的确被他忽略了。他又要蒙混过关，便握住了江百果的左手：“它的花语不重要，重要的是它有抗过敏的功效。”

池仁用拇指轻轻摩挲着江百果多灾多难的手背，觉得它比他想象中的细腻：“冬天过去了，就会不治而愈吗？”

而江百果的反应出乎池仁的预料。

她对他的举动无动于衷，甚至没有理会她的掌心正贴着他的掌心。因为她用右手抓着手机，还在马不停蹄地搜索。

江百果一板一眼：“桔梗花的花语有两种，一是永恒的爱，二是无望的爱。”

池仁将江百果的左手悄悄送回到她的腿上，就像什么也没有发生过一样：“这两种花语还真是……矛盾。”

车子在遍地流光中行驶了半个小时，终于停在了一条四周高楼林立的小路上。而在这半个小时中，江百果没有问池仁要把她带去何处，池仁也就没有说。

池仁下车后，从车头绕到江百果那一侧，要为她打开车门。但江百果用不着他，自己下了车，怀中仍紧紧抱着那一束紫色的桔梗花。

池仁拿过花，扔回车里：“送花是为了讨你欢心，要是成了累赘，就得不偿失了。”

小路一侧停了整排的车辆，再有车辆驶过，连两旁的后视镜都要频频地合上，再张开。池仁和江百果不能并肩而行，便一前一后。池仁将西装外套拎在手里，走在前面带路。江百果将双手插在黑色羊羔绒外套的口袋里，跟在后面，肩上牛皮色的背包肩带，因为背包的重量，卡在羊羔绒的衣服里，分外稳固。

后来，池仁向后伸了手，没说什么，甚至连头都没回，只是向后伸了手。

小路两旁没有路灯，来自四周的灯光聊胜于无，偶尔迎面驶来的车辆发射出刺目的灯光，更是令这陌生的地方变得危机四伏。

江百果没有扭捏，抓住了池仁的手。

后来，她为了不踩到他，便不得不一路小碎步。

池仁牵着江百果左转弯，来到了一处园林的入口。江百果“嚯”了一声，在高楼的包围下，在齐腰灌木的环绕下，在由石筑凉亭上垂下的藤蔓的掩映中，竟还有这样一处微缩园林。池仁手上一用力，江百果便向他跌了一步，也终于得以和他并排而行。

“你说过的话，还算数吗？”池仁携江百果步入曲折的入口。

江百果环顾四周，这里看上去杳无人烟，但要说藏匿千军万马，也不是不可能的。

“哪一句？”江百果稍稍拉开了和池仁的距离。她的黑色羊羔绒外套是花八十块买来的，像是有掉不完的浮毛，她怕她会破坏了池仁的洁白无瑕。

“你让我追求你。”

“哦……”江百果一怔，“之后……再来伤我的心。”

“那是后面的事，我们一步一步来。”

二人走到了一个分岔口，毫无默契可言，一个向左，一个向右，手臂一抻，手便松开了，脚步也不约而同地停了下来。

念及那一支未完却不待续的《Moonlight and You》，和那刚刚过去的冬春，江百果鼻子一酸：“算不算数，又怎样呢？”

池仁似乎急不可耐：“要是还算数，我们就从今天开始。”

“那要是不算数呢？”江百果吸了一下鼻子，“恐怕，我们还是要从今天开始。”

“没错……”池仁向江百果跨了一步，“我有追求你的权利，当然，你也有拒绝我的权利。”

江百果嗤笑：“不要说得好像很公平的样子。拒绝？你明知道我不会拒绝。”

池仁侧过头轻笑，又一次向江百果伸出了手。

到底，他们还是走了池仁要走的那条路，也就随之来到了池仁要到的那地方。

MISS.JIANDAO

第9章

吻

那地方是一个羽毛球场，在推开一面吱呀作响的，仅一人多宽的铁丝网后，斑驳的边界线在月光下依稀可辨。四面八方的参天大树像是不谋而合，疯长的枝丫都伸向球场的中央，为球场搭建了一面天然顶棚。

虽说春天来迟了，要枝繁叶茂，还要再等上一等，但光是万众一心的枯枝，也像是一张铺天盖地的网了。

江百果高仰着头，有些晕。

球场边装有橙色的塑料座椅，一排五个。池仁带江百果走过去：“由于光线的问题，这里被弃用两三年了。尤其是到了晚上，能找到入口的人都没几个。”

“我也就把这里当作我的秘密基地了。”说着，池仁在塑料座椅上熟门熟路地躺了下去，不在乎座椅间的缝隙会不会硌断他的腰，甚至不管年久失修的底座发出的呐喊，他就像回到了自己的家，对着自己的床躺下去，不费吹灰之力，便蜷曲了一条腿，找到了最怡然自得的姿态。

至于池仁说这里是他的“秘密基地”，一点不假。当每个人都在渴求一座灵魂的后花园时，他不能云游四海，甚至没时间驱车哪怕个把小时远离尘嚣，偶然间闯入了这里，便如获至宝。

江百果仍东张西望。

果然，她找不到入口，也就找不出出口，这里瞬间仿佛有来无回的牢笼。

“我从没有带谁来过这里。”池仁轻描淡写。

江百果第一次俯瞰池仁：“为什么？”

“总有些地方，舍不得和别人分享。”

江百果蹲下身：“那又为什么要带我来？”

“因为追求一个人，总要拿出些诚意来。”

当月亮被乌云捕获，江百果的眼睛始终适应不了黑暗。而当眼睛不作为，其他的感官便分外灵敏。她全神贯注，便不难察觉池仁的心跳和呼吸。那心跳是平稳的，那呼吸是冰冷的，而她也就不难得出结论——他在逢场作戏。

破天荒地，这一次她对他有了百分之百的把握。

江百果席地而坐，盘着腿，两条小臂交叠着搭在了池仁的脸孔旁：“好，那就放马过来吧。”

池仁向江百果转过头：“那从今天开始，请多多指教。”

接下来，江百果不是一时冲动，她是早就想尝尝池仁的滋味了。她不是放荡之人，但区区亲吻，从不上纲上线。她好奇池仁那两片吻过了无数女人的薄唇到底有何奥秘，更好奇一样吻过了无数男人的自己能不能略胜他一筹。

时机一到，江百果俯向了池仁。

不巧，池仁正好将他手中的西装外套抛给她：“小心着凉。”

江百果碰了钉子，不快道：“是你一个人占了五个位子，我才要坐在地上。”

“我累了。”这三个字，池仁说得以假乱真。

他像是才从沙场得胜归来，风尘仆仆，不要说是五个位子、一张床、一座豪宅，他悲情得令人不禁要把大好河山都拱手相让 。

江百果叹息一声，将池仁的西装外套垫在了屁股底下。

池仁眉头一蹙，接着因为失笑而喉头滚动："我是让你穿上。"

江百果不免难堪，却也有话说："这就是你说的诚意？连身外之物都跟我斤斤计较？"

月亮终于逃开了乌云的魔爪，月光倾泻而下，透过筛子般的天然顶棚漏下来，幻化为一丝丝夺命的纤维，射穿了池仁和江百果。二人面对面了许久，这才将对方看了个够。

江百果的刘海儿是新剪的，这一次，她请张什下手狠了一点，剪到了连浓眉都遮不住的长度，更遮不住她此时此刻的难堪，眉头微微拧着，鼓出了一个小包。

池仁又失笑：这女人从头到脚也没几两肉，偏偏这眉头肉乎得像个孩子。

江百果无所遁形，便一把将池仁的西装外套从屁股底下抽了出来，高高举起，再狠狠扔回给他："还你。"

偏巧不巧，池仁伸手揽住江百果的后脑勺，便堵住了她的嘴——用他的嘴。

而他的西装外套，荒唐地盖在了二人的头上。

就在刚刚，池仁知道江百果要亲吻他，她没藏着掖着，他也不瞎。也就是说，他不是正好让她碰了钉子，而是居心叵测。因为就在那一刹那，他有权衡，假如他和她今天一定要跨出这一步，相较于她吻他，他吻她会事半功倍……

但他真的吻她，更是因为她今晚自始至终都任他摆布，与她一贯的咄咄逼人判若两人。她接受了他的花，坐上了他的车子，没有问他为什么一次次凭空消失，又凭什么说来就来。

她不像是按兵不动，而像是听天由命。

她过短的刘海儿和她难堪到气鼓鼓的眉头让她看上去无比滑稽，又……又惹人怜爱。

池仁微微低着头，尽职尽责地吸吮着江百果的薄唇。不同于江百果，池仁对江百果的这一对薄唇从未产生过兴趣，因为他深谙她的理智、她的无情、她的铁骨铮铮，却不曾想到……她也会有另一面。

池仁不曾想到江百果没什么血色的双唇会在他新生的胡茬下瑟瑟发抖，假如这是她引人入胜的伎俩，那么他不得不折服于她的演技。他更不曾想到江百果细小的牙齿会咬疼他，而假如她以此来彰显她的动情，那么恭喜她，她几乎做到了。

他几乎信以为真，真的以为她动了情。

直到有影像如倒带般入侵了池仁的大脑，回到了他闯入花店，买下那一束紫色桔梗花的一幕，他终于悬崖勒马：要“信以为真”的人，不该是他，而该是她。

今晚，他要让她以为即便他是在玩游戏，玩的也是那一场由她提议的，一个愿打一个愿挨的感情游戏。

他要让她相信，他不是来利用她的。

这样一来，他才好利用她的感情，挽回此时他相对于吴煜在沈龙传媒所处的劣势。

按照池仁的计划，此时，他和孙明美的强强联手，早该动摇吴煜的地位了。却不料，那个毛发稀疏的斯文男人比他预料的牢不可破，而沈龙传媒的关键人物，包括孙明美在内，亦比他预料的更小心谨慎。

池仁不得不制订了他的B计划，而吴煜的心头好——江百果，无疑是他的B计划的关键人物。

于是乎，他在屡屡碰壁后的今天，像没头苍蝇一样闯入了一家花店。店员问他要买什么花，他却回忆道：“她恐怕……会对花粉过敏。”

花店的店员将那一束紫色的桔梗花交到了他的手上，而他甚至连桔梗花的花语都没有放在心上。

这个吻的时长长到过犹不及。他们谁也没有扯掉那盖在头上的，令人喘不上气的西装外套，他们在被分割为无数深浅不一的灰色色块的世界中平复了激荡心情，又被那股若有若无的樟脑丸的气味刺激了大脑，各怀鬼胎。

当池仁一遍遍地温习着他是为什么而来时，江百果也在一遍遍地问着自己：他到底是为什么而来？

他的逢场作戏，到底是为了什么？

直到真的快要窒息，池仁和江百果才同时退开了一步，而池仁终于掀掉了他的西装外套。江百果的头发乱得像个鸟窝，而池仁也好不到哪儿去。她笑出声来，而他也躺回了他的座椅，单手捂住了眼睛，却捂不住上扬的嘴角和因为发笑而微微震荡的胸膛。

当然，他们也心照不宣，有了这样一个皆大欢喜的开端，也阻止不了那可以预见的、没有结局的结局。

那似乎是注定了的。

池仁送江百果回家时，是半夜一点了。

他们在离开“秘密基地”后，在路边摊吃了麻辣烫。江百果狼吞虎咽，池仁却没什么胃口。毕竟唐茹在半个小时前，也就是在他牵着江百果的手钻出秘密基地的铁丝网时，给他发来了一条消息：睡了吗？

他没有回，假装睡了。

但这种事骗得了别人，骗不了自己，池仁如鲠在喉。

而当时，江百果的羊羔绒外套还挂在了铁丝网上。一时间，他松开了她的手。

江百果独自在黑暗中摸索，却解了半天也没能解开。最后，她低下头，弯下腰，用牙齿咬断了那一根牵绊她的线，这才恢复了自由。

池仁轻嗤了一声。真是没什么能难倒这个女人，她大概永远能逃出生天，笑到最后。

面对一碗浑浊的红油，池仁没什么胃口。他知道棋差一着，全盘皆输，却不知道他对江百果走的这一着险棋是不是对的。但终归，他是一时冲动了。

为了唐茹，他也不该一时冲动的……

关于沈龙传媒下一步的大动作，吴煜有他的立场，而池仁支持的孙明美也有……或者说，她也本该有她的野心，到头来却是吴煜坚持到了最后。就在孙明美偃旗息鼓后，就在池仁太过心急，以至于令孙明美半真半假地问他是不是另有所图后，他不得不接受了这阶段性失利的事实：利用孙明美的这条路，暂时是行不通了。

池仁不能伺机而动。逆水行舟，不进则退，他要打败的那个人，可不会像只小猫似的，懒洋洋地在午后的阳光下等着他柳暗花明。就在刚刚，从沈龙传媒踏入夜色，池仁的嗓子眼儿在冒烟，脚下像生了风，浑身的筋骨都在咔咔作响。而当江百果的身影浮现在他的脑海中——当那穿着宽大衣物的单薄身影，像一面迎风招展的旗帜浮现在他的脑海中时，他真的是一时冲动了……

他甚至忘了唐茹，忘了他一直坚守的对感情的全心全意，忘了他最不想做的事就是把感情当儿戏，也忘了他最不想伤害的人就是唐茹。

“你不吃辣？”江百果从污浊的不锈钢盘子上抬起头来。

池仁敷衍地嗯了一声。

“还是不吃夜宵？”

这一次，池仁索性公式化地笑了笑。

“还是……不吃路边摊？”

池仁脱口而出：“江百果，你怎么会变得像我一样？”

江百果不小心咬了一下筷子：“嗯？”她的牙龈习惯性出血，这会儿嘴里的血腥味甚至盖过了麻辣味，她找准源头，用力嘬了嘬。

池仁顿悟道：“我终于知道，我的前女友们曾饱受了怎样的折磨。每当我自以为是在关心她们的时候，她们却只想让我闭嘴。可这个道理，我以为你最在行。否则，我当初怎么会拜你为师？”

江百果无从反驳：是近朱者赤，近墨者黑吗？她怎么会变得像他一样了？当她自以为是在关心他的时候，他却只想让她闭嘴。

这是他们共进的第一餐美食，而他却只想让她闭嘴。

江百果将一整片娃娃菜塞进嘴里，挑眉道：“不是换我拜你为师了吗？”

池仁没有再多言，目光落在了江百果的嘴角。那片娃娃菜上的红油正沿着她的嘴角淌下，她却还神采飞扬。

迫不得已，池仁抓上一沓粗糙的纸巾，堵住了江百果的嘴。

他的力道之猛，令她整个人向后仰去。仓皇之中，她双手按在了不锈钢盘子上，这才找回重心，但半盘子的麻辣烫也尽数扣在了她的身上。

池仁的脑袋嗡嗡作响。这不是他的本意，他虽要把她当作棋子，当作踏板，当作没有生命的工具，但陷她于难堪的境地，却当然不是他的本意。

好在，江百果没把这当回事儿，只用纸巾稍稍清洁了自己，还顾得上向摊主赔了不是。

池仁坐不住了："走吧。"

江百果撂下钱，匆匆跟上去，追上池仁的时候，最后用手背抹了一下嘴角。那麻辣的感觉穿透她初愈的肌肤，微微刺痛了她。她不由得嗞了一声。

池仁的无名火愈演愈烈，他一把拽过江百果的手背，在自己的白色衬衫上擦了擦，尽管他在控制了，但动作还是重。江百果叫出声来，却不是因为痛："喂，很难洗的！"

"西装都被你垫在地上了，衬衫又算得了什么？你少给我假惺惺了。"池仁冷言冷语。他明知道事情发展到这一步不是江百果的错，更不是唐茹的错，甚至她们都堪称受害者，他明知道是他的错，却还是拿江百果当了撒气筒。

在池仁送江百果回家的途中，江百果怕她一身麻辣烫的味道会惹人厌，便把车窗打开了一半，让夜风呼呼地灌进来。接着，车才驶过两个红绿灯，她便睡着了。

池仁用余光看不清江百果，转过头才知道她睡着了，怪不得她一言不发。

池仁关上了车窗，顿时这个小世界里混杂了静谧和刺激。他一只手扶稳方向盘，一只手撑住额头，抵抗着某些想要放弃的念头，即便他也说不清道不明他到底想要放弃些什么。而当他仰卧在那个羽毛球场里的橙色塑料座椅上时，当他对江百果说"我累了"时，他是真的有些累了，想停下来，想倒下去，想不管不顾地为自己而活。

稍后，江百果发出了均匀的呼吸声。

池仁这才敢肯定，她不是耍花招，不是装睡，她是真的睡着了。

池仁从后排座椅上扯过他的西装外套，扔在了江百果的身上，不是"盖"，而是"扔"在了她的身上。

江百果公寓的所在地和池仁预料的大同小异：人口密度居高不下，在阳光下繁荣兴盛，在夜色中鸡鸣狗盗。

江百果道了声谢谢，睡眼惺忪地下了车，像个春游回来，脏兮兮的，却又满心欢喜的孩子。池仁跟着下了车。

寸土寸金的地段，绿植有归有，却也不过就是个点缀。紫叶李就孤零零的一株，立在江百果的身后，在路灯的打磨下，散发着厚重的光泽，给江百果镀上了一层金边。

池仁越描越黑：“别忘了，我们的关系是……寓教于乐。”

江百果点点头，仍面带微笑。

“再见。”池仁转身上了车，自认为下车真是多此一举。

江百果礼尚往来：“再见。”

池仁回家的时候，是半夜两点了。半个小时的车程，他兜兜转转了一个钟头，绕了一切他能绕的弯路。轮胎碾压柏油路发出的沙沙声，令他的大脑一片空白，像是享受悠长的假期。

而当池仁面对在他家楼下苦苦等候了三个钟头的唐茹时，他的假期结束了。

他知道，他是无权偷得浮生半日闲的。

唐茹几乎要被冻僵了，但池仁并没有将手上的西装外套为她披上：“怎么不打给我？”在池仁看来，那西装外套曾垫在地上不要紧，曾沾过麻辣烫也不要紧，但曾盖在江百果的身上，就不好再披上唐茹的肩头了，这对唐茹……是不公平的。

“怕打扰到你工作。”唐茹将池仁手上那“灰头土脸”的西装外套尽收眼底，她知道刚刚一定有事发生。

关于池仁的工作，池仁不主动对唐茹说，唐茹也就不便问。连她的雇主都对她再三叮咛，不要操之过急，相较于掌握他的计划，她作为他心爱的女人陪伴在他身边会更重要。对此，唐茹求之不得，她将自己摆在女人的位置，循序渐进。而作为一个女人，她也不难知道，这阵子池仁在工作上遇到了难处。

所以今晚，唐茹不是来抽查池仁的，池仁对她的忠心耿耿，她是有数的，犯不上抽查。今晚，她是来雪中送炭的，她知道当一个男人在工作上遇到难处，一个女人贴心的陪伴会瓦解他的一切防线。

但显然，今晚有人抢占了先机。

电梯里，池仁一言不发，说不做贼心虚是不可能的。对女人，他一向不在行，连掏心掏肺都搞不定，更何况是两面三刀，这会儿手心里都生了汗，真不知道屡屡对江百果占的上风是怎么做到的。

江百果……真不知道是那女人处处和别人不一样，还是他对那女人处处和对别人不一样。

唐茹打了个喷嚏，她来送温暖的心虽是假的，却是真的受了寒。

“以后……”池仁话说了一半。

以后，我这里的钥匙配给你一把。这话，池仁不是第一次对一个女人说了，他把她们每一个都当作真命天女，当作终结者，当作那个对的人，他全心全意，钥匙也就配了一遍又一遍。但今晚这话，池仁说了一半，改了下文：“以后，一定要打给我。”

“才下班吗？”唐茹旁敲侧击。

电梯叮的一声，到了八楼，池仁大步迈出去：“嗯。”

后来，池仁马不停蹄地为唐茹找来了保暖的毛毯，又热了牛奶：“这么晚来找我，出什么事了吗？”

唐茹蜷坐在沙发上，混合着做作的胆怯和天然的慵懒，娓娓道来：“我和同学吃夜宵回来，路过你这儿，就想问问你睡了没，你没回我，但我还是来吃了闭门羹。我看你还没回来，就想你会不会还在工作，想等等看，一等就……”

池仁点点头，不由自主地看了看墙面上的时钟。这不是唐茹第一次来他的公寓了，却是唯一一次深夜到访。时间是个翻手为云，覆手为雨的阴谋家，同样的地点，同样的人，在光天化日之下相安无事，在夜幕下却未必。

“这么晚了，就别回去了。”池仁说。

唐茹吞下一口牛奶，咕咚一声，微翘的唇边挂上一圈隐隐约约的乳白色。

她没说“好”，但什么都没说，也就等于说了“好”。

池仁陷入了忙碌，好在公寓里生活用品应有尽有，像在商场似的，连毛巾的花色都能挑一挑。唐茹仓皇地跟在池仁身后，有如误入虎口的羊羔般，用极尽美好的眼光看待这美好与邪恶并存的世界，连声道：“我会不会太麻烦你了？不用这么麻烦的……”

直到池仁将自己的枕头抱到了客厅的沙发上，唐茹一头撞上了池仁的后背，像是上了发条般的二人才双双停了下来。

“一点都不麻烦。”池仁坚定道。

而唐茹的神色却黯淡了下去：“池仁，我到底是你什么人？”

唐茹对池仁诸如“女朋友”等空口无凭的答案不要也罢，便自问自答：“我是你的贵客吗？陪我吃好，喝好，玩好，把最好的都给我，这和尽地主之谊有什么两样？可我……可我要做的不是你的贵客呀。”唐茹也是被逼急了，这男人……到底在等什么？

唐茹知道欲速则不达，而她扮演的那个“她”更是个缩头乌龟，即使池仁真对她情不自禁了，她在半推半就间也得推开他。

但一个吻终归是要的，哪怕是一个缠绵的拥抱。

但眼下，他连她的小拇指都不碰上一下！

那厢，池仁累坏了。无疑，这一天对他而言是糟糕透顶的一天，吴煜牢不可破；孙明美不分轻重缓急，还对他疑神疑鬼；他倒是分得出轻重缓急，却走了下下策；江百果像是任凭他摆布，却更可能是真人不露相；而眼下的唐茹，露相非真人……这充满了大喜大悲的一天，即便到了半夜两点半，还在继续。

就在这时，唐茹羞愤而去。

池仁下意识地追上唐茹，从背后将她紧紧圈入怀中：“是我不好。”

池仁说的是真心话。当年，她对他恩重如山，他却对她的消失无能为力。如今，他找到了她，就是要任她予取予求的。

唐茹落下泪来，转过身，脸孔贴上池仁的胸膛：“池仁，我喜欢你，不管是小时候的你，还是今天的你，不管是作为朋友、邻居或是哥哥的你，还是作为男人的你。但假如你喜欢的仅仅是记忆中的我，那我……那我就太可悲了。”

池仁自责道：“我不会让任何可悲的事发生在你的身上。”

毋庸置疑，带着香水味和牛奶味的唐茹，要比带着发蜡味和汗水味的江百果更具有吸引力，但这个来之不易的吻，仍是唐茹主动的。相较于池仁，她似乎更有主动的理由：为了拿人钱财，替人消灾，为了这个男人的优秀，甚至为了和某个女人一争高下……

唐茹确定，池仁今晚的反常，一定和某个女人脱不了干系。

但她不确定，是不是那个叫江百果的女人卷土重来。

这时，池仁的手机在裤兜里振动，在三更半夜，像是火烧眉毛。

但池仁没有推开唐茹，像是只有这个吻才是重要的，只有唐茹才是重要的。

反倒是唐茹收放自如，推开了池仁，红着脸：“别耽误了公事。”

书房中，池仁看着江百果的来电，背靠着书桌。公事，唐茹说得对，江百果的确是他的公事。

他接通了电话，而江百果那厢却鸦雀无声。他全神贯注，电话的确是接通了的，而鸦雀无声中，传来江百果均匀的呼吸声。也就是说，她是在睡着了后，不小心致电了他吗？

池仁按住要爆炸的眉心，哭笑不得。江百果，无论她是不小心，抑或是耍什么花招，她这电话来得还真是时候。

否则，他又该如何推开唐茹……

等池仁走出书房，唐茹回了池仁的卧室，并将池仁的枕头和被子留在了客厅的沙发上。这一天，终于要落幕。

池仁和衣倒下去，松了一口气。

至于江百果，她今晚后悔的事有两件。

一来，她怎么就在池仁的车上睡着了？她的睡眠一向堪忧，在车上睡着更是绝无仅有，可偏偏在今晚这有池仁相伴的“春宵一刻”，她暴殄天物般地睡着了。

二来，回到家，躺在床上，她有心要致电池仁，哪怕就问问他有没有平安回到家，却愣是没有鼓足勇气，到底是一翻身，又睡着了。

池仁……真不知道是那男人处处和别人不一样，还是她对那男人处处和对别人不一样。

但最后，她的手指到底是将那一通“救人一命胜造七级浮屠”的电话付诸了行动，也算是无心插柳柳成荫了。

翌日，八点四十分，池仁带着一套煎饼走进孙明美的办公室。孙明美在海外吃了二十几年的三明治，一回国，见了煎饼跟见了亲人似的，甚至不管那葱花的香气在入口后就会化为绵绵不绝的恶臭。

沈龙传媒接下来的大动作是板上钉钉了，平心而论，池仁对吴煜是服气的，无论他站在孙明美的背后如何巧舌如簧，吴煜仍雷打不动地做出了最正确的判断。换言之，沈龙传媒接下来又会迈上一个新的台阶。

但池仁要的，却不能这么直接。

他要的是兜个圈子，要的是用沈龙传媒做饵，在引那个人误入歧途后，再回到最正确的轨道。他要在沈龙传媒迈上新台阶的同时，让那个人来个倒栽葱。他要一举两得。

有了江百果这B计划，池仁在孙明美面前没有再冒进，循规蹈矩地向她报告着今天的行程。孙明美打断了他：“仁，你昨晚，是不是和女人在一起？”

“这世界这么小？”池仁以为是偶遇。

“这世界大得很……”孙明美一语道破，“是你脸上写着。”

孙明美小麦色皮肤，逆光而坐，不苟言笑，仿佛一个包青天。池仁没绷住，自己逗笑了自己，好在就是扬了下嘴角，不至于失态。

“Bingo！”孙明美打了个响指，倒也没追问，“继续。”

池仁却不禁顿了顿。昨晚，他是有和女人耳鬓厮磨，还是两个，却不知道孙明美的见微知著是见了什么，又知了什么，指的又是哪一个……

这时，吴煜来了，穿着一身米色条纹西装，温文尔雅。

吴煜直奔孙明美，似要说什么的，却先一皱眉，用手扇了扇无色无形的空气：“托你的福，我这辈子都不会再吃煎饼了。”

池仁退守一旁。无论是在柏瑞地产，还是在沈龙传媒，表面上，他都是一名背后的秘书。

但今天，孙明美却将他推上了台：“老吴，仁有女朋友了。”

一直以来，池仁始终把唐茹藏得妥妥当当，怕就怕时局动荡，会给唐茹生出不必要的事端。而这火眼金睛和口无遮拦的孙明美，却一手指头就把这窗户纸捅破了。但他不禁又自问，她到底是指谁？是唐茹，还是江百果？假如是江百果……她就不是火眼金睛，而是有眼无珠了。

他池仁的女朋友，当然是唐茹。

“哦？”吴煜看向池仁。

池仁始终把自己摆在秘书的位置上，吴煜也是这么做的。他不大和池仁交谈，偶尔说几句，六分是指示，四分是礼貌，从不颐指气使，却又保持着高高在上的身段。

吴煜知道江百果和池仁的关系，在那场舞会上，江百果对池仁毫无保留，他当然知道。

若无其事，是吴煜唯一能做的，至少输也不会输得太难看。

但眼下，局外人孙明美却一不小心就给他出了难题。她说池仁有女朋友了，他听见了，总不能装没听见。

“孙总太捕风捉影了。”池仁没有看向吴煜，而是对孙明美讨饶地笑了笑。

孙明美事不关己，也就摆摆手作罢：“真不知道你在害羞什么。”

东边不亮西边亮，吴煜又按捺不住：“该不会是我们认识的人吧？”

池仁不得不看向了吴煜。这个男人比他矮了半头，头发稀疏到最怕大风天，但气势还是有的，像是平静的湖面下，有漩涡，有激流，亦有水草。而这样的人，往往比汹涌的大海更能置人于死地。

孙明美又来了劲：“什么？是我们自己人？仁，我们老祖宗不是有句话，叫兔子不吃窝边草吗？办公室恋情是……”

池仁赶紧道：“孙总，我怎么会拿办公室恋情砸了我这金饭碗？天涯何处无芳草。”

孙明美打了个饱嗝：“打住打住，我最讨厌猜谜了。老吴，找我什么事？”

吴煜不能再公私不分，便对池仁下了指示：“你先出去吧。”他仍彬彬有礼，毫无破绽。池仁出去了，而吴煜接下来要和孙明美商榷的公事到底是什么并不重要，重要的是，他们并没有走上他为他们铺设的那条路。

更重要的是，他一定会让他们走上那条路。

池仁在楼顶吸烟的时候，接到了唐茹发来的消息：我到了。

早上，池仁要送唐茹回学校，唐茹说她坐地铁就好，池仁点点头说也好。他一向为她着想，想着她若能有由自己支配的生活，也未尝不是一件好事。终于，唐茹奔波了小半天才回了学校，池仁又想着，有朝一日，他若能停止和时间赛跑，该有多好。

平凡而辛劳的生活，也未尝不是一件好事。

池仁给唐茹回了消息：有事随时给我打电话。

唐茹坐在无误沙龙街对面的咖啡厅里，嗤笑了一声。有事随时给他打电话？不，这不是她要的。

十点，张什掐好了时间，从无误沙龙走出来站在街边吸烟，吸到一半，江百果骑着她的地平线200来了。

唐茹隔着一扇咖啡厅的玻璃窗打量江百果。在她明黄色的夹克里，是一件蜡染T恤，T恤盖住屁股，夹克却不及腰，再往下是一条紫色雪花图案的legging，花纹虽是横向的，却也修饰不了她骨瘦如柴的两条小腿。就事论事，唐茹不敢苟同江百果的这身奇装异服，但她又不得不承认，它们套在江百果的身上又不算太糟。

张什也半天说不出话来："你这穿的是什么玩意儿？"

江百果摘下安全帽，自顾自地说道："你今天腾出点儿时间，给我接发。"

"什么玩意儿？"张什要掏耳朵，忘了手里还夹着烟，几乎把烟捅进去。

"接发。"江百果在自己的肩膀上比画着，"到这儿，不，到这儿吧。"

张什伸手，摸了摸江百果的额头："你吃错药了？"

江百果挥开张什的手："我算钱给你，该多少就多少。"

张什越来越火大："谁跟你提钱了？"

"那你要提什么？"江百果反将一军。

张什被绕进去了："不是……你就接三厘米，你等俩月不就长出来了吗？"

"我多一天也不等。"江百果斩钉截铁。

唐茹将江百果和张什的一举一动尽收眼底。那个女人，将那五大三粗的男人分分钟镇住，不能不说她是有两下子的。何况，她是无误沙龙的所有者，站在这个多少男人，甚至多少先辈可望而不可即的高度，却在那天，在沈龙传媒的舞会那天，独独对池仁诚惶诚恐。

但愿……但愿昨晚令池仁一反常态的女人不是她。没来由地，自视甚高的唐茹抗拒着这一种可能性最大的可能。

江百果扔下张什，率先回了无误沙龙。

张什觉得很窝火，该说的话，他还一句没说，该问的问题，诸如她昨天去了哪儿，那个男秘书又耍了什么花枪，和《米娜》的合作方案她还要不要博采众长，等等等等，他还一个没问，反倒被她牵着鼻子走了。

接发，这算什么？

女为悦己者容吗？

张什将一支烟嘬到了尽头的时候，一抬眼，对上了街对面咖啡厅里的唐茹。唐茹若无其事地别开了目光。而张什看了一眼，又看了一眼，无端心生疑问，但也说不出个所以然，随后也回了无误沙龙。

MISS.JIANDAO

第10章

噩梦

池仁的电脑屏幕上显示着一条尽人皆知的新闻：致鑫集团进军影视，或将打破三足鼎立的局面。致鑫集团，那个人的致鑫集团。而除了尽人皆知的新闻，池仁还知道，致鑫集团将沈龙传媒这支生力军当作了指明灯，该效仿的效仿，该反咬一口的时候，他们也自当磨刀霍霍。

池仁不在乎致鑫集团对沈龙传媒的“器重”，是因为沈龙传媒树大招风，还是因为那个人针对他，他要做的，只是将计就计。

总之，一切的一切对池仁而言，是万事俱备，只欠东风。

池仁太专注了，以至于当吴煜都只离他一步之遥了，他才看到吴煜。

池仁不动声色地切换了电脑屏幕，站直身：“吴总？”

吴煜打着公事的幌子，对池仁说了一番可说可不说的车轱辘话，便走开了。

而吴煜的欲言又止对池仁来说，是一颗定心丸，甚至是一剂催化剂。十有八九，吴煜对江百果的爱慕远远高于他的估量，那么，江百果的价值也势必远远高于他的所求，继而，江百果便是“万事俱备，只欠东风”中当之无愧的东风了。

十四年了，池仁设计了一百种报复那个人的方式，也有九十九种付诸了行动，却始终动不了那个人一根汗毛。他用九十九次的失败得知了一个事实，事实就是那个人身穿的刀枪不入的盔甲，叫“名利”。他用十四年的时间，在那个人“名利”的王国里攻其不备，撬掉一块块的砖石。

他等了十四年的时间，终于在今天杀红了眼，像是他终于能让那个人的城墙晃上一晃……

就这样，池仁致电了江百果，而且不再是一时冲动。

晚上七点，江百果和张什双双抛下无误沙龙，在一家印度餐厅和《米娜》的一名叫作Daniel的娘娘腔共进晚餐。Daniel算不上个人物，论财力，远不及江百果的无误沙龙几百平方米的价值，但他能决定《米娜》的封面造型花落谁家。

作为无误沙龙的当家，江百果曾接受过一次业内的采访。在采访中，她被问及是什么造就了她的今天，她的答案是野心。江百果说，当你想爬得更高，你才能在现有的位置屹立不倒。

江百果从未因无误沙龙的大赚特赚而满足，谁都知道，她想爬得更高。但似乎，即便是她的恩师，她的挚友，她的心腹，即便是张什，也不知道她的“更高”到底在哪里。

那是江百果唯一一次接受采访，在那之后，她听说她的“无情”又被人们口口相传到了一个新高度。江百果习惯独来独往，却并不代表她不寂寞。她以为当她爬得更高，她的世界才能人来人往。但到头来，他们却对她敬而远之。

而她是真的寂寞，否则，她的世界也不会有从赵宾斌到王约翰的奔流不息。但池仁，池仁却是个例外，大多时候，他更像一块坚冰。

总之，即便张什在东京的秀上捅了娄子，江百果仍不会停下脚步，托了关系和Daniel接上了头。条条大路通罗马，东京不行，有国内，国内不行，还有外面更大的世界。

说到捅了娄子，张什至今被蒙在鼓里——最终，在东京被列入黑名单的，不是他张什的大名，而是无误沙龙。而江百果之所以这么做，倒也不是因为什么刀子嘴、豆腐心，是因为两害相较取其轻，“案底”这东西，无误沙龙总比单枪匹马的张什担得动。

叫作“贾妮莎”的印度餐厅坐落在一座四合院里，门面不大，进了门，却豁然开朗。红与黄的色调像是能让气温直线上升五度，遍布的神像、屏风，以及墙壁上的绘画，无一不是来自印度，耳畔的一首《无情的爱情》更是令人百感交集。

四人桌，江百果和Daniel坐一边，张什坐另一边。

江百果当真接了发，张什也就频频对着自己的“杰作”心不在焉。江百果是自然卷，但她一向认为自然卷太矫揉造作，也就一次又一次地拉直了。而这还是第一次，她蓄了不长不短的长发，落在肩头，在她一颦一笑间，虽仍算不上妩媚，但她……她是个不折不扣的女人了。

女为悦己者容，一定是这样的。

江百果与Daniel寒暄：“听说你对印度菜不但情有独钟，还颇有研究？”

“马马虎虎。”Daniel一心二用，拿着手机在玩游戏。

江百果对《米娜》的封面造型势在必得：“不瞒你说，我对印度菜是深恶痛绝，今天选在这里，一来是投你所好，二来，也算我赌一把，跟着行家，看看能不能开窍。”

Daniel仍有一搭没一搭地回着：“那要看你能不能欣赏冲突的美感。”

就在这时，池仁走进了餐厅。

由于位置的关系，张什第一个看到池仁，他自言自语：“又搞什么……”

江百果闻声，不明所以地一回头，也看到了池仁。他一个人，难得不是西装革履，穿了件黑色皮夹克。不等张什和江百果有所反应，池仁抢先一步，装得像谁也不认识谁似的，对侍应生说了“一位”后，便被带去落座了。

江百果迟迟才呼出一口气来。

下午，池仁致电她，要和她共进晚餐。她掐着大腿，才做到以大局为重，回绝了他。不料，他追问了她的行程是为了跟来。

江百果阅人无数，其中不乏死缠烂打之流，但池仁不同。同样的事，张三李四做了，是死缠烂打，池仁做，却像是动静相宜，让她说不出半个不字。相反，假如他不跟来，她大概才要失望。

但眼下，Daniel仍是江百果的当务之急。

江百果恍然大悟似的："冲突的美感？所以说，大多数人习以为常的西餐，更倾向于把味道相似的食材叠加，比如……牛奶和黄油，而印度菜追求的是冲突的美感，是大胆，是丰富，是铤而走险。"

Daniel终于放下了手机："你也算一点就通！"

江百果不客气："谁说拿剪刀的就一定是手艺人？脑子也是要有的。"

池仁落座的位子和江百果的面对面，他避开虎背熊腰的张什，和江百果隔着一张桌子，二人同时一抬眼，便能四目交接。反倒是张什，心里总痒痒的，时不时就回个头，惹得Daniel误会了，贼贼地问张什："他是你的菜？"

这个"他"，自然是指池仁。

江百果猛呛了一口。

张什也只好说他是脖子落枕了，活动活动。

不同于江百果做东的大手笔，池仁仅点了一份薄荷烤鸡和一碗藏红花煮米饭，表面上怡然自得，实则惴惴不安，就如同表面上一切都在按照他的计划进行，实则却大有不同。

比如池仁看着江百果，这符合他的计划——他看着她，扰乱她的心湖，卸下她的防备。既然他是她的菜，那么，他引她一步步落入他设下的圈套一点也不难。但实则，他并不是因为计划看着她，才看着她。

实则，他是不由得看着她。

身为一名在女人圈里打滚的男秘书，女人的事一向难不倒池仁。他知道，江百果的发梢是一根根接上去的，他也知道，她穿着这一身不亚于大红大绿的大黄大紫，一点都不自在。但他不知道，她这么做会不会是为了他。

终于，江百果还是欣赏不来道道地地的印度辣椒，吃到一半，胃便作痛，却又不能离席。一来，Daniel还在为她讲解着手抓饭的礼仪，滔滔不绝。二来，江百果知道，她一离席，势必要面对池仁。

而她还没有信心用她的新面貌面对他。

这会对他的胃口吗？她也可能弄巧成拙。

说来也是她自作自受，明明是她请他来教她的，他真的来了，她却又怕了，怕一颗心会从嗓子眼儿蹦出来，怕该来的迟早会来，该走的也迟早会走，怕到头来如他所言：好奇往往是要付出代价的。

她怕伤心地活着，那还不如做没有心的行尸走肉。

直到江百果的额头冒了汗，张什还添乱："太热了？Excuse me，来杯冰水。"

江百果暗暗叫苦，若是再一杯冰水下肚，她会当场毙命。

好在这时江百果的手机振动。

池仁来电。

江百果抬眼，池仁的手机扣在桌面上，而他的双手仍在和碗筷打着交道。张什捕风捉影，也回了头，一看池仁的手机扣在桌面上，只当是自己多了心，便又讪讪地捂着脖子坐直了身。江百果向Daniel交代："店里。"

而果然，等江百果洗了一把脸，走出盥洗间，便被池仁堵住了。

"好点了吗？"他问。

江百果揉了揉鼻子，青白的脸孔上，单是鼻头红通通的，像个小丑："熏香的味道也能要了我的命。"

池仁拣了重点："你不是爱吃辣吗？"

"你说麻辣烫？"江百果还是没力气，弯下腰，双手撑在双膝上，"那种虚张声势的辣，和这种劲道十足的辣能比吗？更何况，也要看和谁吃。"

"等下我会帮你要一份酸奶，说是餐厅赠送的，喝了多少能好一点。"池仁又一次拣了重点。

抛开对江百果在感情上的疑心，池仁是欣赏江百果在感情之余的事上的拼命的。他比谁都知道，要在这个弱肉强食的世界中向上爬，这区区苦头不足挂齿，比他们更辛苦的人多的是。而他不能保护她，他没有理由，没有立场，没有可能去保护她，反之也就没有理由，没有立场，没有可能让她停下脚步。

她不是唐茹。换了唐茹，他会让她在他的羽翼下一辈子做个“废物”。但她是江百果，胃再疼也要走下去。

江百果直起腰，点点头：“你怎么来了？”

狭长的走廊，池仁有些热，便脱下了他的黑色皮夹克，其中仍是白色衬衫。他据实以告：“毕竟……时间紧迫。”

池仁是据实以告，但师父领进门，修行在个人，怎么理解就是江百果的事了。

江百果似懂非懂，却也点了点头。

池仁抬手，碰了一下江百果肩膀上的发梢：“这很好看。”像是碰的是她的头发，就不是碰她似的。

江百果在昏暗的光线中微微红了脸：“所以说男人都喜欢女人味。”

“谁说的？”池仁脱口而出，“那之前为你要死要活的那些男人们，都是瞎了眼？”

何况，还包括吴煜在内。

话音一落，池仁有如挨了当头一棒。他又差点忘了……他又差点忘了这个不起眼的女人有着丰富多彩的过去了！那么，她的胃疼，她额头上冒的汗，她的摇摇欲坠，想必是装的。那么，她的发梢，她的花枝招展，也一定是她为他设下的圈套。那么，甚至她刚刚在昏暗的光线中红了的脸，想必也是装的。

池仁顿时不快了，让开了路：“你恐怕走开太久了。”

“你再等我半小时就好……”江百果盘算着。

“不急，你们慢慢聊，我还要回公司，这就走了。”这不是池仁的计划，但眼下他不能再贸贸然地恋战了。

“那……好。”江百果不无失望。

另一厢，张什又猛地一回头。果然，池仁果然不在位子上了。致电江百果的人，果然还是他。张什气不打一处来，认定了池仁和江百果联手把他当猴耍。

池仁说到做到，三分钟后，便买了单，头也不回地走掉了。

不过，他也有说到没做到的事，比如他答应给江百果的酸奶，直到江百果在四十分钟后买单，也没个踪影。

而当池仁走掉时，张什追了出去。他拿着手机，效仿江百果："店里。"

四合院外，张什扑向池仁的车头，害池仁狠狠踩下了刹车。

池仁下了车，对张什不亲不疏："有事？"

张什双手环胸："我看池大秘书倒像是没事儿干的闲人。"

"哦，之前百果有向我推荐过这家印度菜，今天路过，就进来试试，没想到这么巧。"

"拉倒！我跟她八年的交情了，她好哪口我还不知道？"

池仁回到了主题："你找我有事？"

张什伸出食指，对池仁指指戳戳："我把丑话说在前头，果子那丫头可不是能让你为所欲为的，你最好别自讨苦吃。"

"请问，你是百果的什么人？"池仁像是请教道。

"师父。"张什理直气壮，"一日为师，终身为父。"

"就这么简单？"

张什打了个磕巴："就……就这么简单。"除了，他将害她一无所有。

"那请问，在新年钟声敲响的时候……"池仁说变脸就变脸，从彬彬有礼到狠绝，也就一眨眼的工夫，"你吻了她，是发自师徒之情吗？"

张什呆若木鸡。

"所以说，有时候别把丑话说在前头，还是咽回肚子里的好。明知道对方说的是谎言，也不一定要拆穿，因为每个人都有谎言，包括你自己。得饶人处且饶人，也就等于饶了你自己。"池仁和张什无冤无仇，把该说的说了，便上了车。

池仁按了下喇叭，张什一激灵，踉跄了两步，让了路。

池仁绝尘而去，对张什看都没再看上一眼。

终于，池仁后悔千里迢迢地来吃这顿印度菜。他取消了计划中的会面，对方的话虽是玩笑话，说要他负荆请罪，届时他也不能不有所表示。他大费周章，往返三个小时的车程，却仅仅和江百果过了三五招，还打了个平手。最后，他凭丢下江百果而稍稍占了的上风，又托张什的福，化为了乌有。

就在今天下午，池仁请赵大允核查了江百果和吴煜的关系。赵大允给他的回复是：江百果所言，句句属实，吴煜的确是在跨年那天对江百果一见钟情。除此之外，赵大允还说，当时江百果的男伴也在场，二人在新年钟声敲响的时候，如胶似漆。

而从赵大允的描述中，池仁不难得出结论：江百果那天的男伴，非张什莫属。

池仁打开了车窗，让这座城市中混杂着斗志和铜臭味的气息包围了他。张什吻过江百果，连张什都吻过江百果……而她在和张什卿卿我我的同时，还能做到令吴煜对她一见钟情。到底还有什么，是她做不出来的？一箭双雕？她好大的胃口！

一整个下午，池仁都在回避这个问题，毕竟这个问题不是他该关心的问题，毕竟江百果的善恶不该左右他的计划。但该死的张什，他却送上门来……

池仁的食指不由自主地敲在方向盘上，打着令人烦闷的节拍。

那天，跨年那天，江百果分明还对他不伦不类却又欢欢喜喜地扮演着麋鹿，像个没心没肺的孩子，但骨子里，她却是一把一箭三雕的好手。

也好，池仁的食指停了下来。

这样也好，那女人贪得无厌，他才不必抱歉。

后来，池仁没有直接回家，而是去了废弃了的“姚”会所。他忘了他有多久没有踏入这里半步了，两年？抑或更久。虽然这里就毗邻他的公寓，他却屡屡过门不入。

池仁从公寓大堂的后门穿出去，踏上那条通往“姚”会所的幽径。途中，有一株海棠树的枝丫在上一场电闪雷鸣的春雨中折断了，做了拦路虎。池仁伸手挥开它，却刮伤了手臂，透出隐隐的血丝。

池仁回头，打量那海棠树。这里是松柏的天下，品种虽然繁复，却大同小异，不知道这一株海棠树是从哪里冒出来的，像是有年头了，伤病累累的样子，却活了下来。

一如当年的唐茹，在兵荒马乱中，不知道是从哪里冒出来的，弱不禁风，却给了他温暖的力量。

池仁一边大踏步迈向“姚”会所的大门，一边从口袋中摸出了一串钥匙，既生疏又熟门熟路地从其中找出了一片失去了光泽的钥匙。时间把握得刚刚好，他抵达目的地，直接抓住了大门上的那条锁链。

当年，当这里渐渐破败，被无家可归的流浪汉当作五星级的住所，被偷鸡摸狗的男女当作缠绵的天堂，被懵懂的孩子们当作探险的宝地时，池仁就是用那一条锁链锁住了这里的大门。

当时，有巡逻人员制止池仁，说他没有权力这么做。

当时，年轻气盛的池仁扑上去将对方打到半死：“我没有权力？那就没人有这权力了！”

但久而久之，这里并不是那区区一条锁链能锁得住的了。那些人破窗而入，无孔不入。直到岁月在揭开了这里不可侵犯的面纱后，又为它笼罩上了一层令人不寒而栗的阴云，那些人才又慢慢散去，还了它最后的尊严。

两年，抑或更久，锁链的锁孔生了锈，池仁手中的钥匙连转都转不动了。

他猛地一用力，把它扯断了。

迎面便是“姚”会所的大堂。云朵形状的石膏顶在均匀的灰尘中，有扎眼的破败，像世界末日的天空，被活生生捅了一个窟窿。八根透明的立柱呈女性腰肢的曲线，既风情万种，又顶天立地。四壁的画作自然不复存在了，徒留下杂质勾勒的边框，像一扇扇的铁窗。当年的盛世，仅存一个硕大的三人沙发，岩石的色泽，质地却让人一旦陷进去，便再也舍不得走开。

这里的一草一木，都是姚曼安亲自设计的。

当年，她说这里代表女人也能撑起一片广阔的天地。

当年，池仁一直以他有这样一位才华横溢的母亲而自豪。

但后来，不要说广阔的天地了，姚曼安连她自己的性命都不再能撑起。

如今，这里破败了，空气和外界水乳交融，以至于池仁并不能在一呼一吸的腐臭中，回到姚曼安如登春台的年代。时光不能倒流也就罢了，连让人蒙住头自欺欺人的机会都不给。地板上有斑驳的污渍、诡异的垃圾，甚至零星的粪便。唯一一张三人沙发，若不是因为它庞大得令人束手无策，也一定逃不开被掳走的命运，而它的坍塌，代表着它积累了三教九流的角质。

池仁不得不在地板上仰面躺下来，遥望云朵石膏顶上的窟窿，异想天开地想着会不会有一场倾盆大雨浇醒他，告诉他一切的一切不过是一场噩梦。

而同一时间，江百果从噩梦中惊醒，一个激灵，翻下了沙发。

在沙发上度过漫漫长夜，是江百果的家常便饭。每当被噩梦逼到无处可逃，她便会抱着被子从床上转移到沙发上，迎着落地灯，让灯光穿透她的眼皮，带给她赖以心安的光明。

但这还是第一次，她在同一个夜晚，在沙发上，第二次从噩梦中惊醒。

多少年来，江百果的噩梦五花八门，有时候，是明媚的清晨，她蹑手蹑脚，却还是打碎了鲜红的果酱，顿时，世界四分五裂，清晨沦为子夜；也有时候，是下课铃响，同学们说说笑笑、追跑打闹着拥出教室，而她，没有双腿，寸步难行。

而这个夜晚，江百果梦中的莲蓬头流淌下鲜红色的水流，带走了她的头发，不仅仅是她接上去的发梢，也将她连着头皮的头发连根拔起。转瞬间，她的脑袋上便寸草不生。

江百果坐在沙发和茶几的缝隙中，摸了摸头顶，这才定下心来。

一转念，江百果抓上手机，致电了张什。

张什的声音几乎是立即就传了过来：“又做噩梦了？”

江百果自说自话：“明天一早你就给Daniel打电话，坚持模特我们要自己选。”

张什气结：“大半夜的，你就为这事儿？你就不怕我睡了？”

“你这不是没睡吗？”江百果捕捉到车流声，“还在外面鬼混？”

张什又绕了回来：“我问你是不是又做噩梦了？十几年了，你怎么就这么不把自己当回事儿？”

“死不了的。”

“万一你脑袋里长了个瘤呢？”

“谢谢你的吉言。明天一早，别忘了。”江百果兀自挂断了电话。

张什对着手机又嗷嗷了两嗓子，泄了愤，这才回到他一头扎在应急车道上的牧马人上。而在副驾驶位上，坐着孟浣溪。

孟浣溪刚刚收工，卸了妆，眉疏眼淡，靠在副驾驶位的靠背上，像一张白纸。

说到张什对孟浣溪欲罢不能的所在，倒是和印度菜有异曲同工之妙。这女人，乖起来真乖，不要说第一次肌肤之亲了，她连她的初吻都是给的他，但疯起来也是真疯，玉石俱焚，连对她腹中的他们的骨肉都不手下留情。她爱起来是真爱，她一度疑患乳腺癌，她说她绝不会为了活命就割去他挚爱的她的一部分，好在，到头来这只是虚惊一场。她恨起来也是真恨，不单单是对他，包括对江百果。为了能让江百果一败涂地，她一个直肠子，偏偏又能从长计议。

当Daniel提到“冲突的美感”时，张什满脑子都是孟浣溪，心说她那才是“冲突的美感”。

张什一回到他的牧马人上，孟浣溪就先发制人：“有什么见不得人的，接电话还得背着我？”

张什伸手，捏了捏孟浣溪的脸：“你才是我最见不得人的小心肝儿。”

孟浣溪挥开张什：“少跟我打岔。”

“当着你我紧张，回头再露了馅。”张什有什么说什么。

“我爸被她害成什么样……”

“咱爸。”

孟浣溪以退为进：“好，咱爸被她害成什么样，你是知道的。”

孟浣溪所言不假。当时孟叔激流勇进，致力于研发新型冷烫品牌，资金都到了位，江百果就在这时翻脸不认人，一走了之。客观来说，她区区江百果即使力拔山兮气盖世，也只是单枪匹马，要阻挠孟叔的大势，开什么玩笑。偏偏不知怎的，孟叔气血攻心，心脏病一犯，兵败如山倒，也就大势不再了。到了位的资金化作累累债务，如今孟叔表面上虽仍维持着奄奄一息的老字号沙龙，但医生有言在先，他的心脏随时会停止跳动，随时，随地。

张什点点头。在这件事上，他的确不能为江百果开脱。

孟浣溪瞥了一眼张什："还是说，你下不去手了？"

张什试探道："怎么说，冤家也宜解不宜结，冤冤相报何时了。"

顿时，孟浣溪挺直了脊背："怎么，爱上她了？"

"我爱谁你不知道啊？"张什吹胡子瞪眼。

"我不知道！你少跟我提什么手心手背都是肉，要么我，要么她，你选一个！"孟浣溪跳下车，沿着应急车道，说走就走。

张什骂了句大爷，也跳下了车，在限速八十公里，但人人都开到一百二的午夜街头，放声大喊："孟浣溪，我爱你！我爱你！为了你，别说一个徒弟了，我能六亲不认！站住，孟浣溪，你给我站住！"

于是乎，这个夜晚对每个人而言都不是一个寻常的夜晚，时间被清清楚楚的记忆和模棱两可的未来拉长，黑暗无休无止。

池仁在"姚"会所安静得像一个被丢弃的布娃娃，一动不动。

江百果辗转反侧，从沙发上，到床上，再到沙发上，甚至躺到地板上，她在神志消散聚集再消散的死循环中，受制于千头万绪。她死死抱着被子，大汗淋漓，却又不敢放手。

但无论如何，夜晚终将过去。

而唐茹在一大早便被小邓请去喝早茶。

唐茹破天荒地好好打量了小邓一番，三十岁上下，国字脸，罗圈腿，因为丰衣足食而忠心耿耿。一直以来，唐茹并不把他放在眼里，她认为，一个拿人手短、吃人嘴软的狗腿子，用不着放在眼里。

小邓点了一桌子的招牌菜，唐茹却样样只吃一口。小邓疑心："出岔子了？"

"我在节食。"唐茹胡思乱想，想池仁会不会是对皮包骨头的女人情有独钟，她的凹凸有致会不会反倒是她的败笔。

小邓点点头："虽说不要操之过急，但我们花了大价钱，也不是让你混日子的。"

“他和你们……到底有什么过节？”

“这不是你该问的。”

唐茹自嘲地笑了笑，也对，她笑小邓无异于五十步笑百步，归根结底，她一样是颗拿人手短、吃人嘴软的棋子。而显然那雇主的大人大量也是有限度的，她的无所作为，快要触碰他的底线了。

唐茹将一杯黑咖啡一饮而尽。无论如何，她不能再明日复明日了。

MISS.JIANDAO

第11章

约会

周一。

早上八点四十，池仁如常带着煎饼走进孙明美的办公室，也如常面对着她的吃相报告着她的行程。而等孙明美都打了个饱嗝，她也没有注意到池仁手背上的擦伤。

这要是换了何一雯，别说注意到，一定连医药箱都给他搬出来了。

池仁倒不是计较，不过是东西往往是新的好，人和情分，却恰恰相反。

自从何一雯丧偶，池仁就再也没有出现在她眼前。他希望他下一次出现在她眼前时，能不再有秘密，能化干戈为玉帛，能亲口告诉她他对她的虚情假意，早就不再是虚情假意，他希望这一天不会等上太久。

中午，池仁约了江百果吃饭。

鉴于周一是池仁一周当中分身乏术的一天，二人便约在了沈龙传媒的附近。要不要让吴煜这么急就得知自己和江百果的“勾结”，池仁一直拿不定主意。吴煜若是不知道，等他攻其不备，他的胜算会有八成。但吴煜若是知道了，双方明刀明枪，池仁自认为他的胜算也至少会有六成，而且不会胜之不武。

既然拿不定主意，那听天由命也不失为一种办法。

中西结合的简餐厅，最注重的是时效。池仁是这里的常客，连菜单都不必看，便要了一份周一特供。而江百果是第一次光顾这里，却连周一特供是什么都不必看，便要了一份和池仁一样的。

随后，二人面对面地在窄小的高脚凳上调整好了坐姿，看向了对方。

江百果从池仁迈进这家简餐厅的第一步起就注意到了他手背上的擦伤，但眼下他因为人高马大而微微佝偻了身躯，双手又搭在腿上，以至于她抻着脖子，也看不到第二眼。

至于池仁，他习惯了江百果的干枯和硬朗……干枯和硬朗，对，就是这两个词，她就像一根奇形怪状的树杈，虽轻飘飘的，却叫人无处安放。他习惯了她的英气，她的蓄势待发，她的不留余地，甚至习惯了她的发梢蓬松地垂在肩膀上，像是一切就本该这样。

直到池仁看向了江百果刘海儿下的眉梢。

他失笑。看得出，她才拔过眉毛，一定是因为用力不当，汗毛孔都微微泛了红，害她不怒自威的气势大打折扣，有些……楚楚可怜。

再沿着江百果的目光，池仁找到了她抻着脖子的原因。

于是池仁将双手提上了桌面，十指交叉，松弛地握在了一起。

她要看，他就给她看。

江百果得偿所愿，盯住池仁的擦伤：“怎么搞的？”

“不小心。”池仁一笔带过。

“当心留疤。”

池仁语塞。当初江百果头破血流时，对自己的额头会不会留疤只字不提，眼下，反倒为他这丁点儿的皮外伤忧心忡忡，这像话吗？

“我是个男人。”池仁语塞后，又言多必失。

他是个男人？这话说得也太小孩子气了。

“所以？”果然，江百果一头雾水。

池仁蒙混过关：“没什么。”

侍应生来上餐，江百果这才知道，所谓的周一特供是肉酱意大利面。像螺旋一样没头没尾的意大利面上，堆砌着一摊砖红色的肉酱。江百果一怔。

池仁没发现江百果的异样，他拿过餐具，轻车熟路地三两下将面拌好，一抬眼，这才发现她一动没动。

他暗暗嗤笑了一声：饭来张口，这是恋爱中的女人的通病吗？不过，其他女人这么做似乎无可厚非，换了江百果，他便无端端地刻薄。但他还是用自己拌好的这一份，交换了江百果的。

江百果微微一笑：“谢谢。”

池仁下午一点钟还要陪孙明美赶赴个会议，争分夺秒要填饱肚子。江百果东张西望了一下，便没话找话：“你记得我是周一休息？”否则，他怎么会约她周一吃饭？

“嗯？嗯。”池仁一怔，却也有惊无险地点了点头。

但事实上，他不记得，他日理万机，又不曾将江百果放在心上，他当然不记得这旁枝末节。当下，经江百果一提点，他才隐隐约约有了印象。对，周一是她的休息日。他约江百果吃饭的时候，江百果问他约在哪里，他自作主张选了这里，是因为照他今天马不停蹄的行程，除了这里，他哪里也去不了。他没想到今天是江百果的休息日，他想到的是，江百果会排除万难。

事实上，他约江百果周一见，更是因为他把周末两天的时间都给了唐茹。

而沈龙传媒和致鑫集团的交锋又刻不容缓，他不能再等到周二。

周六那天，池仁带唐茹置备了春夏的新装。不管唐茹试穿哪一件，池仁都说好，却又常常话里有话。

唐茹阅人无数，看穿了池仁：这个男人，表面上什么都说好，实则永远知道自己要的是什么。再明显不过了，他会在她试穿的空当，请店员再拿些活泼的款式来，无非是因为他要她摆脱她的畏首畏尾，他要她活泼地享受大好年华。

而店员有口无心："先生，您女朋友够活泼的了。"

池仁置若罔闻，认定了是店员有眼无珠。殊不知，殊不知愚蠢的是他。

周日那天，池仁带唐茹去了郊外，车程一个半小时，青山绿水，人迹罕至，像是能不畏过去，不惧将来，有了今天便可以称为永远，长相厮守，别无他求。

唐茹身穿活泼的款式，卷了裤脚在小溪间蹦蹦跳跳，发出银铃般的笑声。

池仁心头一热，假如唐茹能无忧无虑地一直到老，他别无他求。假如她要他陪她一直到老，他一定时时刻刻拍马赶到。

直到唐茹脚下一滑，池仁手疾眼快，将手垫在了唐茹的背后，二人狼狈地倒在小溪中，水花四溅，野生的小鱼四处逃窜。唐茹除了浑身湿透，毫发未损，而池仁除了浑身湿透，擦伤了手背。

他们躺在草地上晒太阳。

唐茹一翻身，半边身子压在池仁的身上。她打量小憩的他，他内敛，连挥金如土都好似无声无息。他挥金如土，却比她打过交道的任何一个男人都高瞻远瞩。而在他的高瞻远瞩中有她的一席之地，他对她的坚定不移，令属于他的一切都属于她。

这是唐茹第一次换了条思路：有没有这样一种可能，她的雇主，也就是池仁的对手，根本不是他的对手？会不会到头来，根本他才是最后的赢家？

唐茹分辨不出池仁是小憩，还是假寐，她俯身轻轻啄了他的嘴角便收了兵。

说不动心，是假的。

但棋差一着，便全盘皆输，这也是真的。

中西结合的简餐厅，江百果要碰碰运气："池仁，你能不能帮我个忙？"

"我最近会比较忙。"池仁不假思索道。帮忙？说穿了还不就是利用？而他是来利用她的，没有反被她利用的道理。

江百果耸了耸肩。果不其然，五成对五成的概率，而她的运气一向不大好。

眼看池仁的一份肉酱意大利面见了底，江百果将自己的盘子向他推了推：“我吃不了。”

池仁这才发现她没吃一口：“你这不是吃不了，是原封不动。”

“我不饿。”

池仁擦了擦嘴：“你这是……在闹脾气吗？”

“闹脾气？为什么？”

池仁放下了餐具。他毫不客气：“不喜欢吗？不喜欢吃就不要跟着我点这个。还是说你喜欢浪费？你生财有道没问题，但地球上还有多少人在饿肚子……”

“八亿。”江百果说。

池仁飞快地皱了皱眉。

江百果多此一举：“你不是问还有多少人在饿肚子吗？八亿。”

池仁叹叹气，作罢：“再有，不喜欢吃就说不喜欢吃，不要说不饿，不要说谎，再点别的就是了。”

相较于池仁，江百果心平气和：“是，我是不喜欢吃这个，怪我，刚刚点餐的时候匆忙了。还有，我说不饿，不是说谎，是因为我一顿不吃真的死不了。我不用再点别的，是因为没必要浪费你的时间。我是有浪费的毛病，不过，从今天改掉就是了。”

说着，江百果将盘子移了回来，拿上了叉子。

池仁却不罢休，一把抢过了江百果的盘子，捎带着把叉子也抢了过来：“算了。”他一口塞入了几乎三分之一盘的肉酱意大利面。

“不过，你这是在闹脾气吗？”江百果反将一军。

“我为什么？”池仁的嘴角沾了肉酱，腮帮子也被撑得鼓鼓的。

江百果眉开眼笑：“我怎么知道？”

末了，池仁将两份“周一特供”吃了个精光。而当血液都涌向了消化系统，他的大脑便不作为了，他就那么坐着，也不说走，害得身后还在等位的客人直翻白眼。

江百果看了看时间，她知道池仁一点钟还要赶赴个会议，反倒替他着了急：“买单？”

池仁这才如梦初醒：“我来。”

“你来。”江百果并无异议。

池仁又鸡蛋里挑骨头："怎么？认为男人买单是理所当然的吗？"像是其他女人一毛不拔无可厚非，换了江百果，他便又无端端地刻薄。

"那倒不是……"江百果抓了抓脖子，"可是我一口都没吃到，不是吗？"池仁习惯了她的发梢，她反倒常常觉得奇痒难忍。

池仁无话可说。

走出这家简餐厅的绿色门框，穿着白色衬衫的池仁在江百果的眼中是神清气爽的，而穿着粉红色夹克的江百果在池仁的眼中却永远是一面鲜红的旗帜——一面插在能让他大获全胜的捷径上的鲜红的旗帜。

江百果以为池仁争分夺秒，便要道别："那就……"

"你要我帮你什么忙？"池仁却又拖拖拉拉地旧事重提。他自己劝诫自己，先给她点甜头尝尝，是为了放长线，钓大鱼。

五成对五成的概率，江百果否极泰来。她为了道别而挥舞的手停在半空中，微微攥了拳："我是想……想请你做我的模特。"

"模特？"池仁暗暗叫苦，果然，果然他是惹祸上身，"什么模特？"

"无误沙龙会给《米娜》做一期封面造型，哦，《米娜》是一本……"

"我知道。"池仁知道《米娜》，怎么说他也是个在女人圈里打滚的男秘书，这难不倒他。

"那就好。总之，我要找个男模特。"

"我一直以为，把上镜当作毕生追求的俊男靓女遍地都是。"

"是……"江百果是认真的，"所以即便你不便抛头露面，我一样能去百里挑一，不过，你是我的首选。总之，你不要有负担，做还是不做，随你的便。"

池仁点点头："容我想想。"

江百果又要道别："好，我等你消息。"

池仁掉头离开，并暗中给江百果打下了不及格的分数。他是要她对他神魂颠倒的，但她的表现总像是差了那么一点点。虽然，她为了这半小时的共进午餐千里迢迢，字里行间又处处以他为重，饿着肚子也没有半个不字，但他……还是认为她差了那么一点点。

或许这是因为她没有半个不字，不管他多"坏"，她都不哭不闹，不噘嘴，连眉头都不皱上一皱。

又或许这是因为她在他掉头离开时，全然没有表现出难舍难分。在池仁潜意识里，她应该抱住他的大腿才对，只有她抱住了他的大腿，他才好对她为所欲为。

总之，他给她打下了五十九分的分数，就差一分，也是不及格。

五分钟的路程，池仁头也不回。但假如他回一下头，江百果那关键的一分，他也就能给她加上了。

因为，江百果跟踪了他。

不过与其说跟踪，还不如说是远送。她一路小跑，兴致勃勃地跟在他的身后，从五味杂陈的春风中提炼出他的味道，然后一口气吸入肺中。

捎带着，江百果还异想天开，想赵宾斌或王约翰之流会不会就混迹在人群之中，那么，他们一定会对她改观了。她今天穿了粉红色的夹克，不是因为她喜欢。若是由着她，黑色最好不过，但她想，男人们大概都喜欢粉红色吧，就像他们都对长发飘飘情有独钟，而池仁也不例外吧。

她是从来不吃肉酱的，甚至躲都来不及，但坐在池仁的对面，她差一点点就张开了嘴。

为他破例，似乎并不是难事。

就在刚刚，池仁掉头离开，她心生难舍难分之情，却咬咬牙，还是放走了他。

她想，感情这回事，还当真是不能感情用事的，她一向引以为傲的理智，的确是制胜的法宝。可惜，江百果忽略了一点：昔日她的理智全用来为自己谋福利，不管对方死活，自己快活就好；而如今，她每每站在池仁的角度，用她的理智为池仁做了嫁衣，还沾沾自喜。

而她忽略了的这一点，恰恰导致了她处于下风。

本来嘛，是为自己，还是为人，本来便有着天壤之别。

至于池仁，他在最后关头也有想，想江百果会不会就跟在他的身后。这不是不可能的，毕竟她是什么事都做得出来的。然而他不能回头，因为但凡他回了头，无论她在或不在，他都谈不上“赢”了。

九个小时后，池仁最后一个离开沈龙传媒。

十点，这比他计划中的还早了一点点。也不知道为什么，他一个下午都豪情万丈，或许是因为既然要踩着江百果大获全胜，其他旁枝末节就更不能掉链子。毕竟，他总不好让她白白牺牲。

离开沈龙传媒后，池仁在夜色中环顾了一圈。

就在下电梯时，他还在想，江百果会不会在楼下等他，虽然这都过去九个小时了，但还是那句话，她是什么事都做得出来的。他甚至还在想，届时她会怎么说？是坦白她一直在等他，还是说正好路过？呵呵，哪来的那么多正好？

不过，并没有，江百果并没有在夜色中等他。

那么，她真是活该不及格了。

而唐茹在池仁的公寓等他，不是在楼下，是在公寓。昨天，在池仁的手背擦伤后，唐茹便提出她可以来照料他的饮食起居。池仁推托，说区区皮外伤难不倒他。唐茹点点头，倒也没坚持。

比不知不觉好的是，池仁后知后觉了唐茹的失落，再动动脑筋，也不难明白，照料他的饮食起居是一方面，另一方面，唐茹是要他迈出他坚定的一步。

就这样，池仁给了唐茹他公寓的钥匙。

池仁回来时，唐茹在看电视。“回来了。”她从沙发上跳下来，迎向他，脚下像生了弹簧，一头微卷的长发在空中纠缠一团，落下后又一丝不乱。

池仁轻笑，总觉得没什么丰功伟绩可以和唐茹的快乐相提并论了。

“还没吃晚饭吧？”唐茹滔滔不绝，“我自己先吃了一点，放心，我不会为了等你就亏待自己的胃。但我也就吃了个三分饱，还能再陪你吃一点，算不算两全其美？”

唐茹有过人的头脑，她知道，她的快乐是池仁乐见的。

“做得好。”池仁发自肺腑。

红焖牛肉，白灼芥蓝，玉米浓汤。唐茹的厨艺谈不上出众，却也足够好了。热腾腾的米饭堆积在灰蓝色的薄瓷碗里，由唐茹端到池仁的手上，令池仁觉得像梦一场，而扑鼻的香气又告诉他，这是真的。

他坐着，她站着，手搭上他的肩。

那么，他也就不得不伸手，圈住了她的腰。

她不算瘦，至少抱上去是会令人浮想联翩的，不像……池仁的浮想戛然而止，不像什么？不像江百果那皮包骨吗？问题是，他根本不曾拥抱过江百果，虽然他们连亲吻都有过，他却根本不曾好好拥抱过她。

问题是，他根本就不该想到她。

池仁连忙投身唐茹的怀抱，她的围裙散发着一股淡淡的油烟味。没来由地，他喉头一哽：“大概很少有你这个年纪的女孩子有这么好的厨艺吧。”

一念及唐茹这十几年间的颠沛流离，池仁总是自责的，根本不管那是不是他的错。

唐茹抚摸着池仁的脑后：“别总夸我，我会不思进取的。”

至于赵大允，他还是来晚了一步。当他从上海风尘仆仆地赶来时，偏巧赶上池仁将最后一块红焖牛肉放进了嘴里。赵大允面对盆干碗净的餐桌，咕咚咽了一口口水：“有馒头吗？有馒头蘸点儿汤也好啊。”

唐茹忍俊不禁：“我给你煮面去。”

等唐茹进了厨房，赵大允打趣池仁：“苦尽甘来了？”

池仁没听见似的，自顾自地走向书房：“消息准确吗？”

“准确得不能再准确了，所以，也就要对半看了。”赵大允跟在池仁身后，公事公办的作风说换就换上，“您也知道的，他那种人的健康报告不亚于国家机密，能有这种消息走漏出来，不是他们的失误，就是陷阱，而不管是对谁，都是致命的。”

“他那种人……”池仁冷笑一声，“祸害遗千年，恐怕没那么……”

就在今天下午，池仁得知“那个人”被查出患有食道癌，晚期。一直以来，对“那个人”，池仁并不心存怜悯，甚至不认为可恨之人必有可怜之处，相反，他认为假如真有所谓的可怜之处，那也不过是因果报应。但赵大允想到的，自然也是池仁想到的：这样得来全不费工夫的重磅消息，至少有一半的可能性是陷阱。

池仁交代赵大允：“总之，加倍小心。”

后来，赵大允在饱餐了一碗唐茹亲手为他煮的西红柿鸡蛋面后，过河拆桥了：“那我就先撤了。唐小姐，我捎你一段啊？”

在赵大允想来，池仁和唐茹应该会连打带闹，或娇羞带怯地让他滚蛋，届时他也好就他们二人的“勾搭成奸”再耍耍嘴皮子，却不料池仁毫无反应，也许是心不在焉，没听见，又也许是听见了，却默许了，总之是毫无反应。而唐茹见状，也就无能为力了。就这样，三人陷入了僵局。

直到池仁反应了过来：“你走你的。”

来不及了，唐茹连鞋子都换了：“那就麻烦赵大哥了。”

赵大允连自刎的心都有了，男女授受不亲，他不能动唐茹一根手指头，便眼睁睁由着她先一步出了门。接着，他一边原地转圈，一边寻思着要不要对池仁跪地求饶。好在池仁饶了他不死：“那就……麻烦你了。”

赵大允一怔，不得不领命，将错就错地出了门，去追唐茹了。

关上门，池仁坐回沙发，遥望餐桌上的狼藉。从这个角度看过去，他那灰蓝色的薄瓷碗是个残次品，碗沿一边高一边低。而赵大允吃完面的筷子更是奇迹般倾斜在那原白色大海碗的碗沿上。池仁看了觉得扎眼，却不想去管，或者不是不想去管，而是无力去管。

池仁将手搭在额头上，像是象征性地堵住了一个迟早要爆发的火山口。照理说，他早就习惯了千难万险。早在还是个学生时，他便全力以赴；进入了社会，他更是每天都在用九十九分的拼命去换取一分的机遇。但近来，近来他却常常力不从心，越发娇气了似的。

是因为唐茹吗？池仁知道有一个词叫作“甜蜜的负担”，会让人居安忘了思危。可惜，她是他甜蜜的负担，他却是她的冥顽不灵吗？就在刚刚，他大概又让她失望了。

又或者，这是因为江百果吗？他把他的不择手段建筑在了那皮包骨的身躯上，而幸好……幸好她铁骨铮铮。

赵大允开车送唐茹回学校。唐茹不说话，赵大允也就无话可说。

事不过三，和池仁在三更半夜共处一室，最后却不了了之的局面，唐茹接受了一而再，却不能接受再而三。姑且不论她的真伪，即便是身为一个女人，她也不能接受一个她心仪的男人一次次浇熄她的热情。而假如那个“她”无能为力了，那么，或许是时候由她唐茹登场了。

赵大允在沉默中越来越不自在，索性打开了广播。

广播中播放着一档调节家庭矛盾的节目，几个儿女声嘶力竭，为的不过是父母的房产。赵大允忙不迭换了台："这不是我听的！"

唐茹敷衍地笑了笑，依旧不说话。

随后，赵大允又没话找话："不过，偶尔听听这些狗屁倒灶也没什么不好，一对比，摊在自己身上的事儿，也就都不是事儿了。"

这一次，唐茹连敷衍都懒得做。

赵大允如坐针毡，用余光看了看唐茹。当初的确是他有眼无珠了，她明明美若天仙，他愣说是相貌平平。又或者，这要归功于伟大的爱情？不过，爱情捎带着喂了她熊心豹子胆吗？总之，她看起来不再唯唯诺诺了。

总之，她看起来……大不一样了。

至于由江百果提出的要池仁做她的模特一事，池仁到底还是答应了，而这其中有吴煜的"推波助澜"。

孙明美给池仁报喜说，他将被派往西雅图，跟进沈龙传媒的一部纪录片。人人都当这是个美差，包括孙明美在内，但池仁知道，他这是被吴煜当作眼中钉、肉中刺给拔了出来。一旦他被派往大洋彼岸，便会鞭长莫及。

池仁不得不做好两手准备，能躲固然好，躲不了，他就不得不以攻代守。

连日来，池仁和江百果井水不犯河水。池仁并非是回心转意，要放江百果一条生路，而是他好歹也跟她学过几招，知道放长线，钓大鱼；知道真亦假来假亦真；知道谁主动，就等于被动的道理。

可他放长线也就罢了，江百果这大鱼也无声无息。一开始，他没当回事儿，她是他的老师，总不至于教会了学生就饿死了老师，他们旗鼓相当，也合情合理。

久而久之，池仁沉不住气了，常常误以为有人跟踪他，却又不像是"那个人"的人，说白了，就是江百果。但他每每回头，又一无所获。

再后来，池仁开始怀疑江百果会不会是病倒了，她的铁骨铮铮是无形的，而皮包骨是有形的。为此，池仁专门派赵大允光顾了无误沙龙。赵大允旧貌换新颜后，回报说那个女人生龙活虎。

赵大允问池仁："那个女人是什么人？"

池仁的答案不伦不类："有那么个人就是了。"

就这样，池仁找了个由头致电江百果，说他可以做她的模特。

电话里，江百果一时间没说话，令池仁心里咯噔一下。果然，谁主动，就等于被动。甚至在江百果良久的默默不语中，池仁对整件事都产生了怀疑。莫非，他被她耍了？莫非，她说请他做她的模特是个玩笑？而他把玩笑当了真，自取其辱了？

好在，江百果这时忙不迭地回答："哦，那……那你今天有时间吗？"

"今天？"池仁回头，看了看窗外的如丝细雨。今天是周三，倒是没什么事比他即将被派往西雅图更十万火急的了。

江百果给了池仁一个地址。接着，她说："我们正在拍摄。"

正在拍摄……池仁拿外套的动作顿住了，继续也不是，脱下也不是。他的声音闷闷的："也就是说……你有模特了？"这算什么？当初她说他是她的首选，但到头来，她不声不响就放弃了他。

"我以为你不会答应我。"江百果算是从旁承认，承认她放弃了他。

池仁扔下了外套："那不打扰你们了。"

"别别别……"江百果力挽狂澜，"要不是没办法，谁会退而求其次？如果你肯来，我让别人有多远滚多远，我管他什么信不信用的，谁的面子我也不给。"

她这么给他面子，他像是从天上摔到地下，又从地下被捧回到天上。"我尽快赶过去。"他说道，竟有些不易被察觉的兴冲冲。

编了个借口，和孙明美打过招呼，池仁便赶赴了江百果给他的地址。又是要穿过大半个北京，和他一度为了她赶赴印度餐厅如出一辙，而今天更甚，还冒着雨。会不会太兴师动众了？假如说条条大路通罗马，他会不会选择了其中最兜兜转转的一条？而就在池仁质疑自己的时候，他又摸了摸下颌。

模特？他知道他长得还好，但模特，她会不会过奖了？

MISS.JIANDAO

第12章

抱抱你

等池仁穿过大半个北京到达目的地时，已经中午十二点了。从摄影师到女模特，再到无误沙龙和《米娜》的各方神圣，不下二十人在停工待料，而这块“料”指的便是他。

尤其是摄影师，他憋了一肚子的火，将池仁上上下下地打量，之后问江百果：“就他？”

这是一幢厂房式的建筑，总共三层楼，却也巍峨。摄影棚设在三楼，池仁上来的时候，赶上客货两用的电梯在卸货，他便走了楼梯，三步并作两步，以至于有些气喘吁吁。眼下，他像有待评估的货物似的，站在众目睽睽之下。他不在乎自贬身价，反而饶有兴致地揉了揉眉心，像是天塌下来，有江百果替他顶着。

他倒要看看，面对众人对他的质疑，她要如何收场。

“先吃饭，一点准时开工。”江百果自掏腰包，交代助理，“请大家吃点好的。”

说完，江百果对池仁使了个眼色，将他带到了隔壁的化妆间。

狭小的化妆间，还不及池仁公寓的衣帽间宽敞，摆放着三张梳妆台，四周花红柳绿的服饰堆积如山，让人每一步都得踮着脚。

江百果将池仁推坐在了一张化妆凳上，不等他抗议，便用右手的食指抬高了他的下颌，近距离地审视他的脸孔。

池仁不像有待评估的货物了，而像待宰的羔羊，却也斗胆反过来审视江百果。近距离下，他知道在她那对黝黑的双眸中，闪耀着斗志，但那不是为了他，是为了她的工作。

就这样，池仁打了退堂鼓：“你真的认为我可以？”她是请他来伤她的心的，他有权来伤她的心，却无权搞砸她的工作。

“我是靠眼光才混到今天的位置的。”江百果并不谦虚，肯定了自己，也肯定了池仁。

“眼光？”池仁话锋一转，“嗯……他叫什么来着？”

“谁？”

“在泰国普吉岛，你的初恋。”

“赵宾斌。”

池仁点点头：“对，赵宾斌，他的确也算仪表堂堂。”

江百果朝池仁凑近了一些，和他四目相对：“实不相瞒，我和他打得火热的时候，他更胜一筹。”

“但愿。”池仁轻笑一声。

江百果脚下一拨，池仁屁股下的化妆凳便转了一百八十度，令他面对了镜子。江百果通过镜子，仍和他四目相对：“你该不会在嫉妒我的陈芝麻烂谷子吧？”

池仁回忆道：“我记得你说过，爱情的两要素，一是嫉妒，二是性，而我们……也仅限于在前者上多下下功夫。”

江百果伸手，抚平池仁微微蹙起的眉头：“也未必吧。”

池仁不由得握了握拳。这个女人不是不知道矜持为何物，而是知道矜持和放肆的相得益彰往往更会令男人找不着北。她抚平他眉头的手微微发涩，像锋利的爪，像他才是她的猎物，像势在必得。池仁连忙看了看表，岔开话题：“一点准时开工？我们还有……不到五十分钟。”

“所以，你给我管好你的五官，别再怪模怪样。”

这是江百果第一次对池仁“下手”，也是她在出师后第一次拿上剪刀却不知道从何下手。在为他披上白色围布后，她的大脑变得一片空白，那些烂熟于心的数字和概率荡然无存，甚至那些来自张什的谆谆教诲也凭空消失了，几厘米又几毫米，她计算不出。

江百果的掌心出了汗，剪刀变得滑不溜丢。

池仁看出些不妥：“别忘了，在绝大多数时间里，我还是个秘书。”

“怕我给你剃光吗？”江百果猛地摆脱魔障，抖了抖手腕，下了剪刀，“放心，我舍不得……”

“你还真直接。”池仁以为江百果舍不得他。

“我是说，我舍不得砸我自己的招牌。”江百果穷追猛打，“你以为我舍不得什么？你吗？”

“也不是没有这种可能。”池仁不得不硬撑着。

好在江百果又放他一马：“的确，我也舍不得你。”

十分钟后，江百果为池仁撤下了白色围布，被剪下的碎发扑簌簌地落到地板上。池仁几乎找不到江百果在哪里动了手脚，发型却又似乎焕然一新。“OK了？”他问。

江百果从身后的衣架上取下一件白色衬衫：“换上。”

池仁扫了一眼那衣架，左半边挂了二十几件服饰，被挤得面目全非，而右半边仅挂了那一件白色衬衫，平整得令人发指。池仁不禁猜测，会不会是在他赶赴这里的时间里，江百果亲手熨烫了它。

“这件，和我身上的有什么区别吗？”池仁看不出。

“一定比不上你身上的……”江百果不容置疑，“但上镜也绰绰有余了。”

池仁想不通：“那我穿我这件……”

“会弄脏。”

池仁还是想不通：“会弄脏？我们该不会要摸爬滚打吧？”

“你该不会是在等着我来给你换吧？”

池仁的头隐隐作痛：“我是在等着你回避。”对这个女人，他时时刻刻都不能掉以轻心。

“真这么小气？”江百果是真的恋恋不舍。

池仁忍俊不禁：“我好像不是通过潜规则才得到这次上镜的机会吧？”

十二点五十五分，池仁在和浓妆艳抹的女模特们会合后，终于领悟了江百果所说的“会弄脏”的含义。他凑向江百果：“会很亲密吗？”

五名女模特一排坐下，也比站着的江百果矮不了几分。江百果一边一一为她们做着最后的造型，一边故技重施：“放心，我舍不得……”

池仁屡教不改：“我吗？”

江百果一本正经：“不，我舍不得她们铤而走险。”

摄影棚被灯光烤成了烤箱。池仁越来越兴奋：“难道我不用化妆吗？所谓天生丽质，难道说的就是……”他像是抛开了他的身份、他的历史、他的将来，抛开了一切他解决不了的问题，乐在其中了。

“我只用你的背影。”江百果一盆冷水泼下。

池仁讪讪道：“只用……背影？”那有什么非他不可的？亏他还对自己的皮囊沾沾自喜了好一阵。

女模特们款款走向背景布，人上人的个子将江百果对比得矮人一截。有人不小心撞上江百果的肩膀，江百果一个趔趄，所幸被池仁稳稳扶住。江百果没当回事儿，拨开池仁的手：“快去。”

池仁见江百果的T恤领口都被撞到了一边，露出了锁骨，他隐隐不快：“不用道歉的吗？”

江百果看了看时间，十二点五十九分了，她说一点开工，便要一点准时开工。她又一次催促池仁：“还不快去！”

池仁气结：“我在替你抱不平。她撞了你，不用道歉的吗？”

“有什么关系？”江百果一口气泄下来，微微动容。

有什么关系？这五个字对池仁而言，不亚于火上浇油。他不在乎江百果爱不爱惜自己，但他不能不计算他在她心目中的位置，那决定着他能不能把她当作所向披靡的棋子，那进而决定着他和“那个人”的输赢。

但显然，她并不在乎他对她的关怀！

显然，在她的心目中，有太多人、事、物要远远比他来得重要，比如她的工作，她的时间，甚至她为人处世的口碑，令她即便被撞个七荤八素，也不能计较。

他“好心”关怀她，却被她当作小题大做！

池仁扔下江百果，大步走向了背景布。

池仁背对镜头，那五名女模特即刻将他团团围住，用尽浑身解数。摄影师是把好手，对池仁直截了当：“你是gay吗？”池仁心不在焉，左耳进，右耳出。

摄影师按了几下快门，又将矛头指向了江百果：“这就是你说的可塑之才？”

江百果大步走向池仁，白色球鞋的鞋头上灰蒙蒙一片，橡胶底踏在背景纸上发出沙沙的声响。她毫不客气：“你是根木头吗？”

池仁的目光越过女模特们的身体，找到江百果，她像个误闯了巨人国的小矮人，还耀武扬威。他双手拨开两名女模特：“你要我怎么做？”

江百果抬手，亲自解开了池仁领口的一粒纽扣：“我要你像个男人。”

果然，在这个女人的心目中，有太多闲杂人等和身外之物要比他来得重要。池仁不得不认栽，假如他这小性子再要个没完没了，当真搞砸了她的工作，她会和他老死不相往来也说不定。

摄影师忍无可忍：“Sexy，sexy你懂不懂？Hot！七情六欲！”

池仁下定了决心，那不是他擅长的，却也不是他做不到的。一旦他下定了决心，便没有做不到的。他将手臂搭在了女模特的腰间。

在镜头和江百果的目光下，池仁一碗水端平，对那五名女模特不偏不倚。摄影师按下快门的声音越来越紧凑，再也没一句不敬之词。江百果松了一口气，而每每这个时候，她才能接收到她两条快要爆炸的小腿发出的抗议。她转身走到了后方的长椅上，坐了下来。

“下一组。”摄影师宣告拍摄告一段落。

女模特们该换装的换装，助理们也纷纷各司其职，而江百果的人和《米娜》的人在侃侃而谈，一时间唯有池仁和江百果似闲云野鹤。

池仁走向江百果：“我做得还可以吗？”

江百果仰头，盯着池仁微微冒汗的额头："好极了。"

"那有没有什么奖励呢？"

"可你看起来什么都不缺。"所以她从未和他提及酬劳。

"那就让我问个问题好了。"

"别忘了，我不是你的老师了。"

池仁点点头："对，我都忘了，我是你的老师了。那就姑且算是老师对学生的提问好了。"

江百果失笑："那我就不能不回答了。"

池仁像是在说别人的事，却也不怕被江百果识破，所谓别人的事，就是他自己的事："假如一个女人明知道那个男人在追求她，她却不咸不淡，表现得不尽如人意，那么，那个男人该怎么继续呢？"

江百果缓缓收敛了笑，她知道所谓"那个男人"就是池仁，却不知道那"一个女人"是不是她，假如不是她，又会是谁。

"回答不上来吗？"池仁急不可耐地问道。

"这很简单，那要取决于那个女人的真实想法。"

"别开玩笑了，看透一个女人的真实想法，一点都不简单。"

摄影棚内的温度还在攀升，江百果摸了摸黏腻的脖子，被池仁带入歧途："很简单，我们又回到根本了。嫉妒，嫉妒是真心的试金石。"

池仁轻笑：对，嫉妒。

女模特们人靠衣装，卷土重来。池仁也回到了她们的中央，还是那件白色衬衫，像是能以不变应万变。"请问，您说的sexy和七情六欲，有没有个限度呢？还是说……尽可能？"池仁请教摄影师，彬彬有礼。

"你就尽可能吧。"摄影师多多少少仍有些不屑，脸上挂着一副"你能有多大能耐"的表情。

就这样，在江百果不祥的预感中，池仁对其中一名女模特窃窃私语了两句，女模特娇媚地嘟了嘟嘴，点点头。

就这样，池仁接下来的所作所为证实了江百果不祥的预感。

他的小臂从那女模特的腰间渐渐下滑。那女模特是敬业也好，是着了池仁的道也罢，总之是化被动为主动。她亲手将他的手按下，他稍稍一用力，五指便不可自拔。他一不做二不休，薄唇凑向她，若有若无地亲吻了她的耳垂。至于其余四名女模特，是敬业也好，是一样着了池仁的道也罢，纷纷不甘示弱……

摄影师实事求是，对江百果竖了竖大拇指：“还真是可塑之才啊。”

江百果双手插进裤兜，右手握住了她赖以生存的镊子，开始了从十到一的倒数。无论池仁是逢场作戏，抑或是假公济私，她给他十秒钟的时间。

而当江百果数到七的时候，她知道她给不了他十秒钟的时间了。

顶着摄影师的快门声，江百果贸然地走向了背景板。她那么矮的个子，却还是一手一个地拨开了池仁左右两边的两名女模特。包括摄影师在内，在场的每个人都摸不着头脑，独独池仁一直在等待这一刻的来临。

池仁仍背对着镜头，而江百果站到他的面前：“我有不咸不淡吗？我有表现得不尽如人意吗？”

她知道了，池仁说的那“一个女人”就是她。

“这么多天，为什么不主动联系我？”池仁不顾背后的交头接耳，微微俯身将江百果笼罩。

顿时江百果像个犯了错的孩子：“我……我在这方面，一向不是主动的人。”

就这样，他看穿了她。这要是在过去，她并不会认为这是她的错，又何谈认错，如今她不但在他面前认了错，还在冥思苦想，想着要如何改正。他心满意足地点了点头：“我知道了。”

江百果仍心有余悸：“所以，不要再试探我了。”

摄影棚内的温度还在攀升，池仁额上的一滴汗骨碌碌地滚入他的眼睛。他受得住这刺痛，但无情的单眼皮还是不由自主地抖了抖。十有八九，这个女人是真的对他动了心，假如他今天就要她对吴煜施展美人计，不知道她会不会甩他巴掌，但巴掌甩完了，她十有八九还会照他说的去做。

池仁想说些什么，但两片薄唇黏在了一起，一张开便钻心地疼，一疼便忘了想说些什么。取而代之的是，他想拥抱一下江百果，不是男人对女人的拥抱，而是上司对下属的奖赏。

手臂抬了一半，池仁又缓缓收了回来：“再等等。”

“什么？”

“等我换掉这件被弄脏了的衬衫。”

“然后？”

“然后……抱抱你。”

之后，池仁没有再造次，即使那五名女模特纷纷要求继续之前的动作，也阻止不了他翻脸不认人，摄影师更是被他的阴晴不定搞得叫苦连连。

下午四点，这按小时计费的摄影棚渐渐安静下来，池仁和江百果留到了最后。江百果提出要与池仁共进晚餐，以谢谢他的鼎力相助。池仁知道这是江百果的“主动”，却没有赏光，他说他有约了。

这幢厂房式建筑从一楼到三楼，是普通建筑十楼那么高。电梯是客货两用的，四壁斑驳，地板污浊，照明灯光的电压也不稳定，运行起来像是苟延残喘的老人，显示楼层的红色数字常常定格了似的，但轿厢不规律的震颤又代表着它持久的生命力。

池仁和江百果一人占据电梯的一角，池仁两手空空，而江百果斜挎着她那硕大的工具箱。池仁用余光打量那工具箱，磨损严重的黑色尼龙背带陷在江百果肩头的皮肉里，标榜着它的重量，但他不能对她伸出援手。

对江百果，他有他能做的，亦有他不能做的。

“现在可以了吗？”这时江百果问道。

池仁看了一眼那红色数字，他们终于从三楼来到了二楼，那么时间是绰绰有余的：“可以。”

“你知道我指的是什么？”江百果也看了一眼，二楼了，于她是时间紧迫。

池仁张开了手臂：“现在可以抱了。”

江百果将她那硕大的工具箱从身侧甩到身后，边角磕到了轿厢的墙壁，为那本来就斑驳的墙壁又平添了浓墨重彩的一笔。她两步跨上去，一头扎进了池仁的怀抱。她早就想抱他了，虽说不清是从哪一刻开始，但她确实早就想抱他了。

拥抱是一个妙不可言的点，牵手不够，亲吻又太过，唯有拥抱刚刚好。

池仁用一只手环住了江百果的肩膀，像是不抬手太无情，两只手又太多情，那么，一只手刚刚好。

这个女人身上的香气，如果那也能被称为香气的话，和她的拼搏进取脱不了干系，各种化学药水，甚至是消毒水的气味渗进了她的骨子里，洗都洗不掉。这个女人的手感，如果那也能被称为手感的话，青白的皮肤和骨骼之间只隔着薄薄的一层，竟令人……有些心疼。

池仁不知道，她到底用了什么招数能让那些男人神魂颠倒，更不知道当她投入那些男人的怀抱时，她是不是也会周身发烫。

池仁满意于他在拥抱江百果时会想到那些男人，这不会令他掉以轻心。

但在满意的同时，他也有不安。他为什么要想到那些男人？像是嫉妒他们抢先他一步似的。

他在嫉妒他们吗？不，不可能的。

电梯抵达了一楼，两扇锈迹斑斑的大门带着令人鸡皮疙瘩丛生的噪音缓缓打开。二人不约而同地弹开，结束了这个拥抱，像是从原始的洞穴终于回到了发达的文明社会，同时，也回到了了无生趣的轨道上。

不知道雨是什么时候停的，路面上一片湿润。

二人的电话同时响了。张什致电了江百果，而孙明美致电了池仁。

但谁也没有在第一时间接通电话，有如长眠后懒懒地打着盹儿。

江百果无暇再兜兜转转：“你希望我可以主动一点？”

“至少，别让我猜来猜去。”

“我可以随时打电话给你吗？”

“随时是指？”

江百果一一列举：“早上起床，晚上睡不着，开心，不开心，吃到了美食要与你分享……”

“不要这样。”池仁不假思索地回。这个女人当真和其他女人截然不同，当那些女人不费吹灰之力就把他迷得团团转时，她却总能给他当头一棒。早上起床，晚上睡不着……她所说的随时，他都该与唐茹通电话才对。

至于她江百果，她算哪根葱？

“会影响工作，不仅是我的，还有你的工作。”池仁冠冕堂皇。

江百果点点头："也对。"

江百果这个人，不喜欢拖泥带水，所以以往总令那些男人欲罢不能，比如该如胶似漆的时候，她点到为止。但对池仁，她却屡屡怕什么来什么。今天也不例外，当张什致电她时，她就该一边接通电话，一边转身离开的。

可她偏偏要说什么早上起床，晚上睡不着……所以她活该，活该被池仁不假思索地拒绝。换了是她，她也会这么做。

江百果转身离开。工具箱一下下撞击着她的胯骨，令她走出一条斜线。她按了两下手机才接通张什的电话。那厢，张什一边小便，一边问她拍摄顺不顺利。她过滤掉水流声，说一切顺利。

好在，一切顺利。

她从十岁挣扎到十六岁，又从十六岁拼搏到二十四岁，身边的人来了又走，走了又来，反倒是无误沙龙给了她最长久的陪伴。它是她的孩子，而她是它望子成龙、望女成凤的母亲。

另一厢，池仁也接通了孙明美的电话。

自从孙明美在上一回合中败给了吴煜，她便消极怠工，这会儿致电池仁，无非是问问他她上哪儿才能吃到最地道的卤煮火烧。池仁轻笑，怪他，怪他高估了孙明美，她那个人虽干劲冲天，但稍稍碰个钉子，便牵着不走，打着倒退了。

但眼下，池仁却谢谢孙明美的不着四六，谢谢她打断了他心头的寂寥。每每约会江百果，他都像是打一场恶仗，即便大获全胜，也不免寂寥。

打发了孙明美，池仁驱车驶向唐茹的学校。

他对江百果说他有约了，不是骗她。

自从那天赵大允"棒打鸳鸯"，池仁和唐茹的交往便进入了瓶颈期。或者说，他们的交往早就进入了瓶颈期，但不同的是，唐茹早就坐不住了，而池仁至今才摸着门道。

那天，他就该割了赵大允的舌头，然后将唐茹留在身边的。

说什么，他也该将她留在身边的。

她是他决心要一生一世保护的女人，他怎么能放她走?

但他还是放她走了，这令他百口莫辩。

四通八达的城市陷入了一贯的拥堵，又何谈四通八达！即便池仁都驱车驶向了唐茹，他的腹稿仍在修修改改。他要对她说些什么，而他又该对她说些什么？

他对女人一向没什么法子，对11号登机口的徐娅是，对泰国普吉岛的小馨是，对包括唐茹在内的每一个女人，都是。他自认为他对她们百依百顺，但到头来，她们都恶言恶语地离他而去。

只有一个人……只有江百果一个人是个例外，他独独能将她玩弄于股掌之间，能把她当猴耍。就好比今天，他不过是和几个女模特打情骂俏，便令她方寸大乱。说来也真是不可思议，他像是输给了妇孺，却独独把一个久经沙场的大将军打得落花流水。

池仁撑住额头：难道所谓的遇弱则弱，遇强则强，说的就是他？

晚上六点，唐茹走出宿舍楼，迎面碰上室友。

她打扮得刚刚好，女人看得出她略施薄粉，男人却未必看得出端倪，只当她天生丽质。室友八卦道："有约会啊？"唐茹笑着没说话，算是默认了。和同学，甚至和室友，她都保持着不远不近的距离，而保持距离也是她这些年来万无一失的关键。

池仁的车子一向是停在距唐茹宿舍楼五百米远的地方，唐茹走过去还要拐个弯。这是双方的共识，他只怕招摇过市会给她带来不必要的关注，而当时她说，她也不习惯被人议论。

在这五百米的路上，唐茹可谓是悲喜交加。那天池仁放她走，也就等于拒绝了她，她在赵大允的车上便当机立断，假如那个"她"对池仁束手无策了，还不如她亲自出马。

果然，在她以退为进后，池仁诚惶诚恐地来了。

而她悲的是，这个男人真是不会讨女人的欢心。在这种时候，他贸贸然地杀来，怎么也好过提前预约，偏偏他三番五次地向她提前预约。当男女之事被计划得井井有条，也就味同嚼蜡了。

拐个弯，唐茹便看到了池仁的车子，以及站在车子旁的池仁。

她看到他什么都没有做，就站在那儿恭候着她的大驾光临。她一颗心又往下沉了沉：他没有把她放在心上。

当一个男人把一个女人放在心上时，他绝不是这副样子。

池仁忙不迭地为唐茹打开了车门。他的腹稿仍是一团糟，而他越急越乱，越乱越急。

唐茹按计划投入了池仁的怀抱，她要的，才不是他为她打开车门。对她而言，一边是雇主，一边是雇主的目标，而她从对金钱忠心耿耿，发展到心中的天平渐渐倾向这个男人了。假如她的雇主魔高一尺，而这个男人道高一丈，假如她和他假戏真做，谁能说鱼和熊掌不可兼得？

但倒戈还不是时候，至少要等他对她动了真格的才行……

唐茹把什么都计划好了，却万万没料到，池仁的身上有女人的香气。

在她自以为她以退为进，取得了阶段性的胜利时，池仁的身上却有女人的香气！唐茹心惊肉跳。当她是那个“她”的时候，不论池仁是不是人在曹营心在汉，至少他人还是在的。而当她是唐茹的时候，他却偷吃了？

“对不起。”这三个字不是唐茹的腹稿。按计划，她对他抱归抱，但问罪也是要的。

但那个“她”不行，这三个字才是“她”的做派。

这厢，池仁一颗心又提到了嗓子眼儿：“对不起什么？出什么事了？”

“我不该耍小孩子脾气的。”她双手揪着他的腰，脸孔埋得低低的。

池仁惊觉，他和唐茹的这一场“冷战”开始得没头没脑，但好在结束得及时，真是得来全不费工夫。本来，他以为他又搞砸了；本来，他以为他要被唐茹踢出局了，却不料唐茹和那些女人是不一样的。

而每个人在一生中，都会遇到一个和其他人不一样的人，而这个人，往往就是那个对的人。

至少，池仁的母亲姚曼安是这样告诉池仁的。

池仁在一家俄国餐厅订了位子。他为唐茹做的这些事对于他来说是小菜一碟，包括找最好吃的餐厅，订最难订的位子，将车子洗得一尘不染，早早等在约好的地方，心无旁骛地恭候姗姗来迟的她。这些事，他手到擒来。

即使他们又堵在了路上，那一家鼎鼎大名的俄国餐厅仍会为他保留那最好的位子。

“孙总她……用的什么牌子的香水？”这时唐茹问道。

“香奈儿。”池仁虽摸不着头脑，但有问必答。

唐茹皱了皱鼻子：“香奈儿？不像啊……”

池仁一慌：“你是说，我身上的味道？这不是孙总的。我……我今天下午做了一些额外的工作。”

“额外的工作？”唐茹和颜悦色，“可以问是什么吗？好像很有趣的样子。”

再回头想想，池仁仍像做梦似的：“做了一回模特，帮……一个朋友的忙。”

“江小姐吗？”这一次，唐茹给了池仁一道是非题，是，或者不是，再没有第三条路能让他蒙混过关。

在良久的拥堵中，池仁的这一脚刹车踩得有些急：“举手之劳。”他承认了。一来，他知道做贼心虚，但既然见江百果是他的工作，他便算不上做贼，也就无所谓心虚。二来，唐茹闻到的香水味，一定不是江百果的，那个女人的身上从来没有香水味，既然是那几个有如过眼云烟的女模特的，他便真真问心无愧了。

唐茹点点头，没再说什么。足够了，对她而言，池仁承认了他和江百果那个女人的往来，就足够她有所行动了。

MISS.JIANDAO

第13章

我们

晚上十点三十分，当江百果走出无误沙龙时，她万万没有想到池仁的车子会停在路边。他们才分别了六个半小时而已。

尽管，自从和他分别，她就在期待着下一次重聚了，但她以为，距离他们下次见面，多则十天半个月，少则三天，不可能更快了。

所以，他是要给她一个surprise吗？江百果想入非非，他逢场作戏到这个份上了吗？

与此同时，车上的池仁也万万没有想到，江百果会在结束了拍摄后又回到无误沙龙，且又坚守岗位直到这个时间。但事已至此，他也没有回头路了。

四月的天，江百果便赤脚穿了人字拖，不为别的，就为了在挨过每一天的艰难险阻后，能不给那两条快要爆炸的小腿雪上加霜。她向着池仁的车子踢踢踏踏地跑过去，刘海儿和耳边的碎发齐刷刷地飘到脑后，露出整张英气的，却不知道从什么时候开始又平添了几分柔美的笑脸。

但就在江百果拉开副驾驶位这一侧的车门后，她的笑定格了。

唐茹坐在副驾驶位上，正指手画脚地对池仁喋喋不休，直到被江百果拉开车门的动作打断。

而江百果不难看出，唐茹喝了酒，微醺之下，有着无与伦比的娇媚。

江百果悬崖勒马："带小茹来剪头发吗？可这个时间……晚了点。"

"不是……"池仁隔着唐茹，直视江百果，"我们不是来剪头发的。"

我们……

江百果耳聪目明，池仁用了"我们"这个字眼，而这个"我们"，是指他和唐茹，和她江百果无关。

"那sorry，打扰你们了。"江百果对于她贸贸然打开车门后悔莫及，是她自己把自己变成了一个笑话。

这时池仁却叫住了她："等等。"

车门关到一半，这下江百果关也不是，开也不是："你们……路过？"

"不，我们是专程来找你的。"池仁第二次用了"我们"这个字眼。

江百果偷偷在裤线上抹了一把掌心里的汗："有事？"

"先上车。"池仁用下巴示意后排的座位。

江百果为唐茹关上了车门，接着像走投无路似的坐上了车子的后排。而她明明不是走投无路，她明明可以走掉。

这时，张什走出了无误沙龙。他认识池仁的车子，却慢了半拍，任由江百果钻了进去，像掉进了黑洞。他脑子一热，便要跟踪池仁，不料等他蹿上了他的牧马人，斜对面的池仁的凯迪拉克仍一动不动。

张什疑心重重，将车熄了火。

池仁的车子里充斥着唐茹的酒气，即便是名贵的佳酿，一经人类的消化系统，味道也好不到哪儿去。池仁借口唐茹不胜酒力，稍稍调整了一下中央后视镜，于是他一抬眼，就可以和坐在后排的江百果在镜中四目相对。

三个小时前。

池仁和唐茹终于抵达了那一家酒香不怕巷子深的俄国餐厅。最好的VIP卡座始终为他们保留着，令等位等到要犯低血糖的人们愤愤不平。

池仁帮唐茹拉了椅子。

唐茹又不满，她要的不是他帮她拉椅子，而是他在走进餐厅时牵着她的手。可惜他对她仅仅是奉行女士优先的原则，自己像个随从似的跟在她身后。

长时间的拥堵和郁郁寡欢令唐茹有些晕车，这倒不是装出来的，以至于她一把操起餐桌上的杯子，不管三七二十一地将里面的液体一饮而尽。喝都喝完了，她才惊觉，那杯子里面的液体不是水，而是白葡萄酒。

池仁目不转睛地看着她，似乎她令他大开了眼界。

唐茹咳嗽道："我……我还以为是水。"

池仁马上叫来侍应生："倒两杯水来。"

餐厅自酿的白葡萄酒，度数不算低。池仁急唐茹所急，都顾不得让侍应生为唐茹推荐这里名不虚传的红菜汤和罐焖牛肉，先为唐茹要了蒜香白面包，垫垫肚子再说。

而按理说，这区区一杯白葡萄酒对唐茹而言不算什么，但唐茹将计就计，在这或许能作为分水岭的一顿饭吃到了一半时，猛地一拍案："池仁，你是在劈腿吗？"

池仁一愣，随后将唐茹手边的柠檬水又向她推了推："你醉了。"

唐茹一鼓作气："既然我是你的女朋友，那你为什么要对江小姐那么好？"

唐茹的音量令四周的客人纷纷侧目，但池仁在乎的不是他们："小茹，我和江小姐是普通朋友。"

"骗子！"唐茹一张脸涨得通红，"你不要以为我不知道，男女之间，从来不存在普通朋友！"

池仁若有所思："你说得对。准确地说，我和她之间是工作上的关系。"

这次换唐茹一愣，但她演戏要演到底：“她……她一个剪头发的，怎么会和你有工作上的关系？你骗人也要骗得高明一点！”

即便这样，池仁仍兜兜转转：“小茹，你相信我。”

就这样，唐茹操起了手边的柠檬水，却不是泼向池仁，而是尽数浇在了自己的头上。所谓“酒壮㞞人胆”，大概也不过如此。顿时，唐茹双目紧闭，化作了落汤鸡，而再等她张开纯真无邪的双目，她眼底通红。

池仁投降了，他忙不迭为唐茹擦干头发：“我要怎么做，你才能相信我？”

唐茹公布答案：“我要她亲口告诉我。”

池仁不忘用自己隔开唐茹和四周的客人，护她完好，却也沉默了。

“你做不到吗？”唐茹泪如雨下。

“没什么做不到的……”池仁没有了选择，“小事一桩，我让她亲口告诉你。”

晚上十点二十分，池仁驾车载着唐茹抵达了无误沙龙。事到临头，他仍不肯面对现实，心想假如江百果在结束了拍摄后就回了家就好了，心想等唐茹醒了酒，或许事情还有转圜的余地……

但现实是，晚上十点三十分，江百果走出了无误沙龙。

他在第一时间看到了她。他看到在跨出那道门之前，她还神采奕奕，像永远不会停歇的钟摆，而在跨出那道门之后，她的身板便渐渐佝偻了下去，脸上的倦色藏都藏不住。

至此，池仁仍不肯面对现实。

眼下，唐茹在酒精的作用下打开了话匣子，就室友们对她的排挤喋喋不休。池仁心想，假如她没有注意到江百果就好了，而江百果也没有注意到他的车子，直接跨上她的地平线200，绝尘而去就好了……

但现实是，江百果在看到了他的车子后，一扫倦色，欢欢喜喜地扑了上来。

至此，池仁不得不承认，该来的总会来的。

唐茹回过头：“江小姐……打扰你了。”

江百果跟没听见唐茹的话似的，仍通过中央后视镜和池仁针锋相对，直到池仁甘拜下风，看向了唐茹，她才随之看向唐茹：“不客气，有话尽管直说。”

唐茹却又泪汪汪地看向了池仁：“我……我是不是闯祸了？”

池仁安抚地拍了拍唐茹的肩膀，回过头，代她开口道：“是这样的，小茹误会了我和你的关系，所以她希望我们可以当面向她澄清。”

江百果双手撑住座位，指甲一下下抠在黑色的皮座椅上：“我们为什么要向她澄清？”

池仁对答如流：“我没有告诉过你吗？小茹是我的女朋友。”

一下子，江百果的指甲触底反弹，反倒通通松了开来。假如说该来的总会来，她便不得不兵来将挡，水来土掩。下一秒，她对唐茹微笑道：“我才知道，真是好事啊。”

唐茹将江百果的一颦一笑尽收眼底，半信半疑间又握住了池仁的手：“不要再说了，我……我好丢脸。”

“好事啊。”江百果还是这三个字，接着，她向池仁伸了手，“恭喜。”

池仁轻笑。江百果的谆谆教诲他仍记忆犹新，她说过：当你有了女朋友，一定要避其他女人的手如蛇蝎，包括朋友的。呵，她总是这样，一边教他，一边挖坑给他跳。

就这样，池仁当然没伸手：“百果，我们过去是朋友，以后也是朋友。但假如小茹不希望……我有你这样一个朋友，我们恐怕连朋友都做不了了。”

江百果收回了一无所获的手，扑哧笑出声来：“没问题，毕竟四海之内皆朋友，女朋友却是众里寻她千百度。不过话说回来，小茹，还请你放我和池仁的友谊一条生路，怎么说，多个朋友多条路，你说是不是？”

就事论事，江百果的表现无可挑剔，不做作，更不含沙射影，她表现得……她表现得就像是池仁的朋友，像是她从未对他想入非非，像是她和他之间从未有过任何值得一提的过往，包括牵手、亲吻、拥抱。她的临场发挥，比排练了千万遍更八面玲珑。

这恰恰是池仁梦想的，可现在梦想成真，他却像是反被江百果摆了一道。

这算什么？

难道那些牵手、亲吻、拥抱，是他小题大做？在江百果看来，那些事根本不值得一提？

又一次，池仁又一次对江百果没了把握。是，他是不希望她胡来，害他过不了唐茹那一关，但她总要伤心才对，或结舌，或颤抖，或红了眼圈……无论如何，总要表现出伤心才对。

她是请他教她伤心的，但到头来是他失职了吗？

唐茹仍半信半疑，但不得不收尾："江小姐，我……我今天喝了点酒，还请你别介意。"

"怎么会。"江百果仍保持微笑道。

就这样，唐茹和江百果先后为这一场闹剧画下了句号。

而接下来，是池仁狗尾续貂，他握住了唐茹的手，在这场闹剧画上句号后又另起风波，亲昵道："傻瓜。"

被池仁这么一握，唐茹彻彻底底地醒了。她要的不过这般，不过是这个男人在举手投足间对她真情流露，但为什么……他偏偏要当着江百果的面做这件事？这未免令他对她的真情大打折扣。

池仁继续道："所以说，你就算怀疑全世界，也不要怀疑我。"

如此一来，江百果又一次令池仁梦想成真。

她当真中了池仁的圈套，露出了马脚。她的两条小腿在暗处瑟瑟发抖，嘴里的话脱口而出："真的吗？"

池仁和唐茹双双回过头，仿佛都忘了在他们你侬我侬的二人世界中，还有江百果在冷眼旁观。

但同时，二人又都各怀鬼胎。唐茹认定了：池仁和江百果之间，一定有事发生，一定。池仁也认定了：或许江百果有千万种伤心的方式，样样别出心裁，但此时，她一定在因为他而伤心，一定。

而这就够了。

江百果停不下来了："池仁，你真的对小茹毫无保留吗？小茹，你又真的知道他所有的事吗？那我们要不要开诚布公？小茹，假如你心中还有什么困惑是他的信誓旦旦所不能打消的，要不要借这个机会，挑明了问问他？我就当日行一善，为你们做个证，看看到底谁对谁错。"

池仁才涌上心头的沾沾自喜顿时化为乌有。他知道他逼出了江百果的另一面，他甚至将她逼上了他感情用事的旧路。但他事先并不知道，她的感情用事会把他一并拖下水。

无疑，他对唐茹有大把的秘密，关于她失去的记忆，关于他满腔的仇恨，更关于他和江百果危险的游戏……

而唐茹把握了机会："池仁，假如你真的对我毫无保留，那十四年前，我们之间到底发生了什么？你可不可以帮我解开这谜底？你知不知道被扔在迷雾中的滋味？你知不知道我的头都快要爆炸了？我求求你告诉我……"

机不可失，时不再来，唐茹甚至不在乎江百果在场。

至于江百果，她不由自主地低声"啊"了一下。

唐茹的激动远远出乎她的预料。在她想来，她不过是就池仁和唐茹的小情小爱挑拨离间，可难道在他们之间，还有惊天动地的秘密吗？十四年前？难道他们在十四年前便有了不可磨灭的交集吗？

江百果飞快地扫了池仁一眼。

显然，她说了不该说的话。

显然，她惹到他了。

对池仁而言，唐茹对他的审问，真所谓是怕什么来什么。关于十四年前的往事，他一直绝口不提。他不知道他为什么不肯向唐茹和盘托出，甚至吝啬于给她一点点的提示，却又不肯问问自己到底是为什么。

他从来没有想过，他为什么会对唐茹守口如瓶。明明十四年前的往事，他发誓他这辈子只和那孩子一个人分享，那是他和她的秘密，是他和她的开篇，是他和她永远割不断的缘分。

他从来没有想过，唐茹不是那孩子。

她二十一岁，她有一头自然卷的头发，她身患晕血症，她在十四年间流离失所，她胆小，却从不退缩，她的点点滴滴无懈可击，她怎么可能不是那孩子？

就这样，池仁不可以迁怒于唐茹，便不得不拿江百果开刀："你认为你的笑话好笑吗？"

江百果偃旗息鼓："呵呵，好像是冷了点。"

"身为朋友，你反倒唯恐天下不乱，说什么给我们做证，可是，你凭什么给我们做证？"

江百果不得不再次赔笑脸："我的玩笑真的开过头了。小茹，我是说池仁他……他充其量也就是藏点私房钱，男人的通病……”

“我们回家吧。”池仁终止了江百果的喋喋不休，对唐茹说道。

虽然唐茹又一次一无所获，但池仁也算给足了她面子。她无力地斜靠在座位上，见好就收地点了点头。

唐茹的侧颜，令江百果自叹不如。这才是女人，不是吗？而她江百果，不过是雌雄难辨的异类。而之前那些男人被她江百果迷得团团转，一定是出于对异类的猎奇。

至于池仁，他才是正常的。选择了唐茹的池仁，无疑才是正常的男人。

池仁发动了车子，没有再回头，甚至又调整了中央后视镜，切断了他和江百果的视线交流：“我们要回家了。”

“回家，好，那……那一路顺风。”江百果礼貌地道。

“家”这个字眼，无疑比“我们”更具有杀伤力。

“你可以下车了。”池仁对江百果下了最后通牒。

当即，江百果敲了敲脑袋：“瞧我。”

江百果笑盈盈地下了车，关上车门时，还弯着腰向车内的一对璧人挥了挥手，虽然那二人的眼中似乎除了对方，再也没有其他人，包括她在内。

池仁踩下了油门。

至此，江百果想到的并非自己呼之即来，挥之即去，以及适才一幕幕啼笑皆非的场面。她想到的是，池仁真的不是对她情不自禁，甚至不是学雷锋做好事，来教她怎么伤心；她想到的是，他真的是对她有所图谋，尽管她早早就知道了这一点。

就算是掩耳盗铃，也禁不住事实一次次地提醒。

另一厢，池仁陷入了亢奋，不由自主地从兜里摸出了香烟，而这烟摸都摸出来了，他才想起身边还坐着唐茹。他一边将香烟放回去，一边对唐茹抱歉地笑了笑。

而唐茹几乎是趴在了池仁的身上，打开了他那一侧的车窗。

她伸手：“打火机。”

他无从反对，将香烟叼在嘴里，又将打火机交到了她的手上。

唐茹为池仁点燃了香烟，在那一簇火苗的映射下，她看到他的双眸熠熠发光。她看到他满心欢喜，却不知道他到底在欢喜什么。

毕竟连池仁自己都不知道，他到底在亢奋什么。适才的江百果太令他满意了，说穿了，他早就该伤害她一下了，他早就该把他的坏摆在桌面上，光明正大地伤害她一下了。

如此一来，假如她仍执迷不悟，那就怪不得他了。

二来……她似乎真的对他动了心。尽管早在沈龙传媒的舞会上，她就对他掏心掏肺；尽管这一路走来，她一次次地证实这事实，但一旦她又向他迈进一步，他仍满心欢喜。

池仁差点吹起口哨，匆匆将指间的香烟又塞回了嘴里。

他不喜欢那女人，不代表他不喜欢那女人心系于他。他喜欢他像神明似的高高在上，而那女人一步一叩首地向他迈进。

她喜欢他，她发自肺腑地、难以自拔地喜欢他。

总之，这太令他满意了，这令他血脉偾张。

而当池仁的车子消失在了夜色中，江百果一回头，撞上了张什的胸膛。张什照旧梳着光溜溜的小辫，劳碌了一天，额角垂下了两绺头发，像是昆虫的触角。

他百般无奈："你们又搞什么名堂？"

江百果越过张什就要走，不料膝盖打了弯。

张什手疾眼快，单手便拎住了江百果的后脖领子："你这是又添了什么臭毛病？"

"我累了。"路灯下，江百果面无血色，刚刚站稳脚跟又要走。

张什揪着江百果，又不能用力，反倒被她拖着走："他来干什么？"

"《米娜》的拍摄我请了他做模特，他过来拿酬劳。"江百果的话也算是半真半假。

张什没撒手，反倒揪得更紧了："模特？他一个男秘书，做哪门子的模特？"关于《米娜》的拍摄，张什没有从中作梗，相反，他让江百果亲自操刀，为的就是将来有一天，无误沙龙完蛋了，她江百果个人至少还能顶着个响当当的名号。为此，他还千辛万苦地为她请来了当红的男模特，四国混血，三百六十度无死角……结果，他还不知道他的男模特被那个男秘书取代了！

江百果被揪着衣领，连肚子都露了出来。她挥开张什的手，抻了抻衣襟，脱口而出："我好歹也是个女人！你给我放尊重点。"

张什一怔："放……放点什么？"

江百果活动了一下肩膀，掩饰住窘迫。

这话，她该说给池仁的，是他不把她当作女人，是他不对她怜香惜玉，是他给她扣上了"飞禽走兽"的帽子，便再也不允许她摘掉。这话，无关张什。

"你不相信我的专业吗？"江百果言归正传。

"我是不相信他一个男秘书！"张什仍红眉毛、绿眼睛。

江百果跨上了她的地平线200："老张，我会拿无误沙龙的前途开玩笑吗？你知道的，无误沙龙就像我的孩子。或者你去听听那些风言风语，大家都说我把前途摆在第一位，没什么能阻挡我的脚步。"

张什挡在了江百果的车轱辘前："果子，你能不能听我一句劝？"

"说。"

"你能不能像个普通姑娘一样，过普通日子？"张什绝对是苦口婆心，"你说你当初在孟叔手底下干得好好的，再熬上几年，就算没有金山银山，也有车有房了，怎么就非得……你说像你这个年纪的小姑娘，哪有这么干的？从工商到业内，再到收保护费的小混混，你一一打点，有时候我真怀疑你是不是有自虐倾向。"

张什这番话，除了是爱徒心切，也不是没有私心。假如江百果当初没有对孟叔背信弃义，假如江百果能在今天，在明天，哪怕是在明天的明天，停止她的激流勇进，或许他还有机会化解孟浣溪对她入骨的恨意。

一边是爱人，一边是爱徒，他真真左右为难。

江百果默默地掏出了口香糖。

张什趁热打铁："要不，咱找一天约孟叔吃个饭……"

江百果又将口香糖原封不动地揣回了口袋："你不是让我听你一句劝吗？这都几句了？"

说完，江百果几乎是撞开张什，扬长而去。

张什登时火大，在原地跳了跳脚，落地时还崴了一下脚脖子，恨得他咝咝地倒吸寒气。他不过是盼着江百果好，可他每一次关心她的结果，最后都会让他觉得他是吃饱了撑的才关心她。

一转念，张什又寄希望于池仁。假如那个男秘书真能把江百果迷得团团转，那么，她的下坡路或许不用他亲自来推她一把，光靠那个男秘书就绰绰有余了吧？而假如她丢了事业，捡了爱情，那也算失之东隅，收之桑榆。

不过话说回来，假如那个池大秘书让他的爱徒丢了事业，又为了爱情肝肠寸断的话，他在谢谢池仁的同时，也一定不会轻饶了池仁。

螳螂捕蝉，黄雀在后，张什一回头，被站在他身后的冉娜吓了一跳。

冉娜半真半假地说道："我还真不知道你这么古道热肠。"

张什抬脚就走："她一小姑娘，挺不容易的。"

冉娜膀大腰圆，追两步就喘："我也是一小姑娘，漂泊在外，起早贪黑，见人说人话，见鬼说鬼话，也挺不容易的啊。"

张什钻进了他的牧马人，上下打量冉娜："你家哪儿的？"

"安徽。"冉娜摸不着头脑。

张什煞有介事地点点头："这么大块儿头还能被称为小姑娘，大概是安徽特产？"

说完，张什吊儿郎当地摆摆手，踩下了油门。

冉娜对张什三年的喜欢，当然不会因为张什区区一句调侃就有所动摇。相反，张什对江百果的好言相劝令整盘棋在冉娜心中更加扑朔迷离。在江百果和孟浣溪中间，张什到底会选择谁并不重要，而他永远都不会选择她更加不重要，重要的是，他是个值得她倾心的男人，而更加重要的是，无论他选择谁，她都会无条件地支持他。

赵大允在三更半夜接到池仁的电话，是家常便饭。

说来，赵大允也谈过几次恋爱，偏巧不巧，那些女孩子们也都爱在三更半夜和他互诉衷肠。每每池仁和她们双管齐下，他没两天就会吃不消。后来，赵大允两害相权，一钻进被窝就屏蔽掉那些女孩子们的号码，独独留下了池仁这唯一一个"活口"。

今夜，池仁致电赵大允，无疑是为了唐茹。

刚刚在借着一杯白葡萄酒的酒力智斗江百果的同时，唐茹还"无心"将室友排挤她一事向池仁做了汇报。虽说唐茹说者"无心"，池仁却听者有意。他要赵大允在三天之内搞定他隔壁的公寓，作为唐茹新的住所。

赵大允哈欠连天："怎么还隔壁啊？你们家那么多房间……不是，就算只有一个房间，也用不着隔壁啊。"

"大半夜的这么多废话。"池仁回避道。

而他倒不是对赵大允有所保留，是他自己也说不清道不明，为什么他和唐茹会在亲密无间的同时，又遥不可及，像是明明位于同一个坐标，却四下找不到她。

"你也知道是大半夜啊。"赵大允咕哝了一句，挂断了电话。

而接下来，赵大允便不能再会周公了。三天，池仁虽是他的朋友，但更是他的老板，老板说三天，他便没有第七十三个小时。此刻，赵大允便要掌握如今住在池仁隔壁的是何许人也，并要让对方在三天之内卷了铺盖卷，远走高飞。

这一夜，江百果却睡了个好觉。

不可思议地，她没有辗转反侧。她不过就是将池仁下午拍摄的照片，用客厅中六十寸的电视循环播放，便睡了个好觉。

照片还未经筛选和修饰，女模特们千奇百怪，有的翻着白眼，也有的露着牙花子，唯有池仁，每一张都无懈可击。

可惜，绝大多数都是背影，偶尔有个侧脸。

在客厅明暗和光影的变幻中，江百果甚至比往常更快地进入了梦乡，却又如同往常做了梦，不过这次她的梦没有往常的梦光怪陆离。这一次，她在洁白无瑕的世界里吟唱，一个白色的身影侧对着她，夺目的光线下，那轮廓不清不楚，那家伙不声不响，但她认定了，那是池仁，那是穿着白色衬衫的池仁。而她，还是个孩子，像是吞下了返老还童的药丸。

虽然无论她如何纵情吟唱，那家伙都不曾转过头来，她却不急不躁。

江百果一觉睡到天亮，这才关掉了电视。

翌日，池仁的电子邮箱中收到了他去往西雅图的行程表，三天后出发，单程票，虽不至于是有去无回，但显然他的归期是个不确定因素，而且掌握在吴煜的手中。

而他，不喜欢不确定因素。

孙明美啃着个麻花，大剌剌地走过来，往池仁的办公桌上一坐："你说老吴到底是何居心？能大展拳脚的机会，不留给自己人，反倒给了你？莫非是要挖墙脚？"

"我以为我们沈龙传媒都是一家人。"池仁一笔带过。

对孙明美，池仁越来越失望。他千方百计做了她的秘书，是要和她并肩作战的，可惜……

但话说回来，孙明美凭什么和他并肩作战？他又凭什么对她失望？池仁不得不承认，当他在这条走了十四年的路上头也不回地走下去，当他从如履平地，到渐渐攀上悬崖峭壁，当他距离"那个人"越来越近，本就是一步艰险过一步，那么，哪来的那么多人任他摆布？

好在他还有江百果，她就像是从天上掉下来的馅饼。

池仁扫了一眼端端正正摆在办公桌上的手机，上午十一点了，距离他和江百果上一次分别过去整整十二个小时了，江百果仍无声无息。

就在昨天，池仁就江百果的被动给她上了一课，若不是后来唐茹不胜酒力……整件事情的发展脱离了他的计划，江百果这会儿势必会主动地送上门来了。

但话说回来，池仁也要谢谢唐茹的不胜酒力。多亏了唐茹，他和江百果的持久战可以告一段落了；多亏了唐茹，即便他去往西雅图有如箭在弦上，但只要江百果能在他狠狠地伤害了她后，仍主动地送上门来，那么，一切都还有希望。

说白了，只要江百果能给他打来一通电话，那么，一切都还有希望。

池仁缓缓地靠在椅背上，抻长了手臂，一边把玩着手机，一边却不敢抱有任何希望。

她明知道他有唐茹了。

她明知道山有虎，还会偏向虎山行吗？

MISS.JIANDAO

第14章

寸光阴

两天后，也就是池仁飞往西雅图的前一天，周日，江百果仍无声无息，但赵大允总算是把池仁公寓的隔壁拿了下来。那里人去楼空了不说，上上下下也都被打扫得一尘不染。

傍晚，唐茹被池仁接了来，又是喜忧参半，忧的是她终究还是住进了他公寓的隔壁，而不是他的公寓；喜的是这个坐怀不乱的男人，终究有别于其他男人。

当池仁推开那扇门，对唐茹做出“请进”的手势时，唐茹的心肝颤了一颤。

多少年来，她始终对所有的女性绷着根弦，充其量跟她们做个泛泛之交，这也是为什么她会在男人的世界摸爬滚打，但池仁……池仁当真有别于她对男人的定义。

一味付出、不要求回报的男人，她见所未见，闻所未闻。

那一刹那，唐茹又沦陷了一分。

“吃的用的恐怕还是会有遗漏，缺什么尽管告诉我。”池仁推开窗，让热浪涌了进来，“安家不是一件易事，急不得，慢慢来。”

唐茹用指尖轻轻拂过每一样家具：“我不把自己当外人，也就不和你客气了。”

“千万不要和我客气……”池仁对唐茹从不吝啬褒奖，“做得好。”

唐茹走到窗边，和倚在那里的池仁一人一端，面对面而立。这一扇窗大得离谱，即使两人都平举手臂，也谁都碰不到谁。八楼，不高不低，视野刚刚好，抬眼是天边的火烧云，低头是一盏盏初亮的路灯。唐茹的脸孔跟着发亮：“池仁……”

不巧，同一时间，池仁也开了口：“小茹……”

唐茹失笑：“你先。”这样的默契，她求之不得。

池仁不客气：“我不在的时候，赵大允的电话会为你二十四小时保持畅通……”

“等等……”唐茹一怔，“什么叫你不在的时候？”

池仁也一怔：“我明天出差，我……没有告诉你吗？”

唐茹脊背一僵，将长发别到耳后，低头笑了笑：“不管出差在你心里算是大事还是小事，你的确没有告诉我。”

池仁懊恼地将重心从左脚换到右脚：“一定是我忙昏头了。”

“明天？”

“明天。”

“去哪里？”

“西雅图。”

唐茹一口气没呼完，便迫不及待地又吸了一口，整个胸腔胀得似乎要裂开。对于池仁的“忙昏头”，她可以睁一眼闭一眼，但西雅图？换言之，到了明天，他就要和她相隔十二个小时的航程和十五个小时的时差，而这当然不是小事，不但不是小事，他甚至该从敲定这一行程的那一刻开始，就和她依依惜别。

他早该告诉她，而不是到了最后关头，他还搞不清有没有告诉她。

“什么时候回来？”唐茹心存最后一丝侥幸。

池仁难以启齿：“还不确定。”

唐茹转了九十度，面向了窗外。呵，她是睁一眼闭一眼了，他倒好，似乎是对她瞪大了双眼，可惜那里面空空如也。“蜂蜜和鱼露，丝质的吊带睡衣，防狼喷雾，巴西红耳龟，以及饲养它会用到的一切。”唐茹没头没脑地说了这么一串。

“什么？”池仁稍稍倾向唐茹，像是离她近一点，就真能离她近一点似的。

“你不是说，缺什么尽管告诉你吗？”唐茹看了看时间，“六点半了……到明天还有五个半小时，来得及带我去买吗？”

池仁二话不说：“好，我们先去吃点东西。你再想想还差什么，我们去一网打尽。”

池仁说走就走。唐茹转过身，紧盯着池仁的背影。这个男人，光是用实际行动来爱护她，就够她“作威作福”的了。但贪得无厌是人类的天性，除了实际行动，她还要他的一颗红心。

而江百果偏偏在这个时候致电了池仁。

在池仁和唐茹等电梯的节骨眼，在距离这一天结束仅剩下五个半小时的六点半，在距离池仁飞往西雅图还有最后一夜的令人沉醉的黄昏，江百果致电了池仁。

不能否认，池仁一直在等江百果的电话，以至于当唐茹刚刚察觉有人致电他时，他就已经将手机牢牢握在掌心了。他轻笑一声：那江百果没有让他失望，她没有让他白白陪她花前月下，没有让他的良苦用心付诸东流。

唐茹不知道是谁致电了池仁，但不管是谁，她都不打算放他走了。换了其他时候，她或许可以善解人意，但今晚，万万不行。

就这样，唐茹若无其事地等候着电梯从一楼来到五楼、六楼、七楼……就差一点点了。她下定了决心，不给池仁任何脱身的机会。在她看来，今晚她还善解人意的话，那就和舍己为人没什么两样了。

不料，池仁自己为自己创造了机会：“小茹，我恐怕要先出去一趟。”

“我们只有五个半小时……不，只有五个小时零二十八分钟了。”唐茹寸步不让。

“我向你保证，从蜂蜜到巴西红耳龟，在天亮之前，我一定会帮你搞定。”池仁看了一眼电梯，它停在七楼后就纹丝不动。

“谁要你保证这个？”唐茹也看了一眼电梯，恨不得扒开电梯门从八楼跳下去，也能算作出发了，“我要的是……”

江百果的来电仍无休无止，但也随时有“偃旗息鼓”的可能。池仁拍了拍唐茹的肩头：“等我电话。”

说完，池仁冲进了楼梯间。对于在唐茹和江百果之间选择后者，池仁并没有于心不安。他认为他不是选择了江百果，而是以大局为重。他认为在江百果的背后，将是他的一劳永逸，将是他和唐茹美好的未来。

就这样，他甚至连电梯都等不及了。

电梯终于来到了八楼，那两扇银色的大门叮的一声打开，唐茹却不必踏入半步。

她打道回府，看了一眼池仁公寓的大门，看了一眼位于她的公寓隔壁的池仁公寓的大门，恍然大悟：她搬进他的隔壁，与他之间只有一墙之隔，并不代表他们向着相亲相爱又迈进了一步。

相反，他把她推得更远了。

池仁一冲进楼梯间就接通了江百果的电话：“喂。”

“讲话方便吗？”那厢，江百果走出无误沙龙。

“还好。”

“可你很久才接。”

池仁隐隐光火：“现在是计较这个的时候吗？”

江百果叹息一声，她当然无心惹恼他，但她惹恼他似乎易如反掌。

池仁也叹息一声，放慢了脚步的同时，也缓了缓口吻：“不管方不方便，我都接了不是吗？所以你最好是有要紧事找我。”

江百果跨上她的地平线200：“我们碰个面吧？”

“好。”池仁又开始三步并作两步，他的时间不多了。

“你在跑步吗？”

“我在下楼。”

“为什么不坐电梯？”

池仁几乎要抓狂了："现在是好奇这些的时候吗？"

江百果哑口无言。

"我去找你。"池仁没时间兜兜转转。

"我收工了，你在哪儿？我去找你。"江百果从早上十点到现在，滴水未进。八个小时中，她想过放弃她的客人，说走就走；想过或者等到明天再见池仁，明天就是她的休息日了，她可以以逸待劳；想过连无误沙龙都放弃算了，做个张什口中的普通姑娘，过普通日子；也想过不再见池仁，反正也死不了的。

反正该想的，不该想的，她想了个遍，八个小时从指缝间悄悄溜走，客人也纷纷尽兴而归。

而她还是想见他，想今天就见他。

与其枯坐在这儿，不如飞奔在路上。

池仁发动了车子："那我们约在'秘密基地'，能找到吗？"

江百果也发动了她的地平线200："闭着眼也能找到。"

尴尬的季节折磨着池仁，车窗打开，外面喧嚣不止，关上吧，车内又闷热得令人窒息，而打开空调又似乎为时过早。备受折磨中，平时短短的路途倏然被拉长，终点忽远忽近，仿佛许久也抵达不了。

池仁打好了腹稿，无论他如何花言巧语，万变不离其宗的"宗"是他要江百果确保吴煜将缺席下个月月初沈龙传媒和具象影业的签约仪式。而一旦吴煜缺席了签约仪式，双方的合作将在他的部署下，无限期地延后。

说是无限期，其实也不然。一旦那个人上了钩，他会马上让一切回到正轨，他会让沈龙传媒和具象影业一加一大于二，他会让那个人对沈龙传媒，对他，再无能为力。

池仁又打开了车窗，透了一口气。

不过是在特定的时间拖住吴煜的后腿而已，想必这对江百果而言，是小菜一碟的。他既没有让她以身相许，又没有让她谋财害命，甚至都没有让她去盗取什么机密文件，不过是请她在签约前一晚和吴煜喝上两杯，或是在前几晚，缠着他去游个塞纳河，最后误了返程的航班，仅此而已。

池仁轻笑一声，给自己的全盘计划打了一百分。

假如江百果能一口应允，那就最好不过了。否则，他就要另谋他法，无论文武，恐怕还得打个法律的擦边球。但江百果就不同了，假如她能令吴煜放弃江山而选美人，她充其量也就是个祸水红颜。

此后，一切都会回到正轨。

到时她帮了他的忙，他依约伤了她的心，两人皆大欢喜。

池仁又关上了车窗。在密闭的车厢中，他能听到他急促的呼吸声，他能感受到他的迫不及待。

池仁比江百果先一步到了，他停好了车子，在入口处没有找到江百果的地平线200，便进了旁边一家咖啡厅。说来，在这样偏僻的小路深处，哪来的什么咖啡厅，这不过是由一楼的民居改建的快餐店，出售所谓的手工咖啡和秘制三明治。

三张桌子，仅有池仁这一位客人。快餐店没有像样的窗户，关上民居的防盗门后，唯一和外界相连的就是那四四方方的外卖窗口。池仁点了餐，从外卖窗口看见天色渐晚。他看了看表，赶上十几岁的小姑娘来上餐。

那小姑娘像模像样地戴着黑色帽子，系着绿色围裙："约了女朋友？"

"约了朋友。"池仁没有点头敷衍过去，而是特意解释了一句。

而他虽看了表，却没往心里去，这会儿又不好一看再看，否则显得他急不可耐似的。

秘制三明治出奇的美味，添加了自制的肉松，令池仁一个下了肚又要了第二个。那小姑娘还是个学生，趴在桌子上写着作业，也不拿池仁当外人，用下巴指了指外卖窗口下的柜台："自己拿。"

池仁走过去，弯下腰，再站直身后，看到了江百果。

他看到她骑着她的地平线200迎面撞上了一辆出租车，连人带车倒在了出租车的车头前。池仁手上的三明治落了地，而江百果却一边拍打着身上的灰尘一边站直了身。幸好，在这样偏僻的小路深处，谁的车速也不至于太快。

池仁回头，那小姑娘一脸不悦。

"算我的。"池仁指的是落地的三明治。

出租车司机下了车，对江百果先发制人："不要命了！"

“对不起。”江百果一鼓作气扶起了车子，埋下头鼓捣。

那车似乎是哪里松散了，不过池仁对此一窍不通。他只觉好笑：假如有一天他和江百果搭伴过日子，诸如换灯泡、修马桶等苦差事，是不是会由江百果一手包办？

出租车司机也在自己的车头前看看这儿，摸摸那儿：“好家伙，都给我撞凹进去了。”

江百果拍拍手：“我赶时间，私了吧。”

“私了就私了。”那司机气势汹汹，“多少？你说。”

江百果掏出钱包，里面零的整的，大概一千块上下：“我就这么多。”

那司机一怔：“怎么……怎么个说法？”

“对不起，我骑过头了，没刹住车，好在您和车都没什么大碍，这钱您拿着，该修车修车，有剩的话，吃顿好的压压惊。”说着，江百果把钱塞了过去。

出租车司机带着一脸“这丫头脑子是不是有病”的表情，却也知道得了便宜就别卖乖了，拿着钱忙不迭回到了车上，乐颠颠地走人了。

江百果匆忙扒了扒头发，要重新跨上她的地平线200时，一扭头看到了池仁。她看到他穿着白色衬衫，站在四四方方的外卖窗口里，红墙上悬挂着绿字的LED屏。

她大吃一惊，似乎她和他的每一次会面都令她猝不及防，即使是约定好的，也总有出入。

“你这是在做什么？”江百果又看了一眼那绿字的LED屏，“秘制三明治”五个大字像抽筋一样在池仁身旁忽闪忽闪。

池仁清了清像是被堵住的喉咙，从柜台里拿出最后一个三明治：“要尝尝吗？味道好极了。”

江百果仍云里雾里，但到底将车子停靠在了门口，推门而入。

那小姑娘扫了江百果一眼，抢白池仁：“还说不是女朋友！”

“是朋友。”江百果和池仁异口同声。

二人面对面坐下来，池仁将最后一个三明治端给江百果，而他的盘子里，放着刚刚掉在地上的那个。他不动声色地打量她，那一下，她理应摔得不轻，至少她的车子压在她身上，可眼下她若无其事，连做旧的牛仔裤都帮了她的忙，让人辨不清虚实。

“真的不要紧吗？”池仁不得不问。

江百果转了转脖子：“五十年以后的腿脚不灵便，不知道能不能算在今天这笔账上。”

被江百果这满不在乎的口吻一激，池仁火大了：“他没有做到安全驾驶，是他的责任，你为什么要向他道歉，还赔偿他损失？他有什么损失？”

“我知道。”江百果咬了一口三明治。

“你知不知道你这叫什么？被卖了还替人家数钱……”池仁一转念，“你说什么？你知道？你知道什么？”

江百果吃得津津有味：“我知道是他的责任。但你知不知道，可能有一百种方法能打发他，而我选择的绝对是最快的一种。”

这次，换池仁暗暗大吃一惊。她不傻，甚至比包括他在内的每一个人都足智多谋。古人云，寸金难买寸光阴，而她做到了。她大智若愚，买到了一去不复返的光阴。她用区区一千块，买到了多一点和他共度的光阴。

池仁也将三明治塞进了嘴里，那美味一如既往，但这次就着江百果深厚的情意，他心里真真不是滋味。

那小姑娘更是雪上加霜，自言自语似的：“喀喀，这地可都三天没擦了。”

另一厢，张什发现江百果早退，是一个小时后的事了。她都不跟他打声招呼就一走了之，而张什明知道这会儿她都走到天涯海角了，也还是从无误沙龙追了出来，四下看了看，算是死了心。

就这样，张什发现了坐在对面咖啡厅里的唐茹。

这是张什第二次见唐茹。昔日池仁带唐茹来无误沙龙修剪头发时，张什人在日本，没见着。而上一次，唐茹也是坐在对面那家咖啡厅里，二人远远地打过一次照面。

张什在认人这方面是有两下子的。他有上百个女客人，化了妆后都跟一个模子刻出来的似的，不过人家进门喊他一声Bernie老师，他个个能叫出名号。对唐茹也不例外，他记得那天她也是坐在那个位置，朝着他这个方向。

唐茹在别开目光后，又缓缓转了回来。她之所以坐在这儿，是因为闲着也是闲着，还不如来挖掘真相，看看池仁在飞往大洋彼岸的最后关头，把他的大好时光给了谁，如果不是江百果，还会有谁。

但眼下，唐茹冲动地想：假如那个五大三粗的男人和江百果的关系非同寻常，假如他也一时冲动，走过来，坐到她的对面，她倒是不反对和他过一过招。

就这样，在唐茹的目光下，张什提了提掉到了胯上的裤腰，大踏步走了过来。

张什是这家咖啡厅的熟客了，侍应生问了他一句“老样子？”，他点点头，便坐到了唐茹的对面。他一伸手，自报家门：“Bernie张。”

唐茹按兵不动：“这年头，搭讪都这么直截了当了吗？”

“搭讪？”张什“啧”了一下，“你搭我还差不多吧？”

唐茹心里有了数，闹了半天，这五大三粗的男人是自作多情了。

侍应生给张什端来了一杯拿铁；里面一团宝塔似的奶油拔地而起，这所谓的“老样子”令唐茹不予置评。

张什刮了一勺奶油放进嘴里，整个人飘飘欲仙：“真没想到我天天站在那儿看风景，却也是别人眼中的风景。可要我说，你与其坐在这儿看我，还不如从那儿走进去，指定我做你的发型师。”张什指了指无误沙龙。

“我的发型师是……百果老师。”唐茹不打算再白白浪费口舌。

“果子？”张什一转念，倒也不至于下不来台，“也就是说，你是来找果子的？”

唐茹化被动为主动：“你是百果的同事，还是朋友？”

张什懒洋洋地故弄玄虚：“可比同事和朋友高级多了。”

“男朋友吗？”唐茹句句踩在点上。

张什将勺子叼在嘴里，一说话，牙齿便咯咯作响：“那可轮不到我。”

“那能轮到谁？”唐茹一字一句地问道，“池先生吗？”

与此同时，在池仁和江百果离开后，那家门可罗雀的民居咖啡厅便打了烊。

那小姑娘把池仁和江百果送到门口，一直在煽动池仁办会员卡。池仁说了两遍“不用了，谢谢”，她仍不罢休。

池仁缠不过小姑娘，掏出了钱包：“多少钱？”

“免费。”那小姑娘从围裙的口袋里抽出一张卡片，交到了池仁手上。

还没出门，江百果便也对那个秘制三明治念念不忘了：“那给我也来一张。”

那小姑娘自有一套：“每天限量发售，你和他一起来就行。”

池仁将卡片递给江百果：“你拿着好了。”

江百果低头看了看那花里胡哨、粗制滥造的小纸片，一时间没有伸手。

“我和你一起来就行。”池仁说。他盘算着，等到他们庆功的时候，或是分别的时候，这里也不失为一种选择，味道好，又避人耳目。

江百果伸手，接下了那小纸片。

出了门，江百果推上她的地平线200，池仁又心有余悸：“你一定要选择这种危险系数最高的交通工具吗？”

“我不喜欢塞车。”

“没人喜欢塞车，而且每个人的时间都是宝贵的，不是就你一个大忙人。”

或许是因为酒足饭饱，江百果整个人扬扬得意：“而且我车技很好。”

“车技很好？”池仁挖苦道，“你这伤疤还没好，就忘了疼了？”

江百果笑了笑，没再说话。她倒并不认为他是在关心她。他这个人，对她从头到尾都只是抱着批判的眼光。

池仁要接下江百果的车子：“我来吧，不然别人会说我没有君子风度。”

江百果没松手：“你不是说你连自行车都不会骑？”

池仁几乎是在和江百果推推搡搡了：“不会骑，还不会推吗？”

“推更难的好不好？”江百果一不小心，胳膊肘狠狠顶上了池仁的肋骨。

池仁吃痛，松开了手。

江百果像打了胜仗似的，咯咯笑出声来。

池仁又节外生枝："你不是说会载人？来。"

"就这么两步路了。"江百果用下巴指了指近在眼前的园林入口。

"是你不会吧？"池仁屡屡挑衅，自己都控制不了自己的幼稚和小气。

江百果忍无可忍地"喊"了一声，但到底还是忍了。她眯了眯眼："不瞒你说，刚刚那一下，真摔疼我了。左脚脚脖子被压到了，到这会儿还不敢使劲。"

这下好了，池仁没辙了，不管江百果说什么、做什么，结果都是一样的，都是令他火大。他当即掉转方向："早该去医院。"

江百果停下来，却没有跟上去："我真的不要紧的，就是没办法载你，怕摔了你。"

换言之，她不怕这危险系数最高的交通工具，不怕疼，不怕被那出租车司机笑话，她天不怕，地不怕，甚至不怕再这么下去，她的伤势会加重，独独怕摔了他。

池仁停下来，回过身，而他的脚脖子也开始隐隐作痛了，像是被江百果附了身，又像是他附了江百果的身。总之，两个人仿佛连在了一起似的，在来势汹汹的夜幕中，同呼吸，共命运。

而就在这时，江百果将早就该问出口的问题问了出来："池仁，你到底要从我这里得到些什么？"

她足够了解他了。她第一次见他，说得不好听，他就是一条拿得起、放不下的可怜虫；说好听点，他也是因循守旧。之后，她每一次见他，他虽在理智与情感两个阵营间摇摆不定，虽急于摆脱他的感情用事，但原则永远是原则，对他而言，对感情的尊重是他绝不能触碰的底线。

那么，在和唐茹两情相悦的同时，他仍踏上了她这第二条船，他一定有他的理由，而且是坚不可摧的理由。

她早就知道他对她有所图谋。

但今天，她既然知道了他和唐茹的关系，仍感情用事来到了他面前，她就一定要知道，他到底要从她这里得到些什么。

池仁口干舌燥。

他和她之间似乎永远逃不掉这个路数，他总是对她有所求，而她又总是无条件地满足他的所求，甚至不讨价还价。

今天也不例外，她好大的口气：你要从我这里得到些什么？

好像他要什么，拿去就是了。

好像无论他要什么，她都会给他。

他却该死地迟疑了。捕鱼的乐趣在于撒网和等候，在于结果浮出水面的那一刻，而她的自投罗网又算什么？不但剥夺了乐趣，还叫人下不去手。

他和她都站在原地，隔着三米的距离。

“过来。”江百果说道。她推着车子，不方便过去。

池仁阴着脸，消灭了这三米的距离，回到了江百果的面前。

“我问你话呢。”江百果又说道。

池仁浑浑噩噩：“你急什么？时间还早呢。”

与此同时，张什和唐茹坐在窗明几净的咖啡厅里，也在暗暗较劲。

对张什而言，这个女人不仅认识果子，还认识池大秘书，而她一而再地坐在这里，既然不是拜倒在他的西装裤下，那一定是为了那二人而来。

对唐茹而言，她虽不知道这个五大三粗的男人到底知道多少有关池仁和江百果的秘密，但眼下，有多少算多少，没有底牌的她来者不拒。

“你认识池大秘书？”张什先发制人，却忘了以静制动往往才是高招。

唐茹不动声色：“你口中的池大秘书，是我的朋友。”

“男朋友？”张什又忘了兵不厌诈。

唐茹没说话，没说是，也没说不是，答案却是明摆着的了。

张什猛地向上提了提腰，椅子腿和地面摩擦出刺啦的声响。他低低地骂了句什么，骂到一半，又端起杯子，堵住了嘴。

三角恋？所以说，果子和池大秘书，再加上这个女人，是三角恋？那真不知道果子脑子里得进了多少的水才以卵击石。她怎么会是这个女人的对手！那池大秘书不选这个女人，选她？除非瞎了吧……

江百果终于将车子停在了园林的入口处。她甩了甩手，一抬眼，看到池仁双手环胸，堵在了入口处。

她不解：“我记得这里不收门票。”

池仁垂下手，背过身去："我背你。"

江百果本要"啊"一声，但终究不是大惊小怪之人，张了张嘴，但没发出声来："我要说多少遍不要紧，你才能闭嘴？要不要我来个三级跳给你看看？"

池仁回过头，仗着人高马大，俯视江百果："要么去医院，要么我背你，而选择权不在你，我选第二种。"

江百果认同道："对，我们有要紧事要解决。"

"但我不能为了解决要紧事就草菅人命。"

"你也太夸张了。"

"上来。"池仁转回头去，一锤定音。

无奈，江百果的问题是一个接着一个："我T恤上的图案会掉毛。"

在做旧的牛仔裤之上，江百果穿了一件灰色T恤，胸前是黑色拉绒的和平标志。早上，她在出门前并没有想要见池仁，后来她想要见他，而他也答应了见她，她就没有再盛装的必要了。毕竟严格来说，他们的会面并不能称为约会。

池仁不得不又转过身来："又掉毛？我记得我上一次带你来这里，身上也是沾了一层黑色的不明纤维。江百果，你是动物吗？永远在掉毛吗？"

江百果苦笑。

池仁叹息一声，又转过身去："上来。"他豁出去了，都这个时候了，他总不能因小失大，总不能因为她的衣服掉毛就放她一马。

江百果投降了，但又抬手点了点池仁的肩头："蹲下，不然我够不到的。"

池仁这才知道他直挺挺地站在那儿让江百果上去，真是活脱脱的一个伪君子。他要她跳上去吗？问题是就她那个小不点，跳都跳不上来的。他又叹息一声，这才蹲下了身。

江百果最后又掸了掸胸前的黑色拉绒，这才伏了上去。

她并不担心她的体重会令池仁吃不消，也不会假惺惺地说什么"我是不是太胖了"，她知道她的体重对包括池仁在内的任何一个男人来说都不在话下，可她从不以瘦为美，她希望她能胖一点。

她一直都希望她能胖一点的，却一直未能如愿。

她也有想过，她这轻飘飘的，会不会是因为她比别人少了些什么。而在认识了池仁之后，她更想过，她大概是少了心吧。好在，她正在一点一点地把它找回来。

柳絮纷飞的季节，即便是夜幕之下，空气中仍有丝丝缕缕，令人奇痒难忍。园林中有一些上了年纪的人在强身健体，也有一些情侣难舍难分，总之，他们都沉浸在自己的世界里，没人对池仁和江百果指手画脚。

健步如飞后，池仁缓缓放慢了脚步。

他总以为，他有的是时间。

他画蛇添足："我在背人这方面，经验不足。"

"经验不足？"江百果咂舌，"我好像还没有问过你，你到底有过多少个女朋友？"

"没有。"池仁一口咬定。

江百果几乎在池仁的背上来了个鲤鱼打挺："喂，我们之间好像没有撒谎的必要……"

池仁将江百果向上托了托："我是说，我没有背过她们。"

池仁支撑着江百果双腿的双手始终握着拳，以免张开手有在她的大腿上揩油之嫌。但话说回来，她又哪里有油好揩？好生硌人。

江百果点点头，哦了一声，没再说什么。

照池仁的话说，她是他第一个带来这里的人，也是他第一个背在背上的人，而这些看上去值得沾沾自喜的资本，却因为他和她待定的关系，要被一分为二对待，可能是真的，也可能是假的。

而一向理智的她，一向把头脑当作资本的她，一向凡事都会剖析得清清楚楚的她，这一次却不打算刨根问底。

万一，是真的呢？

有时候，糊涂反而是对自己的仁慈。

MISS.JIANDAO

第15章

出口

池仁的“秘密基地”遭到了一群七八岁的男孩子的入侵，废弃了的羽毛球场被他们当作了足球场，而他们又精力充沛地把足球踢得像打架似的热热闹闹。他们在扫了一眼池仁和江百果后，又接着你追我赶。

毕竟，这里不是谁的私人领地，谁都有来掺一脚的权利。

“我们换个地方？”江百果说。

“不换。”池仁说。

江百果像是怎样都好：“嗯，热闹一点也没什么不好。”

而池仁像是怎样都不好：“谁要热闹？要热闹，我们有的是地方可去，何必来这里？”

说着，池仁背着江百果走向了那一排橙色的塑料座椅。他送佛送到西，几乎是扎着马步，把江百果放在了座椅上，中途都没让江百果的脚沾沾地。江百果调整了一下坐姿："喂，你站住……"而她话音未落，池仁便走向了那一群男孩子的领头人物。

江百果知道池仁是要对他们下逐客令了，却并不认为他能做得到。那些男孩子正处于唯我独尊的时候，又团结一心，怎么会让步于他？

更何况，明明是他不讲道理，他凭什么撵人走？

光线不明，距离不近，池仁又背对着江百果，以至于江百果听不到池仁到底说了什么，也看不到他做了什么，却看到那领头人物一呼百应，带走了那些男孩子。即刻，"秘密基地"恢复了静谧，又名副其实了。

池仁回到江百果面前，却没有即刻坐下来，反倒是双手插在裤兜里，有些扬扬得意。

江百果仰望着池仁："你和他们说了什么？"

"我说出门左转，直行一百米，再右转，那家烧烤摊的生意特别好。"

"他们怎么说？"

"他们说这谁不知道，生意特别好是因为那里的羊肉串又香，个头又大。"

"所以？"

"所以，我说今天我请客。"

江百果瞪大了眼睛："你用钱收买他们？"

池仁耸耸肩，默认了。

江百果眉头一皱："你怎么能这么做？他们还都是孩子，托你的福，将来热衷于不劳而获怎么办？他们会以为有钱能使鬼推磨怎么办？"

无疑，江百果的反应又令池仁从天上掉到了地下。他插在裤兜里的双手握了拳："别忘了，就在半个小时前，你也在用钱解决问题。是你说的，解决问题可能有一百种方法，但这是最快的一种。难道只许你州官放火，不许我百姓点灯？"

江百果没有放过池仁裤兜形状的变化，她知道，她又惹恼他了。

说来也真是没办法，她分明处处以他为重，却屡屡事与愿违，害他着急上火。但这又不能全怪她，他分明是个宰相肚里能撑船的君子，怎么到了她这儿，就这么小肚鸡肠？

但眼下真真不是问责的时候。

他站在她面前，坐都不肯坐，分明是在等她表扬他。他就像个考了九十九分的孩子来向她邀功，她却问他为什么会丢掉那一分。

“说得也是。”江百果投降了，笑着附和他，并拍了拍身边的位子，“坐。”

池仁却还是不满。

她认同他了？就事论事，他也知道他对那些孩子的所作所为不妥，但情急之下，也就选择了那下下策。江百果批评他，他气归气，却并不冤枉，只是有些下不来台罢了，但她就这么认同他了？这算什么？她的理智、头脑和是非观都拿去喂狗了吗？

猛地，池仁一屁股坐在了地上。

江百果连连受到惊吓：“你这又是哪一出啊？”

池仁抱着双膝：“上次我躺着，你坐地上。今天这五个座位都是你的，我坐地上。我要公平。”

就这样，池仁雷打不动地坐在地上。他以为，他做到了他所谓的公平，就能不欠江百果的了。他以为，他这些小打小闹，能和他即将带给江百果的大灾大难画上等号。不过，有一点他倒是真的做到了公平，那就是江百果大智若愚地买到了和他共度的时光，而就在刚刚，他做了同样的事。

截止到这一刻，他和她所共度的最后的时光，在他们双方的努力下，还没有因为任何一个不相干的人而白白浪费。

翌日，池仁如期登上了飞往西雅图的航班。天公作美，航班一分一秒都不肯延误，像是不给人留下一丝一毫的可乘之机。

没人送行。

唐茹没有来。用她的话说，她不喜欢离别，等池仁回来的时候，她一定会穿上她最心爱的裙子来机场迎接他。唐茹的话和她这个人并无二致，一样是半真半假。她不喜欢离别是真的，而她有比送行更重要的事要做更是真的。

赵大允也没有来。凌晨三点半，他接到池仁的电话，然后用了两个半小时，搞定了从蜂蜜到巴西红耳龟的采购。他知道池仁的每一句话对他来说都是圣旨，也知道唐茹每一个小小的心血来潮对池仁来说都是命令不可违，却不知道他横在池仁和唐茹的恋爱日常中处处代劳又算什么。

总之，池仁请赵大允把从蜂蜜到巴西红耳龟的种种交到唐茹手上后，便放了他的假。

而江百果并没有来送行。

毕竟，关于池仁的远行，她还被蒙在鼓里。

尽管她和池仁在“秘密基地”逗留到了凌晨三点，但池仁始终没有将西雅图三个字摆上桌面。那时候，池仁认为，既然他和江百果即将面对真正意义上的分别，那么，他人在这里，抑或在大洋彼岸，又有什么分别。

而所谓“真正意义上的分别”，是指他放弃了江百果这颗棋子。

他放弃了利用她，接下来的胜败也就不存在了，接下来的庆祝，抑或再接再厉，接下来的一切，都不存在了。

没错，就在她对他百依百顺，而他对吴煜鞭长莫及的时候，他却决定放弃利用她。

没错，他决定终止他和她的危险关系，他决定画下句号。

经济舱，人高马大的池仁几乎动弹不得。左右邻里一个金发碧眼，对着爆米花电影哈哈大笑；一个是肥胖儿童，却还在把薯片倒进嘴里。池仁不会对陌生人品头论足，不代表他能无动于衷。

他戴上眼罩，将自己关了“禁闭”。

若不是有特殊情况，例如上一次为了陪唐茹，池仁是不会坐经济舱的。倒不是说娇贵，是他往往在旅途中养精蓄锐，不做得不偿失的事。

而这一次，是吴煜为他选择了经济舱。

池仁轻笑。不管什么身份地位，为了心爱的人，男人都会被打回幼稚的原形，谁也逃不掉。池仁知道吴煜是因为江百果而对他耿耿于怀，但发配他，甚至让他坐经济舱，就能打倒他吗？即便这样能打倒他，江百果就会移情别恋吗？

这天底下又不是只有他们两个男人，非此即彼。

站在胜利者的角度，池仁有些喜不自胜。

他摘下眼罩，看那金发碧眼的女人在看他，这才知道他笑出了声。

他站直身，挤过那肥胖儿童，来到了机舱的中部。在那里，有乘客可以自取的小食和饮品。他倒了一杯苏打水，找了个角落，难得不站如松，懒洋洋地倚了进去。彻夜未眠，他却亢奋得跟什么似的，就像杯子里活蹦乱跳的气泡。

十五个小时前，也就是前一晚的九点，在池仁……或者说是在池仁和江百果的“秘密基地”里，池仁在江百果的对面席地而坐，用目光一遍遍勾勒着她T恤上的和平标志，直到她误会了他：“A。”

池仁抬眼：“什么？”

江百果面不改色：“我说我是A罩杯。”

反倒是池仁有些难堪：“这我还看不出来吗？”

“看得出来也不能看个没完没了吧？”江百果扬了扬下巴，一副不好惹的样子。

池仁偏过头：“放心，我对你没兴趣。”

“要是有兴趣，这事儿反倒简单了。”江百果把玩着T恤下摆上的一根线头。

池仁拨开江百果的手，扯断了它：“怎么说？”他知道他是多管闲事，毕竟她要是想扯断它，也是一下子的事儿。但他不想她一边跟他谈天说地，一边还做着小动作。他不想她分心。

“你到底要磨叽到什么时候？还不打算告诉我你对我有什么企图吗？钱吗？可我的家底你未必会放在眼里。知识吗？可你这个做学生的，早早就把我这个老师开除了。”江百果作势将领口向下拉了拉，“那难道是身体吗？这事儿真的太简单了，我连对地点都没什么要求，家有家的自在，酒店有酒店的便捷，即便是荒郊野外，也会别有一番情趣。”

池仁伸腿，踢了一下江百果没有受伤的右脚脚尖：“你对这种事就这么随便？”

江百果嗤笑：“还‘这种事’？你对这种事就这么难以启齿？我不是说过吗，爱情的两要素，一是嫉妒，二是……这种事。两个人在这种事上能不能做到水乳交融，也是要被我算在总分之内的。”

池仁冷着脸：“那我能不能请教一下，最高分的获得者，有什么过人之处？”

江百果头头是道：“这种事，只能意会，不能言传。”

“只能意会？”池仁失言道，“那你有没有想过，和我意会一下？”

江百果一口拒绝了他：“不，我不想。”

这下好了，池仁都来不及为自己的失言而懊悔，江百果就拒绝了他。尽管结果都是这一个“不”字，但这一个“不”字从谁的嘴里说出来，有着天壤之别。

池仁颜面扫地：“不想？江百果，你这个女人是双重人格，精神分裂吗？为什么总是说一套做一套？为什么你说出来的话，做出来的事，总和我想象的不一样？”

江百果靠在椅背上，脚尖抵着池仁的脚尖：“你不要胡思乱想，牢记我的话就行了。我说过，你是唯一一个我拿不准、猜不到、打不出分数的人。那么，那种事还是不要操之过急的好，毕竟我不是个随便的女人。”

池仁狠狠心，收回了脚尖：“不是个随便的女人？可你打过分数的男人，两只手也未必数得过来吧？”

这一次，江百果反问道：“那你呢？你身上的伤疤也不止个位数了吧？”

江百果记得，在泰国普吉岛的卡塔海滩，池仁将他的一段段过往比作他身上的伤疤。那天，他剃须的时候在下巴上留下了小小的伤口，他说那是11号登机口的徐娅，而在他大臂上的伤疤，他说是在泰国普吉岛和另一个男人喜结连理的小馨。

江百果想：那唐茹算什么呢？假如唐茹是他的终结者，那她一定不是他身上的伤疤，她大概是他的五脏六腑吧。

江百果又想：那我算什么呢？是他踏出的脚印，还是他呼出的二氧化碳？

面对江百果的反问，池仁无言以对。

他想：假如说他丰富的过去，代表的不是他的风流，而是他的磕磕绊绊，那么，江百果的南征北战，掩饰的会不会也是她的迷失？

有没有这样一种可能……他和她同病相怜？

谁说阅人无数是他的本意？他也愿得一心人，白头不相离。

有没有这样一种可能……她也这样想？

飞机遇上了气流。广播里，乘务员请所有乘客立即回座位，系好安全带。

池仁不得不回了座位，而那肥胖儿童看他就端了个空杯子回来，便急切地问他："吃的都被拿光了吗？"

"不，还有很多。"池仁看那孩子立即要动身，便拦下他，指了指要系好安全带的指示灯。

那孩子憨厚地笑了笑，吸吮着手指上薯片的味道。

那金发碧眼的女人换了另一部影片，青春校园里，几个丰乳肥臀的女生对一个"丑小鸭"无所不用其极，但谁都知道，那"丑小鸭"会是最后的赢家。

池仁重新戴上了眼罩。电影果然是和现实相去甚远的艺术，结局有多不可能，就有多一目了然，久而久之便害人掉以轻心。而现实却是，你不知道下一秒会发生什么，是千真万确的不知道，但恰恰是因为未知，未来才更加动人心弦。

若干个小时前，也就是前一晚的十点，江百果忍无可忍："池仁，你故弄玄虚也要有个限度。"

他迟迟不公布答案，她便久久惴惴不安。

池仁仍席地而坐。他知道时间所剩无几，他知道该来的躲也躲不掉，更何况事已至此，他是始作俑者。

"百果……"池仁做最后的铺垫，"有什么事，是我能为你做的吗？"

他像是要给临刑的她最后一顿美餐。

"你不是做了我的老师吗？"江百果用力挠了挠头，她以为，他又在兜圈子了。

"除了这个。"池仁站直身，从仰望变为俯视江百果，"其他的，任何事。"

江百果仰望池仁，想都没想就摇了摇头。

池仁小范围地踱来踱去："那天，跨年那天，你说你有事请我帮忙，后来我们三番五次都没能把话说完，是什么事？"

“说完了，而且你也做到了。”江百果也腾地站直了身，“你别再卖关子了好不好？”

池仁还踱来踱去：“卖关子的是你，我做到了？我做到了什么？”

江百果伸脚绊了池仁一下：“你转得我头晕。跨年那天，我要对你说的，和我在沈龙传媒的舞会上对你说的，是同一件事，那就是我想请你和我在一起。自从在无误沙龙的店庆party上，我被老张开了瓢，你把我送进医院，像做好事不留名似的一走了之，我就想请你和我在一起了。而我之所以一拖再拖，拖到了跨年那天，一来，我怕我是一时冲动；二来，你知道的，主动不是我的强项。”

江百果的行云流水令池仁入了迷：“但跨年那天，我却没有给你说出口的机会。”

“好在，在沈龙传媒的舞会上，我自己为自己创造了机会。”江百果总结道，“而且，过了那么久，那代表我真的不是一时冲动。”

池仁坐在了橙色的塑料座椅上，仰望江百果：“那么早……就想和我在一起吗？你甚至不了解我。”

“就是想你……”江百果娓娓道来，“你就那么走了之后，总是想你。”

她说她想他。

她说没什么大不了的，就总是想他而已。

大概是在地上坐久了，池仁觉得整副筋骨都冷冰冰、硬邦邦的。他双手搭在双腿上，明明是自然而然，却又像动弹不得。而江百果那小小的身躯站在他面前，却像能将他一口吞噬，连骨头都不用吐。

他拍了拍旁边的位子：“坐。”

在进行了最苍白、最有力，却为时已晚的告白后，江百果卸下了重担，坐了下来。她不自觉地抖着腿，牵动着整排塑料座椅咔咔作响。

“别抖腿。”时至今时，池仁还在教训江百果。

江百果停下来，同时给池仁下了最后通牒：“你到底要从我这里得到什么好处？你不说，我就走了。太晚了，身为一个有女朋友的男人，你可以把这里当作谈判桌和我谈判，但不可以和我共度良宵。”

终于还是到了这最后关头，像是坑都挖好了，江百果也做好了跳下去的准备，就等他一声令下了。

但他张了嘴，却失了声。

紧接着，他连张嘴都做不到了。

江百果也是急了："你的脑袋里到底装着些什么？"

池仁不自觉地抖了腿。明明他才教训完江百果，一扭脸，他抖腿的频率却比她有过之而无不及。

江百果长吁了一口气："我真是越来越搞不懂你了。既然这样，那我就走了。"

"没有。"池仁将手臂挡在了江百果身前，"我并没有要从你这里得到什么好处，我对你，并没有任何企图。"

君子一言，驷马难追，池仁没有了出尔反尔的机会。

他用这三言两语，将他处心积虑为江百果挖好的坑填了个平平整整。不过是在特定的时间，请她拖住吴煜的后腿，在两三个小时前，他还认为这对她而言是小菜一碟，但在两三个小时后的当下，他却认为这难于上青天。

因为她满脑子都是他。

无论是约他来，还是撵他走，她都是为了他好。

而最要命的是，无论是小菜一碟，还是难于上青天，他都不能让她去对吴煜投怀送抱了。他还不如让她去杀人放火，去谋财害命，或是穿上黑色紧身衣，蒙住面孔，在三更半夜蹑手蹑脚地去溜门撬锁，盗取机密文件。

总之，没什么比让她用美人计更令他不能接受的了。

而江百果偏过头，仅仅给了池仁两个字："撒谎。"

当池仁借由撕开包装袋的声响，判断出那肥胖儿童在吃第十二袋膨化食品了的时候，他又一次摘下了眼罩。在那肥胖儿童的折叠桌板上，被掏空了的包装袋堆积如山，但那每一袋小小的零食，大概都不足以给他塞牙缝。

池仁看了看时间，四个小时过去了。一向在旅途中比在床上睡得更安稳的他，今天却怎么也睡不着了。

四个小时，就这么被他白白浪费掉了。

池仁戴上耳机，将音乐调到了soul的频道，萨姆·库克的代表作《You Send Me》（《你使我神魂颠倒》）袅袅传来，令池仁不禁对这位灵魂音乐先驱者悲剧的一生，甚至至今仍是一个谜的死因唏嘘不已。

池仁习惯在思考时有音乐陪伴，那些曼妙的曲调和应景的歌词未必会令他迷醉，不过是被他用来屏蔽外界的纷纷扰扰罢了。但今天，他却为萨姆·库克操上了心。

池仁用左手捂住了额头，思考。眼下，他无异于是在交卷前的五分钟，将全篇答案推翻重来，除了快马加鞭地思考，他别无他法。

吴煜的软肋除了江百果，还有一根是两年前，他在和孙明美开创沈龙传媒前，曾被卷入一桩非法集资案件。虽然当时他被判无罪，但据池仁了解，他也未必就真干干净净到没任何纰漏。

挥之不去的“I know you send me”（我知道你使我神魂颠倒）被萨姆·库克百转千回地演绎，令池仁搭在腿上的右手食指随之轻轻敲打着节拍，似乎离摇头晃脑都不远了。

至此他还不知道，当江百果不再是别人的软肋，总有一天，她或许会成为他的弱点，成为他致命却又甘之如饴的弱点。

若干个小时前。

也就是前一晚的午夜零点，池仁放弃了利用江百果，而这是池仁第一次选择放弃。在过去的十四年间，他勇往直前，偶尔停下脚步，或迂回，或后退，也都是战略性的，也都是为了接下来能所向披靡，勇往直前。

这是第一次，他尝到了放弃的甜头，那种惬意令他隐隐后怕：将来别习惯了才好，别习惯了放弃，别对任意妄为上瘾了才好。

但当时，他才管不了那么多。

当时，江百果偏过头，仅仅给了他两个字：“撒谎。”

他嘴角带着笑：“那你又能拿我怎样？”

江百果简直不敢相信自己的眼睛，她简直不敢相信她身边的这个男人是对她做了一件又一件混账事的池仁。他简直是个无赖，还是个手段并不高明的无赖。江百果头痛欲裂：她怎么会喜欢他？他说得对，她在还不算了解他的时候就喜欢了他。

可了解了又能怎样？就能拂袖而去了吗？不还是不能！

不还是喜欢他！充其量自己骂自己一句没眼光也就罢了。

江百果在要被逗笑的同时，心里仍沉甸甸的：“你找死吗？”

池仁优哉游哉地伸长了双腿："你教我的，可以不说实话的时候，打死也不要说。"

江百果脖子向后仰，声线因为拉扯而变得怪怪的："哎，我教给你为数不多的几课，够你受用一生的了。"

池仁转过头，目光落在江百果小巧的喉结上。由于消瘦，她的喉结比其他女人的稍稍凸出一些，眼下，她就这么将自己的致命弱点暴露给他，皮肤绷得紧紧的，一点防备都没有，一点都不怕他会手起刀落。

这样既悲怆却又令人窝心的画面，池仁似曾相识。

但说是似曾相识，他却怎么也想不起来他到底在哪里见过。他将他和她的交集按照时间线一一追溯，那些交集屈指可数，他不可能有所遗漏，却怎么也想不起来他在哪里见过她这样自相矛盾的模样。

江百果揉了揉疲惫的眼睛，坐直身："你总这样盯着我看，我会不自在的。"

"他们喜欢你什么？"池仁仍不肯收回目光。

江百果换了个位子。五张塑料座椅，池仁坐在中间，江百果从他左边的位子，又向左挪了一个位子。想离他近一点，但她知道她不能；想离他远一点，但最远也不过如此了。

她认真回答他的问题："他们？你是说那些男人？说真的，我也不知道。但其中有一个说，在我身边很有安全感。还有一个说，想要征服我。还有一个说，我很性感。"

池仁笑了一声，又笑了一声："很有安全感？他是来找保镖的吗？想要征服你？他把你当狮子、老虎吗？说你很性感？要不要我送他一本字典，让他查查性感的释义？"

江百果不为所动："至少我的长相还算说得过去。"

池仁向左挪了一个位子，又来到了江百果的身边。丝丝缕缕的月光下，江百果和貌美相去甚远，但在坚毅的浓眉大眼中，总隐隐流露着令人心悸的孤独；在两片没什么血色的薄唇中，总让人禁不住好奇她是不是又在紧咬牙关；那消瘦的骨骼像是能被人轻轻捏碎，却又能刺得人同归于尽。

"很丑吗？"江百果并不畏惧池仁。

"不……"池仁发自肺腑，"不算……很丑。"

“坐回去。”江百果用下巴指了指远处的位子。

池仁乖乖坐回了中间的位子：“你为什么会做发型师？”

“我学习不好，要活下去，不做发型师，也得去做个厨子，或是学学盲人按摩什么的。”江百果屈膝，将双腿提到了座位上。池仁的问题接二连三，她总不能亏待自己患有静脉曲张的小腿。

“你头脑这么好，又怎么会学习不好？”

“大概是都用到歪门邪道上了。”江百果笑着叹了叹气，“不是不后悔的。”

而池仁几乎是在奉承江百果了：“但你今天何止是活下去，你是出人头地。为什么这么拼？”

“拼吗？”江百果皱了皱眉，“可能回头再去看，会觉得难，但当时一点也不觉得，天大的事咬咬牙也就过来了。我不过是想过得好一点。”

“你曾过得不好吗？”池仁刨根问底。

江百果像是对这个问题不屑一顾，双肘向后搭在椅背上：“虽说知足常乐，但真能做到知足的人又有几个？含着金汤匙出生的幸运儿还在嚷嚷着人生怎么会那么无聊，更何况你我这样的普通人！即便是你，今天做到了事业爱情双丰收，难道就不想过得好一点，再好一点，更好一点吗？呵呵，赢了别人，还要赢自己，说好听点是永无止境，说不好听点，不就是自讨苦吃吗？”

池仁又不满：“我在问你是不是曾过得不好，谁要听这些大道理？”

“我妈在生我的时候难产死了，我爸不喝酒的时候会给我做我最爱吃的炸茄盒，但喝了酒就会把我锁在壁橱里。”江百果眉飞色舞，“我从小就比别人个子小，偏偏还不合群，童年没什么朋友，长大后……用你的话说，出人头地后，才慢慢有了改善。不过，这也不算过得不好吧？我爱我爸妈，我并不认为我上辈子造了孽才投胎到这个家。我不仇富，也不拜金，我不怀疑友情，也没有被害妄想症。我健健康康地活到今天，将来也会风风光光地活下去。”

池仁对江百果目不转睛。

她屈膝而坐，背靠椅背，双肘搭在椅背的上方。狭小的塑料座椅被她坐得像在阳光下坐着沙滩椅般悠闲，可她偏偏在讲述着她不堪回首的往事。

她转过头来，作弄地说道："骗你的。"

池仁不苟言笑："令尊还在酗酒吗？"

"十四年前，他死于肝硬化。"

"还是骗我的？"

江百果一口咬定："这个也是骗你的，要有始有终啊。"

池仁目视前方，自言自语道："还说没有被害妄想症，嘴里当真是一句实话都没有。"

江百果笑了笑，不置可否。

"真的没个头吗？"池仁又操心道，"开到三家分店就行了，赚出两套房子，再买辆好车就行了。我是说四个轱辘，人坐在里面的车，拉不拉风是其次，安全系数要高一点。总之，就不要惦着冲出亚洲，走向世界了。"

江百果存心斜斜地睨了池仁一眼："我爸要是还活着，大概也会像你这么说。"

池仁吃一堑长一智："我知道，又是骗我的。"

江百果笑盈盈地站直了身，试了试并无大碍的脚踝，接着伸了个懒腰："走吧，十二点都过了，就算是灰姑娘，也被打回原形了。"

池仁跟着站直了身，仍有满腹的疑问："江百果，你是不婚主义者吗？"

江百果走向出入口的方向："当然不是，我的每一次恋爱都是以结婚为目的，但总不得善终，不过这总不能说是我一个人的问题。"

"这边。"池仁走了反方向。

江百果一怔。她的方向感不算好，但单纯的向左还是向右，似乎都用不到所谓的方向感。

池仁倒退着，坚持自己的方向："那你有没有想过，最终与你结婚的男人会有什么过人之处？我是说，你打过分的男人，也算包罗万象了。"

"出口在这边。"江百果用大拇指一指。

"在这边。"池仁笃定道，"别忘了这是我的地盘。"

江百果不得不跟了上去。这要是换了别人，她会有百分之百的把握这人又在兜圈子了，但这是池仁，她对他的一举一动通通不明就里。

她一边走，一边仍认真回答他的问题："想过。不管你信不信，我打过分的男人，虽说在我这里不及格，但站出去至少有八十五分了。所以，我也怀疑过，我这么眼高于顶，最后会不会孤独地死去。但我遇到你了，不是吗？你的存在代表我仍可以对地球上的男人寄予厚望，在某个地方，一定会有和你不相上下，甚至比你更好的选择。"

江百果追上了池仁，池仁也不用再一步步倒退。二人肩并肩，在黑暗中搜索着并不存在的出入口。

"要我给你一点建议吗？"池仁问。

江百果笑道："才和小茹苦尽甘来，马上就踱起来了呢，忘了你也曾是个loser吗？"

小茹，唐茹，池仁一怔。

该死，他把她连同她的蜂蜜和巴西红耳龟都忘到脑后了，假如有一天她骂他"工作狂"，他也百口莫辩。池仁想看看时间，手腕抬到一半，又放下了，时间不会因为他看或不看而有失公允。他又想，那他还不如全力以赴，先把江百果这"工作"速战速决。

问题是，他真的在"速战速决"吗？

池仁发自肺腑地说道："江百果，删除你的评分系统，找一个他想你，比你想他更多的男人，去和他白头偕老。"

江百果的心像被鞭子抽了一下，一开始不大疼，却不由得缩得紧紧的。

实话这东西，可以不说，说出来了，也可以不认，但自己总是知道的。池仁的一句句叮咛，和父亲对她的嘱托如出一辙：不要太拼了，有吃有穿，就是好的。找一个对你好的男人，就是好的。

他们关心她，这是实话。

而他们即将离她而去，这恐怕也是实话。

父亲的撒手人寰仅有一次，可池仁的离她而去，像是随时随地都会发生，不计其数。

江百果不能有异议："我记下了。"

池仁在疯长的灌木中来来回回地寻找着并不存在的出入口，直到江百果不再陪着他做样子，直到她揣着手看着他，像看着一场漏洞百出的独角戏，直到他再也寻找不到可以被称为理由的借口。

他不得不承认："出口……好像真的在那边。"

江百果给他面子："和你赌两百块就好了，不赚白不赚。"

在江百果的带领下，二人走向了唯一的出入口。

三秒钟的沉默后，江百果语出惊人："你和小茹，在十四年前就认识了吗？"

不同于池仁，江百果并不是找可以被称为理由的借口拖泥带水，相反，这是她早就想问的问题。

那天，池仁载着不胜酒力的唐茹将她堵在无误沙龙外，在池仁的黑色凯迪拉克里，唐茹当着她的面，请池仁拨开十四年前的层层迷雾。十四年前，江百果如同挨了当头一棒。假如说，她真有一点嫉妒唐茹，那么，相较于唐茹和池仁的浓情蜜意，她更嫉妒那注定无法追赶上的时光。

唐茹和他，比她多了十四年的交集……

MISS.JIANDAO

第16章

怕

整个机舱的灯光渐渐黯淡了下去，姑且不论这架波音767行驶到了哪一国的领空，对于所有来自北京的乘客们，这会儿都到了说晚安的时间。那金发碧眼的女人在取掉了隐形眼镜后，戴上了眼罩。那肥胖儿童在清洁了口腔后，也昏昏欲睡了。

池仁却仍连个哈欠都打不出来，而这样的抖擞令他惶惶不安，像是一根弦快要崩断前的强劲有力，像是快要倒下前的回光返照。

池仁打开了他的平板电脑。

在井井有条的文件夹中，有一个叫“吴煜”。在那里面，有关吴煜曾被卷入非法集资案件的来龙去脉，各种资料应有尽有，有公开的，也有机密的；有真相，也有伪装。池仁只有三天的时间，去伪存真。

可虽说只有三天的时间，他还是在十分钟后便关掉了那些令人眼花缭乱的表格，倒不是说会难倒他，也不是说要提防那金发碧眼的女人和那肥胖儿童，而是四肢百骸像打了鸡血的同时，大脑却“乱炖”了那些至关重要的数据。如此懒散，对池仁来说，尚属首次。

不，还有一次，他差一点葬身泰国普吉岛的碧海里，差一点。

是江百果救了他。

但这一次，是她害他不进反退。她救他一次，又害他一次，他和她也算扯平了。

池仁打开了另一个文件夹，另一个叫“唐茹”的文件夹。在那里面，有关唐茹的，由点到面，一样是应有尽有。池仁找不到破绽，一来，是那个人将唐茹的过去包装得天衣无缝；二来，那“由点到面”不过是池仁的一厢情愿，所以，与其说是他找不到破绽，还不如说是他从未想过要找到破绽。

这就像视死如归的淘金者，在打捞了十四年后，终于找到了那一抹璀璨，那么，那是金子，还是沙子，并不重要了。

同理，在找了十四年后，池仁终于找到了那孩子，那么，谁要是告诉他那孩子是个冒牌货，他大概会跟这个人拼个你死我活。

总之，尽管唐茹对十四年前发生的事一片空白，池仁也认定了，是他造就了她的一片空白。他认定了，是他亏欠了她。

池仁随手打开了唐茹的一张照片，那是他派人暗中保护她时偷拍来的。但后来，一来是唐茹再也没有上演跟踪与被跟踪的戏码；二来，唐茹也表示，她希望她能有普通人的自由。而唐茹的希望和池仁的希望不谋而合，他也希望他能给她普通人的自在。

总之，他终止了对她的暗中保护，并给她她要的一切。

照片中，唐茹双手插在米色羽绒服的口袋里，微微缩着脖子，长发被领子分割得乱糟糟的。她小心翼翼地混迹于这个世界，被中庸之道牢牢扼住，似乎能淹没在茫茫人海才是她要的。

被蒙蔽了双眼的池仁，自然不知道他看到的唐茹并不是他要找的唐茹，而是他的一厢情愿罢了。

找一个他想你，比你想他更多的男人。

这是池仁送给江百果的金玉良言，却也是他自己为自己敲下的警钟。在他和唐茹之间，谁想谁更多一点，一目了然。而他既然知错了，就要知错能改。

但下一秒，池仁又想到了江百果。

过去多时，他一想到感情用事的他能为他人，尤其是能为江百果在感情的事上指点迷津，仍沾沾自喜。为了不至于喜形于色，他动了动被禁锢的脊背。整个机舱的乘客都进入了梦乡，唯有他，人高马大，还探着个头，跟站岗似的。

可谁请他站岗了！

池仁将右手手指放在了左手手腕的脉搏上，大致一算，一分钟大概有一百一十下。再这么下去，他抵达西雅图之后要做的第一件事，恐怕是要去看看医生了。

若干个小时前，也就是这一天的半夜一点，江百果一鸣惊人："你和小茹，在十四年前就认识了吗？"

江百果的问题虽没头没脑，又纯属多管闲事，池仁却在顿了顿后，据实以告："可以这么说。"

江百果点点头，拉开了那吱呀作响的铁丝网："青梅竹马。"

"你说什么？"池仁的听力被那吱呀作响的铁丝网干扰了。

江百果踏出"秘密基地"，又回头看了看这座枝繁叶茂和别有洞天的园林，总觉得不会再来了，总觉得以后哪怕是路过，没有池仁的允许，她也不好擅自闯入。"我说，青梅竹马，真好。"她说道。

池仁反手关上了铁丝网，又摇了摇，确保安全似的。

他不问自答："其实，恐怕没有你想的那么春花秋月。"

江百果接话接得紧："其实，我也没有想太多。"

夜间的温度降为十度上下，江百果裸露的手臂上噌噌地生了鸡皮疙瘩，她双手环抱着搓了搓，而这被池仁尽收眼底。"冷吗？"他问她。

"不冷才怪，我们走快一点。"

"你的脚？"

江百果加快了脚步："我的脚一点问题都没有，所以你不要再背我，也不要再动任何歪脑筋。"

池仁不费吹灰之力就追上了江百果的脚步。他知道他不能再动她一根汗毛。当她不再是他的棋子，他就不能再背她，不能再握她的手，更不能再拥她入怀，甚至不好再嘘寒问暖。

他只能说道："十四年前，我妈去世的时候，是小茹陪在我身边。"

在池仁看来，他给江百果讲些有的没的，分分她的心，她或许就不冷了。问题是，他忽略了一点，这些"有的没的"明明是他对任何一个人都绝口不提的，包括唐茹，甚至包括赵大允。

江百果疼了一下，没来由地，从脚踝贯穿头皮地疼了一下："你不用和我说这些。"

池仁却自顾自道："我妈是自杀的。有时候我就在想，她从楼上跳下来，大概就是为了让小茹来到我身边。不是有一句话这样说吗？上帝在为你关上一扇门的同时，一定会为你打开一扇窗。假如说我妈是那扇门，那小茹就是那扇窗。"

"好了……"江百果挥手，无心挥到池仁，却还是挥到了他的脸上，她低低地说了一声抱歉，继续道，"我就给了你一个冒号，你还给我长篇大论上了。我又没问，也不好奇，你真的不用和我说这些。你们两个人之间的罗曼史，就由你们两个人好好珍藏，对外人讲，反倒糟践了。"

"你以为我在编故事吗？"池仁不悦。

他的母亲姚曼安，他的秘密，他的伤疤，一直被他深埋心底，他破天荒地和人分享，她却不稀罕？

这就像他自认为他有一颗举世无双的玻璃弹珠，捧给她看，她却不稀罕，说这样的，她家有一大把。

江百果倒真的不冷了，却忽冷忽热了，以至于对池仁的好脾气渐渐消失殆尽："还真没准儿。你在效仿我和我爸的故事吗？连'十四年前'这个开篇都不知道改一改呢。"

天外有天，人上有人，池仁更胜一筹："可笑，明明是你对我和小茹的'十四年前'耿耿于怀。"

她碰了他的底线，他也碰了她的。

她周身滚烫，腔调却结了冰："我可是有言在先，我是在编故事。"

"我不是。"他字字铿锵。

从“秘密基地”到园林的出入口，有十分钟的路程。二人不再交谈，脚步忽快忽慢，快一点像动了真气，慢一点又像毫无骨气，以至于上气不接下气。

江百果紧握双拳，怕一不小心，双手就会挥向池仁。

该死，谁让他说那些了？谁问他那些了？他以为东西可以乱吃，话就可以乱说吗？他以为误伤就不是伤人了吗？他以为唇枪舌剑，不是真枪真剑，就不是伤人了吗？

她天不怕地不怕，却独独怕有人亲手结束自己的性命。大概是因为她饱受的一切都是为了生存，所以，她不知道到底是怎样的绝境，才会令人亲手结束自己的性命。

他说，他的母亲是自杀的。

自杀……她痛恨自杀！她像是从呱呱坠地开始，就决绝地痛恨着一切视至高无上的生命如粪土的人。有大把的人竭尽全力地去活，尚且活不下去，比如她的母亲，比如她的父亲……

但同时，那也令她谈之色变。当她知道为了她而自杀的王约翰自杀未遂时，她躲在没有人的角落号啕大哭，不住地重复着“谢天谢地”、“谢天谢地”。当她在泰国普吉岛的碧海中目睹不知道为了什么而自杀的池仁时，她全力以赴地救他。

但总会有些人，当真就将那仅有一次的性命白白葬送。

或许，这就比如池仁的母亲。

可那本来和她无关的。本来，她不问，池仁不说，那就和她无关的。那红颜薄命的可怜女人明明和她毫无交集，怎么就偏偏在入土为安的十四年后令她方寸大乱？

该死！

而池仁不打算去看江百果的，毕竟，他看了她一眼，而她的眼中完全没有他，可下一秒，他还是看了她。

无疑，她陷在自己的世界里，嘴皮子机械地嚅动着，在无声地祈祷着什么，或者在诅咒着什么。就这样，池仁的怒火又杀了个回马枪，该死，她凭什么不稀罕他的秘密……

他像是着了魔：你越不要听，我就越要讲给你听。

就这样，池仁不做一丝丝的铺垫：“你知道人从八楼跳下来，头着地是什么样子吗？”

二人不约而同站定了。

江百果动了手，也没有一丝丝的铺垫，从腰部发力，带动着肩膀、大臂、小臂，最后到掌心，狠狠掴在了池仁的后背上。她的后脑勺被震得嗡嗡作响。她不遗余力的这一掌，不会令池仁“失望”。

而池仁当然没有“失望”。他闷哼一声，那火辣辣的滋味直抵他的大脑，像是他一直不知道他要的是什么，等事情发生了，才知道他要的不过是她这一掌。

“浑蛋！”江百果怒发冲冠。

池仁一怔。

不可能的，不可能是她，她的年纪，她的头发，她的棱角，她的举手投足，她的巾帼不让须眉和骁勇善战，她哪怕头破血流后仍运筹帷幄的淡定……以及她眼下的叫嚣，都表明十四年前的那个小女孩不是她。

总之，无论如何，他要找的不可能是她。

否则，他在第一眼见到她时，就该认出她，就像他在第一眼见到唐茹时，就知道唐茹是他要找的。

对，他明明都找到唐茹了。

那么，他这是疯了吗？

一转眼，江百果一把拆掉了她脑后的橡皮筋，将麻雀尾巴一样的辫子散了开来。她用她干枯的爪子抓了抓黑亮的头发，笑着说：“拜托，大概是为我要死要活的男人把我吓怕了，总之自杀这种事是我的禁区。”

她是笑着的，却全副武装起来了。

透过江百果的笑，池仁捕捉到了江百果皮肤上的薄汗，之前那层还来不及蒸腾，新的一层便又迫不及待地渗出来。他虽然永远也不会拿母亲姚曼安开玩笑，却也知道，对江百果而言，他这个玩笑开得过了头。

他是真的惹到她了。

虽然她惹过他千百次，可他用这一次就通通还回去了。

他没有任何可以为她擦汗的东西，更不能动手，只能无力地说道：

“抱歉。”

薄汗化作了汗珠，从江百果的额头滚入眼睛。她也没有任何可以擦汗的东西，便不拘小节地弯下腰，抻着T恤的下摆胡乱地抹了抹脸。顿时，T恤的下摆濡湿一片。

而池仁并不君子，他不但不回避，还将江百果裸露的肚皮看了又看。她的肚子上没有白腻的脂肪，也不算紧致，一层单薄的皮肉因为她的弯腰而起了两层褶，谈不上诱人或是健美，倒是肚脐，小巧、细致，引人遐思……

池仁口干舌燥，别开了目光。

江百果站直腰，重新迈了步：“你也一定有你的禁区吧？有什么是别人认为没什么大不了，却是你接受不了的？”

池仁将江百果的肚脐从脑海中抹去，清了清喉咙：“说出来你不要笑，我怕别人从我背后拍我。”

江百果哈哈大笑。

之后，她礼尚往来：“我怕静电，不知道为什么，在被电到那一下，会紧张得跟什么似的。”

“我怕茄子，一咬下去像肥肉一样。”

“啊，炸茄盒是我的最爱。对对，你知道的，我怕肉酱意大利面。”

池仁搜肠刮肚：“我怕别人看我的脚。”

“为什么？”江百果低头去看，虽然明知道他又不是打着赤脚，“你六趾吗？”

在泰国普吉岛，他穿着沙滩裤和人字拖，她一定有看到他的脚，却并没放在眼里。所以说，不将自己的弱点暴露出来是对的，对方不知道的话，看到了也像没看到，可对方一旦知道了，再看到的时候便会紧抓不放。

“当然不是。”

江百果点点头，也不追问，又继续道：“我怕看到白发，可能是怕老。”

“你才二十四岁。”他劝慰她。

每当她好端端的，他便挑她的刺。每当她杞人忧天，他便劝慰她。

二人终于走出了园林。

池仁灵机一动：“我怕饿。”

江百果不会不懂：“我怕这个时间，没有店在营业了。”

池仁直接带路：“我说的那家烧烤摊，二十四小时不打烊。”

江百果却放慢了脚步。她不知道为什么今天的池仁会对她百般纠缠。假如他真的没有要从她这里得到什么好处，那么，这是他的感情用事吗？那么，在过去的那些年间，他就是这样像一块狗皮膏药似的，耗尽了那些女人对他的爱恋吗？可在她看来，他这些拖泥带水的行为分明是要加分的。

可他分明对她没有感情，又何谈感情用事？

就是这样一个稀松平常的夜晚，却被他演绎得像生离死别。

池仁回头，催促江百果。

江百果的双腿似灌了铅：“池仁，我怕累。”她不是欲迎还拒，对他，她无暇真亦假来假亦真。她说累，便是真的累了，多一步也走不动了。

池仁的目光黯淡了一下，随即，他大方地说道：“也对，你一站就是那么多个小时。我送你……可你的车？”

江百果鼻子一酸。

她说是给他打不出分数，但面对他的百般纠缠和一点就通，倘若她非要硬着头皮给他打出个分数，一百分是至少的了。而过去的那些女人都是有眼无珠，才会将他这块宝弃如敝屣。

终于，还是江百果让了步：“吃饱了再说吧。那群混世小魔王推荐什么来着？羊肉串？我饿得能吃下一头牛，不，一头羊。”

这是池仁和江百果共进的第四餐美食，假如麻辣烫、肉酱意大利面、秘制三明治和这烧烤皆能被称为美食的话。

直到半夜三点，池仁和江百果一直大快朵颐。尽管他们在“禁区”的问题上各自有所保留；尽管池仁说他怕这个怕那个，却独独没有说他最怕全盘皆输；尽管江百果也说她怕这个怕那个，却也独独没有说她最怕挥之不去的梦魇，但这并不妨碍他们相谈甚欢。

甚至，江百果还伺机猛地从池仁的背后拍了他一下。

可惜，池仁并没有如她所愿般大惊失色，甚至他到了嘴边的汽水都没有洒出一滴。

她大失所望："你也是一句实话都没有了。"

他却说："知道你会来这么一手。"

他说他知道。

假如他所言句句属实，那么，她搞不懂他，他反倒对她了如指掌。

半夜三点，烧烤摊要打烊了。这一次，是江百果脱口而出："不是说二十四小时不打烊吗？"

烧烤摊的老板呵欠连天："说是这么说，可都到这个点儿了，哪还有买卖？你俩不也吃得顶着嗓子眼儿了？"

池仁一锤定音："结账。"

池仁无法再对江百果充血的双眼熟视无睹，她尽心尽力地陪伴了他，他总不能害她鞠躬尽瘁，死而后已。他不得不将一句大俗话反反复复地默念：天下没有不散的筵席。

江百果的地平线200就停在几十米开外，而池仁的凯迪拉克停在那条小路的尽头，还要拐个弯。池仁又说要送江百果，江百果却说："送我？然后我的车子留在这里吗？你快别给我没事找事了。"

她跨上她的车子，洒脱地对池仁挥挥手，便绝尘而去。

假如那句俗话池仁默念了一百遍，她便默念了一百零一遍：天下没有不散的筵席。

池仁在独自走过那条小路时一直提心吊胆，总怀疑会不会有人从背后拍他。但可惜，什么都没有发生。

这就是离别了，你有权酝酿一百年，却阻挡不了它就发生在转瞬间。

当地时间上午八点，池仁所乘坐的航班降落在了西雅图塔科马国际机场。十二个小时的航程，被十五个小时的时差抹平，还余下三个小时的时光供人伤春悲秋。

是谁说时光不能倒流？

在那肥胖儿童八卦的余光中，池仁回绝了那金发碧眼的女人要和他保持联络的提议，多一秒钟也不能忍耐，匆匆逃离了那桎梏般的经济舱。

当地气温十二摄氏度，小雨。

池仁撑开他的黑色雨伞，不允许这座一年当中至少有两百天都阴雨绵绵的城市伤他分毫。

西雅图万丽酒店坐落在西雅图的市中心，虽不是顶级的，但也算高档的了。

这自然也是吴煜的安排。姑且不论吴煜将池仁发配至此的目的到底是什么，表面上，池仁是为了跟进沈龙传媒的一部纪录片而来。

纪录片的主角是一位当红的背包客，从中国的西藏到西班牙的巴塞罗那，再从越南的西贡到美国的西雅图，似乎仅是带“西”字的旅行地在他的脚下便数不胜数。为了传递他所坚持的精神，从背包客到职业旅行者，从出版游记到举行摄影展，再到拍摄这一部纪录片，他也堪称是屡创佳绩。

包括池仁在内，五人的核心团队一律入住这西雅图万丽酒店。池仁想，他怕是沾了那四位同仁的光了，否则吴煜会让他流落街头也说不定。

而就在池仁嘲笑吴煜的可笑时，他转念又想，假如这一切是他以小人之心度君子之腹，那么，可笑的人就是他了。

当地时间下午两点，池仁和那四位同仁进行了第一次会议。

和池仁预计的并无二致，有那四位精英各司其职，拍摄就会万无一失。至于他这位被吴煜钦点的“总指挥”，名义上什么都管，其实也就相当于什么都不用管。池仁象征性地和诸位核对了之后的行程，再说了几句鼓舞士气的话，会议也就圆满结束了。

当地时间下午四点，池仁仍神采奕奕。他记不得他有多少个小时没有合眼了，明明没什么正事儿，甚至是游手好闲，明明双眼的眼底布满了血丝，明明坐到床边了，却连躺都不肯躺一下。

赵大允打来电话。他磨刀霍霍，只等池仁找到吴煜的破绽，一声令下。

池仁却顿了顿，话也说得没头没脑：“你这么早就起床了？”

赵大允警惕性提高："您……还好吗？"

莫非，有把枪在指着池仁的后脑勺？

西雅图是咖啡爱好者的天堂，即便是酒店免费供应的货色，也香气扑鼻。池仁将白瓷杯端到嘴边又放下，再喝咖啡，他就真的不用合眼了，要成仙吗？

"好，好着呢。"随即，池仁"嗞"了一声，"你也失眠了？"

赵大允云里雾里："这都七点了，我五点起床，都跑完步、冲完澡、填饱肚子了。失什么眠啊？您要是没什么指示，我再去睡个回笼觉好了。"

池仁到底还是将咖啡又端到了嘴边，努力跟上赵大允的节奏："七点，对，七点了。小茹那边没什么事吧？"

赵大允推了推金丝框眼镜："没事。"

这是赵大允第一次对池仁撒谎。

赵大允这辈子，好事坏事做过一箩筐，吃过苦，享过福，甩过女人，也被女人甩过，对自己人和敌人撒过的谎不计其数，而池仁是唯一一个能让他掏心掏肺的，一来，他把池仁当作他的再生父母；二来，池仁越对他不设防，他就越不能辜负池仁对他的不设防。

他以为，他到死都不会对池仁有半句虚言。

也对，"半句虚言"是没有，一有就是一整篇。所谓万事开头难，其实也未必，上下嘴皮子一碰，这坏也就开了头。

话说赵大允在把从蜂蜜到巴西红耳龟的种种交到唐茹的手上后，池仁放了他的假，他就打道回府了。走了一半，他思来想去，还是想把池仁送到机场，就杀了个回马枪。可惜，池仁前脚出发，他后脚才到。

不过，他还没走，唐茹就露了面。

赵大允跟踪唐茹，也不算没来由。唐茹不把池仁送到机场，反倒一个人急匆匆地上了辆出租车，这里头必有蹊跷。

果然，赵大允没白白挂着两个黑眼圈跑这一趟：唐茹的目的地是一家私家侦探社，而她的目标，是江百果。

赵大允知道江百果。那时他才剪了头发，池仁就说他的头发跟鸡窝似的，给他推荐了无误沙龙，让他马上去，立即去，为的就是让他去

“看看”江百果。他不知道那皮包骨头的女人是什么来头，但事后当他开玩笑地让池仁给他报销他两百八十块的开销时，池仁二话不说就掏出了钱包。

这会儿他再回头想想，池仁恐怕没拿那女人开玩笑。

在赵大允看来，唐茹请人调查江百果没什么大不了。女人嘛，被爱情冲昏头脑，捕风捉影，采取点行动是人之常情。赵大允却忘了掂量掂量，当他对池仁有了秘密，还是为了唐茹而对池仁有了秘密，这就绝对不是小事一桩了。

赵大允顾左右而言他：“吴煜那边，您可得抓紧。”

“我有数的。”池仁喝光了整杯咖啡，挂断了电话。

当地时间晚八点，池仁一行五人从西雅图万丽酒店出发，去往一百余公里外的雷尼尔山。终年积雪不化的雷尼尔山是明天的拍摄地，连夜赶赴那里却是池仁假公济私。

池仁不大看爱情电影，但经典的《西雅图夜未眠》他还是看过的。当汤姆·汉克斯饰演的山姆哀伤地伫立在夜色中，整个西雅图都在辗转反侧。是因为来到这里才失眠，还是因为失眠才来到这里，池仁觉得无所谓了，但他知道，他的心脏再这么跳下去，他迟早会一命呜呼。

就这样，他以时间紧迫为由，坚持连夜赶赴那座神秘的、如诗如画的雷尼尔山。

他宁可在那座休眠火山的荒郊野外钻进帐篷和睡袋，也不敢在西雅图这座浪漫得连天空都潸然泪下的城市中再冒一点点失眠的风险。

夜路艰难。

黑暗中，所谓造物主的神奇荡然无存，一辆租赁来的道奇7座SUV，车外是影影绰绰，车内是策划小姐接连不断的惊呼：“小心，喂！你开慢一点！喂！那是什么？蝙蝠吗？你撞死它了？”

驾车的制片主任一周前就来打了前站，七天掉了五斤肉，胡子拉碴：“要不你来开？”

策划小姐翻了个白眼，从包里掏出一片面膜，拍在脸上。

其余二人始终不搭腔，一个在小憩，却翻来覆去；另一个在打游戏，却像是处处碰壁，唉声叹气。

池仁轻笑，接了制片主任的话："我来开吧。"

那四人的惺惺作态瞒不过池仁的眼睛。他们是沈龙传媒的金牌班底，几个人的交情从点头之交，到趣味相投，再到直言不讳，眼下无疑是心照不宣地在给池仁脸色看：吴总平白无故地派来个监工不说，这监工还拿鸡毛当令箭了。

他们低估了池仁一点：身为秘书的他，所有的丰功伟绩无一不是建立在看人脸色上，这一点难不倒他。

池仁请了缨，那四人反倒不好接茬了。策划小姐在白花花的面膜下瞪大了眼，见鬼似的，却不知道别人见了她，更像见鬼似的。制片主任也打了退堂鼓："那哪能啊？"

"有什么不能？规矩是做给外人看的，自己人讲的是精诚合作，你们能者多劳，我好歹查缺补漏。"池仁和蔼可亲道。

那四人找不出池仁的破绽，就算池仁是笑里藏刀，这刀他们也得活生生地挨了。制片主任一打方向盘，靠边停了车，和池仁交换了位置。而池仁真不当这是苦差事，坐上驾驶位后，还大张旗鼓地活动了一下十指，这才紧紧握住了方向盘，像是一踩油门，就能脱离所有的苦难。

一行人抵达宿营地并开始安营扎寨时，已临近午夜了。

刚刚，那四人托池仁的福，纷纷补了眠。策划小姐一睁眼，发现空调不但温度宜人，连风向也没得挑，而这完全归功于池仁的细致入微。制片主任一睁眼，发现自己三天没洗的脚不知道从什么时候开始都快搭在池仁的肩膀上了，而池仁并没有介意。

于是，眼下那四人干劲十足，五座帐篷拔地而起。而池仁坐在一张折叠椅上，手里捧着一杯热腾腾的牛奶，做了甩手掌柜。对他而言，收买人心从来不是难事。

半夜三点，人为的声响，和大自然的小夜曲格格不入。那是池仁褪下睡袋，拉开了帐篷的拉链。用来储存食物的铁柜子旁，一抹黑影转瞬隐没。那是来偷吃食物的熊，也不知道是胆小，还是慈悲为怀，总之，并没攻击手无寸铁的人类。

池仁睡不着，面如死灰地坐着，将双腿伸出帐篷，双手抱头，十指插入了蓬乱的发丝。他千方百计地从西雅图来到了雷尼尔山，或者他可以追溯到从中国漂洋过海来到了美利坚，甚至他还灌下了一杯有助于睡眠的牛奶，以策万全。

可他还是睡不着。

明明没什么困扰着他，他也没在挂念着谁；明明他不冷不热，呼吸着天地精华，连枕头都高级得可怕，可他还是睡不着。

稍后，绿的树、白的雪、争奇斗艳的花逃出黑夜的魔爪，被朝阳镀上了金边。池仁不和任何一个人四目相对，以免暴露自己的奄奄一息，却不料那策划小姐说："头儿，红光满面啊。"

制片主任也来掺上一脚："发蜡借哥儿们用用。"

池仁指了指密林深处的小溪，他不过就是去那儿洗了把脸，顺手将头发如常向后拢去。

MISS.JIANDAO

第17章

不眠

接连七天，满眼都是生机盎然的道格拉斯冷杉，远处的皑皑白雪令人心驰神往，脚下的野花像艺术家打翻的颜料盘，但这对拍摄毫无帮助。经得住推敲的脚本和背包客自由自在的心灵水火不容，他以一敌五，却并不落下风。毕竟他一撂挑子，这行程就game over了。

池仁对上是将在外，君命有所不受，几次三番以信号不好为由，对吴煜闪烁其词。但对下，他大发雷霆，人工、物料乃至发行都面面俱到又有什么用？他们都忘了以人为本的“人”到底是何人。

而池仁并非欺下怕上。

相反，假如他能让船到桥头自然直，也就代那四人避免了节外生枝；假如不能，这欺瞒不报的罪名，他也就妥妥地一个人担了。

七天，池仁对失眠习以为常。黑夜不再磨人，他学会了服从，接受，顺其自然。可七天，他也并非不眠不休。有时候，他一个人站在山间，坐在溪边，倒在雪原上，一眨眼，再睁开，总有物是人非的震撼感。

他就这么睡着了吗?

上一秒他还在不畏艰难，一眨眼就睡着了吗？那弥足珍贵的睡眠，似乎是他无法追逐的，仅在偶然间对他垂怜。

这一夜，也并无例外。

当晚餐BBQ的香气消散，整个宿营地都酣然入梦，池仁在帐篷中仰面朝天。他不再自己为难自己，大有睁着眼等待黎明的勇气。更何况，今夜他彻夜不眠，还情有可原。

几个小时前，池仁接到赵大允的电话。赵大允给他做了百分之百准确的汇报，先前得到的那个人被查出患有食道癌的消息，是假的。

果然是假的。

换言之，以那个人惜命的程度，他或许真能做到祸害遗千年。

此外，在电话里，赵大允仍皇上不急太监急，追问池仁还要不要对吴煜下手。要，这是池仁唯一的答案。但要怎么下手，他仍没有答案。或许是吴煜当真清清白白，又或许是他的能力每况愈下，总之，他彻查了他平板电脑中那个叫“吴煜”的文件夹，却一无所获。

换言之，当那个人祸害遗千年时，他却止步不前了。

人为晃动的光亮和安逸的月光格格不入，池仁偏过头，不由得盯紧了那光亮。那是有人提着手电筒在走动，步伐小心翼翼，草甸几乎吞噬了其全部的重量。那光亮由远至近，池仁屏住了呼吸，像是幼儿园里午睡的孩子，睡不着是滔天大罪，直到那光亮又由近至远。

是谁迷路了吧，找不到自己的帐篷了。

池仁轻笑，不知不觉地合上了眼，直到那光亮又折了回来，隔着一层帐篷和一层眼皮，再度惊动了他。

池仁坐直身：是巡逻的警察吗？还是来者不善？总不能是外星人……这时，对方放低了手电筒，黑影浮出水面。那是个人，这总是可以确定的了。

随着光线的摇摆，那黑影变幻莫测，像威武雄壮，又像是假象。

池仁按兵不动。

终于，那光亮又一晃，对方似乎要无功而返。

“江百果？”池仁脱口而出，被压低的嗓音，再被遮风挡雨的帐篷一过滤，小得可怜。

但那光亮猛地一顿。对方立定了，举着手电筒的手如释重负地垂了下去，还随着惯性摆了摆，令灯柱荡漾。“真有我的。”她悄声地自吹自擂。

池仁知道他不是在做梦，睡都睡不着，又做什么梦。所以，尽管江百果置身在这华盛顿州的圣地的概率是微乎其微，在这荒郊野外找到他的概率更是约等于零，但他也知道，这是真的。

风餐露宿了七天的池仁算不上神清气爽，身上这件灰色T恤连续穿了两天两夜，汗味是跑不了的。由于进进出出，帐篷里又不乏草屑和泥土，角落里堆放的日常用品也真的是堆放着。池仁好一通整理，却也不大见效，头昏脑涨地摸了摸下巴，该死，胡子也两天没刮了。

怕打扰左邻右舍，江百果低声道：“你快别忙了，我又不进去。”

一开始，她以为他衣衫不整，自然给了他时间，可慢慢地，帐篷中那窸窸窣窣的动静让人不得不怀疑他是在大扫除。江百果不免哭笑不得。

又过了好一会儿，池仁才慢慢拉下了帐篷的拉链。他大概会对他这个出场记恨一辈子，像破壳而出似的，既不高大伟岸，也不惊险刺激，而偏偏他又别无他法。

更甚者，一时间，他还找不到他的一只鞋子了，大抵是先前被什么人不小心踢到了一旁，这会儿被江百果抢先一步找到。她走过去，弯下腰，亲手拎上它。

江百果把那一只鞋子端端正正地摆在了池仁的脚边。她不可避免地看了一眼他的脚，他穿着黑色袜子，没什么与众不同，但她看得出他的确在躲避她的目光。

池仁终于站直了身，有那么一瞬间，两眼一抹黑。

说来，他长时间连轴转，诸如头晕目眩的恶果早就该来了，但始终没有。有一次，他追着那背包客上蹿下跳，连对方的虚晃一招都不在话下。但这会儿，他眼前的黑团由小至大，将江百果挡了个无影无踪，再由大至小，将江百果放了出来。

趁池仁两眼一抹黑的工夫，江百果又抢先一步：“夜里凉。”她用下巴指了指池仁帐篷里扔着的外套，让他穿上。

池仁内心斗争了一番，是识时务者为俊杰，还是打肿脸充胖子？到底他还是识时务地穿上了。

缓过这口气来，池仁抢过江百果的手电筒，照向了她。

这不是他的梦，但她是人是鬼，有待商榷。

她穿着灰头土脸的白色球鞋和褪了色的黑色牛仔裤，上身的橙色滑雪服是从游客中心租来的，最小号，可套在她的身上仍过于肥大。她身后背着个几乎高过她头顶的背包，地图揣在滑雪服的口袋里，露出一角，也不知道她这算是有备而来，还是拿天灾人祸当儿戏。

他有多久没见她了？八天，还是十天？他没细数，但几天不见，她似乎胖了一些。

看来，她是心宽体胖。

江百果避开手电筒的光线，大大方方地让池仁打量，并为他答疑解惑：“我不会说什么人生何处不相逢，我是来找你的。是吴煜告诉我你在雷尼尔山，但这还是不亚于大海捞针。我把你当通缉犯一样，就差拿着你的画像一路找上来，除了要谢谢为我指引方向的国际友人们，我对我自己也真佩服得五体投地。”

末了，江百果自言自语：“老天，还真让我找到了。”

“好像是我先认出的你。”此言一出，池仁的头昏昏沉沉的。他关掉了手电筒，藏进了黑暗。

江百果不以为然：“你认我的影子和我认出你的帐篷，你说谁更难？”

池仁默不作声，他不会说她的影子虎背熊腰，但他就是认出了她。

“你来找我……有事？”黑暗帮池仁找回了理智。这里不是沈龙传媒，不是北京的大街小巷，甚至不是地大物博的中国，这里是美国的华盛顿州，而他们此时此刻站在一座被冰雪覆盖的休眠火山上。

江百果微微低下头，再抬高后变了一张脸。她郑重其辞：“你要扳倒吴煜吗？你有企图的是沈龙传媒吗？这其中有我能帮上忙的地方，是不是？”

池仁浑身一僵。

江百果所言并非句句命中靶心，但池仁也不能全盘否认。她知道了。也对，她说是吴煜告诉她他在这里，那么，无论她和吴煜是在大街上撞了个满怀，还是他们共度了美好时光，总之，他们在他离开后私相授受。

而吴煜又怎么会知道这些？更甚者，又怎么会让她知道这些？池仁不寒而栗。

无疑，江百果的从天而降令整件事天翻地覆。本来，他才是唯一的幕后操纵者，整件事是有始有终还是半途而废，全凭他一句话。本来，他都半途而废了……

但如今，像是人人都有了发言权，而他反倒退居了二线。

池仁不由分说卸下江百果的背包，扔进了帐篷里。

“跟我来。”接着，他死死抓住她的手腕，拔腿就走。左邻右舍是沈龙传媒的金牌班底，无论如何，他不能在敌人的包围圈里畅所欲言。更何况，江百果是敌是友，也有待商榷。

做了几天的夜行性动物，池仁连手电筒都不用，在密林中如履平地。“小心树根。”他提醒江百果，但还是迟了一步，江百果脚下一绊。

池仁手中一空，仅握住了江百果滑雪服的袖管，江百果的手腕便如金蝉脱壳一般滑脱。她整个人扑倒在地，惊动了周围猖獗的鼠类，它们四下逃窜。

“你赶着投胎吗？”江百果一边爬起身，一边低低地抱怨着。

池仁无所适从，直到江百果挣扎着要穿上她的滑雪服，他仍攥着她的袖口。“放手。”江百果说道。池仁这才松开了江百果的袖管，让她将在夜色中青白得咄咄逼人的爪子伸了出来。

“手电筒。”池仁说。

江百果这才像被恩准了似的打开手电筒。令人毫无防备的光亮又惊动了那些鼠类，惊慌之下，它们从灌丛中的一个洞穴，多此一举地逃窜到另一个洞穴。

“这么多老鼠！”江百果大开眼界。

“是高山花栗鼠。”池仁说道。说来，动物学并非他的专长，他也没有十足的把握，但终于有个大显身手的机会，他舍不得与其失之交臂。

循着水声，池仁带江百果来到了一道瀑布旁。虽是瀑布，但自山顶飞溅而下，最后淌下来的也不过就窄窄的一条，比花洒喷出的水大不了多少。江百果犯了职业病："这倒是个洗头的好地方。"

池仁熟门熟路地在一块岩石上坐下："哪天来的？"他最钟情于这里的水声，有一种温柔的嘈杂感，一个人来不会百无聊赖，两个人来也不怕隔墙有耳。

"昨天。"江百果借助手电筒勘察地形。以池仁一贯的作风，他对她毫无君子风度可言，假如能在他旁边找到巴掌大的地方下脚，她就阿弥陀佛了。但这一次，她却在距他三步之遥的地方找到了另一块岩石，而且，假如他抢占的那块石头算是二等座的话，那留给她的这一块要算头等舱了。

江百果坐了下来，这才发觉长途跋涉后，她整个人都要散架了。

"住在哪儿？"池仁垂着手，不自知地拔了根草，在指间捻来捻去。

"昨天住在一间民宿里，主人家热情大方，除了十岁的女儿都比我长得高大，还童言无忌，问我是不是吃不饱饭的难民。"江百果脱了鞋袜，将双脚伸向了瀑布下的溪流，"不过今天还不知道。"

双脚怎么够都够不到溪流，她低低地咕哝了一句："不会吧。"

"找不到我怎么办？"池仁站直身，"你坐这边来。"

江百果和池仁交换了岩石，终于得以把麻木的双脚浸入了溪流，水凛冽却不刺骨，令人为之一振。江百果言之凿凿："怎么会找不到？你们排场不小，我听说发电车引发了一次小型火灾，还听说负责人是个火暴脾气，把手底下的大老爷们儿都给训了个梨花带雨。"

"我不是负责人。"池仁睁眼说瞎话。

江百果倒也不拆穿他："不顺利吗？"

"小意思。"池仁并非逞英雄，而是真不把那些事当回事。

江百果点点头，心中有数："和吴煜相比，其他的不顺利都是小意思吗？"

鉴于地势，池仁居高临下，话说得不卑不亢："也可以这么说。谁让……吴总和其他无名小卒相比，不是等闲之辈。”

江百果继续道：“池仁，我一直知道你有你明确的目标，不像我，一直在跑，却不知道终点在哪里。但你的目标是吴煜，是沈龙传媒，还是别的什么？”

令人匪夷所思的是，就在江百果这三言两语间，池仁打了个盹儿。

江百果等不到池仁的回话，一扭脸，见池仁双目紧闭，一动不动。她心里咯噔一下，赤着脚两步跨过去。池仁被惊醒了，但表面上又不像是被惊醒，他睁开眼睛，连话都接得天衣无缝：“江百果，你都知道些什么？”

江百果十趾蜷缩着，扒住奇形怪状的碎石。

她都知道些什么？大概和全盘相比，她知道的不过是九牛一毛，但她知道了池仁身处此地是拜她所赐。

她知道了她非但没能助他一臂之力，还害他被发配到此地。

而她知道的这些，足以令她千里迢迢地为他而来。

“秘密基地”一别，不同于池仁的辗转反侧，江百果回了家，反倒倒头就睡了。那时，距天亮大概也就一个钟头了，但噩梦还是没有放过她。

一个衣着光鲜的女人脸朝下趴在地上，头颅从三分之一处竖向裂开一条缝，鲜血汩汩而出。

江百果平静地睁开眼睛，在心里骂了一句脏话。都怪池仁问她知不知道人从八楼跳下去，头着地是什么样子。这下好了，她的噩梦又推陈出新了，今天是裂开一条缝，不知道明天会不会连头皮都剥落下来。江百果抱住头，有那么一瞬间，再也不想见到池仁。

又或者，她本来就再也不会见到他了，无关她想或不想，全凭他要或不要。

天亮后，江百果接到了吴煜的电话。

说来，自沈龙传媒的舞会后，吴煜又找了她几次，碰了几次钉子，也就渐渐消停了，这次卷土重来，江百果倒是无所谓的，怎么说，一句“我没空”也能以不变应万变。但这一次，当吴煜小心翼翼地邀请她，却掩不住小人得志的嘴脸时，江百果茅塞顿开。

她、吴煜和池仁，一定不止表面上的一物降一物这么简单。

她早该有所觉悟，在池仁送她那一束桔梗花时，她就该有所觉悟。

就这样，江百果在晚七点准时赴吴煜的约。

上流社会的地盘，侍应生将穿着牛仔裤的江百果拦下，说非正装严禁入内。不等江百果开口，吴煜从里面迎了出来，一身蓝色条纹的西装价值不菲。侍应生毕恭毕敬："吴先生。"

吴煜三言两语，侍应生便对江百果鞠了个九十度角的躬，不要说非正装了，恐怕衣衫褴褛也不打紧。

江百果却看了看隔壁精品时装店的橱窗，对吴煜说道："你等我一下。"

吴煜了然于心，体贴道："不用这么麻烦。"

"这也是对她们的尊重。"江百果指的是餐厅中的衣香鬓影。

吴煜不胜感激："那就麻烦你了，又一次。"他指的是在沈龙传媒的舞会上，江百果就曾为他盛装，她那一袭纯白色蕾丝的鱼尾礼服令他永生难忘。

"客气。"江百果点到为止。

至少她没有必要告诉他，她在沈龙传媒舞会上的盛装，不是为他，而今天，更不是。

江百果按照橱窗里模特的打扮，从头到脚复制了一套。米色乔其纱的连衣裙，无袖，却宽肩，束腰，盖住半截大腿，配上铜色细链子的高跟鞋和橘色亮皮手包，她连镜子都没照上一照，将换下的衣物一股脑塞进购物袋，就要结账。

如此搭配是巴黎还是米兰时装周的风潮，穿在她身上又会不会变了味，甚至一剪子剪下的标签有没有漏网之鱼，诸如此类问题对江百果而言并不重要。

但吴煜掏出了钱包，这她就不能不管了。她立场坚定："没准儿将来有一天，你哭着喊着都拦不住我刷爆你的卡，但今天不行，今天还不是时候。"

江百果的摇身一变和话里有话，令吴煜一愣。

趁机，江百果自己结了账。

法国菜。

江百果翻着菜单估算了一下价格，这一顿下来，要是换作麻辣烫或是烧烤，大概能叫人吃到天荒地老了。既然打定了要和吴煜AA，再加上身上这身行头，如此大手笔，江百果不是不心疼的。但说来也是讽刺，吴煜上赶着给她花钱，她不花，却曾屡屡觊觎池仁的钱包。

最初，麻辣烫是她花的钱，鉴于池仁没怎么动筷子，她也就认了。

后来，那肉酱意大利面她分毫未动，让池仁买单，池仁却还呛了她一句。

再后来，那秘制三明治和烧烤虽也都是池仁买的单，但江百果总觉得，那百八十块的东西，用不了多久就会随风消散。她总觉得……远远不够。

她企图留住些什么，哪怕是花些他的钱也好。

吴煜越过菜单偷窥江百果。

这女人素面朝天，仍浓墨重彩，在这个人人都把底线拿去喂狗的年代，她的自律仍是一道不可逾越的鸿沟和天险。他是真的对她着了迷，他不在乎别人怎么说，就是想拥她入怀，想亲吻她的浓眉大眼，想和她出双入对。

他就是想做她的终结者，想撕开她的伪装，看看她的真面目。

但她给他的回应却是，此路不通。

吴煜没想放弃。当时，赶上沈龙传媒吃紧，他一来是以沈龙传媒为重，二来，也是想对江百果缓上一缓，就算是养精蓄锐，直到他从孙明美口中耳闻池仁有了女朋友。

吴煜没有派人去调查池仁的女朋友是何许人也，毕竟他也有他的底线，却不料，那天他站在他办公室的窗口，池仁和江百果就送上了门来。

那天，在池仁独吞了两份肉酱意大利面后，饥肠辘辘的江百果偷偷把他“送”回了沈龙传媒。对此，池仁一无所知，而站在办公室窗口的吴煜却高高在上地将一切尽收眼底。

他看到江百果自娱自乐地跟在池仁身后。

他看到她留了下来，直到下午两点，四点，傍晚六点，直到晚上九点。她虽在四周兜兜转转，自得其乐，却始终留在了沈龙传媒的楼下。

至此，吴煜的底线动摇了。他请警卫出面，以“行踪可疑”为由，赶走了江百果。否则，当池仁在晚上十点最后一个离开沈龙传媒时，江百果势必还在那里。结果，池仁环顾四周，一无所获。甚至池仁还坐在对面的石阶上吸了一支烟，而那里，恰恰是江百果坐过的地方。

后来，吴煜也就把他的底线拿去喂了狗。

有着翡翠之城之称的西雅图，够远的了。

一个徒有其表的男秘书罢了，吴煜自认为他能将池仁解决。

果不其然，他不就乖乖地登上了飞机？吴煜让他坐经济舱，他就得坐经济舱，连半个不字都不能有。

江百果点了一道黑血肠作为主菜，吴煜注视着她用两排细小的白牙一口口咬下去，有些反胃。这女人当真与众不同，当那些庸脂俗粉连对食物都“以貌取人”时，她却没在怕什么。

“我们好久不见。”江百果对吴煜没头没脑地来了这么一句。好端端的开场白，被她拖到连甜点都上了，一道车轮饼和黑血肠异曲同工，走的都不是精致的路线。

吴煜喝了点波尔多干红，看着江百果心痒难耐：“以后，我们常见就是了。”

人总难免自以为是，就好比吴煜，他没想放弃江百果，但假如不是池仁给他扎了一针强心针，久而久之，他恐怕也就不了了之了；就好比眼下，他以为江百果终归也就是个女人，在追求过轰轰烈烈的过眼云烟后，总要为自己做长远打算。

而无疑，他才是她的明智之选。

江百果旁敲侧击：“工作忙吗？”

饭吃到这个份儿上，她才不咸不淡地问了他一句“工作忙吗”，他不免心急则乱：“忙是应当应分的。不是我自卖自夸，沈龙传媒在和具象影业开展战略合作后，一定会再上一个新台阶。呵，百果，我能有今天，除了扫清了不知道多少的绊脚石之外，更忍受了不知道多少的无用之臣。”

“无用之臣？比如？”江百果低着头，用小勺轻轻将车轮饼的渣子聚到一堆。

吴煜顿了顿，终于按捺不住：“你认识的，池仁，给孙副总做做秘书倒还能胜任，但说到为沈龙传媒出谋划策，呵，能把大好的机遇误认为陷阱，一个劲儿地投反对票，他也是无可救药了。”

江百果默不作声。

吴煜暗暗叫了一声不妙："说这些工作上的事，很闷吧？"

"不会，搞不好我还能学到两手。"江百果继续道，"我还以为疑人不用，用人不疑。"

吴煜得意忘形："孙副总的人，我总不能说不用就不用。调他去了西雅图，是苦差，但在别人眼里也是美差，将来找机会再……"

江百果拿着小勺的手一抖，车轮饼的渣子又铺了开来："你说他要去西雅图？什么时候？"

吴煜定下神来。她不知道池仁去了西雅图？那么，她和池仁的关系或许并没有他以为的那么亲密无间？他油腔滑调地伸出食指，向上指了指："正在。"

正在，池仁正在飞往西雅图。

江百果一通百通，怪不得，怪不得昨夜池仁会对她百般纠缠，无非是因为相较于吴煜，他落了下风。她一直都是对的，他送她紫色的桔梗花，他答应教她伤心的方法，他对她使出浑身解数，就是为了从她身上得到好处。

在吴煜身上，一定有她能为他做的什么。

但最后，他放弃了，他和她消磨了大把的时光，却放弃了主旨。

但他为什么放弃，江百果没有把握。是他另谋了他法，还是她的表现不尽如他意？对，他在做她的模特时提过一次，说她的表现不尽如他意。

江百果端起那珍珠白的碟子送到唇边，将车轮饼的渣子尽数扒拉进口中。

她人小小的一个，衣着优雅，坐有坐相，动作并不粗鲁，既不像是没教养，更不是哗众取宠，就像是知道粒粒皆辛苦，天经地义。吴煜春心荡漾："你喜欢吃这个？我天天差人送到你店里。"

江百果抬眼，一顿饭吃到尾声，这才好好打量吴煜。他即便毛发稀疏，在所有单身的男士里也能跻身中上游，更何况他身上还被众人贴着沉稳、君子、黄金单身汉、值得托付终身等标签，总不能说那么多人都瞎了眼。

但今天，江百果有百分之九十九的把握，吴煜对池仁的所作所为，无关池仁的"无能"，他是因为她而公报私仇罢了。而对于他的不堪，江百果并不怪他，甚至她也不认为这是"爱情"惹出的祸端。

爱情本没错，错就错在总有人将自己的私欲冠以爱情的盛名。

总之，她、吴煜和池仁的关系，当真不比一物降一物复杂，就那么简单。

江百果擦了擦嘴："他什么时候回来？"

吴煜的颧骨抽动了一下，答非所问："百果，他绝不是我的对手。"

这就对了，江百果有了百分之百的把握：是她害了池仁，她不但没能帮到他，还害了他。

美国华盛顿州雷尼尔山，午夜，池仁坐着，江百果站着。

那瀑布和溪流的水声像催眠曲似的拂过池仁的耳膜，害他一阵阵地打瞌睡，即便江百果的一字一句都不亚于平地惊雷。她言无不尽："池仁，你的目标到底是什么？是吴煜，是沈龙传媒，还是那什么具象影业？"

池仁又被惊醒了：这女人连具象影业都能指名道姓了，她说得对，她的头脑当真都用到歪门邪道上了。

池仁闷闷地憋着一口气："不如你先回答我，你和吴总……你和吴煜到底是什么关系？"

"没关系。"江百果不卖关子，"你走的那天，我和他吃了一顿饭。我知道的那点皮毛，都是他不吐不快的。放心，除了关于我的事，在其他事上，他一概没把你放在眼里，认定了你是无能鼠辈。"

池仁单手扯断了一片草叶，啪的一声。

这些年来，除了尽职尽责，"无能"一直是他的保护色。身为一名秘书，没有他解决不了的问题，他却永远不能功高盖主。但无能鼠辈……这话从江百果的嘴里说出来，隐隐刺疼了他。

江百果仍赤脚踩在碎石上，不知道刺激了哪个穴位，一路疼到头皮，却一句话就止了池仁的疼："但我知道你不是，我知道你有你的打算。"

池仁仰头："所以？"

"所以，我不能对吴煜打草惊蛇，就不得不来问你。"江百果没有回到她的岩石上，直接在池仁身边蹲下身，“光知道那点皮毛，我帮不了你。”

池仁紧咬牙关，生生咽回去一个哈欠：“你是来帮我的？”

池仁困坏了，长这么大，吃了那么多苦，经历了那么多风雨，他还从没这么困过，即便他不眠不休地守护着姚曼安的灵柩，不准那个人上前半步；即便他紧握方向盘，眼睛一眨不眨地埋伏在那个人的必经之路上，只等狠狠踩下油门，和那人同归于尽；即便是这七天七夜，他以为他再不会合眼，他以为今后，他会比别人多出一倍打拼的时间。

但眼下，他反倒怀疑他会不会一睡不起了。

“吴煜做的蠢事因我而起，就让我来解决好了。”江百果顿了顿，又补充道，“就算帮不上你，我也不能害你。”

池仁上下眼皮打架，整个人轻飘飘的。

“因你而起？”他摇了摇头，“他蠢，你更蠢。他至多也就是把我发配到这里，但这真没什么大不了的。”

江百果知道池仁不准备开的口，别人撬都撬不开。她一转念：“至少你有想过让我帮你，这你总不能否认。”

“有……”池仁的语速越来越缓，“我有想过。”

“为什么改变主意？”

池仁不再说话。

天地混沌，那答案反倒呼之欲出——舍不得，最后，他舍不得让她帮他。但他和她也只能走到这里了，不能再上前半步。是她教会了他人之所以是高等动物，是因为除了有情感和欲望，更有理智和头脑，而他的理智和头脑告诉他，唐茹是他不可能割舍的过去。

猛地，池仁又打起了两分精神：“你说你和吴煜是哪天吃的饭？我走的那天？”

江百果蹲累了，要站起来。对于这无关紧要的问题，她草草地“嗯”了一声。

不料，池仁又一次隔着滑雪服抓住了她的手臂，害她没站起来。他皱着眉头：“这都过去七天了，你才来？说要帮我，却过去了七天才来……这我要是等着你救命，你来了，恐怕也只能给我收尸了……”

池仁真的困坏了，自己说了什么，自己都快不知道了。

江百果只见池仁摇摇欲坠："你病了？"

她伸手探向他的额头，那里清凉一片。

"没事……"他放弃了抵抗，"我没事，睡一觉就好了。"

就这样，池仁向一旁倒了下去。江百果手疾眼快，和池仁挤上了同一块岩石，让他靠在了她的身上。她吃力地哼了一声，扛住他的重量。他连姿势都无力调整，便如死掉了一般不再动弹。

就这样，江百果没有机会替自己辩解了，她没有机会告诉他，她耽搁了整整七天是因为无误沙龙出事了。

不过反正，她也没打算告诉他。

冉娜致电江百果，声音高了八度地告诉她无误沙龙出事了的时候，她正在对着电脑订机票。说是"正在"，收手还是来得及的，但她没那么做，鼠标轻轻按下去，吧嗒一声，就订了第二天飞往西雅图的机票。

"出什么事儿了？"她这才问道。

支着无误沙龙这么大的摊子，江百果摊上的事儿不在少数，抛开正常范围内的磕磕绊绊，即便是非正常范围内的，不合理的，不合法的，也不胜枚举。

吹毛求疵甚至无中生有的消费者，几乎天天都有；打点地头蛇的花费，今年比去年整整上涨了百分之二十；工伤出过一次，江百果给出的赔偿远远高出了对方狮子大开口而报出的数字；水管爆过一次，无误沙龙被水淹了一天一夜；门面也在三更半夜被人砸过一次，作案者至今逍遥法外。

江百果不是铁打的，一耳闻"出事"二字，心里也咯噔一下。但她比别人强的是，她知道无论出了什么事，解决就是了。这些年来，她就是这么过来的。

冉娜顾不上措辞："税务局的来找碴儿了！"

江百果心里又咯噔一下。无误沙龙的账一直有专人在做，下的功夫通通在合理避税的范畴之内，偷税漏税是绝对没有的事儿。俗话说身正不怕影子斜，但……假如对方并非师出无名，那么，她和无误沙龙有没有触犯法律，也就不是问题的关键了。

江百果赶到无误沙龙时，张什把她堵在了门口。不同于她的一路疾驰，这会儿她又跟没事儿人一样了："怎么样了？"张什"啧"了一下："有冉娜先招呼着呢。"

"好端端的，这是哪一出啊？"江百果站在门口，倒也不急着进去。

张什摸出烟来："例行公事吧。"

江百果拿过张什的烟，给自己点了一根："千万别是有人来阴的。"

"呵呵——"张什干笑道，"你结过多少仇家，自己都不知道吧？"

"你说……会不会是孟浣溪？"

不管江百果是不是说者有心，张什浑身一紧，不过他也是有备而来："我不许你这么说她。我跟她出了一家门，也不是两家人，该护着的我就得护着，她一向明人不做暗事。"

张什这话说得半真半假，虽说在外人眼里，他和孟浣溪是八字相克，但好歹一日夫妻百日恩。

江百果不大会抽烟，一口没嘬好，咳嗽了两声。

张什把江百果的烟抢下来，狠狠碾在脚下："多大点儿事儿啊，瞧你，至于吗？"

江百果不藏着掖着："主要是我得出趟远门，这事儿出得不是时候。"

"出远门？上哪儿去啊？"张什有些意外，"你不是说无误沙龙是你的孩子吗？孩子病了，你当妈的还上哪儿逍遥去啊？"

"谁说病了？这不才打个喷嚏，万一是有人念叨呢？"江百果撇下张什，走进了无误沙龙。

而所谓怕什么来什么，真真屡试不爽。

七天，无误沙龙的账越查越没边际，虽说一切还悬而未决，但江百果也认清了一件事：一旦有人来找你的麻烦，不管你怕或不怕，躲或不躲，你的麻烦也就在这儿了，并不会以你的主观意志转移。即便他们一时半会儿证明不了你"影子斜"，同样，你一时半会儿也证明不了你的"身正"。

七天后，江百果对张什和冉娜的阻拦置若罔闻，登上了飞往西雅图的飞机。

她甚至后悔，不该推迟这七天，当时她该说走就走的。那厢，池仁又白白蹲了七天的“冤狱”，而她却在这儿陪着一帮公事公办的家伙打太极，这令她后悔莫及。

在江百果登上了飞机后，张什仍不死心地致电了她：“你真要走？”

“都停业整顿了，不如你也找个地方去度个假，散散心，不过，自费。”江百果心平气和。

张什梗着脖子：“说的就是，都停业整顿了，你真不分轻重缓急啊？”

“分，怎么不分？但轻重缓急里也有比无误沙龙更重的、更急的。”江百果挂断电话，直接关了机。

飞机起飞时，江百果红了眼睛。

空姐问她怎么了，她说没事儿，就是有点儿害怕。一直以来，她当真是将无误沙龙当作自己的孩子，孩子昏迷不醒，她这个做母亲的一走了之，她怎能不害怕。

那厢，张什倒也想开了。也罢，既然连江百果都不在乎无误沙龙了，那他还在乎个什么劲？

MISS.JIANDAO

第18章

最高峰

清晨，美国华盛顿州雷尼尔山，人高马大的池仁靠在瘦骨嶙峋的江百果身上一动不动四个小时了。

他睡了一个小时的时候，江百果就要坚持不住了。她在心中默数，再过一分钟，她就叫醒他，叫不醒的话，也要推开他，推不开的话，就算她抽身害他跌倒，她也不能让自己活活累死在这异国他乡。

但一分钟后又是一分钟，直到四个小时过去了，直到池仁睡醒。

池仁没有过渡，从死掉了一般到死而复生似的站起来，也就是他睁眼的工夫。反倒是江百果，因为力量的瞬间失衡，稍稍向池仁那一方栽了一下。

“我睡了多久？”池仁环顾四周。天边透亮，飞禽走兽一派繁忙，恍如隔世，令他怀疑他会不会睡了一天一夜。

好在江百果说：“没多久。”

池仁这才低头看向江百果。

她没穿袜子，前脚掌踩在鞋里，后脚跟把鞋后帮踩得塌了下去，大抵是因为他靠着她，她能勉力够到鞋子，却不能弯下腰好好穿上，一将就，就到了天亮。她眼圈青黑，对比青白的肤色，平心而论，半人半鬼。这阵子，她头发一直没剪，尴尬地不长不短，不同于昔日的黑亮，眼下灰蒙蒙地束在脑后，令她看上去头重脚轻。

喉头一阵腥味，池仁别开脸：“打算什么时候回去？”

江百果半边身子不听使唤，一时间站不起来，挑着眉毛：“你还真是卸磨杀驴。”她指他睡醒就翻脸不认人。

就在这时，那制片主任像没头苍蝇似的撞了来：“头儿！头儿！”

“这里。”池仁不得不以公事为重，迎了上去。

江百果咬牙站起来，走远了几步，背过身去。人言可畏，池仁的事，她也许永远也帮不上忙了，那么别再给他生事也是好的。

那制片主任心急火燎地对池仁说了些什么，江百果不知道，她像个陌生人似的，面朝瀑布，第一次不知道何去何从。

十四年前，父亲死于肝硬化的时候，江百果十岁。她在大病了一场后，被医院移交给了儿童福利机构。她头也不回地被人带走，甚至没掉下一滴眼泪。她知道她要活下去，就这一条路可走。

大概八年前，江百果十六岁，学习始终跟不上，她自作主张地辍了学。之后，她拜在了孟浣溪的父亲孟叔的门下，直到跟着张什，青出于蓝而胜于蓝。

而就在七天前，无误沙龙泥足深陷，江百果知道这坎儿她能过去，也知道她要跨过这坎儿，恐怕得扒层皮下来。毕竟，无论始作俑者是何方神圣，冰冻三尺，非一日之寒。

但此时此刻，她面朝瀑布，在毅然决然地飞行了将近四千七百海里，也就是八千七百公里来到了这里，来到了池仁的身边后，第一次不知道何去何从。

她不知道她的下一站是家，还是更远的远方。

直到池仁站到了她的身后，大概是唤了她两声，她都没反应。他伸手拍了拍她的肩膀："你还好吧？"

江百果回过头，陷入了两难。

你还好吧？这问题的答案无非两种。

我不好，我一点都不好。我没有亲人，我学不会爱，我赖以生存的无误沙龙岌岌可危，我三天没有洗澡，十二个小时滴水未进，我让你倚靠了四个小时，而且我自身难保。

然而，江百果习惯了第二种答案。她吸了吸鼻子，目送那制片主任的背影从哪里来，又回到哪里去，连"我没事"这三个字都能省则省："他带来的好像不是什么好消息。"

池仁默认，却说道："把鞋穿好。"

江百果这才接收到脚底的寒气，她蹲下身，眼眶胀到酸楚。

池仁没有低头："百果，我接下来说的话，句句是字面上的意思，你好好听着。我和吴煜之间的事，不是一句两句能说得清的，但也绝不是你死我活，最关键的是，与你无关。我很抱歉我差一点把你牵扯进来，至于吴煜，最后还是把你牵扯了进来，是他罪该万死。总之，如果我们三个人之间真的有谁亏欠了谁，那也绝不是你亏欠了我。"

江百果仍蹲在池仁的面前，将鞋带系了又系。他只是让她把鞋穿好，就造就了这样一副她臣服于他的局面。

池仁仍没有低头："再有，我拜托你将来不管在做什么事之前，还是要多动动脑子，你当这里是华北还是江南，说来就来？抛开你浪费的时间和金钱不谈，路上行差踏错，你要怎么办？"

"我长这么大，还从没有谁敢说我没脑子。"

瀑布声吞噬了江百果的抗议，池仁一低头："嘀咕什么呢？"

而这一低头，他才知道他为什么始终不肯低头。一看到江百果，哪怕是看到她弓得像虾米一样的脊背，他喉头的那股腥味就又翻了上来，像有人攥着他的心，非要挤出些什么。

江百果站了起来："我说我脑子好得很。"

池仁对答如流："那就多为自己着想一点。"

江百果一怔。以往，人人求她多为别人着想一点，到了池仁这儿，截然相反，他要她多为自己着想一点。他还真是和别人不同，而她对他，也真是和对别人不同，而这两者相辅相成。

江百果回过神来，紧接着，又一怔："你……该不会是要哭吧？"

"你刚才站起来的时候，头撞到我下巴了，很疼的。"

"我没有。"

"我说有就有。"池仁走到溪流畔，捧了水洗脸，"不管怎么样，我和吴煜之间的事，在你这里为止。"

池仁再回到江百果面前："我这边还有点急事，就不送你了。你回宿营地找刚才来找我的那个Eric，我和他说了，你是我一个朋友，他会给你安排早餐，吃完了你就出发。"

说完，池仁转身离开。

就这样，江百果知道了，她再也不能留下。

对池仁，她义无反顾地来帮他。他三番五次地说了"Thanks"，却也是"No，thanks"。那么，即便她不知道何去何从，也再不能留下。

她和他就像一首不被看好的诗歌，每一句都短小，却未必精悍，时常停顿，却又屡屡另起一行，即便慷慨激昂，也不过就是那豆腐块一般大的篇幅。

那背包客不惜毁约，拒绝和沈龙传媒"同流合污"。在他看来，沈龙传媒追求的浮夸效果，并不是他用生命在旅行的目的，那甚至是对他的质疑。

制片主任告诉池仁，那背包客今天就要去登最高峰了，从南面上，再从北面下，不走回头路。换言之，他们这一次的拍摄，终于来不及开始，就要game over了。那炙手可热的背包客有的是人帮他擦屁股，但沈龙传媒的损失会不会算到他们几个的头上，制片主任光是想想，膝盖就打了弯。

池仁一路向南，追赶那背包客。

对沈龙传媒而言，这一部纪录片的拍摄虽远远没有和具象影业的战略合作重要，但也不能白白以失败告终。对池仁而言，他虽从不口出"字典里没有失败二字"之类的狂言，但这一次，他还真不能失败。

不为别的，就为他向江百果夸下了海口，说这是小菜一碟，他也不能到最后交上一张白卷。

池仁在克莉丝汀瀑布追上了那背包客。在雷尼尔山，无数大大小小的瀑布或壮观，或秀美，均有名字。可惜，他和江百果“共度良宵”的瀑布，却偏偏名不见经传。

斗了七天，池仁和那背包客也算知根知底，省去开场白，对方直接说有什么话，不如等池仁和他一同登上了最高峰再说。

池仁一时间没有说话。一来，他的当务之急是阻挠沈龙传媒和具象影业的战略合作，没时间拥抱大自然。二来，他知道那背包客的目的无非是要让他在艰苦中领悟旅行的真谛。池仁不怕苦，但他自认为他是否领悟旅行的真谛并不重要，重要的是那背包客拒绝接受市场的规则。

而这，才是他们之间不可调和的矛盾。

因为他所代表的沈龙传媒从来不是谁的信徒，永远是市场在决定他们的沉浮。

那背包客嗤笑一声，扭头就走。

“我们明天出发。”池仁不得不退让一步。

明天出发。

这样，他今天或许还能送江百果一程。

池仁回到宿营地时，已经上午十点了。策划小姐给他留了早餐，面包虽又干又硬，但培根被热油一煎，滋滋地冒着香气。池仁接过来，顾不上往嘴里放，找了一圈，如他所料，没有找到江百果。

制片主任看那背包客被池仁带了回来，双手合十，说了声谢天谢地。

“我那位朋友呢？”池仁问。

“拿了行李，喝了口水就走了。”制片主任匆匆撇清责任，“留她留不住，说是赶时间。”

池仁点点头，端着早餐回到自己的帐篷。江百果取走了她的背包，却没有抚平背包在帐篷里压出的痕迹，那一块凹陷代表她真的来过。

她真的千里迢迢地来过他的身边，终结了他的失眠。

这一天，池仁忙坏了。雷尼尔山的最高峰长年冰雪覆盖，自然是登山爱好者和探险者的天堂，但每一年葬送在这里的生命也不在少数。除了购置必要的装备，池仁至少还要掌握些登山的技巧和急救的常识。毕竟，他是要去达到自己的目的，而不是去送死的。

就事论事，一天的时间也就仅能让他掌握些皮毛。那有去无回的可能性，仍令制片主任和策划小姐等人频频劝说他算了。

到头来，这短短一天的时间都大打了折扣。

午后，阳光正好，天空一片湛蓝。池仁听到一对白人夫妇慌张地向宿营地的救援人员报告说，有一个女孩子一个人向最高峰方向去了。他们有试图阻拦她，但距离太远，她恐怕没有听到他们的呼喊。

池仁踏着草甸凑上前，脚步轻轻的，问道："是个什么样的女孩子？"

白人夫妇说，距离太远，看不真切，但能看出她个子不高，橙色的滑雪服是从游客中心租来的，所以她一定是个不知道天高地厚的游客，那么，万一她一个人误入歧途，恐怕凶多吉少。

池仁一言不发，又全神贯注，像个没事儿干的好事之徒，等救援人员询问了具体方位，这才转身离开。

他带上了新购置的全部装备，却将常识和要领通通抛到了脑后。连自保都做不到，还要救人？没有丁点儿对策，就斗志昂扬？与全世界为敌，所以单枪匹马？英雄主义爆棚，所以视死如归，全然不顾自己的死有没有丁点儿的价值？

对池仁而言，一切人和事物，无外乎两种，一种是感情，一种是感情之余。但无论哪一种，以上种种大忌，他从未触及。

但今天，他把这些空白都填上了。

他不知道江百果是要归类于他的感情，还是感情之余，他甚至不知道那身处险境的女孩子到底是不是江百果。

手脚并用的时候，池仁的脑海中闪过了"命中注定"四个字。他或许命中注定要葬身在这里，那与其死在那背包客的手上，还真不如为了江百果奉献他仅有一次的生命。

没错，池仁在第一时间认定了那身处险境的，那不知道天高地厚的，那该死的女孩子不是别人，就是江百果。

一定没错的。

或许是因为这里距离天堂尤其的近，又或许是皑皑白雪蛊惑了人心，总之，雷尼尔山的夜幕降临得尤其的迟。但在黑白交替之际，江百果还是败给了绝望，以至于从背包里掏出了纸笔，在开篇的位置工工整整地写下了"遗书"二字。

关于雷尼尔山的最高峰，江百果是闻所未闻，也就无所谓怕不怕了。她不过是在告别了池仁后，向着那云遮雾罩的圣地进军。

有好一会儿，她置身于那洁白无瑕却又杀人不眨眼的世界里，觉得豁然开朗，像是在大自然的赏罚之下没什么放不下的，觉得“人定胜天”是一句笑话，觉得如释重负。她尤其感谢，感谢她生命中的一切磨难，感谢她这短暂的人生旅程上一直有大好的风光相伴。

直到她如履薄冰，惊觉四下无人。

或许，如履薄冰的“如”字根本是多余的，江百果根本不知道自己从什么时候开始就走在了一层薄冰之上。而眼下，冰面以她踏出的每一步作为中心点，发出碎裂的低吟声。

江百果迅速而平稳地匍匐在了随时会四分五裂的冰面上，进退两难。

她有放声大喊救命，但那大喊一融进无边无际的空间，比蚊子的嗡嗡声强不到哪儿去。

而奇怪的是，对于死亡的恐惧，她并不陌生。当大限将至，痛哭流涕，不择手段，甚至屁滚尿流，通通可以算作人之常情。她也不例外，坚强如她，无情如她，淡漠如她，到了这一刻，还不是被打回了懦夫的原形。

这大概是父亲留给她的最后的遗产，让她在这一刻至少能做到接受自己的失败。

但分明，分明她错过了父亲的最后一刻。十岁的她并不会混淆，当她来到父亲的身边，那双令她又爱又恨的大手分明已没有了温度。

那么，这样濒死的场面，她到底在哪里见过？

她一定在哪里见过……

托这千头万绪，却又找不到头绪的福，江百果随着碎裂的冰面下坠时，几乎来不及发出尖叫，直到砰的一声着了陆，她才痛苦地闷哼了一声。

所谓最高峰，或许是指冰雪的广厚，又或许是指土石之基的陡峭。总之，江百果从它的冰雪之上下坠到了它的土石之上，而在这两个层面之间，竟有两三米高。

江百果摔得不轻，尤其是右腿的膝盖。她挣扎着站直身，但那两到三米的高度像是她一辈子都不可能企及的奢望。

那时，大概是午后三点。

艳阳高照下的冰雪仍在江百果的头顶不停地消融，像水帘洞似的如梦如幻，却仍藏不住杀人不眨眼的另一面。四十度的陡坡和三百六十度的阴暗令江百果不得不坐以待毙。她想她就算是死，也要死在这冰窟窿大的蓝天白云之下，总好过在地底下转瞬间腐烂。

白日坚持了太久，一旦败下阵去，天色说黑就黑。

至此，江百果共计喊了上百次的救命，到了第一百零一次时，她放弃了计数。

她的“遗书”两个字写得太重，划破了纸，又一次暴露了她的贪生怕死。

她不再喊救命，转而祈祷，也顾不上遣词造句，一句通俗的“我不想死，我真的不想死”在心中话音未落，便听到了池仁的呼喊。她听到他叫她的名字，连名带姓，抑扬顿挫，由远至近。而她的第一反应是，她听到了大自然对她最后一次的仁慈。

直到池仁近乎咆哮的呼喊又由近至远，江百果如梦初醒：“池仁！池仁！”

碍于头顶上方的这一整片冰面都不堪重负，在池仁循声而至后，远远地，江百果又将他一声喝住：“站住！”

池仁刹住脚，大自然的最后一丝光线像孙悟空的金箍棒似的，说收就收了回去。池仁从登山包中拎出照明灯，手有些抖，一个大概派不上用场的湿度计被带了出来，骨碌碌地滚下山，转眼没了踪影。

照明灯所照范围之内如同白昼，但池仁仍看不到江百果，一口气喘得急了些，胸腔隐隐作痛。而江百果的千叮咛万嘱咐仍绵绵不绝：“池仁，你站住，别动，别过来，千万别过来……”池仁这才看到远处冰面上的黑洞。

找到她了。

即便一时间仍连她一根汗毛都看不到，他也知道，他找到她了。

“你来干什么？”江百果问。度过了比四个世纪还要漫长的四个小时，江百果反倒平静了，甚至腔调有些冷冰冰的，像是吵架后还端着个架子，等人来哄。可回头想想，他们哪里有吵架，一切起承转合都是在愉快友好的氛围下进行的。

“你在那儿干什么？”池仁不答反问，并轻轻向着那黑洞移动了一步。

江百果坐着，左腿屈膝，受伤的右腿懒洋洋地伸着，要是光看她的姿态，倒是看不出狼狈。她啧了一声，自嘲道：“本想着这地方我是不会再来了，四处转转才算不虚此行，值回票价，这下好了，这下真的不虚此行了。”

“有受伤吗？”池仁又移动了一步。

江百果动了动右腿膝盖，钻心的疼，嘴上却是另一套：“你都不知道我有多命大。”

池仁脚下的冰面迎来了它的极限，那咔咔声如同电流般从脚底畅通无阻地传入大脑。池仁知道，他正在经历的，势必是江百果经历过的，他血液中正在汹涌澎湃的恐惧，势必也是江百果抗衡过的。昔日，他一直在好奇到底是什么，是谁，造就了江百果今时今日的今朝有酒今朝醉，殊不知是他错了。

殊不知，一直以来，都是他错了。

直到这一刻，他才剖开她的谈笑风生，直视她的软弱。在过去他们交手的八百个回合里，他怎么能把她当作刀枪不入？他怎么会和那些庸庸碌碌之流无异，被她拙劣的演技骗得团团转？他怎么会差一点就将她当作棋子，还问心无愧？他差一点就铸成大错。

——你都不知道我有多命大。

可她明明是在哽咽。

她明明快要哭出来！

江百果捕捉到了斜上方冰面的裂痕，她倏然坐直身：“池仁？”

“我在。”池仁又移动了一步。

“回去……”江百果不容置疑道，“你还不回去搬救兵？我在这儿等着，哪儿也不去……”

只可惜，江百果话音未落，伴随她斜上方冰面的坍塌，池仁连同他硕大的登山包，砰地坠到了离她十步之遥的地方。那扑簌簌的冰雪，那豁然开朗的星空，那魂牵梦萦的人，无疑令江百果像被施了魔法般一动不能动。

虽然她真的不要他陪葬，但人类自私自利的天性，仍令她在那一刹那暗暗欢喜。

至于池仁，她为他这一次的“出场”打下了八十分的高分，相较于从帐篷里“破壳而出”，他这一次的从天而降既别出心裁又惊险刺激，更何况他在着陆时，像扎根似的牢牢站住，毫发未伤。

但碍于陡峭的斜坡和湿滑的地面，十步令池仁感觉江百果仍像是远在天边。池仁用照明灯锁定了她，当她是猎物似的，一步步靠过去。他看了她一眼，她湿淋淋地坐在水洼里，从头到脚没有一处幸免，裸露在外的脸上有泥，手上有血迹。就这一眼，池仁没敢再细看下去。

眼看池仁一步步靠近，江百果双手撑住身体，却向后挪了挪。她的愤怒战胜了她自私自利的天性：“你疯了吗你！”

“拉我一把。”池仁不硬碰硬，反倒在最后关头向江百果伸出了手。

只要她伸手，他就能去到她身边。

他脚下是一条半米宽的沟壑，虽地面湿滑，但只要她伸手，拉他一把，他就能万无一失地去到她身边。

江百果却脱口而出：“回去！”

“回不去了。”池仁好言好语，“百果，混账事我去做，我去和小茹分手。等我们离开这鬼地方，我马上就去和她分手。你就当我先预支好了，我不是一个有女朋友的男人了，我可以握你的手，所以，拉我一把。”

江百果有些混沌，她知道她在发烧，却不知道她是不是烧坏了脑筋。

“冷……”她驴唇不对马嘴地呢喃。

就这样，池仁不管不顾地跨出了他的最后一步。脚下比他想象的更湿滑，好在江百果置之死地而后生，终于，她拉了他一把。他来到了她的身边，就势抱住了她。

不过寒气逼人的江百果令池仁来不及温存。在池仁想来，人死了，大概也就这样了。他收紧了手臂，却将江百果的衣物挤出了水来。“别怕。”他说着，放开了她，却也知道在怕的人明明是他。

池仁从他的登山包中翻出了毛毯，他对江百果下令道：“能脱的都脱掉。”

江百果没有忸怩。

自从池仁从天而降，她大概是因为泄了那最后一股贪生怕死的真气，整个人每况愈下。但到底还是贪生怕死，眼下冷得几乎要结了冰，她自当没有半分忸怩，立马脱下了滑雪服和其中像是过了水的套头卫衣，直到贴身衣物。

池仁知道江百果瘦，却不知道这么瘦的她，穿着一件洁白却又被水浸得脏兮兮的内衣半死不活地坐在这儿，还能令他心生燥热。或许是因为她独一无二的“放荡不羁”，又或许是因为她自头顶千辛万苦地脱下她的套头卫衣时，那小巧的肚脐像向他发出邀请似的一张一翕，总之，也算是阅人无数的他，在那一刻却像初生牛犊似的，恨不得对着什么一头撞过去。

他飞快地用毛毯包住了她，自认为禽兽不如。

这都什么时候了，而他满脑子又都是些什么！

江百果强颜欢笑：“你带了个百宝箱来。”

池仁埋下头，又翻出了急救药盒：“是，所以要是这样救不了你，我恐怕也不用活着出去了，出去也会被人笑死。”

池仁用消毒纸巾擦掉了江百果手上的血迹，却找不到明显的伤口。

他将江百果从头开始彻查，甚至掀了毛毯，看了她的后背。当然，要是可以选择的话，他更希望看她的正面。但鉴于刚刚她宽衣解带时，正面他彻头彻尾地看过了一次，安然无恙，他也就不好再打着彻查的幌子，“以权谋私”。

江百果缩了一下右腿：“手都擦了，有吃的没？”

“有，什么都有。”池仁没有停下手里的动作，“我包里有能量棒，保温瓶里有热水，药盒里有止痛片和退烧药，你先自己动手。”

池仁终于找到了江百果的伤处，皮外伤从过了水的黑色牛仔裤上完全看不出，但膝盖上肿了个几乎拳头大的鼓包，他才轻轻一碰，江百果就一把揪住他的衣领发了飙：“你不要帮倒忙……”

池仁拍了拍江百果的手，令她减小力道。

他打趣她：“换了别的女人，都是一把搂住男人的脖子，你倒好。”

江百果失笑，眼泪却毫无征兆地一颗颗连成串，滚了下来。

说是毫无征兆，也未必。她早就想哭了，肩上的担子像大山似的，那最后一块小石子早就压了上来，早就压垮了她。但即便是趴在了地上，她仍咬着牙，憋着最后一口气。她早就想忘乎所以地大哭一场了，但时机似乎总是不对，这下是疼得受不了了，也算是因祸得福。

“娇气。”池仁轻笑着说道。

他埋下头，用瑞士军刀割开她的裤管，像个游刃有余的外科医生：“药盒里有一支白色喷剂，拿给我。”她一边找，一边还在哭：“你还真的是什么都有。”

池仁等不及，拨开江百果在药盒里胡乱翻找的手，一下子找到了他要的喷剂。他又飞快地给她抹了一把眼泪：“也不是什么都有，至少，没办法让你这一下不疼。”

说完这一句，池仁将目光移回了江百果的膝盖上，将喷剂对准了她的伤口。

“等下。”江百果又揪住了池仁，但这次有了进步，位置从衣领转移到了肩膀。

接着，她用一只手裹紧毛毯，用另一只手死死搂住了池仁的脖子。她命令他道：“赶紧的。”

池仁不敢不从，将喷剂一鼓作气地喷在了江百果的伤口上。他能感受到她在不由自主地战栗，而她将脸埋在他的肩膀上苦中作乐：“谁说你没办法？这不就不疼了？”

就这样，池仁红了眼睛。

谁说两个人要同甘苦，共进退的？

在两个人中间，分明有一个乐天派就好。当她坚持不下去，他自当“花言巧语”地救她，陪她，哄她。当她苦中作乐，他虽照样救她，陪她，哄她，却不必再若无其事。本来嘛，他们谁也不是天生的乐天派，当其中一个挺身而出，另一个能借机做回脆弱、愤怒、自暴自弃的自己，也未尝不是一种幸运。

江百果驱了寒，填饱了肚子，吃了药，虽不会药到病除，但也总算是捡回了一条命。池仁筋疲力尽，在有限的落脚之处挤着江百果瘫坐下去，捂着面孔，闭了闭眼睛。

一时间，二人默默无言。

“我们在等什么？”江百果渐渐不安。一个人的时候，她怕的无非是死了都没人知道。两个人的时候，她仍在怕，却不知道在怕什么。

池仁放下手，看向江百果。经过了这样的大苦大难，又在大哭了一场后，她眼底的血丝和黑眼圈一去不复返，双眸干净得像个孩子。池仁心跳漏了一拍，忘了回答。

江百果不自在地别开了眼：“等死吗？”

“等人来救我们，快了。”

“有人知道我们在这儿？”

池仁依旧看向江百果，目光不由自主地往下滑：“有人看到你自寻死路，通知了救援中心，我刚好……不然，你以为我是靠心有灵犀找到你的吗？”照明灯的电量少得可怜了，池仁便关掉灯，以备后用。但皓月当空，该看的，不该看的，他都能看到。

江百果知道池仁在看她，却没管他。一来，不过是脖子往下一点点的皮肉，她又没什么料。二来，或许他这就叫“目光如炬”，她被他看到的地方，都暖融融得令人欲罢不能。

她若有所思：“你说有人通知了救援中心，你却抢先了一步？”

被江百果这么一问，池仁一怔。

是，那些经验丰富的救援人员还没来，他这个临阵磨枪，但枪都没磨完的门外汉倒抢先一步找到了江百果，这的确不是什么好兆头。怪只怪那对白人夫妇对江百果的定位大而化之，他恐怕也真是上辈子积了德才能找到她。而那些救援人员一旦误入歧途，这座层峦叠嶂的山峰，并不是他们经验丰富就能搞得定的。

“那要照这么说……”池仁的话是说给江百果听的，也是说给自己听的，“我还真的是靠心有灵犀找到你的。”

可他们谁又能和救援人员心有灵犀？

性命攸关，二人再度陷入了沉默。

池仁又从他的登山包中翻出了绳索和升降器，却做不到无师自通。江百果笑出声来：“你不会用，背来干吗？”

池仁沉着脸，半真半假道：“背来博你一笑。”

MISS.JIANDAO

第19章 喜欢

两个小时后，江百果吃下的止痛片失去了药效，令她再度度日如年。虽然吃了退烧药，她却仍高烧不退，又昏昏欲睡。池仁扳过江百果的面孔：“江百果，不能睡。”

“就一会儿。”江百果讨价还价。

池仁做出了让步：“那我给你两个选择，一，我抱着你；二，不能睡。”

江百果用三秒钟消化了池仁的话，之后奋力地晃了晃头：“池仁，就算是预支，你也要有个限度。”

池仁对她的话充耳不闻，脱下了他的冲锋衣，裹在她的毛毯外，手臂仍紧紧圈着她。

江百果用手肘拱了池仁一下：“放开。”她不是做做样子的，是真的有把子力气。

池仁不为所动：“你公平一点。别忘了刚才是你抱了我，你甚至还色诱我，是我坐怀不乱，你才活到今天。”

而池仁的头头是道在江百果看来却是滑天下之大稽。她喷出一口热气来：“公平？你和我讲公平？我帮过你多少忙，救过你几次命，二话不说做了你的老师，而你做的唯一一件事，就是受之无愧。反观你，你为我做的每一件事，包括做我的老师，都是别有居心，所以你永远不要和我讲公平。更何况你也说了，你是预支，那支不支给你，当然由我说了算。”

就这样，池仁像个人形靶子似的，迎接江百果的飞刀，插中了的，他疼个半死；没插中的，他怕个半死。

“是，我是抱了你，我是色诱了你。”江百果继续道，“只要我想，我还可以亲你，可以给你跳脱衣舞，还可以在你欲火焚身的时候叫停。只要我想，我可以预支给你我的全部家当，但我不想的话，你说什么也白搭。”

池仁又疼又怕，到底是松开了江百果：“你说得对。”

江百果大获全胜，又喷出一口热气来，像条火龙似的。

“你在发烧……”池仁还是不甘心，“我是怕你冷。”

江百果不为所动：“那你可以等我烧坏了脑子，看看我会不会改变主意。”

短暂的沉默后，江百果的神志又渐渐涣散。池仁当机立断，却又没头没脑似的：“我以为你答应我了。”

江百果像是一次次地要去到别的什么地方，却又一次次地被池仁叫了回来。她连眨眼都懒洋洋的：“我答应你什么了？你还什么都没说。”

“我以为我做得够明显了。”

“可是有多少人说一套，做一套。”

池仁伸手，要探一下江百果额头的温度：“我说，我想和你在一起。”

“我考虑一下。”江百果不假思索，并拨开了池仁的手。

池仁哭笑不得："考虑一下？江百果你脑子一定是烧坏了，你都不知道你有多喜欢我。"

江百果扑哧笑出声来："可是，你喜欢我吗？"

池仁自有答案，但怎么能把这个答案说得她心服口服，这难倒了他。说喜欢，区区两个字太敷衍，若长篇大论，能不能不打磕巴，他又没有把握。就这样，他左右为难。

江百果睨了池仁一眼："我就知道。"

"你再问一遍。"

"你喜欢我吗？"

"喜欢。"这一次，池仁脱口而出。

"完全不经大脑的胡说八道。"

"怎么都不对，你是挖坑给我跳。"

"我是为了你好。"江百果开始体力不支，身子一歪，靠在了池仁的肩头，"池仁，我不希望你一时冲动。你知道有多少人在异国他乡天雷勾地火，等回到了自己的轨道，却被一盆冷水泼下来吗？你知道又有多少人在天灾人祸中惺惺相惜，等化险为夷，却老死不相往来吗？美景和死亡会冲昏每个人的头脑，你也不例外。"

池仁什么也不能做。她对他为所欲为，想抱就抱，想靠就靠，想推开就推开，但她说了，他们之间毫无公平可言，他想什么都是白想。

江百果仍在呢喃："我真的是为了你好，怕你搞不清状况，怕你以后后悔，怕我们……会老死不相往来。"

池仁为了管住自己的手，十指交叉："江百果，我在认识你之前，一直是个感情用事的人，但到了你这儿，学会了摆事实、讲道理，不再做自己想做的事，做的都是我自认为对的事，但这样真的是对的吗？说到后悔，我现在就后悔了。"

江百果贪图池仁的清凉，用滚烫的额头蹭了蹭他的颈窝："而我在认识你之前，一直是个摆事实、讲道理的人，但到了你这儿，感情用事，想做什么就做什么，这不是也没捞到什么好处吗？"

池仁把握机会："那是因为你现在又开始跟我摆事实、讲道理了。喜欢我，就答应我，有那么难吗？"

江百果摇头："等离开这鬼地方，我就回去。等你也回去了，你打电话给我，不管是星期几，我们约在下一个礼拜一，到时候，如果你还想和我在一起，我们就在一起。”

“为什么要等到下礼拜一？我回去就去找你。”

江百果又摇头：“礼拜一才是我的休息日，也该你迁就我一次了。”

池仁的眼睛里进了沙子，硌得他心甘情愿地点了点头。

江百果再也坚持不住：“我真的要睡一会儿了，你抱着我吧。”

池仁一刻也不耽误地用手臂紧紧圈住了江百果。

“你说……”江百果几乎是在梦呓了，“他们还能找到我们吗？”

“废话。”池仁用下颌贴着江百果的额角，“你说，下礼拜一我们约在哪里好？这次，我们去吃点好的。”

江百果没再说话，蜷缩为更小的一只，随遇而安。

五个小时后。

江百果躺在雷尼尔山的急救中心里，虽仍昏迷不醒，但医生对池仁打了包票，说她随时会醒过来。池仁站在病房外，隔着门上一扇小小的玻璃窗，对江百果移不开目光的同时，拨通了唐茹的电话。

雷尼尔山当地时间早上五点，北京时间晚八点，唐茹在她的公寓，或者说是在池仁“给”她的公寓，坐在沙发上，看着茶几上嗡嗡作响的手机，没急着接通，喃喃地说道：“他这个时间打来，恐怕没什么好事。”

而在唐茹的对面，赵大允直挺挺地站着。

赵大允才到不久，气还没喘匀，因为是有要紧事，他也就顾不上天色已晚和孤男寡女了。但他既然不是瞎子，就不可能看不到唐茹穿着淡紫色的丝质吊带睡衣，更何况这件丝质吊带睡衣还是他代表池仁买来的，连同蜂蜜和巴西红耳龟等等。

赵大允也看着唐茹的手机，怎么说也是护主心切：“那唐小姐还不快接？”

“你放心……”唐茹不紧不慢地拿上手机，“就算是真有人大事不好了，也不会是他。”

“喂。”唐茹面带微笑地接通了电话。

连日来，池仁每天都会在他那边的早上七点，也就是北京时间的晚十点致电唐茹，向她报一声平安，再道一句晚安。唐茹虽恨透了他和她之间的循规蹈矩，但隔着十万八千里，她也不得不让自己少安毋躁。加之之前，她还自掏腰包，请了私家侦探调查江百果，却除了查出江百果一箩筐的“风流韵事”，一无所获。

直到，私家侦探向她报告说，江百果去了西雅图……

直到，赵大允在这个时间不请自来……

直到，她还来不及问赵大允出了什么事，池仁就比往常提早两个小时致电了她。

唐茹不得不做好“大事不好”的准备，且她绝处逢生的机会微乎其微，否则，池仁也不会猴急地连两个小时都等不了了……

但在一切成定局之前，她的一声“喂”仍要兢兢业业，甚至还要演戏演全套，面带微笑。

当唐茹的一声“喂”传来，池仁转身，背靠在了江百果病房外的墙壁上。

他抬手按了按暴跳的眉心，这才看到他的指甲里塞满了雷尼尔山最高峰的泥土，也许还混杂着江百果的眼泪和鲜血。那一条条小小的黑边令他心有余悸，且恍如隔世。

上一次，在无误沙龙，张什用一支玛歌庄园令江百果头破血流。他把她送入医院后，也是这样背靠在她病房外的墙壁上，接到了赵大允的电话。当时，赵大允向他报告说，他找了十四年的那个孩子，找到了。

而这一次，他却要和那个孩子……要和唐茹分手了。他知道他可以用他的余生为唐茹做牛做马，却不能再和她谈情说爱了，无论她接受或反对。

“打扰到你了吗？”这是池仁一贯的开场白。

“不会。”这是唐茹一贯的回答。尽管，她和他说过，她巴不得他随时随地打扰她，她巴不得他在她的人生里无孔不入，择都择不开，他却我行我素。

而今天，唐茹啪地就为池仁打上了“假仁假义”的标签。打扰到你了吗？没打扰又怎样？打扰了又怎样？她不能无中生有，该来的，迟早会来。

池仁按部就班：“我有话要和你说。”

“你说。”

“小茹……”池仁一字一句，似有些迟疑，却误打误撞地带了笃定的味道，“我身上虽然有着这样那样的缺点，但一直自诩是个好人，这也是为什么……当初我会请你和我在一起，说我一定会给你幸福。”

“池仁，谁都知道你是个好人。”

猛地，池仁加快了进度：“但恐怕，好人也会做出一两件罪大恶极的坏事。小茹，你对我有恩，但我要对你‘恩将仇报’了。我……我不能和你在一起了。”

终于，一切已成定局。唐茹腾地站直身，丝质睡衣勾勒出她凹凸有致的身材，同时因为她恼羞成怒下急促的喘息而簌簌抖动。赵大允一时间摸不着头脑，对唐茹看也不是，不看也不是，纠结中涨红了脸，悄悄询问道：“唐小姐？”

唐茹几乎忘了赵大允的存在，被他这么横插一嘴，才又看到他。

她缓缓跌坐回沙发：“池仁，这么大的事，我要是请你当面和我说，不算为难你吧？”

“不算，当然不算。”池仁透过门上小小的玻璃窗，只见江百果仍双目紧闭，但颤动的手指代表她醒了过来。他对唐茹总结陈词：“但不管是给你打这一通电话，还是当面和你说，结果不会有任何不同，所以我这一句抱歉，你先收下。”

挂断电话，池仁推开门，径直来到江百果身边，握住了她颤动的手指。

江百果蹙着眉，张开眼睛四下看了看，紧绷的神经一松下来，气若游丝：“还真活下来了。”

“有没有哪里疼？是冷是热？肚子饿不饿？要不要喝水？我叫医生来。”池仁连声道。

江百果一转念：“不如你帮我叫我的救命恩人来，都不知道他是方是圆。”

“我这不是在这儿了？”

江百果失笑：“我是说真的，没有人为了救我而受伤吧？”

池仁眯了眯眼睛：“你都不知道他们有多帅，动用了四架直升机和无数照明设备，整座山峰如同白昼。他们高大威猛，身手矫捷，能文能武，会倒挂金钩，也会静脉注射。”

江百果不由得哇了一声：“这些我都错过了，活下来又有什么意义？”

池仁俯身，拍了拍江百果的肩头：“至少对我意义重大。”

江百果忍住眼泪：“池仁，谢谢你救了我。”

“就一句谢谢吗？”池仁问道。

江百果默认。

她当然知道，在她救命恩人的队伍中，第一席非池仁莫属，一声谢谢微不足道。但她在山峰上拒绝他的表白时，对他说的话，句句是她的肺腑之言。

她不要他一时冲动，不要他以后后悔。

那么，她唯一能做的就是等待他们约好的礼拜一的到来，等待他再一次的表白，抑或言而无信。对此，她不是不忐忑的。她怕极了以后后悔的人是她，怕极了拒绝他一次，便过了这个村，就没了这个店，但她别无他法。

至此，江百果回到了她的轨道上，心事不能常常与人说，眼泪要往肚里流。

她知道，不久后池仁也会回到他的轨道上，而她和他之间关系的定论，要等到那时候才不算妄下。

北京时间晚八点零五分。

唐茹双手掩面，肩膀不规律地抽动。赵大允汗都下来了，问了半天也问不出一字半句，情急之下，要致电池仁。“他要和我分手。”唐茹泪流满面。

赵大允缓缓放下了手机，仿佛这噩耗沉重归沉重，却也是说得通的。

唐茹明察秋毫：“赵大哥，你早知道了，是不是？”

赵大允冤枉：“我怎么会知道？”

“他怎么能这样对我……”唐茹这一次的伤心欲绝，比半真半假真了几分。于公，雇主要她做池仁的心肝，池仁却把她当阑尾，说割就割了；于私，她和池仁“两情相悦”的这一段时光，是她过去连想都不敢想的美好，就如同由俭入奢易，由奢入俭难，要她就这么放开他，她真做不到。

就在池仁去往西雅图的前一夜，当池仁和江百果在“秘密基地”难舍难分时，唐茹和张什坐在无误沙龙对面的咖啡厅里，她还有的是斗志。

当时，张什在确立了唐茹、江百果和池仁的三角关系后，有好一会儿摸着下巴没有说话。唐茹看得出张什在天人交战，不知道要站在哪一阵营似的，可一边是与他共事多年的江百果，另一边是素不相识的她，她自然也就看得出他对江百果又爱又恨。

末了，张什啧了一声，还是替江百果说了话：“果子那孩子，从小没少吃苦，所以甭管怎么着，你和池大秘书得饶人处且饶人，别赶尽杀绝。”

在张什看来，江百果和他对面这个温香艳玉的女人斗，无异于以卵击石。是，他是舍得让他的爱徒伤心，但也得有个限度，总不能让她伤心欲绝。在他看来，他身为江百果的师父，虽和她站在对立面上，但临了还不忘为她美言几句，求求情，也算仁至义尽了。

唐茹轻轻搅着手边的咖啡：“她从小没少吃苦？呵，我也不是喝着蜜长大的。”

张什一拍桌子：“她一生下来就没妈，十岁又没了爸，有男人，没爱人，有朋友，没知己，做了十四年的噩梦，没睡过一宿的好觉，我都怀疑她脑子里是不是长了瘤子，随时会嗝屁着凉。你不是喝着蜜长大的？她是吃着黄连长大的！”

唐茹停下了手里搅动的动作。

张什是江百果的什么人，他又为什么对江百果又爱又恨，甚至爱恨交织到了这个份儿上，对唐茹而言并不重要，重要的是，他说江百果做了十四年的噩梦……

十四年，或许这就是个平平常常的数字，又或许每个人在十四年前，都有着非同一般的过往，但十四年前……从被雇主选中的那一刻开始，唐茹每一分每一秒都受困于十四年前的疑云，这既定的时间段，一旦被提及，就令她提心吊胆。

唐茹大胆假设，假如江百果从十四年前开始的噩梦不是巧合……

假如江百果和池仁在冥冥之中非同一般的“友谊”不是巧合……

大胆假设后，唐茹小心求证，而这，才是她请私家侦探调查江百果的目的。否则，仅仅是池仁和江百果的小偷小摸，她才不放在眼里。

可惜，私家侦探的无能令唐茹的小心求证止步不前。

偏偏屋漏又逢连夜雨，池仁又在这时向她提出了分手……

唐茹哭到上气不接下气，一抬眼，看到赵大允的金丝框眼镜都因为冒汗而起了雾。他摘下眼镜甩了甩，才又戴上。

她静下心来。

如今，江百果翻山越岭地去了池仁的身边，这是事实。池仁向她提出了分手，这也是事实。甚至，池仁势必是为了江百果而向她提出了分手，这更是她不能接受却也不得不接受的事实。但赵大允为什么不顾天色已晚和孤男寡女的不便不请自来，他的欲言又止又有何奥妙，是目前未知的谜题。

而只要还有未知，她就还有转机。

“赵大哥，我到底是哪里做得不好？你告诉我，你帮帮我。”唐茹的目的再直接不过，能拉拢赵大允也是好的。

“唐小姐，你没有错，错的……错的恐怕是我！”赵大允一脸自责。

就在池仁飞往西雅图的当天，赵大允跟踪唐茹来到了一家私家侦探社，知道了她要调查江百果。在赵大允看来，女人之间要知己知彼没什么大不了，他也就没有把这件事报告给池仁。非但没有报告，他甚至私自对江百果下了功夫，毕竟江百果是何方神圣，怎么就能夹在池仁和唐茹的中间，也是他心头的谜题。

不同于私家侦探的无能，赵大允是有两把刷子的。

尤其是当他走访到十四年前接收江百果的那一家儿童福利机构时，当那两鬓斑白的院长提及在十四年前，当她从市第三医院带回江百果时，江百果瘦骨伶仃，明明都是个十岁的少女了，模样却像个六七岁的孩子……他惊慌失色。

市第三医院，距离池仁的公寓所在地，至多十分钟的路程。

赵大允不知道这是不是巧合，就像他在拿到江百果的“档案”后，其中一张泛黄的旧照片最先吸引了他的目光，照片上的江百果还是个孩子，一头自然卷乱得像个鸟窝……自然卷，赵大允也不知道这是不是巧合。

十四年前的人间蒸发，六七岁的年纪，自然卷，加之十分钟路程的距离，当太多的巧合蜂拥而至，赵大允再也做不到自欺欺人。

不过，他没查出江百果患有晕血症，可那总归仅仅是池仁的推断，或许不能作数。

至少，相较于池仁和江百果如今剪不断、理还乱的关系，赵大允认为江百果患不患有晕血症并不重要了，哪怕她嗜血如命，她也有可能是池仁苦苦寻找了十四年的那个孩子。

那么，同样在方方面面吻合，甚至还患有晕血症的唐茹，又算什么？

赵大允不是第一次查唐茹了，既然唐茹是他为池仁找到的，他当然早就把她查个底儿掉了。但这一次，当赵大允站在推翻唐茹的角度再去查她，还真查出了点儿别的。

怎么说，唐茹的档案也是由那个人精心伪造的，赵大允先前会一步步落入圈套，也不算阴沟里翻船。甚至至今，他仍无法从唐茹的档案和她的颠沛流离、旁枝末节中找出破绽，却查出了她身患晕血症的真正原因。

先前，赵大允对唐茹的调查屡屡止步于她的晕血症，一来是因为池仁要找的那孩子身患晕血症的真正原因，池仁对他绝口不提，他没有正确答案，又怎么去判断答案的正确与否？二来，或许是因为唐茹的我见犹怜……

赵大允在第一次向池仁描述唐茹时，给了“样貌中等”的定义，而他的欲盖弥彰，是连自己都被自己骗了过去。

同时，这势必是那个人的百密一疏。不过，即便是那个人，也并不知道十四年前池仁和那孩子到底发生了什么，所以即便要伪造，也无从下手。

总之，这一次，赵大允查出了那一年有一起青少年的霸凌事件曾轰动一时，受害者被推下地铁铁轨，当场丧命。一个女孩子目睹了整件事的发生，后来她穿着血染的衣裤，作为目击者被警方带走……而这个女孩子，就是唐茹。那一年，她刚好七岁。

这样的事实，首先代表了唐茹和池仁八竿子打不着。

而这样的事实，令赵大允在拨云见日的同时，也真真不是滋味。

在赵大允看来，唐茹的可怜之处丝毫不比江百果那孩子少。她被卷入那样一起恶性事件，在天真烂漫的岁月，祸根深埋。她忘记了血淋淋的画面，却从此抵御不了那腥臭的气息。她的父母势必是为了保护她，对发生了什么守口如瓶，但因为他的一时失误，她又被卷入了池仁和江百果那孩子的旋涡，那深埋的祸根，面临随时被连根拔起的危险。

赵大允根本没有想过，或许唐茹并非刀俎下的鱼肉。

他被蒙蔽了双眼，根本没有想过，或许唐茹才是掌握着主动权的幕后操纵者。

就这样，赵大允在拼凑出了“来龙去脉”后，贸贸然地来拜访了唐茹，不管天色已晚，不管孤男寡女多有不便。他自以为他是来负荆请罪的，一刻也不能耽搁。

而赵大允对池仁六年有余的尽忠职守，败就败在了他这接二连三的自作主张上。当池仁屡屡将唐茹托付给他，他还真把自己当了主角。今天也不例外，江百果去了西雅图一事，唐茹的私家侦探知道，他当然也知道。他知道池仁和江百果是命中注定，会苦尽甘来，他当然也为他们高兴。但那二人既然是真正的主角，自当有光环笼罩，鲜花环绕。

而只有微不足道的配角，才知道退场后的清冷。

只有他和唐茹，才是真正的配角，不过是披了披主角的行头，过了过瘾罢了。

唐茹绕过茶几，紧紧抓住了赵大允的手臂：“赵大哥，我听不懂你在说什么……”

这是赵大允第一次和唐茹有肢体接触，她的掌心在他的手臂上点了火，她淡紫色的丝质吊带睡衣像滚滚洪水般要将他淹没。赵大允抽身，退到远远的一旁：“唐小姐，你不是池先生要找的人，是我一时失误……”

唐茹几乎站不住脚跟。

她的身份无疑是她的最后一根救命稻草，这该死的赵大允，却轻轻一吹就要了她的命？不过，他的自责又是怎么一回事儿？

“你说什么？”唐茹震惊道，“我……我更听不懂了。”

“我知道这听上去不可思议，但唐小姐真的不是池先生要找的人，所以，如果我说唐小姐和池先生并不存在前缘，也就无所谓再续前缘，那唐小姐是不是能坦然地接受池先生提出的分手？”

面对赵大允的笃定，唐茹绷不住了：“你说谎！”

“我没有说谎，把唐小姐牵扯进这件事，我难辞其咎。”赵大允挺了挺腰杆，“我会帮唐小姐尽快回到自己的生活，有什么我能为你做的，你尽管说。”

唐茹几乎扑哧笑出声来。“有什么我能为你做的，你尽管说……”赵大允这番话，在她和池仁“久别重逢”时，池仁就对她说过，当时她几乎怦然心动。但今天这番话从他赵大允的嘴里说出来，却散发着一股子画虎不成反类犬的味道。

说白了，他赵大允算个什么东西？他怎么敢和池仁相提并论？

不过，他的自责却是她最后……最后一根救命稻草了。

唐茹樱唇颤抖：“假的……你说我是假的？那真的，你找到她了？”

赵大允没说话。

除了拎不清自己的角色，赵大允对池仁绝无二心，该说的，不该说的，他还有数。

可惜，唐茹不是等闲之辈，无论赵大允是沉默，还是否认，他都回答了她：是，我找到她了。而唐茹甚至不必追问，就有百分之百的把握，那孩子除了江百果，再无他选。

因为在池仁的双眼和整个世界里，除了江百果，再无他选。

“池仁他……都知道了？”唐茹要一而再再而三地确认。尽管她有把握赵大允还来不及向池仁汇报，否则池仁刚刚在电话中怎会说什么恩将仇报。

果然，赵大允回答道：“不，池先生还不知道。我想，先让唐小姐有个准备比较好。”

他想？唐茹又要笑出声来，这里什么时候轮得到他想了？可也幸好他拎不清高低贵贱，让她或许仍有机可乘。

“赵大哥，谢谢你。”唐茹抹干了的眼角又湿了，“可是，我能不能请你好人做到底？这件事，让我亲自和他讲。”

赵大允又没说话，而这对唐茹来说，足矣。

唐茹转身，缓缓走到了水族箱前，那巴西红耳龟正蠢兮兮地爬上孤岛。“我们给它取个名字吧？你说……叫它什么好？”唐茹问道。

赵大允的身影映在水族箱上，唐茹看到他苦闷地挠了挠头。

这个男人，即便没有池仁得天独厚的，也不容小觑，这一次会在她这儿聪明一世，糊涂一时，无疑是鬼迷了心窍。而事已至此，唐茹连一时都不能糊涂，她知道，相较于投怀送抱，她投其所好，给他一点点良辰美景的假象，才是上上策。

唐茹看到赵大允一步步走过来，停在距她三步之遥的地方：“我给唐小姐三天的时间，不能再多了。”

MISS.JIANDAO

第20章

天堂

雷尼尔山当地时间早上六点，距离江百果从昏迷不醒中醒过来，已过去整整一个小时了。但如果可以从头来过的话，江百果宁可昏迷不醒，也好过她闭着眼也摆脱不了池仁的“虎视眈眈”。

真是眼不见，心也“烦”。

医生来过了，说只要她好好休息，用不了多久就会生龙活虎，还建议她到时候不妨再去挑战一次最高峰，不留遗憾。但鉴于池仁就坐在她隔壁的病床上，双手环胸，对她目不转睛，不要说好好休息了，她连心率都降不下来。

“怎么还不睡？”池仁对着江百果一刻也不安分的睫毛皱了皱眉。

江百果屏住呼吸，仍闭着眼。

要不是膝盖受了伤，必须仰面朝天，她能背过身去也是好的。

“别装了。”池仁不给江百果浑水摸鱼的机会，“你这是把医生的话当耳旁风了？还是说睡不着？要不要我给你唱摇篮曲？我会中英双语。”

江百果倏然张开眼睛，板着脸：“你出去就可以了。”

“为什么？”池仁站直身。

江百果用下巴指了指门口：“我不习惯睡觉的时候有人在旁边。”

“总要慢慢习惯的。”池仁走向的不是门口，而是江百果，“而且，总有一天不是旁边的床上，而是床上的旁边。”

江百果呵了一声，不屑地扯了扯嘴角：“这种程度，我可以告你性骚扰了。”

“对一个病人吗？那可能会罪加一等。”池仁坐在了江百果的床边，“不过，你先睡觉，等病好了再告我也不迟。”

单薄的病床被池仁压得向他那一侧倾斜，捎带着，江百果也无能为力地贴上了他。对池仁而言，这无疑是个惊喜，他不动声色地又压了压。江百果冒了火：“喂，这床会塌的。”

“不会……”池仁适可而止，“医生和我说了，这床承受得住两个人的重量，不过，他还是不建议我这么做，还是那句话，你先好好休息。”

“这是哪门子的医生？”

“这大概就叫德艺双馨吧，既要对你救死扶伤，又得体谅心事重重的我。”

“你这又是哪门子的心事？”江百果头痛欲裂。

池仁若无其事地握住了江百果的手：“不说了，你先睡觉。”

“你先出去。”

“你睡着了，我就出去。”

江百果要拨开池仁的手：“你出去了，我才能睡着。”

“为什么？”池仁借机和江百果十指相扣，“你告诉我，我就出去。”

江百果知道这是池仁的圈套，也就不肯乖乖就范，宁可别过脸，重新闭上了眼睛。黑暗中，她从头到脚都不重要了，仅余下被池仁握在手里的那只手。而当她的豪情万丈和心细如发都寄托在了那只手上，她连她的汗水都管不了了。说来，他们曾共处一室，他也不止一次地将她的手握在手里，甚至她也曾在他的车上睡了个昏天黑地，但今天一切都不一样了。

今天，他不再是她的不可能。

她可以对不可能的事挥霍无度，不用去理会一辈子的运气会不会就此用完，以及下一步的打算，但一旦不可能的事化作了可能，她怎么能不去精打细算？

就这样，江百果的掌心湿漉漉得像是从水里捞出来的似的。

她真不知道要如何收场。

而池仁倒是没把这当一回事儿，将她的掌心在自己的裤子上抹了抹，仍牢牢握在手里。

“你能别看我了吗？”江百果闭着眼说道。

池仁也不否认：“你看我的时候，我可从没干涉过你。”

江百果到底还是又张开了眼睛，她愁眉不展：“池仁，我说了我们的事等回去后再议，而你也答应我了。可你现在又是在做什么？”

“你说我在做什么？”

“调情。你现在在和我调情，你这个卑鄙小人。”

江百果许是因为并未完全退烧，又或许是因为气急败坏，总之她涨红了脸，整片额头也汗津津的。池仁松开江百果的手，将她的被子向下拉了拉。

但之后，他没有收回撑在她两旁的双手，他也是被逼急了：“卑鄙小人？百果，我不过就是看看你，你就给我扣上这么大一顶帽子？那将来……不瞒你说，我是在想，我之前到底是浪费了多少的时间，有没有哪一个时刻，是你在看着我，我却没有在看着你的，而那时候，你又有没有在怪我。我不过是想要把那些时间补回来。”

江百果纹丝不动，姑且不论池仁的诉说，单是他的血肉之躯，悬在她的上方，像是随时会压下来……她知道，一旦他压下来，她跑是跑不掉的……

池仁当真微微俯下了身：“更何况，是你说的，异国他乡就该干柴烈火。你说完就完了？就当没这回事儿了？说话不算话就不卑鄙了？”

“池仁，你不要曲解我……”

“也就是说，干柴烈火还可以做另外的解释？那你倒是解释给我听听。”

江百果的薄唇抿作一条直线。池仁明明没有再压下来，她却仍无处可逃，头转向左边，又转向右边，最后面对池仁，双手勾住了他的脖子：“我没有另外的解释。不瞒你说，我也想就这么和你一了百了。”

“但我不想。”池仁右手反手覆盖住了交叉在他颈后的江百果的双手，“百果，我不是卑鄙小人，我也不想和你一了百了，我答应你等我们回去，我会说到做到。但前提是，你不要拒我于千里之外，我看看你，抱抱你，握你的手，甚至做得更多，都不会把我们烧死的。”

“什么叫……做得更多？”事已至此，江百果的问句不是问句，更像是邀请。

终于，池仁俯下身，薄唇落在江百果的嘴角。他尝到了她服下的退烧药的味道，甜到发苦。

而江百果要的却比“更多”更多。她偏过头去，不要嘴角，要命中靶心，那样六环甚至五环的成绩，令她难以满足。

而池仁却猛地拨开了江百果仍交叉在他颈后的双手，直接站直了身。他深呼吸了一次，踱了两步，低低地慨叹道：“好像真能烧死人的……”

玻璃窗外沙沙作响，江百果转过头去，只见天色大亮，细雨绵绵。她也是自找的，惹火了池仁，让他拽上她“同归于尽”。末了，她怀里空荡荡的，这感觉难耐，好在心头满满当当。一不小心，她打了个哈欠。

“好好睡一觉，我在外面等你。”池仁走出了江百果的病房。

不同于城市中让人焦头烂额的忙，雷尼尔山早上六点的忙是生机勃勃的忙。即便那制片主任又消瘦了一圈，那策划小姐也习惯了素面朝天，他们在池仁的眼中，仍是活力四射。

又或许这无关地点，全凭主观，当下哪怕是人人喊打的“四害”，万一和池仁狭路相逢，他也一定会放它们一条生路。

在江百果的病房外，制片主任喜气洋洋，说那背包客听说了池仁和江百果的光荣事迹，这会儿虽还没有松口，但也八九不离十了。池仁苦笑：这事儿要是就这么迎刃而解，那江百果算不算是拿性命当了赌注，又一次对他鼎力相助？

池仁对制片主任点点头，没说什么诸如跟进、一举拿下等废话，反倒是怕吵到江百果休息，对他嘘了一声。制片主任一脸难色，他这都快要对池仁咬耳朵了，池仁还嘘，莫非要用唇语？

策划小姐掂了掂江百果在池仁心中的分量，八卦地向病房内探头探脑："头儿，这位怎么说也是我们的救星了，我得当面谢谢她。"

池仁横跨一步，挡住策划小姐的目光："等她好了再说。"

策划小姐对制片主任酸溜溜地说道："你是走了什么运？有幸一睹她的真容。"

制片主任绞尽脑汁："她拿了行李后匆匆而去，真容是什么样儿来着……"

策划小姐倒吸一口寒气，暗暗踩了制片主任一脚，当着池仁的面，说江百果乏善可陈，这厮是不是耿直得过分了？好在池仁大人有大量："会有机会介绍你们认识。"

五天后，江百果终于被批准下地活动，而这个批准还是双重的，在医生签了字之后，她还要得到池仁的首肯。她不再拒池仁于千里之外，每走一步，都笑盈盈地询问他："我就走到窗口，可以吗？"

等走到了窗口，她又问他："那我总得回到床上吧？"

池仁站在病房的中央，双手插在裤兜里，看着江百果仍无法活动自如的膝盖，同时看着她自寻死路，和他斗智斗勇。

果然，江百果走回到床边，又一指窗口："哎呀，我好像看见个熟人，我再看一眼。"

池仁轻轻啧了一声，但没镇住江百果，她仍死皮赖脸："我真看见熟人了，拜托，最后一趟了。"

池仁不紧不慢地走到窗口，逆光而立："好，你走过来算最后一趟，然后我把你抱回到床上。"

江百果开怀大笑，乖乖坐回了床边。

池仁手机振动，赵大允来电。

江百果一边钻进棉被，一边用余光偷偷打量着池仁。也算是有史可循，池仁手机的振动对江百果而言就像个魔咒。昔日，无误沙龙一周年店庆，那恼人的嗡嗡声就屡屡将他从她的身边带走。甚至江百果还问过唐茹，有没有觉得电话是池仁生命中不可或缺的一部分。

当时唐茹说，她并不这么觉得。她话里话外都在说，她才是池仁生命中享有优先权的人。

但江百果至今仍这么觉得，觉得那嗡嗡声就像是她和他之间难以言喻的省略号。

池仁才迈步，没来由地扫了江百果一眼。她的脸色仍因为刚刚的开怀而红润，上扬的嘴角也还来不及撇下，双眸却迅速地蒙上了一层忧虑。池仁说不清那是为什么，却决定哪里都不去了。

他背靠窗口，接通了赵大允的电话："喂。"

"池先生，有件事不知道您知不知情……"赵大允顿了一下。

"说。"

"江小姐……我是说江百果小姐的无误沙龙挂了停业装修的牌子，但我查了一下，是涉嫌偷税漏税。"

池仁的目光转得急了些，一下子对上了江百果。这十几年来，他做了大把的暗事，也就练就了不动声色的本事，针扎眼皮都不带抖上一抖，今天这一目光流转，却泄露了不少的心事。

江百果不难看出出了事，一挑眉，无声地询问。

池仁对江百果宽慰地笑了笑，问赵大允："确定吗？"

"确定。"

"那是确有其事，还是中间有什么误会？"

"恐怕是确有其事。"

池仁定下心神："把你掌握到的尽快发给我，全部，尽快。"

"是。"赵大允这就要挂断电话。

"等一下……"池仁当着江百果的面，问题问得隐晦，"你怎么会想到查她？"

赵大允对答如流："想去剪个头发来着，吃了闭门羹，大概是职业病，不查难受。"

"那你知道她现在在哪儿？"

"知道，所以我还在想，这事儿没准儿您早就知情了。"

池仁轻笑："问题是她一向报喜不报忧。"

池仁挂断电话，这才想到他多少也该向赵大允问问唐茹的状况。但再一转念，他又想到赵大允跟了他六年有余，有时候说同生共死都不为过，他的为人处世没人比赵大允更懂。许多事，他不说，赵大允自当为他效犬马之劳，说了反倒是多余。人生能得一知己，池仁不是不感激的。

可惜，一百次里，知己赵大允懂了池仁九十九次，偏偏这一次与他背道而驰。

挂断电话，赵大允怅然若失，所谓“但见新人笑，那闻旧人哭”，一点不假，一向重情重义的池仁这就算是把唐茹抛到脑后了。

赵大允坐在车子里，而他的车子停在唐茹公寓的楼下。他看了看表，差五分八点了。他知道唐茹在九点有一场答辩，这次又是不请自来，打算送她一程。

无论池仁交不交代，他自认为他不能把唐茹就这么撂在半道儿上。

差两分八点，唐茹下了楼，看到赵大允的车子，强颜欢笑中点缀着感激涕零。或者准确地说，唐茹在半小时前就在楼上看到了赵大允的车子。连日来，她也是真的不好过，面黄肌瘦和黑眼圈都不用装，对付赵大允就绰绰有余了。

果不其然，赵大允主动道：“唐小姐先安心答辩，其余的事……不急。”

这“其余的事”，自然是指池仁和江百果双双被蒙在鼓里的事，从十万火急，到三天的期限，再到赵大允的这一句“不急”，唐茹可谓是步步为营。

“谢谢你，赵大哥。”唐茹幽幽地面向车窗外。要她认栽，总要等她再会会江百果再说。更何况，即便她真的栽了，在她的背后，还有那个人为她保驾护航。

翌日，江百果被医生批准出院，却又毫无悬念地被池仁挡了下来。池仁把那“德艺双馨”的医生堵在墙角，问假如江百果就这么贸贸然地出院，万一病情有所反复……

医生叫天天不应，叫地地不灵，也不敢拍着胸脯夸下海口。毕竟在过去的六天里，当那个叫作江百果的患者的体温从三十六度五上升到三十六度八时，这个叫作池仁的患者家属就会把这归结为“病情有所反复”，从而对他围追堵截……

好在这时，病床上的江百果发了话：“池仁，我订了后天回国的机票。”

池仁一愣：“我怎么不知道？”

江百果晃了晃手里的手机：“就刚刚。”

池仁转回头接着拿医生撒气，好在这次用的是中文：“还不够你添乱的。”

医生可怜兮兮地用目光向江百果求救。江百果一副“包在我身上”的样子，对他眨了眨眼睛，转而向池仁请求道：“明天我就要回西雅图了，可我好想去‘天堂’转一圈。”

天堂，雷尼尔山闻名于世的景区之一。顾名思义，那里是人人心驰神往的领土，也是每一位游客不能不踏上的圣地，不过可怜江百果，在和这里结下了死里逃生和相见恨晚的不解之缘后，仍有可能和那里失之交臂。

“不行……”池仁坚决道，“你要卧床静养。”

江百果也不多言，背对着池仁躺了下去，一动不动。而就在医生快绝望了的时候，江百果却在默默计数，一，二，三……而当她数到五时，池仁站到了她的身后：“一切行动要听我指挥，成交吗？”

江百果翻身下床：“成交。”

真是一切都不一样了。昔日，她看不透他，大事小事都是一半对一半的概率，成败与否，全凭撞大运。如今，她给他五秒钟的时间，他多一秒也不敢耽搁。

“过来。”江百果对池仁勾勾手指。

怎么说也是投降的一方，池仁闷闷不乐地上前一步。

江百果伸开双臂：“不准我走路的话，要背要抱，今天我全凭你发落。”

池仁一颗心当即融化下来：“你可别后悔。”

那医生在一旁看戏似的入了神，直到江百果又对他使了使眼色，他这才溜之大吉。

连日来，沈龙传媒的纪录片拍摄，有了那背包客的配合，有条不紊地进行着。池仁和那背包客推心置腹地交流了几句后，便退居二线。在交流中，那背包客仍是大自然的使者，而池仁化身虔诚的信徒，他坦言所谓“旅行的真谛”远远超乎了他的想象。

那背包客就一句话：“你知道就好。”

但就事论事，池仁的虔诚和领悟并不重要，届时这一部由沈龙传媒出品的纪录片仍会散发着十数家赞助商的铜臭味，重要的是，大家会赚得盆满钵满。对此，池仁不赞同，更不反对。作为一个生意人，金钱无疑是他的标杆。尤其他的对手更是一个站在金字塔塔尖的生意人，他总不能说“我们来一场骑马射箭，一决高下”。

总之，当制片主任和策划小姐等人纷纷对工作全力以赴时，池仁却“放任自流”，驾车载着江百果驶向了“天堂”。

“你对沈龙传媒还是尽心尽力的。”江百果坐在副驾驶位上，来了这么一句。

江百果从游客中心租来的橙色滑雪服报废了，池仁帮她赔了钱，又给她买了这件崭新的墨绿色的，还有一条黑色的冲锋裤。他说他知道她喜欢素色，还说她不必为了他而穿鲜艳的颜色，尽管她穿鲜艳的颜色也别有一番滋味，但她自在才是第一位的。

池仁扫了江百果一眼，拆穿她：“你还在好奇我和吴总的关系。怪不得，我说介绍你和我的同事认识，你一直拒绝。怎么？你还为你和吴总留了条后路？你上次说……你和他吃了一顿饭，吃了什么？”

江百果扭过身，手臂闲闲地搭在靠背上，几乎是正对着驾驶中的池仁：“鉴于我们吃的是道地的法国菜，所以，不应该说是吃了一顿饭，应该说是共进了一次晚餐。”

池仁目不斜视：“你这是在崇洋媚外吗？”

“国度不重要，重要的是心意。”江百果伸手，摸了摸池仁的鬓角。

池仁躲开：“我在开车。”

“你在吃醋。”江百果纠正道。

池仁轻笑一声：“说真的，吴总也算是不可多得的人选，身家清白，事业又蒸蒸日上，最难得的是为人谦逊，从不树敌。”

“但是？”江百果循循善诱。

池仁中了计：“但是，头脑未免还是简单了些，看事情只看眼前，拐个弯就是盲区。托你的福，他还暴露了无所不用其极的阴暗面和小人得志的嘴脸。还有，你不觉得他五年之内就会谢顶吗？”

“觉得。”江百果郑重地点了点头，“鉴于我的职业，这点我比你清楚。”

池仁一脚刹车踩下去，如梦初醒。

拿对方的外表大做文章，是他不对了。

池仁按下车窗，让风带着冰川的清凉呼呼地灌进来。接着，他重新发动了车子：“头脑简单的是我。江百果，你说对了，我在吃醋。”

江百果又伸了手，这一次的目标不是池仁的鬓角，她直接捏了他的脸：“吴煜的心意花了他四千块，而你的心意，三言两语我就收到了，啧啧，你赚大了。”

池仁逃开江百果的手，转过头，在保障安全的前提下，尽可能久地看了看她。她得意的笑不收敛，也不张狂，明眸皓齿得刚刚好。更难得的是，她总是没什么血色的双唇今天却不点而红。这一次，换池仁伸手，绕到江百果的脑后，拆掉了她的橡皮筋。江百果甩了甩头，过肩的头发迎风张牙舞爪，这近乎“飞扬跋扈”的样子，是池仁最喜欢的她的样子。

他却害她唯唯诺诺了太久，到如今才让她反败为胜。

这时，江百果出了最后一招：“吴煜说，还有一家餐厅他一定要带我去，是哪里来着？摩洛哥？对，说是摩洛哥炖菜。”

池仁老老实实地接了招：“我和吴总没有过节，对沈龙传媒和具象影业的战略合作也举双手赞同。我的目标是致鑫集团，和我有深仇大恨的人，是致鑫集团的董事长。”

接着，池仁拽了一把江百果搭在靠背上的手臂，害她失去了重心，跌向了他。她惊呼出声，双手撑在了他的腿上。车速平稳，池仁双手紧握方向盘，上扬的薄唇凑到江百果的耳边，像是要把一字一句直接送到她心里：“你要知道的，我都告诉你了，所以，就让吴总的摩洛哥炖菜见鬼去吧。”

池仁的措辞虽咄咄逼人，但整个人笑盈盈的，毕竟江百果不达目的誓不罢休的样子，似乎也是他最喜欢的样子。又或者，喜欢上一个人，无非就是喜欢上了她所有的样子。

他明知道她是在气他，也知道她和吴煜将从此井水不犯河水，但既然她为他设下陷阱，他跳进去就是了。

而江百果在大获全胜后，微微失了神。

和池仁的恋爱……假如这可以被称为恋爱的话，和以往的大有不同。先抛开她不能将他说拿下就拿下，还要等到回国后的星期一再做定夺不说，光是有关他的“未知”，至今仍数不胜数。

以往，她总要了解了那些男人，再谈喜不喜欢。

对池仁，她却颠倒乾坤，先喜欢上了，再去对他的那些“未知”忧心忡忡，总有些为时已晚的调调。

在沈龙传媒和具象影业之上，又冒出了一个致鑫集团，用江百果自己的话说，她的头脑都用在了歪门邪道上，当初连学习都跟不上，如今一时间又怎么消化得了这等消息。但致鑫集团江百果是知道的，用她外行人的话说，那是地产界的老大，而假如一定要和那老大攀亲道故的话，她的无误沙龙所在的商厦，囫囵个儿都是人家的。

但在江百果和池仁提及的致鑫集团的董事长之间，无疑还隔着无数的阶级。毕竟，江百果最多能接触到的商厦的招商部经理，恐怕连人家的虾兵蟹将都算不上。

池仁却说，和他有深仇大恨的人，就是那老大的老大。

他疯了吗？却又不像。

果然，池仁说她帮不上他，不是在客气。他要做的，远远逾越了她的能力。

那么，或许她和他之间的距离也远不止一个唐茹，或者一个吴煜……

与此同时，池仁也失了神。

讨江百果的欢心自然是他义不容辞的，但就这么将“致鑫集团”四个字脱口而出是不是对的，又算不算言多必失，他一时间并没有把握。

他和那个人的不共戴天之仇，赵大允是他这边唯一的自己人，他坦白相告无可厚非，但对历任“真命天女”，甚至对唐茹，他都从未松一松牙关。而对江百果……这甚至不是第一次了。就在他此行的前一晚，就在“秘密基地”，他甚至还对江百果提及了十四年前的往事，若不是当时被江百果打断，他恐怕会和盘托出……

对她，他就这么不设防吗？

池仁暗暗苦笑，万一她是什么人派到他身边的奸细，他怕是死到临头了还在帮人家磨刀。

“你这样很舒服吗？”车速失去了些许平稳，池仁垂眸，看了江百果一眼。

江百果没急着动弹，双手仍撑在池仁的腿上，也看了他一眼，反问道：“你不舒服吗？”

他和她早都是成年人了，对自己的过往，更是谁都没再隐瞒。她不知道他有过多少的女人，但起码知道，不在少数。他也不知道她有过多少的男人，但也起码知道，他绝不会是她的第一个。平心而论，他不是不在乎的，但那些走过的弯路，远没有眼前人来得重要。

总之，“眼前人”江百果的指尖威胁着池仁至关重要的部位，对此，两个人谁也没装腔作势。

池仁将左手搭到了车窗外，喉结滚动了一下：“现在还算舒服，但再这么下去……就不一定了。”

江百果笑出声来，在池仁的大腿上耐人寻味地拍了两下，就坐直了身。而那两下的力道并不小，像是说“sorry，帮不了你，你好自为之”。池仁无奈地挠了挠额角，掂量着他“丧权辱国”的趋势会不会太猛烈了，他会不会……太由着她的性子了？

终于，池仁停了车。

江百果望向窗外。大概等同于当局者迷，人总要走出雷尼尔山，才能领略雷尼尔山的全貌。平缓的圆锥形，从山顶的白雪皑皑到山麓绵亘的原始森林，白与绿的过渡美到毫无过渡可言。直到池仁下了车，绕到江百果这一侧，帮她打开了车门，她仍喃喃道：“这么美。”

“是啊。”池仁蹲下身，平视江百果，“这么美。”

池仁背过身去：“上来。”

还是在他此行的前一晚，也还是在“秘密基地”，他第一次背了她。那天，他站得笔直就命令她上来，如今他熟能生巧。

江百果伏上池仁的背，任由他背着她走向倒影湖畔。

单手把玩着池仁滑雪服拉链的链头，江百果仍有如影相随的烦恼，却再也无关吴煜和致鑫集团。想想池仁的旧情人们终有抛弃他的一天，江百果百思不得其解，他明明有着那样高的起点，英俊、稳重而不失情趣，那中途是发生了怎样一落千丈的状况，她们才会对他痛下毒手？

与此同时，池仁的脖颈被江百果的头发拂得痒痒的，他也有他的烦恼。他背上的这个女人，终有将旧情人弃如敝屣的一天，那么他，能不能幸免？倘若他也难逃一劫，届时他会不会也做出对她以死相逼的傻事来？

就这么想着，两个人不约而同地笑了出来。

“在笑什么？”池仁问。

“没什么……”江百果摇摇头，“你呢？”

池仁也摇摇头：“没什么。”

谁也不肯说，无非是都觉得可笑。明明他们还没有开始，却都在预测结局，真是既可笑又悲观。

倒影湖畔，池仁和江百果肩并肩坐在肥厚的草甸上。池仁看江百果的袖子挽了一次仍是长，伸手为她挽了第二次：“真的不能再多留几天？一瘸一拐的，我怎么放心？既然……无误沙龙有张什坐镇。”

“我再不回去，他怕是要猴子称大王了。”江百果戏说。

果然，话说到了这个份儿上，她仍不肯将她的难处与苦水向他诉上一诉。池仁立志，这报喜不报忧的臭毛病，他迟早要给她治治。

不过这事不急在一时，池仁放了江百果一马：“我会尽快回去的。”

江百果给了池仁一个“OK”的手势，没多言。她自然知道他的决心，那就是他早一天回去，她和他的事也好早一天板上钉钉。但在她看来，还有另一种可能性，那就是他一天不回去，她这美梦也就能多做一天，而一旦他回去了，也就是她的梦醒时分。

就像倒影湖湖面上的雷尼尔山，伴随着碧波荡漾，比真身更美。但幻影终究是幻影，到头来，甚至抵不过一颗小石子的入侵。

江百果搬着池仁的手臂，从她肩膀后一绕，让他抱住了她：“你是从什么时候喜欢上我的？”

池仁玩心大发，收了收手臂。他个高臂长，她瘦骨伶仃，他当真是用一条手臂就能对她为所欲为：“说真的，我也不知道，所以有可能，比你喜欢上我更早。”

话题戛然而止。

这是江百果和池仁谁也没想到的，却无非也是因为他们想到了一块儿：假如他早早就喜欢上了她，那唐茹又算什么？

以江百果的头脑，她不难拼凑出池仁的秘密。他说他的母亲是自杀身亡，往上，八成和致鑫集团的董事长脱不了干系，往下，却是实打实地和唐茹紧密相连。这是他亲口说的，他母亲的纵身一跃，恐怕就是为了把唐茹带到他的身边，上帝在为他关上一扇门的同时，为他打开了唐茹这扇窗。

无疑，这从来不是一场一对一的较量。在她的对面，站着唐茹；而在唐茹的身后，站着池仁的母亲，甚至上帝。

她之前没能赢，之后……也未必。

而池仁知道江百果在想什么。

他没在为难，即便知道唐茹要他当面和她说清楚，这就绝不是一句两句能说得清楚的，他也没在给自己留退路。但无疑，在尘埃落定之前，他对江百果说什么都是口说无凭。他总算了解了江百果的坚持，她无非是要给他“辞旧迎新”的时间，更要给他和她一个没有遗憾的开端。

否则，她宁可不要这份爱情。

两天后，江百果如期登上了回国的航班，一个人来，一个人走，带着亦真亦幻的回忆和令人扼腕的遗憾。回忆自不用说，雷尼尔山的救援人员和急救中心的医生皆有目共睹，只是那遗憾，不为人知——她……忘了和他吻别。

一天前，池仁将江百果送上从雷尼尔山开往西雅图的巴士，两个人拥抱了一下，她就上了车。巴士开动后，他跟了两步，挥了挥手。

昨晚，江百果在西雅图面临了池仁，乃至每一位形单影只的游客都面临过的问题：细雨和薄雾，咖啡和孤独，令人夜不能寐。

当地时间下午三点，江百果坐在西雅图塔科马国际机场等候登机。

断断续续的耳鸣令她将整个世界都不放在眼里，任由心坎儿里那一丝丝的酸楚蔓延。她和他有过一次亲吻，就一次。在那废弃的羽毛球场，在他的西装外套下，他们莫名其妙地亲吻过一次。他心怀鬼胎，她也好不到哪儿去。之后，不要说回味了，江百果甚至想忘掉那一幕，总觉得事情就是从那里开始变得一发不可收拾。而她不知道的是，池仁也想忘掉那一幕，总觉得他就是从那里开始做了坏人，而他明明可以做得更好，无论是做人，还是……接吻。

总之，随着时间一分一秒地流逝，江百果那因为忘了和池仁吻别而心生的遗憾越来越多。

时光不能倒流，错过了就是错过了，绝对没有加倍补偿这一说。

后来，江百果掏出手机，致电了张什。人生除了妙不可言，更有艰难险阻，逃得了一时，逃不了一世。不过，张什却没有接电话。

身为逃兵的江百果问心有愧，不过她也没多想，只想着回去后总能和他冰释前嫌。

但这时，冉娜来电。

江百果一接通电话，冉娜就劈头盖脸地问道："百果，你把老张怎么着了？"

江百果一愣。

那厢，冉娜从张什家的小区走出来，一拐弯，进了旁边的麦当劳："我都三天联系不上他了，别告诉我这事儿跟你没关系。"接着，冉娜要了一份猪柳蛋的套餐，连餐盘都不用，把手机夹在脖子上，一只手端着豆浆，一只手剥开猪柳蛋的包装，一口就干掉了小半个。她这个人，对张什上心归上心，三天联系不上他，一大早直奔他家又吃了个闭门羹，但早餐该吃还是要吃的。

冷眼旁观至今，冉娜知道无误沙龙这一关八成是张什干的好事儿，那么张什的失踪，也就九成九要算在江百果的头上。在她看来，江百果的铁腕是谁拿大腿扳也扳不动的，包括张什在内，她却不想想，她对弱者的又怜又爱，又怎能凌驾于是非黑白之上？她又怎能因为江百果的强大，就一次次让江百果牺牲？

“等我回去再说。”江百果挂断了电话。

这下好了，除了遗憾，她还有了不祥的预感。冉娜问她把张什怎么着了，问题是，一直以来，她和张什同舟共济，她能把张什怎么着？那么，是从什么时候开始，冉娜把她和张什放在了对立面？

当地时间下午五点，江百果乘坐的航班准时起飞。

没有了回头路，又与世隔绝，江百果反倒安之若素了，直到一名空姐款款走了过来，对她身边的乘客说，头等舱有一位乘客希望和他交换座位，问他意下如何。

（上册完）

剪刀小姐

爱情的偏差

MISS.JIANDAO

下

唐欣恬 著

陕西新华出版传媒集团
三 秦 出 版 社

剪刀小姐
的偏差
爱情

目录

CONTENTS

第21章 混战
—— 001

第22章 系铃人
—— 015

第23章 光阴的故事
—— 029

第24章 镜花水月
—— 044

第25章 错
—— 058

第26章 温柔乡
—— 070

第27章 是她
—— 083

第28章 对不起
—— 096

第29章 小事一桩
—— 109

第30章 双人
—— 125

剪刀小姐的偏差爱情

目录

CONTENTS

第31章 恋爱中
—— 138

第32章 返老还童
—— 150

第33章 距离
—— 164

第34章 最平凡
—— 180

第35章 未知数
—— 194

第36章 百分之二十
—— 209

第37章 我们结婚吧
—— 224

第38章 Game Over
—— 239

第39章 右手
—— 254

第40章 剪刀小姐
—— 269

MISS.JIANDAO

第21章

混战

三人座，江百果靠走道，不由自主地看了看她身边坐在中间座位的乘客。意下如何？这位看上去并不得志的白人男性还能意下如何？无非是在怀疑天上掉下来的馅饼会不会有毒，一时间不敢张嘴。

“我倒是不介意和头等舱的那位乘客交换。”江百果彬彬有礼地举了手。

空姐赔笑：“那位乘客指定要和这位先生交换。”

十二个小时的航程，头等舱的沙发和龙虾，以及江百果的毛遂自荐，令那位白人男性当机立断，就算有毒，这馅饼他也吃定了。

江百果向走道歪着身子，目送他在空姐的引领下消失在了头等舱和经济舱的隔断后，不一会儿，池仁大变活人般走了出来。久违了的白色衬衫和铅灰色西裤，公事包提在左手，右手端了一杯红酒，他在三万英尺的高空如履平地，说令整个经济舱蓬荜生辉或许有一点点夸张，却足以令江百果血脉偾张。

除了他，还能有谁？

明知道是他，她才会对空姐开那样的玩笑。

明知道是他，但当他真的走出来，她还是欣喜若狂。

池仁的目的地是中间的座位："借过。"

江百果极力向后收了收腿，连脚都踮了起来。

"帮我拿一下。"池仁将那一杯红酒交给江百果。

落座后，他和她窃窃私语："我能带过来的不多，但这一杯威廉山庄的梅洛特倒值得你尝尝。机舱里压力和湿度等因素都和地面上大有不同，使得酒自身和我们的味蕾都会受到影响，鼎鼎有名的佳酿反倒不如……"

池仁话音未落，江百果一饮而尽。

池仁只好咽下后半段的卖弄之词，干巴巴地问道："好喝吗？"

"好喝极了。"江百果话锋一转，"你这是怎么一回事？"

"接下来的拍摄我也帮不上什么忙了，再留下去，反倒会被人说花着公款混吃混喝。"池仁理所应当似的。

"吴煜知道吗？"

"我会当面向他说明。"池仁在狭小的座位上坐好。一个人来，两个人走，一样是坐在经济舱的中间位置，却总有什么是不一样的了。

"所以说，是先斩后奏？"

池仁拍了拍江百果的手："不是说怕看到白发吗，还敢这么操心？"

不足两天光景的小别，令这一场重逢即使带着不按常理出牌和一掷千金的味道，仍谈不上轰轰烈烈。江百果挽上池仁的手臂，闭上了眼睛。

不过这一次，吻别一事不仅仅是被江百果记在心上，更实实在在地被提上了日程。十二个小时后，当他们像NG似的，迎来再一次的分别，她势必不会再让自己留下遗憾。毕竟，一次错过可以被称为遗憾，两次错过，就不得不上升到造化弄人的高度了。

值得一提的是，晚餐时间，那位白人男性从头等舱“莅临”经济舱，为池仁送来了一块巧克力布朗尼，聊表谢意。池仁风度翩翩，起身接受了馈赠后，反倒又感谢对方对他的成全。总之，二人你来我往，气氛好不融洽。

之后，江百果一边吃着巧克力布朗尼，一边发牢骚：“你来追我，却便宜了他一个国际友人。而他明明是沾了我的光，却都不拿正眼看看我，好像生怕我抢了他的good luck。这是什么世道？”

“谁说我是来追你的？”

“不是吗？”

池仁伸手抹掉了江百果嘴角的褐色巧克力：“是。”

江百果大病初愈，加之前一夜的不眠，眼下又有了一杯梅洛特下肚和池仁在旁，一路睡了个昏昏沉沉，以至于鼻尖都渐渐泛起养尊处优的油光。

相反，池仁了无睡意。

一来，既然江百果在雷尼尔山借了他肩膀，终结了他的不眠，今天换他来护着她，理所应当。二来，抛开这一程的妙不可言，接下来他也自有他的艰难险阻，若说无忧无虑，恐怕只能骗骗小孩子。

北京时间晚八点，池仁和江百果乘坐的航班准时抵达北京首都国际机场。二人同行，不但没有牵手，甚至连距离都拉开到一臂以上，仿佛所谓异国他乡的情缘，来也来得迅速，去也去得毫不留情。

江百果寻找吻别的时机，却迟迟不得要领。

而池仁看了看手机，再三确定了日期，周四。

那么，距离下一个礼拜一，他有三天的时间。

接机的人群在不远处黑压压一片，江百果知道那是一道分水岭，没过，就谈不上分别；过了，就是新的篇章。而这时，池仁在接机的人群中看到了熟悉的面孔，而且不止一张。

吴煜和唐茹分立两处，中间间隔六七个陌生人，似乎是谁也没看到谁。

他们是认识的，在沈龙传媒的舞会上，他们有共舞过一曲

《Moonlight and You》，总不能翻脸不认人。那么，势必是谁也没料到他们会有这一场偶遇，也就双双视而不见了。

一切也不无道理，吴煜要知道江百果的动向是易如反掌。可既然他知道了江百果的动向，自然也就知道了江百果去往西雅图所为何人，可他还来迎接她……这令池仁在不快的同时，也绷紧了一根弦。不过，照吴煜怀中热情似火的红玫瑰看来，他似乎并不知道，在这架波音767上还有池仁的一席之地。

至于唐茹，她会来迎接他，也说得通。他有告知赵大允他今天回国，却一没有让赵大允转告唐茹，二没有让赵大允来接机。但无疑，无论是出于什么目的，赵大允自作主张地转告了唐茹。而照唐茹的装扮和翘首以盼的样子看来，她似乎也不知道今天回国的人除了他池仁，还有江百果。

来不及再多想，池仁一把抓上江百果的手，就要走回头路。

毕竟，不想匆匆分别的人，除了江百果，还要算上一个池仁。

可惜，不约而同地，吴煜喝住了江百果，而唐茹也唤了池仁的名字。在这巧妙的二重奏划破天际后，四周又仿佛恢复了死气沉沉。池仁不得不收住脚步，一时间没有回头，仍背对着那二人。

江百果也仍背对着那二人，她虽没有眼见为实，但这一次，耳听也未必为虚。她低低地呢喃了一句："还真是造化弄人。"

至于吴煜和唐茹，也终于看到了对方的存在，惊诧之余，是道不同不相为谋，还是同仇敌忾，一时间扑朔迷离。但可以确定的是，当池仁和江百果以为这个夜晚属于他们彼此，当吴煜以为这个夜晚属于他和江百果，当唐茹以为这个夜晚属于她和池仁时，上帝却吹响了集合的号角，谁也跑不了了。

"怎么办？"江百果问池仁。

无论如何，两个人像两块磐石似的立在人流中，总不是长久之计。

"恐怕……没法吻别了。"池仁松开江百果的手，重新挽了挽袖口。

"谁要吻别了？"情急之下，江百果否认道。

池仁又整了整衣领："我，不然你以为我为什么追来？你知道那张头等舱的机票多少钱吗？”

江百果语塞，且推翻了之前的论调：或许一次错过叫遗憾，两次错过却不叫造化弄人，大可以叫遗憾的美。

池仁将江百果拽到他身前，自己挡住了身后来自吴煜和唐茹的目光，飞快地轻吻了江百果的额头：“姑且先用这个代替了。百果，说真的，我不在乎吴总和小茹怎么看，尤其是……吴总，我巴不得当着他的面和你大摇大摆地走出去，但恐怕没这个必要。我们的决心不用做给谁看，我们自己知道就好，所以，我们周一见。”

池仁有理有据，江百果不要说反驳了，哪怕是换了她说，话也是一样的。

在爱情的混战中永远没有皆大欢喜，总难免有人甜蜜，有人伤怀，但幸运的一方，也无须将自己的甜蜜建筑在他人的伤怀之上，一如池仁所言，没这个必要。

江百果用手指飞快地梳了梳头发：“周一见。”

两个人整装完毕，走向了吴煜和唐茹。

鉴于吴煜和唐茹中间仍隔着六七个陌生人，在最后关头，池仁将挂在他行李箱上的江百果的行李袋取下来交还给她，之后，他和她选择了左右两边不同的出口，绕过了白色的隔离杆。

吴煜接过江百果的行李袋，奉上红玫瑰：“怎么瘸了？”

江百果接过花：“不小心。”

唐茹也要接过池仁的行李箱：“你瘦了。”

池仁坚持自己来：“还好。”

“走吧……”吴煜拉住江百果的手，“车子在外面。”

他不拉还好，一拉反倒坏了事，江百果不但抽回了手，还要拿回行李袋：“不用了，我打个车走，谢谢你的花。”

吴煜微笑道：“还是我送你吧，回去好好休息。无误沙龙停业这么长时间，明天一恢复营业，肯定是人满为患，有你忙的。”

江百果不无意外：“你说……明天恢复营业？”

吴煜顿了顿，再抬眼时，眼中满是恳切：“百果，你年纪还小，偶尔头脑发热在情理之中。这不，无误沙龙遇到一丁点儿的难处，你就撂挑子，尽想着去散散心了，不过没关系，这不是有我在吗？什么偷税漏税，误会一场，我都帮你解决了。”

要说江百果无动于衷，不可能。无误沙龙是她的孩子，孩子昏迷不醒，她这个当妈的远走高飞，而吴煜悬壶济世，救活了她的孩子。

就这样，江百果远远地看了池仁一眼。

而池仁在看唐茹：“这件事……先不要急着做决定。”

唐茹低垂着头：“我以为你不会反对我留在北京，我以为……就算分手，我们还是朋友。”

池仁有些急：“小茹，你对我来说远远不止是朋友，我更不会反对你留在北京，我甚至可以帮你找到更好的出路，而那远远好过你接受致鑫集团提供的奖学金和机会。”

池仁知道他回国后等待着他的是千难万险，比如他仍在寻找阻止沈龙传媒和具象影业战略合作的突破口，而签约仪式就在眼前；比如吴煜除了于公，于私会有怎样的举动；比如唐茹在接受了他提出的分手后，又会有怎样的举动……但他没料到，这千难万险会来得如此……标新立异。

就在刚刚，唐茹虽似乎接受了他提出的分手，却话锋一转，向他报喜说：全校不足两百分之一的机会，被她拿到了，她获得了致鑫集团提供的奖学金，并且，假如她在大四一年中继续名列前茅，将有机会在毕业后进入致鑫集团。

池仁知道，这绝对不是巧合。

那个人，或许一时间不会对唐茹下手，但这绝对是对他的警告。

喘上这口气来，池仁看了江百果一眼。他看到江百果和吴煜走出了机场，那两扇变幻莫测的感应门开了关，关了开，这一次却在江百果和吴煜的身后彻底关闭。

他看到江百果上了吴煜的车子，隔着感应门和车窗，那一束红玫瑰仍鲜艳可辨。

周一见。

他仅仅和她说了一句周一见，却忘了加上一句不见不散……

唐茹微微拧着眉头：“致鑫集团的实力和规模是有目共睹的，大家抢破头的机会，我以为你会以我为傲。”

池仁不得不暂时收回投向江百果的目光：“实力雄厚和规模宏大，未必适合你。”

“我们分手了不是吗？”唐茹红了眼睛，“那我的未来，不要你管。”

“小茹，这件事……我们都再好好想想。”池仁又看了一眼江百果，吴煜的车子不在了。

唐茹让步，点点头：“走吧，赵大哥在外面等我们。”

赵大允靠着车门，一支烟不离嘴，嘬了一口，紧接着又一口，直到看到池仁和唐茹走过来，他掐了烟，又扇了扇烟气，打开了后排的车门。

“回来了。”赵大允问候池仁。他没说“你”，也没说“您”，介于两者之间。

“嗯。”池仁将行李箱交给了赵大允。

没见到池仁的时候，赵大允还理直气壮，觉得好歹他也是个独立的个体，也有他自己的判断，觉得池仁的判断未必就是对的。但一见到池仁，他还是心虚了。池仁的这一声“嗯”，他辨不出是喜是悲，也就辨不出池仁有没有怪他自作主张。

池仁和唐茹坐在后排，赵大允一边开车，一边伺机从中央后视镜中看向唐茹。不过，唐茹始终看向车窗外。

车子驶上机场高速，路上是绝无仅有的畅通，赵大允心里却越来越堵得慌，终于清了清喉咙：“池先生……”

赵大允看不到池仁的眼睛，却知道池仁看向了他，那令他如芒在背。

“唐小姐……都跟您说了吧？”赵大允有一种终于要解脱了的快感。

“嗯……”池仁将手轻轻搭在了赵大允的背靠上，“接受致鑫集团的奖学金，将来，为致鑫集团效力。大允，我想听听你的意见。”

赵大允一脚刹车踩下去，伴随着刺耳的摩擦声，车子见了鬼似的停在了机场高速的中央。听听他的意见？致鑫集团的奖学金？为致鑫集团效力？这是什么天方夜谭？他闻所未闻，见所未见，又哪来的什么意见？他送唐茹来机场，是为了让唐茹在第一时间当面向池仁说明一切，但显然……显然唐茹所说明的一切，并非他所想。

而他……莫非是被耍了？

赵大允惊魂甫定，再一抬眼，唐茹的目光终于在中央后视镜中和他会合了。那目光似笑非笑，不冷不热，不是威逼，也不是利诱，就那么定定地黏着他，却像一道符咒，拍在了他的脑门上。

事已至此，赵大允倒不是又打退堂鼓了，相反，他知道有关江百果的身份，他对池仁一瞒再瞒是罪该万死，今天他生也得说，死也得说，亡羊补牢，总还来得及。但唐茹的出尔反尔，和她怎么能这么有恃无恐，他总要先搞明白，总不能准备了这么久，到头来却还是打一场无准备之战。

他是不怕输的，但总不能让不该赢的人赢了去。

赵大允回头，对池仁抱歉地说："有只猫。"

"没轧着吧？"池仁的脸上看不出情绪。不是他技高一筹，而是心中五味杂陈到一定份儿上，脸上反倒就看不出情绪了。

"没，跑过去了。"赵大允转向唐茹，"唐小姐没磕着吧？"

不知道唐茹是不是存心，她连一字半句都没给赵大允，直接转向池仁："我们吃点东西再回去吧？早就过来等你了，我都还没吃晚饭。"

被唐茹这么一晾，赵大允整个人都绷紧了，甚至连金丝框眼镜的两条眼镜腿都向外撑开了似的。赵大允是个无神论者，但此时，他不得不怀疑唐茹被什么妖魔鬼怪附了身，否则，她何以判若两人？

她分明是任人摆布、楚楚可怜的。

她分明叫他一声赵大哥。她说给那巴西红耳龟取名叫未来，他说不如叫如意，她说好，那就叫如意。她分明是把他当一回事的。

她分明答应他会向池仁和盘托出。而他怜惜她的以泪洗面，在乎她至关重要的答辩，将期限一延再延，又因为她在他接送，和他用餐，与他谈天说地时的开怀，他做不到哪壶不开提哪壶，又随着池仁说回就回了，拖到了今天。

但今天，什么都不对了。

“去那家潮汕粥吧。”池仁打断了赵大允的追溯。

“好，好。”赵大允连声道。

另一厢，吴煜将江百果送到楼下，陪着她下了车之后，没有造次，只让她好好休息。反倒是江百果，背着行李袋，倒提着那一束红玫瑰，走了两步，又折了回来：“吴煜，无误沙龙是怎么一回事？你说是一场误会，但平白无故的，我不找事，事来找我，这就不能叫一场误会，这叫飞来横祸。”

吴煜是真的喜欢江百果，即便她风尘仆仆，鼻尖和额头都泛了油光，身上的一件藏蓝色棉布衬衫皱巴巴的，还一身的药味，他也不想就这么离开，嘴上说让她好好休息，心里想的却是春宵一刻。

但真的喜欢，也会坏事儿。

他又露出了小人得志的嘴脸：“这要说到你是请的什么人给你做账，一个草包公司的几个糊涂虫，不知给你做了多少笔糊涂账，禁不住推敲，又怎么能怪税务局无中生有？好在我在税务局是有人的，打点几道，也不是没有空子可钻。”

江百果对吴煜的夸夸其谈见怪不怪，她点点头：“你知道无误沙龙有个叫张什的吗？”

“张什？”吴煜不知道，“什么人？”

江百果又摇摇头，话锋一转：“打点他们花了你多少？”

不等吴煜大包大揽，江百果直接堵死了他的路：“该还的我一定要还。吴煜，你跟我是来谈钱的，还是来谈感情的？我不希望在我们的感情中掺杂万恶的金钱，你也一样吧？”

吴煜转不过弯来：“百果，你是说我们……我们有感情可谈？”

“没有。”江百果不假思索，“所以，你要用万恶的金钱打下基础吗？”

“不不不，我怎么会？”就这样，吴煜也自己堵死了自己的路，将一个数字告诉了江百果。

至于这数字是大了还是小了，江百果并不在乎。他说多少就是多少，他说多少，她就还他多少，问心无愧。只是……只是张什的失联，仍是毫无线索，让人摸不着头脑。

另一厢，潮汕粥店里，池仁一行三人点了大份的膏蟹粥和几样招牌菜。

唐茹落座了没一会儿，说去洗手间，离开前给了赵大允一个眼色。这一次，赵大允自认为扳回一城，他就知道如坐针毡的人除了他，唐茹也好不到哪里去。

唐茹离开后也就半分钟，赵大允坐不住了，眼看一道冷拼上了桌，借口说去洗洗手，就站直了身。不料，一直心不在焉的池仁偏偏在这时叫住了他："张什那边怎么样了？"

赵大允不得不又坐了回去："还在小旅馆里猫着。真是人不可貌相，五大三粗的，胆子就指甲盖儿大。"

池仁率先动了筷子，夹了一片笋放入口中："他给无误沙龙下绊儿的目的，再去查查看，我不要'怀疑'，我要答案。"

赵大允说了一声"是"，没再多言。

"你刚说什么？洗手？对，洗手，还不快去？"池仁慢半拍似的，放了人。

赵大允像是有满手的细菌，拔腿就走。

剩下池仁独自一人，吃归吃，却食不知味。无误沙龙涉嫌偷税漏税，吴煜和池仁可以说是在彼此都不知情的情况下，兵分两路开始调查。但同样是查，吴煜查的是标，池仁查的却是本。吴煜花了钱治标不治本，池仁却是要拿下罪魁祸首，也就是张什。

池仁扒出了张什和做账之人的往来，并将白纸黑字匿名寄给了张什，本想着张什一慌，他顺藤摸瓜，却不想张什麻溜儿地卷了铺盖卷，躲进了一家小旅馆，足不出户了。相较于赵大允说张什胆子就指甲盖儿大，池仁反倒认为，张什像是在等着警方将他缉拿归案。

换言之，他有着隐情，或是，他有他不得不保护的人。

那么，池仁怀疑张什陷害无误沙龙是为了他的前妻孟浣溪，也就对得上号了。但问题是，据查，张什和孟浣溪的孽缘能算是爱情吗？即便退一万步说，能算是爱情，那么，爱情又当真值得人无所不用其极，甚至背信弃义、违法乱纪吗？

池仁不知道这说不说得通。

或许，他对他昔日的“真命天女”尽心尽力做的那些事，都是小儿科？

池仁不知道张什和孟浣溪的爱情，和母亲姚曼安多少年来甘之如饴，甚至为之一命呜呼的爱情，是不是一码事。但假如是，莫非爱情注定以悲剧收场？

池仁更不知道他和江百果的爱情又会以什么收场。

放下筷子，池仁拿起了手机，给江百果发送了一条信息：到家了吗？

她和他约定下个礼拜一，却没说在下个礼拜一之前不许联络。池仁自认为这不算犯规。

等消息对池仁来说是常有的事。于公，他每每部署一步，成不成的，总要等上天，毕竟谋事在人，成事在天。于私，他也没少有对他的“真命天女”嘘寒问暖，却迟迟收不到回音的时候。但这是第一次，他把手机摆在眼皮底下都不行。

屏幕一暗下去，他即刻点亮，再暗下去，再即刻点亮都不行，他又给江百果发送了第二条信息：还没到家吗？

可一发完，池仁就后悔了。

这两条……有什么分别吗？他是在弘扬博大精深的中文吗？可他也不能弘扬了中文，就置自己的气定神闲于不顾吧？舍生取义，也不过如此。就这样，池仁匆匆撤回了第二条信息。

这家潮汕粥店什么都好，唯一的不足就是洗手间的条件跟不上，两个单间，不分男女，先到先得，再往外，就是一面镜子，一高一低两个洗手池。有个女的在低的那边对着镜子补妆，领口大了些，频频走光。有个男的在高的那边洗手，眼睛直往旁边瞟，手都洗脱皮了，还在搓。

唐茹没地方下脚，一直紧靠着墙根，总算等来了赵大允。赵大允看有个单间空着，一把拉上唐茹钻了进去，反锁了门。

二人分立白瓷蹲位的两侧，唐茹先声夺人：“先不说赵大哥的头脑是三六九等中的哪一等，你的嘴巴不比头脑快，这就难能可贵了。你也知道的，很多祸都是因为嘴巴比头脑快。”

赵大允双拳紧握：“唐小姐，我就问你一句话，你是不是有苦衷？”

唐茹失笑：“赵大哥，你帮你的池先生做了这么多年事，还保持着这份天真，我也是服了你了。”

赵大允的双拳同时向后挥，砸在单薄的隔板上，震得狭小的单间一阵颤抖。他仍抱有最后的侥幸：“你怎么会和致鑫集团扯上关系？他们找到你了？是什么人找到你的？什么时候的事？”

唐茹放开了手脚：“具体是什么时候的事，我也忘了，但总归比你找到我早了那么一点点。”

赵大允一通百通。

他中计了，虽说常在河边走，哪有不湿鞋，但这一次，他这鞋算是湿大发了。他怎么就没想到，当初，池仁给柏瑞地产下绊儿，终于惹恼了那个人，得到了“召见”，却不料最后关头，池仁是学雷锋做好事还是怎么着，临时送什么人去了医院，总之，和那个人的“召见”失之交臂。接着，那个人又缩回了头，一如过去十几年间，连池仁的电话都不肯接上一通。

再接着，他找到了唐茹。

这般巧合，他怎么就没想到会囫囵个儿的是个圈套！

赵大允扭头要走，亡羊补牢，这一次他真的不知道还来不来得及。

不料，唐茹拦住了他，她隔着散发一阵阵尿臊味的白瓷蹲位倾向了他，像是知道他在想什么：“来不及了。你这一秒告诉池仁，我可说不好……江百果下一秒会发生什么事。”

而赵大允彻头彻尾地不知道唐茹在想什么了，唯有一把扼住了她的脖子。

她知道了，她知道江百果才是那个孩子了。而她无非是在说，那个人也知道了，且随时随地会对江百果不利。先不论我明敌暗，光是那个人的势力，也是他，乃至池仁至今不可企及的。赵大允不寒而栗，他这不单单是湿鞋的问题了，他是泥足深陷。他一步错，注定了步步错。他没有在第一时间对池仁尽他应尽的职责，如今再尽，反倒会害了江百果。

在赵大允恐怖的力道下，唐茹喘不上气来，一张艳若桃李的面孔红到发紫，眼底却并未流露一丝丝的恐惧。

而这，恐怕就叫作天性使然。

赵大允最初查到的有关唐茹的档案，纯属虚构。其实，唐茹出生在一个无可挑剔的家庭，父母恩爱，家境宽裕。而他最后查到的有关唐茹身患晕血症的来龙去脉，也仅能算是半真半假。其实，唐茹与其说是那一场青少年霸凌事件的目击者，还不如说是……帮凶之一。

或许正是因为家庭的无可挑剔，唐茹自幼无法无天，在那一群霸凌者当中，年仅七岁的她虽小了其他女孩子一大截，充其量就是个旁观者，却每每乐在其中。

直到那一场惨案的发生，其他女孩子作鸟兽散，她到底是小，吓坏了。

后来，她被警方带走，说那个掉下地铁铁轨的姐姐是自己不小心才掉下去的。

她自认为她是据实相告。的确，谁也没推那个女孩，是她自己慌不择路。

再后来，唐茹除了身患晕血症，更恨透了一切的同性。正是不可告人的负疚太过沉甸甸了，令年幼的她不得不逃避，反倒也就置身事外了。她站在制高点上，认定了同性的人面兽心，在那一副副如花似玉的躯壳下，怎的就是一张张的血盆大口。

转而与异性的亲密，无疑使唐茹更迅速地走上了一条不归路。直到她十八岁那年，她的父母死了心，说就当从没有过她这个女儿。

再后来，唐茹高考考到了上海，也就开始了新生活。不论人后如何，人前的洁身自好和与人为善，也算是她的进步了。

再后来，上帝无疑又给了她一次机会。一边是雇主的慷慨大方，一边是池仁的出类拔萃，唐茹从坚定到左右为难，无非是因为她知道，一旦她把握住了这一次机会，更好的新生活就在不远处等着她。

她想，她受的苦也够多了。

她想，或许这是她最后一次重新来过的机会了。

在唐茹看来，赵大允还是有两下子的。十四年前的那一场惨案，因为其中两名霸凌者的家庭有权有势，又或许因为唐茹的供词，总之，事发不久后，就被定性为意外事故。而赵大允透过意外事故的表面，看到了事情的本质，就差那么一点点，他就看到唐茹的本质了。

可惜，差之毫厘，谬以千里。

连日来，赵大允对唐茹的怜惜，令唐茹不得不得意：真是天助我也。

MISS.JIANDAO

第22章

系铃人

几道招牌菜都上来了，池仁仍在等，然而，等的不是迟迟未归的唐茄和赵大允，而是江百果的回复。所谓恋爱会把人变成傻瓜，或许就是因为那一份不管不顾的执拗，其余闲杂人等，通通靠边站。

——到了。

江百果回复道。

池仁将筷子叼在嘴里，迫不及待地双手并用：在干吗？

这一次，江百果没有让池仁等太久：吃面。

——一个人，还是？

——两个人。

——撒谎。

——那你还问。

池仁放着手机不看，反倒走弯路，习惯性地看了看腕表，距离唐茹去洗手间过去五分钟了，距离赵大允去洗手，也过去两分钟了。说是闲杂人等靠边站，又怎么可能？

而就在这点空闲时间里，江百果又发来了一条信息：你撤回的是什么？

——手误。

——撒谎。

那信息她看到了。

池仁失笑，又怕失态，不动声色地用手背挡了挡脸：花扔了吗？

——等枯了再扔，也算对得起它们短暂的生命。

——你又理智得可怕了。

——而你的感情用事正合我意，本以为你不会这么快就联络我。

池仁放弃了遮遮掩掩，双手捧着手机，笑意渐浓。所谓理智和感情用事，乍一听势不两立，实际上却难免混淆不清。她说她是个理智之人，给每个男人打下分数，但到头来，她离开他们，又怎么会是因为他们不及格，还不是因为他们打动不了她的那一副“铁石心肠”。

而他因为感情用事被当作笑话，对每一个女人全身心地投入，到头来，又耗尽了她们每一个的热情，又怎么会是因为她们不再爱他，还不是因为他自始至终没有爱过她们，却又总想再努力看看，直到她们决定放自己一条生路。

——理智小姐，晚安。

时间一分一秒地流逝，唐茹和赵大允仍一去不复返，池仁不得不为与江百果的对话画下句号。

——晚安，Mr.感情用事。

她回他道。

池仁放下了手机。恰巧，滚烫的膏蟹粥也端了上来，看得到的鲜美，压得住轴。池仁慢条斯理地为自己盛了一碗，晾在面前，不要说亲自前往了，连目光都没有转向洗手间的方向。

在洗手间的单间里，唐茹连眼珠都凸了出来，手脚也开始失控地挣扎，发出窸窣声响。赵大允猛地放了手，唐茹爆发出一阵剧烈的咳嗽，整个人缓缓滑坐下去。

这许多年来，赵大允的手上不是没沾过血，但人命，绝没有。

池仁对他说过，同归于尽是无能者的下下策。

莫名地，赵大允想哭，不为别人，就为自己。六年了，他偶尔也自诩池仁的朋友，但不管池仁怎么想，他骨子里却压根儿没这么想过，因为不敢。就好比刚刚，菜一端上来，池仁自然而然就动了筷子，压根儿没把他放在眼里，更别说等一等他，让一让他了。

关键是他并不认为这有什么不妥，一切都顺理成章，还何谈主角配角？

他以为他至少敢做一做取而代之的美梦，却不料，眼下最令他无法接受的，不是他做不了主角，而是他明明有机会做好配角的，却都没能做好。

池仁找了那孩子许多年，在认识他之前就在找，在认识他之后，还在找，一条条的线索断了，再找，找了，又断。池仁想过放弃，想过就这么算了，池仁甚至在酩酊大醉时对他说过，也许十四年前的往事，是自己的一场梦。

是他不让池仁放弃，是他拍着胸脯向池仁保证，说他一定会找到那孩子。

如今再想想，他让池仁放弃了就好了。

他没有中那个人的圈套就好了，他没有被唐茹蒙蔽了双眼就好了！

或者，他在找到江百果后，第一时间向池仁和盘托出就好了，至少，他们能抢得先机，增加哪怕一点点的胜算。

但他竟一步错，步步错，直到让人把刀架在了江百果的脖子上，而池仁还浑然不知。而池仁浑然不知还算好的，再往后，保不齐就是眼睁睁看着江百果有个什么不测。

没有后悔药可吃，赵大允当真哭了出来，伸手一抹，忘了还戴着眼镜，一把抹在眼镜上，隔靴搔不了痒。他低头一看唐茹，她都缓过了劲来，要缓缓站直身了。这小小的一回合，赵大允一败涂地，他缩在这单间的角落，尽可能离唐茹远点。

不用照镜子，唐茹也知道她的脖子上有瘀青了，好在今天头上戴了两指宽的发带，往脖子上一系，该遮的都能遮住，还锦上添花。这般顺遂，令唐茹不禁又沾沾自喜。什么叫作进可攻，退可守？也就她了。

连日来，她千方百计地让赵大允拖延时间，可不是白白拖延的。其间，她和小邓交了两次手，都没能套出雇主的身份，而她又绝不能说：我暴露了身份，请协助我，给我最后一次破釜沉舟的机会。

谁知道他们会不会对一颗暴露了的棋子心慈手软？

迫不得已，唐茹又找了那私家侦探。无奈，他狗改不了吃屎，厚厚的一沓报告上，除了“具体不详”，就是“来源未知”的字样。

唐茹用尾款作为要挟，请那私家侦探找小邓碰了个瓷儿。他动真格的不行，耍无赖倒是有两把刷子，末了，小邓甩了张名片给他：“你这浑蛋就算是有痔疮，我也包治！”

在那私家侦探的报告上，小邓是个无业游民。

但在小邓的名片上，他是一家小公司的拥有者，而在那小公司的背后，就是致鑫集团了。

唐茹站在接机的人群中等候池仁时，仍在斟酌要不要走这一着险棋，毕竟，致鑫集团是不是正确的答案，她并没有十足的把握。但既然池仁都和江百果双宿双飞了，她还有什么豁不出去的？

况且，照池仁的色变和赵大允的屁滚尿流，她知道，这一步她走得不只是正确，而且是英明，无比英明。今后，她再也不是谁的棋子，她是将两条狼狗牵在手里，遛得它们团团转的主人。进，她仍有机会留在池仁的身边，退，她大不了玉石俱焚。

唐茹和赵大允有说有笑地回来了，赵大允一边走，一边还在擦手。

池仁又默默看了一眼腕表，共计八分钟，他吃到了五分饱，那一碗膏蟹粥仍热气袅袅，但用白瓷勺从表面一层层刮下来，也能入口了。

唐茹扫视一圈：“哇，都不等等我们就开动了？”

“这叫帮咱们试菜。”赵大允打趣道，又对池仁笑了笑。

池仁配合道：“一来没人下毒，二来味道尚可，请吧。”说完，他还做了个请的手势，但紧接着，就又拿起了手机。

“唐小姐先请。”赵大允为唐茹奉上筷子，紧接着，也就大快朵颐了。

事已至此，赵大允悟出了个道理：明争暗斗间，技不如人不重要，一时间的上风下风更不重要，重要的无非是立场，是你知道你该往哪儿走，是心底的那口气，但凡憋住了那口气，输阵也不输人。

反观唐茹，她看了一眼人在曹营，心却不知道在哪儿的池仁，又看了一眼缓过了劲来的赵大允，冷不丁尿急，却总不能连屁股都没坐热就又要去方便，只好也盛了一碗膏蟹粥，先暖暖胃再说，但白瓷勺从碗底一翻，舀起的粥烫了她的舌头。

至于池仁，他双手垂在桌沿下，又骚扰了江百果：睡了没？

事已至此，池仁不难知道赵大允和唐茹有事瞒他。从刚刚过去的那八分钟开始，从机场高速上莫须有的猫开始，从唐茹不请自来的接机开始，甚至，从他抵达西雅图后，和赵大允的第一通电话开始，他就觉得不对劲了。在电话里，他向赵大允问及唐茹，赵大允说“一切如常”，而往往在一切如常的背后，就是暴风雨前的宁静。

池仁也不难知道他是后知后觉了，但现在，还不到为后知后觉买单的时候。

现在，他在暗，赵大允和唐茹在明，他要做的，无非是做个观众。

但在说了晚安后，又骚扰江百果，却不是他声东击西的手段。他是真的想她，是真的想再和她说说话。要不说红颜祸水呢，都到这节骨眼儿了，他还顾得上想她……

另一厢，江百果一回家就冲了个澡，头发湿漉漉地披在脑后，因为太久没打理，发梢原形毕露，带着卷曲的弧度。

刚刚烧水煮面的时候，江百果收到了池仁的第一条信息，水刚好沸了，她就想着等下再回复他，哪想，第二条紧跟着就来了。她把面下进锅里，手里握着一枚鸡蛋，看了一眼茶几上的手机，又看了一眼，到底还是放下鸡蛋，走了过去。

第一条是：到家了吗？

第二条是：还没到家吗？

江百果失笑，这两条有什么分别吗？

水溢出了锅沿，浇在火苗上，刺啦一声。江百果扔下手机，跛着脚冲回去，关小了火，把鸡蛋磕进了锅里。

面出锅后，江百果一边吃，一边和池仁有一搭没一搭地聊着，鸡蛋下得晚了些，火小，蛋清一破，蛋黄就汩汩地流了出来。面吃到一半，池仁道了晚安，江百果虽恋恋不舍，但也作罢了，将手机搁在了一边。结果，这碗面还没吃完，池仁就又杀了个回马枪：睡了没？

江百果咬着筷子，心说问别人睡了没的人，还不都是抱着一颗"就算你睡了，我也要把你叫醒"的心吗？

紧接着，池仁又发来了一条：真睡了？

"不会吧？又来……"江百果自言自语。

她话音未落，这第二条信息还当真就在她的眼皮底下被撤了回去。江百果抚额，对池仁的"童心未泯"不予置评，转而回复道：你知道我每天都会做噩梦吗？

——在医院，有几次你睡着了还皱着眉头。

——十几年了。张什总说我脑子里长了瘤子，可我去查过，没有。

——那就是心病，得靠心药医。

江百果一时间没有回复，且不知道好端端的她为什么要和池仁说这些，而这些无非是说：人家不敢睡，人家要你来陪。

她万万没想到她也会有今天，可再转念一想，她怎么就不能有今天？她也不过就是个被逼上梁山的纸老虎，她已经经受了比别人多得多的磨难，她已经习惯了有伤口自己舔，她甚至已经忘了当她坚持不住的时候，还可以依靠别人。

依靠别人，这分明是规则允许的，她又何必对自己高标准、严要求？

江百果已经不记得到底是谁给她灌输了"靠人不如靠己"的观念。赵宾斌是她的初恋，那一年，他情不自禁，对她许下海誓山盟，她嘴上虽没说什么，心里却冷笑一声：能陪我走到最后的，只有我自己。她分明还没爱过，没被人伤害过，谈不上一朝被蛇咬，难道是天生怕井绳吗？而她就是用这“天生”二字，解释了每一条解释不通的死胡同。这许多年走下来，陪着她的果然只有她自己。

直到她遇上了池仁，她终于想依靠他，想让他陪。

——周一见。

池仁说道。

这不解风情的回复，江百果不是不气的，一急火攻心，哼的一声就要哭出来。而这女儿家家的德行，更是江百果从未有过的。

——不见不散。

池仁又说道。

江百果发出一声叹息，一颗揪紧了的心稍稍放松了些。说什么靠人不如靠己，到头来，还不是要靠他一句话。

——对了，能治你心病的心药找到了，先恭喜你。

池仁最后说道。

江百果忍俊不禁。她知道池仁所谓的“心药”就是他自己，也知道他这一句玩笑话背后的真心，但他们双双不知道的是，困扰了她十四年的谜题的谜底，被他这一蒙，还就蒙对了。

解铃还须系铃人，所谓系铃人，可不就是他？

另一厢，唐茹和赵大允先后酒足饭饱，池仁也就不得不关掉他发烫的手机。

在回公寓的途中，赵大允打开了广播。又是那一档调节家庭矛盾的节目，这次是一道男声，说他下辈子一定要做个女人，再不夹在婆媳的中间。

赵大允健谈道：“上回送唐小姐回学校，我一没留神就暴露了我这低级趣味，当时吓得我啊，出了一身冷汗。”

“哦？是吗？”池仁不温不火。

唐茹不知道，也不想知道赵大允葫芦里卖的是什么药，敷衍地笑了笑。对她而言，赵大允是被她吃死了的，非但不会对她不利，恐怕就算有朝一日池仁怀疑她，为了江百果，他还得帮着她打消池仁的怀疑，那么，随便他故弄玄虚。

到了公寓楼下，池仁要赵大允跟他上去一趟，说有话要说。

从唐茹和赵大允的反应中，池仁没找到他要找的东西，比如不安，那么，仅有的两种可能，一是他们问心无愧，二是，他们比他预计的更难对付。而第一种可能，偏偏又是不存在的。

在大堂等电梯的时候，池仁看了一眼后门，也就是姚会所的方向。说来也是令人唏嘘，倘若姚曼安还活着，三十岁的他势必远走高飞了；她死了，他却乖乖地留在了这里，寸步不离。

唐茹将这一幕看在眼里，还以为池仁碰上了什么人，便跟着看了一眼后门的方向，却一无所获。

对此，池仁也看在眼里。

下了电梯，池仁目送唐茹进门。而赵大允站在池仁身后，除了目送，还多嘴多舌："唐小姐，别忘了锁好门窗。"说者有心，听者有意，且不同的听者，还能听出不同的意来。在唐茹听来，赵大允无非是说她多行不义必自毙，但在池仁听来……

随后，赵大允跟着池仁进了门。他一步没多走，反手一关门，直接靠在门上："池先生，我也有话要跟您说，哪怕我不说，您恐怕也看出来了，我喜欢上唐小姐了。"

池仁背对着赵大允，脚步缓下来。

果然……果然是这样?

所以在越洋电话里，他向赵大允问及唐茹，赵大允屡屡一笔带过?所以在机场高速上，赵大允问"唐小姐都跟您说了吧"，不是指致鑫集团的奖学金，而是指他们的事?所以，在那家潮汕粥店里，他们耍了八分钟的花样?所以，赵大允的"低级趣味"，不能暴露给唐茹?所以，赵大允会惦记唐茹锁没锁好门窗?

池仁松了松衬衫领口，转过身来："我……的确看出来了。"

"好在您和唐小姐分手了，不然，我真没脸见您了。"赵大允的手仍扶在池仁行李箱的拉杆上，"再有就是，这事儿是我剃头挑子一头热，唐小姐对我没那个心。"赵大允跟了池仁六年，自然能看出池仁起了疑心。而唐茹想得对，今晚池仁起了多少的疑心，他就得帮她打消多少。

池仁点点头，又转身往里走：“进来坐。”

“不了，您今天也够累的了……”

池仁自顾自洗了手，要烧水泡茶：“你的话说完了，我的还没说。”

“您说。”

池仁站在沙沙作响的水壶前，双手撑住台面：“致鑫集团找上小茹了，我问你怎么看，你还没回答我。”

“这事儿唐小姐没跟我提过，我刚听到时还吓一跳呢。”赵大允滴水不漏，“但要照我看，反击才是最好的防守。”这一字一句，是赵大允刚刚在吃饭的时候一边饿鬼上身似的狼吞虎咽，一边打好的腹稿。

池仁又点点头，换了话题：“你说……人的记忆真的能凭空消失吗？一点都不剩？找都找不回来？”

赵大允一怔。这是他没想到的问题，但当即一想，也知道池仁指的是唐茹凭空消失……不，不是凭空消失，而是根本不存在的那一段记忆。

赵大允动了动嘴皮子，话就在嘴边。

水要烧开了，咕嘟作响。

“你说什么？”池仁对赵大允招招手，“过来。”

赵大允不得不走上前：“该找回来的，总能找回来。”

池仁轻笑：“说了等于没说。”

水烧开了，池仁握住水壶的壶柄：“下周二就到了沈龙和具象的临门一脚了，你说……我们直接把吴煜绑架了行不行？事成再放人。”

“行！”赵大允脱口而出，“您就请好吧。”

“你喜欢小茹什么？”冷不丁地，池仁又换了话题。

赵大允死死盯着池仁手里的水壶，满脑子都是他皮开肉绽的画面，但话仍说得满满当当：“这都是注定了的。”

隔着台面，池仁笑着用另一只手拍了拍赵大允的肩膀：“我看你这口气不像没脸见我，倒像是……视死如归啊。”

赵大允赔笑。关于江百果和唐茹的身份，他决定紧咬牙关。池仁不知道，势必比知道了而装不知道来得容易些。只要池仁不知道，唐茹和她背后的那个人就不能出招，一出招，就不打自招。那么，只要池仁不知道，江百果就万事大吉。刀架在脖子上，赵大允大不了自己抹上去，问题这刀不是架在他的脖子上，而是架在江百果的脖子上，那么，就算唐茹让他趴在地上学狗叫，他也得叫。

而他对池仁说了，反击才是最好的防守。

但可惜，以他的处境，他帮不上池仁了。

好在，一旦池仁连他这个心腹都失去了，又一次要与全世界为敌，那么全世界都不会是池仁的对手。

赵大允离开后，池仁在他行李箱的拉杆上一摸，濡湿一片，自当是赵大允手心里的汗。池仁叹息一声。撒着弥天大谎，磕巴都不带打的，眼珠都不带抖的，声调也是稳的，就偷偷摸摸地出了这一手心的汗，赵大允不愧是赵大允。

而池仁之所以知道赵大允撒了弥天大谎，是因为他知道赵大允并不喜欢唐茹。

因为他终于知道了喜欢一个人是什么样子——哪怕天寒地冻，一想到她，眼眸中的星星之火足以燎原，一如他想到江百果时的样子。

而赵大允在言之凿凿的同时，最冷的反倒是他金丝框眼镜后的双目。

但赵大允在瞒什么，池仁一时间不得要领。这六年间，他把赵大允培养得有多出色，今天，赵大允就有多难对付。他知道他不可能撬开赵大允紧咬的牙关，他知道他又回到了孤军奋战的境地——一如六年前，他和赵大允相识前，凡事一个人扛的境地。

池仁终于着手泡茶，无奈，那一壶水早就没有了温度。

是夜，无人安眠。

江百果第二次梦到了那个女人，脸朝下趴在地上，头颅从三分之一处竖向裂开一条缝，鲜血汩汩而出。她惊醒，却见张什站在她床边，拿着一份体检报告，说她脑袋里真的长了个瘤子，时日不多。她再惊醒，只见才半夜两点。江百果缓了缓神，又拨了一次张什的电话碰运气，而她一向没什么运气。

至于池仁，也在对张什下功夫。好几次，池仁并非忙里偷闲，而是不禁去想，想往常那些大事小事自己都交给了赵大允，他会不会太辛苦了；自己几乎没有褒奖过他，又算不算亏待了他。

至于唐茹，她致电了小邓。致鑫集团的奖学金一事，她上下嘴皮子一碰就对池仁说了出来，押宝也大获全胜，但假如她做不到让这事儿无中生有，那她就是自掘坟墓了。整晚，唐茹一直在等小邓的回电，她必须要见见她的雇主，立刻，马上。

至于赵大允，真正走投无路的人非他莫属，但既然放手一搏，倒也痛快了。他有多少人，就派了多少人在江百果的四周，一个不留。而绑架吴煜一事，为了万无一失，他决定亲自出马。

翌日，周五，一早。

江百果到无误沙龙时，冉娜一如既往地比她早到了，而不等她问冉娜张什失联前的点点滴滴，失联的张什就从厕所里走了出来，没事儿人似的："Good morning!"

江百果微微吃了一惊："你没事儿吧？"

"我能有什么事儿啊？"张什耸耸肩。

两秒钟后，江百果别开了目光："没事儿就把裤链拉上。"

张什一低头，裤链还真忘了拉，荧光黄的内裤晃得人眼晕。

江百果倚在前台，一页页翻着许久未翻的日历，捎带着看了看冉娜。照她微蹙的眉头和一脸的问号，她似乎对张什的神出鬼没毫不知情，而小别之后，她又胖了一圈。江百果苦笑，明明都吃了一番苦头，却胖的更胖，瘦的更瘦，真没什么道理可言。

"停业装修"到底是令无误沙龙流失了一部分急性子的顾客，但这大半天下来，江百果和张什照旧忙得四脚朝天。而江百果不难看出，张什在等电话，那么大一块头，噌噌地挠着头皮，像只热锅上的蚂蚁。

下午三点，吴煜言出必行，差人给江百果送来了那家法国菜餐厅的车轮饼。而江百果也不难看出，冉娜口水都要滴下来了。她将车轮饼连同餐具都推给冉娜："吃了这个，今天就别吃夜宵了，胖无所谓，小心'三高'。"

冉娜心头一热："那天我在电话里耍横，你别放在心上啊。"

江百果往冉娜身上一靠："我都忘了。"

倒不是大人有大量，是江百果虽不知道张什在搞什么鬼，但冉娜对张什的一颗红心，她是知道的，又怎么会对一颗红心斤斤计较？不过眼下，被江百果这么一靠，冉娜提心吊胆：她这外刚内也刚，外冷内更冷的老板，什么时候学会了这一招小鸟依人？这……这是反其道而行之的酷刑吗？别吓她啊，这……这还是她老板吗？

离开冉娜，江百果掏出手机，给吴煜发了一条信息：谢谢，但就这一次。

这时，一直在等电话的张什什么都没等到，倒是有人致电了江百果。

陌生号码，江百果却心中有数，至少有百分之八十的把握。

她轻轻挂断了来电，回到洗了头的顾客身后。顾客百思不得其解，问："不是装修了吗，动哪儿了这是？"江百果回答说："这就是装修的最高境界，找不出动了哪儿，但就是焕然一新了。"

剪头发也是如此。

相爱也是如此。

修炼到最高境界，不知道哪里不一样了，但就是脱胎换骨般不一样了。

不一会儿，那陌生号码又打了来。江百果从来不是缩头乌龟，第一次挂断，是给自己，也是给对方一个重新考虑的机会，但似乎，对方考虑好了。"Sorry，给我半分钟。"她对顾客抱歉地点点头，走到了一旁。

毫无悬念地，是唐茹，败者为寇的她悲悲戚戚地请求江百果能和她见上一面，谈上一谈。在池仁之前，江百果从未"染指"过别人的男人，也就从未面临过这样的局面。但传闻，在每一段三角恋中，你死我活的那二人，最后总免不了见上一面，而结局十有八九是两败俱伤，如果能从头来过的话，不如不见。

"小茹，没这个必要。"江百果好言相劝。

"我把地址发给你，我会等到你来为止。"唐茹不由分说结束了通话。

随后，江百果的手机在口袋里急促地振动两下，代表唐茹说到做到。江百果以顾客为重，直到让对方乘兴而来，乘兴而去，她才又掏出了手机。除了地址，唐茹还请江百果对池仁保密，帮她保有最后的脸面。江百果不敢苟同，按下了删除键。

动心这回事是身不由己的，遇上了那个令你动心的人，你想动也得动，不想动，也得动。但死心这回事，却全凭自己，拿出壮士断腕的决心，半条命都没了，哪里还顾得上什么最后的脸面。

下午四点，池仁坐在沈龙传媒属于他的格子间里，电脑屏幕黑漆漆一片，面前也没有一份文件。他左手搭在桌上，右手握着手机垂在腿上，整个人带着转椅在十度角以内左摇右摆，看上去百无聊赖。

直到咣的一声，孙明美扔了一本时装目录过来："帮我看看，下周二穿哪套好？我折了角的。"

孙明美走远了两步，又一回头："你闲得慌啊？"

"我是被难住了。"池仁定住了转椅，稍稍坐直了背。

从西雅图的天高皇帝远，到一下飞机，甚至来不及出机场的齐聚一堂，池仁化繁为简，要紧的也就三件事罢了。一是张什，好办，他连夜把张什查了个底儿掉，果真，真相别有洞天。于是，今天一早，张什在小旅馆臭烘烘的床上一起身，就见门缝里塞进了一张字条，字条上没有落款，只让他该上班上班，等候发落。

二是吴煜，一旦豁出去，也好办，池仁说要在下周二绑架吴煜，不是说着玩玩的。而既然赵大允大包大揽了，这事儿也就算成了一大半。赵大允虽不再是他的心腹和自己人，但赵大允哪句话真，哪句话假，哪件事能胜任，他还是心中有数的。

但第三件事，难住了池仁。

早上十点，池仁致电了唐茹的校方。当初，他既然能帮唐茹办理交换学生的手续，就不可能和校方说不上话。而池仁拨这一通电话的本意，自然不是怀疑唐茹，她的档案他倒背如流，他哪有怀疑她的道理？他本意不过是要先摸摸致鑫集团提供奖学金一事的皮毛，好做下一步的打算，却不料，对方对答如流，就像是等着他来摸，就像是生怕他不来摸似的。那么，所谓器满则覆的道理，似乎……有人犯了忌。

“我听听，被什么难住了？”孙明美走到池仁面前，挺腰一站。

池仁一本正经：“第一次请女朋友吃饭，是食物比较重要，还是情调比较重要？还请孙总不吝赐教。”

“当然是情调啊！”孙明美翻了个白眼，“因为食物一点都不重要，因为你们真正想吃的，是对方啊！”

“孙总英明。”

这时，江百果的信息不期而至：起风了。

池仁轻笑，当着孙明美的面就不务正业，气得孙明美用指关节使劲敲了敲扔在池仁面前的时装目录：“三选一。”池仁不得不先以公事为重，为孙明美选中了一套洋红色几何图案的套装，不是谁都驾驭得了的，最衬托孙明美的心高气傲。“有眼光。”孙明美款款而去。

走了两步，孙明美又回头：“赶紧……”赶紧帮我订啊。

话没说完，孙明美就看见池仁都拨通时装店的电话了，他对她了然于心地眨眨眼，让她放一百个心。孙明美气结，要找碴儿：“送那帮小孩儿去好莱坞镀金的事儿，有眉目了吗？”池仁对那厢的时装店说了句“稍等”，捂住电话话筒：“发到您邮箱了。”

“吴总提出的创刊，我总得给点儿实质性的支持。”

“刊号我来搞定，这算不算实质性？”

接连讨了几个没趣，孙明美灰溜溜地走了。

MISS.JIANDAO

第23章

光阴的故事

晚上十一点，江百果站在距离池仁和唐茹的公寓还有几百米的十字路口，哼着那首罗大佑的《光阴的故事》，怡然自得。入了夜，风力仍不减，她穿了件做旧的灰色帽衫，身前的衣兜是相通的，双手揣进去，在中央交握，分不出哪只手更凉。

唐茹发来的地址，江百果从手机里删除了，却没能从她的脑海里抹去。碍于膝盖还不自如，她今天没有骑她的地平线200，打烊后，从无误沙龙打了辆车，把地址报给了司机，最后，却让司机停在了这距离目的地还有几百米的地方。

不过，江百果不是来找唐茹的。她说她们没有“交锋”的必要，一言既出，驷马难追。

换言之，江百果是来看池仁的。

池仁对江百果说过的，唐茹住在他的隔壁。于是彼时，江百果在收到唐茹发来的地址时，心底就有一道小小的声音在呐喊：哇哦，池仁就住在这里。但彼时，她倒没想来看他。

直到后来，她给池仁发了一条没头没脑的信息：起风了。

池仁立即就回复了她：那也不会改变什么。

那也不会改变什么。

他就在不远处的那里，按照她的叮嘱，等思好了，虑好了，他就会和她走到一起。

当即，江百果百炼钢化为绕指柔。似乎，她的铁石心肠终于开了个孔，那孔就针鼻儿大小，但偏偏池仁总能找得准，一点一点，狠狠往里钻。

就这样，她情不自禁地想来看看他。无须他出面，她就是来看看他时常穿过的大街小巷，或是沿途会拐进的某一家便利店，又或是和他同呼吸、共命运的一草一木……

然而，事先谁也不知道，江百果一时兴起的此行，恰恰会推翻池仁对她的那一条回复。他说“那也不会改变什么”，可每当她踏近他周围的大街小巷和一草一木一步，便无异于踏近了十四年前的姚会所一步，便也无异于离那呼之欲出的真相又近了一步，而那无疑会将一切通通改变。

张什开着他的牧马人回到家，以五公里的时速溜着边儿找车位，没找着车位，却找着了池仁的凯迪拉克。他嘀咕了一句：“不是让我等电话吗？”

连日来，在小旅馆里待得快要发霉，张什也就找了张外卖单，在背面把“嫌疑人”写满了一篇儿，又进行了层层筛选，末了，他在池仁的名字上重重地画了个圈。说来，他也没什么证据，但自从他和池仁打了第一个照面，他就知道，那个男秘书迟早会坏了他的好事。尽管中途，他还以为江百果对那个男秘书的鬼迷心窍没准儿能助他一臂之力……不料，他还是栽在了池仁的手里。

总之，张什对池仁的到访恨归恨，却不算吃惊。

张什缓缓将他的牧马人贴着池仁的凯迪拉克停下，车技出神入化。

池仁打开副驾驶位的车窗，对张什勾了勾手指，让他过来坐。

由于张什这一侧的车门紧紧贴着池仁副驾驶位一侧的车门，他脸色一青，又多费了一会儿工夫挪车，这才得以下了车，坐上了池仁的副驾驶位。“你丫到底什么人？”张什先声夺人。

“用你的话说……我不是池大秘书吗？”

池仁一副和气生财的样子，反倒令张什沉不住气：“有话快说，有屁快放！”

“倒也没什么大事儿。”池仁递了张什一支烟，张什被动地接下，叼在了嘴里，而池仁还给张什点上了，“我就是希望你能找个机会对百果说声谢谢，毕竟要不是她，孟小姐的父亲恐怕早就锒铛入狱了。”

张什大吃一惊，一杆老烟枪，愣是被呛得连鼻涕都喷了出来。

池仁将面孔转向了他这一侧，玻璃上映出的分明是他的身影，入了他的眼，却幻化为言笑自如的江百果。池仁不知道那女人用她单薄的肩膀扛下了多少的重担，她的，别人的，都算上，而那一票狗咬吕洞宾的“别人”，看不到他们的大难不死和她的赤子之心，他们看到的，只有她的步步高升。

那分明是她应得的，却被他们当作了她铁腕的铁证，给她扣上了“冷血”的帽子。

而她懒得和他们废话，任由他们去说，去恨，在背后议论纷纷。

最令池仁耿耿于怀的是，并非无所不能的他，大概永远也不会知道，江百果在她野火烧不尽的二十四年间到底扛下了多少，忍住了多少，埋藏了多少，在她满不在乎的面具下，又到底有多少的黯然神伤。

要是知道了还好，大不了，他帮她一件件地讨回公道。

偏偏不知道，他忍不住庸人自扰。

陡然间，池仁眼角一湿，不得不怪在了张什头上：“太呛，掐了吧。”也不想想刚才是谁给张什点上的。

张什脑子转不动了，池仁让他抽，他就抽；池仁让他掐，他就掐：“这……这关我老丈人什么事儿？”

“孟小姐的父亲要研发新型冷烫品牌，说是自主研发，却是私下购得了德国的一套设备和配方。说来，互通有无当然是好事，不过，那套设备和配方却是因为二乙醇胺严重超标而被整个欧洲禁用的。”

“二……二什么超标？”

池仁总结道：“你敬爱的老丈人，他独具慧眼，找了百果做他的左膀右臂，无奈，苦事、难事，百果不在话下，但坏事，她万万不做。所以，你们说她背信弃义不对，她是不同流合污罢了；你们说她气得孟小姐的父亲心脏病发更不对，她是给他回头是岸的机会罢了。”

张什头昏脑涨：“编，你就编吧！编得还真有里有面儿啊！”

池仁丝毫不理会张什的自欺欺人：“张什，从今以后，一边是和你藕断丝连的孟小姐，一边是你做好事不留名的爱徒，怎么选，你自己掂量。但我有言在先，不管是百果，还是无误沙龙，你要再敢动一下……我就敢让你一下都动不了。”

张什用余光瞥了一下池仁：“这回这事儿，果子……果子她知道吗？”

“她今天一天是怎么对你的，你看不出来？”

“我看不出来！她今天一天都神神道道的！”

池仁轻笑：“那不是因为你，那是因为我。”

张什被池仁带着跑了题：“听你这口气……她三角恋苦尽甘来了？”

池仁言归正传：“这事儿，她不知道，也不会知道。你口口声声说她是你的爱徒，却说一套，做一套。她不一样，她打心眼儿里把你当作恩师。我帮你遮丑不是帮你，是为了不让她伤心。”

张什又一转念：“我老丈人的混账事，孟浣溪她知道吗？”

“我不关心这个。”池仁漠然道。

张什稍稍缓过劲儿来，挺了挺腰：“那这事儿就这么结了吧？不过话说回来，池大秘书，你丫今天说什么也都是你一面之词，等我……”

无奈，张什的负隅顽抗也就到这儿了，因为池仁一把扼住了他的下颌。

张什分明也是五大三粗，但到了池仁手里，愣是跟个连毛都没长全的小鸡崽似的，连脖子都下意识地缩了缩。池仁算不上目露凶光，这几年来，他收敛惯了，骨子里没那么多打打杀杀的想法，但双眸中的两股寒气还是让张什连反抗都忘了。

“快结了，还差一点点。”池仁加大了手上的力道，令张什被迫张开了嘴。

张什如梦初醒，双手扒住了池仁的手臂，却不料，他双手难敌池仁五指。

池仁拿上张什掐灭的那半支烟，塞进了张什的嘴里：“这不是因为你对无误沙龙做的好事，怎么说，那也是小事。这是因为你亲过百果，这事儿我窝火好一阵子了，不撒出来，总也过不去。”

张什一张脸憋成猪肝色，舌头都僵了，也没能把那半支烟顶出来。

终于，池仁像是过了心里的那道坎儿，轻轻放开了手。

一时间，张什却连吐都不敢吐了，弄脏了这车，他怕他再也下不了这车了。

“下车吧。”池仁又恢复了和气生财的样子。

半个小时后，池仁驱车行驶到了距离他的公寓几百米的十字路口，红灯，他踩住刹车，停在那一道白线之后。午夜时分，整个十字路口仅他一辆车，连绿灯的方向也无车通行，等于白白浪费他的时光。

池仁无所谓，怡然自得地用手指敲打着方向盘。

原本始终一碗水端平的他，如今却也因人而异。当他没有遇到江百果，他讨厌等待，讨厌浪费，讨厌白驹过隙；当他遇到了江百果，等待便成了憧憬，浪费便成了回味，而他距离下周一，又千辛万苦地迈近了一步。

红灯进入了最后十秒的倒计时，池仁向左一偏头，这才看到不知道什么时候他旁边停了一辆白色面包车。那样的庞然大物，他却才看到。池仁自省般摇了摇头：如此麻痹大意，怎么能行？

而就在那辆贴有黑色车膜而密不透风的白色面包车里，面如死灰的江百果坐在第二排的右侧，目不转睛地看着池仁。

“江小姐？”赵大允坐在江百果的左侧，低低地唤了她一声。

刚刚，是他带着人马救她于水火之中，却不料，不出几百米，车子又恰恰停在了池仁车子的旁边，真所谓才出狼窝，又入虎穴。然而，这又会不会是冥冥之中……赵大允猛地一伸手，握住了车门的把手。

他知道，只要他拉开这道车门，他所有的自作孽将通通尘埃落定，是杀是剐，倒也痛快……

“别！”无奈江百果坚决至极，也卑微至极，“求你了，别。”

红灯还有最后五秒，池仁心口微微发闷。他看了一眼手表，锋利的秒针匪夷所思地停着不动，坏了吗？是什么时候坏的？他抬眼，比对了车上的时间，所以说，表就是刚刚才坏的吗？透不过气来，池仁一伸手，打开了车窗，随之又看了一眼那辆触手可及的白色面包车。

“开车！”江百果惊呼，一把揪住了司机的肩头，“快，开车！”

就这样，赵大允一行五人在江百果的命令下，在红灯还有最后两秒的时刻，冲过了那一道白线，绝尘而去。

随后，赵大允盯紧了抱住头的江百果。

有些事原本他不知道，现在他知道了。比如，他原本不知道一言不发的江百果在苦恼着什么，但现在他知道了，江百果找回了她的记忆——她认出了池仁。如池仁所言，人的记忆不会凭空消失，片甲不留。也如他所言，该找回来的，总能找回来。

但也有些事原本他知道，现在不知道了。比如，他原本知道江百果有恩于池仁，但现在他不知道，莫非江百果在有恩于池仁的同时，还对池仁恨之入骨？否则，她又为什么避之唯恐不及？

面包车行驶过了两个路口，江百果才猛地坐直身，回过头。

“池先生没跟上来。”赵大允对江百果毕恭毕敬。池仁是他的老板不假，但鉴于江百果是池仁捧在手心里的宝，那说她是他老板的老板……也不为过了。

接着，江百果在口袋和背包里寻摸着什么，却久久一无所获。赵大允问道：“江小姐丢了什么吗？”“没，没什么。”江百果选择了放弃，无力地靠在了椅背上。

镊子，江百果找不到她的镊子了。

那些毫无意义的、没有温度的、有棱有角的金属，这些年来她一直随身携带，在她无依无靠的时候，被她握在掌心里，陪她共渡难关，又怎么能说是毫无意义？但不知道是从什么时候开始，她把它们抛在了脑后。当她的心日渐被那个叫池仁的男人填满，即便是那些小小的镊子，也没有了立足之地。

所以，是她自己不留余地，活该她今天两手空空。

江百果闭上眼睛，在紧握的双拳中，指甲陷入了皮肉。

对江百果而言，姚会所在十四年前和十四年后的今天，并没有什么不同。尽管，十四年前的那里巧夺天工，有如人间仙境，但对江百果而言，那里除了是一个女人结束自己性命的事发地之外，再无其他，那么，它和今天的阴森，又有什么不同？

所以，当江百果从那一条通往姚会所的幽径半路杀出，当那西班牙风格的建筑远远比海市蜃楼来得真切，当那一道道落地窗和木棱搭配的拱门有如对她张开的血盆大口时，她知道，这里，她是来过的。

十四年前，十岁的江百果在课堂上被叫到走廊，接到了父亲生命垂危的消息。那个自从失去妻子就开始酗酒的男人因为肝硬化在医院躺了四个多月了，这两天刚刚有了起色，却是回光返照。

从学校到医院，江百果每次要走四十分钟，但跑的话，只要二十分钟，要是再抄条近路，只要十五分钟。

而那条近路就位于姚会所和一栋尚未竣工的大楼之间。

不要说年幼的江百果了，根本没人知道为什么姚曼安会赞同在姚会所的跟前建设一栋摩天大楼，且不说飞沙走石的工程会令姚会所的发展从如日中天到一落千丈，即便等它竣了工，这块宝地的风水也怕是通通会被它挡了去。

同样地，也根本没人知道为什么如火如荼的建设又会半途而废，如今，那灰色的半成品就那么高不成低不就地直入云霄，被打上了烂尾楼的标签。

但江百果知道，只要她钻入那蓝色挡板间的缝隙，穿过那一片荒芜，她就能马上去到她父亲的跟前。

却不料，她在耳闻一个男孩大叫了一声“不”后，紧接着，就是一声闷响。她转过一道弯，只见一个身穿白色衬衫的少年扑倒在一个女人的身边。

那女人衣着光鲜，一只高跟鞋还挂在脚上，另一只掉落在江百果的脚边，墨绿色丝绒鞋面上的水钻晃得人睁不开眼。江百果揉了揉眼，只见那女人脸朝下，头颅从三分之一处竖向裂开一条缝，鲜血汩汩而出，染红了那少年的白色衬衫。

“啊。”江百果被吓惨了，却只是低低地呼出了一声。

十六岁的池仁猛地转过头来，目光锁定了江百果：“过来！”

江百果打了个冷战，却不得不上前。

那少年生着一双单眼皮，黢黑的眸子闪着猩红的光。江百果分明是跑上前的，可当她跑到最后一步时，他还是恨她拖泥带水，一把拽倒了她：“帮我捂住了！”

他指的是姚曼安头颅上的裂缝。

江百果照做了，却始终做不到直面姚曼安，不得不将目光死死锁定在了池仁的身上。她的目光随着他站直身而上扬，他竟这样高，以至于她的脖子都快要仰断了。他一边声嘶力竭地喊着“来人，来人哪”，一边从裤兜里掏出手机，打给了医院，对对方报上地址，大吼说：“马上派一辆救护车来。”

江百果尽力地不去管她十指下的触感，只想着这少年或许比她大不了几岁，只想着他竟这样高，又这样周到。为了救她十指下这个面目全非的女人，他竟做了他能做的一切。

江百果甚至在想，他都吃了什么，能长得这样高，反观她，都十岁了，却还总被当作六七岁的孩子。

池仁做了他能做的一切，终于安静了下来。

因为这一片闹中取静的荒芜，没人赶来救他于危难。

救护车大概是在路上了，但还来不来得及，说真的，他也是知道的。

他低下头，和仰着脖子的江百果四目交接。这时，他才知道，她竟这样小，也就六七岁的样子，脑后束着马尾，发顶梳得光溜溜的，发尾却乱蓬蓬地卷曲着。她身穿一件陈旧的白色T恤，胸前是小美人鱼的图案，这会儿被鲜血染红，弥漫着一种鱼尾化作了双腿的悲怆。“她……她死了。”江百果嗫嚅，要收回她血淋淋的双手。

“别松开！”池仁却一声令下，“我没让你松开，你就给我捂住了。”

像是只要她捂住了那儿，姚曼安就不会因为失血过多而死去。

像是只要她不收回她的手，就代表他没有放弃。

像是他不敢面对的，由她来代劳。

江百果一动不敢动，任时间从她猩红的指缝间一分一秒地流逝。而在后来的某一年的某一天，她才不得不承认，那时候，分明是她将她生命垂危的父亲抛到了脑后，分明是她死心塌地地跪坐在姚曼安和池仁的面前，忘了她从哪里来，要到哪里去；忘了她昨天的艰难，和明天的倍加艰难。

而在那某一年的某一天到来之前，比如今天，江百果只知道是池仁剥夺了她和父亲道别的机会。她只知道，生命本无贵贱之分，池仁却令姚曼安的死轰轰烈烈，令她父亲走得冷冷清清。她只知道，自私的他罪该万死。

江百果永远也不会忘记，当她赶到医院，父亲的手都凉了。

医生却说：“他一直在等你，刚刚才闭了眼。”

江百果啐了医生一口，说：“你骗人，他手都凉了。”医生却又说：“是，他早就凉得像一具尸体了，但为了等你，神志却一直没有涣散。”

可惜，她还是来晚了。

尽管那个男人在喝了酒后会对她大打出手，甚至会把她锁进壁橱，他却是她唯一一个亲人了。

江百果大病一场，发烧到令整个科室的医生都束手无策，接着，又奇迹般地好转。痊愈后，她忘记了她为什么没能和父亲道别，她天真地以为，这或许是因为她太慢了，或许是因为医生无所作为，又或许，是因为天堂里的母亲再也等不及团圆。总之，她将那身穿白色衬衫的少年从脑海中彻彻底底地抹去了。

而这样一过，就是十四五年。

江百果张开眼睛，面包车行驶在送她回公寓的途中。

她并没有向赵大允报上地址，但她知道，这似乎难不倒他。

就在刚刚，她瘫坐在十四年前的事发地上，汗水如潮水般汹涌而来，泪水像是断了线的珠子，等流干了，那浓眉下的大眼就像是离了水的鱼儿，直到这个叫赵大允的男人带着人马冲了上来："江小姐？你还好吗？"

江百果认出了赵大允，他光顾过无误沙龙。

"我……我是池先生的朋友。"赵大允早就跟着江百果了，眼看她越来越不对劲，像是命不久矣，他贸贸然地冲上来，却不知道要如何自报家门。

"所以？"江百果像是被针扎了一下，而"池先生"三个字，无疑就是那根针。

赵大允提心吊胆："江小姐生病了？我送您去医院。"

江百果艰难地站直身："你凭什么？"

"就凭我是池先生的朋友，我绝不会对江小姐不利。"赵大允把话说到这个份儿上，念及池仁，竟微微哽咽，"池先生他……他一直在找您，十四年了都没放弃。"

"他知道我是谁？"江百果再一转念，"不，那小茹……"

赵大允连忙道："不，池先生还不知道。"

江百果再也坚持不住，整颗心痛得夸张，以至于身子弓得像煮熟的虾米似的。"先带我离开这儿。"她总要先活命再说。

虚脱的江百果几乎是被赵大允挟上了白色面包车，而她才稍稍提上口气来，车子就又因为红灯停在了池仁的车子旁边。隔着两扇车窗，她目不转睛地盯着他。就是他，在十四年前对她恩将仇报。她在他最难挨的时光里陪伴了他，他却报以她她父亲的死不瞑目。

就是他，造就了她之后十四年的噩梦。就是因为他，她无情，她草木皆兵，她坚信靠人不如靠己，日复一日。

就是他，在十四年后又一次对她恩将仇报。她一次次站在他面前，对他好，挽留他，喜欢他，他却跨过万水千山，对唐茹如获至宝。赵大允说他一直在找她，放屁！他分明就忘了她，一如她忘了他。

说不定更甚。

面包车停在了江百果的公寓楼下。江百果不下车，没人敢请她下车；她不说话，也没人敢说话，直到她重整旗鼓，面向赵大允："你知道我是他要找的人，却瞒着他，算是他哪门子的朋友？"

赵大允难以启齿："我……江小姐就当我有苦衷好了。"

江百果也不追问："我不管你有什么苦衷，正好，我也希望……你永远不要告诉他。"

说完，江百果下了车，将背包背在身后，双手插在身前相通的衣兜里，继续哼着那首罗大佑的《光阴的故事》，就像什么事也没有发生过一样。

赵大允目送江百果远去，终于知道了为什么池仁会逃不出她的天罗地网。

只有她，才是池仁的同类。

或许人生在世，都有着不达目的誓不罢休的一面，但有的人大张旗鼓，有的人卧薪尝胆，只有她和他，会躲进自己的小世界。那小世界旁人不要说踏入半步，连看，都看不通透。

那么，那小世界的个中滋味，也就只有她和他才能体会。

离开江百果的公寓，赵大允一遍遍咀嚼着江百果的最后一句话，她说，她不希望池仁知道她的身份。这一点，倒是暂时和他不谋而合，但他要的是"暂时"，她说的，是"永远"。永远？赵大允心惊肉跳，假如他差之毫厘，而池仁和江百果谬以千里，终有一天，池仁会亲手把他大卸八块。

至于池仁，他亲眼看见那辆白色面包车在等了二十秒钟的红灯后，在最后的两秒钟功亏一篑，就不可能装作没看见。当即，他查了它的车牌号，结果它却是……套牌车。

套牌车倒也不是不能接着查下去，但总要花些时间。

而就在这些时间里，池仁接到了唐茹的电话，她说她在姚会所。

池仁健步如飞，在通往姚会所的幽径上找到了瘫坐在地的唐茹。他什么也没说，揽住她的肩膀。唐茹泣不成声："我也不知道我这是怎么了。池仁，我……我这是怎么了？我的头好痛……"

池仁加大了手上的力道："是我不好。"

能再一次投入池仁的怀抱，唐茹的眼泪也有真实的成分，她爱慕他，贪图他，放不开他。她连看看他都心潮澎湃，又何况是投入他有血有肉的怀抱。但哪怕，她真实的悲从中来占了百分之九十九，余下百分之一的居心，才是重中之重。

对唐茹而言，她一来拿下了赵大允，二来，她虽仍接近不了她的雇主半步，但在短短一夜之间，她通过小邓，就把该说的话说了，把该做的事也做了。比如，她将"致鑫集团"四个字摆在了桌面上；比如，她说他们也是时候给池仁施加一点点的压力了；又比如，她的雇主虽仍不肯靠近半步，但好歹，也为她把致鑫集团将为她提供奖学金一事变成无中生有的了。

那么，外因一除，眼下最令唐茹如履薄冰的，反倒是她的内因了。

所谓真的假不了，假的真不了。正是她的假，注定了她十四年前的空白，也正是她十四年前的空白，注定了她和池仁的关系从一杯滚烫的香茗，不进反退，渐渐冷却，说话间就要尽数被泼掉。总之，没有那十四年前的答案，她就像连脚都没有，又何谈站稳脚跟？

而那答案，只握在江百果一人手里。

唐茹致电江百果的时候，她就知道江百果会拒绝她，但她又以为，江百果迟早是会上钩的。她江百果即使势不可挡，也不过是个女人，是女人，就一定按捺不住对心系之人的另一个女人的好奇。千百年来，就是这一份好奇，令每一位女性骁勇善战，同时愚不可及。

可惜，唐茹织好了网，偏偏江百果还真就不往里钻。她等了又等，始终等不到江百果的愚不可及。

夜深了，唐茹独自去了姚会所。她不知道这里有何奥妙，甚至一直对这里望而却步，若不是昨晚，她看到池仁望向这个方向，她还没想起，池仁不止一次望向这个方向……

就这样，当江百果瘫坐在十四年前的事发地上，唐茹身处姚会所，将一切尽收眼底。

出于本能，唐茹用双手紧紧捂住了嘴。那十四年前的答案，就这样得来全不费工夫，虽仍疑云重重，但帮她及格，总是绰绰有余了。不过，江百果就这样知情了？那真是一波未平，一波又起……不过，还不等她绞尽脑汁，另一个知情者——赵大允又从天而降。唐茹嗤笑一声，一来，这家伙“救驾来迟”的惶恐还真真可笑；二来，江百果的嘴恐怕不用她来封，就自有这家伙代劳了。

就这样，稍后，唐茹瘫坐在江百果刚刚坐过的地方，效仿着江百果以泪洗面的模样，致电了池仁。

谁说真的假不了，假的真不了？

她就偏偏要取而代之。

于是乎，唐茹在前所未有的绝境中，前所未有地胜券在握。

周六，一早。

江百果在无误沙龙的休息室收到池仁的信息：今天会有点忙，但也会及时回复你，欢迎你随时试试看。

江百果按下删除键。尽管讽刺的是，越等不及删除的，就越是忘不掉的，但那该走的形式，还得走一走。

将手机塞回口袋，江百果对身边的吴煜一笑：“这么多，怎么吃得完？”

吴煜用筷子将叉烧包一分为二，吹着热气：“每样尝一口就好。来，尝尝这个。”

张什推门进来，和江百果双双吓了一跳。

昨晚，池仁没手下留情，以至于张什的下颌骨打了个黑色夹板，乍一看像个蒙面大盗。江百果吓了一跳："怎么了这是？"

"撞鬼……"张什咽下一口气，改口道，"鬼……柜子上了。"

而张什对一茶几琳琅满目的早餐见怪不怪，毕竟这就是吴煜一贯的作风，但一看吴煜将一勺桂圆炖蛋喂到江百果嘴边，而江百果乖乖张开了嘴，他自然吓了一跳。就在昨晚，池仁还在为江百果南征北战，今早……今早江百果却在这里和吴煜相亲相爱？张什掏出手机看了一眼日期，的确就时隔了一夜而已。

"我也没穿越啊……"张什自言自语。

张什没在说笑话，但江百果愣是被逗得对着吴煜将一嘴的食物喷了出来。吴煜忙抓过纸巾，帮江百果细细抹去嘴角的残渣，完全不在乎惨不忍睹的自己。江百果一口噎住："水。"她话音未落，水杯便送到她的嘴边，吴煜无微不至道："小心烫。"

江百果又笑了出来，但这一次，不同于刚刚的豪迈。

这一次，她笑靥如花。

父亲躺在病床上的四个多月里，有一句话对年仅十岁的江百果说了上百遍："将来，一定要找个对你好的男人，就像我对你妈一样好的。"

时隔十四年，江百果终于知道了靠己不如靠人。

她要饿了有人喂。

她要无助了有人陪。

她终于知道了，她早该如此。

这一天，江百果没有回复池仁，也没有收到池仁的第二条信息。

周日，上午。

江百果在无误沙龙收到池仁的信息：今天和昨天一样。

江百果按下删除键，将手机塞回口袋，站在围着白色围布的吴煜身后，和他在镜子中四目相对。吴煜难为情道："其实前几年，我头发还是挺多的……"

江百果的十指按在吴煜的头皮上：“你要是在乎这个，我帮得到你，但我是不在乎的。”

吴煜像被江百果按通了任督二脉似的飘飘欲仙：“百果，我就知道，你迟早会明白我的好。”

江百果点点头：“好在，我明白得还不算太迟。”

江百果大笔一挥，吴煜的分数就定格在了八十五分：样貌五分，能力二十分，对她好足足占了六十分，共计八十五分，过了优秀线，机不可失，时不再来。

MISS.JIANDAO

第24章

镜花水月

周一，凌晨。

江百果在梦里搓着父亲没有了温度的手，搓到大汗淋漓，搓到快要搓破皮。一旁，有医生和护士将她团团围住，除了为她鼓劲，还出谋划策：“要不要效仿一下钻木取火？”她照做，还当真有了点眉目。

就在这时，手机在枕边振动。

江百果不想醒过来，可惜，人生事，十之八九都无关你想或不想。

池仁发来信息：晚上七点，江南船坞。

江百果不想发火的，但还是那句话，人生事，十之八九都无关你想或不想，所以，等她反应过来，手机躺在了墙角。

江百果扭开床头灯，捡回手机，屏幕从右上角扩散开来的裂纹，像严冬的树枝伸展进画面。池仁又一条信息万夫莫敌：你不知道我有多想你。

那一字一句从密密麻麻的裂纹中钻出来，刺痛江百果的眼，却被她牢牢地挡在心门之外。

与此同时，池仁的车子就停在江百果的楼下。他靠在车门上，一抬眼，就能捕捉到江百果房间的灯亮了灭，灭了亮，亮了又灭。

池仁身上的白色衬衫皱巴巴的，胡茬绝不止新生的长度。他对江百果说他这两天有点忙，忙是真的，“有点”却有失偏颇。确切地说，他是打了场恶仗。

但相较于那些，他对江百果的牵肠挂肚才是最要命的，否则，他也不会明知道他什么都不能做，还站在她的楼下。对于江百果两天来的沉默，池仁做了两种假设，其一，她在雷尼尔山说的异国他乡，天雷勾地火，说的根本是她自己，说的根本是她回到了她既定的轨道，就会翻脸不认人。其二，池仁想，会不会是他旧病难医？令女人厌倦，是他的“拿手好戏”……

但无论是哪一种，他都不怕。

今天就是星期一了，等过了今天，他也算履行了他和江百果的约定，那么，接下来，他要怎么做，就是他的事了。

夜深人静，池仁甚至想无法无天：她翻脸不认人也好，她厌倦了他也罢，他就算把她五花大绑，绑到一个没人找得到她的地方，好吃好喝地供着她，却独独不给她自由，也绝不会让她离开他。

就这样，池仁自己逗笑了自己，直到指间的香烟燃烧到了尽头。

但怕只怕，当这两种假设都落了空，真相往往比假设更加戏剧化。

江南船坞，地处京南，交通不算便利，菜色不算上乘，价格却高得令人咋舌，无非是因为真金白银全砸在了“情调”二字上。孙明美说得对，当郎有情，妾有意，就差那么薄薄的一层窗户纸有待被捅破时，除了情调，其他的通通可以忽略不计。

湖面上停靠着九艘乌篷船，池仁指定要的是名为“佳人”的那一艘。

它个头儿虽不是最大，船体也半新不旧，但一来，“佳人”二字名副其实，二来，它位置偏僻，最能满足郎情妾意对独处的苛求，天大地大，却非你即我。

池仁从六点刚过等到七点整，上一秒还气定神闲，这一秒就自乱阵脚。他像是知道江百果不会来，他像是一直都知道，但直到这一秒才不得不承认，她根本不会来。

“买单。”他多一秒也坐不下去。尽管，他手边仅有一杯清水，且原封未动，但“宰”人不眨眼的地方，又怎么可能让他白白歇脚。

却不料，从吱呀作响的木质栈桥上走来的人不是身穿白衫黑裤、磨刀霍霍的侍应生，而是江百果。她打趣他：“要放我鸽子吗？”

池仁猛地站直身，不等江百果一声“小心”说完，他的头就撞上了船篷。整艘船随之晃了又晃，殃及池鱼。

“上来。”池仁向江百果伸手。

江百果后退一小步，还将双手背到了身后：“你先把它稳住。”

“你先上来。”池仁向前跨了一步，船晃得他像是在乘风破浪。

江百果屏气将手交给池仁，他紧紧一握，轻轻一拽，她一步跨上船。一张长条桌，两个人站在同一侧是行不通的，江百果小心翼翼：“我去那边坐。”无奈，池仁没放手，而且一言不发。江百果了然于心，个头儿虽小了池仁好几圈，却像对小猫小狗似的将他拥入怀中，还安抚地拍了拍他的背。

抛开前尘往事不谈，她知道，她这两天来的杳无音讯，也够他受的了。

池仁终于放了手。

江百果绕过长条桌，坐在池仁对面，环顾四周：“我都不知道北京还有这样的好地方。”

池仁这才缓缓坐下：“类似这样的好地方，我还知道上百处。”他无非是说：我会带你去个遍。

江百果穿了件白色真丝连衣裙，领口的飘带打了个蝴蝶结，不似她一贯的英气，更不像有一阵子她为了讨他欢心，除了大红大绿，就是大黄大紫。今天，她恰到好处，头发在脑后绾了个精致的髻，天然去雕饰的浓眉大眼增一分则嫌重，唇红齿白减一分则嫌淡，偏偏又毫无盛气凌人之嫌，不过是平添了几分……一时间，池仁找不到合适的词。

她看了一眼时间：“不是约的七点吗？我又没迟到，你买了单，要跑去哪儿？”

“去找你。”池仁面色不善，“我以为你不会来。”

“为什么？”江百果好奇道。

池仁沉默。

江百果十指交握，搭在桌上，身子向前倾，追问道：“为什么以为我不会来？”

侍应生奉上了菜单。菜单上的字是晋唐小楷，画是浅绛山水，江百果才看得津津有味，就被池仁夺了去，交还给了侍应生：“你爱吃什么，就给我上什么。”

那见多识广的侍应生却到底没见识过这个，唰地红了脸。关于这位玉树临风的客人，她们几个小姐妹早就在私底下叽叽喳喳聊过了。她的小姐妹眼红死了他坐在她的“地盘”，而她光是想想能为他服务就干劲十足，怎料……她爱吃什么，就给他上什么？继而，他要请她坐下来和他共进晚餐吗？

“还有其他事吗？”池仁有失风度地下了逐客令。

那侍应生被一盆冷水浇醒，也对，他对面分明还坐着个秀色可餐的女子。

江百果支起一只手肘，用手背的指关节撑着下巴：“你赶时间？有什么事吗？”

距离感，对，就是这个词，池仁茅塞顿开：他见过江百果不拘小节的洒脱，也见过她勾魂摄魄的美艳，但这般云山雾罩的距离感，却尚属首次。他伸手覆盖住她搭在桌上的另一只手：“百果，这问题不如你来回答我，发生什么事了吗？”

江百果皱了皱鼻子：“我本打算……边吃边说的。”

池仁收回了手，靠着椅背：“现在说。”

江百果轻轻地嗞了一声，为难道：“可这事儿，总得你先起个头。”

“我没改变主意……”池仁不假思索，“我在雷尼尔山的最高峰上是怎么想的，现在就还是怎么想的。或者也可以说，我现在对你的想法，比在异国他乡更多。”

江百果忍俊不禁：“怎么？那时候是想把我吃进肚子，现在是想把我先撕碎了，再吃进肚子？”

池仁又一次沉默。

江百果讨了个没趣，将两只手都收到了桌子下，紧紧绞成一团：“你好像知道我要说什么。”

池仁的喉结上下滚动了一下：“我猜，你要说的是，改变主意的人是你。”

这一次，轮到江百果沉默。

侍应生最先端上来一道貌不惊人的秋葵，刚摆在池仁和江百果的中间，就被池仁推到了一旁：“你要说的是你不想和我在一起了。不管你之前有没有对我动过心，又是不是一直在耍我，甚至，哪怕你到今天仍或多或少地放不下我，但总之，你今天来是要对我说，你不想和我在一起了，而且，我根本不可能令你回心转意。”

侍应生听傻了眼，迟迟忘了退下。

池仁把风度喂了狗：“你要不要坐下听？”

侍应生羞愤而去。

江百果将手偷偷伸向了那一杯被冷落了许久的清水。这算什么？她还怕他不开窍，结果他无师自通？不，他这不是无师自通，他这摆明了是要欺师灭祖。而她的指尖刚刚碰到水杯，水杯就也被池仁推到了一旁：“你话还没说到两句，渴不到哪儿去。”

江百果出师不利，暗暗思忖着，坐到了船尾的位置，探出身子，去拨弄湖面上的荷花灯：“以后谁要是再说你不懂女人心，你就和他拼命。”

“我懂的不是女人心，是你。”池仁从江百果身上挪开目光。他做了千万种打算，包括最坏的，但其中没有一种是她摇身一变，变得像个陌生人。无疑，这比最坏的打算更令他束手无策。

“真是这样吗？”江百果的手轻轻一撩，一捧粼粼的湖水划过一道抛物线，洒在了池仁的身上。

他懂她？

在十四年前，还是在十四年后？又或是在这十四年间的任何时候？

他懂她？也对，在十四年前，他知道她不敢违抗他；在十四年后，他知道她被他迷得团团转；在十四年间的任何时候，他知道她无论多难，也能挺过来，那么，他也该知道，从今以后，她会和他老死不相往来。

池仁抹了一把脸上的水珠：“江百果，对我来说，你和别人是不同的。”

“但对我来说，你和别人没什么不同。”江百果又自顾自地玩着水，“哦，有一点你大可以放心，我没有耍你，我喜欢过你，就像我喜欢过他们每一个，而他们每一个都不适合我，你也不例外。”

无异于池仁，江百果也做了千万种的打算。她想过不再出现，也想过千万种羞辱他的方式，例如用一道菜毁掉他的白色衬衫，再例如让他跪在她的脚边，摇尾乞怜。她想过从长计议，把他的心有多高捧多高，捧多高，就摔多狠，也想过让他这辈子都忘不了她，每每她钻入他的梦境，都令他惊醒。

但最终，她花了两个小时打扮，准时出现在了他的面前。

她若无其事，打算像甩掉任何一块狗皮膏药一样甩掉他，用一句“我们不合适”，堵死通往罗马的条条大路，因为她的目的不过是：和他老死不相往来。

她不想报复他。

或者说，相较于报复他，她更想放过她自己。人人都说她是个只会为自己打算的自私鬼，而这一次，她还真想只为自己打算。接下来的岁月，她想闲情逸趣，她想在没有他的世界里花好月圆。

而江百果不知道的是，她自认为她放过自己，也捎带着大赦天下地放过池仁，可这才是池仁最无法接受的结局。他一把抓住她的手腕，让她面对他：“不适合？我们还没试过，你怎么知道不适合？”

江百果将另一只沾了湖水的手在裙摆上抹了抹："池仁，我们好聚好散。"

"我们还没聚过。"池仁一用力，江百果就不得不迎向他，从船尾离开座位，踉跄两步。她个子小小的，站直身也撞不到船顶。他又一用力，她就刚好停在他的面前。

侍应生又端上来一道乌江鱼，看这一男一女一坐一站，贴得严丝合缝，却剑拔弩张，仓皇间没把盘子放下就掉头走了，走了两步，硬着头皮又端上来，却不敢再多看上一眼。

池仁将左手搭在江百果的腰间，她若识时务，他一定不难为她，反之，另当别论。

江百果不抱什么希望地推了推池仁，果然推不开，也就不硬碰硬了。她以退为进："我们就不能边吃边说吗？"

"谁说不能。"池仁用右手拿上筷子，夹了一块乌江鱼，送到江百果嘴边。

江百果别开头："先让我坐下。"

"没问题。"池仁脚下一绊，江百果当即失去重心。由于她站在他面前，确切地说，是两腿之间，她能选择的无非就是左右，可这又有什么分别，最终，她坐在了他的左腿上。

江百果几乎是弹起来的，同时，给了池仁一个耳光。

他和她亲密无间，她又是情急之下，施展不开，以至于力道不大，但耳光这东西，从古至今就是伤"心"用的。好在，池仁筷子上的那一块乌江鱼掉在了他的白色衬衫上，也算是伤了他的"身"。

事已至此，池仁的左手手臂仍没有放开江百果。他也是急了，心说她要吃，他就喂她吃；她要坐，他就请她坐；她喜欢站，他就由她站。他又将她箍紧一分，脸孔被她胸口的蝴蝶结飘带轻轻抚弄："这就是你说的好聚好散？最后抱一下，有必要这么大动干戈？"

既然乱了阵脚，江百果索性一抬手，捏了捏池仁的下巴："最后抱一下，这话可是你说的。"

既然她放弃人间蒸发和鱼死网破，选择了粉饰太平，那么，这条路她就要头也不回地走下去。

因为她知道，这是她最明智的选择。

因为她知道，在她对他爱与恨的天平上，一边是她的情不自禁，一边是他在对她做出这世界上最坏的事后，却将她抛到了脑后。千万别说什么他找了她十四年，他的有眼无珠，注定了他找的不是她，那不过是三十岁的他，要对他十六岁时的残忍有个交代。而她知道，这天平注定难分高下。

而她更知道，她不能在被他毁掉了十四年后，还为他奉献余生。

那么，不声不响地离开他，无疑是她最明智的选择。

江百果主动坐回了池仁的左腿上：“压麻了尽管告诉我，我好换条腿。”

之前的侍应生一蹶不振，换了张新面孔来，她端上来一道鲍脯豆腐，初生牛犊不怕虎地打量了池仁和江百果两眼，暗暗给出了“伤风败俗”的评价。

池仁放下筷子，换了勺子，将一勺豆腐送到江百果嘴边：“江百果……”

“嗯？”

“你要知道，我不是那么好打发的。”

江百果拿上纸巾，为池仁擦着白色衬衫上的污迹，越擦，越脏，不知道是不是提醒着她的所作所为是欲盖弥彰：“放心，再难打发的我也遇到过。”

“至少告诉我，我输在哪里。”

“辛苦。”这是江百果的肺腑之言，辛苦，且没有出路。

“辛苦？”

江百果一口将豆腐吞下，五官紧巴巴地一皱：“看见了没？这么烫都不知道先给我吹吹，和你在一起，我该有多辛苦。”

池仁理亏，放下勺子，用双臂环住了江百果。这一次，她没有反抗，而他也没有得寸进尺，就这么静静地抱着她。乌篷船在他们的重量下向一侧倾斜，微不足道的角度，却令池仁像头朝下似的喘不过气来。

夜幕下的湖水像龙潭虎穴。

荷花灯的美是镜花水月。

他怀中的她分明是她，却缥缈得仿佛没丝毫重量。

但无论如何，他知道他要她，无论是第一面就对他拔刀相助的她，是笑盈盈地遥望着他的她，是一度被他当作棋子的她，是在雷尼尔山借他肩膀的她，还是这个坐在他的腿上，却没什么重量的她，无论哪一个才是真的她，他知道，他要的就是她。

翌日，沈龙传媒和具象影业的签约仪式将于十点整在罗曼酒店举行。

八点四十分，池仁接上孙明美抵达会场。孙明美一看吴煜还没到，对池仁怨声连连："我就说嘛，我们又不是主角，来这么早当花圈……呸，我是说当花篮啊。"

池仁将孙明美请进一旁的贵宾室休息："我叫人把早餐送过来。"

安顿好了孙明美，池仁转而和具象影业的中坚力量相谈甚欢。沈龙传媒和具象影业的合作，是个回旋镖，既然扔出去，还得再收回来，那么，相较于放长线钓大鱼，他这条长线还须放得让人脱不了钩才行。

直到九点整，赵大允的电话如期而至，电话的内容却大不"如期"。赵大允说："吴煜从花园桥往东去了。"

池仁蹙眉：花园桥往东，罗曼酒店的反方向。

对池仁而言，绑架吴煜虽是下下策，却也是万无一失的捷径。只要吴煜消失个把小时……只要个把小时，其余的事，水到渠成。而赵大允在吴煜去往罗曼酒店的途中准备充分，不知怎的，吴煜毫无征兆地改了路线。

而这时，孙明美穿着她那套洋红色几何图案的套装慌慌张张地找了来，将池仁拉到一旁："老吴刚来过电话，说具象影业的资金链有几处疑点，还能不能合作有待商榷，总之，今天这签约仪式是泡汤了。还有，他说他就不过来了，让你帮他善后。搞什么搞，这都到节骨眼儿了，我们沈龙传媒的信誉也要堪忧了，真是杀敌一千，自损八百。唉，还真被我这乌鸦嘴说中了，我们真是来当花圈的……”

左耳是尚未挂断的赵大允的电话，右耳是孙明美的喋喋不休，两派势力在池仁的大脑中对撞，让他刹那间拨云见日。

甩下孙明美，池仁问赵大允道：“吴煜要去哪儿？是无误沙龙，还是江百果家？”

“照目前的路线……是江小姐家。”

池仁当即挂断了电话，在冲出会场之前，就扯下了领带。

这算什么？

昨晚，那女人用“不适合”三个字给他打了零分，判他出局，逆来顺受地给了他最后的拥抱，拒绝了他最后要送她回家的请求，钻上一辆出租车后，头也不回地离开。接着，今天吴煜放弃了具象影业，驱车驶向了她？

池仁知道这不是巧合。

他知道，这是那女人自作主张。

他知道，这是她又一次对他拔刀相助。他早就放弃了将她当作棋子，他早就于心不忍，早就妒火中烧，可偏偏，他们还是走到了这一步。

交通不算拥堵，至少，池仁在驶向江百果公寓的途中，还不至于中途弃车。但他还是来不及抵达目的地，就又接到了赵大允的电话：“吴煜是去接江小姐的，江小姐……带了行李。”

池仁当即驾车并线，准备掉头：“机场方向？”

赵大允旁观者清：“池先生，具象才是您的当务之急。”

“什么时候轮到你来替我做主了？”池仁掉了头，称不上盛怒，口气却冷得令人胆寒。

赵大允却没打退堂鼓：“闯过具象这一关，您才有机会去打最后一场硬仗。您别忘了，这座山，您一步步爬到这里是为了什么？是为了翻过去，还是就这么滚回山脚下也无所谓？”

这一刻，赵大允义无反顾。一旦池仁一鼓作气，一旦池仁能和那个人平起平坐，一旦池仁有了话语权，届时，要杀要剐他都认了。

无奈，池仁所答非所问："我问最后一遍，是不是机场？"

赵大允默不作声。

"赵大允，天下果然是没有不散的筵席。"池仁平心静气。

"池先生，我跟了您六年……"赵大允理直气壮，但话一出口，当即又自己推翻了。六年？六年又何以与池仁和江百果的十四年相提并论？他真是鸡蛋碰石头了。

就这样，赵大允在池仁挂断电话后，不得不又认怂地打了回去："是，吴煜和江小姐是去往机场方向。"

三队人马，赵大允紧跟在吴煜的后方，最后一个抵达机场，双方分列二三名。至于冠军，非池仁莫属，他一路时速一百二十公里，就是为了能守株待兔。

吴煜穿了条米色休闲裤，裤线笔直，紫色polo衫扎在裤腰里，左手是他的名牌行李箱，右手是一个迷彩行李袋，无疑是江百果的。而江百果穿着稀松平常的牛仔裤和白色T恤，头发扎着，随身物品装在黑色腰包里，两手空空，摆臂摆得隐隐生风。

二人虽没有肢体接触，但看得出，有说有笑。

池仁看得出，此时的江百果一点都不"辛苦"。

而等江百果看到池仁时，来不及了。他明明是迎面走过来的，但隐蔽而迅猛，等她看到他时，他就在眼前了。他一把抓住她的大臂，直接带她走。

再等吴煜看到这一幕时，更来不及了，甚至不等他反应过来，连赵大允都在他眼前了："池先生和江小姐有几句话要说，还请您配合一下。"

"配合？"吴煜脸红脖子粗，"他算老几，我要配合他？你……你又是谁？"

"朋友。"赵大允一推金丝框眼镜，彬彬有礼，但路是绝对不会让的。

另一厢，江百果被池仁带出去了十几米，逼急了，一低头，狠狠咬在池仁的手上。这一口下去，她牙快崩了，可他还是没有放开她，仅仅停下了脚步："你要去哪儿？"

"听说这个季节的济州岛很值得一去。"

池仁领带早就扯掉了，但还是觉得有什么东西勒在脖子上，他用另一只手神经质地松了松领口："听说你要和他一起去？"

"是。"

"这是你们的交易？"池仁扫了一眼被江百果咬伤的手背，这会儿才觉得钻心的疼，"他放弃具象影业，你答应他的追求？"

江百果还是那一个字："是。"

这是池仁始料未及的，他以为，她会否认。

池仁双手箍住江百果的双肩，俯下身，平视着她："你这么做是为了我吗？因为我说过，沈龙传媒这一步棋不能这样走；因为我说过，我有我的计划；因为……"

江百果嗤笑一声，小小地后退一步，就摆脱了池仁的双手："你想太多了。我只是要看看吴煜对我的诚意，如果捎带着令你受了益，就算是我对你的补偿好了，虽然，在感情的事上，从来就没有谁欠谁这么一说。"

"你以为我会信吗？"

江百果回头，找到被赵大允控制住的吴煜，给了他一个"我马上就来"的微笑，再转回头，对池仁好言好语："信不信是你的事，但我去哪里，和谁去，是我的事。"

"江百果，我该拿你怎么办？"

江百果看了看池仁被她咬伤的手背，从腰包里掏出了一个创可贴，撕开，亲手为他贴上："没办法。就像当初我得不到你的回应，我除了等你的电话，目送你离开，答应你的一切要求，也没什么其他办法。"

"你这是在惩罚我？"

"当然不是。"江百果将创可贴的包装在指尖揉成小小的一团，"我是说，在感情这件事上，没办法的大有人在，而无论结局好坏，一切迟早会过去。"

“你知道吗？我真恨透了你的理智。”

“我也恨透了我满嘴的仁义道德。我一度以为，你能治好我，但好像……好像不是那么回事儿。”说完，江百果掉头走向了吴煜。

池仁没有追上去，因为江百果的一字一句有理有据。

因为他知道除了等她的电话，答应她的一切要求，余下唯一一件能做的事，就是目送她离开。

但到底，池仁还是追了上去。

他挡住吴煜的去路：“吴总，这一趟百果就拜托你了，作为朋友，我知道你不会乘人之危……我是说，百果这一趟回来要是少了一根汗毛，要是让我知道你做了不该做的，我……”

吴煜自然是咽不下这口气的，但江百果挽上他，说走就走。而他看了一眼他臂弯中的小手，又看了一眼连话都没说完，就被晾在一边的池仁，这才知道，说走就走远好过画蛇添足。

至于江百果，她虽将池仁晾在一边，却丢给了赵大允一句：“管好你的朋友。”

当一言不发的池仁被赵大允带回罗曼酒店时，江百果走出飞机上的洗手间，坐回吴煜的身边。

吴煜看江百果双眼红肿，问道：“沙子眯眼了？”

“嗯。”

“还是两只眼？”

“嗯。”

吴煜不由自主地冷笑一声。

江百果伸手，拍了拍吴煜的膝头：“吴煜，我不接受冷嘲热讽。我哭了就是哭了，你有两种选择，一，可以装没事发生；二，可以问我为什么会哭。如果是我做得不对，你骂我打我都好过拐弯抹角。如果你能把我骂醒、打醒，那最好不过。”

吴煜当即连声道：“对不起，对不起……百果，我……我不是想给你难堪。但你要我怎么才能说服我自己，你和我讲条件，让我放弃具象影业，不是为了……不是为了那个浑蛋？我辛辛苦苦创立的沈龙传媒，就由着那个浑蛋胡来？”

江百果握住吴煜的手，视线随之落在上面：“我是真的想安定下来，希望你能给我这个机会。”

三十三岁的吴煜没经历过太多爱恨情仇，一时间眼泪止不住地涌出来：“给，给，不管你要什么，我都给。”所谓爱江山，更爱美人，没遇到的时候总以为荒唐，但遇到了，就顺理成章。

MISS.JIANDAO

第25章

错

接连五天，池仁每天晚上都会去无误沙龙报到，独占休息室里那唯一一张长沙发。

说是“独占”，也不尽然，毕竟他也就是往中间一坐，至于别人敢不敢坐在他的左右，那就是别人的事了。

张什找孟浣溪摊了牌，果然，池仁一点儿也没抹黑他亲爱的前岳父大人，而孟浣溪，也早就知道来龙去脉。张什摔着东西，问孟浣溪怎么能黑白不分，害他差一点儿就恩将仇报，害了江百果。

孟浣溪却是一点儿也不悔悟：“你就给我记住一点，我爸就快被她气死了！”

真相大白，没能浇灭张什的怒火，相反，是火上浇油。一边，他还是爱孟浣溪，可她黑白不分又算什么？另一边，张什对江百果没了二心，所以，当江百果说她要去济州岛散散心时，张什一拍胸脯："踏踏实实玩儿你的，无误有我。"

但对池仁，张什一念及他的下颌骨，还是恨得牙痒痒，接连四天，他一直拿鼻孔对着池仁。

到了第五天，池仁仍我行我素，张什憋不住了，撞开休息室的大门，直奔池仁，本想着势大力沉地往他旁边一坐，多多少少给他个下马威，哪承想心里一虚，一屁股坐在了沙发扶手上。

张什稳住重心："门上那么大字写着staff only，你是不是不认识English？来，我教你，闲人免……"

"江百果什么时候回来？"池仁瘦了几分，两颊微微凹陷。

张什从沙发扶手上向里一滑："我怎么知道？"

"她也不接你电话吗？"

"也？也就是说，她不接你电话吗？"张什幸灾乐祸道，"不瞒你说，果子每天都会主动向我报平安，每到一个地方，还会拍照片和我分享。"

说着，张什掏出了手机："想看吗？"

池仁腾地站直身，迈向大门。

看得到，摸不着，不如不看。

看她和吴煜逢场作戏，不如不看。

张什二郎腿一跷："想看，我还不给你看呢。"

就这样，池仁转身回来，一把夺过了张什的手机。

连日来，池仁一直想不通，这个季节的济州岛，樱花和油菜花早就相继凋零了，天气也一天炎热过一天，有什么值得一去。直到看到照片，他茅塞顿开：或许，江百果不过就是要去一个没有他的地方，无论哪里，不虚此行也好，无聊也罢，没有他就好。

他看到照片中的她站在泰迪熊博物馆里，模仿着一众毛茸茸的蠢货们，几乎以假乱真。而这张照片，势必是出自吴煜之手。那毛发稀疏的男人何德何能，竟能亲身参与江百果的脱胎换骨之旅？

而他还是沾了张什的光，才能跻身无关痛痒的旁观者行列。

在池仁夺过手机后，张什第一反应就是双手护住了他的下颌骨。他低低地骂了句脏话，心想这是不是就算心理阴影？而他又心想：他上个月才换的手机……怕是要夭折了。

不料没片刻工夫，池仁将手机递了回来。张什怕其中有诈，一时间没敢接，池仁就又向他递了一分。张什将手机一把接过来，整个人缩进沙发里，等待狂风骤雨的到来。

又不料，池仁什么都没做，转身离开了。

张什不禁又心想：这池大秘书……大概是再也不会回来了。

午夜，池仁漫无目的地驱车行驶在大同小异的街头。这一刻，最令他遗憾的无非是，他和江百果甚至来不及在这座城市中留下太多的回忆，“秘密基地”也好，江南船坞也罢，又都算不上甜蜜，以至于，他并没有太多睹物思人的去处可去。

可话说回来，真要思人，又何须睹物？

她变幻莫测的样子，早就在他的脑海中开枝散叶，今天，又新添了照片中那一副“蠢相”。池仁飞快地抹了一把眼角，抹去了一片湿润。哭什么？他暗自觉得好笑，她分明不是在逢场作戏，她分明一点也不辛苦，那么他辛苦一点，又算得了什么？

那么，他又有什么好哭的？

这时，赵大允来电：“好消息！致鑫集团上钩了，不出岔子的话，一个月之内您就会接到……”

紧接着，赵大允结舌：“池先生？您……您在哭？”

池仁哭得一发不可收拾。

“出什么事儿了？”赵大允几乎魂飞魄散。

池仁猛地将车子停下，下了车，像困兽似的踱来踱去：“没事，我就是在……在考虑将来。我还没有去过济州岛，但恐怕，我这辈子都不会去了。我倒不是说非去那里不可，只是将来，她一定还会去很多的国家和城市，只是……只是当这个世界上我不能踏入的禁区越来越多，到最后，我一定会被困死在这里。”

三个月后。

这座城市的夏天有一张厚脸皮，早早地来，又赖着不走，九月份的天，仍隔三岔五地像个火炉，令人易怒。

比如吴煜，沈龙传媒的空调才坏了个把小时，他就汗流浃背了，一拿到池仁的辞职信，拆都没拆，直接就扔在了池仁的脸上：“你把这儿当什么地方了，想来就来，说走就走？”

池仁偏了一下头，信封的边角划过他的脸侧，留下了一道细细的白痕。

他弯腰，将辞职信拾起来，放回吴煜的办公桌上：“吴总，您担心的事情不会发生。说到底，我不过就是让您如虎添翼的那只翼，没有了我，您照样是头老虎，沈龙传媒照样势不可挡。”

吴煜抹了一把汗，一时间无话可说。

三个月前，当吴煜和江百果畅游济州岛时，沈龙传媒并没有像吴煜以为的那样在池仁这个“蠢材”的手里毁于一旦。相反，当他于一周后回国，沈龙传媒和具象影业的一拍两散，在被媒体轰轰烈烈地炒作了一把后，迅速走向了息事宁人。

换言之，孙明美所谓的杀敌一千，自损八百，充其量也就是自损了两百。

而就在一周前，沈龙传媒和具象影业的战略合作重新被提上了议程，且鉴于别无他选，具象影业又给予了沈龙传媒更优渥的条件。吴煜做梦似的，像是在盘山路上绕了一圈，又到了更高的地方。

至于所谓的具象影业的“他选”，自然是致鑫集团。当初，才涉足这一领域的致鑫集团才疏学浅，跟在沈龙传媒的屁股后面，也暗暗将橄榄枝伸向了具象影业。那么，当沈龙传媒来了个急停，致鑫集团这一脚刹车，无疑也得狠狠踩下去。随即，致鑫集团在大股东杨智郴的作用下，启动了另一套方案。

三个月下来，致鑫集团不得不接受所谓另一套方案是一条歧途。而这一跤摔下来，致鑫集团虽不至于伤筋动骨，但皮，总是擦破了的。

于是有一天，池仁致电了杨智郴：“郴叔，真有劳您了。眼下还不方便，等再过些时候，我们找个时间不醉不归。”

“一家人不说两家话。”杨智郴忠肝义胆，“等我保你进致鑫集团，有的是机会。”

既然要进致鑫集团了，池仁在踏过沈龙传媒这块踏板后，是时候离开它了。

吴煜公私分明。于私，池仁是他的眼中钉，他连把它拔出来都不解气，恨不得将它扔进熔炉里，烧得干干净净。但于公，池仁又是他不可多得的一员大将，赶上沈龙传媒和具象影业要一加一大于二的节骨眼儿，池仁岂能说走就走？

但真说公私分明，吴煜也未必。

至少，此时此刻他对池仁勃然大怒，除了于公，更是拜江百果所赐。

这时，被吴煜一直握在手里的手机打破了他和池仁的僵局，他几乎是立即就接通了电话：“你总算回电话了啊？”

那厢，江百果好言好语：“我今天真的很忙。”

一直以来，吴煜不是不忌讳池仁的，但此时此刻吴煜诸事不顺，觉得忌讳他，反倒是给他脸了，也就豁出去了：“很忙？所以发生了那么大的事，就我一个人在抓心挠肝喽？所以你照样以工作为重喽？所以我的工作可做可不做，反倒是你给人剃个头，才是头等大事喽？”

如此一来，池仁自然知道那厢是江百果了。

至今，池仁还从没对吴煜动过手。尽管，吴煜不止一次在他面前将江百果带走，第一次捧着红玫瑰，第二次，还一走就走到济州岛，他始终做到了君子动口不动手。

但这一次，他隔着一张办公桌，一把揪住了吴煜的领口，话从牙关里低低地钻出来：“你怎么跟她说话呢？”

而池仁并非对吴煜一而再再而三忍无可忍，相反，池仁可以忍受吴煜对江百果的追求，甚至可以忍受江百果接受他的追求，但他在江百果接受了他的追求后这般欺她，彻头彻尾地击穿了池仁的底线。

那是他每一分每一秒都不能忘的女人，他到底是不能剥夺她的自由，却仍渴望供着她；那是他在永远也寻找不到出口的迷宫中，永远也不会放弃寻找的目标，那是他骄傲、敏感、过刚易折的江百果，如今，却在被另一个男人无端指责……

这是他绝不能忍受的。

吴煜在仓皇中挂断了电话："放开，你放开我！来人啊！"

"什么叫发生了那么大的事？"池仁加大了力道，"你知道吗吴煜，江百果她就算犯了滔天大罪，你也不能对她说个不字。能在她的身边，你除了感恩戴德，什么都不能做。"

隔着一张办公桌，吴煜双脚离了地："你知道什么？犯错的是她就好了！可犯错的是我，是我！可她……来人啊！保安！"

晚上十一点半，江百果穿着一件淡青色的连衣裙下了末班地铁，距离公寓还有十五分钟的路程。池仁并非日复一日地尾随在江百果的身后，但今天，也绝不是第一次。

至少，池仁知道吴煜不喜欢她骑她那辆地平线200，她就再也不骑了。但她仍不喜欢塞车，便选择了地铁。

至少，池仁还知道她的头发疯长似的，烫了卷发，也绰绰有余地过了肩膀。那随风飞舞的发丝，令她的美像是迟迟才破土而出的种子，却长势喜人。

至少，池仁还知道，眼下她在锲而不舍地致电吴煜，而该死的吴煜，却对她不理不睬。

几个小时前，池仁在被沈龙传媒的四名保安拖出吴煜的办公室前，到底是从吴煜的嘴里撬出了真相。不过话说回来，假如他没撬出来，不要说四个凡夫俗子了，八匹马也是拉不走他的。总之，吴煜所说的"犯错"，是指昨天，当他和他的一位女性朋友热烈拥吻时，江百果捉奸捉了个双。

但接下来的走势，却大大出乎了吴煜的预料。

一来，江百果没有发飙，甚至，为了大事化小，她还背过身去，先放走了他的女性朋友。二来，不等他讨饶，她就问了他一句话："你还爱我吗？"吴煜也算是掏心掏肺："当然，我当然还爱你！我……我就是一时脑热，百果，你一定要……"不等他对天发誓，江百果点点头，就说了四个字："下不为例。"

吴煜越想越不对劲：这算什么？假如说爱之深，恨之切，那莫非……

就这样，江百果的大人大量，在吴煜的眼中也就等于她犯了错。

他要她怪他，她不怪。他等她指着他的鼻子骂他，也等不到。他在时隔一夜后主动旧事重提，她却迟迟不回复他。他致电她，她说她忙，不是借口，不是冷战，而是真的忙……

值得一提的是，池仁在被拖出吴煜的办公室前，大概是打断吴煜的鼻梁骨了。他没有一点点的保留，毕竟，那个卑鄙小人在对江百果朝三暮四后，还倒打一耙，这远远不止击穿他的底线了。

那等于夺了他的宝，还将他的宝当作球踩在脚下。

后来，孙明美也闻讯而至，见池仁大开杀戒，虽倒吸一口寒气，却又似见怪不怪。毕竟，即便她粗枝大叶，也早就悟出了这个叫作池仁的秘书，恐怕不是她，乃至沈龙传媒能留住的池中之物。

江百果终于放弃了致电吴煜，转而发信息，一路埋着头，迎面撞上了人。对方骂骂咧咧，她却欠欠身，说了一句抱歉。

池仁心里像有个试管，自从吴煜对江百果大呼小叫开始，试管里的溶液就汩汩地溢了出来。此后，随着时间一分一秒地过去，随着他所耳闻目睹的真相层层递进，那溶液不停地挥发出千奇百怪的气体，充斥着他的胸腔，像不炸掉他决不罢休。

直到江百果埋着头，就要穿过马路，池仁长臂一伸，拉住了江百果的背包带。就这样，他向前，她向后，在中点会合，他用右手手臂圈住她，从她背后剥夺了她的自由。

一时间，江百果不能动弹。

池仁没去管为什么江百果不能动弹，他抓住她的手机，而她发给吴煜的信息仅有一句话：我知道错了，别不理我。

至此，充斥在池仁胸腔的气体终于炸掉了他，他的声音在她的头顶娓娓低诉："你是错了，你错就错在没在第一时间给我来个过肩摔，再往后，就没机会了。"

江百果知道是池仁，无须他自报家门，不用眼睛、耳朵，不用肢体的接触，甚至不用呼吸，她也知道是他。他不是第一次尾随她，她姑且算是熟能生巧。

江百果将手机轻轻按灭，塞进白色漆皮的贝壳包里。这包她才买不久，价格不菲，又装不了什么，怪只怪这淡青色的连衣裙和她众多的腰包谁也搭不上谁。

“我倒是想摔你……”她言笑晏晏地接了池仁的话，“但鸡蛋碰石头的事我不能做啊。”

池仁心乱如麻。

他喜欢江百果的笑，但不包括在他备受煎熬的时候，她还笑得出来。三个月了，她没有接过他一通电话，没有回复过他一条信息。当他偷窥她时，她没有过一次失魂落魄。假如说最初，他还坚信她对他言不由衷，但随着绵绵不绝的夏天发挥了它最后的余热，他的“坚信”越来越像一条外焦里嫩的谬论。

当他再也找不到她对他言不由衷的理由，他就连自欺欺人都做不到了。

但当江百果真的笑了出来，他还是像挨了一记闷棍。

“差不多得了啊。”江百果用手肘撞了池仁一下。

池仁放开了江百果。

江百果一边将连衣裙抻了抻，一边回过头来。

不同于池仁见证了江百果那辆地平线200退居二线，和她头发的生长，江百果足足有三个月没见过池仁了。她不知道他具体尾随了她多少次，但据她计算，加上今天，是十七次。

而在这十七次中，她六次有回头的冲动。

而在那六次中，她有两次真的若无其事地回了头。

可惜，在那少得可怜的两次中，她没什么运气。

三个月没见过他了，江百果没再客气，借着忽明忽暗的车灯，目光几乎在他的脸上迸出火花：“你瘦了？”

在此之前，池仁从来没想过，有一天他会被一个女人打量着，就快没了命。三个月，他瘦了十斤不止，皮带往里收了一个孔，但大半的肉还是从脸上掉下去的。剃须的时候，他能摸到两颊的凹陷，和下颌的棱角，探着身照照镜子，他自怜沧桑，但再一转念，快要三十一岁的人了，的确是和少年壮志相去甚远了。

尽管之前有一天，孙明美像找着新大陆，又像性骚扰似的，对他如痴如醉道：“男人三十一枝花，果然不假。”但眼下，他这副鬼样子到底是一枝花，还是一团糟，是全凭江百果一人说了算的。

“我们去吃个夜宵？”池仁要碰碰运气。

“夜宵就算了……”江百果果然拒绝了他，却不算赶尽杀绝，“但如果你不赶时间的话，送我一程？既然这么巧碰上了，顺便聊聊。”

这么巧碰上了。

池仁心中有数，江百果为了不小事化大，甚至不打算揭穿他这个跟踪狂的真面目。

绿灯还有最后的七秒，江百果率先小跑，前脚掌着地，三厘米的鞋跟偶尔在地面上敲击出笃笃声，催着池仁默默跟了上去。踏在斑马线上，池仁当下面是万丈深渊。真不知道是从什么时候开始，他被她牵着鼻子走，却又每每捞不到好处。

“你也变了不少。”穿过马路，池仁闷闷道。

“变漂亮了是不是？”江百果笑道，“老张说我变得有女人味了，娜娜也直嚷着要减肥，说什么我连性别都能变，她变个size还不是小菜一碟！真是的，难道我的性别有过模糊不清的时候吗……”

“有。”池仁说完就后悔了。

他不怕江百果开不起玩笑，怕只怕她摆明了要和他做朋友，而他就这么中了她的计。可他做不起她的朋友，更不想做。

江百果嗤了一声：“就前两天，地铁上还有人跟我搭讪，说我漂亮。”

“你确定他说的不是什么安全感、征服欲？”池仁刻薄道。

“别诈我，我记得你说过的话。我不是保镖，所以要找安全感的可以靠边站了；我也不是狮子、老虎，所以产生了征服欲的也请绕道。”江百果笃定地点了点食指，“我确定，他说的是漂亮。”

虽是送江百果回家，但池仁比江百果还熟门熟路，一心急，他常常走得比她还快上半步：“不是说相由心生？所以说，你的新生活不赖？”

江百果稍稍敛了笑，言辞越发有了说服力：“说是新生活一点不假，但又岂止是不赖？池仁你知道吗？在接受了吴煜后，我再也没有做过噩梦，每天早上被闹钟叫醒，还会赖一会儿床。那种安心让我在忙碌之余，还养了一盆辣椒和两条金鱼。我喜欢吴煜每天问我吃了什么，或者想吃什么；我喜欢他一提到他的家人就滔滔不绝；我喜欢他对我没有秘密，和他描述的未来；我甚至喜欢为了维持那种安心，对他做出让步……”

“够了。”池仁打断江百果。

他果然又中了她的计，说什么相由心生，给了她谈“心”的机会。

“总之，我想和他一直走下去。”江百果有始有终。

江百果的长篇大论，若不深究，没一点破绽。她的确再也没有做过噩梦，包括姚曼安的头颅，也包括父亲的手。她每天早上被闹钟叫醒，都会再耗上个十分钟。她食量一直不小，睡眠一跟上，胖了五斤，整个人都有了血色。她打开她的心门，让吴煜率领着他的七大姑八大姨浩浩荡荡而来，从此，她的世界分外热闹。

可若深究，这又关吴煜什么事？

当江百果一眼认出那身穿白色衬衫的少年就是池仁，她就知道她斗不过他。她知道甩掉他，是她唯一一丝胜算，因为甩掉他，是她力所能及的对他最大的惩罚。她要自己不断地前进，因为她知道当她前进，当他原地打转，甚至不进反退时，他们之间的距离才能以最快的速度拉大。

那么，是吴煜又或是谁，又有什么所谓？

站在江百果公寓的楼门口，池仁像是站在命运的岔路口，一条路是离开，另一条路是留下。而关乎命运的重大抉择，未必会举棋不定。比如池仁，他坚决地拉过江百果的白色漆皮贝壳包，拉开拉链，找出钥匙，揣进自己的裤兜：“听说，昨天吴煜和他的一名‘女性普通朋友’在他家中拥吻？”

换言之，他不想离开，他想留下。

江百果暗暗一惊：“这你也知道？”

“听说的。”

“那又怎样？”

“我刚刚却看到你在向他道歉，是我看错了吗？”

“你没看错，两个人在一起，彼此迁就是天经地义的事……”

“但两个人在一起，除了彼此迁就，平等也至关重要。”说完，池仁率先走进了江百果公寓的楼门。

换言之，为了她和吴煜的平等，今晚，他大可以做一把她的“男性普通朋友”，谁让她……这么漂亮。

江百果一怔，追进去时，电梯间却没有池仁的踪影，反倒是楼梯间的两扇门在惯性的作用下还在呼扇。她继而追进楼梯间，池仁的白色身影都到二楼了。“你知道我家在几楼吗？”她仰着头问。

“十二楼。”池仁没有停下。

江百果一步两级台阶：“为什么不坐电梯？”

“电梯是一种一到关键时刻就会掉链子的发明，还是靠自己的双腿保险些。”池仁俯瞰了一眼江百果的衣角，继续健步如飞，“你好像对我有关‘平等’的提议没有异议？”

“我不是没有异议……”江百果追了两层楼，就有些气喘，拉住扶手借力，“我是不屑于。池仁你几岁了？有仇必报是少男少女的游戏，而我懂得冤冤相报何时了的道理。”

“我三十一岁了……”池仁有问必答，“虽不年轻了，但精力……还是旺盛的，更何况我三个多月没碰过女人了。哦，这个没碰过，是指连根手指头都没碰过。”

江百果停下来，气喘得厉害，更显得愤愤：“才三个多月吗？离孤独终老还早着呢！”

池仁终于也停下来，他快了江百果三层楼，往下看，什么都看不到：“江百果，你恨我？”

不能否认，这令他……意外。

“把钥匙还我。”

“我在楼上等你。”

爬到五楼的时候，江百果就知道她不可能追上池仁了。爬到十楼的时候，江百果才想，她明明可以搭电梯的，但她又一想，就剩下两层楼了，何必大费周章。爬到十二楼的时候，江百果佝偻着背，每一步都重重地踩在地上，她后悔莫及：无论什么时候，她搭电梯该有多好。

MISS.JIANDAO

第26章

温柔乡

公寓的门虚掩着，江百果轻轻一推，迎面是池仁气定神闲地坐在沙发上，茶几上的一瓶矿泉水没了三分之一，代表他对她的冰箱也没客气。

“出去。”江百果大敞着门。

池仁不为所动：“相信我，稳定是长久的条件，而平等是稳定的基础。假如你真想和吴煜走下去，一味的退让是行不通的。不管他做了什么，你照着做就行，一旦要分个孰是孰非，你总不能让他把两边的理都占了去。”

江百果口干舌燥。这明明是她的主场，她却不得踏入半步。

池仁钻了空子，把玩着江百果的那一串钥匙：“我们一步一步来。

首先，你有吴煜家的钥匙？”

“不合理吗？”

“那女人是他什么人？”

“他说，是他的追求者。”江百果倒也没打算遮遮掩掩。

池仁离开沙发靠背，身子向前倾：“很好，我也是你的追求者，这很公平。”

江百果嗤笑一声，别开眼。

池仁循循善诱：“那么，当你推开他家的家门，第一眼看到的是什么？”

“我看到他抱着她，大概是一路往下，亲到脖子了，而她酥胸半露。”江百果到底是面不改色地走向了冰箱，也拿了一瓶矿泉水，一口气喝掉一半，讽刺道，“所以，你也要解开我的扣子吗？我拜托你醒醒。”

“不……”池仁站直身，“照这个类比，要解……也是解开我的扣子。”

他说到做到，由上至下缓缓解开了他白色衬衫的纽扣。

“喂。”江百果不是不怕的，她下意识地看了一眼仍大敞着的门，心想夺门而逃虽是下下策，但好歹也是条后路。

池仁会意，又或者说，是有意地会错意：“我来关就好。”

他又说到做到，去关了门，上了锁，这才走向了江百果。

江百果不得不锁定池仁的脸孔，毕竟再往下，就是他可恶的“酥胸”。他逼向她，脚尖踢到了她的脚尖，她退后一步，他放她一马，反正她都到墙角了，反正她又不会穿墙术。

“他们是坐是卧？是在沙发上，还是……”池仁煞有介事。

“站着的……”江百果几乎是抢答，“在四面开阔的空地。”

池仁象征性地看了看四周：“很好，差不多。”

江百果背靠墙角，将手中的矿泉水瓶捏得咔咔作响：“这会不会差太多了？”

“等下如果有必要，我们再去四面开阔的空地也不迟。”池仁拿过江百果的矿泉水瓶放在一旁，又拿开她小小的、像盾牌似的挡在身前的贝壳包，也放在一旁。

“等等！”江百果无法坐以待毙，“我姑且认同你的‘平等论’，不过，你凭什么认为你是我唯一的人选？”

池仁不答反问：“对了，一直忘了问你，你给吴煜打了多少分？”

“八十五。”

“那我呢？”

“鉴于你私闯民宅，零分都便宜你了。”

“用零分来报复八十五分，就算我不是你唯一的人选，也是你最佳的选择。”池仁到底是向前一步，将左手手臂撑在了江百果身旁的墙壁上。

他离她太近了，或者说，他的“酥胸”离她太近了，她悄然将手背在了身后：“池仁，你给我适可而止。”

“说真的，男女平等最难实现的第一条……就是力气。”池仁垂着眼，看江百果针尖般的睫毛一颤一颤。

江百果永不言败：“呵，千万别告诉我你要来硬的……”

而江百果能说的也就这么多了，因为池仁自认为给她的时间太多了。

鉴于她埋着头，他不得不半蹲下身，才能找到她的唇，继而，才能吻住她的唇。这一刻，池仁恨透了自己，却不是因为他的胜之不武，而是因为多少的时间、机会和情愫曾被他一次次“君子”地浪费掉。

他早该吻她。

不管她允不允许，他早该不顾一切地吻她。

他用右手食指抬高了她的下巴，她被动地高高地昂起了头，有如迎合他。

还不够，他又将左手手掌直接抚上她的背，向下滑，停在她的腰间，再向上一提。她又一次被动地高高地踮起了脚，来不及行使发言权，牙关一松，反倒让他更进一步。

事已至此，江百果一败涂地。她不得不出动背在身后的双手，但要推开池仁，无疑要先过了他“酥胸”这一关，而到头来，即便她在他的诱惑下活了下来，也推不动他。

她铆足了力气，也推不动他丝毫。

反观他，他的右手从她的下巴下灵活地转到了她的后颈上，固定住了她。这一刻，江百果数不清池仁有多少只手，一只在这里，一只在那里，令她直挺挺地任他摆布。

她别无选择，狠狠咬了他一口。

说来也真是可悲，她屡屡斗不过他，频频狗急跳墙。

好在他吃痛，当真退了一步。

但也就片刻，他又势大力沉地抵住了她，他没在开玩笑：“江百果，接下来才叫来硬的。”

这时，江百果双手死死揪住了池仁的白色衬衫：“池仁，你知道男女平等最难实现的第二条是什么吗？”

他不介意陪她斗斗嘴：“是什么？”

江百果也没在开玩笑：“我会哭。”

池仁顿了一下，但也就一下，随即，他放过了江百果一向没什么血色，此时此刻却被他肆虐得几乎滴血的薄唇，附到了她的耳畔：“说出来不怕你笑话，哭……我也会。”

他似乎还是有数不清的手，除了固定着她的，还有一只往前，一只往下。她远远比他想象的美好，这无疑令他身体里最原始的一面展露无遗。而他当然想象过她，不分时间，不分场合，不止一百次，有美好的，也有肮脏的。

“他们没有这么过分。”江百果的视线开始涣散。

“谁？”池仁专心致志地拉开了江百果连衣裙的拉链。

“吴煜……”她双手交握在他的脑后，也不知道是要阻止他，还是要阻止他离开，“吴煜和那个女人……他们没有这么过分，没到这个地步……”

“别想他。”池仁吻在江百果的肩头，没有了那一层淡青色的布料，他的胡茬刺痛了她。

江百果在发出第一声嘤咛的同时，抓住最后一丝丝的理智：“池仁，这违背了你的‘平等论’……”

“那是什么谬论？我听都没听过。想我。”

“嗯？”

“别想他，想我。”

最后江百果淡青色的连衣裙落在了脚边，她的泪水也落在了池仁的脸上。大概是因为他们都烫得发紧，那一串沁凉的泪水令池仁在刹那间汗毛直竖。“放过我……”她乞求道，“至少今天……放过我。”然而她说一套，做一套，一双小手早就钻进了池仁的白色衬衫。

“那你得先放过我。”池仁不得不从江百果的身上收回了双手，撑着冰冷的墙壁。

江百果如梦初醒，猛地蹲下身去。

池仁拿过放在一旁的江百果的半瓶矿泉水，一饮而尽：“男女平等果然是永远也实现不了的空谈。”

接着，他弯下腰，用她的连衣裙将她包住，在她旁边坐下，效仿她背靠在墙壁上。开放式厨房，一边是水池，一边是案台，他和她挤在中间，什么都不能做。

江百果转向池仁，哽咽道：“单就你的悬崖勒马，谢了。”

否则，在她对他的记恨中，怕是又平添一笔。

而池仁把握机会：“和他分手。”

江百果一怔。

“别装傻，我是说吴煜，和他分手。我不在乎我得零分，但他的八十五分真是滑天下之大稽。江百果，你值得更好的。”

“更好的？”江百果猛地被绝望层层包围，她捂住脸孔，号啕大哭，“可我怎么……怎么感觉你不会放过我呢？”

池仁苦笑，猫哭老鼠似的拍了拍江百果的肩头：“你的感觉……是对的。”

就这样，江百果再抬起头来时，双眸在汪洋中燃起熊熊大火：“池仁，陪我去个地方。”

“好。”池仁不贪图什么天涯海角，而真真切切的任何一个地方，他陪她去就是了。

而江百果话锋一转：“十七号。”

池仁下意识地皱了皱眉。

不巧，这个月十七号，是姚曼安的忌日。

他算不上踌躇，但话说得不满，稍稍留了余地："这个月十七号，我有安排了，但我尽量。"

"要去哪里？"他又问。

江百果飞快地将连衣裙穿回身上，笑了笑："到时候再说吧。"

姚曼安的忌日，无疑也是江百果父亲的忌日。

连日来，江百果不厌其烦地将"十四年……"挂在嘴边，在挨过了像是半辈子的十四年后，她虽从未想过她的记忆会是缺了一块的拼图，但那一块，却不由分说地补了上来，一如她虽从未想过她会对这世间唯一一个她不该动心的男人动了心，他却阴魂不散。

怎的一晃，又到了第十五个年头。

或许，该还的，他注定要还。

昔日，无辜的她如何跪在姚曼安的尸首前，届时，池仁就活该如何跪在她父亲的墓前。一如昔日，他说不准她放手，她就不能放手，届时，她说不准他站起来，他也就活该不能站起来。

而接下来，对他是爱是恨，再由她一人说了算。

既然忘记是行不通的，既然她做不到推他一个人下火海，既然他含情脉脉地拉她陪葬，既然她今天引狼入室，既然她恬不知耻地，差一点点就解开了他的皮带……那无论他们的结局是天各一方，又或是痴痴缠缠，那就豁出去了，这辈子谁也别想忘了谁。

这是她迫不得已的。

更是他自找的。

江百果站直身，自食其力地拉上了连衣裙的拉链："我会和他分手。"

池仁一怔。

"轮到你装傻了吗？"江百果靠在水池旁，"我是说吴煜，我会和他分手。"

池仁仍坐在地上，摩挲着江百果的裙摆："但……那也不代表你接受我，对不对？"

后来，江百果将池仁送到门口。

楼道的灯坏掉了，昏暗中，他站在电梯间等电梯，她礼貌地站在门口等他先走。他转过头看她，能隐约看到她对他的留恋。但当他折回来，她却飞快地挂上了防盗链，仅留下一条窄窄的门缝。

池仁失笑："你知不知道这胆小鬼的举动会令你一世英名尽毁？"

"尽毁的又岂止我的一世英名？"江百果又讽刺道。

电梯门一开，光亮洒在池仁的身后。江百果用下巴指了指，催他走。

池仁却将手扒在了门缝里："百果，到底是什么隔在我们中间？"这个问题，就像红酒瓶的瓶塞，拔不出来的时候堵得死死的，但拔不拔得出来，也就在刹那之间。

江百果对答如流："池仁，人们总说爱情是盲目的，可盲目也该有个限度，你说是不是？"

总不能，连人都不认！

电梯门挟着光亮缓缓闭合，江百果躲在门缝后的一只眸子化作末世的唯一一盏明灯。猛地，池仁将手缩了回来。不知道为什么，偶尔有一些时刻，他会觉得在哪里见过这女人，但每当他回忆他和她少得可怜的交集，他的"觉得"又不攻自破。他不是没笑过自己，或许，他是在前世见过她？或许，有关前世今生的鬼话，连他这三十一岁的男人也潜移默化地受影响了？

可偏偏，他从未想过这女人就是那孩子。姑且抛开她与那孩子种种不吻合，他从未想过那可怜的孩子，会长成一棵参天大树。

池仁他从未想过，十六岁的他的无心之举，会致使那可怜而坚强的孩子长成一棵千疮百孔的参天大树，而那深埋的根，无疑是她对他的憎恶。

"代我……向小茹问好。"江百果说道。

池仁回了神："哦，好。"

后来，池仁走了两步，想回头说一句"她就快离开北京了"，又一想，多一事不如少一事，也就作罢了。而多亏了江百果这一句，他才记起来明天就是唐茹的死期了。他苦笑，这么大的事摆在眼前，他却一头扎进江百果的温柔乡，愣是忘了个干干净净。

而这一记起来，他又和电梯有缘无分了，为了赶时间，他迅速消失在了楼梯间。

零星的扫尾工作，他还得样样确定才好。

一个小时后，江百果收到池仁的信息：你刚刚是在试探我和唐茹的关系？

而江百果忽略了一点，她尚且客客气气地称唐茹一声小茹，池仁却连名带姓地称呼唐茹，一字之差，天壤之别。

江百果的手指在她和池仁的聊天界面上轻轻一滑，然而，这是她和他之间仅有的一条信息。

至于在她和吴煜飞往济州岛的途中，池仁发给她的那一条，以及之后的三十五条，通通被她在第一时间按下删除键，化为乌有，却又过目不忘。

例如，在她飞往济州岛的途中，池仁是这样说的：同一个世界，同一个家。

换言之，但凡她没有冲出地球，哪里都不算异国他乡，都不符合干柴烈火的条件。

也就是说，他不接受她和吴煜的干柴烈火，以及她对他画下的句号……

例如，在她抵达济州岛的转天，他发给她的第三条信息是一张代购清单，从泡菜到高丽人参，从止疼片到醒酒药，最后到五花八门的电子产品，应有尽有。换言之，他要她把整个旅程都白白搭在他的身上。

例如，他发给她的第六条信息是这样说的：那些东西我一样都不要了，你回来就行。

而紧接着，就是第七条：醒酒药还是要的。北京时间半夜一点，还在应酬，不知道为什么，今天醉得特别快，特别特……

显然，他是真的醉了。特别特？他是要说特别特别难受，还是特别特别怪她？却被拦腰截断了。而是夜，那“特别特”三个字就像一句紧箍咒似的，令江百果头痛欲裂。

翌日。

晚六点，金元酒店，唐茹被小邓带向顶楼的贵宾室。

二十二岁的唐茹虽说才是一名刚刚升入大四的学生，但今天穿了一套米色的改良西装，锥形裤脚，长身，束腰，眼影用了大地色，这份老练不禁令人怀疑她会不会年过了三十。

不同于寻常女孩子觉得青春苦短，唐茹一直渴望长大，或者说渴望强大，所以，她从不认为少年老成有什么不好。更何况，相较于她今天要打交道的人，她小儿科的少年老成，说不定都登不了大雅之堂，那么，靠衣装撑撑场面也是好的。

“这里不对外开放？”唐茹问道。

小邓毕恭毕敬：“是，能进到这里的，都是自己人。”

唐茹点点头：“对了，曲先生有没有什么禁忌，是我要小心的？毕竟是第一次见面，万一踩了地雷，你夹在中间也难办是不是？”

“曲先生百无禁忌，是位不折不扣的绅士，见了面，你就知道了。”小邓小跑两步，“最里面一间就是了。”

曲先生，即致鑫集团董事长曲振文，也就是小邓的雇主，即唐茹的雇主，同时，也是池仁不大提及，却时时铭记在心的“那个人”。

三个多月前，唐茹放手一搏，将“致鑫集团”四个字摆上了桌面，一来，封住了赵大允的嘴；二来，也算是给曲振文露了一手瞧瞧。之后，仅仅做一枚棋子，可就满足不了她的胃口了。

三个多月，唐茹可谓是一帆风顺。

首先，致鑫集团的奖学金，她说拿就拿。据小邓说，由她做主给池仁扎的那一针没白扎，池仁千方百计地给曲振文捎了话，话里话外无非是说，动什么，也不能动她。

其次，江百果在姚会所的跟前，说倒下就倒下。她暗中将一切尽收眼底，依葫芦画瓢，在姚会所的跟前，一样说崩溃就崩溃，池仁二话没说，又对她无微不至。

之后，江百果和池仁的反目，大家有目共睹。她和他的恩怨情仇，唐茹由点到线，由线到面：他苦苦寻找了她十四年，她却在拨云见日后见都不愿再见他一面，这无疑又为唐茹的狼子野心注入了勃勃的生机。

再之后，还是据小邓说，池仁和沈龙传媒给曲先生下了绊儿，害曲先生和致鑫集团狠狠摔了一跤，曲先生勃然大怒。而这时，唐茹也对池仁失去了最后的耐性。她以为，他就算是块冰，也该被她焐化了，可他偏偏永远和她隔着一层纱。就这样，唐茹当机立断，她也是时候从三心二意，转为对曲先生一心一意了。

最后，也就有了今天。

唐茹请小邓给曲先生捎了话，她说她的“真身”，被她找到了。她保证她的出谋划策，不会令曲先生失望。但除非是和曲先生面对面，否则，她保证她什么事都做得出来。

就这样，唐茹迎来了她和曲振文“平起平坐”的今天。

而在来的路上，她还送了小邓金玉良言：“说来，我们的起点也没什么两样，可你……总不能一辈子做个人人都能取而代之的传话筒吧？”小邓自叹不如：“唐小姐的确值得我学习。”

金元酒店，顶楼的“百盛”贵宾室。

唐茹以为曲振文不会比她早到，所以，当小邓为她推开那两扇黑色真皮软包门时，当曲振文毫无铺垫地映入她的眼帘时，她撞墙似的刹住了脚步。尽管当时，曲振文是面向窗口的，仅仅给了她个背影。

据小邓说，曲振文才过了六十大寿。

他身高不足一米八，但在同龄人中也算出众了，没有发福，白色衬衫外穿了一件和西裤同色的藏蓝色细条纹马甲，一头浓密的银发，转过身来，肤色比女人还要白净，靠近鬓角位置，零星几处的老年斑展露无遗，即便是浅笑，鱼尾纹也像是刀刻的似的。

总之，他比唐茹想象的老迈。既然养尊处优，那六十岁对于他为时尚早。

但同时，他比唐茹想象的出色，那样的雄姿英发和那样的眉目如画，并非岁月可以摧残的。

而在此之前，曲振文并不热衷于抛头露面，所以鲜有人一睹他的庐山真面目，更不要说唐茹区区一个学生了。

“唐小姐，幸会。”曲振文走向唐茹，伸出手。

唐茹握住曲振文的手：“与其说幸会，还不如说和曲先生的会面，真是好事多磨。”

相较于曲振文细腻的音色，他的手冰冷如铁，令唐茹微微打了个寒战。

“唐小姐精明强干，又能言善道，我果然是选对了人。”曲振文一笑，鱼尾纹又多了几道，“来，坐。”

唐茹不禁惴惴，说来她也是节节败退，才不得不以攻代守，走到了这一步，那么，曲振文对她的褒奖，又从何而来？但兵来将挡，唐茹一边小心翼翼地落座，一边环顾四周。

这间名为“百盛”的贵宾室面积并不大，红木地板，黑色真皮缀以玉石的家具，一道屏风将其一分为二，一边是沙发，一边是唐茹落座的长方形餐桌，曲振文在主位，唐茹坐在他的左手边……

而在他右手边的位置，椅子是拉开的，一杯君山银针分明是动过了的样子。

唐茹不由得转头看了一眼门口，小邓不知道是什么时候退出去的，那两扇黑色真皮软包门严丝合缝地关着，在这黑与红的世界里，分明除了她和曲振文二人，再无活物。

“这位是？”唐茹问道。

曲振文不急着坐，自顾自将茶杯蓄满：“哦，你也认识的。”

唐茹一个分心，陷入了两难：她对于君山银针还算内行，看那茶芽竖立在杯底，如破土的群笋、威武的银刀，看那茶汤橙黄、纯净，她就知道这“金镶玉”实属上品，若是奉承曲振文几句，势必能句句夸到他的心坎儿上。可眼下，在这没有一名服务人员在场的贵宾室里，她总不能等着曲振文服务于她，而曲振文也没有请她“自便”，更甚者，她面前空空如也，连茶杯都没有……

换言之，难道她喝都没得喝？

唐茹嗓子眼儿冒烟，又看了一眼对面那热气袅袅的茶杯……等等，曲振文说什么？这位，她也认识的？

而这时，位于唐茹后方的盥洗室，被人从里面推开了门。唐茹的脊背在肌肉的紧张下离开了椅背，继而，分头累及双腿和脖颈，以至于她一没能站直身，二没能回过头，唯一能做的，不过是屏气凝神。而随着来者脚步声的倾轧，她的经脉从脚底一根根崩裂到了指尖……

怎么说，他也曾是她势在必得的男人，无须回过头，她也能认得出他。

是他，绝不会错。

池仁绕过长方形餐桌，在唐茹的对面落座。他难得穿了件黑色衬衫，口气却一如既往令人心旌摇荡："来了。"

唐茹动了动嘴，却像被封了喉，沉默无语。

"从没见过你穿这套衣服。"池仁双肘撑上桌面，十指交握，"或者说，从没见过你还有这女中豪杰的另一面，说真的，比楚楚可怜更适合你。"

曲振文有些不耐烦，但人还是温文儒雅的："好了，你们的儿女情长留待后面慢慢谈。阿仁，人到齐了，我们先谈正事。"

唐茹腾地站直身："你们认识？"

此言一出，唐茹自己都要笑自己蠢了。无论是明枪暗箭，还是以礼相待，他们当然认识，否则，这中间又哪里有她的立足之地？她要问的，无非是他们的关系。

曲振文愈加不耐烦，索性闭了闭眼，让池仁速战速决。

池仁站直身，走到曲振文身后，话却是对唐茹说的："我们……长得就这么不像吗？"

唐茹呆若木鸡。

池仁拍了拍曲振文的肩膀："也对，我还是像我母亲多一些。"

而这令池仁谢天谢地，否则，这许多年来，他怕是一照镜子就要面对一张可憎的面孔，那么，他的脾气也怕是多少会比今天暴戾、易怒。可话说回来，用杨智郴——郴叔的话说，不管他承不承认，他这深藏不露的性子多少还是遗传自曲振文的，血浓于水，他们偶尔发起狠来的样子，几乎是一个模子刻出来的。

"你们……你们这是合起伙来耍我吗？"唐茹双手抓住餐桌的边缘，指甲瑟瑟地挠出刺耳的噪音。

曲振文音色细腻，稍有不屑，便冷若冰霜："呵，你算个什么东西！心比天高，偏偏连演戏都演不好。"

池仁走回自己的座位，拿起托盘里的毛巾，擦了擦刚才碰过曲振文肩膀的手："小茹，曲先生才夸过你精明能干，你可别不禁夸了。坐，曲先生时间宝贵，我和他先谈正事。"

此情此景，唐茹又哪里坐得住，一个转身，踉跄着走向门口："那我先出去透透气好了。"

而此情此景，哪里能由着她说走就走，那两扇黑色的大门被反锁了，她使尽浑身解数，却插翅难飞。她仓皇地回过头来，只见池仁微微皱着眉，不疾不徐地走向她："小茹，我陪了你这么久，今天换你坐下来等我几分钟都不行吗？"

她只见池仁向她伸了手，不等她心惊肉跳，他的手就绕到了她的脑后，揪住了她的头发。

她下意识地尖叫。

他厉色，厌恶地轻轻地嘘了一声。

她又不由得噤了声。

池仁将唐茹一路拖回座位，末了，唐茹却一摊烂泥似的一歪，从椅子上滑倒在地。

"坐好。"池仁懒得再动手。

唐茹爬起身，蓬头垢面，强撑着端端正正地坐好。她的头皮仿佛四分五裂，外伤还是其次，关键是她想破了头，也想不通这到底是怎么一回事。她第一次后悔爱上了池仁，因为，她根本就不认识他。

她根本就不知道他是温床，还是万劫不复的炼狱。

因为她一边爱上了他，一边低估了他。

而这根本就是自取灭亡。

MISS.JIANDAO

第27章

是她

唐茹根本不知道，三个多月前，当她自认为她以攻代守，将致鑫集团摆上桌面时，她不过是拉开了她自取灭亡的序幕。

或许不仅仅是池仁，谁都有着两面性，除了感情的事感情用事，除了感情之余的事有条不紊，在池仁强大的外表下，还蜷缩着一个愚蠢、懦弱的他。当那个愚蠢、懦弱的他想抓住唐茹这一根来之不易的浮木，想将他压抑了十四年的抱歉一股脑儿地补偿给她，不仅仅是为了她，更多的是为了不堪重负的自己，那么，她是真的也好，假的也罢，他说她是真的，她就是真的。

但当那个愚蠢、懦弱的他被逼上绝境，当那个强大的他不得不挺身而出，那么，她是真的也好，假的也罢，再无所遁形。

当赵大允有了二心，手心里的汗水布满了他行李箱的拉杆……

当他致电唐茹的校方，询问致鑫集团提供奖学金的事宜，校方的对答过犹不及……

甚至，当他去给张什小小的教训，张什脱口而出“三角恋”，而诉苦，绝非江百果的性格。换言之，在那段“三角恋”中将触角伸向了张什的人，除了他，除了江百果，答案不言而喻。

当种种疑团和矛头从四面八方指向同一个人，池仁心如明镜并不难。

难的是到后来，他曾对那一条历时十四年之久的旅途望而生畏，如今在他千辛万苦地冲过了终点后，却被裁判判定误入了歧途，不得不重新踏上那一条孤军奋战，或许根本没有终点的不归路。

难的是那份破灭和那份要从头来过的无助。

不过，抛开张什不谈，赵大允和致鑫集团背后的曲振文都是何等的聪明人，池仁是心中有数的。那么，当他们那等聪明人接二连三地围绕着一个唐茹做出一桩桩的糊涂事来，池仁在难过之余，也就不得不拿唐茹开刀了。

然而，就在这个节骨眼儿上，唐茹瘫坐在十四年前的事发地上，以泪洗面。

那一刻，池仁没有举棋不定，假的就是假的，再真，充其量也就是“巧夺天工”。

而那一刻，池仁也如临大敌：唐茹找到了那孩子。

因为十四年前的事发地，除了他和那孩子，再没有第三个人知道。

那一刻，他也恍然大悟，他愚蠢、懦弱了太久，自欺欺人了太久，姑息养奸了太久，以至于他恐怕是全世界最后一个知道真相的人，不仅仅输给了唐茹和她背后的曲振文，甚至也落后了赵大允。

而如此一来，赵大允的“二心”与其叫二心，还不如叫不敢轻举妄动，一如他一想到那孩子找到了，不禁摩拳擦掌，但再一想到那孩子在曲振文和唐茹的掌握中，不要说轻举妄动了，他根本连动都不敢动。

就这样，三个月，池仁乖乖守在唐茹的身边。

但他知道，他迟早骗不过唐茹的眼睛。他装了半辈子的秘书，且扮演得惟妙惟肖，不代表他也能将虚情假意演绎得以假乱真。

他知道，他迟早要和唐茹背后的曲振文决一死战。

三个月，池仁全力以赴，到底是继柏瑞地产之后，又利用沈龙传媒，给了致鑫集团重重的一击；到底在杨智郴——郴叔的协助下，叩响了致鑫集团的大门。而当致鑫集团几乎过半的股东在杨智郴的作用下，号称要力挽狂澜非池仁莫属时，池仁却“拒绝”了走进那扇大门。

直到，曲振文在重重压力和声讨下别无他法，主动致电了池仁：“阿仁，这难道不是你要的结果吗？摆谱，也要有个限度。”

年过六十，无往不利的曲振文怎么想也想不到，有一天他会求着狼入室。

而池仁在电话中说了两句话。

第一句是陈词滥调，他要见曲振文。

第二句却是别出心裁，他要唐茹在场。

换言之，他要一箭双雕。

曲振文对池仁避而不见了十四年，这一次，他别无他选。但关于唐茹，他毫不犹豫：“也好，反正我也受够她了。”

曲振文也算是实话实说。

数月来，曲振文不动唐茹，是因为不屑于动她。每个月给她的那点儿钱，他就当打发叫花子也无所谓。他日理万机，她的那点儿小把戏，对他来说就跟看看猴戏解闷儿似的。而他若真要动她，无异于拍死一只蚊子。

而哪怕是一只蚊子，总在耳边嗡嗡，他也有受够的一天。

就这样，他们有了“欢聚一堂”的今天。

贵宾室的大门被人从外面推开，五名侍应生依次端了吃食进来。

曲振文食素有些年了，今天也不会为谁破例，芦笋尖、牛肝菌、海苔豆腐、水晶卷，琳琅满目。

餐具也没有唐茹的，她难堪地看向侍应生，对方却视她如无物。她再看向大敞着的大门，门外空无一人，自由唾手可得，她却连试着逃一逃的勇气都没有了。

“有什么条件你尽管提，不要让我猜。”曲振文食不露齿。

围坐一张餐桌，曲振文却不大看向池仁。怎么说，池仁也是他的骨肉，十四年不见，尽管池仁死缠烂打地从未离开他的视线，但这一面对面，池仁不可能像个没事人。可但凡不见，无论是十四年，还是四十年，曲振文真能像个没事人，毕竟相较于池仁，他有他更不能割舍的人。

相反，池仁却连筷子都不动，始终看向曲振文：“要我进致鑫集团不是不可以，但宋君鑫的职位，你别调。我来……辅佐她。”

曲振文算不上色变，但筷子上的水晶卷中途掉了下去：“不可能。”

“怎么说她也是我的长辈，我又不会一口吃了她。”池仁轻笑。

曲振文愠怒：“别让我说第三遍，不可能。有我在，你连靠近她都休想。”

池仁拿起筷子，从餐桌上夹起那水晶卷，重新放进了曲振文的餐盘：“那如何向股东交代，稳定他们的军心，就不关我的事了。但致鑫集团能有今天，别忘了水能载舟，亦能覆舟。”

关于池仁和曲振文的对话，唐茹一个字都听不懂，也就自然而然地听懂了一件事：当她把自己当作人，把他们当作两条狗，以为狗链握在她的手里时，她的确就是一个不堪一击的人，而他们，却是两头吃人不吐骨头的野兽。

而枯坐在这里的她，到底还有没有生路……

曲振文看着餐盘里那说不出的碍眼的水晶卷，优雅地擦了擦嘴：“阿仁，你不要以为只有你有筹码。”

而这时，唐茹眼前一亮，或许，这是她唯一一次自救的机会了。

筹码？她也有。

唐茹连绕道都等不及，隔着餐桌和美味佳肴就扑向了池仁：“池仁，我知道你找了十四年的人在哪儿，而且，只有我知道！我错了，我知道错了，求你给我一次戴罪立功的机会啊！你带我离开这儿，我带你去找她啊……我发誓，只有我知道！”

唐茹知道了，这两头被她逗弄了的野兽没一个好惹的，而她总得选其一，赌上最后一把。

池仁转向了唐茹，一时间没有为难她。

不过，曲振文这阵子的怒火，似乎是被唐茹的没规没矩推上了顶峰，他直接将茶杯掷向了她的头：“你知道被你碰翻的这一例水晶卷，比你一条贱命还要值钱吗？”

唐茹被连砸带泼，下意识地紧闭双目，而等她再睁开眼时，那实属上品的君山银针挂满她的发梢她也管不了了。她一不做二不休，几乎是从餐桌上爬向池仁：“池仁，你找了她十四年啊，换我一条贱命，你划算的啊！”

池仁喉头一哽，伸手去拿一旁的毛巾，止不住微微颤抖，帮唐茹擦了擦脸：“她在哪儿？”

三个月过去了，池仁诸事顺遂，却独独仍找不到那孩子的踪影，千丝万缕的线索，条条像被人切断了般没有下文。偏偏他对谁都不能打草惊蛇，怕只怕行差踏错……

他终于等到今天，他有了他的筹码，能坐下来和曲振文各取所需。

而他万万没料到，唐茹说：只有她知道？

那孩子的下落只有她知道，连曲振文……都不知道？

若真如此，那倒好办了。他大可以将他的茶杯和餐具通通让给她，不要说给她戴罪立功的机会了，换他求她也无所谓，只要能找到那孩子，只要她能带他找到那孩子……

却不料，曲振文一笑：“阿仁，这种跳梁小丑，你还非给她捧场是不是？你要找那孩子，好说。她知道，我又怎么会不知道？而且，我不用带你去，等会儿我叫人把她给你带来不就得了？但在这之前，我们还是得言归正传，致鑫集团这一关你是帮，还是不帮？”

池仁猛地站直身，这就对了……

他就知道，他落后了全世界的牛鬼蛇神。

不过这倒也无妨。他来，就是来做交易的，来倾其所有，交换那谁都知道，偏偏他被蒙在鼓里的答案。至于这交易是和唐茹做，还是和曲振文做，没差。

至于唐茹，在曲振文半路杀出后，她的筹码就从一块宝变成了一根草。她湿淋淋地匍匐在杯盘狼藉中，明明多余，却再次一动不能动。

“你把她怎么样了？”池仁走到曲振文身边，一脚踹在曲振文的椅子腿上，令曲振文转向了他。

曲振文却连头都不抬，看了看时间：“这会儿，该是在来这儿的路上了。”

池仁居高临下：“你知道她对我的意义，那么警告的话，我是不是可以省略了？”

曲振文缓缓站直身，虽矮了池仁七八厘米，气势却不相上下：“你至今连她是何许人都不知道，还谈什么意义？”

池仁浑身一僵。他从头到脚就这么一处咽喉，却被曲振文一扼一个准。

池仁一把揪住了曲振文的衣领：“她是谁？你从哪儿找到她的？”

“我还以为她在我手上，你不敢动我。”曲振文连脚后跟都被迫离了地，但他仍不紧不慢。

池仁不是不怕的，他放开了曲振文，又转向唐茹：“他不说，你说。她到底是谁？”

唐茹冷笑了两声：“呵呵，既然我都死路一条了，你也别指望我积德了。”

池仁默默握住餐盘的边缘：“死路虽是一条，死法却有很多种。”

“池仁！难道你真做得出对一个女孩子一而再再而三地动手吗？”唐茹歇斯底里道，“别忘了，我也不过就是他的一颗棋子！”

“女孩子？”池仁毫不掩饰他的厌恶，“在你七岁时，当你和你的同伴联手结束了另一个女孩子的生命，那个叫唐茹的女孩子，也就一并掉下了地铁铁轨。而之后的十四年，你也没能再拉她上来。今天的你不是他的棋子，而是和他一样的败类。”

唐茹哑口无言。

池仁将餐盘提在了手中："告诉我，她是谁？"

唐茹可谓是一步一个脚印地被吓破了胆，一张嘴，鬼哭狼嚎，一句话也说不出来。

而这时，池仁手机振动。

他看了一眼，将餐盘随手扔回了餐桌上，哐啷一声，令唐茹双手抱住了头。

池仁走到一旁，接通了电话。

对方不是赵大允："池先生，他招了，还交出了一段视频。"

"发过来。"池仁说道。

这是池仁最后一条不知道能不能被称为线索的线索了。

两周前，池仁才又想起，有一辆面包车曾在他旁边停了二十秒钟，却在最后两秒钟闯了红灯。池仁不知道那是不是巧合，不知道它和他要寻找的真相有没有关联，但既然想起了，就算病急乱投医，他也要碰碰运气了。

可首先，当日他就查到，那是一辆套牌车。时隔多时，要扒出它的真身，花了他不少的时间。其次，车主表面上是个和他八竿子打不着的本分人，要顺藤摸瓜找到幕后那个人，又花了他不少的时间，可到底，还是让他查到了当日坐在副驾驶位上的男人。

那男人倒并不是个本分人了，一直做着拿人钱财，替人消灾的事，却又贵在懂得多做事，少说话，要撬开他的嘴，无疑又令池仁劳心劳力。

好在，他招了，且交出了一段视频。

池仁背对着曲振文和唐茹，等待视频传送到他的手机上。他擎着手机的手孔武有力，似乎是知道即将到来的画面，就是他寻找了十四年……不，寻找了将满十五年的真相，而他，也做好了面对的准备。

时长仅仅七秒钟的一段视频，是从车头方向向后拍摄的，画质不敢恭维，没有声音，但池仁不会认不出，那是江百果。

那是江百果，形容枯槁地坐在第二排右侧的位置，目光落在车窗外。那一秒，池仁还不得要领，但下一秒再想想，她的目光分明是落在他的黑色凯迪拉克上，或者说，是穿透了两层车窗，落在他的身上。

后来，一旁的赵大允约莫是低低地唤了江百果一声，无奈，江百果不为所动。直到赵大允伸手要拉开车门，江百果却像在沉睡了一百年后阻止了他。

总之，江百果毅然决然地……阻止了赵大允拉开车门。

视频的最后，是司机在江百果的撕扯下，猛地发动了车子。

事已至此，池仁是震惊也好，是震惊到了不能自已，反倒坦然了也罢，总之，他还慢条斯理地将视频播放的进度条又往回拖了拖。

这一次，他辨认出江百果的口形："开车！快，开车！"

池仁轻轻按灭手机，垂下了手。

是她？

是她。

这些年，她势必是忘了他的，却在他们分别的第十四个年头的伊始，重新闯进了他的生命，一如十四年前，在他无助的时候，不求回报地向他伸出了援手。

继而，她在这第十四个年头的秋天拼命地想要靠近他，他却在冬天，将另一个女人捧在手心。她在第十五个年头的春天卷土重来，对他百依百顺，而他又怎能无动于衷？何况原本，他就被她牢牢吸引，原本，他不过就是怕这一次，再因为感情用事坏了事。

却不料，他之前千百次的感情用事都是荒唐，只理智了这一次，又大错特错。

随着盛夏的来临，换了他拼命地想要靠近她，不为别的，只因为她是她，像润物细无声般，又像硝烟弥漫般捕获了他的她。而她，却因为想起了他，头也不回地离去。

她势必是想起了他，在十五年前的事发地上。

而他不难通过唐茹演绎的崩溃，还原江百果的崩溃。

她恨他？她说过，她做了十几年的噩梦，那十有八九是和他有关了。彼时，他没头没脑地说她那是心病，而解铃还须系铃人。而后来，他不是没去找过根据，却一无所获。她的历史像被人擦掉了般干干净净，如今他再想想，那是真的被人擦掉了。

无疑，她恨他，或许主要是因为他在第十五个年头的尾声，仍没有将她想起。

那一夜，她乘坐的白色面包车和他的黑色凯迪拉克仅有一步之遥，她大可以冲过去，砸了他的车，拖出他的人，对他拳打脚踢，而她却制伏了一车的彪形大汉，头也不回地离去。

此后，她再也没有回复过他一条信息，她在江南船坞给了他最后的拥抱，她对他挥一挥衣袖，和另一个男人双宿双飞，捎带着，还令他受益。即便那男人是个不折不扣的小人，她也不离不弃。

此后，她是真的对他恨之入骨。

此后，她即便在他的怀中情不自禁，仍拒绝了他。她说爱情是盲目的，可盲目，也该有个限度。没错，他不是盲目，他是瞎了狗眼才对。是他让她的强大先入为主，是他一味地抓着些可有可无的旁枝末节。要知道，相较于二十一岁和自然卷，她的“无情”而强大，才是这人世间绝无仅有的。

是他瞎了狗眼，至今，面对铁证，他才想起了她。

池仁转过身，曲振文仍稳操胜券，唐茹也仍一无是处。他在天上地下一百年，在人世间却不过转瞬间。他径直走向曲振文，中途没有停顿，一拳将其击倒在地：“你会死在我手上，我保证。”

他的拳峰在火辣辣中急速肿胀。

他长吁一声，抖了抖手。

他总觉得，最糟也不过如此了。

假如可以选择的话，他倒宁可一辈子找不到那孩子，宁可死不瞑目，也不想那孩子就是江百果。他不想是她面对了姚曼安的“肝脑涂地”，不想是她，迎接曲振文的不择手段。他不想是她，因为他而变得不幸。

那么，或许他冥顽不灵的盲目，也不过就是因为这“不想”二字罢了。

没道理是她。

怎么可能是她?

可偏偏就是她了。

该来的，还是会来，他还是在躲不掉地爱上了她之后，更加躲不掉地想起了她。最糟也不过如此了，他恨不得以死谢罪，可一想起她，他又贪生怕死，想和她在一起，想马上、永远地和她在一起，哪怕被她恨着也想要和她在一起。

曲振文到底也是六十岁的人了，带翻了椅子，一时间爬都爬不起来。

他的人蜂拥而至，将池仁团团围住。

至于唐茹，死活下不了餐桌，抱着头，连鼠窜都无处可窜。

曲振文被人搀扶着站直身，鼻子血流如注，染红他白净的皮肤，分外骇人："看来这些年，我让你太好过了。"

那两扇黑色真皮的软包门一关，门里门外俨然两个世界，门外是太平盛世，门里是池仁面对数人的围攻，从以一敌百，到生死不明。他蜷缩一团，用双臂护住面孔。曲振文说了，江百果在来这儿的路上了，那么，等她来了，他总不能鼻青脸肿地面对她。

这样的阵仗就够她受的了，他总不能再火上浇油。

可后来，池仁不知道雨点般的拳脚是什么时候停下来的，也不知道是谁匆匆走进来，对曲振文说了什么，总之，曲振文走到他身边，蹲下来，又恢复了温文儒雅："阿仁啊，不如我们各退一步。你乖乖地来致鑫集团打个晃，回头再找个机会，有多远滚多远，而我大不了向你保证，不动你的人就是了。"

池仁竭尽所能，也仅仅就是蠕动了一下："你把她怎么样了？"

曲振文的鼻子再度流了血，他仰起头，悠闲地按了按止血的穴位："也不怕你笑话了，马有失蹄，人有失手。不过你啊，倒是养了一条好狗。"

池仁一怔……而这时的他，做不到陪曲振文打太极。

他一把攥住曲振文的裤管："你把话给我说清楚。"

这一次，曲振文大大方方地指名道姓：“照你这副要吃人的样子，你是明白过来了？是，你找了十几年的那孩子远在天边，近在眼前，就是江百果小姐了。不过，算我食言好了，今天我还真没法把她带到你眼前了，这都怪那个叫赵大允的挡了路。这会儿，那孩子倒是没事儿人一样，该干吗干吗呢，可那个赵大允怕是被撞得不轻啊……”

池仁自认为他死死攥住了曲振文的裤管，却不料曲振文站直身，说走就走，徒留下他的手瑟瑟发抖。

不能否认，池仁怀疑过赵大允，在他自认为众叛亲离的绝境中，他当然怀疑过赵大允是敌是友。但今天，曲振文却说赵大允不是他的敌，也不是他的友，而是他养的一条好狗。

换言之，赵大允分明是他最忠诚的友。

他身为“一条好狗”，比任何人更深知他的使命。他深知他要做的，无非是让江百果远离曲振文和唐茹的视线，直到池仁也能扼住曲振文咽喉的今天。

他做到了，是他令江百果免于在十五年后，再一次因为池仁而变得不幸；是他，使得江百果可以在这个时间身处无误沙龙，一边忙里偷闲地啃着炸鸡排，一边耳闻刚刚进门的客人添油加醋地说在两条街之外，发生了一起重大交通事故……

而在这个时间，他却因为那一起重大交通事故，被送往了医院。

就这样，池仁爬起来，在门口追上了曲振文：“我答应你，进致鑫集团……”

曲振文停下脚步，没回头：“那我说到的，也一定做到。”

说完，曲振文扬长而去。

池仁瘫坐下去，不得不接受他等了十五年的会面就这样画下了句号，而他甚至来不及问上曲振文一句，在这十五年间，曲振文有没有过哪怕一次，因为姚曼安的死而夜不能寐。

假如没有，假如一次都没有，那被噩梦纠缠了十五年的江百果，他又该如何面对？

池仁从口袋中摸出手机，手指都不听使唤了，仍执拗地给江百果发送了一条信息。毕竟，他还不能马上飞奔到她的面前。

毕竟，他还要先去到赵大允的面前。

而另一厢，江百果一边啃着炸鸡排，一边打开了手机。

来自池仁的信息，短短三个字，却如平地惊雷：我爱你。

晚八点，池仁抵达赵大允就医的医院。

从六点到八点，短短两个小时的时间，有人笑，有人哭，有变本加厉，也有委曲求全。池仁像是在鬼门关兜了好几圈，但到底是活了过来，而他甚至没脸哭，谁让他在乎的人个个比他惨。

赵大允颅脑、脊柱和胸部均有不同程度的损伤，至于日后会不会造成功能障碍以及残疾，还有待观察。

池仁被拦在重症监护病房外，见都见不到赵大允一面。他胡搅蛮缠，说他也遍体鳞伤，请求重症监护。医生就事论事，说："你遍体鳞伤是不假，但最严重的也不过就是一处骨裂和四处软组织挫伤……"

好在，赶在池仁犯浑前，一位护士递来了一把钥匙："这是患者在昏迷前交给我的，说是谁来看他，就交给谁。"

池仁接过钥匙在手里摩挲，也不知道是怎么了，这会儿的他细皮嫩肉得跟豌豆公主似的，连做这动作都疼，疼到钻心。

那是一处储物柜的钥匙，尽管上面没有一字半句的标识，池仁也是知道的。

"把他给我治好了。"池仁给医生撂下这一句便走了。

而过了好一会儿，医生仍参不透，池仁的这一句是恐吓，是拜托，还是二者兼具。而他救死扶伤了大半辈子，还真未见过一处骨裂和四处软组织挫伤的患者能健步如飞。

在赵大允的储物柜里锁着的，是江百果的档案。

赵大允知道池仁怀疑他，也知道池仁培养了另一名心腹，大有要将他取而代之之势。而他也知道，今天池仁和曲振文就要面对面地小试牛刀了，而无论他有没有保住江百果，他这一倒下，也就没有秘密可言了。

那么，江百果的档案，也是时候物归原主了。

于是，赵大允在昏迷前，踏踏实实地将钥匙交给了一位护士。他知道，倘若有人来看他，那那个人一定是池仁。而只要池仁来看他，他便不会令池仁失望。

MISS.JIANDAO

第28章

对不起

晚上十点，池仁的车子停在无误沙龙的对面，而装有江百果档案的牛皮纸口袋就扔在后排座椅上。当初，震惊了赵大允的是其中一张泛黄的江百果儿时的照片，她瘦小的身板，乱蓬蓬的自然卷，令赵大允拨云见日。

但刚刚池仁将照片拿在手上，反倒轻笑了出来。

坦白说，他对十五年前的江百果没什么印象了，否则，当初赵大允将唐茹的档案和照片交给他时，他也不会识不破她。同样，如今，他将江百果的照片拿在手上，也没有戏剧性地“电光石火”，相反，一时间，他甚至忘了他和她恍如隔世的恩怨。

他满脑子都是：哦，原来她儿时长这个样子。

原来，他的心上人算不上天生丽质，那时候，她还真是……其貌不扬呢。

换言之，震惊了池仁的另有他物。

在儿童福利机构的接收单上，白纸黑字，清清楚楚地写着，江百果的父亲病逝于十五年前的九月十七日。池仁的轻笑消失殆尽，脸上带着些微的抽搐。他从不怀疑自己的眼睛，所以，他没有再看第二遍，也不打算再看第二遍，就将形形色色的纸张一股脑儿地塞回了牛皮纸口袋，烫手似的，扔到了后排座椅上。

当时，他的车子还停在赵大允的储物柜的所在地。

当时，他还不打算在今晚就去找江百果。毕竟，今晚的他除了一张面孔完好无损，分明带着一身的伤痛、失败和悔恨。

他像逃离桎梏般下了车，在车旁踱来踱去。他记得，在他去往西雅图的前夜，在“秘密基地”，江百果对他说，她的父亲在十四年前离开了她。可那时，她分明还是个可以不说实话就打死也不说实话的骗子。那时，他甚至没有怜悯她。

随即，池仁又像躲避枪林弹雨般钻回了车子。他记得就在昨天，江百果对他说，要他陪她去个地方，他问她去哪里，她却说十七号。当他在两个小时前，终于能将江百果和那孩子对号入座，他恍然大悟，“十七号”是她对他的宣战，可为什么……为什么当他失去他的母亲，她偏偏也失去了她的父亲……

那么，她波澜不惊的宣战，拉开的恐怕将是一场恶战。

就这样，池仁在逃离桎梏和躲避枪林弹雨间翻来覆去，终于踩下油门，驾车驶向了无误沙龙。

晚上十点四十分，江百果和张什一并踏出无误沙龙。

隔着一条马路，池仁看江百果像是在和张什交代着什么公事，而张什频频点头道是。接着，他又看他们闲聊了几句，也不知道张什说了什么，逗得江百果前仰后合。

一晚上风起云涌，池仁从来男儿有泪不轻弹，偏偏这时冷不丁地湿了眼眶。

他真想剖开她的胸膛看看她的心到底是什么做的，她做了多少年的噩梦，咽下了多少的苦水，又骗过了多少人的眼睛，分明才被吴煜辜负，分明他还纠缠着她，分明，她刚刚转危为安，可这会儿仍风光无限。

才一眨眼的工夫，池仁就见江百果看到了他，继而扔下张什，大步迈向了他。

他背过脸，理了理情绪。

江百果径直来到池仁这一侧。而不等她抬手敲车窗，他就乖乖打开了车窗，这才看到她虽对张什有说有笑，对他却横眉怒目。

“这算什么？”江百果猛地将什么扔进了车厢。

池仁低头，他腿上是江百果的手机，屏幕亮着，而在他和她的聊天界面上，赫然是他发给她的那三个字：我爱你。

“你不识字？”池仁抬头。

江百果怒而不语。

“还是说，你想我念给你听？”池仁连眼都不带眨的。

江百果一把抢回手机，后退了一步：“要知道，这三个字不是谁都有资格说的。”

她后退一步，恰恰给了他下车的余地。他穿着黑色西裤和黑色衬衫，掸去了尘埃，就像是盛装而来。他脸色不大好，泛着青白，眼泪可以不掉下来，眼底的血丝却根根分明，上好的君山银针下了肚，是烈酒，是苦水，以至于嘴角开了裂，可还是好看。

总之在江百果看来，他还是好看。

尤其当他在她眼中不断放大，她退，他进，她快不过他，直到被他拥入怀中，而他不似昨夜的急切、热烈，和混账，仅是将面孔埋在了她的颈窝，喃喃地说：“我知道我未必有资格，但因为不想对你说对不起，只好说这个，反正，那也是我的真心话。”

江百果的手抬到半空中，是要推开池仁的。无论他好不好看，诚不诚恳，有没有资格，也不管她贪不贪图他的气息，关键是这是什么时候，他们又怎能为所欲为？

可是，他说什么？

“你有做对不起我的事吗？”江百果吃力地支撑着池仁的重量，脖子梗得直直的。

他这哪里是拥抱她，根本像是喝醉了，累坏了，困极了，像奄奄一息地要丧命在她身上。

“又何止一件两件。”

江百果一怔，她不知道发生了什么事，却知道一定有事发生：“池仁……”

“嗯？”

江百果早就抬到了半空中的手，到底是有始有终，推开了池仁。她从他的双眼看进去：“可有些话，不是你不想说，就可以不说的。”

他欠她千万句的对不起，又怎能用区区一句“不想说”就一笔勾销？

池仁右侧第五根肋骨骨裂，被江百果一推，他弓着身子放开了她，但双手还是握在她的双肩上：“十七号我去接你，早上八点，会不会太早？”

这三言两语，在旁人听来没头没脑，在江百果听来，却正中靶心。她不仅知道了有事发生，也大抵知道了发生了什么事。

池仁知道了，无论他是幡然醒悟，还是道听途说，他知道她是谁了。

“你不是说，有其他安排吗？”当池仁摆明了迎战，江百果反倒有些惶惶了。

说真的，她也不过就是贸贸然地对他下了战书，至于战术，她又哪里有？

池仁一锤定音：“先以你为重。”

“好，那早上八点，我等你。”江百果像是自己把自己逼上了梁山。但无论如何，都是她握有他的生杀大权，她刀就架在那儿，至于他什么时候把脖子伸过来，是今天，还是即将来临的十七号，她可以等。

池仁点点头，转身回了车子，却是坐进了后排。

“送我。”他关上车门，手往旁边一搭，按在江百果的档案上。

江百果气结，从驾驶位一侧打开的车窗里探进头来：“我是你的司机吗？”

池仁抬手，指了指副驾驶位上的一袋子药品：“不骗你，我浑身都在疼。”

“你……受伤了？”

“免不了还得请你帮我上上药。”

“怎么搞的？”

池仁皱着眉头，动了动肩颈：“我们可不可以路上聊？我还记得你说过的疼痛指数，此时此刻我的疼痛指数在五到六之间。”

江百果站直身，气恼、焦躁，又无可奈何，双手叉腰，长吁一声，这才看到张什还没走，估计是放心不下她，还远远地看着她。她生生挤出一个微笑，对张什挥挥手，以示道别，到底是坐上了池仁车子的驾驶位。

“你家。”池仁说道。

“为什么是我家？”江百果怒气冲冲地回过头。

池仁字斟句酌：“因为我快要搬家了，等搬了家，再请你去。”

在过去的十五年，池仁对姚会所，就如同对姚曼安寸步不离，但今后的五十年，一百年，他知道他将要陪伴的是另一个人了。

江百果顿了顿，分了心。

一直以来，和她的“理智”唱反调的人们，总是说喜欢一个人是没有理由的，而她一度几乎被说服。在对这个叫池仁的男人欲罢不能的四季中，她几乎被说服，几乎臣服于蛮不讲理的“情感”，但当下再想想，喜欢一个人，又怎么会是没有理由的？

她喜欢的，分明是他的分寸。

有太多话，没到说的时候，他绝口不提，却又那么轻轻地点拨一下，就让她知道，他记着呢，那些该为她着想的，他都记着呢。

“六点五。”池仁说的，是他飙升的疼痛指数。

江百果如坐针毡：“那也不能……去我家。”

池仁身子向前倾，伏在驾驶位的背面：“放心，今天我什么也不会做。”

江百果觉得好笑，高高拎起旁边一袋子花花绿绿的药品，又砰地撂下：“呵，都这个德行了，你能做什么？”

池仁伸手摸了摸江百果的头顶：“那还不开车？”

午夜十二点，池仁坐在江百果家的沙发上。这是他第二次上来，第一次，就在昨天，他的白色衬衫敞着归敞着，但好歹还在身上。而今天他赤裸着上身，黑色衬衫被丢在沙发扶手上。

隔着一张茶几，江百果站在池仁的对面。昨天，他还好端端的，该死的她还偷看了他迷人的线条。而今天她用不着偷看了，他将药品塞给她，不再玩“酥胸半露”的把戏，彻彻底底脱掉了衬衫，大公无私地给她看个够。

他说得一点不假，他不浑身疼……才怪！

猛地，江百果蹲下身，在袋子里乱翻：“哪个是口服的？先吃了再说。”

池仁跟着江百果一块儿找：“你还记得吗？那时候在普吉岛，你说你之前的每一段恋爱，都是你剪掉的指甲。而我说我的每一段感情，都是我身上的一道伤口。”

“所以？”

“所以……”池仁找到口服的药品，不紧不慢地拆开，放进嘴里，直接吞下，“这些都算在你头上。”

“你这是栽赃。”江百果还在乱翻，药盒上的字进了她的眼，像是一只只爬行的小虫。

池仁又找到外敷的药膏，拆开，递给江百果：“说真的，你早就想教训我一顿了吧？可真要让你动手，你又未必能怎样。”

江百果拿着药膏，声势浩大地绕过茶几：“所以我还得谢谢那位好心人代劳？”

池仁轻笑，不接这个话茬，转过身背对江百果：“你还记得吗？那时候我们都说，我们是两个世界的人。”

江百果微微俯着身，将药膏抹在池仁脊背上的一处处瘀伤上：“池仁，人老了才爱怀旧，路走到了尽头才会回头。我们……走到尽头了吗？”

“我们还没开始，不是吗？”池仁反问道。

这是他和她心照不宣的事实。

在过去的一年间，无论是谁先对谁动了心，又是谁付出得更多一点，也不管他们分离过多少次，又拥抱得有多紧，事实上，在这个月的十七号来临前，整整十五年前的他们的相识，将他们重逢后的每一天高高架起，有如空中楼阁，再美、再壮观、再鬼斧神工也是虚幻、空谈，也有可能在一瞬间轰然坍塌，也算不上开始。

凌晨两点，池仁仅着一条黑色运动裤，蜷缩在江百果的床上。

运动裤是江百果父亲的，老旧的涤纶料子，泛着光，一摩擦，沙沙作响，起了静电，会吸附上一层薄薄的灰尘。

适才，江百果把它从箱底翻出来时，在怀里抱了一会儿，扪心自问这算不算不孝，继而又义无反顾：他欠她的，又何止这个。

江百果把裤子扔给池仁时，还问他：“我爸的遗物，你怕不怕晦气？”

池仁攥了攥那料子，滑不溜丢，起了零星的毛球，散发着一阵阵的霉味。他抬手，对江百果画了个圈，让她背过身去。在药物的作用下，他知道他撑不了太久。

江百果飞快地背过身去：“腿上也好不到哪里去吧？”

“力所能及的，我自己来。”池仁说一套做一套，对腿上的伤看都没看一眼，就换好了裤子。

江百果等着那窸窸窣窣声停下来，立即转回头，话里带着刺：“呵，所以说，你是因为你力所不能及的后背才又一次私闯民宅？这还真是个正当的理由。”

池仁没急着坐下：“说到理由，我有更正当的，但不说你也知道。”

不想分开，不想和她分开，这就是他唯一的理由。

池仁甚至不必打着保护江百果的幌子，因为，他知道曲振文行事无论好坏，一律说到做到。就像曲振文说他一定会离开姚曼安，他不仅做到了，甚至让她永远地离开了他；就像他对池仁说，让池仁就当没他这个父亲，他不仅做到了，甚至在十五年间拒不见面，那么，既然他说他不会动江百果，在下一回合之前，他就一定不会动。

那么，池仁赖着她，还不就是因为不想分开。

江百果父亲的裤子穿在池仁的身上短了一大截，分外滑稽。

江百果肆无忌惮地笑出声来，同时，眼泪也迸了出来。她用手当扇子，难堪地扇了扇僵掉的脸：“这真是……太好笑了。”

池仁在沙发上侧身躺下去：“帮我擦把脸吧。”

江百果一头扎进洗手间，她知道这是池仁给她的台阶，但这等小恩小惠，又怎能和他的滔天大罪相提并论。

之后，江百果洗了把脸，端了盆水出来。

池仁都有些昏昏欲睡了，脸白得跟张纸似的，嘴角开裂而渗出的血越来越暗。江百果拧了毛巾，丢在他脸上：“我去给你倒杯水。”她真是不大会照顾人的，他连药片都直接吞了，她都还没给他一口水喝。不过话说回来，她一直认为，倘若全人类都做到了自顾自，不也就皆大欢喜了？何况这十几年来，她也不大承蒙谁的照顾。

等江百果倒了水来，毛巾仍原封不动地盖在池仁的脸上。

江百果的怒气愈演愈烈，她自己将那杯水一饮而尽，这才蹲下身去。

池仁不是装的。当江百果使蛮力用毛巾擦过他的脸孔时，他除了在半睡半醒间抗议地呻吟了一声，一直随便她泄愤。直到擦到他的嘴角，江百果才表现出了妇人之仁，用温热的毛巾焐在了那血痂上，等它慢慢消融。

这一刻，江百果觉得她大概是没救了。她觉得，假如说她这辈子将有两件事永生难忘，那么一，是她令父亲最后的等待落了空；二，就是她捧在手里的这张脸孔了。而这两件事却是一山难容的二虎，无论她这只羔羊做出怎样的抉择，都将不得善终。

池仁本能地迎向毛巾。

江百果啧了一声，教训小孩子似的：“这水能喝吗？”

她又重新给他倒了水来。

他坐直身，一口气灌下去。

“你上床去睡。”江百果带路，走进卧室，“沙发是我的。”

不同于江百果的走投无路，池仁是知道的，他知道他和江百果的结局，他知道无论多难，他和她在一起才是最终的结局。所以，他跟着江百果走进卧室，倒在她平淡无奇的卡其色床单上，蜷缩成一团："那我……就不和你客气了。"

江百果想再做些什么的，帮他盖一盖被子，或是略尽地主之谊，问问他要不要吃点东西，然而，他却下了逐客令："你出去吧。"

鸠占鹊巢，一点不假。

整夜，池仁只在沙发上小憩了那一会儿，上了床，反倒浑身疼得合不了眼了，而他并不会让江百果看到他这副样子。他知道她怪他，恨不得将他千刀万剐，可他也知道，她一旦看到他这副饱受折磨的样子，也不会比他好过到哪儿去。

整夜，江百果蜷缩在沙发上，一样夜不能寐。

她对池仁说过，自从接受了吴煜，她再也没有做过噩梦。此言一点不假，但倘若抽丝剥茧，这里头又有吴煜什么事儿？分明是自从她找回了她丢失的那一块记忆的拼图，她才再也没有做过噩梦。

可她几乎每晚……都会梦到池仁。

黑暗中，江百果又摁亮了手机。在她和池仁的聊天界面上，"我爱你"三个字遗世独立，但被她删除的池仁的三十六条自言自语似的信息，她记忆犹新。

例如第八条，和第七条时隔了多日。那时候，她和吴煜早就从济州岛回来了。而那晚，是她第一次去吴煜家做客，姑且不论他们吃了饭还是有怎样的节目，饭都没吃完，她就收到了池仁的第八条信息：八点之前你不下来，我就上去。

换言之，他就在吴煜家的楼下。

而他一定是跟着她过来的。

那晚，江百果吃了饭就离开了，而那时候，是七点五十五分。

当晚，江百果如常梦到池仁，并改写了他的那一条信息。她梦到池仁冲进了吴煜家，带走了她，他和她奔跑在人流和车海中，像是永远都不会累。

早上五点半，江百果睁开眼睛，说是睡不着，却在不知道的什么时候就睡着了。毫无悬念地，她刚刚又梦到了池仁，她梦到他在她耳畔说他还有事，先走一步了，而她一伸手，抱了抱他的脖子。可眼下，当她蹑手蹑脚地推开卧室的门，池仁却真的不在了，床单平整，她父亲的黑色运动裤一叠三折，搁在床尾。

一时间，江百果分不清那是梦，还是真的了。

但池仁有事，先走了一步，这是不争的事实。

事实上，池仁在早上五点接到赵大允的电话："拿了钥匙，就不管我的死活了？"

池仁失笑："我马上到。"

就这样，池仁在熟睡的江百果耳畔对她交代了一声，而她竟听到了似的，点点头，还一伸手，抱了抱他的脖子。那一刻，池仁真舍不得放开她。

四十分钟后，池仁站在赵大允的病床旁，双拳紧握，隐在裤兜里。

鉴于赵大允在电话中的音色，池仁也算做好了心理准备，可心理准备这种东西，就像是将一根弹簧压得死死的，可它迟早还是会弹上来。在池仁的可视、可听范围内，赵大允左侧眼睑畸形，下颌骨受损，牙齿至少掉了四颗，音色嘶哑，而在可视、可听范围外，不排除外伤性癫痫和吞咽障碍等可能。

赵大允被池仁看得发毛："你……你别一副想亲我的样子行吗？"

池仁转身，拎了把椅子，一去一回间，又把弹簧压了下去。他在病床旁坐下："有什么我能为你做的？"

赵大允惶恐："我不是脱离生命危险了吗？"

池仁抬手，在空中顿了顿，最后拍了拍赵大允的被角："是。否则，我也就权当没你这个四肢发达、头脑简单的朋友了。"

赵大允一笑，五官狰狞："头脑简单还不至于，车技不精罢了。"

池仁别开眼："最后一次机会。"

他指的是他能为赵大允做的。

"唐小姐……"赵大允不是没有腹稿，"她还好吗？"

池仁眼色一冷："你要把你用命换来的好处，浪费在为她求情上？"

“您把她怎么样了？”赵大允并不退缩。

池仁也不遮遮掩掩：“你知道的，触犯法律的事不到万不得已，我是不会做的，这姑且算是她的保护伞。所以，我也不过就是封了她的账户，中止了她的学业，不过，我略有耳闻……那边会告她诈骗。而她今天的无路可走，是她咎由自取，至于将来有没有路可走，以及走什么样的路，是她的事，我也不会费心去赶尽杀绝。”

“池先生，您就当可恨之人必有可怜之处，唐小姐她从小也吃了不少的苦。”到底，赵大允还是求了情。

池仁接话接得急：“吃苦的又何止她一个？”

赵大允自然知道池仁指的是江百果。

可他除了是池仁的左膀右臂，也是一个有着七情六欲的男人，那么，他除了会为池仁不遗余力地保护江百果，也有他要保护的人：“那池先生能不能答应我，从今以后就当没认识过她？”

“你要帮她？”

赵大允默认。

池仁怒形于色，却又在最后一刻狠狠压住这怒气：“别让我知道。”

“是。”赵大允幸存的右眼熠熠发光。

“快给我下地，不知还有多少事等着你去做。”池仁算不上和颜悦色，撂下这一句，头也不回地离开了。

相较于赵大允的血肉之躯，更令池仁不是滋味的，是赵大允的那颗心。或许，赵大允对唐茹是真的动过心，也是真的恨过她，但她分明是他心中的花，花上的刺，甚至是花腐烂后的泥，可他认定了，她就是她。

爱情中的盲目和瞎了眼，不过一线之隔，盲目使人执着，瞎了眼却害人不浅。

九月十六日，周一。

池仁第一次在致鑫集团亮相，挂的名号是传媒板块的产品部副部长。至于之前的副部长，晋升为部长，而之前的部长，也就是宋君鑫，被调往致鑫集团在瑞士的分公司。

池仁做就职讲话时，虽收获雷鸣般的掌声，以及众多女职员的目光，曲振文却不会纡尊降贵。直到下午四点，曲振文才传召了他。

致鑫集团地处城区中心，而曲振文的办公室位于这栋摩天大楼的顶楼，整面玻璃窗外全无风景可言，说是“高处不胜寒”倒恰如其分。没有第三个人在场，池仁径直走向曲振文的办公桌，随手拿起了摆在办公桌上的背对着他的水晶相框，一翻过来，毫无悬念，那是曲振文和宋君鑫的合影。

二人身处碧蓝的深海，被五彩斑斓的珊瑚鱼包围，相视而笑。在照片的右下角有一行小字，标注着它于今年的六月摄于塞班。隔着整套的潜水装备，池仁不确定十五年的岁月有没有饶过宋君鑫，不过，即便是当年，她也算不上国色天香。

曲振文由着池仁看了一会儿照片，这才缓缓开口道：“身体不要紧了？”

池仁将相框放回原位，想了想，还是将它扣下了：“但明天……恐怕还是要请天假的。”

曲振文得体地靠在椅背上，心中有数地点点头：“应该的。”

“或许，鉴于我终于站到了这里，今年，你会良心不安地去看看她吗？”池仁不比曲振文，到底是急功近利。

如此一来，更衬得曲振文泰然自若：“没这个必要。”

池仁俯视曲振文，这个男人，尽管他们彼此都希望有另一种可能的存在，但可惜，他就是池仁的父亲。也不知道是谁的金玉良言，说每个孩子关于爱情的第一本教科书，便是自己的父母，对池仁，也不例外。而在池仁的教科书中，一切童话般的美好，都中止于那个叫宋君鑫的女人的介入。

后来，它又以一道是非题作为末章，一边是姚曼安的自杀，一边是曲振文独占姚曼安的万贯家财，和宋君鑫比翼双飞。

他甚至改掉了他的姓氏，改姓了曲。

而池仁反倒迫于姚曼安的遗愿，一辈子摘不掉那一个“池”字。

猛地，池仁一把将曲振文办公桌上的物品扫落了大半：“她怎么会爱上你这种人？！”

曲振文不为所动地看了看表，话锋一转：“我叫你来，是想听听你这新官上任的三把火要怎么个烧法。你给致鑫集团挖了这么大的坑，千万……别自己埋了自己。”

池仁自知失态，更自知失态就输了大半，赶紧打住：“曲先生要以为我那是挖坑，可就大错特错了，我要的……是时势造英雄。”

傍晚六点，池仁准时下班。

他才上车，手机便振动了，显示江百果来电。

自从池仁从江百果家“不辞而别”，二人再没有见过面。但他有给她打过几次电话，而她也无一例外地通通接了。在电话里，他会问她忙不忙，而她也会在长久的沉默后，让他别忘了吃药，好好静养。

有一天，江百果挂了电话，一回头，看张什站在她身后，露出一副怎么想也想不通的苦恼相：“我说果子，你和他这是从井水不犯河水，一步到位，变成老夫老妻了？中间的过程呢？如胶似漆呢？臭不要脸呢？对骂祖宗十八代呢？这些过程呢？”

江百果若有所思：“可能是时日不多，偷工减料？”

“时日不多？”张什还是想不通，“你……你真是脑瘤？晚期？”

也有一天，池仁去医院看赵大允。护工在给赵大允擦身，赵大允就想方设法撵池仁走：“你一有时间就往我这儿跑，江小姐不会吃醋吗？”

“不会。”池仁笃定道。

“怎么不会，又不是老夫老妻。”赵大允不敢苟同。

池仁若有所思：“早晚是。”

但在九月十六日傍晚六点的这一通电话，却有着它的独到之处——它是由江百果打给池仁的。

MISS.JIANDAO

第29章

小事一桩

池仁在接电话前，就想到了江百果怕是来者不善，可他万万没想到，江百果是打了退堂鼓。

她开门见山：“明天我临时有事……”

池仁尚未发动车子，天大地大，他却与世隔绝：“晚一点没关系，我等你。”

“不用了。”江百果的坚决倒是从一而终，无论是进还是退，都无比坚决，就连做缩头乌龟，也很是坚决。

池仁心如明镜。假如说她是刀，他是脖子，这比喻再贴切不过，她一直高高在上地等着他过去，可等他真要过去了，她反倒落荒而逃，只怕咔嚓一声，她也会被硌得痛不欲生。但问题是，他们跑得了和尚跑不了庙，不决出个你死我活，她将永远是刀，他也将永远是脖子。

而这是他绝对不能接受的。

“好，那我们改天。”池仁发动了车子。

那厢，江百果忙不迭道：“好。”

挂了电话，江百果马不停蹄地找出行李袋，也不挑三拣四，衣物和洗漱用品抓到哪个算哪个，胡乱地塞了进去。周一，如常是她的休息日，她却不如常地片刻没有休息。从早到晚，她坐立不安，对明天做了仔仔细细的盘算。

例如，她想到了池仁发给她的第十六条信息：生日快乐。

而那天，并不是她的生日。三分钟前，她才发表了一篇微博，照片中，冉娜一目了然地是生日派对上的主角。江百果知道，池仁在等她回复他，哪怕是回复他一句“去你的生日快乐”也是好的。

江百果想，大智若愚的他，明天他势必是会迂回着朝她步步紧逼。

例如，她也想到了池仁发给她的第二十一条信息：我打赌这不是我们最后的结局，等将来我们都老了，朝花夕拾，你一定会后悔你走过的弯路。

而紧接着是第二十二条：不用回了。

说得好像她回过他似的。

江百果想，以他的刚愎自用，明天他势必会负隅顽抗。而届时，她发誓她会让遍体鳞伤的他雪上加霜。

例如，她也想到了池仁发给她的第二十七条信息：江百果，这辈子我还没求过谁。

而那时，是凌晨三点。夜晚是一张灵敏的试纸，白昼里千篇一律的面孔，会在万籁俱寂的夜晚兵分两路，有人做梦都会笑出来，也有人七窍相通，连闭上眼睛都会喘不上气来。

江百果想，他这辈子还没求过谁？那明天，她会叫他求个够。

可她罗列了一百种可能后，一抬眼，窗外是金秋的云蒸霞蔚，厨房中传来隔壁煎鱼的腥气，电视中的球赛吹响了结束的哨音，有人欢呼，有人痛哭。在那一刹那，她用第一百零一种可能，将之前那精彩纷呈的一百种通通推翻。

她要逃跑。

死期将至，而这死期不仅是他的，也是她的。

但江百果百密一疏的是，当她背着行李袋兴冲冲地下到一楼时，池仁就守在电梯外。没来由地，江百果频频按下关门键，但既然人定胜天，那区区一个按钮又怎么抵得过池仁伸过来的手臂。他将她拉下电梯，捎带着也拿走了她的行李袋："去哪儿？"

这是第一百零二种可能，且鉴于它正真真切切地发生着，它也就是唯一了。

"火车站。"江百果据实以告。

她要登上最快出发的一列火车，无所谓去到哪一座城市，只要不在这里就好，只要躲过这生死关头。

"我送你。"池仁没反对，挟着她的行李袋，说走就走。

但江百果不难明白，关于她的终点站，他问都不问，这不是什么好兆头。

她没跟上去："都说好了改天，你干吗跑来？这不叫惊喜，叫出尔反尔。"

池仁折回来："改到今天，有什么问题吗？"

江百果无话可说。

在系安全带的时候，江百果的概率论告诉她她凶多吉少了，可该说的话，她还是得说："你最好别给我耍什么花样。"

池仁所答非所问，从口袋中摸出一张名片，递给江百果："第一天。"

江百果接下名片。致鑫集团，这四个字她并不陌生了，但对池仁此举的目的，她一时间仍不得要领。

但她自有她的感慨："我刚认识你的时候，你还是个秘书。"

"你刚认识我的时候，我还什么都不是。"池仁指的是十五年前。

开篇的索然无味，是池仁计划中的。他不学江百果做缩头乌龟，并不代表他浑身是胆。他也在怕，怕一个大浪打过来，就此尸骨无存，那么，循序渐进不失为上上策。

但令他意外的是，他以为这个开篇索然无味，江百果却还是整个人往后一缩，直挺挺地贴在了椅背上。就这样，池仁不合时宜地轻笑出声。他伸手，拍了拍江百果的膝头：“这么多天……不，这么多年，你到底都准备了些什么？连临阵磨枪都没有吗？”

江百果望向车窗外，无疑，这不是开往火车站的路。

她转回头，勃然大怒：“我不是说了，别耍花样！”

“可我没答应。”池仁转眼间又不苟言笑。

江百果再望向车窗外，黄昏就像个弱者，被黑暗一口吞噬，远方沦为抽象的未知数。“你要带我去哪儿？”她问得直接。

“静安公墓。”他答得更加直接。

江百果猛地解开安全带，透上一口气来：“你知道那儿是什么地方？”

“每年的明天，你都会去那儿看望你的父亲。”池仁目不斜视。

安全一解开，汽车带发出嘀嘀的警报声，由慢到快，像进入了倒计时的炸弹。至此，江百果触底反弹。假如说，他池仁这辈子就做对了一件事，那就是他今天的当机立断。至此，她江百果要反客为主。

她重新系好安全带，咔嗒一声，像吹响一声号角。

而这时，池仁还有下文：“巧的是，每年的明天，我也都在那儿。”

换言之，地处京西的静安公墓，也是姚曼安最后的家。

晚九点的静安公墓，铁门紧闭。池仁让江百果在车里稍候，只身去找了能说得上话的人，花了钱，对方这才放行。他折回来的时候，看江百果下了车，在猫着腰点烟，月黑风高，她点了几次都没点着。

池仁接手，和江百果头对头，围住那一簇张牙舞爪的火光。他能看到她鼻尖上的绒毛，她也能看到他指甲上的月牙白。

池仁将打火机收好：“谁请你自便了？”

打火机是他的，烟也是他的，被他随手扔在车子的杯槽里。

“这么小气？”江百果嘬了一口，隐隐地斗志昂扬。

“其他东西随你的便，就这个，下不为例。”池仁从后座上拿了他的夹克，却是为江百果拎在手上。不到午夜，气温不会骤降，但这北芒垒垒之地，终归要清冷过万家灯火。

“走吧。”事已至此，江百果竟有些迫不及待了。

“里面禁烟的。”池仁拿过江百果只嘬了一口的烟，叼进自己的唇间，连嘬了两口，摁熄在了一旁的垃圾桶上，“走吧。”

即便是十五年前，静安公墓也坐享山清水秀。这又经过了十五年的建设，更平添了小桥流水、曲径通幽、绿树成荫的景观，真真是逝者为大。江百果轻车熟路地走在前面：“你说……十五年过去了，我们有没有过哪怕一次，在这里碰过面？”

池仁跟在江百果的斜后方：“考虑到我的有眼无珠，我似乎没有资格回答这个问题。”

江百果嗤笑一声：“不怪你，小时候，我是那副鬼样子。可说真的……从你身上倒还能找到你十六岁时的影子。”

“百果，你这是马后炮。”

“也不能怪我，我生了场病，把什么都忘了。”

“你的噩梦里……一直没有我吗？”二人走到了岔路口，江百果向左，而池仁向右张望了一眼。

天堂地狱，也并非人人平等，处处有着高低贵贱之分。向右，会通往姚曼安偌大的家园。在那里，每逢清明时分，桃花锦簇，珍珠白的花岗岩墓碑一尘不染，他会带来她爱吃的小食，摆满四乘四的方阵，而一旁仍有他的一席之地，用来陪她小酌三杯。

而向左，会通往江百果父亲所在的骨灰堂。在那里，每人占据一个不到半米见方的格子，像物品一样被分配一个终身的编号。

江百果自顾自地走着：“没有，都是一些有关红色、伤病和孤独的不着边际的画面。”

池仁跟上去，和江百果肩并肩：“有多恨我？”

江百果转过头，看了池仁一眼，却什么都没有说。

这又是一道无法用数字和概率回答的问题。她大可以发明一个“憎恨指数”，却不知道它到底是大于十，还是小于零，总之，它并不在合理的范畴内。

“我一直在找你。”

“我相信。”

紧接着这一刻，池仁有些乱了方寸：“不单单是唐茹，这十几年来，我锁定过不下三十个女孩子，不管她们有多像你，又有多不像你，我都一度希望她们就是你。唯独对你……如果我说这也是一种注定，你又相不相信？”

而他乱了方寸，不过是气江百果波澜不惊。

紧接着，江百果如了他的愿，猛地，她朝他肩头狠狠推了一把：“我不相信！你说你伤害我是一种注定，漠视我也是一种注定，那我又为什么要稀罕这些注定？这狗屁不通！”

池仁被江百果推得一个踉跄，撞进了一群黑压压的飞虫。

他逃出来：“如果能重来一次，那时候我一定会捂住你的眼睛。”

江百果加紧了脚步：“如果能重来一次？呵，你这是吟诗，还是作对？如果你知道那时候你到底对我做了些什么，你一定不会再做这些可笑的假设。”

“我知道我伤害了你！”池仁从后方攥住了江百果的手腕，“我们在谈的不就是这个！”

江百果被迫停下来：“你知道你伤害了我？就这样？”

说着，江百果伸出食指，轻轻戳在池仁的胸膛上：“我这样是不是也叫伤害了你？而这两件事又能不能一概而论？”

池仁松开江百果，用手背按了按暴跳的额头，灵光乍闪：“对，我们用你喜欢的数字说话，伤害指数……江百果，既然今天你是打无准备之仗，而我是有备而来，那你跟我走。我知道这十五年来我带给你的伤害指数高达了八，或是九？可今天，我还得再伤害你一次，之后，该还的，我再一并还你。”

说完，池仁重新攥住江百果的手腕，将她带向了反方向。

几百米的路途，江百果没有一刻停止过反抗。她今天假设过的一百种可能，通通应验了，他会顾左右而言他，会低三下四地求她，也会狂妄自大，而她，也绝不会饶了他。除了拳打脚踢，她甚至伺机从路边抓了一把泥土，狠狠扔在了他白色衬衫的背后。

可她还是被他拖到了姚曼安的家园。

而池仁当然不是要甩开江百果，他不过是松开了她。可由于她不住地反抗，一失去重心，她便一头栽倒在地。

他忙不迭去扶她，却被她一抬脚踹在了下颌上。

他吃痛，站直了身。

江百果紧随其后，指着池仁的鼻子："你再敢动我一下试试！"

池仁没有异议，痛快地点点头，直奔主题："这是我妈，你……见过的。"

江百果这才被动地面向墓碑上的照片。江百果见过她的，可惜，江百果见过的是她的"肝脑涂地"，并非她的巧笑嫣然……

而池仁丝毫不给江百果喘息的机会："江百果，我接下来要说的话，可能会令我带给你的伤害指数一跃到十，所以，我就说一遍，你听好了。致鑫集团的董事长曲振文是我的父亲，当年，是他对我妈忘恩负义，逼得她跳楼，也就是……你看到的那一幕。而我从十六岁到今天，终于进入致鑫集团，就是为了让他血债血偿，为了从他手里夺回属于我妈的一切……"

话说到这儿，池仁的下颌后知后觉地痛彻心扉，令他疯疯癫癫地将手里的夹克扔在了地上。

江百果不由得瑟缩了一下。

而池仁并没有看在眼里，他埋着头，什么都没有看在眼里："总之，江百果你听好了……你要原谅我的，不只是我十六岁时的自私，也不只是三十岁的我和你面对面，却认不出你，你首先要原谅我的，是我到今天仍不能把你放在第一位。无论你怎么认为，是赞同我，支持我，可怜我，还是认为我猪狗不如，我都不能半途而废。曲振文一天不倒下，我就一天不能停下我的脚步。"

江百果动弹不得，有蚊子叮了她的脖子，她后知后觉地一拍，晚了三春。

他说得对……他是有备而来。

而他说得更对的，是另外四个字——猪狗不如。

不远处，静安公墓的工作人员一直盯着池仁和江百果的梢儿。最初，池仁还不大放在心上，敬他们尽忠职守，但事已至此，他也不过就是个混账东西了，不分青红皂白，逮着谁便拿谁开刀。

他大步向工作人员走去。

接着，江百果只见他对人家颐指气使，又从裤兜里掏出了皮夹。巴掌大的皮夹，又哪里装得下金山银山，他都掏出来，也不过就区区一小沓钞票，可人家还当真被他打发了。江百果不禁觉得好笑，她这是不是就叫贱命一条？事已至此，倘若她死在他手上，连个目击者都没有了。

不过，最后是谁死在谁的手上，却还未必。

池仁凯旋，只见江百果弯下腰，不紧不慢地拾起了他扔在地上的夹克，掸了掸灰，拿在手上。

顿时，他大呼不妙。

毕竟，这本就是一场谁沉得住气，谁就赢了一半的战争。

“说完了吗？”她问他道。

池仁停在江百果够不到的地方，嗫嚅着道：“说完了。”

江百果点点头，一转身，对着姚曼安的墓碑，一板一眼地鞠了三个躬。冤有头债有主，对姚曼安，江百果总归也希望她入土为安。

但对池仁，另当别论。

她走到他眼底皮下：“那轮到我了。”说时迟那时快，她尽管矮他一大截，却还是一跳脚，掐住了他的后脖子。池仁没有在第一时间反抗，束手就缚似的，被江百果钳制着走出去了五六米，终于是忍无可忍，挥开了她的手。

江百果又扑上去：“池仁，你知道我爸是怎么死的吗？”

池仁人高马大，不费吹灰之力就将江百果死死挡住了：“肝硬化。”

江百果再扑：“谁问你这个了？我是问，你知道明天也是他的忌日吗？”

池仁再挡：“我怎么会不知道？不就是因为明天对你我来说一样不堪回首，我才用了‘注定’两个字吗？”

江百果再扑：“别再和我提‘注定’两个字！”

池仁再挡：“江百果，我们是不是没法对话了？！”

终于，江百果掉头就走：“因为你，我没能见他最后一面！”

她将池仁的夹克狠狠掷在地上，权当是他。

池仁先一愣，才紧追不舍：“你说什么？”

不过一瞬间，江百果泪流满面：“我说，我没能见他最后一面。等救护车拉走了你和你妈，等你上了车，连头也不回，等那里一眨眼的工夫，就剩下我一个人，等我跑到我爸身边，来不及了！”

池仁一不小心踩在自己的夹克上，一个趔趄。

江百果飞快地抹了把脸：“所以，你所谓的伤害指数早就是十，是一百，是一千一万了。”

池仁大脑一片空白，笑了一声，又笑了一声：“最大就是十，你不要犯规。”

江百果对池仁的“笑话”不为所动，仍大步向前。

池仁的脚步却时快时慢，因而他时而在江百果前，时而又在后。这一刻，他推翻了他之前妄下的定论。或许，这一场战争比的从来不是谁有备而来，也不是谁沉得住气，甚至和今天的他和她，毫不相关。假如江百果所言句句属实，那么，这一场战争早在十五年前就决出了胜负，那么，他从十五年前逍遥至今，穿金戴银，吃香喝辣，甚至就在刚刚，他还对她大呼小叫，凭的不过就四个字——恬不知耻。

二人一波三折，终于是来到了骨灰堂。

门上上了拳头大的黑色铁锁，江百果没有鸡蛋碰石头，转而去一扇扇地摇晃窗户。难得运气好，还真被她推开一扇，她命令池仁：“趴下。”

池仁别无选择。

她踩着他的肩膀，翻身进去。

池仁环顾四周，这时候，他反倒希望有人来阻止他们，是阻止他们，更是救他。可那“救兵”分明是被他打发走的，他这分明是搬了石头砸自己的脚。

硬着头皮，池仁双手一撑，翻身进去。

而他差点撞上江百果，因为江百果就停在窗口，一步都没再往里走。

整整三面墙的水泥格子顶天立地，像中药房整齐划一的抽屉，但那些抽屉里装的是生的希望，这里，却满溢着死的不争。江百果抬手，指向右上角：“我爸在那儿。”

池仁看过去，但碍于光线和距离，看了和没看也没什么两样。

“你知道就算是这儿，也有高低贵贱之分吗？”江百果指点江山般，“中间那一块，最方便取放的，是最贵的。然后是上面几排，站得高，看得远。再然后，是下面那一部分，怎么说呢？落地生根？而最便宜的，就是最顶上的几排，倒是看得远了，但每次取放都要爬梯子，费时费力。”

池仁的视线跟着江百果的讲解忽上忽下，他不禁头晕目眩，便悄悄靠在了窗户上。

最后，江百果的手指指回右上角：“那几年，我根本没办法一个人搬着他爬上爬下，所以每次来，就只能站在这儿，就算来看过他了。”

“你没钱吗？”池仁脱口而出。

江百果转过头，恭候池仁的下文。

池仁还当真有下文：“假如说那几年你还小，没钱，没办法，只能让令尊受受委屈，可现在呢？现在你有什么理由不为他找一块风水宝地？就算你没钱，我有，我有啊。”

江百果挪了一步，和池仁面对面：“你问理由？我给你理由。他活着的时候，我走错了一步，等他化成灰了，我无论再做什么，也不过是为了自己的良心好过。至于什么叫走错了一步，我才告诉过你。”

池仁夹在江百果和窗户的中间，插翅难飞。

江百果双目炯炯：“你要说的说完了，我要说的也就这么多。现在你告诉我，我首先要原谅你的是什么？”

池仁哑口无言。

“或者说，管他什么首先、其次，我真的要原谅你吗？”江百果淡淡地追问。

“我……我现在跪下会不会很可笑？”池仁又朝着右上角看过去，不知道是什么作祟，隐隐地怕那里藏着一双眼睛。

“当然，因为没有用，所以很可笑。”这一次，轮到江百果轻笑出声。

而这二人，谁又服过谁？她说她的，他跪他的。她见他身子矮下来，便下意识地向后撤了撤，他则扑通跪倒在地。

这一刻，池仁又一次推翻了他之前妄下的定论。在他心里，她怎能不是第一位的？怎能？说什么复仇大业，说什么不能停下他的脚步，又说什么要她原谅他，仅凭他跪倒在地的这一刻，他整颗心像着陆了似的安稳，便足以说明，他早该这么做了。

他早该承认他将她放在第一位，无论复仇大业要不要靠边站，也无关她能不能原谅他。

如果她要他长跪不起，他当然能停下他的脚步，不仅能，还心甘情愿……

而池仁深埋的头，令他无缘了江百果的悸动。

那一刻，她的右手仍死死地握着他的夹克，左手却抬到他的头顶，像是要抚下去，却又像是等着最后一点点勇气耗尽。

但到底，她还是抚了下去："池仁啊……"

"嗯？"他哽咽。

"帮我做一件事。"江百果决策千里，"要我原谅你……就帮我做一件事。"

翌日，周二。

早上九点半，张什一走进无误沙龙，见江百果在对着镜子自己修剪刘海儿，见了鬼似的。"嗬，我又穿越了？"他一边掏出手机看了看日期，一边自言自语，"没有啊……"

每年的今天，江百果要去哪儿，要去做什么，张什是知道的，就算是玉皇大帝来了，钦点江百果给他理理发，她也会说明天请早。

"早啊。"江百果透过镜子和张什打了个招呼。

张什狐疑地走过去："怎么着？叔叔给你托梦，说今年要以事业为重？"

江百果一笔带过："昨儿个去看过他了。"

张什一知半解地点点头，着手第二个疑点。

他伸手就抢江百果的剪刀："我来吧。"有他在，什么时候轮到她自己修剪刘海儿了？她当他这师父不中用了？

却不料，江百果用手肘隔开了他："这就完事儿了。"

张什一颗心七上八下："果子，我……没招你吧？"

江百果一完工，撣了撣脸上的碎发，又一扭脸，打量张什的小辫儿："坐下，我捎带着给你也修修。"

张什直往后躲："别，咱改天。今天你一准儿是吃错药了，你是要给我修修，还是要修理修理我，这真保不齐。"

尽管张什驴唇不对马嘴，江百果却是有一说一。

很久以前，池仁说过一次，他说他不喜欢江百果只能放心大胆地将头发交给张什一人打理，他甚至还说，以后，就交给他好了。尽管他就说过那一次，且还像是一时冲动，江百果在今天早上洗了头后，一扫发梢，便下定了决心——她并非只能将头发交给张什一人打理，她可以自力更生。

至于什么时候可以交给池仁……

江百果苦笑了一下，假如不谈恩怨情仇，既然连修眉都难不倒他，那修发是不是也指日可待？

昨晚，在静安公墓的骨灰堂，池仁跪倒在江百果的脚下。他知道他这么做于事无补，却还是这么做了。他一度天真地以为，这么做至少能让他自己好过一点，但事实上，那是一座他把什么都豁出去了，却还是没有活路的大山。

事实上，那不叫好过一点，那叫哀莫大于心死。

直到，江百果遇山劈山。她说，要她原谅他，就帮她做一件事。

就一件事。

到了她的嘴里，就像是小事一桩。

那一刻，池仁也做出了一百种的假设，她要他自行了断吗？远渡重洋吗？从今以后，面对面地遇上，也要装不认识吗？总之，那一百种的假设不过是一百种的生离死别：她要他消失在她的世界吗？

池仁抢先一步做出了决定：不，那他宁可她永远不原谅他。

却不料，江百果说道："他叫什么？曲振文？帮我赢了他。"

一时间，池仁仍陷在他自编自导的生离死别中，脱口而出：

“不……”

随即，他才猛地一抬头：“你说什么？”

江百果居高临下：“池仁，你是我的敌人，曲振文是你的敌人，可在我们三个人之间，却不存在着敌人的敌人等于朋友的公式，曲振文……一样是我的敌人。要不是他，你妈会长命百岁，而我爸虽然并不会多活一天，但至少能踏踏实实地闭眼；要不是他，我不会是今天这个奇怪的我；要不是他……我和你也不会是敌人。”

“所以？”池仁没着没落地抓住江百果的衣角。她今天穿了件陈旧的帽衫，被他轻轻一扯，领口变了形。

“比起你和曲振文，我和十五年前那个任凭你摆布的我，没什么两样。除了恨透了这个世界，除了要装作我行，我什么都行，我一个人什么都行，其他的我什么也做不了。除了恨透了你们，我动不了你们一根汗毛。”江百果的手落在池仁的脸颊上，“所以，你当我是两害相权也好，是借刀杀人也罢，你帮我赢了曲振文，我就原谅你。”

一时间，池仁没有说话。

即便他自己也觉得荒唐，他仍不免在想，有没有这样一种可能：江百果气他，怪他，恨他，却还是要成全他？

他才说过，他不能将她放在第一位，因为他不能放过曲振文。而这小则他疲于奔命，不能随叫随到；大至，当他的每一步皆和曲振文的兴衰挂钩，或许他保不住自己，甚至保不住她。

而这才一会儿光景，她反倒“请”他帮她赢了曲振文？如此一来，他的猪狗不如摇身一变，变得冠冕堂皇。而这小则当他不能随叫随到，他大可以说：我可是在为了你冲锋陷阵；大至，当他牺牲了自己，甚至牺牲了她，那也是她的选择。

光是这样想想，池仁都觉得荒唐到不可思议。江百果没有说过她爱他，甚至连喜欢，她都做得多，说得少，但他知道她爱他。无论他们有没有开始，又是不是结束了，也尽管十五年的厚积薄发躲不过、逃不掉，他也知道她爱他。

光是她至今仍要逃，就是最好的证据。

可他不知道的是，她有多爱他，才能做到连他都恨透了自己，她却仍要成全他。

“做不到吗？”江百果催促道。

相较于刚刚的有理有据，这一次，她急不可耐。

池仁做出了决定：“我赢了他，你就原谅我？君子一言，驷马难追？”

江百果默认。

“说话。”

“是是是，我说到做到。”

“你所说的原谅，是指什么？”池仁连注释都不放过。

江百果不耐烦地皱了皱眉：“你希望是指什么？”

“留在我身边。”池仁的答案就在嘴边，“我说过解铃还须系铃人，给我时间，一辈子解不开，我就解一辈子。”

江百果没有说话。

池仁就还是那两个字：“说话。”

江百果被逼急了：“好，哪怕解一辈子，也解不开。”

“那在我赢了他之前？”池仁前前后后都不放过。

“池仁，你别得寸进尺。”

“在那之前，别逃，该见我就见我，我的电话该接就接，我对你长篇大论，你哪怕就回个收到，也要回。我们是有着同一个敌人的朋友也好，我是你借刀杀人的刀也罢，别让我孤军奋战。”这一刻，池仁知道了，他对她千方百计、先下手为强，甚至跪倒在地，都不是他的豁出去，他的豁出去，仍该死地是他的恬不知耻。

他知道了，就算是恬不知耻地将计就计，也好过和她别离。

周二，傍晚七点。

池仁走进无误沙龙，没张扬，和冉娜寒暄了几句忙不忙、吃没吃饭，诸如此类，等江百果看到他，他才一抬手，打了个招呼。

江百果谈不上喜怒，抬手压了压帽檐，挡住了大半张脸孔。她自己修剪的刘海儿有些失败，一顶棒球帽戴了整天。

池仁指了一下休息室，意思是他去那儿等她。

江百果点点头。

不料，池仁转身走了两步就停了下来。江百果看得出……或者说她从他的背影就看得出，他怕是又要出什么幺蛾子了。果不其然，他转回身，直奔她而去，无视包括她手底下那剃头剃了一半的客人在内的所有人，拥抱了她。

他低声道：“我没别的意思，就是怕你反悔，来看看。”

众目睽睽之下，江百果先是一怔，被池仁闯过来的惯性带得微微向后仰去，仅后脚跟着地，之后才被他揽住，找回了重心。“你没别的意思？”她低声回道，“可别人觉得有意思极了。松开，你给我松开。”

她推他，可一边是他命运多舛的肋骨，一边是她手里的剪刀，都不合适。

张什也是给客人剃头剃了一半，像被吸铁石吸住了似的，幽幽地往江百果和池仁的身边凑：“嗬——什么情况？老夫老妻又玩儿上臭不要脸这一套了？”

冉娜从半路截住张什：“你掺和什么？”

张什一把抓住冉娜的手：“娜娜，我不是眼花了吧？果子那脸，是不是红得跟猴屁股似的？”

而这也怪不得张什大惊小怪。

无误沙龙谁都知道，江百果的“男人们”无奇不有，有和她两情相悦的，也有自讨没趣的；有两打奶茶、四张比萨、八箱荔枝挥手就送来的，也有一百块以上就坚持和她AA制的；有深得人心的，也有人心所背的。在这其中不乏比池仁“猴急”的，但能让江百果脸红的，不多。

别人抱她，她推开也好，或是大大方方地亲一口也罢，她有的是极端的方法。

张什眯着眼一一细数，能让她脸红的……岂止是不多，这分明是头一遭！

至于冉娜，顾不上别的了，张什的一双大手包着她的一团粉拳，这分明也是头一遭。

池仁松开江百果：“我还是去车里等你好了。”

“你就这么闲吗？”江百果又压了压帽檐。

“我有事找你。”

“先去吃点东西。”

“好，想吃什么？”

江百果瞪眼：“我想吃东元桥那家刚出锅的蛋包饭，但我走得开吗？我是让你先去吃点东西。”

“哦，好。”

抛开恩怨情仇，他们有的是鸡同鸭讲，好在无伤大雅，讲完了，谁都想笑，无奈又想着还不是时候。

张什目送池仁离开，这才松开了冉娜的手。他饶有兴致地搓了搓手指：“这就是传说中的肥而不腻？”

冉娜又目送张什离开，避人耳目地将手抬到了鼻尖，使劲闻了闻。江湖之大，恋爱形形色色，可单恋整齐划一：你的眼里有全世界，独独没有我，可在我的眼里，你就是全世界；你把我的手当梅菜扣肉，当挂炉烤鸭，当酸汤肥牛，我却把你接触过的一切都当作是你。

MISS.JIANDAO

第30章

双人

江百果叩响池仁的车窗时，池仁坐着睡着了。他惊醒，看了一眼时间，才十点十分。

“这么早？”他打开车门，放她坐进来。

“那我去给他们训个话再回来？”江百果用大拇指指了一下无误沙龙。

池仁失笑：“长此以往，他们会天天盼我来。”

“找我什么事？”江百果的手碰了一下安全带，又悄悄缩了回来。

池仁发动了车子：“我们先去吃刚出锅的蛋包饭。”

“那家店十点就关门了。”

“去碰碰运气，万一赶得及呢？安全带。”

十点十五分，江百果问了第二次：“找我到底什么事？”

池仁看了江百果一眼，再明白她不过。她不逃开他，答应和他做朋友，却是那种他没事不能找她，她没事更不会找他的朋友；那种一定要有事，才能有交集的朋友；那种有小事，才能聊聊天，有大事，便同仇敌忾的朋友。这是她心里的一道坎儿，却是他给她建在那儿的。

“对曲振文，无非两条路。”池仁回答道，“简单来说，一条是捷径，拉他下水就是了；另一条，我要先站稳脚跟，可那势必要花些时间。”

“凡事哪来的什么捷径？”江百果一语中的，“不就是铤而走险吗？”

池仁没说话。

她转向他：“你是在问我的意见吗？”

池仁依旧没说话。

江百果心中有数：“所以，我的意见一点也不重要，你主意已定，不过就是通知我一声。”

“说通知，还不如说汇报更符合你我上下级的关系。”池仁将车速保持在一百上下，“百果，你说我主意已定是不假，可我也不是打着汇报的幌子来烦你。我是想，今后我做的每一件事你都知情，我是想对你没有秘密，而这也是一种负责，哪怕让你冒着知情不报的风险，总好过让你被蒙在鼓里，你说呢？”

“负责……”江百果转向车窗，喃喃地重复了一遍。

他和她的恩怨情仇，因为她对他的“成全”而在他们相识的十五年后翻开了新的篇章，又因为他大言不惭的“负责”二字，在这一刻有了细水长流的迹象。或许相较于他，她真的是鼠目寸光了。

一如当她要逃开，他却偏向虎山行。

一如当她“庆幸”她有了暂时留下来的借口，他却在想着暂时之后的以后。

这一次，当她想着她迟早还是会走，他却拿“负责”二字做了她的紧箍咒。

就在昨晚，当他感谢她给他将功赎罪的机会，她骗得了他，却骗不了自己。要说谢谢，她感谢上天让她和他有了共同的敌人。要说“成全”，她成全的分明是她的狠不下心去。但无疑，他的“负责”仍吓到了她。当她满足于一朝一夕的偷欢，他提议的天长地久有多诱人，就有多不可饶恕。

“民以食为天，来，先对你的胃负责。”还是那句话，他再明白她不过。

池仁知道，他吓到了她。

江百果回过神来，这才看到车子都停在她馋了好几天的那家餐厅门口了。十点二十八分，彩晶玻璃门内透出缤纷的光线，但“休息中”的牌子挂在了门把上。“我说什么来着……”江百果转向池仁，却看到他下了车，已绕过车头了。

池仁为江百果打开车门：“我也不故弄玄虚了，我刚刚来拜托过他们了，我们可以吃到十二点。”

江百果浑浑噩噩地下了车：“池仁，这有点超过朋友的界限了。”

池仁将双手插进口袋：“何必拘泥于朋友的定义？何况我管住我的手，这就不算超过。”

池仁带头走了两步，一回头，看江百果没跟上，似乎是闷热的缘故，她埋着头，抬了抬帽檐。他又缓缓折回来：“这帽子有什么奥妙吗？你明明一副受够了它的样子，却说什么也要戴着。”

江百果踌躇了一下：“我刘海儿剪坏了。”

池仁眉毛一挑，无疑，这答案太令他意外了。一来，江百果的刘海儿剪坏了，无误沙龙还拿什么服众，这不是自己砸自己的招牌？二来，即便是剪坏了，以江百果的不拘小节，犯得着羞于见人？

池仁一伸手，抓住了江百果的帽檐：“我看看。”

江百果手疾眼快，抓住了池仁的手腕：“喂，你这是君子所为吗？”

“我这是为了你好，”池仁以大欺小地摘下了江百果的帽子，“你又不是活给我看。”

或许是因为她吹毛求疵，又或许是因为他情人眼里出西施，总之，他对她“剪坏了”的刘海儿不得要领，若真要鸡蛋里挑挑骨头，也就是一整天被压在帽子底下，略有些没精打采，但衬上她气势汹汹的眉眼，反倒平添了几分乖巧。

一时间，江百果尴尬得像是被扒光了，她双手遮在头上，踢了池仁一脚：“不活给你看，我也得活给他们看。”

她腾出一只手来，朝四面八方一挥，泛指芸芸众生。

池仁失笑，长臂一伸，绕了江百果的头一圈，手掌捂在她的额头上，挟着她走向餐厅：“好，那我帮你挡。”

江百果脚下踉踉跄跄：“喂！你才说过管住你的手。”

偌大的餐厅，被装潢得像一座热带雨林，第一次光顾的人会迷路也说不定，而像江百果这票常客却往往爱煞了每一桌的隐秘。尤其是今天，即便她和池仁是唯一的一桌，乍一看，也看不出他们是享受了特殊的待遇。侍应生势必是拿了好处，比平日里更热情，满脸堆笑。江百果馋了好几天了，即刻便点了蛋包饭、炸物四拼、酱黄瓜，和一杯冰镇杏皮茶。

池仁合上象征性摊开的菜单，点了一份蛋包饭。

昔日，她跋山涉水地去陪他用餐，他点了一份肉酱意大利面，她也是对菜单看都不看，就点了一份和他一样的。

侍应生告退，在茂密、温润、墨绿的“热带雨林”中，只剩下池仁和江百果二人，以及从墙壁中钻出的一只栩栩如生的鹿头。江百果最后一次不自在地抓了抓刘海儿。

“张什的杰作？”池仁问道。

“怎么可能。”

“自作自受？”

江百果默认。

池仁大胆假设：“该不会是因为我吧？”

“怎么可能！”

厨师势必也是拿了好处，今天的蛋包饭，连用作点缀的苦菊都比平日里更鲜绿，更不要说番茄沙司的图案从一贯的笑脸，演变为了一箭双心。江百果不留情面，挖苦地睨了池仁一眼。

池仁苦恼道：“我发誓，这是他们自作聪明。”他的目光射过去，在一棵人造的高山榕后，找到了坚守岗位的侍应生和厨师二人，好心肠的他们在窃笑。

之后，江百果看似大快朵颐，实则，食不知味。

最后，她还是问他道：“那两条路，你要走哪一条？”

池仁一怔。

江百果将勺子伸过去，敲了敲池仁的盘沿：“才说要对我没有秘密，结果却只告诉我谜面，不告诉我谜底？”

池仁放下勺子：“我会做两手准备。最理想的结果是，我带致鑫集团回到固有的老路上去，毕竟致鑫集团的决策层，除了曲振文和我的人，剩下的几个老脑筋一直对新媒体产业胸中无数，更何况，曲振文第一步又踩了个空，把他们吓得不轻。总之，他们作为中立的族群，也是胜败的关键，谁笼络了他们，谁也就占尽了人和。”

“假如不理想？”江百果知道这才是重点。

池仁不假思索：“假如不理想，我直接送他去把牢底坐穿，怕就怕致鑫集团也难逃一劫。”

“你说了这么多，却没有一句说到点儿上。”江百果不满地靠到椅背上。

她问的，是他的安危。

这一点，她不说，他也该知道。

池仁有好一会儿没说话，之后，他让江百果先吃饭，江百果却仍一动不动。他索性拿过她的勺子，要喂她。她躲开，他又拿侍应生和厨师说话，说人家为了他们加班加点，他们总不能让人家没戏看。江百果张开嘴，饭是吃了，勺子也咬了个咯咯作响。

“我不会有事。”池仁有了答案。

有些答案，灵光乍现好过思前想后。这一刻，当池仁知道无论江百果能不能原谅他，至少，她不愿失去他，这就够了，那么，不管他在扳倒曲振文的路上该不该不计一切代价，至少，他不会让她失去他。即使将来有一天，他只差临门一脚，他也要思前想后。一旦记起江百果这一张孩子气的，却满是忧愁的面孔，他一定不会让自己有事。

得到这样的答案，江百果拿回她的勺子，这一次，看似斯斯文文，实则，大快朵颐。

“吃完饭，不用送我回家。”她说道。

适才池仁在车里坐着睡着的样子，她看见了就不能装没看见。要知道，她可是看了他好一会儿，才叩响了车窗。

他从来不说辛苦，不代表他不辛苦。

池仁吃到一粒米不剩，将盘子拨到一旁，两条小臂搁在桌子上，身子向前倾：“江百果，你这句话是有歧义的。”

江百果将一片爽脆的酱黄瓜放进嘴里，一下下嚼着，听池仁胡说八道：“一，吃完饭，不用送我回家，别烦我。二，吃完饭，不用送我回家，我……不急着回家。”

“我这边有沾到番茄酱吗？”江百果指着嘴角，没头没脑地问了这么一句。

池仁看了个仔细：“没有。”

“你听不出这句话也是有歧义的吗？”江百果伸手，拉过池仁的手，“一，你可以说有，或者没有。二，你可以帮我擦。”

说着，江百果用池仁的手，扎扎实实地抹过了她的嘴角。

而之后，她没撇下他的手，就捧在手里：“这一幕也算是请加班加点的他们看戏好了，但条件是，你别再想那些有的没的，等下直接回家，好好睡一觉。”

稀松平常的几句话，江百果说到最后，竟微微哽咽，匆忙间，她将面孔埋进池仁的掌心：“今天谢谢你了，我不想再提过去的十五年，但和过去十五年的这一天相比，今天……真是大不一样。”

十一点二十分，池仁买了单，而江百果向侍应生和厨师二人一鞠躬：“麻烦二位了。”这么客气的举动，江百果并不常有。她这个人，习惯将别人的小恩小惠记在心头，因为她认为滴水之恩总有当涌泉相报的一天，但今天，她却像是什么都到了嘴边，不吐不快。

侍应生阅人无数，厨师却略逊一筹，情急之下回道：“不麻烦，祝二位早生贵子。”

早生贵子？

这是哪跟哪啊？

江百果言出必行，出了餐厅，三下五除二地将池仁塞进驾驶位，捎带着帮他系好安全带："我也不送你了，免得你又说有歧义。路上小心。"

池仁脸上的疲倦越来越藏不住，但既然江百果几乎都伏在他身上了，他又怎能任凭她进退自如。他揽住她，小臂沿着她的脊椎，手掌抚在她的后颈上："我看了十几处的房子，都不满意。"

江百果退不出去，双手撑住池仁的肩膀："同样一句话，换我送给你。池仁，你又不是活给我看。"

"我不是为了你，是为了我们。"

"那是哪里不满意？我还真不知道你是这么挑三拣四的人。"

"都是同一个问题，离你太远。"

有时候，江百果觉得自己多少段的恋爱都白谈了，这个男人的一举一动，甚至一句话，常常即刻将她从身经百战打回乳臭未干，心跳得跟什么似的，连脚指头都蜷缩一团，连毛孔都一张一翕。她明明在他揽住她时，做好了万全的准备，却不料转眼又栽在了他一句"离你太远"上。

"我楼上那户上礼拜才搬走，你考虑看看。"江百果一本正经。

"你以为我不知道吗？"池仁没在开玩笑，"可还是太远。"

就这样，江百果又吃了败仗。她说楼上可不是说真的，她分明是夹枪带棍：你要多近？楼上楼下够不够近？却不料他转眼又扭转乾坤。

话说到这个份儿上，池仁松开江百果："你知道我在说什么，所以，要考虑看看的人是你。不急，我给你时间。"

江百果终于从车子里退了出去，站直身，提上一口气。

"还不走？"她赶他。

他轻笑："车门，有劳。"

江百果挪开身，重重地摔上了车门。

说来，出租车也是一种奇怪的存在，你不需要它时，它遍地都是；你需要它时，它偏偏和你捉迷藏。池仁离开后，江百果在路边等了好一会儿也没等来一辆出租车，迫不得已，她向十字路口走去。

刚刚在餐厅，当她将面孔埋进池仁的掌心，池仁反手握住她的手，绕过餐桌，坐到了她的身旁。不等他再有所行动，她就勾住了他的脖子，投进了他的怀抱。她的泪水一瞬间打湿了他白色衬衫的肩头。他轻拍她的背，只说了一句话："我知道，我知道……"

他知道，她对他的情义，一点不比他对她的少。

他没什么顾忌，于是细水长流。

她却不一样，她忍得有多难，忍不住时，就有多汹涌。

他知道，今天和过去十五年的这一天大不一样，无非是因为，她和他终于告别了孤军奋战。

十字路口，偶尔经过的出租车上也通通载了客。

江百果继续步行，为了解闷，脚下还踢了颗小石子。她真是越活越回去了，她让他走，他当真走了，她却像是忘了她当初都是怎么迎难而上的了，告别了孤军奋战，就像是连走路都不会一个人走了。那么接下来，是不是疼了就会哭？难过了也要有人陪？那种种没出息的天性和本能，她迟早样样逃不掉。

那么，让他离她近一点，更近一点，她又何尝不希望。

赵大允出院，是在一个月后了。

他机能上的恢复，令医生都竖了大拇指，但在相貌上，鉴于左侧眼睑畸形和下颌骨受损，即便将来会进行一系列的手术，怕是也收效甚微。

池仁亲自接赵大允出院。池仁看他在病房里还戴着自己新送他的名牌墨镜，一笑如花开，脸孔的下半部分却像是耄耋之年的老人，毫无防备地，又一次如鲠在喉。

"走吧。"池仁就说了这两个字。

狭长的走廊，二人几乎走到了尽头，赵大允才将行李袋甩给池仁："接人也没个接人的样子。"他的音色依旧嘶哑。

"闭嘴！"池仁冷着脸，"难听死了。"

赵大允满不在乎，一首崔健的《一无所有》张嘴就来，像是为他的破锣嗓子量身定做："我曾经问个不休，你何时跟我走，可你却总是笑我，一无所有。”

池仁从裤兜中掏出一张叠了两次的字条，直接塞进赵大允嘴里：“就当我是用这个堵住你的嘴。”

赵大允打开字条一看，上面是个地址。而他们谁也不说，他也知道，这是唐茹的地址。就像他们谁也没说，池仁也知道赵大允在还下不了床的时候，就派人遍寻唐茹的下落。

而找人的滋味，没人比池仁更懂了。

赵大允将字条攥在手心，又借着歌词说话：“我没打算让她跟我走，我知道，我一无所有。”

“你小子有我。”池仁不知道从哪儿又掏出一副和赵大允的一模一样的墨镜，戴在了自己的鼻梁上。

二人没什么默契，你看我的时候，我没看你，我看你的时候，你又没看我，到底也没能相视一笑，却也恰到好处了。

这一夜，江百果从无误沙龙回到家，看到池仁的车子停在楼下，走上前，却四下看不到他的人，即刻致电他：“你又要什么花样？”她一抬头，找到她的窗口，昏黄的灯光晕出来，在秋夜动人心弦，问题是……

该死，他又长本事了？学会溜门撬锁了？

“回来了？”池仁若无其事，“我在楼上等你。”

乘电梯时，江百果双手环胸，掂量着溜门撬锁论罪几等，却在一下电梯时白费工夫。池仁所谓的楼上的确是楼上，却是乖乖地坐在她家大门口，别说有罪了，反倒有些可怜巴巴。

“你……你怎么没进去？”江百果问道。

“你有给过我钥匙吗？”池仁反问道，“你把我当什么人了？有没有报警？最毒妇人心，你未必做不出来。”

江百果懊恼地抓了抓头：“我又忘了关灯了。”

“我早说过，同居是有利于节能减排的。”

“不是说明天是第一战？这都几点了，不养精蓄锐，你跑来我这儿做什么？”

“就是为了能睡个好觉，我才来的。”

而这时，江百果才看到，在池仁的旁边立着一个行李箱，而在她家大门的门把上，还挂着一套黑色西装，想必是他明天的行装，而他想必……怀揣着有来无回的决绝。

“过来。”池仁仍坐在大门口。

江百果上前两步，蹲下身：“你说过你会给我时间。”

“今天我去接赵大允出院了。”池仁一伸手，摩挲着江百果剪得光秃秃的指甲盖，“总觉得……这辈子毁在我手里的人，又多了一个。”

关于赵大允受伤的事，鉴于常常要去医院探望，池仁也就对江百果提及了，但他有所保留，只说赵大允是在为他做事时出了事故，并没有提及这事和江百果之间的关联。

江百果轻声道：“你少往自己脸上贴金了。每个人的路都是自己选的，没有谁能毁在别人的手里。”

一如她不是不知道，十五年前她的路，也是她自己选的。她恨池仁，恨曲振文，恨生老病死，却仍阻止不了她恨她自己。然而要面对自己的过失，总是艰难过指着别人的鼻子破口大骂；要放过自己，也总是艰难过对别人大人大量。

江百果胡乱地拨了拨池仁的头发，站直身，掏出钥匙：“好了，进来吧。”

池仁跟着站直身，半真半假道：“苦肉计还真是好用。”

就这样，池仁在认识江百果的第十五年的金秋时节，挤进她的心门的同时，也挤进了她的家门。

就是这样一个平淡无奇的夜晚，他并非蓄谋已久，而她既无第六感，又无心理准备；他没有大张旗鼓，而她虽谈不上热烈欢迎，但也不至于不欢迎，总之就这样，她准许他“平淡无奇”地搬了进来。

一室一厅的房子，池仁没有造次，将黑色西装挂在门口的衣架上，从行李箱里拎出枕头，扔在了客厅的沙发上。

江百果时不时就赌着一口气：“不是说为了能睡个好觉才来的，结果是来睡沙发？”

“你是说……”池仁看了一眼卧室。

江百果懊悔："我什么也没说。"

池仁得饶人处且饶人，在沙发上坐下来，双臂搭在靠背上，伸直双腿，转了转脖子，感慨万千："也真是奇怪，一看到你，我眼皮就打架。所以你到底是什么人？不说包治百病，至少治失眠。"

江百果走向厨房："我煮面吃，你要不要？"

"好，我先洗个澡。"池仁站直身。

江百果脚下一绊，跌向冰箱，就势拉开冰箱门，拿了两个鸡蛋出来。而等她关上冰箱门时，池仁就站在冰箱门后："百果，我说的洗澡……就是单纯的洗澡。"

江百果推了池仁一把："快去。"

大半锅的水，三包面，两个鸡蛋，池仁洗了澡出来后，只见汤汤水水几乎溢出来，江百果手忙脚乱。他凑过来："我吃一包就够了。"江百果抬了一下眼，只见池仁穿着灰色运动裤和白色T恤，中规中矩，只是头发还滴着水，有些犯规的暧昧。

"两包是我的。"江百果说道。

池仁点点头："互相了解总得有个过程，这就算第一步了。"

开放式厨房和客厅被一张条案分割，江百果在这儿摆了把高脚凳，通常就在这儿吃饭。她倒不是没有餐桌，但一来，她不常在家吃饭，二来，吃也是一个人，端坐餐桌像是小题大做，久而久之，餐桌也就另作了他用，上面堆满了杂物。

这一次，江百果照旧坐在她的高脚凳上，而池仁站在她的对面。他每吃一口，都要弓下腰，明明人高马大，碗却比她的小了三圈，分外可笑。

她咬着筷子："明天我把餐桌收拾出来。"

池仁的手顿了一下："交给我好了，我回来得早。"

可到底，池仁还是动容了。为了蒙混过关，他从江百果的碗里挑了一些面，塞进自己的嘴里，惹得她拿筷子和他理论。这个女人，真是不一般。一个月来，他知道她也对他情不自禁，但既然她心里仍有那道过不去的坎儿，既然罪与罚还是她心里的疙瘩，既然时候未到，她就能做到冷静、自持。

可当他堵在她的门口，她就投降了。

说真的，他多怕他欲速则不达，好在，她就淡淡地说了三个字：进来吧。

而更甚的是，她说，她会把餐桌收拾出来。

或许，过两天，她还会再买个大一点的锅回来。

这一步，她迈得比他更加从容。他既来之，她则安之，像是不妨留下他一条小命试试看。总之，他和她相隔的十万八千里，先是由她迈过了漫漫长路，又是由她挨过了一次次生死关口，而他能做的，大概也只剩下爱她，更爱她。

翌日，上午十点半，池仁身穿黑色西装，站在致鑫集团属于他的办公室的窗前。这是他在做了八年的秘书后，第一次拥有属于自己的办公室，从面积到坐标，从设施到人力，无可挑剔。

怎么说，曲振文也是着眼大处之人，倘若连一间办公室都要刁难他，反倒说不过去。

池仁看了一眼时间，会议进行半个小时了。他历经八年才爬上半山腰，但高层会议，还是没有他的份。但这不要紧，当他尚且是个秘书时，一切就尽在他的掌握中，更何况今天有杨智郴做他的发言人，他大可以等杨智郴的好消息。

池仁站在窗前，面向江百果家……或者说，家的方向，虽说连一砖一瓦都看不到，但既然能锁定大致的位置，他心血来潮，转身就去拿了支笔来，半眯着眼睛，在玻璃窗上圈下了一个小小的圆，像是射击的靶心，也是心之所向。

就在昨夜，尽管池仁说江百果是专治他失眠的灵丹妙药，但他仍不得不工作到了半夜两点。那时候，他坐在客厅的沙发上，熄了灯，抱着笔记本电脑，而江百果一定是以为他睡熟了，才会从卧室里偷偷打开一条门缝。

他一脸的青光一定是吓到了她，以至于她砰地又关上了门。

池仁失笑，合上笔记本电脑，打开落地灯，守株待兔。

过了好一会儿，江百果才重新打开门："还没睡？"她穿了条皱巴巴的睡裤，藏青色小格子，直拖到地上，上身是一件黑色背心，过了肩膀的头发乱蓬蓬地披散着。

“这就睡了。”池仁没打算节外生枝。

江百果却快步走向沙发，一屁股坐下来：“我要睡沙发。”

池仁侧过头打量她。

“你别多心，我不会舍己为人。”江百果将双腿提上来，屈膝而坐，烦恼地挠了挠头，“除了泡面吃两包，我睡觉就是这样打一枪换一个地方。我不反对和你过节能减排的绿色生活，但该让路的时候，你也好狗别挡路。”

池仁点点头：“合情合理。”

说话间，他手臂一伸，就搂着江百果在沙发上躺了下来：“你想睡哪里就睡哪里，我绝不干涉。”

江百果怒目圆睁：“前提是你让开……”

池仁将江百果挤在他和沙发靠背之间，手臂垫在她的脖颈下，大腿压住她的大腿，两眼一闭：“你就当我睡着了，能搬得动就搬，想走就走，随你的便。你不会舍己为人，可也不能扰了别人的清梦。江百果，你没那么坏。”

江百果的脸孔被池仁揽在中间地带，向上，是他的胡茬，向下，是他的心跳。说出来怕人笑话，或许他管得住自己，她……却未必。

直到他打了个呵欠，收回了腿，并向外侧挪了挪，给了她尽可能大的空间，她才不可思议地任凭睡意袭来。这时，他却又在她的头顶喃喃低语：“我们要把沙发换成沙发床，双人的，还有双人被、双人……浴缸？这才是长久之计。”

“少废话了。”她敌不过睡意，不自知地将手臂搭在了他的腰间。

MISS.JIANDAO

第31章

恋爱中

早上六点半，池仁醒来的时候，江百果不在他身边了。

他翻了个身，腰酸背痛是跑不了的，但见江百果在轻悄地忙东忙西，又觉得什么都值了。窗帘仍密不透风，室内的光线勉强够他偷看她的一颦一笑。她将餐桌上的杂志分门别类；她从冰箱里拿出牛奶，在找到生产日期后，直接扔进垃圾桶；她养了两盆他叫不上名字的绿植，没有喷壶，用自己的水杯给它们浇水。

她甚至在他的黑色西装前驻足了好一会儿，末了，她回头，在确定他还没有醒来后，取下它，披在了自己的身上。她像个偷穿大人衣服的小孩儿，在镜子前搔首弄姿，直到无聊了，才脱下它，挂回去，整理成原封未动的样子。

池仁忍住笑，并没有抓江百果现行。

她能保有这孩子气的一面，他求之不得，又怎么忍心打搅。

半袋的切片面包也过期两天了，裹上蛋液，放进油锅，两面煎至金黄，香气扑鼻。江百果头头是道："一个人吃不完，总是过期。但经我亲身试验，过期的牛奶不能喝，但面包完全没有问题。"

池仁两口就是半片，味道惊艳。

七点半，池仁穿上他的西装外套，而江百果在洗碗。

二人各怀鬼胎，一个在想，我偷穿的时候会不会留下了什么破绽？另一个在想，竟真被她整理成了原封未动的样子，连一丝她的气息都没给他留下。

"百果……"池仁唤道。

江百果关上水龙头，等池仁的下文。

"我就带了这一套西装过来，所以，你千万别弄脏它。"说着，池仁走向江百果。

江百果的脸色一阵青一阵白，他果然还是发现了，不但发现了，还这样不留情面地指责她……却不料，他停在她面前，勾住她的下巴，埋下头吻住了她。

江百果瞪大双眼，举着油腻的双手。

她不能弄脏他带过来的唯一一套西装，也就意味着她不能反抗他。

池仁见好就收："晚上我去接你。"

十点四十分，池仁站在办公室的窗前，又看了一眼时间。在这样的紧要关头，能让他还想些有的没的，恐怕也就她江百果了。

五分钟后，池仁等到了他要的结果。

会议上，杨智郴一派的提案，相较于曲振文一派，更得中立人士之心，压倒性地占了上风。而整场会议仅仅历时四十五分钟，这不免令池仁沾沾自喜。

晚上，池仁和杨智郴找了家云南菜餐厅，算是阶段性地庆功。

说起杨智郴，在当年姚曼安真正的死因被掩盖时，他作为姚曼安的副手，是为数不多的知情者之一。后来，鉴于他的才能，曲振文留了他在身边，为此，年少的池仁也一度对他恨之入骨。而当时，他有言在先："阿仁，你迟早用得到我。"

云南菜与川菜区别不大，不过更讲究原汁原味，在刺激中也多了几分清甜。

池仁以晚辈自居，为杨智郴夹了一块竹筒鸡："郴叔，客气话从今往后我就不说了。您也别怪我悟性差，真是直到这两天，我才明白这个道理。先前我一直认为你们是在帮我，其实不然，其实咱们是并肩作战才对，谁也不是谁的武器，那么客气便不是客气，反倒是贬低。"

这个道理，自然是江百果点醒他的。

就拿杨智郴来说，他做了姚曼安十几年的副手，和姚曼安不可能没有主仆之情。对姚曼安的死，他自有他的义愤，对曲振文，他也自有他的打算。对他说谢谢，池仁未必有立场。

还是那句话，路都是自己走的。

而就在这一顿饭相谈甚欢到了尾声时，杨智郴的一句无心之言，却给了池仁当头一棒。他说，曲振文缺席了今天的会议。

之所以说是"无心之言"，是因为杨智郴并不认为这其中有什么问题。曲振文不在，但他的人一个不少，该说的都说了，该做的也都做了，即便他在场，也无济于事。

然而，可能是思虑周到，也可能是杯弓蛇影，池仁认为这其中大有问题。

甚至，他当场对杨智郴发了飙："这么大的事儿，您到现在才说？"

杨智郴一张老脸挂不住，红到发紫。

池仁不是不后悔，但说出去的话，收不回来，道歉也没用，那么他唯一能做的，反倒是趁热打铁："郴叔，掉以轻心的结果不仅仅是输，而且是输给自己，我希望没有下次。"

归根结底，池仁知道，这一仗，他输不起。

说什么并肩作战，到头来，他还须政由己出，才万无一失。

无误沙龙打烊后，江百果从十点半等到了十一点十分也没等到池仁。而早上，他分明在吻了她之后，说"晚上我去接你"。

晚上我去接你。

通俗易懂的一句话，没有任何的歧义。

张什走的时候，问了江百果一句："他来接你？"

"你看你那黑眼圈。家里有没有红酒？回去灌一杯，倒头就睡。"江百果所答非所问，也算默认了。

张什的情况，江百果看在眼里，不过，既然她在无意中看到过一眼他的手机，满屏发给孟浣溪的情真意切的句子，而孟浣溪一声都没吭过，她也就不用问他所为何事了。

还能所为何事？无非是问世间情为何物。

尽管，江百果始终看不上孟浣溪，总觉得她就是个被宠坏了的大小姐，但或许，就像别人也不懂为什么千好万好的池仁会偏偏对她江百果死心塌地，难得有一件事，是当局者清。

或许别人也总觉得，她江百果走了狗屎运。

冉娜走的时候，也问了江百果一句："他来接你？"

这一次，江百果看了一眼时间，十一点十分。她否认道："我还有点事。"

满心的欢喜化作死要面子，坐在熄了灯的无误沙龙里，江百果与助理们用来练习的一排模特人头面面相觑，假装打了个冷战。随即，她嗤笑一声：怕吗？怕也要有那个闲情逸致才行。问题是她满腔的委屈，真恨不得找人撒撒气：练习完了，从来不知道物归原处，说了多少遍也不长记性！

可谁又知道，她满腔的委屈到底是为了什么。

他不来没问题，没人求着他来接她，可既然说来，怎么能言而无信，甚至连一通电话都没有？

江百果站直身，最后一个离开了无误沙龙。

将近十二点，江百果终于等到了池仁……的电话。当时，她刚进家门，鞋子才换了一只。铃声响了两声半，她答道："喂。"池仁一声叹息："百果，我忙昏头了。"

"你在哪儿？"他紧接着问道。

"还能在哪儿？"江百果当即又把那一只鞋子换了回来，"你不知道恋爱中的女人没有脚吗？没有男人接送，哪儿也去不了。”

恋爱中……此言一出，江百果自己咬了自己的舌头。有些事心照不宣是一回事，被定了性是另一回事；被动是一回事，主动是另一回事；装是一回事，装不下去了更是另一回事。

好在，池仁没追究：“你等我。”

挂了电话，江百果下楼拦了辆出租车，又直奔无误沙龙。

坐在车上，她把来龙去脉想了个通透，说是在气他，却也不至于，可偏偏不给他个教训，又咽不下这口气，问题是这般大费周章，她也捞不到什么好处。而所谓的“想了个通透”，结论无非是……她不可理喻。

而最要命的是，她还是迟了池仁一步。

江百果乘坐的出租车一靠边，恰恰停在了池仁的车子后。

他人没在车上，双手插在裤兜里，后脚掌踩在无误沙龙门口的台阶上，前脚掌悬空，在晃悠悠地等她。她硬着头皮下了车，心说这大概就叫自作孽，不可活。他迈下台阶，笑着走向她。她又硬着头皮回应他，可一笑开了，停都停不下来。

“这叫什么事儿啊？”江百果自嘲道。

池仁找准了角度，为江百果挡住瑟瑟秋风：“不用我哄，气就消了？‘恋爱中’的女人可没有这么好说话。”

她就知道，这要命的三个字，他不可能不追究。

坐上车子，池仁问道：“你就不能给我打个电话吗？”

“你不来自有你不来的理由。”

“就没想过我在来的路上……遇到什么不测？”

“没，一刻也没这么想过。”

或许是因为十五年的野火烧不尽，这个世界在江百果的眼中虽是穷山恶水，却从来不是绝境，而这就足以。所以，那些悲观的，分明都没见识过天外有天，而那些见识过的，反倒绝不低头。

池仁发动了车子：“做得好。”

“事情不顺利吗？”江百果问道，毕竟他说他忙昏了头。

她更没忘，池仁将今天称为他和曲振文的第一战。

“顺利……”池仁也算实话实说，“比预期的还要顺利。”

可就在刚刚，在告别了杨智郴后，池仁看时间尚早，又返回了致鑫集团。曲振文那个人，不是生意人出身，也不算有出类拔萃的商业头脑，却可以在生意场上十几年稳中有升，靠的一是会用人，二是以身作则。光是从不迟到早退这一点，连虾兵蟹将都做不到，他却能持之以恒，更何况是今天的短兵相接……

池仁用项上人头担保，他今天的缺席必有蹊跷。

但对方是曲振文，池仁能查到的，总是少之又少。直到十点，他才得到了唯一一条有价值的消息：宋君鑫从瑞士回来了，一早到的北京，和曲振文二人疑似奔赴了北郊的别墅。

至此，池仁虽又看了一眼时间，却没想起江百果来。

他在办公室里踱来踱去：这算什么？小别胜新婚吗？爱江山，更爱美人吗？抑或是，这是曲振文有意而为之？可他的有意，又是为了什么？

直到两个小时后，池仁才想起江百果来：除了江山，他分明也有了他的美人。他在她的沙发上一觉睡到天亮，他吃了她用过期面包做的早餐，在出门前，他还吻了她，这一切的一切，都代表他告别了无牵无挂，可胜于雄辩的事实是，就在刚刚，他当真将她抛到了脑后。

而假如这事实带给江百果的伤害指数是三，那带给他自己的，绝不会低于八。

车内气氛友好，江百果面向窗外，抿着嘴，可还是一而再，再而三地掩不住笑意。而这渐渐惹恼了池仁，他将方向盘一转，伴随着一脚刹车，靠边停了车：“江百果，我们谈谈。”

江百果知道，接下来无非两条路。池仁要谈，那是非谈不可了，至于他要谈什么，她也心中有数，问题就在于，她是学他拉着张脸谈，还是我行我素地笑着谈。

“有什么问题吗？”江百果选择的是后者。

池仁却坚持拉着张脸：“没有问题吗？江百果，今天是我们同居的第二天，而你真的以为我们同居是为了节能减排吗？我在第二天就放了你鸽子，那一个月后，我是不是就可以把你的话当耳旁风了？最多三年，我会不会就骑到你头上了？那不等一辈子过完，我们是不是就好聚好散？而你还问我……问我有什么问题！你今天对我的宽宏大量就是最大的问题。”

“池仁，你要自责，就默默自责去，跟我这儿一套一套的，你是有理了还是怎么着？”

就这样，池仁的慷慨激昂，终止于江百果的一句有理不在声高。

她虽没再笑，却始终没拉着张脸，从头到脚的大将风度，以德服人。

顿时，池仁无话可说。

江百果一伸手，戳了一下池仁的眉心：“可这有什么可自责的呢？小题大做。”

“我……”池仁又吹胡子瞪眼。

江百果张开怀抱：“来，抱抱。”

她朝向他，伸着双臂，睁着眸子，在他看来就像个驯兽师，而他又怎么能不乖乖就范？他烦恼归烦恼，但既然她说“来，抱抱”，那总得先抱了再说。而她没再给他感情用事的机会，那多少年的“理智”二字可不是浪得虚名：“池仁，两个人在一起可能有无数种理由，但绝不包括做对方的负担。”

池仁像一颗核桃似的，被敲开一条裂缝，但若说大彻大悟，却还差得远。

好在，江百果对他有的是耐心，她轻轻拍着他的背：“将来有一天，我可能也会因为看一部电影入了神，和好朋友聊天聊到停不下来，甚至一觉睡到天昏地暗，而忘了和你的约会，可这又能代表什么呢？”

“可我不想这样。”

“可这样没什么不好。本来嘛，谁也做不了谁的全部。”

“江百果，你怎么能做到这么冷静？”

他们分明不只是恋爱中，而且是热恋中才对，应该没事找事，睚眦必报才对。

江百果咯咯笑着，又兜回原点：“冷静？我才到家里，又折回来的好吗？你管这叫冷静？”

“别笑。”池仁结束了这个拥抱，握着江百果的肩头，和她面对面，“说真的，从十点到十二点，一点也不生气吗？我们用指数来说话。”

江百果掐指一算，比画了个三。

很好，和他估计的一样。

“再来猜猜我的自责指数。”他两眼发光。

江百果又掐指一算：“八吗？两个零被你摞到了一块儿。”

很好，又和他估计的一样。

他不禁失笑：或许这就叫瑕不掩瑜？他们的默契指数分明高达十。

江百果坐好，细而有力的手臂一挥：“放轻松，出发。”

那一刻池仁心服口服，像对主人唯命是从的奴仆，像彷徨了三十一年，终于找到了真理的信徒，像卸下了一切的包袱，欢天喜地地重新发动了车子。放轻松，放轻松，他仿佛偷到了考试的答案，像是有人拍着胸脯告诉他，所有选择题都选C，万事大吉。

但后来，他也有想过，谁也做不了谁的全部，这会不会是一条谬论？知足常乐和安于现状没有错，但知足常乐，不代表可以得过且过，安于现状，也不代表可以养虎为患。

他真的也有想过，有些事，会不会就是“放轻松”惹的祸？

可那对与错，在江百果宁死不屈前，他除了交给时间，束手无策。

可这都是后话了。

“我们什么时候去买沙发床？”那一刻，他什么都没有想，一味的兴致勃勃。

“尽快。”江百果笑着说。

就这样，在第二个周一的上午，有了以下一幕：在冷清的家具店中，江百果独自一人，对着手机上的照片，停在了一张黑白条纹的沙发床前。而店员对每一个周一上午的客人都视若珍宝，在自卖自夸的基础上，还振振有词地附加了一句“国货当自强”，最后问道：“您要不要试一下？”

“好。”江百果爽快道。

至于江百果手机上的照片，自然是池仁发给她的。

就在昨天，池仁一样是独自一人，不一样的是，周日的家具店中人满为患，他混迹于如胶似漆的情侣和闹哄哄的一家三口中间，花了三个小时的时间，拍下了这一张照片。

而这是他和她能想到的，尽管没时间手牵着手，却最浪漫的方式了。

这时，另一位店员凑过来："您就是他……他女朋友吧？"

江百果一怔，虽摸不着头脑，但也知道答案怕是肯定的。

"就是昨天那位先生啊！"店员乙对店员甲比手画脚，"昨天，他说他女朋友今天会过来拍板，是买还是不买。"

说话间，店员乙将沙发调成沙发床，并急切地将江百果带到右边："那位先生还说了，让您试右边，因为他睡左边。"

江百果假装挠了挠额角，真是……太难堪了。真有他的，做事这般周到，却不承想将她逼上了梁山。在这样一个冷清的周一上午，她分明是狼多肉少的那唯一一块肉，而那些店员们三三两两地偷笑着，等着她躺下去。

大片的黑白条纹，令人头晕目眩。

江百果一狠心，一步到位地躺了下去。

天花板高到令人发指，耳畔的轻音乐也有着它的高潮，她向左侧转过头去，那些千奇百怪的店员们一一消失不见，反倒是池仁的影像从无到有，虚虚实实，就躺在她的左边，虽不言不语，却胜似万语千言。

江百果笑出声来，单手捂住了双眼，真是太难堪了。

笑了好一阵，她才不慌不忙地站起身，给了面面相觑的店员们最好的安慰："就它了，刷卡。"

十一月的第一场雨来得分外突然。

晚上十一点，池仁和赵大允从一家酒吧走出来，站在屋檐下吸烟，气压沉闷，紧接着风起云涌，雨点就连成线地掉了下来。

自从宋君鑫从瑞士回来，曲振文在致鑫集团露面的次数屈指可数。

池仁始终不知道他在搞什么鬼，但表面上，就算是老虎不在家，猴子称大王也好，池仁和杨智郴诸事顺遂，使得致鑫集团蒸蒸日上，那认钱不认人的中立派，也就自然而然地靠拢了过来。

天上掉馅饼，池仁心里不是不打鼓的。

但话说回来，他被曲振文踩在脚下十五年，等的就是反败为胜的一天，总不能在这一天终于要到来时，他反倒又疑神疑鬼。

于是乎，池仁在中午致电江百果，约她晚上小酌。

同居归同居，二人世界之余，偶尔一头扎进鱼龙混杂的花花世界，也别有一番滋味，会觉得天大地大，都不如你好；会觉得千好万好，也舍不得用你做交换。

无奈，江百果说她约了张什和冉娜吃夜宵。池仁退而求其次，说他叫上赵大允，大家一起。

大雨滂沱，赵大允抢白池仁："出来迎江小姐还不直说，还说什么出来透透气。"夜幕下，赵大允仍戴着墨镜，镜片是花了重金的，不分昼夜，戴了比不戴更能洞察一切，人心却永远除外。

就好比他按照池仁给他的地址，在一家小旅馆外等了三天，才等到唐茹出洞。看得出，她虽落魄，却远远比假扮江百果时心安理得，本来嘛，做谁也不如做自己。赵大允迎面走过去，开场白到了嘴边，却在她看了他一眼后，又咽回了腹中。

她看了他一眼，却没有认出他来。

而当时，赵大允死活也看不穿，唐茹是真的没有认出面目全非的他来，还是人生如戏，戏如人生。

张什的牧马人开得横冲直撞，远远地，就被池仁认出来。池仁从屋檐下冲进雨里去迎江百果，赶上张什一脚刹车，被溅了一身的水。他满不在乎，拉开后排的车门，隔着个冉娜，眼里就江百果一个。

"没伞吗？"冉娜望而却步。

江百果却对冉娜说了声"借过"，随即就挤过她的两条大象腿，扶着池仁的手，跳下了车。池仁用风衣护住江百果，二人三步并作两步，冲回了屋檐下。

赵大允有规有矩，恭敬地叫了一声“江小姐”，主仆分明。

而这是江百果第一次见出事后的赵大允，她虽从池仁口中略有耳闻，但这一见，她胸口还是轰的一声响，也不知道为什么，无形中像是心脏被击出了一个小孔，堵也堵不住，令她觉得悲怆，觉得池仁欠他的，那么，她也欠他的。

他们共计五人，赵大允先回了酒吧，张什和冉娜当天上下的是刀子，迟迟不敢下车，屋檐下留下池仁和江百果，分明早上才各奔东西，转眼间又有的是话说。

池仁被淋湿了大半，用手将头发拢到脑后，整张面孔露出来，是江百果记忆中的少年的样子，也是他当初对待“感情之余”时，不留情面的样子。可既然今天的他不再被“感情”和“感情之余”一分为二，这也不过就是他平凡的样子。

江百果为池仁掸去风衣上的雨水：“帮我拿个主意，要不要撮合老张和娜娜？”

“不要。”池仁不假思索。

江百果瞪了池仁一眼，这才又娓娓道来：“娜娜惦记老张不是一天两天了。老张这回动真格的，为他前妻消得人憔悴，她也跟着来劲，告诉我老张每掉一斤肉，她得心疼得减一年寿，这不才拜托我给他俩搭搭桥。她说，就算老张把她当个笑话，能博他一笑，她也值了。”

“那也不要。”池仁四两拨千斤。

“我也是怕……没有价值的牺牲不叫牺牲，叫送死。”

“那些我不关心，我就是看不惯张什而已。”

江百果叹息一声后，笑盈盈地就说了两个字：“你呀。”

还是那句话，因为谁也做不了谁的全部，再默契的恋人，也未必每一步都要步调统一。当他有他的偏好，她可以有她的执拗；当她有她的智慧，他也可以有他的脾气。一如池仁大可以一辈子对张什看不惯，而江百果一句百转千回的“你呀”，再合适不过。

或许总有一天风水轮流转，转到她看不惯他身边的波霸女秘书，届时，他也别指望她心慈手软。

雨势说小就小，江百果将手伸出屋檐，去接如丝细雨：“就那会儿下得大，叫我们赶上了。”

池仁圈住江百果的肩头：“所有的好时候，都叫我们赶上了。”

张什和冉娜终于下了车，各自连跑带颠，一个在前不管不顾，一个在后跌跌撞撞，距离越来越远。

MISS.JIANDAO

第32章

返老还童

三面包围的卡座，池仁和江百果坐中间，赵大允坐在池仁一侧，张什和冉娜坐在江百果一侧。气氛虽冷，但为了盖过那一支叫作“传染病”的乐队的嘶吼，张什一开口，像极了眉飞色舞。

而他开口的对象，是他刚结识的赵大允：“怎么弄的？”

他指的是赵大允的下颌骨。

“追尾。”赵大允一笑，面目更显狰狞。

张什这个人没什么坏心，但这一刻，他偏偏向赵大允凑了过去：“嗬——ET啊！”

自从张什对孟浣溪摊牌，说他害谁，也不害有情有义的江百果了，孟浣溪当真对他绝情绝义。为此，张什骂了孟浣溪千百遍黑白不分，可骂完了，他还是想她，想得吃不下饭，想得睡不着觉，想得人生没有了乐趣，但在这一刻，他终于在急促的鼓点中重新找到了乐趣。

他将手伸向赵大允的下颌骨，口中仍念念有词："牛啊……"

说时迟那时快，赵大允虽一动不动，池仁虽也没有插手，但江百果站直身，一把擒住了张什的魔爪："老张，过了啊。"

张什一肚子的邪火，大臂一抡，就甩开了江百果的手："这哪儿就过了啊？噢，你们女同志一个个没心没肝的，你们不过？我们男子汉大丈夫开个玩笑就过了？凭什么啊？！"

赵大允一看事情因他而起，有些坐不住。但池仁一个眼色将他压住，他坐不住也得坐。

至于池仁，他此举也算是经验之举，或者算是阶段性的小结。

他和江百果这恋爱谈得，可以说是累着累着，也就轻松了。例如，他放了她鸽子，他在小题大做后发现这根本不值一提。例如，那黑白条纹的沙发床是她花钱买回来的，而这钱该不该由他出，他在钻了牛角尖后发现这也根本不重要。又例如，她三番五次地，包括今天在内，说他不必专程做她的司机，他在坚持了几次后，也就乐得轻松了。

而此时，亦是如此。

既然她要出头，他乐得看她惩恶扬善。

由她去吧。

果然，江百果照着张什的后脑勺就是一掌："你这叫开玩笑吗？你这叫犯浑。"

"人家都没说话，果子，你算哪根葱？"张什也不是没有他的道理。

时至今日，虽然他对不起自己，对不起孟浣溪，对不起孟叔，但他分明是对得起江百果的。先不说她的饭碗是他给的，也不说当她的理智令她孤立无援时，每每还有他给她做伴，甚至，也不说她的江山是他帮她打下来的，就说在孟浣溪和她中间，他分明选择了她……所代表的正义与邪恶中的正义。

可她这算什么？白眼儿狼吗？

亏得她还振振有词："他是池仁的朋友，就是我的朋友。"

"那我呢？我就不是你朋友了？老子一无所有！"

这时，冉娜找准了时机，挺身而出："张什，你还有我！"

张什心力交瘁，说的每一句话早就不走脑子了，做的每一件事也早就不走心了。他像是被冉娜带进了沟里，也像是化被动为主动，反正他仰天长啸："对，老子有她！"反正，他一回身，就将冉娜压在了沙发上，嘴对嘴地吻住了她。

说来，他又怎么可能不知道冉娜对他的一颗红心？

男人和女人的坏，说白了还不都坏在同一个字上——装。

江百果一怔，视野之内，除了张什猛虎扑食的后脑勺，就剩下冉娜撑在身体两侧，将沙发挠得咔咔作响的一双手了。

这可不是闹着玩儿的。

而这无心插柳柳成荫的"撮合"，更是江百果始料未及的。

她操起一瓶啤酒，一饮而尽。

她知道，从今以后，一无所有的人除了张什，又多了个冉娜。因为她知道，当一个人想要苹果，你给他多少的梨子也是白搭。

因为他根本不想要。

可这明摆着的道理，不知有多少人知道，却装作不知道。

江百果跨过池仁的二郎腿，坐到了赵大允的身边："抱歉了。"

赵大允诚惶诚恐："江小姐客气了，这真不算什么。"

池仁看了赵大允一眼，知道赵大允没在客气，就凭不入流的张什，能伤他才怪。至于能伤他的，唐茹或许算一个。而池仁在给了赵大允唐茹的地址后，就没再问过他一句，因为不管那地址是帮了他，还是害了他，自己能做的也就到这儿了。

接着，池仁又看了江百果一眼。

她将头仰靠在靠背上，望着天花板，像是不打算回到他身边了。

他当她一时糊涂，长腿一伸，踢了踢她的鞋子，却不料她先是不为所动，到了第三次，她反击般踩了他一脚。那么，这就不是一时糊涂的问题了。

池仁当即坐到了江百果对面的茶几上，双膝打开，夹住了她并拢的双膝：“我惹到你了？”

赵大允识相，一边是难舍难分的张什和冉娜，一边是老虎屁股摸不得的池仁和江百果，他不得不转战中间的沙发。而隔着墨镜，谁也不知道他两眼一闭，真是自寻烦恼。

江百果上半身倾向池仁，咄咄逼人：“老张失心疯，你不帮我！”

就这样，池仁上了新的一课。

恋爱这东西，到底还是累人。她在一百次中有九十九次独当一面，仅有一次要他帮，而这仅有的一次不亚于平地上的一颗地雷，让他每走一步都冒着生命危险，又哪儿来的那九十九次的安稳。

可他认了。

池仁心甘情愿道：“我错了。”

就这样，江百果雨过天晴。

这时，张什扔下冉娜，说走就走。

江百果追了他两步：“娜娜有什么不好？”

可就这区区几个字，江百果虎头蛇尾。曾经，她当真以好坏论英雄。后来，她又知道了苹果和梨子的不同从来不在好坏。

张什一走了之，江百果飞快地回到冉娜身边：“娜娜，他没把你当笑话，他把你当餐巾纸了，擦了嘴完事，还不如笑话。所以你死心吧，回家该哭哭，该吃吃，我放你三天假，薪水照发，不过就一点，千万别找他。”

另一厢，池仁对赵大允就四个字：“送她回家。”

赵大允领命，带走了一言不发的冉娜。

江百果一扭头，抱住了池仁的脖子：“是我搞砸了吗？”

“我们回家。”池仁站直身。

江百果却将他拉向了舞池：“不，我们去跳舞。”

在快活林般的舞池，一切正经都是假正经，所有的无人问津都是可耻，大脑可以假死，毛孔可以呻吟，放浪形骸和无忧无虑都是具有褒义色彩的同义词。江百果被一条条香艳的玉臂淹没，却也有权自顾自地疯癫：“池仁！将来我们去一个没有人认识我们的地方，好不好？”

“将来？”

“等你做完了你该做的事！”

池仁一把将攀着他缓缓下滑的江百果拎起来，拨开她的长发，双唇贴住她的耳郭：“好，到时候我们离开这里，从头来过。”

她的不安不过如此。她给他机会也好，她和他谈情说爱也好，她还可喜可贺地长了两斤肉也好，但过去的阴霾，或许会永远笼罩着这片天空，禁不住一丝丝的风吹草动。

而他答应她就是了，换一座城市，南京、多伦多、佛罗伦萨，换一片天空。

去一个没有她的父亲，没有他的母亲，更没有曲振文的地方。

当然，更不会有张什这根“搅屎棍”。

江百果温热的呼吸喷在池仁的颈间：“别让我等太久。”

“不会。”池仁信誓旦旦。

他们都知道，她和他的心结来时如山倒，何况又有了十五年的拖欠，更去若抽丝。那云烟不是一朝一夕能消散的，那恩仇不是一笑能泯的，但只要两个人都还在，坚定地走下去就是了。

只要坚定地走下去，总能走出去。

池仁和江百果走出酒吧时，已经半夜一点了，但身后的那个世界刚刚渐入佳境。两个小时的光景，他们吵了闹了，说了，懂了，也搂了抱了。当四周的人个个在撒野，他们的耳鬓厮磨也多了些不管不顾的味道，像是怀中的人儿多了些虚幻的美好，却又因为他就是他，她也就是她，而踏踏实实的。

所以，他们走出酒吧时，还在惯性的作用下勾肩搭背着，直到来到池仁的车子旁。

车子的挡风玻璃被人砸得龟裂，砖块留在车子旁，凶手自然早就逃之夭夭。收停车费的大妈一溜小跑跑来：“哎哟，我是抓住他了的，可他说，这是你们欠他的。喏，他把身份证押给我了，要不要报警，你们看着办。”

身份证是张什的，照片上的他还蓄着寸头。

“您就不怕这身份证是假的？”江百果一本正经。

大妈脸都白了。凶手跑了，线索断了，大便如海捞针，她上哪儿捞去？这凯迪拉克一块挡风玻璃的黑锅，她可真真背不动。

好在，江百果扑哧一笑："骗您的。"

喝了点儿酒，她也算是和活泼沾边儿了。

身为司机的池仁滴酒未沾，先放过了大妈："这儿没您的事了。"等大妈撒丫子跑了，他才对江百果不满，"好笑吗？"

江百果不得不收敛："这钱我替他赔给你。"

"你替他？你是他什么人？"

"也对，那我帮你好好敲他一笔。"

玩笑虽是接二连三地开着，但江百果心中有数：张什这一砸，代表的是他的后悔。还是那句话，怪别人总好过怪自己，所以，今天这大杂烩的始作俑者是池仁也好，是别人也罢，张什总得找个替死鬼。

而江百果更心中有数的是，张什的后悔，也就算给冉娜判了死刑。

他恨今天发生的一切。

如果可以，他希望今天的一切从未发生。

池仁打了通电话，将车子交给保险公司了事。江百果在酒精的作用下神采奕奕，提议走一走。湿滑的路面遍地流金，微冷的天气催人奋进，他握着她的手，揣进自己的风衣口袋里，没什么话可说，但沉默是另一种温存。

年末总是人心惶惶，又赶上一个接一个的节日，中西混杂，生熟不忌，也就到了无误沙龙怎一个忙字了得的时候。尤其是冉娜离职后，江百果嘴上不说，却实打实地焦头烂额。

自从张什吻了冉娜，冉娜照江百果说的，放了三天假。

但她没有像江百果说的暴饮暴食，或号啕大哭。

人们总爱把"做最坏的打算，尽最大的努力"挂在嘴边，但真能做到的人少之又少，不过，冉娜算一个。她想过这辈子她和张什是没戏了，也想过假如她能做张什的女人，哪怕就一天，第二天她就算死也死而无憾，那么，在张什给了她热烈到无与伦比的吻之后，第二天她还活着，对她而言，这比她"最坏的打算"好太多了。

可三天后，冉娜一走进无误沙龙，就赶上张什向江百果提出辞职。

冉娜连眼都不带眨的，便言之凿凿：“这么巧，我也找着下家了呢。”

张什都不带看冉娜一眼的：“你走？那我不走了。”而与其说他是不看，还不如说他是不敢看。

明眼人江百果心中有数，冉娜这是为了张什连饭碗都不要了。但男女之事，在不违法乱纪的前提下，你情我愿就是最大，谁也管不着，那么她也唯有点点头，随他们便了。

后来，冉娜以客人的身份，点了这阵子因魂不守舍、失误连连而人气大跌的Bernie老师，也就是张什，给她剪最后一次头发。而这也是张什第一次给冉娜剪头发，以往她也拜托过他，可都被他拒绝了。

张什握着冉娜的发梢：“剪到哪儿？”

“这儿。”冉娜笑盈盈地用手比了下耳垂。

女人也真是奇怪，总爱拿头发做文章，高兴了，管它们叫绕指柔，和它们同生共死；不高兴了，就管它们叫三千烦恼丝，与它们一刀两断。江百果不例外，冉娜不例外，谁也不例外。

张什全力以赴，最后给冉娜旧貌换了新颜，从正面看，有如一位柔中带刚的新时代女性，从侧面看，是国际范儿的流线型。无奈，他连她的侧面都不敢看，更不要说正面了，充其量也就看了看她后脖颈子上的三层白肉，不禁心酸。

所以说，对不起别人的人往往才是“假以时日”的受害者，那歉意挥之不去，让他们饱受折磨，偏偏他们又不值得同情。

就像对不起江百果的池仁。

就这样，那一晚，江百果看电视看到一半，没头没脑地扔给了池仁一句：“怎么办？我开始同情你了。”而当时，池仁在为江百果按摩小腿。他坐在沙发的一端，她平躺着，头在另一端，小腿搁在他的腿上。

池仁第一次摸到江百果的小腿，是在同居不久后的一次情不自禁中。虽说他早就目睹过她腿上的青筋，但摸上去的钢铁般的肿胀却是另一码事。说真的，他吓了一跳。

随即，江百果推开了他。

他知道，他被吓了一跳的画面没有逃过她的眼睛。

同样，她眼底的尴尬，也没有逃过他的眼睛。

转天，池仁买了一摞按摩以及和经络相关的书籍回来，端坐在沙发上，请江百果试试他现学现卖的手艺。见他一本正经，江百果别无他选，否则，反倒是她满脑子的不正经了。

从此，他们一发不可收拾。

毕竟心疼是一种习惯，被心疼是一种瘾，谁都戒不掉。

电视中播报着财经新闻。早在无误沙龙的一周年店庆上，在休息室里，江百果见过池仁对着这个频道，如今便每每默不作声地锁定了它。池仁觉得好笑，要知道，他要知道的讯息，从未，也绝不会在财经新闻中有迹可循，可他并不打算告诉江百果。他心安理得地接受她对他的陪伴。

“当我是从小被卖进府里的丫鬟了？”池仁不知道江百果这没头没脑的同情指的是什么，还当她说的是他伺候她一事。

江百果呵呵笑着，换了条腿，交到池仁手里：“将来……给你找个好人家就是了。”

这时，江百果灵光乍闪，几乎是一个鲤鱼打挺，坐直了身：“池仁，让我看看你的脚。”

池仁整个人一僵。

在他出发去往西雅图的前一夜，他以为他和江百果共度的良宵将是他和她的句号，便有今天没明天似的对她掏心掏肺，甚至连自己的弱点也一个个讲给她听，却不料……

“不要！”他小家子气地大喝一声。

江百果玩心大发，不由分说扑上去：“由不得你不要！”

池仁没料到江百果会有这一手，像是她任性的、孩子气的、神采飞扬的样子，他十五年前无幸得见，在过去的每一天也无从想象，却在今天得来全不费工夫。于是乎，他一个恍惚，就被她放倒在了沙发上。

江百果背对着池仁，骑坐在他的大腿上。

他分明赤着脚，而她乍一看，看不出什么端倪，便趴上去，细细端详。

池仁快要疯掉了，偏偏一时间泄了力，连坐都坐不起来。情急之下，他两手一伸，拽住江百果的一双脚踝，再用力一拉，令她整个人和他反方向地平趴在了他的身上。而她因为全力以赴，连一根根脚指头都紧绷着，他看在眼里，忍俊不禁。

而如此一来，他的秘密无疑也被她看在眼里，伴随她一声恍然大悟的“哇哦”，他认命地放弃了抵抗。

池仁右脚的第四根脚趾，有小半边被压在第三根脚趾下，虽说这不值一提，但三十一年来，他始终耿耿于怀。

江百果八爪鱼似的，在池仁的身上掉了个头：“很可爱啊。”

池仁头痛欲裂：“同情和很可爱，并称男人的两大耻辱。江百果，你双管齐下，算你狠。”

一时间，江百果忘了曲振文，忘了张什和冉娜，忘了新来的前台有多么呆头呆脑，她乐不可支：“不瞒你说，我还有更狠的。”

“放马过来吧。”池仁破罐子破摔。

江百果埋首在池仁的胸口：“我今天就睡这儿了。”

池仁失笑，胸腔即便被江百果大力镇压着，仍止不住隐隐起伏。说真的，这还是头一回，他和她有着肌肤之亲，哪怕她在他身上爬上爬下，他也坐怀不乱。大抵是因为今天的她俨然是个孩子，享受着他的伺候，还讨人厌地开着他的玩笑，甚至要无赖地赖在他身上，而她在少年老成后，还能返老还童，他心足矣。

就是这么个一目了然的道理。

他在失手害她少年老成后，还能宠她到返老还童，他心足矣。

辞旧迎新之际，致鑫集团继栽了个跟头之后，终于打了个漂亮的翻身仗。知情的人都知道，跟头是栽在池仁的手里，翻身仗也是池仁带头打的。但在不知情的人看来，池仁不过是为致鑫集团，以及曲振文尽了他应尽的绵薄之力。

至于曲振文，他在陪宋君鑫小别胜新婚，休了个假后，终于重返了第一线。

鉴于他死性不改，又屡屡拒绝了与池仁会面，池仁对他仍仅有远观的份儿。可即便是远观，池仁也不难看出，曲振文瘦了一圈。

在本部门乃至整个致鑫集团，池仁势头正猛，多少同僚嚷嚷着要他做东。他不推托，也不大张旗鼓，答应下来就是。

一天一夜的温泉之旅，池仁在出发前从江百果身后抱住她不放："没有你，我睡不着可怎么办？"

江百果默默将小臂举到池仁眼前，向他展示如雨后春笋般冒出来的鸡皮疙瘩。

池仁讨了个没趣："给我打电话。"

江百果爽快地答应下来，却因为池仁没有邀请她同行，而偷偷闹着独角戏一般的小别扭，尽管她周末根本脱不开身，也根本不热衷于应酬，但他盛情邀请同僚们携家属同行，却没有邀请她，哪怕是象征性的，这分明就是他的不对了。

更何况，七个小时后，也就是下午四点左右，当江百果穿过一片幽深的竹林，在不知为何惊起几只鸟后，目睹池仁左拥右抱地坐在茶香浴中时，她有了百分之百的把握，这……就是他的不对。

半封闭的亭院，其外天寒地冻，其中热气腾腾，人看人都隔着一层神秘的薄雾，相貌平平也让人不禁心生情愫。江百果蹲在胸口高的矮墙外，将池仁和那两个女人的对话尽收耳底。

她听他舞文弄墨，给她们讲述一年四季泡温泉的益处，白话和文言文切换自如。

她听她们向他八卦致鑫集团上不了台面的男盗女娼，真真假假。

她听她们试探他道："对啊，你怎么没把女朋友带来？"

而他轻描淡写地笑了笑："啊，还没到那个程度。"

就这样，先前还不知道何去何从的江百果找到了方向。她站直身，走向亭院的竹篱门。她本就是来找他的，早就更了衣，长发绾在脑后，白色浴袍一脱，里面是一件黑色连身泳衣，高开叉的剪裁和她冷冰冰的一张面孔，令她一登场就叫那两个女人不由得噤了声。

这本就是个小型汤池，仅能容纳五六个人的样子。池仁一行三人占据半边，江百果先用脚尖试了试水温，又旁若无人地撩了几捧水在身上，这才不慌不忙地下了池，独占另半边，一抬眼，对上池仁的目光。

池仁无疑大吃一惊，但别人若想从他的脸上捕捉到什么却是休想。

只听其中较为外放的一个女人对他窃窃私语：“我们不是把这儿包下来了吗？”

他像是不拘小节：“无所谓的。”

江百果不妄动，骨感的双臂搭上池沿，两眼一闭，不施粉黛的面孔微微仰着，像是连这个世界都不放在眼里，又何况对面区区三只蝼蚁。

其中较为内敛的一个女人坐不住了，借口说肚子饿，就要走。

“你们先去，等下餐厅见。”池仁从容归从容，但说真的，借他个胆子，他也不敢当着江百果的面拍拍屁股就走。

“一起吧。”那轻浮的女人还不识相。

这一次，池仁只说了三个字：“餐厅见。”

那二人有些云里雾里，走的时候一步三回头，女人的第六感告诉她们池仁和那个从天而降的女人之间并不简单，但从第一感到第五感，她们都不知道到底是哪里不简单。

江百果一直没睁眼，倒不是故弄玄虚，是真的有些光火，浸在这四十六度的热水里，分不出是谁烫了谁。她只听那两个女人不情不愿地离开，稍后，池仁还算客气地问了一句“还不走”，紧接着，矮墙后传来窸窸窣窣的动静，这才代表她们渐行渐远。

这时，他才向她靠过来，波澜壮阔，茶香四溢。

他将她尽显男儿气概的双臂收拢，再将她整个人揽进怀里：“你怎么来了？”

江百果终于睁开眼：“是惊喜还是抽查，你说了算。”

池仁言笑晏晏：“当然是惊喜。”

“离我远点儿。”

“就不。”

“环肥燕瘦，你还来者不拒了是不是？”

“喂，我可没碰她们一根手指头。”

江百果没压住音量：“你当我瞎吗？”

于是，在“家丑外扬”之前，池仁不得不下一剂猛药。他将江百果往他这厢一搂，即刻令她面对他跨坐到了他的大腿上。趁水花纷飞，她手忙脚乱地扶住他的肩头之际，他再用手掌罩住她的后腰，紧紧一收。而抛开他对她的摆布，该说的话，他一定要说：“我说没碰就没碰，要我发誓吗？”

刹那间，江百果乱了呼吸。

就像这水汽蒸腾的汤池是天寒地冻中唯一一次活命的机会，她身下的这个男人，也是千军万马中唯一一个能刺她一枪的劲敌。他说他没有。她明明亲眼所见，他却说那“亲眼所见”不过是她的妒火中烧。

“那‘还没到那个程度’，你又作何解释？那个程度是什么程度，而我们又是什么程度？”江百果气势尚存，尽管胸口闷得不像话。

她以为这是水压的缘故，低头一看，却发现这是因为她和他贴得严丝合缝。

而池仁不再笑闹：“如果我说公司里敌友难辨，我不想让他们知道我的弱点，更不想把你牵扯进来，你信不信？”

他没有邀请她同行，也不过就是这么个道理。

晚上六点半，温泉酒店的自助餐厅，池仁和他的同僚们欢聚一堂，江百果独自坐在角落里的一桌。或者说，她坚持独自坐在角落里的一桌。

池仁的顾虑浅显易懂，更何况，她又一点就通。

而她本打算不过夜就回去的，可池仁挽留了她，说晚餐过后，他的时间都是她的。江百果欣然接受。毕竟，他们虽同住在一个屋檐下，可她休息的时候，他往往早出晚归，而他休息的时候，她又每每忙得不可开交，难得与他把臂同游。

池仁穿了件白色套头针织衫和一条亚麻灰的长裤，头发没有打理，刘海儿垂下来遮住眉眼。这是他一贯的伎俩了，要么是一板一眼的白色衬衫，要么是温顺无害，而当真见过他狠绝模样的人，不是宿敌，便是挚爱，反正这些泛泛之交，是无缘得见的。

他沿着取餐台一路走下来，连水果都装了盘，摆明了是要速战速决。

来得早不如来得巧，之前那轻浮的女人来时赶上池仁身边有位置，便一屁股坐了下来。江百果一边下手剥着虾，一边见那女人多此一举地穿了双高跟鞋，两只脚在餐桌下既兴奋又忸怩地磨磨蹭蹭。

而池仁不知道对她说了句什么，之后便端着盘子换了个位置，一头扎进了一群男人的包围圈。

江百果失笑，埋着头轻吮了一下手指。

她知道，他是做给她看的。倘若她不来，他大可不必让人家下不来台，毕竟，连竹林深处的茶香浴都和人家一块儿泡了，光明大正地共进一餐，把酒言欢又有何妨？

典型的两面派……却深得她心。

对于一个人用餐，江百果持中立态度，她虽不介意别人对她的孤独报以同情和揣测，却也并不享受大庭广众之下的孤独。但今天不同，当她的全部注意力都放在池仁的身上，看穿人前的他谨言慎行，连吃饭都吃得充满戒备，她也就顾不得拿自己的孤独无病呻吟了。

她看穿她虽活得艰难，却好过他活得束缚。

而这令她心头一酸。

所谓因怜生爱往往站不住脚跟，可因爱生怜却是逃不掉的宿命。

江百果第二次取餐时，池仁端着半杯咖啡站到了她的身边，低声道：“这个不好吃。”

江百果看了他一眼，默默收了手，转战他处。

他尾随着她，又低声道：“我推荐你这个。”

江百果又看了他一眼，并接受了他的推荐：“你这是要公然表演搭讪吗？”

“这叫窈窕淑女，君子好逑。”

“那你要我怎么做？”

借由一根厅柱做掩护，池仁的手臂贴着江百果的手臂：“这话我问你才对。你一直盯着我看，你要我怎么做？”

眼看有人逼近，江百果掩着笑意默默走开，听闻来者与池仁寒暄，说这次真是叫他破费了云云。而池仁话锋一转，漫不经心地问及上个季度的报表……江百果听不真切了，却记得早在普吉岛的卡塔海滩，他就对她说过，他这个人，没有工作之余。

可如今他有了她，却未必了。

换句话说就是：不在她身边时，他当真没有工作之余。

MISS.JIANDAO

第33章

距离

重新落座后，江百果没再多看池仁一眼，不是不想看，相反，她想极了，可既然她帮不上他的忙，总不好再拖他的后腿，害他一心两用。可不料江百果不找麻烦，麻烦自己找上门来。

一个男人未经江百果允许，直接坐到了她的对面：“一个人吗？”

江百果从餐盘中抬起头，说来，池仁推荐给她的这一道鲑鱼煎饼真是令她停不了口。她礼貌地擦了擦嘴角，认出这外貌还算中等的男人刚刚分明和池仁同桌用餐。

江百果拿不准他的来意，含混地点点头，没说话。

“那等下要不要一起？出来玩，还不是图个热闹。”

平心而论，这男人的言谈举止并不惹人厌，还在江百果能接受的范围之内，但她当然还是拒绝了他：“不了，谢谢。”

“不喜欢热闹？那我们两个人也是OK的。”

江百果无奈地笑了笑，说他不惹人厌，是她太草率了。接着，他又凑向了她一分：“你盯着我看了好一会儿了，不是吗？”

江百果手一松，餐具落在桌子上，发出叮的一声，随之，她向后靠在了椅背上，陷入了两难。问题就在于，不知道这人对池仁而言是敌是友，若是敌，她打发了他就是；可若是友，她还得给他的自作多情找个台阶，请他慢慢下。

这时，池仁在江百果的余光中渐渐逼近，步伐虽大，却并不匆匆，也算给了江百果时间。

“你误会了。”江百果直截了当。

她有不祥的预感，池仁不像是来息事宁人的。

“呵，我可不这么想。”偏偏对方不见棺材不掉泪。

而池仁给江百果和那男人的时间就这么多了：“那你是怎么想的？”

那男人一抬头，意外归意外，脑子却也快，向池仁编排道：“你说巧不巧，遇上熟人了。”

江百果摸不透池仁的下一步，却下意识地连人带椅子向远处挪了挪。可惜，池仁一伸手，还是抚在了她的头顶，话却是对那男人说的：“那还真是巧，可你连她是我女朋友都不知道，看来你们也没有多熟。”

如此一来，那男人触电般站直身。他试探而来，但他往江百果对面一坐就觉得苗头不对，可仍觍着脸走到了这一步，结果……他这真是在太岁头上动土了。

好在，池仁没对他赶尽杀绝，转而，手落在江百果的肩头：“走吧。”

“去哪儿？”江百果偏过头轻轻问，仍有不祥的预感。

至此，江百果不禁开始后悔丢下无误沙龙来给池仁这自以为是的惊喜，都怪惊喜总是和冲动挂钩，都怪冲动就像是打碎的玻璃杯，热闹后，总不免乱七八糟。她抖了一下肩膀，想抖掉池仁的手，想会不会还有转圜的余地，想当作什么事都没有发生。

池仁却并不这么想，他甚至还在她肩头亲昵地一捏："去介绍你给他们认识。"

他握住她的手，带她站直了身。

越过池仁，江百果看到在他身后，他的同僚们正齐刷刷地对他们行着注目礼，也就是说，躲是躲不过了。重新掩藏到池仁身前，她扯下脑后的橡皮筋，用十指飞快地抓了抓头发，再度绑好，脑海中冒出不伦不类的一句"丑媳妇总得见公婆"。说来，这就是平常的爱情。

而她渴望的，也不过就是平常的爱情。

隔着五六桌的距离，池仁握着江百果的手走得很自然。而江百果穿了一套藏蓝色的丝绒运动衫，在餐厅的灯光下奇怪地熠熠生辉。

中途，她反手紧握了他一下："我脸上没有奇怪的东西吧？"

他停下脚步，转过头，锁定了她的下巴："都吃这儿来了。"

他抬手，用拇指帮她抹净。

江百果上半身往后微微一仰："过分了啊。"

池仁自省般点点头："好像是有点儿。"

其实这没什么大不了，藏就藏个密不透风，露就露个义无反顾，反正正反两面都是他对她的真心。

"我女朋友，江百果。"池仁介绍道。

同僚中绝大多数眉开眼笑，纷纷向江百果问好，人性本善，看多了钩心斗角，难得用美好的眼光看待郎才女貌。江百果话不多，但笑得彬彬有礼："叫我百果就行。"直到那自作多情的男人不识趣地追了上来："怎么才介绍？藏着掖着算怎么回事儿？"

他的调侃噌地点燃了池仁胸口的一把火，看来得饶人处且饶人有时候就是放虎归山。

江百果抢先池仁一步："都怪我太害羞了。"

池仁看向江百果，她轻轻倚着他，含羞带怯，却还是骗得了别人，骗不了他。可她还是浇熄了他胸口的那一把火。她不想让他把事情搞大，一如他最初不想让她蹚这浑水。她想帮他，一如他想保护她。

池仁不得不作罢："那我们先撤，你们慢慢吃。"

离开餐厅，池仁和江百果不约而同地笑了。或许这就叫谋事在人，成事在天，你努不努力是你的事，你想怎样或不想怎样也是你一厢情愿，而底牌总归要由命运掀开。

一如池仁本意是将江百果藏着掖着一辈子，到头来却抵不过一些突如其来的变化。好在，当他以为江百果是他的弱点，其实他错了。事实上，当他将她推到人前，他是有不安，更多的却是骄傲。那么，她又怎么会是他的弱点？她就是他的骄傲。

他以为他会怕得要死，其实他又错了。事实上，走到这一步，他反倒什么都不怕了。

成事在天，却更在于他和她。

至于江百果，她倒退着走在池仁的面前，步伐欢快得犹如脚下安了弹簧似的："真是没头儿了啊。"

"说来听听。"

"开心的事一件接一件，有时候总觉得到头了，可没想到还有更好的，更好的后面，还有更好的。"

眼看江百果在笔直的石子路上越走越歪，池仁挡了她一把："那现在呢？现在怎么想？"

"现在觉得明天会更好。"

池仁怦然心动。

这个瘦小的女人，从她还是个孩子时起，就屡屡在不经意间振奋他偶尔也会坚持不下去的心。而此时此刻，他不想拥抱她，也不想亲吻她，只想看她以这般乐观的姿态走在他前方的不远处。

然而，或许渺小的人类在命运面前还是该保有一颗惶恐的心，乐观个没头儿，也就乐极生悲了。

除夕夜，江百果一直在无误沙龙奋战到了最后。而当她以为她和池仁共度的第一个春节将在家常菜的香气和爆竹声中抹去她之前十五年的孤寂时，她打开家门，迎接她的却是凉锅冷灶，以及正在打电话的池仁。

说是正在打电话，电话那厢却始终无人接听。

换言之，杨智郴失联了。

面对踱来踱去的池仁，江百果试探道道：“大过年的，有要紧事？”

池仁心不在焉，隔了好一会儿才轻描淡写：“拜个年。”

“一年当中也就今天不用二十四小时待命，准是没听见。”江百果打开冰箱，虽将近七点了，但她还是将食材一样样摆出来，准备按计划大干一场。

“没听见？”池仁语气不友好，“从下午到现在，四个小时二十分钟了，没听见说得过去吗？”

江百果手头顿了顿，没说话，转身打开水龙头洗菜。她告诉自己池仁没有在发脾气，至少，他没有在对她发脾气，但或许是因为举国上下都在欢度佳节，她不免叹息一声。

看着江百果的背影，池仁知道他惹恼了她。此时将近七点了，他计算了杨智郴失联的时间，甚至精确到了几小时几分钟，却忘了他说他会亲自下厨。但眼下，还万万不是赔礼道歉的时候，他拨通了另一个人的电话。

江百果脑后没长眼，可愣是连水龙头都没关，就转回身道：“他不接，你打多少遍都没用。”

“我打给赵大允。”池仁侧过身，不再看江百果。

江百果在前襟上抹了抹手上的水，走向池仁，中途带落了台案上的一袋鸡蛋，在地上摔了个稀巴烂。她一把抢过池仁的手机：“赵大允也得过年。”

池仁和江百果相隔半臂的距离，四目相对，而二人的穿着双双漏洞百出。

池仁一整天窝在家里，蓬头垢面也就罢了，可他分明也为了过年而在白色衬衫外穿了件暗红色的鸡心领针织衫。他难得穿鲜艳的颜色，不是不适合，不过是因为之前的十五年师出无名。

但眼下，那白色衬衫的两襟一边掖在裤腰里，一边散在外面，而他浑然不觉。

江百果身上的淡粉色兔毛毛衣也是她为了过年新买的，虽说池仁不大喜欢她这些掉毛掉个没完没了的“兽皮”，可她喜欢。但眼下，前襟被她抹了水，伪劣的兔毛“拉帮结派”，她也浑然不觉。

池仁的手机被江百果握在手里，却没有挂断。

隔了好一会儿，赵大允的声音传来，终止了池仁和江百果无声的对峙。

“过年好！”赵大允声如洪钟，反倒将池仁和江百果这厢映衬得越发死气沉沉。

等不到池仁的回应，赵大允也有他的职业病，当即严阵以待：“池先生？”

池仁从江百果手里拿回手机，一开始，江百果还不松手，他也是用了点力气才做到。接着，他有样学样，对那厢的赵大允说了句“过年好”，便挂断了电话。而自始至终，他的目光就没从江百果的脸上挪开过。

他照她说的做了，让杨智郴过年，让赵大允过年，让举国上下都不管不顾地过这个破年。

但无疑，他在恼火。

“来吧。”池仁夸张地搓搓手，走向了厨房。

换言之，来吧，我们也来过年吧。

江百果也不是善茬，伸脚将池仁一绊，可惜，言语上却又被他抢先一步：“江百果，我妥协了。”

“你这是妥协吗？”江百果气势汹汹，“眼睛长到头顶上，拿鼻孔看人，从头到脚把胸脯拍得啪啪响，明摆着说道理你全有，不过是发扬风格罢了。表面上妥协，实则挑衅，小儿科，下三烂，不入流！”

池仁嗤笑一声：“所以，我还得做到表面上妥协，实则口服心服的程度吗？另外，你倒是教教我，什么叫从头到脚地拍胸脯？”

这时，今夜的第一朵烟花在窗外炸响。

江百果不由得缩了一下脖子，而池仁出于本能，一把将她拉入了怀中。

尽管他觉得一向理智的她，这一次太感情用事了。仗打到一半，哪来的什么年年有余？解决了曲振文，他们将来有的是花好月圆，何况只有解决了曲振文，他们才有将来可言。而这不是他们说好的吗？

与此同时，江百果也觉得一向感情用事的池仁这一次太理智了。他的终点是什么？是她，还是与曲振文决出胜负？一时间，她被他害得小肚鸡肠。假如他的终点是她，那此时此刻的良辰美景难道不值得好好珍惜？而假如不是她，他们这又是何苦来哉？

但那一刻，他还是将她拉入了怀中，而她的双臂也随之圈住了他的腰。

谁都知道这是出于爱情。

是爱情将他们的理智和感情用事混为一谈，令他们时而像自己，时而像对方，能为对方赴汤蹈火，却又偏偏从不认为错在自己。

同样地，谁都知道爱情也有它的力不从心。

它顶多藏污纳垢，却消化不掉哪怕小小的一粒灰尘，又何况矛盾之本。

于是乎，池仁在和江百果共进了晚餐，并迎来了新年的钟声后，便带上了证件和两件换洗衣物，离开了她。那时候，窗外的爆竹声才渐渐进入高潮。

池仁很庆幸这一次江百果没有再阻拦他。

他很庆幸她没有再做那伤人伤己的无用功。

相反，她把他送到玄关，心平气和地交代了一句："早点回来。"

如此一来，池仁心里反倒沉甸甸的："你这也是表面上的妥协吗？"

"我妥协就是妥协，哪来的那么多花花肠子。"

池仁轻笑，最后握了握江百果的手臂："这几天我会派人跟着你，不是我小题大做，是对你我真的不能出一点点的差错。我会让他们尽量不要干涉你，你也不要太有负担了。"

没来由地，江百果鼻子一酸，却打趣道："那我岂不是连红杏出墙的机会都没有了？"

送君千里，终须一别，而妥协到底还是有口服与心服之分。江百果从上风到下风，靠的无非是失而复得的理智。箭在弦上，池仁没有错，错的是她的置身事外。而从口服到心服，她凭的也不过是“担心”二字。他说不能让她出一点点的差错，她却只能任由他风雨飘摇。

那么，除了等他毫发无伤地回来，她还有什么好斤斤计较的？

另一厢，池仁和赵大允连夜驱车前往太原。

在此之前，池仁查到这是杨智郴在举家定居北京后，十年来第一次回老家太原过年。至于消息是否确凿，在他亲眼所见之前，暂时还要打个问号。

车子行驶在京港澳高速上，驾车的池仁将丑话说在前头：“你会不会也觉得我这次太过敏感了？”

“我相信池先生的嗅觉。”赵大允毫不犹豫。

“嗅觉？”池仁瞥了赵大允一眼，“听上去有点像……狗。”

赵大允忙不迭改口：“我相信池先生的判断。”

“可这次，我但愿我是错的。”

稍后，除夕夜的京港澳高速上空旷得即便是心事重重的池仁也微微打了盹。赵大允说换他来驾车，池仁却在瞠了瞠眼后，找了个话题：“给我拜年的时候，你好像有什么好事儿。”

赵大允心服口服：“哇，要不说您嗅觉……不是，是鼻子真灵呢。”

“听上去还是像狗。”池仁无可奈何道。

赵大允却顾不上那么多了，不管主仆之分，也不论新仇旧恨，像是一瓶被摇晃了整晚的碳酸饮料，要压，倒也能压得住，可一旦给了他可乘之机，他不吐不快：“那会儿，我和唐小姐在吃饭。”

池仁点点头了事，连个象声词都没有。

不说这是一盆冷水，至少也有如一盘散沙倒下去，却仍浇不灭赵大允的热情。他还是绘声绘色地讲述了他和唐茹的进展。

自从上一次唐茹和赵大允来了个脸对脸，不管她是不是装的，总之她没认出他来，他就再也没在她面前露过面。但神出鬼没地去看看她，是他常做的事儿，所以，他知道她从那个便宜的旅馆搬到了另一个更便宜的旅馆。

他知道她偷偷回过家。

而在她十八岁那年和她断绝了关系的父母有了他们的第二个孩子，是个男孩儿，今年刚满六岁。而她也没在他们面前露面，不喜不悲地掉头就走。

他知道，她仍自称在校大学生，找了份家教的差事，给一个五年级的小祖宗补习英语。

他也知道好景不长，很快她就被那家的女主人开除了，至于原因，俗不可耐。而当她问心无愧的时候，那男主人却连个屁都不敢放。赵大允知道，这一次错一定不在唐茹，他知道她坏，更知道她才不屑于为那样一个微不足道的男人坏。

除夕夜，赵大允免不了要去看看唐茹，却正赶上她和旅馆的清洁人员吵翻了天。她指着鼻子骂人家偷了她的东西，人家也脸红脖子粗，信誓旦旦道："我偷点什么不好，偷它？熬汤都嫌不够浓呢！"

而这个"它"，指的是昔日赵大允代表池仁买给唐茹的那只巴西红耳龟。唐茹从池仁的隔壁被赶出来时，什么都没带，独独带了它。

唐茹一眼就锁定了角落里的赵大允，却连称呼都没有："如意不见了！"

如意，这是赵大允给那只巴西红耳龟起的名字。

他随口起的名字，她沿用至今。

赵大允愣了好一会儿，摸不透唐茹是不是从他第一次来找她就认出了他，又是不是一直知道他在"监视"她，否则，她这算什么？见多识广，还是粗枝大叶？而她见他一动不动，径直冲过去："你发什么呆呢？我说如意不见了！"

清洁人员趁机走开："反正不关我的事！"

"都仔细找过了吗？"赵大允清了清喉咙，尽量让音色不那么奇怪。

唐茹一溜小跑回到房间："就这么巴掌大的地方，我还得挖地三尺？"

就这样，赵大允想都没想过他有生之年还能再走进唐茹的房间，可这一天就这么不期而至了。再破旧不过的房间，因为堆满了唐茹的用品和衣物，虽凌乱，却五彩斑斓，覆盖在霉味之上的，则是女孩子独有的香气。

而最后，如意被赵大允从床底下搜救了出来。

唐茹如释重负，像是大过年的，有了那小畜生，她也就算阖家团圆了。

为聊表感谢，唐茹留赵大允吃了顿饭，她打包回来的四个菜，本想着是一个人的饕餮盛宴，两个人吃却刚刚好。电视开着，唐茹目不转睛，摆明了懒得废话。赵大允由着她，默不作声，直到她问他："你不用陪你爸妈吗？"

"不急。"

"不孝。"

赵大允忙不迭辩解："被他们惯的。"

唐茹没有了下文。赵大允知道他说错了话，可问题是，这话题本就是个禁区，怕是怎么说怎么错。好在，唐茹此后频频被电视中的歌舞逗笑，他也就怎么看她，怎么看不够似的。

车子从京港澳高速驶上京昆高速，池仁就问了赵大允一句话："曲振文说要告她诈骗，是光说不练？"

这时，赵大允的热情才终于被浇灭，他挺了挺脊背，正色答道："池先生还在怪她？"

"我好奇的是曲振文。"

换言之，他根本不将唐茹放在眼里了。

赵大允不免尴尬："是，那边没再为难她。"

而良久的沉默后，池仁主动示好道："我不怪她了。"——看在你赵大允的情面上。

在连续行驶了六个半小时后，池仁在大年初一一切喧闹归于宁静的清晨，找到了他要找的答案——杨智郴根本没回太原。尽管他宁愿他是错的，但赵大允说得对，他的鼻子比狗还要灵。

随便找了家酒店歇脚，池仁却了无睡意，致电了江百果。

江百果几乎是立即就接通了电话："这才几点？连个懒觉都不让我睡。"

池仁半张脸孔埋在枕头里，连笑声都有些闷闷的：“管他几点，该打也得打。”

“还是找不到人？”江百果屈膝坐在沙发上，电视开了整夜，有晚会循环播放。

“嗯，所以说……是出事了没错。”

“那……要抱抱吗？”

池仁翻了个身：“担心我？可最困难的时候都过去了，就算这结果不是我要的，也好过没有结果。”

“那就好。”

“一直没睡吗？”池仁心中有数。

江百果在沙发上躺倒下去，将双腿搭上靠背：“一想到门外有八个彪形大汉，个个都在想着我……”

池仁一下子坐起来，脊背慵懒地佝偻着，伸手抓了抓脑后，不禁也没心没肺地笑起来：“没有那么多。”

“那四个总有了吧？”

“再多一点点。”

“嗯，一想到他们刀刻般的下颌骨线条，和黑西装下的王字形腹肌……”

池仁忍不住又将江百果打断：“那恐怕要让你失望了。让我想想……他们好像只有一脸横肉和稳扎稳打的下盘。”

江百果也笑起来，却也及时地收敛：“池仁啊，你知道我不是在强颜欢笑，对吧？”

一直以来，他们都习惯了伪装，像是好的都是做给别人看的，坏的通通留给自己；像是为了别人而活，一提及“强颜欢笑”像是多伪善，多多余，多自讨苦吃似的。可久而久之他们才知道，倘若不那么做，他们早就坚持不下去了。

笑一个小时，哭也六十分钟，时间在越无情的当口，越公平。

池仁笃定道：“我知道，我当然知道。”

此后的七天，也就是从大年初二到大年初八，池仁和江百果一直保持着电话联络。江百果知道池仁和赵大允顺藤摸瓜，不辞劳苦，辗转多地，也知道他们频频扑空，处处碰壁，却不知道早在大年初五那天，池仁就回了北京。

这是后话了。

而最先要说的是，或许是因为距离产生美，二人连日来的远距离恋爱还算可圈可点，算是某种程度上的忆苦思甜。江百果始终不忘她和池仁尚未开始就选择结束时，他坚持不懈地发给她的三十六条信息。

在第二十九条信息中，他是这样说的：一整天就吃了这个所谓的商务精英套餐，难吃指数十。

信息下附带着一张照片，三菜一汤的套餐，竹制的餐盒精美绝伦，可菜色一看就让人倒尽胃口，标准的金玉其表，败絮其中。除此之外，池仁拿着筷子的右手也上镜了，不知道他是不是拗了造型，总之那五指迷人至极。

就这样，在大年初二的中午，江百果效仿着那一条信息，主动联络了池仁。她是这样说的：眼大肚小，浪费指数八。

信息下同样附带着一张照片，外卖的炸鸡，色香味俱全，却剩下了一大半，除此之外，还有江百果油腻腻的右手五指。而这张照片是江百果千挑万选选出来的，即便如此，她也仅给她的V字型手势打六十分。

十分钟后，池仁回复了江百果，并稳准狠地抓住了重点：看来当时我也不算自说自话？

江百果顾左右而言他：吃饭了没？

随后，池仁礼尚往来般发来一张照片，在高速路的休息站，他和赵大允一人一碗泡面。

——想看看你。

江百果又这样回复道。

如此一来，也就有了以下的场景：在偏远到几乎鸟不拉屎的休息站里，池仁上下左右地寻找着自拍的角度。对面的赵大允看不下去，将手机抢过来，对着池仁就是一阵扫射似的拍。无奈，池仁过后看一张删一张，接着又开始自拍。

最后，在江百果收到的照片中，池仁的面孔呈四十五度角，目光直勾勾的，似笑非笑。江百果笑倒在沙发上，致电了池仁：“你样子好怪。”

池仁不无沮丧：“唉，赵大允建议我别选那张，我没信他。”

赵大允的插嘴声隐隐传来：“叫你不信我……”

开了个好头，此后的几天，池仁和江百果再接再厉。除了日常的鸡毛蒜皮，池仁自拍的技艺也有了显著的进步，登峰造极的一张照片是在熙熙攘攘的街头，他仅露出三分之二的面孔，像是误闯进画面的路人，却又是当之无愧的主角。江百果对着照片连连点头：这孩子真是出息了呢！

直到大年初八，江百果在一家银行偶遇了池仁，而当时，她以为他身处安徽境内。

连日来，为了避免不必要的事端，江百果一直足不出户，直到不得不去办理些无误沙龙的财务事项。附近的银行人满为患，她舍近求远，去了离得远的另一家分行，人却丝毫不比第一家少。而她取了号，连个座位都没有，站在角落里闲得慌，还寻思着这人头攒动的人群中有没有池仁说的“一脸横肉”的自己人。

这时，池仁走了进来。

而他一踏进来，一名西装革履的客户经理就笑脸相迎，将他径直带向了大客户室。江百果来不及反应，就让他如同到了嘴的鸭子，又飞了。

等她再姗姗地跟过去，无疑又被保安拦了下来。

此后，江百果抢占了保安的位置，守着要道，让人家全无立足之地。不过不经意间的一眼，她竟记住了池仁穿着黑色西裤和深灰色的羊绒大衣，情绪谈不上喜怒，气色也谈不上好坏。而假如说这都不足为道，她竟也记住了他脚下一双黑色牛津鞋虽和他原有的大同小异，却是她见所未见的，大抵是新买的。

柜台的叫号声此起彼伏，江百果看了一眼手中的字条，还差六个人就轮到她了。她有些憋闷，耳边传来螺号般的嗡鸣，令她一时间怀疑起了时间和空间的合理性，以及事件的真实性。

银行对大客户的办事效率令人欣慰，才十几分钟光景，池仁就在那客户经理的陪同下，从哪里进去，又从哪里出来了。

对于江百果的在场，池仁自然也是意外的。但这么多年来，他无数次怕过，意外过，不知道怎么办过，也就练就了不动声色的看家本领。他看了一眼江百果手中的字条："还没排到？"

接着，他转向客户经理。

对方也是机灵人，这就要带路："这边请。"

江百果被动地跟了两步，一回头，看池仁没有跟上来，反倒说走就要走似的，就原路折了回去："什么时候回来的？"她不是兴师问罪，是不能不问。

"前两天。"

见江百果不说话，池仁补充道："没骗你。"

"还有事要忙？"江百果看得出，他的情绪当真谈不上喜怒，但气色并不好。

池仁供认不讳："是，所以就不陪你了。"

江百果明理地点点头："我等你电话。"

池仁看了一眼斜上方的电子钟，抬手想碰碰江百果，一时间却又不知道碰哪里才好，手在半空中悬了两三秒。江百果急性子地"啧"了一声，握住他的手："还不快去？回来我再找你算账。"就这样，二人的最后一个画面，定格在友谊天长地久式的握手上。

池仁转身离开，他的确是在赶时间。

江百果目送他三级台阶一步跨下去，车子就停在路边，他钻上去，绝尘而去，都没有再打开车窗挥挥手。柜台的叫号声传来，轮到了江百果。她对那客户经理道了声谢谢，走向了面向人民大众的窗口。一来，她想池仁当下的处境怕是不乐观，那么，哪怕是个加塞的人情，还是能不欠就不欠为好。

再者，她也想，他回来北京两天了，无声无息，要不是冤家路窄，她还不知道要被蒙在鼓里多久。这笔账她不能不算。

那么，算账在即，他的小恩小惠她不受也罢。

大年初八的北京，虽说是工作日了，仍带着股刚刚苏醒后的慵懒，交通并不算拥堵。池仁在板了良久的面孔后，到底是发出一声叹息。他知道，虽然他尽力了，却还是把一切都搞砸了。

杨智郴举家人间蒸发，他排除万难，令真相渐渐浮出水面，可这一次，他似乎未必能兵来将挡，水来土掩。这破天荒地令他不安。

因此，在他和江百果每一次甜蜜的鸿雁传书背后，甚至在他每一张独具匠心的自拍照背后，无疑都是他的尽力。

大年初五那天，江百果在电话中随口问他人在哪里，他刚刚通过进京的收费站，一念之差，撒了谎。

他撒谎的理由虽简单，却不足以令人信服——他暂时还脱不开身。

回了这座纷纷扰扰的城市，这杀人于无形的战场，这刻骨铭心的温床，却无法在第一时间飞奔到她的身旁，这令他难以启齿。

明日复明日，池仁连轴转了四十八个小时，越来越接近的真相是杨智郴已经或即将将股份转让给曲振文，这也就意味着杨智郴已经或即将退出致鑫集团的舞台，进而也就意味着，池仁跋涉了数年的这条漫漫长路，怕是塌陷在了最后一步。

偏偏这时，江百果从天而降。

她像个懂事的孩子，穿着牛仔裤和黑色羽绒服，戴带了围巾和毛线帽，丝毫不招摇，肯定是想着赶紧办完了事回家。

她肯定也万万没想到会和他狭路相逢。

而他赶着去和赵大允会合，不得不扔下她就走。

池仁左拳重重地捶在车窗上，他恨透了语言的苍白无力。三两分钟的时间，他能对她说什么？说他是怕她担心才没告诉她，说他还是斗不过那只老狐狸，还是说，这不是一句两句能说得清的？所以他索性什么都没说，扔下她就走。

倘若能把心掏出来给她看看就好了，他可以一秒钟搞定。

严重的睡眠不足令池仁停在红灯前时，意识有些涣散。随之，他脑海中冒出了一个荒唐的假想：江百果满腹委屈，哭倒在那客户经理的怀中，从此，二人日久生情。男人嘛，本就该在女人遇到困难的时候随叫随到。而女人嘛，本就该找个随叫随到的男人。

那才叫值得信赖。

红灯变成了绿灯，池仁踩下油门，车子像离弦的箭般冲了出去。

他自寻烦恼，又能怪谁？人家江百果和那客户经理，分明清白到冷漠。

MISS.JIANDAO

第34章

最平凡

正月的无误沙龙，随着整个行业进入淡季，要到正月十一才恢复营业。江百果从银行办完事出来，去了趟超市，买了些吃火锅的食材，这才提着大包小包回了家。

下午五点，江百果将食材一一摆上桌。之前一直被弃用的餐桌在池仁入住后，早就恢复了使用，此时上面荤素齐全，大盘小碟摆了个满满当当。江百果知道，今晚池仁一定会回来。

接着，她等了他四个小时。直到晚上九点，当池仁自行用钥匙打开门时，江百果在心中欢呼了一声，毕竟自己和自己打的赌大获全胜。

她的判断是对的。无论几点，他回来了，她就是对的。

“吃火锅？”这是池仁随机应变的开场白。

“嗯，想吃了。”江百果走到餐桌旁，扭开锅子的开关。用不了三两分钟，一池死水就汩汩地沸腾了起来。而她说“想吃了”是骗人的，选择火锅无非是为了等人，因为无论那个人几点回来，各种配菜都可随时下锅。

池仁脱了大衣，坐到江百果对面。

“还要走？”

“嗯？不走。”

“那不换衣服？”

“换，这就换。”池仁连椅子都没焐热，又匆匆站直身。

江百果占据主动，至少还笑得出来：“喂，你不会是在紧张吧？”

池仁走到一半停下来：“是，我是在紧张。”

江百果走向池仁，直接投入他的怀抱：“快省省吧。你不说我也知道，你事情办得并不顺利，你没告诉我是怕我担心，你有你的理由。就算事与愿违，至少你是为了我好。池仁啊，你不说，我也知道。”

池仁将下巴搁在江百果的头顶：“这就是你说的找我算账？”

“我们先吃饭。”江百果小猫小狗似的，一张脸在池仁的胸前蹭了又蹭。

“脏，我好几天没换衣服了。”池仁扶住江百果的双肩，往后退。

江百果揉揉鼻子，却是红了眼睛：“快，换了衣服洗把脸，我们先吃饭。”

池仁因睡眠不足而昏沉的脑子越发不清明，以至于他一时间无法分辨，江百果的言外之意会不会是：我们先吃饭，后算账。

他换了身居家的衣服，残留的洗衣液的味道和刚刚江百果一阵风似的扑上来时的味道一模一样。之前，每当他从洗衣机中抱出一大团衣服，看见里面有他的，也有她的，裤腿和袖管都搅在一起，他都会觉得这才叫作一家人。

之后，他洗了把脸，双手撑在水池沿上看着镜子中的自己。他该谢谢江百果吗？她像个消防员似的，三下五除二就扑灭了他的紧张，随之而来的是冷静，是连他自己都觉得可怕的冷静。无论江百果还要不要找他算账，又或是还有什么撒手锏，他挨下就是了，反倒是谁先开口，要不要女士优先，是他面临的难题。

总之，等吃了饭，他也有话要对她说。

等池仁再坐回到江百果的对面时，江百果刚好从沸腾的锅中夹上第一片羊肉。她将羊肉蘸了调料，喂到他嘴边，可等他张了嘴，她又贼兮兮地收回手来，送进了自己嘴里。池仁哭笑不得：“我认识的那个成熟稳重的江百果去哪儿了？”

“这不就在这儿。”江百果夹上第二片，这一次，真的送进了池仁的嘴里。

气氛不合时宜地转好，令池仁不由得有了一丝丝的松懈。而江百果把握机会，或者也可以说是犯规，她不等吃完饭，甚至这才塞了条牙缝，就将底牌明晃晃地亮了出来。她说道：“你安排给我的保镖们，是不是可以光荣下岗了？我觉得，曲振文没打算动我。”

池仁刚拿上筷子，又缓缓放了回去。

她的下文，他还真的猜不透。

“而你有没有想过，这是为什么？”江百果在铺垫后，丢出了她沉甸甸的疑问。

池仁直勾勾地盯着火锅，不是饿，是绞尽脑汁。但在良久的一动不动后，江百果不得不怀疑他的魂儿会不会当真被这锅琳琅满目的食材勾了去。毕竟今天的食材，她可样样都挑的是物美价高的佼佼者，那势必非同寻常。

就这样，她又将一勺虾滑送到了池仁的嘴边。

池仁被动地吞进去，给了江百果答案：“他不是没打算动你，是不敢。”

江百果按自己的节奏一口接一口吃着：“他不敢？池仁，你好大的口气。”

池仁却一直顾不上动筷子：“那你有何高见？”

“高见算不上，备选答案倒是有两个。”江百果这一口咽得急，呛得直咳嗽，也算是稍稍破了功。

当下，她自认为她心如明镜，但这也不过就是在和池仁不期而遇后，她在这大半天里好好做的功课。至于前几天，她还不就是大剌剌地谈着远距离的恋爱？直到今天，且不论池仁不可告人的行踪，她至少知道了大事不妙，而这不妙的局面，无疑是因为曲振文控制了杨智郴的家人，进而控制了杨智郴所致。

换言之，曲振文放着她这个池仁的弱点不动，反倒兜了个圈子，拿杨智郴开刀，这合不合情理，她不禁要打个问号。

“还不止一个？说来听听。”池仁说道。

“一，或许知子莫若父，他知道，我根本算不上你的弱点，郴叔会为了他的妻小放弃一切，甚至做叛徒，你……却未必。”说着，江百果又将一筷子百叶送到了池仁的嘴边。

他的筷子分明就在他手边，可他偏偏没长手似的，饭来张口。

可这一次，池仁却挥开了江百果的手：“你这话我听不懂。”

鲜嫩的百叶掉在了桌沿上，一半悬空。

“你听得懂，不承认罢了。”

“不是我不承认，是这太荒唐了。”

“那要听听B选项吗？”江百果将一盘子鱼丸倒进锅里，汤底溅在手上，让她猛地缩手。

池仁笃定道：“反正不可能比A更荒唐了。”

江百果扭大了锅子的火力按钮：“B选项是，或许曲振文根本没有你认为的心狠手辣。你看，十五年过去了，你这不是还好端端地坐在这儿吗？他没有把你扼杀在摇篮里，我也没有被你连累，反倒过得美滋滋的，心宽体胖……”

这一次，池仁连话都没让江百果说完，便拍案而起：“这还真是更荒唐了！”

四目相对，不要说交谈了，两人连呼吸都屏住了，于是，一锅汤底从咝咝酝酿，到咕嘟咕嘟沸腾的过程清晰可闻，圆润的鱼丸也随之变得欢蹦乱跳。池仁双拳紧握，总觉得幸好这也就是她江百果了，换了别人，换了其他任何一个人，这桌子，他是不可能不掀的。

曲振文不心狠手辣？

那么，姚曼安的死算什么？是恰巧，是遗憾，还是死不足惜？

那么，他池仁十五年来的仇恨又算什么？是小心眼，是夸大其词，还是吃饱了撑的没事儿干？

至今，知道姚曼安死于自杀的人寥寥无几，而当时一个风光无限的大活人就那么香消玉殒了，对外总得有个说得过去的说法，就这样，她死于了胰腺癌。曲振文对十六岁的池仁说，这么说对大家都好，包括对死者。

池仁没有反对。姚曼安是个多要面子的人，他不是不知道。

更甚的是，这仿佛合情合理。毕竟在一个月前，姚曼安因为腹痛和消瘦去了医院，随后，被确诊为了胰腺癌。而这近乎完美的铺垫，也促成曲振文近乎完美的谋杀。

父母的貌合神离，池仁从懂事起就能隐隐约约地察觉到，但鉴于曲振文根本不大露面，以及姚曼安的修养，年复一年倒也光阴似箭。池仁具体也不记得他是怎么知道宋君鑫的存在的了，反正从某一个起点开始，宋君鑫在池家就根本算不上秘密了。甚至，姚曼安还有提过，想请宋君鑫来家里吃顿饭，坐一坐，聊聊天。

即便还是个孩子，池仁也知道姚曼安对曲振文的忍让达到了不可理喻的地步。可姚曼安仍头头是道，她说爱一个人，就该像她这么全心全意，以至于池仁即便不信、不甘、不愿，也难免在半信半疑中耳濡目染，也就有了后来那个感情用事的他。

在姚曼安死后的一段时间里，池仁还做过这样那样的假设。比如，如果姚曼安能长命百岁，或许她真的可以和曲振文白头偕老，那么，如果她自认为值了，也就值了。

可惜，在被确诊为胰腺癌后，姚曼安的生命就剩下了最后六个月。尽管长久以来，她将她和曲振文共度的每一分每一秒都视若珍宝，但那最后六个月，她却不稀罕了。

而这无非是因为，她不想难看地死在他面前。

就这样，她“感情用事”地、难看地死在了池仁的面前。对了，还要算上一个自投罗网的江百果。

至此，池仁仍毫无异议。

直到在姚曼安的遗嘱中，她就像没他这个孩子似的，将她的一切通通留给了曲振文。

十六岁的池仁不在乎钱，但他在乎姚曼安。

更何况，他也要活下去。

那是他第一次调查曲振文。在此之前，他虽对曲振文的背叛深恶痛绝，但也仅此而已。而调查的结果远远比池仁怀疑的离奇，遗嘱的真假先放在一边，浮出水面的事实是姚曼安身患的并非胰腺癌，而不过是胰腺炎罢了。是曲振文一手遮天，把白的写成了黑的，对的写成了错的，生的写成了死的。

事实上，姚曼安本来还真有长命百岁的机会。

一锅的汤底不知道去了哪里，胀大的鱼丸在锅底像搁浅的海洋生物。这是池仁第一次将姚曼安的死因讲给别人听，可话说回来，江百果又怎能算是“别人”？之前她不问，无非是怕他悲从中来，而他不说，也无非是要等一个契机。

如今他终于等来了。

池仁总结陈词：“江百果，你来告诉我，是不是只有他亲手把她推下楼，才算凶手？才算心狠手辣？”

火锅中升腾出丝丝的焦煳味，江百果忙不迭切断了电源：“对不起。”

对不起。

这三个字被用在以上场合，总不免有一种心不甘情不愿的牵强。明明不是我的错，明明是那些无情无义之人的罪过，却偏偏要由我来认错，就因为我略有耳闻。

于是乎，那些把这三个字说得心甘情愿的，无疑是真的心疼对方。

比如江百果。

父亲谋杀了母亲，这一道晴天霹雳像是继十五年前劈了池仁之后，在今天，以一模一样的姿态劈了江百果。十五年前他有多难过，今天，她就有多难过。所谓真的心疼对方，便是指感同身受，不差毫厘。

池仁烧了一壶水，浇进干涸的锅里，像是给这火锅缓缓地重新注入了生命。

能卸下又一个包袱，对他而言，终归是一件好事。

他甚至因此感到肚子饿了。

这时，江百果又煞风景："也就是说，B选项是不成立的。"她对他的心疼如假包换，但除此之外，她不能就此作罢。

在这个把钟头里，池仁从惴惴不安到狐疑，到愤恨，再到宣泄后的无力，整个人像是被掏空了似的："A选项……是什么来着？"

江百果一张嘴，愣是没发出声来。

好在，池仁接上了那一根断掉的弦："哦，对了，你说我不爱你。"

就是这么回事儿令江百果羞于启齿。

"我说的是……你没有你以为的在乎我。"她又换了种说法。

"百果，你这就像是问我，你和我妈同时掉进水里，我会先救谁一样无聊。"

"不，我问的是有把刀插在我的肚子上，你拔出来就能捅曲振文，可拔出来，我就会死。你是拔，还是不拔？"

汤底又沸腾起来，用美食家的话说，那香气愈加有了层次感，可话说到了这个份儿上，池仁又被剥夺了动筷子的权利。他按捺着，对江百果好言好语："百果，你怎么能问出这种问题？"

"我怎么就不能问出这种问题？"

池仁终于是动了筷子："你这是近墨者黑吗？理智离你而去了？"

他随手一捞，也不知道杂七杂八地捞了些什么，放进嘴里，囫囵一吞，食管却像个无底洞似的，食物下去就下去了，什么也没发生过一样。

"你先回答我的问题。"

池仁心乱如麻："什么问题来着……"

这一次，换江百果拍案而起了："池仁，你以为我在开玩笑吗？"

池仁仰视江百果："百果，你胡闹也要挑挑时候。今天，就今天，我拜托你找回你的理智。"他一声声叫着她的名字，煞费苦心。

不料，这对江百果而言却是火上浇油。

她在桌上扫视了一圈，仅凭最后一丝丝理智，没有掀掉要人命的火锅，而是选择了一盘最无伤大雅的娃娃菜，挥落到地上："别再跟我提理智，理智是我的挡箭牌，不是你的！"

说完，江百果夺门而出。

她倒不是非走不可，但留下来的话，吵是吵定了，口不择言也是保不齐的，一怒之下说出来的话给他造成的伤害，哪怕只有针扎的孔那么大，也不是吹一吹就能消失的。池仁说理智离她而去了，屁话，她一走了之，将星星之火扑灭在燎原之前，这不是她的理智又是什么？

但理智，不代表她不渴望他的爱。

说穿了，她不在乎银行将芸芸众生分出高低贵贱，也不在乎一样是鱼丸，精装的比散装的贵上三倍不止，她饶恕了池仁不可告人的行踪，甚至对曲振文和姚曼安的孽缘也可以就当个故事随便听听，但池仁的爱，是她渴望的。

"救我还是救你妈"，这问题在江百果看来，确实是荒唐中的荒唐。

但"救我还是捅你爸"，这问题在江百果看来，答案就一个。

无奈，池仁却久久顾左右而言他。

要知道，假如他毫不犹豫地选择她，她势必会毫不犹豫地选择将那把刀从自己的肚子上拔出来，为了他，捅向曲振文。有时候，她不信命运都不行。早在十五年前，她就无条件地站在他的身边。而她和命运殊死搏斗了十五年的结果，也无非就是多了个"条件"——只要他在乎她，她就会继续站在他的身边，为他做她能做的一切。

只要他在乎她。

他却连那一道送分题都白白空在那里。

要知道，有时候她也不过就是个陷在爱情里的女人。

承受了那么多，她要的，其实并不多。

至于池仁，尽管他脑子里一锅粥似的，双腿也灌了铅似的，但江百果他万万不能不追。可惜，他第一步就踏在了一片娃娃菜上，在整个人扑倒在地上前，又扒翻了一盘豆腐，终于扑倒在地。再等他追出去时，江百果所乘的电梯都下到八楼了。

池仁冲进楼梯间，下意识地碎碎念着："多冷的天，也不说拿外套，还穿着拖鞋，真是一点儿也不让人省心……”

再等池仁冲进了那“多冷的天”，江百果却连影子都没了。

地面上残留着三天前的积雪，却远远不足以供池仁追踪江百果的足迹。他向右追了几步，又倒回来，再向左追了几步，这一刻，他竟发现他一点都不了解她，以至于四面八方，分明哪里都没有她，又像是哪里都有她。

更甚的是，他竟发现，他根本不知道她在气什么！

一整晚下来，她三句话里有两句半是在冤枉他，他还没气，她反倒恶人先告状！池仁乘电梯上楼，丝毫不将另一名乘客放在眼里，仍在碎碎念着：“那我和你爸同时掉进水里，你又会先救谁？”

另一名乘客无所适从。

第二锅锅底也烧干了，好在池仁及时回来，否则他们还真要玉石俱焚。所以说，火锅是等人时的最佳选择，却并不适合算账。

解除了安全隐患，池仁攥着江百果的手机踱来踱去，嘴巴仍停不下来：“手机也不带，算你厉害。”

至此，他气急攻心，根本忘了他还没有撤回他安排在江百果身边的人。

换言之，江百果根本丢不了。

而等池仁想起这事时，半小时都过去了。当时，他一边收拾着残羹剩饭，一边翻来覆去地回忆他和江百果的对话，只是怎么找也找不到问题所在，却终于想起来他有的是眼线。就这样，他当即一通电话拨过去。

“是，我们是在跟着江小姐。”对方尽忠职守。

池仁蛮不讲理：“那怎么才跟我说？”

对方好不委屈。

小两口明摆着是闹别扭，他们又哪敢插手？

人找着了，池仁也就沉住了气，打开衣柜后，还慢条斯理地比对了几身衣服，终于还是选择了最保险的白色衬衫，最后，又抓了抓头发，这才带上了江百果的外套和鞋子，雄赳赳气昂昂地出发了。

而他的目的地，是五百米开外的一家火锅店。

据报，江百果在那儿又点了一桌子的菜。

池仁在路上花了三分钟，之后隔着油腻的玻璃窗一看江百果仍仅着一件薄绒衫，当即又拿他的眼线撒气："不是让你们把外套给她吗？"

对方又好不委屈："江小姐说什么也不要。"

池仁推开门，上好的蓝灰色格子羊绒大衣透着一股贵气，和四周的羊膻味虽同是羊……却格格不入。他在众人却独独不包括江百果在内的注视下走向江百果，直接蹲下身，给她换了鞋："拒绝其他男人送温暖，这点还是值得肯定的。"

换好了鞋，他又将她的外套披在她身上，这才坐到她对面。

这个时间了，整家店算上他和她在内也不过就两桌客人，另一桌刚刚还喊了买单。看江百果点了一桌子和家中没什么两样的菜，池仁余怒尚存："你让我说你什么好！"

任性两个字到了嘴边，又被他生生咽了回去。

江百果看了池仁一眼："你穿成这样干什么？"

池仁有他的腹稿："我算了一下，可能在你心里，我的外貌占百分之八十的比重，而灵魂仅占百分之二十，那么，我穿成这样一定有助于我们和好如初。"

"你是说，我根本是被你的美色迷惑了？"江百果笑不出来。自从她夺门而出，她就知道无论她去到哪儿，也不管他会用怎样的方式找来，他一定会找来就是了。

可这并不是捉迷藏的游戏，并不是找到就算结束。

"因为你根本不了解我的灵魂。"这时，池仁却这样说道。

池仁将椅子一下子从江百果的对面移到了她的侧面，只为离她更近一点点。他双手都垂在桌下，因为人高马大，在狭小的店里往往会有些佝偻，这一次，他不算打好了腹稿，却也能做到娓娓道来："如果你了解我的灵魂，你就会知道你今天有多无理取闹。"

她看着他低垂的脸孔，给他辩解的机会。

这厮，还是刮了胡子才来的，真当她以貌取人，要对她用美人计似的！

池仁想到哪儿说到哪儿："你说你不怪我瞒着你回来，你把我的理由一条条摆出来，甚至比我能列举的只多不少。但或许……你说的是反话？我不该天真地以为你能那么便宜了我，我还是该负荆请罪才对。但百果，如果你懂我，你会知道这方面我真的不擅长，但只要你说出来，哪怕……哪怕你让我去跪搓衣板，我也不会有二话。"

江百果别开眼，他说她不懂他，可他又何尝懂她？

她在乎的，又哪里是这鸡毛蒜皮的事。

整家店只剩下他们这一桌客人，鉴于服务员们在各忙各的，却纷纷竖着耳朵，池仁又将椅子向江百果挪了挪："你说我误会了曲振文，你以为你旁观者清，但一加一等于二这道题，并不是你想别出心裁，就真能给出第二种答案的。也许你会说，他们的恩怨只有他们自己知道，但他篡改了我妈的诊断书，导致了她的自杀；他伪造了我妈的遗嘱，夺走了属于我的一切；他不知多少次对我拳脚相加……这些，你又怎么说？百果，如果你懂我，你不会替他说一句好话，想都不会想。"

江百果收回了目光，这一段话，她认了。

临近午夜，服务员们再八卦，老板也忍无可忍了，隔着一段距离，虽不敢上前，却也对池仁和江百果下了逐客令。这时，池仁的眼线们推门而入，四个大小伙子，围坐在门口一桌，也不看看菜单，直接说有什么尽管端上来。

老板没必要和钱过不去，忙不迭对服务员使眼色：后厨积压了什么，赶紧通通端上来。

池仁背对着他们，没回头，却心中有数：这么机灵，奖金是少不了的。

最后一次，他将椅子向江百果挪了挪，将江百果坐的椅子挤到了倾斜："你问我是救你，还是救我妈，如果你懂我，你知道我会救你。"

"是，反正你妈都没了。"江百果轻轻推了池仁一把，好让自己能坐直身。

"是，反正我妈都没了，识时务者为俊杰，我能讨好一个是一个。"池仁将手臂搭在江百果的椅背上，"你问我是救你，还是把刀子拔出来捅曲振文，如果你懂我，你知道我会怎么做。"

像是等了一辈子，江百果终于等到了这一刻："我不知道你会怎么做。"

池仁叹息一声，是真的怪江百果不懂他："我不会让这一幕发生。"

"如果……"

"如果，万一发生了，谁捅的你，我会先要了他的命。"

"那曲振文？"

"先放一放。"

池仁的答案只有三言两语，却远远比江百果自认为的标准答案更标准，更动人心弦。他的手臂从椅背上悄悄挪到她的肩头："百果……我们在一起十五年了。"

尽管，中途我们曾各奔东西。

江百果泄气泄得急了些，哭似的哼了一声："看来，我还真是不了解你的灵魂。"

一如他也未必了解她。

她敢发誓，至此，他仍不知道她的疙瘩在哪里，而他又是用哪一句话解开的。或许，这就是男人和女人之间不可调和的矛盾，或许下一次、下下一次，之后的每一次，他仍答不出她的问题，但那一句"我们在一起十五年了"，他可以屡试不爽。

果真，池仁知道江百果释怀了，却不知道到底是他哪一句话立下了汗马功劳。他不过是像撒网似的，将他的心、他的肺……全都掏给她了。

池仁来时三分钟的路，他和江百果回去时走了二十分钟不止。她穿着臃肿的羽绒服，看了一眼穿着名牌羊绒大衣的他，赞美道："你穿这件真好看。"

"灵魂，灵魂！"他再三强调，"不然，等我年老色衰了可怎么办？"

她乐不可支。

没来由地，他又问她："百果，你是不是……来那个了？"

后来，他又说："看来我们有必要买本皇历，偶尔可以参考参考。"

换言之，他宁可怪她看不穿他的灵魂，将自己当个花瓶，宁可拿女性的生理周期大做文章，宁可连封建迷信都信上一信，也找不到今天的症结所在。而江百果乐得看他花样百出，看到在她眼里明摆着的事儿，到了他眼里却迷雾重重，突然觉得男女之间的“不可调和”或许也是另一种美。

她突然觉得她和他经历了大把的生离死别也不作数，觉得他们仍不过是最平凡的男女，而这是多么幸运的事。

致鑫集团的新一年，直到正月十五后才算真正拉开序幕。接着，直到正月底，杨智郴将股份转让给曲振文一事才算真正公布于众。而在这期间，池仁做了他能做的一切。

甚至，他终于在新加坡找到了杨智郴。

他飞行了六个半小时，和杨智郴进行了半个小时的对话。最后，年过六十的杨智郴给他下了跪，说抱歉，自己再也帮不了他了。

在回程的六个半小时里，池仁第一次真正地怀疑他会不会一辈子也赢不了曲振文了。曲振文是他的父亲，他喊了曲振文十六年的爸，又和曲振文斗了十五年，但直到今天，曲振文仍能一次次令他跌破眼镜。

比如，曲振文放过了一度将他耍得团团转的唐茹，他的大人大量，是池仁始料未及的。

比如，曲振文留杨智郴在身边十五年，待他不薄，却也能在十五个小时内夺回自己给他的一切。池仁至今也不怀疑杨智郴对姚曼安的情义，以及对他的忠心耿耿，那么曲振文的手段之强硬，不言而喻。

比如，池仁真的不知道曲振文的下文了，就像整个世界都是他的，他心情好，国富民强；他心情不好，横尸遍野。近几年的无坚不摧，令池仁一度夸下过海口，他说他不做是不做，要做，就没有他做不到的。但或许，那不过因为近几年，曲振文一直保持了一份好心情罢了。

就这样，当杨智郴将股份转让给曲振文一事被公布于众时，池仁反倒看开了。大把的时间供他恐惧过，惴惴不安过，迷茫过，他也终于挨过了迷茫。有些话，在和江百果吃火锅的那天，他就想对她说了，当时却因为她的“无理取闹”不了了之了。

而假如说，那天他是一时冲动，如今又一次想对她说，便算得上考虑过了。

要知道，他是……真的没有办法了。

在办公室里，池仁看了一下时间，差十分六点，距离下班还有十分钟，而不出意外的话，江百果该是在楼下等着他了。既然有话要说，说话的地方无疑至关重要。他下午致电她，只说了他在某某餐厅订了位子。而她也没问他有没有什么特别的事，只说了她来接他下班。

然而，接下来的事，却正中了“不出意外”的那个“意外”。

MISS.JIANDAO

第35章

未知数

江百果在五点半就到了致鑫集团的楼下，进了一家便利店消磨时光，站在花花绿绿的饮料货架前踌躇不决，直到一只布满老人斑的手拿了摆在最下层的一瓶饮料递给她：“尝尝这个，你应该会喜欢。”

一时间，江百果仍目视前方的货架，但凭来人的音色和她余光中的身影，她也知道，来人是曲振文。

便利店的店员是个浓妆艳抹的女孩子，在店里播放着振奋人心的舞曲，可江百果还是听见了自己的心跳声，除此之外，她还听见曲振文倒也不遮遮掩掩，在真挚地推荐饮料后，直截了当地唤了她一声江小姐。

江百果转过身，面对曲振文。

他穿了件黑色的羊绒大衣，系着灰色格子的围巾，戴一顶黑色呢子礼帽，而江百果的第一反应和大多数人如出一辙，这个六十岁的男人，看上去……老了些。

而这时，曲振文的目光却向下移："江小姐不舒服吗？"

江百果下意识地一低头，这才意识到她的手不知道从何时起捂住了肚子。就这样，她不禁失笑：可惜了，她的肚子上并没有插着一把刀，否则，一段历时十五年的恩怨，似乎能在今天痛痛快快地画下句号了。

"是有点不舒服，不过，是这里。"说着，江百果抬手，用食指和中指作势插了插自己的双目。

曲振文开怀，却一不小心咳嗽起来。那身着超短裙的店员明明将店里的暖风开到了最大挡，而曲振文戴着围巾、帽子，全副武装，却仍带着寒意，仔细听能听出他喉咙沙哑，像是患了伤风。

至此，江百果在第一反应后，对曲振文有了第二印象。池仁的眉眼虽和曲振文不尽相同，但他"两面派"的作风，无疑是遗传自这个男人。恍如隔世，当她和池仁十四年后在北京首都国际机场的T3航站楼重逢时，她瞎了眼，当他是条可怜虫，如今，她和曲振文有了第一次的不期而遇，她险些一而再地瞎了眼，又被这个男人的老态龙钟骗了去。

好在，她知道了那通通是假象。

这一对披着人皮的父子，是一双或许只针对彼此的野兽，稍有闪失，一个就会咬断另一个的喉咙。

"来接阿仁下班啊？"曲振文拿了两瓶他推荐的饮料，走向收银台，"我请你。"

江百果缓缓跟上去，四周倒没什么可疑分子像是曲振文的爪牙，其余零零星星的顾客，也没有谁当他是个八面威风的人物，都在该干什么干什么。两瓶饮料，总计七块二，这时，曲振文上下摸了摸口袋，却什么也没掏出来。

"我来吧。"江百果看不出什么不妥。

曲振文抱歉地笑了笑："很少有机会一个人出来，越活越丢三落四了。"

"曲先生的确……不该一个人出来。"江百果付了账，递给曲振文一瓶。

“怎么说？”曲振文拧开瓶盖，要和江百果交换，举手投足间自然而然，像是与生俱来的翩翩君子，又像是行云流水地下了毒。

当然，第二个猜想是江百果的个人观点，不过虽是个人观点，但连她自己也觉得这会不会太戏剧化了。

江百果不费吹灰之力拧开瓶盖，豪饮了两口，这才回答道：“常言道，没做亏心事，才不怕鬼敲门，不是吗？”

曲振文将饮料握在手里没喝，只对这一段谈话兴致勃勃：“阿仁知道你管他叫鬼吗？”

大家都是成年人，江百果却被曲振文占了这口头上的小便宜。她匆匆走出便利店，却迎面撞上了池仁。

差五分六点，池仁在办公室里坐立不安，说什么也坚持不了这最后五分钟，抓上大衣就下了楼，心头那丝丝缕缕的躁动和平白无故的问号在他看到便利店中的江百果和曲振文时，通通有了答案。他冲过去，脚下生风，眼睁睁看着江百果走出来，却愣是刹不住了，和她撞了个满怀。

她没有盖上瓶盖的饮料洒了他和她一身。

他顾不上那么多，稳住江百果后，独自跨进便利店，和曲振文面对面。四下看了看，对于曲振文单枪匹马，他也稍稍吃了一惊。

相反，曲振文气定神闲，没看时间，却心中有数：“早退可不是什么好习惯。”

“能见你一面，倒也值了。”

一整天下来，池仁“求见”了曲振文三次，第一次，他在会客；第二次，他在开会；第三次，他的秘书说他晚上有应酬，提早下班了。总之，这条要见一面难于上青天的老狐狸，会只身一人出现在这公共场所，会大摇大摆地出现在江百果的身边，池仁不知道是他曲振文成竹在胸，还是自己太无能。

身着超短裙的店员拆了一包纸巾来，擦了擦池仁大衣上的饮料渍：“一块钱一包。”

江百果是时候杀了回来：“强买强卖我可不答应。”

她老母鸡似的护住池仁的样子，逗笑了曲振文。店员讨了个没趣，一块钱的亏空还得自己补上，臭着脸下了逐客令：“都别堵在门口了。”曲振文好脾气道：“说得对。”说着，他将池仁和江百果一左一右地领着走出了便利店。

曲振文的做派，对江百果而言是不一般，对池仁来说，却是见怪不怪。

他对曲振文的憎恶自嘴角的弧度显露无遗，而他心里则盘算着在不久后的某一天，当曲振文死在他的手上，会有多少被曲振文蒙蔽了的愚民，还会泪眼汪汪地缅怀曲振文的和蔼可亲。

那一幕真是可悲。

“曲先生找我，是有话要说？”在便利店门口，江百果主动问道。

池仁却不动声色地握住江百果的手，将她往斜后方挡了挡：“就算有，当着我的面，也不好说了吧？”

顿时，那两只手被饮料中的糖分黏得紧紧的，连皮肉都绷着。

江百果不经大脑，对池仁窃窃私语：“那你要不要先回避一下？”

池仁转过头，可以说是用目光弹了江百果一记栗暴。他怕她落在曲振文的手里，怕到魂飞魄散，安排在她身边的人昨天才撤，曲振文今天就给他来了这么一出，这绝对不是巧合。可她倒好，还跟他好商好量着要他回避，要自投罗网？她是急功近利也好，是好奇也罢，这样轻敌，是他万万不能接受的。

而他们的眉来眼去，又一次逗笑了曲振文。

这令三十一岁的池仁分外受辱，像是在这条老狐狸看来，他们永远是逗趣的小猫小狗。

这时，曲振文说道：“我和江小姐还是另找机会好了。”

说完，他对江百果点点头，一转身，脚步不疾不徐，眨眼间融入了人潮。值得一提的是，他将手里那瓶原封未动的饮料直接扔进了路旁的垃圾桶里，那砰的一声闷响，摆明了在说他的醉翁之意，独独就在江百果。

池仁晚了三春才如梦初醒：“另找机会？做梦，做梦……”

转过头，他对江百果说道：“江百果，我就一句话，你记好了——你如果自己送死，就算死不了，也别再来见我。”他没开玩笑。

江百果一踮脚，搂住了池仁的脖子："不见你，我可做不到。"

他的怕，被她真真切切地看在眼里。

七点半，池仁和江百果抵达了池仁事先订了位子的餐厅。远远地，一看赵大允在场，江百果倒不是不欢迎，但有些意外："我以为是二人世界，烛光晚餐。"

"他临时有事找我，我就让他过来了。"池仁抬手整了整衣领，没有和江百果对视，"被曲振文一搅，忘了跟你说了。"

江百果看得出池仁所言未必属实，却也点点头，静观其变。

角落里的四人长方桌，江百果坐在靠角落一侧，池仁坐在她左手边，赵大允坐在她对面，有一种两面夹击的阵仗，让她莫名觉得逃都逃不掉似的。贵到离谱的价格，吃的却是老北京的家常菜，赵大允轻车熟路地点了几道招牌菜，江百果点了两样小吃，最后，将菜单交给了池仁。

池仁却直接将菜单交还给了服务生："就这些。"

"不对你胃口？"江百果察言观色。

池仁为难地抿了一下嘴角："什么麻豆腐、雪里蕻、姜丝排叉等等，我真搞不懂它们存在的意义。"

"那干吗约这里？"江百果觉得好笑。

她还是第一次看他挑食挑得这么厉害。

池仁用下巴一指赵大允："架不住他好这口。"

江百果"嗞"了一声："你不是说……他临时有事找你？"

池仁一怔。

而他这恐怕就叫作屡教不改了，分明大事小事都骗不过江百果，即便是有全盘计划，哪怕失败的概率微乎其微，到了最后，也一定会败露，可他偏偏又不信邪似的，总以为自己能做到，或是能做得更好，而这一次也不例外，连一道凉菜都还没端上来，他又不打自招了。

明摆着的了，今天的晚餐本就是他们三人的晚餐，且赵大允还是个不可或缺的主角。赵大允救主："那个……饭桌上谈公事，不合适吧？"

“时间紧迫，没什么不合适。”池仁拿回主动权，转向江百果，“可能听起来会有些无聊，你多多担待。”

江百果拿过茶壶自斟自饮：“你们请便。”

而她仍看得出，这分明是池仁和赵大允串通一气、自导自演的一场戏。

此后，从茶食到冷荤，到热菜，到甜食，再到最后一道萝卜丝汤端上来，池仁和赵大允一直在谈公事。江百果没分心，也没插嘴，听了个一知半解。他们大抵上是说，曲振文这一废了杨智郴，池仁之前的种种作为也就算白白为曲振文做了嫁衣，如今的致鑫集团，比过去的任何时候都牢不可破。

池仁字里行间不无悔意。

他说，假如可以重新来过，他一定不会妄想在让曲振文付出代价的同时，还保有致鑫集团。

他说他一定会心无旁骛，不计一切代价。

他说，可惜谁也无法重新来过。

“我们真就没辙了？”池仁几乎没吃什么。

相反，赵大允酒足饭饱，摇了摇头。

至此，江百果陷入了困境。她算得上是早早就起了疑心，提高了警惕，动了脑筋，却又迟迟理不出头绪。池仁大费周章，和赵大允联袂出演这场戏，绝不会仅仅是为了告诉她他没辙了，那么，到底他目的何在？

就在这时，赵大允说了一句玩笑话：“当年神不知鬼不觉地解决掉一个人也不过十万块，你嫌不光彩，兜了这么大个圈子，却是死路一条。”

赵大允对池仁用了“你”，就代表他没当池仁是池先生，而是朋友。

朋友间的玩笑话，大可以左耳进，右耳出。

然而，池仁笑着接下了话茬：“那现在呢？现在神不知鬼不觉地解决掉一个人，又是什么价码？我知道通货膨胀，也知道曲振文今时不同往日。”

至此，江百果豁然开朗。

当所有一本正经的谈话都是台词，都是铺垫，都是毫无意义的废话，那么玩笑话，反倒是一本正经的决定了。换言之，池仁订下这家老北京餐馆的三人的晚餐，不是为了告诉她他没有了办法。

相反，他是为了告诉她，他对曲振文还有最后一个办法。

可对她江百果，他却是个实打实的孬种。他甚至做不到亲口对她说，他甚至要借由赵大允的一张嘴，像是临时起意，半真半假地才能对她说。

江百果胃里一阵翻江倒海，却仍笑道："怎么，这还明码标价的吗？是先付定金还是直接交全款？事成事不成的，由谁说了算？对了，有没有多少年的售后保障？真是好笑！"

"杀人偿命，这不是玩笑。"一时间，池仁出了戏。

他笑不出来，毕竟，他可是本色出演。

赵大允又一次救主："唉，怪我，嘴上也没个把门的，来来来，吃菜。"池仁和他有言在先，今天，不过是来试试江百果的深浅，接下来再有的放矢，总好过在饭桌上就硬碰硬，以致一发不可收拾。

池仁住了嘴，默默给江百果夹了一块豌豆黄，却没有掌握好使筷子的力道，将其一分为二，一半摔在了桌子上，一半有惊无险地落进了江百果的盘子。

此后，他再也没有动过筷子。

晚上九点半，池仁和江百果回家的途中，江百果史无前例地晕了车。

池仁忙不迭停车，她冲下去，蹲在树下，好一阵呕。他跟过去，一下下拍着她的背："食物中毒吗？还是说你比我更吃不惯？"

江百果缓过劲儿来，用手背抹了抹嘴："池仁，那玩笑一点也不好笑。"

池仁回车上给江百果拿了瓶矿泉水来："那就别把它当玩笑。"

"杀人偿命，这是你说的。"江百果将矿泉水的瓶子握得咔咔作响。

"所以这个仇，我不能不报。"

这一晚，难得没有四五级的西北风肆虐，连冷和萧条都是静悄悄的。池仁站得并不算笔直，将重心放在了右脚上，双手插在大衣的口袋里，埋着头，仔细看能看出他在吊儿郎当地晃晃悠悠，像那种最令人头痛的少年，不是胡作非为的，却是一意孤行的那种。

或者说，是你知道他分明比谁都好，却偏偏要犯下滔天大罪的那种。

“即使曲振文罪大恶极，那也是一条人命。”江百果气急败坏，像是池仁都多大的人了，明摆着的道理却还要她一遍遍给他讲。

“江百果，这是你第二次为他美言，事不过三。”

“谁为他美言了？”江百果几乎跳脚，“我是说，杀人偿命，你也不例外！”

池仁两眼放光：“我会小心行事。”他当江百果默许了他的孤注一掷，只怕他和曲振文同归于尽，但无论如何，他这也算说服了她一大半……

“池仁……”江百果抚了抚眉心，仍解不开那疙瘩，“你还真不如瞒着我。”

池仁握住江百果的双肩，言多必失：“你以为我没想过瞒着你？就算我什么都瞒不过你，这种事……我又怎么可能没想过瞒着你？可是，接下来你有权选择留下，或是离开我，我哪来的熊心豹子胆让你被蒙在鼓里，白白陪我冒险？”

江百果挥开池仁的手：“这就对了，你再怎么小心行事，也是冒险。”

池仁自相矛盾，无话可说。

江百果拧开了那瓶矿泉水，却是浇在了池仁的头上：“你明知道我不会离开你，还说什么我有权选择，你真是欺人太甚。”

池仁一动不动，任凭江百果浇完了整瓶，将空瓶子塞给了他，扬长而去。

谈了无数场的恋爱，也惹恼过无数的佳人，这是第一次池仁没有追上去，目送对方渐行渐远。说来也真是讽刺，他在无数错的时间、错的地点，对无数错的人穷追不舍，却独独放走了江百果这来之不易的正确的。

可正因为她是唯一一个正确的人，他知道此时此刻，她是真的想离他而去。

也正因为是她，他才会想她所想，放她离他而去。

翌日，农历二月初一，距离二月二龙抬头只剩下最后二十四小时，无误沙龙毫无意外地从一营业就涌进了大批错峰的顾客。江百果昨夜睡在了无误沙龙，但接替冉娜的新任前台呆头呆脑的，只当她是来得早了些。

见江百果人前精神抖擞，人后呵欠连天，张什贼贼地凑过来：“明知道这两天忙，晚上你们就不要太拼了。”

他指的，自然是江百果和池仁的春宵一刻。

而江百果漠然地涂了点薄荷膏在后颈，什么也没说。

她是真的想念冉娜。

这倘若换了冉娜，必定看得出她夜不归宿，也十有八九会以此为由，向张什打打“小报告”。江百果特立独行是一回事，但朋友偶尔的八卦和关怀，也是她求之不得的另一回事。如今可好，要她主动倒苦水是万万不可能的，她也就只有一个人保持沉默。

这时，张什却看穿了她似的：“娜娜最近怎么样？”

“有一身好武艺，到哪儿都是香饽饽。”这一点，江百果欣欣然。

张什咂了一下舌：“她把我拉黑了。”

江百果不禁暗中为冉娜竖了竖大拇指：“你找她有事？”

“没事儿。”

“没事儿就拉倒，要真有事，你怎么也能找着她。”

“没事儿。”张什重复了一遍，索然无味地摸了摸头，走掉了。

都说忘记一个人不能走形式主义，电话号码删不删，联络方式拉不拉黑，前尘往事销不销毁，都纯属扯淡，真要下了眉头又下心头才作数。可由张什和冉娜便可见，该拉的黑，还是得拉，不为自欺欺人，哪怕只为将对方的一时兴起和不负责任扼杀在摇篮里，也是必要的。

至于江百果昨夜没睡好的原因，不是在无误沙龙择席，不是她和池仁的不欢而散，甚至不是池仁即将要杀人偿命，而是她忘记了，在池仁发给她的那三十六条信息中，他在第三十条中说了什么。

在她如同白昼的记忆中，那像是一个小小的盲点，她怎么想也想不起来，而这令她百爪挠心。

直到曲振文到访，江百果在意外之余，像被扎了一针强心针，一看时间，才上午十一点。新任前台公事公办，在得知曲振文没有预约后，便实话实说："那您恐怕有得等了。"

江百果由远及近："小妹妹有眼不识泰山，还请您别介意。"

新任前台仍云里雾里，却不寒而栗。

这……到底是何方神圣，能让江百果破例，还笑脸相迎？

曲振文仍是昨天那副装扮，一抬手，长辈般隔空指了指江百果："又挖苦我。"

来者都是客，江百果问道："剪头发？"

"不敢。"曲振文了然地看了看江百果手里的剪刀。

江百果东张西望："一个人？"

曲振文不失幽默："所以才不敢。"

江百果将剪刀插回挎包："不知道惜命算不算褒义词。"

"为了某个人而不敢让自己哪怕稍有差池，这滋味江小姐和阿仁不会不懂。"曲振文点到为止。

此后，江百果给了曲振文十分钟。曲振文说他的车子就停在门口，江百果却说她不会踏出门口半步。曲振文失笑，没有为难江百果，像是你理解我，我也自当理解你，惜命没什么不对。

站在人来人往的要道，曲振文火眼金睛，指出江百果的穿着今朝同于昨日，问她是不是和池仁闹了别扭，离家出走。江百果否认，曲振文却说，他也年轻过。

年轻，这两个字像是能勾动天雷地火。

这样和曲振文闲话家常，令江百果渐渐地汗毛直竖。都说知己知彼，才能百战不殆，反之，未知数也就是要人命的了。他昨天才因为池仁的半路杀出而白白跑了一趟，如今才时隔十几个小时，他就又来？江百果连这一步都看他不透，又何况他的来意。

或许不要说她了，即便是池仁，也几十年如一日地看不透他。江百果看了看四周，没有人伺机冲出来将曲振文生擒，也就是说，池仁甚至来不及重新在她身边安排人手。

“还有五分钟。”江百果没看表，信口胡诌。

曲振文不慌不忙：“江小姐，让阿仁收手吧。我虽然不是一个好父亲，但也绝不想置他于死地。”

“但他想。”

“我知道他想我死……”

“不！”江百果打断曲振文，“与其说他想你死，还不如说他一直都在把自己逼上绝境。”

曲振文的伤风加重了，咳嗽中带着痰：“那就是江小姐失职了，陪在他身边这么久了都拉他不动，真是废物。”

江百果不顾曲振文的出言不逊，她自有她的要紧事：“曲先生，我能问您一个问题吗？”

“阿仁的母亲，是不是因我而死？”曲振文棋高一着，“江小姐要问的可是这个？”

对话是兜兜转转，还是正中靶心，全凭曲振文一人说了算。但对江百果而言，正中了就好，所以，当新任前台不分轻重缓急地凑上来，对江百果说客人等不及了时，江百果直接道：“等不及就让他们滚。”

“还有最后一分钟，公布个答案应该是绰绰有余了。”江百果虚张声势。

曲振文却道：“江小姐，你信命吗？”

江百果嗤笑：百密一疏，果不其然，即便是曲振文，也会问出这等不入流的问题。

“我信，但我从不挂在嘴边。”江百果占了上风，“因为命这东西顶多用来自我麻痹，万万不能用来推卸责任。比如，你可以说你自己命里该绝，却不能以此给别人判下死刑。”

曲振文有一瞬间的失色，但也不过一瞬间而已：“呵，最后一分钟全被你用了去，可惜。”

说完，他掉头就走。

这下，也不知道是谁求着谁了，江百果拔腿就追，拦住曲振文的去路：“你还没有回答我的问题。”

曲振文从笑里藏刀变作直接拔出刀来：“江小姐，你要的不是答案，而是断章取义。你不关心阿仁的母亲做过什么，更不关心我和君鑫……哦，宋君鑫，你大概知道她的名字，你更不关心我们经历过什么。你觍着这副一碗水端平的嘴脸，像是不相信阿仁的一面之词似的，但你现在在做的，根本是为了让自己相信他，而并非推翻他。”

曲振文的巧舌如簧，令江百果大开眼界。

但好在，她有她的坚定：“你还是没有回答我的问题。”

“她是自杀。”话说多了，曲振文有了些疲态。

“是你让她误以为她身患绝症？”

“是我。”

“而你的目的就是让她自杀？”

“那又怎样？”

“那她就不是自杀！”江百果直呼其名，“曲振文，我要的不是断章取义，我现在做这些，是因为我和池仁也有为自己而活的权利，就像你和宋君鑫……”

“她是你们的长辈。”曲振文不在乎江百果叫他曲振文，却不接受她对宋君鑫直呼其名。

江百果不为所动：“就像你们也都在为自己而活。你们和池仁的母亲孰是孰非不重要，重要的是由你一手造就的池仁的母亲的死令池仁难过了十五年，甚至也毁了我，或许还殃及了不知多少条天知地知可你不知道的池鱼，而你对池仁，对我，对每一个人，有没有过一句抱歉？”

一样的有仇必报，不一样的却是，池仁是为了姚曼安，江百果却是为了池仁。

假如再计较一点的话，她也可以说她有百分之五十一是为了她的父亲。她大可以发挥她的想象力，将曲振文和宋君鑫的“爱情”想象得可歌可泣，但哪怕曲振文有一万点的“可怜”，也不及他一点的“可恨”。而那一点，就是他伤害了她生命中最重要的两个男人——她的父亲，和池仁。

就在刚刚，曲振文大错特错。他说江百果对他的质问，是为了相信池仁。

他真的大错特错！

从昨晚，到刚刚的最后关头，江百果无时无刻不希望池仁是错的。倘若曲振文能委委屈屈地道出一声“我才不是凶手”，她会选择相信他。

她会选择相信“命”这东西没有她想象的那么不留余地。

无奈，曲振文痛痛快快地认了罪。

而这时，做梦似的，当真有人冲了出来，三下五除二地将曲振文生擒。江百果惊得甚至惺惺作态似的捂住了嘴，却不是不知道，他们一定是池仁的人。说来也真是凑巧，她和曲振文的谈话，前前后后也不过一刻钟，而池仁重新在她身边安排的人手，偏偏就在这一刻钟里拍马赶到。

可再细想想，这又无外乎池仁和曲振文的周而复始——他总是落后曲振文一步，不多不少，就一步。

假如曲振文当真对她不利，这个时候，池仁怕是叫天天不应，叫地地不灵了。

下一秒，曲振文的人从天而降，姑且不论质量，至少在数量上是遥遥领先的。

江百果目瞪口呆。

一个人？曲振文怎么会一个人？他永远不会一个人。如他所言，为了那个叫作宋君鑫的女人，他会永远万无一失。

“都干什么呢？”曲振文微微蹙着眉头，有理不在声高似的，就令两队人马都不禁后退了一步。

无误沙龙内外屏气凝神，张什视死如归地来和江百果肩并肩：“怎么个意思啊这是？！”

江百果目不斜视：“拿张白金卡来。”

“What？”张什脑子跟不上了。

“我说拿张白金卡来，记我账上。”

张什快去快回，拿了张无误沙龙的白金卡来，而他无意中扫了一眼，尾号还是难能可贵的666。江百果接过卡，双手递给曲振文：“今天恐怕是到此为止了，我们来日方长。”

世事瞬息万变，曲振文这一次连亲力亲为都做不到，一个眼色使下去，让底下的人代他接过了那张白金卡。他像是才明白古话中除了一句姜还是老的辣，还有一句叫作长江后浪推前浪，适才，江百果的连珠炮没能轰了他，说来也是，他长达十五年的心安理得，又怎会输给她区区几句呵斥，但那张白金卡和她的一句“来日方长”是礼还是兵，分明是个未知数。

而人类的恐惧，通通源自未知数。

二十分钟后，无误沙龙才归于平静，不过等池仁杀到，又杀气腾腾。

新任前台傻了眼，心说好端端的，怎么就像是在刀口上讨生活似的？

江百果一直在等池仁，阵势拉得那么大，他不可能不亲自出马，二十分钟，他至少赶了往常四十分钟的路。他扒开无误沙龙里三层外三层的“上帝”，终于握住了江百果的手腕，大冷的天，他却一头豆大的汗珠：“以后我在哪儿，你在哪儿。”

江百果不满：“怎么不我在哪儿，你在哪儿？”

“也行。”池仁爽快道。

江百果却话锋一转：“昨晚的事……对不起。”

“对不起？对不起什么？”池仁问道。尽管冷战之后，作为被道歉的一方，他难免沾沾自喜，但以往的经验告诉他，千万不要高兴得太早。要知道，江百果话里有话，九转十八弯，可都是常有的事。

可这一次，江百果一个弯没转，她甚至当着顾客的面，就对池仁俯首称臣：“昨晚我一定是食物中毒了，才会头昏脑涨。池仁，你说得对，我听你的，我全听你的。”

顾客是老主顾了，不禁耍耍嘴皮子：“百果老师也有这么小绵羊的一面啊。”

江百果四两拨千斤，笑盈盈地“咩”了一声了事。

“你先忙你的去，晚上来接我。”她打发池仁。

池仁却没这么好打发：“不是才说好了形影不离？”

“那是情话……”江百果用剪刀尾巴敲了敲池仁的胸膛，“请分清情话和现实的差别。”

一转身，她回避开顾客：“现实是我们不能被敌人一嚷嚷就吓破了胆，不能因为牢笼里是安全的就把自己关进牢笼。敌人强，我们就要比敌人更强；敌人自由，我们就要比敌人更自由，更风光，更逍遥快活。去，该干吗干吗去，这是什么节骨眼儿？逆水行舟，不进则退啊池先生。”

“我几点来接你？”输给江百果，池仁心服口服。

江百果看了看人头攒动的场面和仍在不住接电话的新任前台：“十一点吧，今天免不了是一场恶战。”

池仁点点头，却言行不一，脚底下生了根似的。

江百果道高一尺：“要再留五分钟吗？那就十一点五分来接我。”

池仁一看讨不到什么好处，还不如先苦后甜，也就悻悻然地离开了。江百果的理智，他真是又爱又恨，有令他如获至宝，自叹不如的时候，也有让他恨得牙痒痒，巴不得一棍打昏她的时候。

但没办法，就是她了。

MISS.JIANDAO

第36章

百分之二十

此后，时隔不到五个小时，也就是在傍晚，池仁重返了无误沙龙。

说来，这些天大概是池仁十五年来最不思进取的时候了，就像由俭入奢易，由奢入俭难，池仁由拼搏到恹恹，虽是走投无路之下没办法的办法，倒也悠哉。从柏瑞地产到沈龙传媒，再到致鑫集团，他是添砖加瓦也好，是从中作梗也罢，唯一肯定的是，他无时无刻不是走在钢丝上，这下终于可以该开的会不开，该见的人不见，该签的文件也不签，就窝在豪华的办公椅上转着圈圈消磨时光，最后，借口身体不适，又早早地溜了号。

不过，当他重返了无误沙龙，江百果却不在。

她在恶战般的二月初一的高峰时段擅离职守，即便是新任前台也仅仅是照她说的取消了她这个时段的一打预约，至于她去了哪里，新任前台说“你问我，我问谁”。

池仁又去问了张什，张什更甚：“果子？是有好一会儿没见着了，大便去了吧？”

也怪不得他，他也忙得四脚朝天。

池仁致电江百果。没来由地，他以为她不管是出于什么原因离开了，反正不会接电话，她却在第一时间接了。他直截了当，问她去了哪儿。她却有闲情逸致，问他怎么不问他的人。“他们是保护你，不是监视你。”池仁这样说道。这也是为什么他还能心平气和——他的人无声无息，也就代表江百果安然无恙。

“满分，那等我回去再说。”

此后，池仁在无误沙龙的休息室里坐了整整三个小时，其间，由于无误沙龙人手紧缺，他还打了几次下手，递个毛巾、带个路什么的。张什嘴欠：“池大秘书这叫我们怎么敢当啊！”

“你说……”池仁若有所思，“我现在这个年纪，再拜你为师，会不会有点晚了？”

假如没有了曲振文，亦没有了致鑫集团，池仁一时间还真不知道何去何从。而万一他一直就这么“胸无大志”了，能和江百果经营一家夫妻店，也未尝不是一件美事。光是这么想想，他都想笑。

张什认定了其中有诈，小心翼翼道：“你干吗不拜果子为师？她可是青出于蓝而……而不亚于蓝。”

“那我岂不是要叫你一声师爷？”池仁蹙眉，摇了摇头。

三个小时后，江百果明摆着是酒足饭饱地回来了，店里仍有几名顾客在不到黄河心不死地等着她，她也就不得不继续将池仁晾在一边。稍后，池仁幽幽地凑到她身后：“我还没吃饭。”

“等我喂呢？”

“至少，先告诉我你去了哪儿。”

“头等大事，总得坐下来慢慢聊。去，先吃饭去。”

池仁又一次做无谓的抵抗，直到江百果一本正经，却又耐人寻味地对他窃窃私语道：“听话，晚些时候我们也可以躺下来慢慢聊。”

池仁一边吃着中规中矩的卤肉饭，一边剖析着江百果的话外音，躺下来慢慢聊？躺下来？纵然他和江百果有过无次数象征性的“躺下来”，但她如此多此一举地画了重点尚属首次。如此看来，她刚刚去了哪里，和什么人过了招，以及即将和他谈什么，还真都不可小觑。

而身为一个男人，身为一个忘了有多久没有碰过女人了的男人，池仁就算是被曲振文逼进了绝境，该动的情，他还是情不自禁地动了。他几乎有百分之百的把握，由江百果坚守的她和他之间的最后一步，就在今晚，就在她所说的“晚些时候”，就在他们纠葛了十五年零一个秋冬的今晚，即将由她跨出。

坚守的是她，跨出的也是她，他认了……

临了，张什又占了他的便宜：“想什么呢徒孙？”

“想着……怎么对师父好一点。”池仁半真半假道。

午夜十一点半，池仁驾车带着江百果行驶在从无误沙龙回家的途中。

二人各怀鬼胎不是头一回了，难得的是想到了一块儿，更难得的是，想的又无非是一个“色”字。江百果仗着小巧玲珑，双腿蜷在座位上，面向池仁，可以说是对他目不转睛。池仁不可能不为所动，就时不时转过头看江百果一眼。

“饿了？”他问她道。

“吃的699元一位的海鲜自助，真的是扶着墙出来的。”

“怪不得一身腥……不是，一身大海的味道。”池仁偷袭了一把，“和谁吃的啊？”

“还不到公布答案的时候。”江百果防守住，并闻了闻自己，像是自言自语，“那我回家先洗澡好了。”

“不过你看起来真的很饿的样子，好像能吃下……一头牛。”

江百果笑出声来，除了动口，还动手捏了捏池仁的脸颊：“你是想说，我看起来好像要吃了你吧？”

此后，池仁几乎没有再看江百果，毕竟，一路超速行驶，倘若再三心二意，那可就真是玩儿命了。安全抵达目的地，池仁在第一时间熄了火，可二人还没来得及下车，赵大允便致电了他。

江百果一看是赵大允，当即按住了池仁的手："有什么事，明天再说。"

"百果，你中午才说过，全听我的。"池仁也恨赵大允什么时候打来不好，偏偏这个时候，但事关重大，他不得不坐怀不乱。

"就这一件事，听我的。"江百果坚决道，"池仁，你等了十五年了，还在乎这十几个小时吗？"

池仁在接通赵大允的电话后，仍有少许的迟疑和默默，但最终，他还是对赵大允照搬了江百果的军令如山："有什么事，明天再说。"

从楼下到楼上，池仁和江百果仍各怀鬼胎。

对池仁而言，他离曲振文前所未有的近，尽管早在他青春年少时，他就有想过一脚油门踩下去，将曲振文撞个粉身碎骨，一了百了，但那时的他，甚至接近不了那时的曲振文。但今天，以他的决心和财力，他真要对曲振文手起刀落……绝不是痴人说梦。姑且不论那手一起，刀一落，会不会伤了他乃至江百果，光是胜利在望，便令他血脉偾张。

加上江百果又对他投了降，她亲口说了她听他的，她全听他的，真可谓万事俱备，连东风都不欠了。

至于江百果，她说到做到，回到家的第一件事就是洗澡。

听着那水声，池仁坐在沙发上，像是有透视眼似的注视着卫生间的门，同时，也掏出了手机。他一直以为理智和情感的交战通常只发生在江百果和他之间，却不料，今天是他自己的理智和自己的情感在进行殊死搏斗。

而池仁没有致电赵大允，他打给了他安排在江百果身边的人。

他要食言了。无论如何，他要知道当江百果"扶着墙"走出那家海鲜自助餐厅时，陪在她身边的是何许人也。

可惜，不等电话接通，江百果就将卫生间的门拉开了一条缝："池仁！"

池仁匆匆挂断了电话。

"帮我倒杯水来。"江百果说道。

池仁的身体比他的大脑更快有所反应，等大脑反应过来江百果这分明是在对他提出邀请时，他的身体早就站如松了。帮她倒杯水？开什么玩笑？这蹩脚的借口怕是连小孩子都骗不了吧？池仁敢用项上人头担保，冒烟的绝不是江百果的喉咙，可如此一来，他快要冒烟了倒是真的。

就这样，池仁两手空空地、试探性地推开了卫生间的门。

这里没有浴缸，那么，他们恐怕不能躺下来慢慢聊了。

但这么个站法，他倒也不反对。

浴帘后，江百果一丝不挂，却在和池仁面对面后，毫不退缩，一把就将衣冠楚楚的他也拉到了花洒下。而池仁双手所及之处，处处是江百果滚烫的肌肤。

终于步步为营地来到了这里，江百果认为时候已到："我今天去见了孟叔。"

"谁？"池仁的身体和大脑仍是各顾各的。他的视线很不安分，而大脑在竭尽所能地运转。

"孟叔，孟浣溪的父亲……"江百果被池仁看得有些难耐，索性紧紧贴住他，并锲而不舍地解释着，"我和张什之前的……"

池仁对上了号，打断江百果，视线回到她的脸上："你见他做什么？"

江百果按计划退开一分，开始解池仁衬衫的纽扣："我和孟叔之前有些恩怨，你可能不知道。那时候他生意做大了，想再上个台阶，就从德国买了一套新型冷烫的设备和配方，但事与愿违，这台阶他非但没上，反倒栽了个跟头，这其中，我有不可推卸的责任。现在他年纪大了，身体也不好，我反倒顺风顺水，我想……把砸在他手里的那套设备和配方买过来，也算是……"

江百果手抖，说了这大段的废话，纽扣才解开区区两颗。

池仁索性从头上直接脱下了衬衫："现在你是在说，你要把他那套伤天害理的设备和配方买过来吗？"

江百果不算太意外："你早就知道。"

她和他经历了太多，也曾错过了太多，他早就知道她和孟叔之间恩怨的前因后果也算情理之中。这样也好，她可以跳过中间的步骤了。

“为什么？”池仁的大脑比往常迟钝了些，毕竟在此情此景之下，他还没有全盘皆输已实属不易。

可再迟钝，他也还是在下一秒无师自通了。就这样，他推开江百果的娇躯，退出了花洒的领域，飞快地抹了一把脸上的水，本要骂她一句“你疯了吗”，却在念及她的良苦用心后，心脏被狠狠地攥了一把，改口道：“我……我忘了给你倒水。”

池仁不知道江百果和孟叔会面的细节，但江百果和曲振文交锋的点点滴滴，他虽然没能亲眼所见，但在逐一“拷问”了他的人之后，也不亚于亲眼所见了。所以，江百果给了曲振文一张无误沙龙的白金卡，以及一句来日方长，他是通通知道的。

至于江百果这葫芦里卖的是什么药，他一度百思不得其解。

偏偏，不等他不懂就问，当时，江百果就先下手为强，她对他说了对不起，她说：“池仁，我听你的，我全听你的。”

池仁仍不懂。但在心爱的女人面前，男人无疑是一条好哄的狗，你夸他一句good boy，他就会摇着尾巴对你团团转。

直到江百果将碎片一一摆在他面前，即便他真是一条狗，他也拼凑出了这香喷喷的肉骨头有着剧毒。其一，她对曲振文说来日方长；其二，她不再高喊着杀人偿命，让他回头是岸；其三，她推迟了他和赵大允的通话；其四，一向是非分明的她，偏偏在这个时候和唯利是图的孟叔握手言和，而之后或许还有被他忽略了的其五、其六……

那么，江百果对曲振文双手奉上的那一张无误沙龙的白金卡，又怎么会是白金卡？

那分明是一把凶器。

她不但不再高喊着杀人偿命，反倒要亲自动手！

一时间，池仁打着赤膊，身上的水珠在万有引力的作用下，像一只只小虫在爬，痒得他几乎捧腹大笑。荒唐，江百果怎么会产生如此荒唐的想法？！

而根本不等池仁借口“倒水”落荒而逃，江百果大喝一声：“站住！”

事情发展到了这个地步，既然他进都进来了？就休想没事儿人似的出去，否则，她又何必不要脸地请他进来？倒水？之前他满脑子的活色生香，大摇大摆地两手空空，一扭脸，又随机应变地说走就走？这水岂是这么好倒的？便宜岂能都叫他占了去？

江百果从地上拾起池仁的白色衬衫，遮在身前："百分之二十。"

"继续。"池仁作壁上观似的，倒要看看江百果能将这一出闹剧演到什么份儿上。

江百果关掉了花洒："早在孟叔引进那套产品的时候，我就做过调查，那套产品二乙醇胺严重超标，长期使用，致癌率高达百分之二十。"

她没在开玩笑。

"再继续啊。"池仁挑了挑眉，随便她胡来。

"池仁，我们把这一切都结束了吧。十五年了，我们一辈子还能有几个十五年？是该为自己而活了。从今天开始，曲振文不再是曲振文，他就是我们过去的一段小插曲，曲终了，你放下你妈，我也放下我爸，我们的恩怨一笔勾销，我们从头来过。"

池仁分了心，毕竟江百果所言，不正是他要做的？不正是他和赵大允在密谋的？这就像是他分明对这道题烂熟于心了，但她还在喋喋不休。于是，池仁又对江百果动了邪念，她从头到脚仅一件过了水的白色衬衫遮在身前，脸孔是红的，嘴唇却微微泛着白，脚下湿滑，十趾时不时下意识地蜷缩一下。

池仁喉头一紧，却又注意到江百果因为关掉花洒后室温骤降，冒了一身的鸡皮疙瘩。他伸手，打开了浴霸的开关。

顿时，江百果像是站在聚光灯下："短则三个月，长则半年，我有百分之二十的概率让他恶有恶报。我们赌这一把，无论输赢，就这一把。"

"我明明有百分之百的把握。"池仁的邪念又无疾而终。

身为一个男人，他像是被一盆盆冷水、热水轮番地泼下来，他真怕他会命不久矣。

"池仁，你那是杀人。"江百果腾出一只手来，轻轻一扯池仁的裤腰，将他拉向了自己。

“你那不一样吗？”

江百果把握机会：“你看，你也知道杀人是不对的。”

“我可以不对，你不可以。”

“你这是双重标准。”

池仁没有被江百果牵着鼻子走：“可按照你的说法，我总要先让曲终，曲终了，我们才能和他人散。”

“那就让我来。”江百果心中有数，“让我来生产、销售伪劣产品，大不了……坐几年牢，而这也是我知法犯法应付出的代价。”

“你开什么玩笑？”池仁佳人在怀，仍怒发冲冠，“全世界是连我在内都死绝了吗？你让我允许你去冲锋陷阵？还大不了坐几年牢？”

江百果松掉了隔在她和池仁中间的那一件白色衬衫，双手勾住了他的脖子：“我以为我们不分你我。”

而这，也就是江百果今晚的目的了，不是什么美人计，是她终于要和他再也不分你我。

池仁左右闪躲着江百果的吻，双手推她哪里都推不动，总是不由自主地游走，最后，不得不狠狠背在身后。他斩钉截铁：“江百果，我说不行就不行，这种歪门邪道你以后想都不要想。”

江百果逮不到池仁的嘴，索性窸窸窣窣地解他的裤子：“如果你有更好的办法，说来听听。但前提是，别把除了你我之外的第三个人扯进来，包括赵大允，也包括那些拿人钱财，替人消灾的人。你无权改写他们的命运，否则你和心安理得的曲振文又有什么分别？”

至此，也不知道谁是猎人，谁是猎物了，池仁死守着裤子，却顾此失彼，一下子被江百果用嘴堵住了嘴。

这下好了，他也不妨学学江百果理智和情感两手抓了，情感让他稍稍一用力，就将江百果压在了墙壁上。她不是要吻他吗？他就给她吻。在这令人窒息的闷热中，大概两个人互通有无，氧气才算是物尽其用。

而理智又令他寸步不让：“那就让我来，无论如何，你给我靠边站。”

江百果仰着头，被明晃晃的浴霸照得睁不开眼，隔着一层眼皮，整个世界被笼上花花绿绿的光晕。她气喘得不像话：“我不跟你计较这个，到时候你要替我坐牢，我就让你替，我等你出来就是了。我说我们不分你我……我说到做到。”

“别说得好像我答应你了一样，我没答应，我没答应。”池仁低低地骂了一句脏话，“那可是你的无误沙龙，江百果，你的理智呢？”

江百果整个人像是着了火，在池仁身上一寸寸遍寻着沁凉，可他根本和她一样滚烫。她说：“我下半辈子的理智通通用在今天了。池仁，我知道，我们能用百分之二十的概率，赢得百分之九十九的解脱。”

“闭嘴……”池仁的理智消失殆尽，“你给我闭嘴。”

在池仁的攻城略地中，江百果忘我地沦陷，也就停止了她煞风景的滔滔不绝。但她知道，在这从没有十全十美的险恶中，她却可以给她这一次的选择打下九十九分的高分。曲振文的十恶不赦，或许用不着她替天行道，但她和池仁的未来除了靠他们自己，谁也靠不着。

这一次，她下定决心要为自己而活。

三十一岁的他，和二十五岁的她，虽还有着大把的好时光，却不代表可以白白浪费。

这一次，她知道池仁一定会屈从于她，就像十五年前她屈从于他。而那一年，是他们的劫数，这一次，却是他们的重生。

只因为，她有她暂时还不能说的全盘计划。关于她和池仁的未来，她不会冒哪怕百分之一的风险。她要的，是比百分之九十九的解脱还要多一分的，百分之百地从头来过。

翌日，当江百果在卧室的床上醒来时，是早上六点多了。冬季的寒冷虽尚未消散，晨光却早就没有那么懒散了，天蒙蒙亮，催人奋进。

池仁不在身边。

江百果摸了摸他的位置，那里早就没有了凹陷和温度。

翻了个身，江百果虽不是初经人事的少女了，但此时此刻，她却将被子拉得高高的，仅露出眼睛以上的半张脸孔，还当真有些矫揉造作。

如果她没记错的话，大概是半夜两点多，她做了个梦。

一列老旧的火车行驶得缓慢而颠簸，车窗外的风景美不胜收，她坐在窗口的位置，而池仁坐在她的旁边。一路上，他们说说笑笑，池仁为了欣赏风景，免不了凑向她，他迷人的侧影就在她的鼻尖前晃啊晃的，她能闻到他须后水的味道，也可以偷袭似的地吻住他的脸孔。

江百果从梦中醒来，那画面却烙在了她的脑海中，可供她久久回味。

以至于过了好一会儿，她才想起梦中的他就活生生地躺在她的旁边。黑暗中，她看他背对着她，在熟睡中紧紧贴着床边。她知道，这是防备和伺机而动的表现，是他从十六岁起深埋的祸根，在醒来后大可以掩人耳目，却在熟睡中无能为力。她不禁拍了拍他的肩头，低声道："转过来。"

池仁温驯地转过来，往床中间挪了挪，眉心的结也舒展开来。

江百果失笑，将整张床让给他，抱着被子去了客厅。

而如果她没记错的话，不知道是几点，她在客厅的沙发床上半睡半醒地揉了揉眼睛，依稀看见池仁倚在窗边，在远远地注视着她。窗帘半开着，月光洒在他身后，勾勒着他的轮廓。她分明力所不能及，却像是连他的一根根发丝都看得见，就这样又安心地阖上了眼睛。

如果她没记错的话，后来，池仁走过来，连着被子，打横将她抱回了卧室，低声道："不是说要不分你我？那就再也别一个人走掉。"

而既然此时此刻她在卧室的床上醒来，且记忆犹新，那他们一夜间的"分分合合"，她大抵是没有记错的。

外面传来大门开关的声响，江百果顾不了那么多，三步并作两步地冲出了卧室。她以为池仁要走，却不料，他是从外面回来，大衣被晨间的寒气笼罩，可从怀里掏出来的豆浆和油条却是热气腾腾。

"你……"江百果结舌，"你也不怕把衣服弄脏了。"

池仁走向餐桌："所以你索性不穿衣服？"

江百果这才意识到她虽不至于"不穿衣服"，却也好不到哪儿去。一头扎回卧室，她周身微微发着烫，不管十五年前的宿命是福是祸，也无论昨天的毅然决然是对是错，她真的饥肠辘辘了，这才是当务之急。

江百果在餐桌旁就座时，池仁在厨房里一边切着橙子，一边和赵大允通电话。等两件事都告一段落后，他端着橙子出去，却是走向了江百果，一俯身，给了她一个吻。

江百果筷子上的油条迟了一步，只得硬生生地停在了半路。

毕竟，嘴就只有这一张，说话靠它，吃饭靠它，作为头等大事的吻，还得靠它。

这个吻远比江百果以为的久，她以为，他不过是蜻蜓点水，却不料他尽心尽力，俨然并不把这当作一个稀松平常的morning kiss，反倒像个里程碑似的。而当江百果情不自禁到连油条都掉在了桌上，她才想起：是啊，昨夜后的今天本就不该稀松平常，无论是他和她跨出的最后一步，还是他们即将向曲振文跨出的第一步，也是一决胜负的一步。

池仁将掉在桌上的油条叼进了自己的嘴里，这才在江百果对面就座："吃完饭，我们谈谈。"

江百果看了一眼时间："边吃边聊吧，今天店里不知道会忙成什么样。"

紧接着，她又补充道："既然无误沙龙不存在长期的发展了，那这段时间能多赚点就多赚点，也算是我给大家的交代。"

"你就这么有把握，我会答应你？"池仁问。

"你不会吗？"江百果反问。

不同于昨夜，今天的池仁和颜悦色，他点点头："我刚才打给赵大允，就是对他喊了停。"

无疑，有了池仁这句话，江百果才算如释重负。即便她对他有着百分之九十九的把握，那也有别于他给她百分之百的答案。"最后，是什么说服了你？"她问他。

池仁轻笑。

时光倒退四个小时，他在凌晨三点多醒来，江百果不在身边。那一刻，不是他小题大做，他是真的不由自主地惊跳了起来。后来，他在客厅的沙发床上找到她，也找到了他的答案。

无论如何，他都不能失去她。

池仁换了种不太肉麻的说法："你说得对，我不能冒险，不能把我的下半辈子和我们的将来，押在一个不值得的人身上，总之，我不能……杀人。"

江百果一根油条下了肚，又拿了第二根："还有？"

"还有？没了。"

她叹息一声："池仁，我该说你自私吗？你还是没有反省你差一点就把多少不相干的人扯进来了吗？呵呵，谢天谢地，我是你的自己人。"

池仁的最后一口油条早就在嘴里被嚼得稀烂了，可仍难以下咽。江百果这一刀，捅得又准又狠。或许，是因为他的四肢里百骸流淌着曲振文的血液，所以，曲振文的自私、冷酷、禽兽不如，大概也分了他一半。赵大允且先放在一边不谈，单是这一路闯来，诸如何一雯、吴煜，乃至杨智郴，他曾多少次对他们的人生指手画脚，也就欠下了他们多少句的抱歉。

"江百果，幸好有你。"这寥寥数字，池仁几乎说到落泪。

没错，幸好有江百果，否则，他真怕他会成为第二个曲振文。

每个人都有权为自己而活，却并不代表别人的人生一文不值。他何德何能，遇到了江百果，而倘若十五年前，和曲振文剪不断、理还乱的两个女人，姚曼安也好，宋君鑫也罢，能有江百果百分之一的理智和美好，那该有多好。

江百果将豆浆一饮而尽："是我吃得太快了吗？你好像还没有进入主题。"

"就一条。"池仁递了江百果一块橙子，"简单来说，你把无误沙龙交给我。"

"简单来说，天塌下来有你顶着。"江百果爽快地点点头，"没问题，我记得我昨天就没反对。"

但橙子，江百果却皱着眉推开了，她拍了拍肚子，说真的吃不下了。

后来，在江百果快要出门时，池仁将一瓣瓣的橙子剥了皮，塞进了榨汁机。在隆隆的轰鸣声中，橙黄的汁液横流，而池仁不是不怀疑的：他十五年的跋山涉水，到头来像是原地踏步，而江百果却在一夜间另辟蹊径，会成功吗？真的会成功吗？

而最令他感激的，是她从未对他满嘴的仁义道德，她从未事不关己地对他说那些诸如退一步海阔天空等等的鬼话。她知道对他而言，有些人不值得被原谅，有些事不会随着斗转星移就能被慢慢淡忘，那是他的母亲，那是害死了他的母亲的他的父亲。他谢谢她没有将“放下”二字滥用，她知道有些仇总要等报了，才能放下。

那么，就信她好了，与其感激，不如信她。

池仁将橙汁装了瓶，塞进江百果的包里：“半个小时之内喝掉。”

说来也真是有趣，大事一让她做主，他这贤内助的模样就突然怎么掩也掩不住了。

江百果抬手，笑着捏了捏池仁的脸：“哎哟，见微知著，我真是找对人了。”

而她前脚出了门，他后脚抓上大衣，跟了出去：“我送你。”

她按了电梯：“还有话要说？”

他用银色的电梯门当镜子，飞快地整理了衣领，抓了抓头发，算是卖了个关子：“何必见微知著，直接聊聊多好。”

发动了车子，池仁问道：“昨晚……还好吗？”

他指的，自然是他和她的第一次。

而这话当真一问出口，远远比他预料的难为情，以至于他在熟门熟路的减速带前愣是忘了踩刹车。车子猛地颠起来，害江百果吃了小小的苦头。

他干咳了两声，欲盖弥彰。

不夸张地说，把他从小到大经历过的考试通通加在一起，也远不及他等待江百果宣判时紧张。考试没考好，大不了再接再厉，可这种事儿，江百果一旦嗤之以鼻地摇摇头，他怕他连上诉的机会都未必有。

关键是昨晚，他可真是尽力了……

江百果在被颠了个七荤八素后，哈哈大笑起来。她推了一把池仁的肩膀：“我都不知道是该说你开放，还是该说你保守了。自己提出来的，还害什么臊？”

池仁右手一伸，抓住江百果的后颈：“你管那么多干吗？直接回答问题就行。”

江百果逃不掉，缩着脖子咯咯笑："你没长眼睛吗？看不出来吗？"

"有时候眼见为虚，耳听为实。"虽然有悖于安全驾驶，但池仁一只手握着方向盘，一只手对付江百果，也绰绰有余。

江百果一看躲是躲不掉了，急中生智，潇洒地"嗯哼"了一声。

"嗯哼？"池仁挑眉，"嗯哼是什么鬼？"

"姑且算是……至高无上的肯定。"江百果感觉有些燥热，从包里摸出了那瓶橙汁。

"那……能打多少分？"

江百果被橙汁酸得一张小脸紧紧皱起来："池仁，你能不能有个三十岁男人的样子？"

池仁适可而止，可还是忍不住笑着揉了揉江百果的头顶。

他们彼此都再明白不过，恨相识太早，重逢太晚，他们没能让对方成为自己的唯一，亦没能让自己成为对方的唯一。他说不在乎是假的，总雄心勃勃地想拿个高分，甚至恨不得让她排个名次，想稳坐第一名的宝座。

可他总归不能这么做，也就只好自己默默拼搏了。

至于江百果所想，也不外乎池仁所想。以她的做派，她虽从未给她没有几两肉的身板打下过高分，但自卑……托池仁的福，这还是第一次。她想过穿着红色小羊皮夹克的小娅，和一脑袋黄毛的小馨，更想过她们凹凸有致的身材，却谁也怪不得，只好想着自己有没有取长补短的办法。

车子停在了无误沙龙的对面，江百果没急着下车，而是隔着马路看了看那虽不算醒目，却的确有了一席之地的招牌。都说不识庐山真面目，只缘身在此山中，那这个位置，无疑是将无误沙龙尽收眼底的最佳位置了。

池仁看穿江百果："你可以随时改变主意。"

舍不得，他知道，她有多舍不得将自己的"孩子"当作牺牲品。

江百果转过头，举起手掌："池仁，我们都知道很多事是没有万全之策的，但总不能因为考不了一百分，就连考场都不敢进了。来吧，我们一起拿个九十九分回来。”

她明眸皓齿地要和他击掌，她将自己的“孩子”当作区区一分割舍掉了。

而池仁面对江百果那拿了近十年剪刀，以至于指关节都微微变了形的五指，又怎么能豪情万丈地拍下去？他握住她的手，将她拉入了自己的怀抱。他知道他们一定能拿下九十九分的优异成绩，而那失去的一分，他会用他的一切去补偿。

MISS.JIANDAO

第37章

我们结婚吧

张什知道江百果和孟叔的交易时，春天都来敲门了。而且，这事他是从孟浣溪的嘴里知道的。

自从张什停止了拆江百果的台，孟浣溪言出必行，判了张什出局。可在张什度日如年时，说真的，孟浣溪也不好过，先是由她出演的女三号恶评如潮，接着，她的节目《每日星闻》由于收视率一降再降宣布停播，再接着，好姐妹好事成双，奉子成婚。人在脆弱时，不可能不想有个依靠。

但孟浣溪就是这种狠角色，假如用江百果的数字和指数来说话，只要张什的痛苦指数大于她的，哪怕就大那么一点点，她也豁出去了让两个人各自痛苦。

哪怕两败俱伤，只要她伤得轻那么一点点，她也是赢家。

直到江百果和父亲的交易大局已定，孟浣溪参不透这其中的奥妙，不免异想天开，想这会不会是张什棋高一着。无论如何，既然父亲人逢喜事精神爽，她再给张什一线生机也未尝不可。

就这样，她花了三个小时化妆，选了张什休息日的中午去见了他。

张什为了见孟浣溪，自然也是盛装，但关于江百果和他前岳父大人各取所需的交易，他是一问三不知。

当时，张什恨不得马上找江百果问个底儿掉，可孟浣溪当前，他又怎么可能以公事为重，还是慢条斯理地吃了饭，又陪孟浣溪给她的好姐妹挑选了贺礼，最后，甚至还去她的公寓坐了坐……

等他杀回无误沙龙时，都傍晚时分了。

“听说你最近和我老丈人来往密切？”张什抓住江百果的空当，开门见山。

江百果不算太意外：“从哪儿听说的？孟浣溪？”

“这你就甭管了。”张什打马虎眼。

江百果看出张什春风得意，不免笑了笑：“假如这事儿还有助于你和孟浣溪破镜重圆，这也算是我意外的收获了。”

“你不是一直都不喜欢她吗？”

“难道你喜欢池仁？”

张什当即翻了个白眼，一副看不惯的样子。

随后，他言归正传：“不是……你倾家荡产买我老丈人一套不能用的设备和配方，也不能就图个意外的收获吧？”

“你怎么知道不能用？”这一次，江百果不是不意外的。

可既然那来龙去脉是张什和池仁的秘密，张什不得不浑水摸鱼：“我猜的，不然你当初干吗欺师灭祖？”

站在这个位置，江百果看到池仁的车子停在了马路对面。他出差去了江西一个礼拜，刚回来。带着掩不住的笑意，江百果对张什速战速决：“你把心放在肚子里。一，我用不着倾家荡产，那姑且算是池仁的注资。二，配方改良后，说是化腐朽为神奇也不为过。总之，我才不会做赔本买卖。”

张什半信半疑，却也挑不出什么毛病来。

江百果看到池仁下了车，他一定是梳洗过了，穿了件黑色的短夹克，几乎是小跑着穿过马路。她急着对张什画下句号："这件事你先帮我保密。"

张什背对着池仁，对池仁的来袭一无所知，还在庸人自扰："果子，你真不是为了我？你是不是知道我和孟浣溪……"

江百果摸不着头脑："我不知道，也不是很好奇。"

张什猛地将手掌压在江百果的头顶："哎，有时候我真觉得明明咱俩才是天生一对啊，怎么就有缘无分呢？你说，要是我喜欢你，你也喜欢我，这里外里的，得省多大事儿，少操多少心啊？"

"你是够让人操心的了。"这是池仁的声音，从张什背后冷冷地传来。

一时间，江百果憋笑憋到腹痛，而张什呆若木鸡，既没回头，也没收手："他……他不是出差了吗？"

"难不成你还希望我有去无回？"这还是池仁的声音，且鉴于张什的手还停留在江百果的头顶，其中不乏越来越危险的腔调。

江百果救人救己，逃出张什的魔爪，来到池仁身边："还没吃饭吧？"

张什这才幽幽地转过身："二位想吃点儿什么？愿意为你们效劳。"

池仁仍一脸不快，江百果却把握机会："两份牛腩米粉，加卤蛋和双倍酸豆角，多谢。"

"那家至少要排半小时的队好吗？"张什抗议道，可一接触池仁的目光，又即刻撒丫子而去。

张什前前后后花了一个钟头才满载而归，其间，江百果一直在忙，池仁就坐在一旁，一边等她，一边养精蓄锐。

为了稳住曲振文，至今，他仍死守致鑫集团。而在致鑫集团迈上了一个新台阶后，虽说攻城易，守城难，可客观来说，曲振文还真就把这城守住了。对池仁而言，底下的人对曲振文有多忠心并不重要，上面没有了杨智郴，他孤军奋战也不重要，重要的是，曲振文仍处处伺机拔掉他这根眼中钉，那么，他真能做到滴水不漏，才算是声东击西。

这一趟出差去江西也不例外，多难啃的骨头，他也啃下来了。

只要他像块狗皮膏药似的黏着曲振文和致鑫集团，曲振文大抵也想不到，有一天，他们的战场竟会转移到小小的无误沙龙。

池仁知道，江百果在全力以赴。那么，他只要再坚持一下下就好。

而或许，不要说曲振文了，偶尔他也仍会为江百果的全盘计划打上“荒唐”的标签，可越荒唐，越出其不意，越出其不意，越有胜算，这也是说得通的道理。

奔波了一周，池仁虽元气大伤，可目光仍是无法从江百果的身上移开。她一丝不苟的模样，他无数次目睹，可还是着迷。前两天在电话里，他曾忍不住问她：“将来你东山再起，起什么名字好？”

江百果却道：“三百六十行，我大概不会再做这一行了。”

他心悸，问她为什么。

她难得被问住，想了好一会儿，才说不为什么。

他没有再追问。

张什满载而归，除了两份牛腩米粉，还自掏腰包给江百果和池仁添了两道小菜。他今天兴致好，有意陪他们共进晚餐，话话家常，不料江百果卸磨杀驴：“晚安。”

晚安，寥寥两个字，愣是让已经坐下了的张什，又从椅子上弹了起来，灰溜溜而去。

休息室一角，仅余下江百果和池仁二人。江百果才掰开一次性筷子，就宣布道：“下个礼拜就差不多了。”可惜，筷子没掰好，其中一边几乎被拦腰折断。

池仁用自己的交换了江百果的：“小别胜新婚，你第一句话却和我说这个？”

他知道，她指的是他们对曲振文拉开的弓，下个礼拜就差不多可以射出第一箭了。尽管他的急切比她有过之而无不及，但这个头由她开，他总归是心疼她。

江百果还有顾客在等着，便狼吞虎咽：“先苦后甜，说完了这个，我们不是还有一整夜的时间？”

池仁失笑，索性放下了筷子，一只手为江百果递纸巾，一只手为江百果端水：“你这副尊容，真不适合提什么一整夜，我完全没有兴致的好不好？”

有时候，一对爱得死去活来的恋人合不合拍，能不能走得下去，关键就在这里。试想，曲振文一事，今晚若是由池仁开头，而“小别胜新婚”那句抱怨却是出自江百果之口，下文怕是会大不一样。

说穿了，总归是要站在对方的立场。

那不起眼的退让，会像埋下的种子，总会结出累累硕果。

池仁为江百果擦了擦嘴：“张什有跟你提过吗，说我想拜你为师？”上次提拜师，池仁多半是说笑，可这一次，他自有他的用意。

江百果呛到：“这么好笑的笑话，他竟然没跟我提过。”

“该说的不说，不该说的一套一套的。”池仁对适才张什对江百果毛手毛脚一事耿耿于怀。

江百果叼着筷子，伸手拍了拍池仁的肩：“你恐怕是没有这个福分了。我不是说了，我不做这一行了。”

这就是池仁的用意了——他将话题自然而然地又一次引到了这里，却又一次孬种地停在了这里。她不做这一行了，这是她第二次说。她不做这一行了，她没在开玩笑。他想剖开她的心看看她是怎么想的，却又没那个胆量。

因为答案就摆在那里。

池仁记得，在江百果投奔了吴煜，对他不理不睬的那段时间里，他曾给她发过几十条的信息，其中有一条大致是这样说的：你的最爱好像是这个。当时，他躲在无误沙龙外，透过落地玻璃窗，见工作中的江百果不声不响，却光彩夺目。那是他没见过的她的模样，那是他，是吴煜，或者说是任何一段恋爱都无法赋予她的另一副模样。

她的最爱……好像是她用一把剪刀打下的江山。

而当时，江百果在稍后读到这一条信息时，池仁见她不易察觉地笑了笑，并向窗外张望，甚至还动了手指，像是要回复他似的。尽管最后她还是没有，但那恐怕是唯一一次，她差一点就回复了他。他之前威逼利诱，说了多少句甜言蜜语，却通通抵不过这一句戳她的心窝。

从那时起他就知道，她有多爱她的工作。

爱到不许别人，更不许自己玷污的地步，与其东山再起，宁可金盆洗手。

而池仁不知道的是，这条信息恰恰是不久之前，江百果在和他就“杀人偿命”不欢而散后，跑来无误沙龙过了一夜时，怎么想也想不起来了的。

这意味着从那一刻起，她江百果的最爱，是他池仁了。

再也没有什么是能和他池仁相提并论的了，包括她的工作，她的江山，她的“孩子”。

四月一日。

江百果不是特意挑选愚人节和曲振文交手，碰巧罢了。

就在昨天，宋君鑫从北京出发去往欧洲某地，池仁也出现在了机场，且机票的航班号和宋君鑫的一模一样。当然，池仁是没去成的，他被曲振文护送宋君鑫的人拦了下来。

好在，他压根儿就没打算去。

不出他和江百果所料，翌日，曲振文出现在了无误沙龙。

这一次，曲振文没再装单枪匹马，他的人就大咧咧地在五米开外列队。“江小姐，我们谈一谈。”曲振文上一次患了伤风，多少力不从心，所以这一次全心全力。

江百果泛泛一指：“曲先生看不见我很忙吗？”

曲振文直接叩了扣前台的台面：“我想理个发，请帮我安排这位江小姐。”

江百果手心里的汗是一波接一波。这一箭终于要射出去，她闯过再多的大风大浪，也不是不紧张的。可除此之外，曲振文的一招一式，几乎和池仁所料不差毫厘，这血浓于水的定律，更令她不得不信服。

江百果掐着时间，让曲振文足足等了一个钟头，这才轮到为他围上了白色围布。镜子中的曲振文自然不知道人为刀俎，他为鱼肉，仍先发制人：“江小姐怎么会由着阿仁胡来？”

“大家立场不同罢了。”江百果按部就班，说话间，曲振文银白色的发梢扑簌簌地落了地。

“莫非你真不怕他逼得我在君鑫和他中间做出选择？而我会怎么选择，你是知道的。”

“你早在十五年前就做出了选择，不是吗？”

“江小姐一句来日方长我记忆犹新，我还以为，或许你会是我和阿仁之间的转机。”曲振文顾不上在焕然一新的过程中，他不怒自威的银发被江百果一层层摆弄，要多好笑，就有多好笑。

江百果手中的剪刀没一刻停歇：“不瞒你说，那一句来日方长说完后，我越来越后悔，因为到今天，我也找不到任何可以站在你这边的理由。我是曾想在你和池仁中间架起一座桥梁，但是非曲直由不得我怎么想，就能怎么做。”

“一定要让我亲口说，我也有我的苦衷吗？”

镜子中，江百果的目光从曲振文的鬓角扫过，对上了他的目光。她看得出，她是为难到他了。苦衷二字，是弱者的挡箭牌，可以将一切不作为归咎于我也有我的苦衷，但对强者而言，却是耻辱。江百果看得出，曲振文分明是自负到了他自认为无所不能的地步，不到情非得已，又岂会对人揭开他血淋淋的疮疤？

“今天是愚人节。”时间把握得刚刚好，江百果为曲振文撤下了白色围布。纵然她的求知欲蠢蠢欲动，她也知道急功近利是万万行不通的。

曲振文从口袋中摸出了江百果赠送给他的白金卡：“那我改天再来光顾，希望江小姐认清一点，如今能从我手里救阿仁的，只有江小姐你了。”

当晚，池仁的求婚来得令人措手不及，不光是江百果没有想到，甚至连他自己都没有想到。

或许是因为和曲振文的交手远不似表面上的祥和，午后，江百果竟开始发低烧。她吞了两粒胶囊，窝在休息室的沙发上睡了一觉，没告诉池仁。等下午六点，江百果没事儿人似的了，才致电池仁，说今天想在外面吃。

说是想在外面吃，等和池仁会和后，她又不知道去哪里才好。

池仁漫无目的地踩着油门："你这样早退真的没问题吗？"

"怎么也算是阶段性的胜利，不庆祝可不行。"关于曲振文的到访，江百果在第一时间就告诉了池仁。二人并肩作战，毫无保留是双双有言在先的。

当时，池仁一言未发。曲振文的"苦衷"二字，连江百果都在反反复复地咀嚼，又何况是他，消化不良是跑不掉的。

"吃什么？"池仁第三次问江百果这个问题了。

这时，江百果不经意间从皮包的夹缝中摸出了一张卡片。那花里胡哨、粗制滥造的印刷让她在愣了愣后，一惊一乍道："我们去这里！"

那是一家由一楼的民居改建的咖啡厅，出售所谓的手工咖啡和秘制三明治，地处池仁的"秘密基地"旁。像是上个世纪的事儿了，在池仁被派往西雅图的前一夜，他曾和江百果光顾了这里，最后，那年纪轻轻的店员免费赠送了他们一张会员卡。

不多不少，就一张。

江百果想要两张，店员大意上是说：你们一起过来不就好了？

当时，池仁将这一张会员卡让给了江百果，江百果随手一放，再也没当回事儿。

她以为他们再也没机会一起过来了，而她并不想一个人故地重游。

店面没有变，店员也没有变，还是那小姑娘，只是剪短了头发，他们认得她，她却记不起他们了。要不说，人都是在自己的世界里轰轰烈烈地玩儿着命，在别人眼里，根本是稀松平常。

池仁和江百果要了两份秘制三明治的套餐，价格上涨了不少，江百果掏出那一张会员卡，问这样有没有什么优惠。小姑娘一看："哟，还真是老顾客了，那今天我请。谁让我们明天就搬家了呢，最后一天还让你们赶上了，也真有缘分。"

秘制三明治的味道还是好，但池仁和江百果却不免惆怅。酒香不怕巷子深的店面说关就关，萍水相逢的人儿说忘就忘，好不容易重续的前缘，或许也说断就断，像是你努力了一年四季，收获的硕果也说腐烂就腐烂。

“江百果，我们结婚吧。”就这样，池仁没头没脑地说出了这一句。

假如说这世界上还有什么是他非抓住不可的，那就是江百果了。

小姑娘刚好来续杯，惊讶之余，对江百果低语：“我保证，他没有提前把戒指放进三明治，你放心吃。”

江百果失笑：“连戒指都没有，那我还要不要答应他？”

“这我可帮不了你。”小姑娘进退自如。

“吃完饭，我们就去买戒指。”

“好啊。”江百果只这两个字。

池仁送到唇边的咖啡杯顿了顿：“你答应了？”

“你早该娶我了不是吗？”江百果理直气壮，“早在十五年前，你把我留在你身边，就该娶了我。”

池仁结束了他的晚餐，靠在椅背上言笑晏晏：“那时候我十六岁，你十岁，好像不合法。”

“那早在一年半前，我们再见面，你也就该娶了我。”

“怪我，直到今天也还是临时起意。”

江百果耸耸肩：“可我还是答应了，趁着还没相看两生厌，抓紧吧。”

池仁笑到眼角的纹路初生，有一种人未见过的沧桑。是啊，他早该娶她了，偏偏等到连鱼尾纹都有了，而他又无比期待看看她两鬓斑白的模样。那还等什么呢？他甚至等不及她吃完最后三分之一的三明治，就拉她站直了身：“边走边吃。”

小姑娘挥挥手道：“早生贵子啊。”

夜色中，临街的珠宝店里，除了中看不中用的奢华珠宝，店员脱了妆的毛孔和隐隐狗眼看人低的姿态也展露无遗。池仁还好，白色衬衫中规中矩，无奈，被江百果破旧的牛仔裤拖累，二人怎么看怎么都像是进来歇歇脚的闲杂人等，竟没人来接待。

“我们要不要买个最贵的？”池仁凑到江百果耳畔。

江百果一双火眼金睛一寸寸扫过柜台：“干吗还便宜她们？”

“那我们换一家好了。”池仁学不会江百果的心无旁骛。

“那浪费的岂不是我们的时间？喏，就它了。”

一款光面的铂金戒指，镶嵌祖母绿型切割主钻，0.7克拉，平凡而夺目，被江百果百里挑一，一锤定音。池仁赞赏地点点头，没有二话，掏出了钱夹。

店员训练有素，虽恨恨地怪自己有眼无珠，却也能力挽狂澜：“二位要不要再看一下对戒？”

江百果微笑道：“不用了。”

走出珠宝店，江百果将那小小的袋子交到池仁手上。池仁恍然大悟：“对，要我给你戴上才对。”可江百果却将手背到了身后：“你先替我收着，总要等曲振文的事有了定数，你再给我。”

而此后的一段时间里，曲振文一直没有再光顾无误沙龙，也没有其他动作。池仁的精神持续高度紧张，尽管他从不认为他懈怠过，可那根弦分明还能一天比一天绷得紧。

至于他能查到的为数不多的线索，也就是宋君鑫推迟了回国，仍在欧洲逗留。而这，或许都不能被称为线索。

池仁和江百果几乎要调整作战方针，这时，曲振文致电了无误沙龙，约了江百果下午两点。就像上一次的低烧，尽管江百果打的是有准备之仗，到了吃午饭的时间，她的胃却莫名其妙地罢了工。她的精神和身体像是被一分为二，精神不屈不挠，也撑不住身体的紧张。

她的身体一而再地告诉她，这不是闹着玩儿的。

下午，曲振文提前了两分钟抵达无误沙龙，准时是他分内的事，但他绝不纡尊降贵。

而在江百果的移动工具架下，装有一枚指甲盖大小的窃听器，会使得曲振文的一字一句即时地、不差毫厘地传进池仁的耳朵里。

四月中旬的天了，曲振文仍在白色衬衫外穿了件薄毛衫：“请江小姐至少给我半小时的时间。”

江百果毫无异议。

“不知道精明如江小姐，有没有做过这样的假设，在我、君鑫以及池仁的母亲中间，第三者另有其人。”曲振文的直截了当，无非是因为

“苦衷”这个话题仍非他所热衷，眉目间的不耐烦代表他几乎是抱着早死早超生的狠绝。

江百果平心而论，倘若不站在这个男人的对立面，他自有他的魄力。

“你是说，池仁的母亲。”当然，江百果当然做过这样的假设。但第三者的定义，也随之没有了定义，是论先来后到，还是凭你情我愿，不是她能做主的。

曲振文轻笑：“我们算是开了个好头。接下来，就请江小姐客观地听听看了。”

具体是哪一年的事了，曲振文没说，江百果也没问，总之，他和宋君鑫相识于最美好的青春年华，二人一见钟情，却也分分合合。后来，介入的姚曼安，算得上是对曲振文最致命的诱惑。有钱人家的女儿，要模样有模样，要热忱有热忱。

但爱情这回事，本来就无关分数，他最放不下的始终是宋君鑫。

三人行的故事貌似荒诞不经，实则屡见不鲜。尤其人人都自认为是受害者，包括曲振文在内，也觉得夹在中间的日子并不好过。

直到姚曼安怀了孕，宋君鑫不辞而别，曲振文的决定再也不用他自己来做，像是别无选择地，他和姚曼安步入了婚姻的殿堂。而这，才是悲剧的开篇。池仁的出生，是在曲振文和姚曼安婚后的第三年，换言之，为了嫁给曲振文，姚曼安撒了她这辈子唯一一个弥天大谎。

他们婚后的第五年，消失了五年的宋君鑫杀了一个回马枪，将曲振文杀了个片甲不留。当年，怀了曲振文骨肉的确有其人，却不是姚曼安，而是连她自己都不知道的宋君鑫。她不辞而别后去了哪里并不重要，重要的是，她直到失去了孩子才知道她有过孩子。

而那一场流产，也使她永远失去了做母亲的机会。

江百果听到这里，想不通的事不少，首先一件便是，那个被曲振文捧在手心里的女人，到底做对了些什么？抛开三人行的罪责谁也跑不了，她的一走了之算什么？走了又回来，又算什么？又是谁给了她想怎样就怎样的权力？

可曲振文是真的爱她就是了，情人眼里出西施。

宋君鑫一回来，曲振文即刻向姚曼安提出了离婚。他不惜一切代价，只可惜，一边是抛妻弃子，一边是有钱有势，合情合理，胳膊拧不过大腿。

这就是池仁的童年了。用曲振文的话说，姚曼安不过是将池仁当作将他拴在她身边的枷锁，而他之所以真的被拴住，反倒是因为他还有他身为父亲的不忍。

另一厢，池仁听到这里，笑得连助理都来敲他的门，怕他是因为这阵子工作压力太大，不堪重负了还是怎么着。池仁匆匆起身，亲自将助理送了出去："没事，劳逸结合，开心一刻，没事啊。"他仍笑得停不下来。

曲振文还有个会要开，话说到这里，也就让江百果帮他扫尾了。本来嘛，江百果在他头上要什么花枪，他无所谓的，也知道心急吃不了热豆腐，他四十年的光阴，岂是她这黄毛丫头说懂就懂的？

可倘若，她懂了他和宋君鑫的九九八十一难，他就不枉此行了。

倘若她就此懂了，省去了他对此后的腥风血雨再做赘述，那最好不过。

"池仁知道这些吗？"江百果送了曲振文几步。没有了窃听器，他们的对话不会有第三个人知道。

"总会知道些。"

"曲先生身为父亲，对儿子的关心……真的是少得可怜。"

"呵！"曲振文笑着按了按眉心，多怅然似的，"我为阿仁做的，远比江小姐以为的可贵。"

"那我且等你下回分解？"

就这样，江百果和曲振文心照不宣：这不会是曲振文最后一次光顾无误沙龙。而江百果更知道了一件事——无论出于什么，是不忍也好，是不敢也罢，曲振文不到迫不得已，不会和池仁你死我活。

那么，他就一定会再来。

时至今日，她江百果仿佛被曲振文当作了他和池仁之间的唯一一个转机，不知道这是她的荣幸，还是他的失败。

当晚，就曲振文这第一番“推心置腹”，池仁和江百果并没有谈太多。

一来，这对江百果而言都像是三流新闻，对在曲振文和姚曼安的夹缝中度日如年了十六年的池仁而言，的确如曲振文所言——他总是知道些的。

三个人的爱情不过如此，一个人的行差踏错，让多少人回不了头。而或许那根本不能被称为爱情，不过是有人贪婪，有人懦弱。

再者就是，曲振文今天画下的句号像一根鱼刺，卡在了池仁的喉咙里。抛开华丽的辞藻，他无非是对池仁说：你拥有母爱，不过因为你是我曲振文的儿子，否则，你什么都没有。

当晚，池仁从致鑫集团回到家时，是午夜时分。

江百果“别有用心”地开着电视，播放着一档浮夸的情景喜剧，让气氛不至于那么严肃。可她还是在看池仁的第一眼时，就看出了他眼中的难堪。

像是一个孩子，身边的小朋友人手一个高档多功能的文具盒，只有他，拿着那锈迹斑斑的铁皮盒，先前还能装作满不在乎，如今却被人指出，就连那铁皮盒都是他捡来的。

他不怕被全世界可怜，独独想瞒住江百果。

可他骗得了全世界，独独逃不过江百果的眼睛。

电视中传出一阵爆笑，那情景喜剧除了自卖自夸，不剩下什么，更惹得池仁心烦。一看适得其反，江百果啪地关了电视，一溜小跑跑向他：“哎哟，这是谁家的小可怜儿哟？”

她一拳捅在池仁的肚子上，趁池仁吃痛弯了腰，将他的头抱进怀里，狠狠揉着。

池仁技不如人，还以为江百果会振奋人心，却不料她反其道而行之，哭笑不得的同时，还真哭了出来。江百果一不做二不休：“哎哟，这不是我们家的小可怜儿吗？被人泼了脏水，哭出来就好了啊。乖，不哭，不哭了啊。”

就这样，池仁又笑了出来。

他就势将江百果扛上肩头，在她的屁股上重重一拍，直奔卧室：

“我倒要看看谁是小可怜儿。”

至于池仁大臂上的一道伤疤，江百果早在普吉岛时就见过了。悲欢离合了这么久，又有了多少次的肌肤相亲，他却始终没有对她讲过它的来历。她也没问过，不过猜也能猜到它和曲振文脱不了干系。

可今晚，池仁主动道：“你知道它是怎么来的吗？”

年少轻狂时，池仁用过一百种方法让曲振文血债血偿，他不自量力，曲振文却也不至于置他于死地，大概是因为虎毒尚且不食子，无视，是曲振文对他做的唯一一件事。直到他瞄准了宋君鑫，曲振文毫不留情地给了他这一道伤疤。

所以，曲振文对宋君鑫的珍视，池仁不是不知道。

所以，当今天，曲振文将他对宋君鑫的一颗红心厚颜无耻地捧给江百果看了又看，池仁说不出半个不字。

好在，他怀中的这个女人不是泛泛之辈，她是江百果。她一翻身，半骑到他身上，没有几两肉的小手极具章法地轻轻抚过他的五官：“我虽没学过法律，却也知道什么是诡辩，什么是成立，什么是不成立。如果你当我是陪审团，我会说，被告还是罪该万死。”

宋君鑫回北京，是在三天后的晚上。

而那天傍晚，曲振文没有预约，直接出现在了无误沙龙。

这是池仁和江百果始料未及的。抛开距离他上次来才时隔三天不谈，他们谁都以为这个时候，千军万马也拦不住他去机场迎接宋君鑫。

所以，当曲振文出现在无误沙龙时，坐在休息室里的池仁不是不张皇的。可敌明我暗，他随即也就稳住了阵脚。

江百果也把一颗心从嗓子眼儿咽回腹中：“我上次是不是忘了跟曲先生说，两周来做一次护理就好？”

“我们就不能坐下来聊聊？”曲振文似乎在一忍再忍。

江百果轻笑：“我充其量能当曲先生是顾客，当不了朋友。”

于是乎，才时隔三天，曲振文这待宰的羔羊就又咩咩叫着将脑袋伸给了江百果。而休息室中的池仁有失必有得，今天，他虽不能即时接收到曲振文的连篇鬼话，却有幸亲眼见到曲振文一步步自寻死路。

可这一亲眼所见，池仁当即致电了江百果。

那时，江百果站在曲振文身后，刚刚戴上一次性的透明塑胶手套，手机就在裤兜里嗡嗡作响。她摘下手套，接通电话：“我在忙。”

“拜托……”他恳切地说，“别亲自动手。”

她话说得隐晦：“我不要紧的。”

“那也别亲自动手。”

池仁知道，江百果不直接接触且不在负离子环境中暴露是万无一失的“不要紧”，却未曾料到，纵然曲振文罪该万死，江百果磨刀霍霍的画面也绝非他所能接受……

“你少胡搅蛮缠了……”江百果谈笑风生道，“挂了。”

池仁的手就握在休息室大门的门把上，但他只能注视着江百果走向了那日渐灵光的新任前台，接着，那新任前台走向了他，将江百果的话原封不动地带到：我知道我在做什么。

寥寥数字，逼得池仁画地为牢。

另一厢，曲振文问江百果：“阿仁的电话？”

江百果重新戴上手套：“这好像不是顾客该问的问题。”

曲振文抬腕看了看表，刚坐下，就赶时间似的：“我们上回聊到哪儿了？”

MISS.JIANDAO

第38章 Game Over

宋君鑫在不辞而别后的第五年，杀了个回马枪。而她之所以回来，用曲振文的话说：因为没人能拆散他们。

对此，江百果不予置评。当曲振文和宋君鑫都不把姚曼安和当时才蹒跚学步的池仁当作人，而是当作拦路虎了，那也就没什么道理好讲了。好在，她也不是旨在和曲振文讲道理的。

自从曲振文第一次对姚曼安提出离婚，到姚曼安从那一栋尚未竣工的大楼上跳下来，前前后后拉了长达十四五年的战线，在这一点上，倒是不输池仁之后的这十四五年。

而至今，曲振文仍对姚曼安恨之入骨，甚至顾不上什么死者为大。

他说："她就是一个疯子！"

当事人早就入土为安，曲振文有权怎么想怎么说，江百果也有权怎么听怎么想。而在江百果听来，姚曼安当然不是一个天生的疯子，她一个千金小姐，不免有着不达目的誓不罢休的决绝，和死要面子的性子。即便当她为了嫁给曲振文，不惜撒下弥天大谎时，她充其量也就是“女子与小人”，离疯子，还差得远呢。

至于是谁逼疯了她，仁者见仁，智者见智。

对于曲振文提出离婚，姚曼安自始至终就三个字：不可能。这辈子，她还没有什么得不到的东西，更不可能得到了，再失去。她在人后痛不欲生，在人前，包括在曲振文的面前，却只笑着道：“你尽管出去玩，玩够了再回来就是了。”

而曲振文多少次跪在姚曼安的面前：“我不是玩，我真的不是玩！”

此后，曲振文搬去和宋君鑫同住，也算做了些时日的神仙眷侣。直到有一次，他和宋君鑫在机场被拦了下来，他才知道，姚曼安剥夺了他出境的自由。

而这仅仅是第一步而已。

姚曼安像是大笔一挥，就能在地图上框定曲振文的活动范围，从不能出境，到不能离开这座城市，到方圆多少公里，她的圈越画越小，将他的活动范围像扎口袋似的越收越紧。她用这样的方式，等曲振文回头是岸。

“曲先生看不到她背后的绝望吗？”这是江百果第一次插话。

曲振文冷笑：“我和她做了近二十年的夫妻，育有一子，我没有看到过她哪怕一次的伤心。她那张笑脸几十年如一日，你不知道有多么可怕。”

江百果闭了嘴。

你藏起来的心事，于在乎你的人，有多令人心疼，于不在乎你的人，就有多令人作呕。

这事说起来三言两语，实则折磨了姚曼安、曲振文和宋君鑫几年的时光。直到曲振文和宋君鑫变得寸步难行，而曲振文仍宁死不屈时，姚曼安第一次，也是唯一一次几乎“高抬贵手”。

“那曲先生为什么没有把握机会？舍不得吗？”这是江百果第二次插话，她自问自答，“舍不得荣华富贵。”

曲振文对答如流：“难道我和君鑫所受的苦，和我们失去的孩子，就活该吗？”

“不活该，所以就明码标价吗？”

“她不过是争取她应得的。”

“她？”江百果觉得意外，“你是说她？”

这个她，自然是指宋君鑫。

“我们！”曲振文当即改了口，“我是说我们，我和她不分什么你我。”

江百果点点头，又闭了嘴。

一边是姚曼安不可理喻的守候，一边是宋君鑫在忍无可忍后的贪婪，明明是半斤八两，到了曲振文这儿，却一个是可怕的魔鬼，一个是受难的天使。

说穿了，这就是不爱与爱的天壤之别。

总之，曲振文和姚曼安的婚还是没有离。

在宋君鑫一次次的“晓之以理，动之以情”下，曲振文对姚曼安一次次狮子大开口，终于将他们最后的出路堵死了。若说姚曼安是个疯子，大概也是从这时开始。

对曲振文几近病态的依恋使得姚曼安提出，假如宋君鑫不介意和她分享这个男人，她也不介意与宋君鑫分享她的万贯家财。

宋君鑫没有拒绝。

此后，曲振文一边给姚曼安扣上了疯子的帽子，一边继续为他和宋君鑫争取着他们“应得的利益”。

那几年，姚曼安当真开始和宋君鑫走动。她会去宋君鑫和曲振文的住处做客，也会邀请他们回她家中小住。她年纪小宋君鑫不到两个月，却也规规矩矩地称其一声姐姐。而和她的小心翼翼截然相反的，是她的大手笔，房子和珠宝，只要宋君鑫开口，她绝无二话。

只要曲振文还回家，姚曼安就觉得值。

至于那一栋地处姚会所跟前的，到她死都没能竣工的大楼，是她送给曲振文和宋君鑫的最后的礼物。当然，当时谁也不知道那会是“最后的礼物”。但江山易改，本性难移却是真的，无论如何，她也要将他们困在她的跟前。

姚曼安自认为她做了一切她能做的，问心无愧。无奈，宋君鑫却不能再陪她疯下去了。姚曼安那张被曲振文称为“几十年如一日”的笑脸在宋君鑫的脑海中挥之不去，令她在看不见、摸不着的牢笼中寝食难安。

后来，姚曼安和宋君鑫是在同一天被送进医院的。

姚曼安的症状是腹痛和消瘦，而宋君鑫的症状之离奇，令她被送进了精神科。换言之，尽管曲振文不说，但那时的宋君鑫，也被人扣上了疯子的帽子。

至此，曲振文像是拿到了一道十以内的加减法运算题，一边轻如鸿毛，一边重如泰山，谁阴魂不散，死有余辜，谁又将风雨过后见彩虹，这小儿科的加减法他闭着眼睛也会算。

后来，姚曼安因为身患莫须有的胰腺癌，结束了她短暂的一生。不久后，宋君鑫说是药到病除也好，说是不药而愈也罢，总之，她这一生还很长，很长。

在这第二番“推心置腹”中，曲振文共计看了六次表。他第一次看表的时候，江百果就问了他：“曲先生才来，就赶时间？”

当时，曲振文一言未发。

到了第六次，江百果又问了他：“还约了人？”

在吹风机下，曲振文所答非所问：“故事讲到这里也差不多结束了，不知道江小姐能认同我多少。”

“恐怕没多少。”江百果坦言道，“故事中的三位长辈个个失败得很，就不要五十步笑百步了。”

姚曼安撒下弥天大谎，是她误入歧途的第一步。尽管接下来的每一步，她也都走得害人害己，但无怨无悔是她的过人之处。

相形之下，宋君鑫便可以和“摇摆不定”画上等号。而倘若没有她的摇摆不定，这其中不会有姚曼安的立足之地，也就不会有以后的悲剧。纵然，她也饱受了丧子之痛，也曾真的因姚曼安的囚禁奄奄一息，也曾崩溃，却绝不无辜，差得远呢。

至于曲振文，作为陪审团的江百果还是那句话：他还是罪该万死。

他以爱为名，殊不知错爱有千万种，姚曼安对他是其一，他对宋君鑫，是毋庸置疑的其二。

江百果的一句“五十步笑百步”，令曲振文掀了江百果的移动工具架。嘈杂声被店里播放的舞曲吞掉了一半，剩下的一半，让大多数人误以为那是一场小小的意外。

但休息室中的池仁三步并作两步冲了出来。

无奈，这个时段的无误沙龙人满为患，三两个助理为了帮江百果善后，也匆匆奔向她。不过就这三两秒，曲振文也不顾头发有没有吹干，指着江百果的鼻子对她说了句什么，便拂袖而去。

父子二人竟没打上个照面。

池仁终于来到江百果身边：“没事吧？”

“没事……”江百果晃了晃双手，“连我小拇指都没碰到。”

“他最后跟你说什么？”

“他说他还会来找我的，最后一次。”

曲振文说故事讲到这里也差不多结束了，但差不多结束，不等于结束。而江百果的第六感告诉她，最后的那一块拼图，才是曲振文的底牌。

“他一直在看时间……”江百果若有所思，“走得又这么急，你说……他去干什么？”

“我管他干什么！”池仁心有余悸。

“我打赌他去机场了。”江百果有着九成九的把握，“我们都以为他会去接宋君鑫，他却没有，可到头来，他还是去了。”

至于江百果的猜测，是中了九成九，还是中了那百分之一，那时候她和池仁不得而知。

当晚，江百果首先用了两个小时的时间，将曲振文所言一五一十地转达给了池仁。而池仁说的第一句话却是：“百果，是我让你知法犯法了。”

“要我收手吗？”江百果试探道。

他一下子红了眼睛："来不及了不是吗？"

她投入他的怀抱："相信我，我会把这早该结束的一切彻底结束掉。"

江百果知道，她那暂时还不能说的全盘计划快可以告诉池仁了，快了。

这一夜，池仁背对江百果，彻夜未眠。

抛开江百果的处境不谈，母亲生前的种种从曲振文的狗嘴里吐出来，虽不堪入耳，却该死地与他年少时断断续续的记忆吻合。原来，她的大度不过是卑微，她的让步不过是另一种逼迫。

原来，推她跳下去的手，除了曲振文和宋君鑫的，分明也有她自己的一只。

而江百果当然知道池仁彻夜未眠，只是装作不知道罢了。

她偎在他的背后，鉴于一切都在按照她的计划进行，她远比他更问心无愧。她知道，那三个人的错，没道理由姚曼安一个人买单，更没道理葬送她和池仁的明天。她知道这一切马上就能结束了。尽管曲振文仍握有底牌，她也胸有成竹，这一切，马上就能如她所愿地结束了。

一周后。

江百果迟迟等不来曲振文的"最后一次"，却等来了张什的口沫横飞。

他说，无误沙龙的一个死对头也不知道从哪里得到的消息，说无误沙龙引进了一套杀人于无形的设备和配方，且正欢欢喜喜地要把这爆炸性新闻捅出去。

接着，他又说："捅就捅喽！咱们身正不怕影子斜，是吧果子？"

顿时，江百果心里咯噔一下。

江百果致电曲振文时，曲振文不大方便接。而就在他拿不准接不接电话的间隙，江百果挂断了电话，整个过程不过三秒钟。

两军交战，谁也没能出奇制胜，以静制动才是上上策。这道理江百果懂，所以才会悬崖勒马，挂断电话，但那板上钉钉的三秒钟，却收不回来。江百果在无误沙龙的休息室里踱来踱去，没办法中的办法是又一次致电了曲振文。

这一次，尽管曲振文仍不大方便接，但还是接了。

“曲先生打算吊我胃口到什么时候？”

“等我忙过这两天。”

挂了电话，江百果知道，以静制动的道理她懂，曲振文不会不懂，那么，他先前接二连三的主动，必定也是他没办法中的办法。无奈，曲振文的处境是池仁查都查不出的，她更是无从下手，好在，有时候知己知彼方能百战百胜，可有时候，一心走好自己的路也未尝不可。

至于曲振文，在这一点上和江百果不谋而合。

一来，是他的处境令他真没什么闲情逸致关心江百果的处境；二来，他也真不关心。他要做的，也无非是一心走好他自己的路。

但无论如何，最后的赢家只有一个。

受江百果之命，池仁去和无误沙龙的死对头就爆炸性新闻进行了交涉，原则是能封锁就封锁，假使不能，也要能拖多久就拖多久。三天后，池仁在奉公守法的基础上，也就几乎无能为力了。

好在三天后，曲振文也就来了。

他才熟门熟路地坐下，就将手伸向了移动工具架，虽不是直捣黄龙，但至多三五下，也就摸到了那一枚指甲盖大小的窃听器，放在手里把玩着。

无疑，这给了江百果当头一棒。

紧接着，曲振文手一松，窃听器掉在脚边。他不紧不慢地一脚踏上去，轻轻一碾，这个插曲才算告一段落。

江百果的脊背一下子汗湿了，透心的凉。

“有些话，我不介意阿仁听，可也有些话，是我瞒他瞒了十几年的，总不至于栽在你们这些雕虫小技手上。”今天的曲振文人稍稍没精打采了些，赢了这第一回合后，便闭目养神了。

“那我何德何能，被曲先生当作自己人？”江百果最后一次为曲振文围上白色围布。

“哪来的自己人，不过是个传话筒罢了，至于今天的话你要怎么传，你自己拿主意。”曲振文咳嗽了两声，睁开眼，细细打量着镜子中的自己，“反正我的目的江小姐是知道的，让阿仁离我远一点，大家都好过。”

做好了铺垫，他终于亮了他的底牌：“阿仁至今都认为是我伪造了他母亲的遗嘱，对吗？”

“不对吗？”江百果反问，却有五成的虚张声势。一来，至今他们也没凭没据。二来，曲振文自己撞上来，总不该是白白送死。

“我没有。”曲振文这样说道。

亲手将姚曼安逼上绝路时，曲振文就知道，他势必能分得一笔可观的遗产，至少够他和宋君鑫重新开始，却不料，姚曼安一纸遗书，将她的万贯家财通通留给了他。当十六岁的池仁错愕不已时，老谋深算的曲振文同样不敢相信这样的事实。

随之，这样的事实令曲振文想起了一件事。

姚曼安在怀孕六个月时，身体状况不乐观，为此，她转去了香港的一家权威医院，身边环绕着顶尖的医疗团队，却独独对曲振文避而不见。她说，她不想让他看见她备受折磨的，人不像人、鬼不像鬼的样子。当时，曲振文对此深信不疑，毕竟，这完全符合姚曼安一贯的行事作风。

再者，不见就不见，他对她也不会一日不见如隔三秋。

就这样，直到姚曼安抱回满月了的池仁，他们才算夫妻团圆，一家团聚。

十六年过去了，曲振文从未对这件事起过疑、费过心、大做过文章，直到姚曼安的一纸遗书上，她对池仁只字不提……当即，曲振文着手进行亲子鉴定，并且，在连样本都没送去时，他就自顾自有了答案：当年，或许姚曼安并没能保住他们的孩子，却又万万不能没有这么一个孩子。

更令江百果震惊的是，最后，曲振文并没有进行亲子鉴定。

他说：“当我冷静下来，我发现那根本没有任何意义。”

曲振文说，他虽不是一个好父亲，却并非铁石心肠，怪只怪池仁自呱呱坠地，就扮演着枷锁的角色，即便血浓于水，也不免令他日渐生厌。姚曼安一死，鉴于永远无法作为一个母亲的宋君鑫万万不可能接受池仁的存在，那么，在宋君鑫和池仁中间，他无疑选择前者。

那么，池仁到底是不是他和姚曼安的亲生骨肉，他竟觉得没什么差别了，反倒是对池仁而言，有着天壤之别。

曲振文第一次将自己摆在了池仁的立场上。假如，他是被姚曼安当作一件物品购得的，且照姚曼安的行事作风，他恐怕再也没有机会找到自己的亲生父母，他会作何感想？又假如，他的确是姚曼安和曲振文的亲生骨肉，到头来，在母亲的心目中，狼心狗肺的曲振文是一百，他却是零，那么他和一件物品又有什么两样？

那么，他又会作何感想？

而这时，十六岁的池仁血气方刚地指控曲振文，说他伪造了姚曼安的遗嘱。

就这样，曲振文做出了决定：与其让池仁像一件物品漂泊于世，还不如让池仁在对姚曼安的缅怀和对他曲振文的憎恨中，活得有个人样儿。

曲振文说："反正作为一个父亲，我也是活该被憎恨的，这一点，我并不喊冤。"

"可你知道他受了多少的苦？"江百果许久不开口，那像是棉絮，或是气泡似的什么通通堆积在胸口，一开口，难受到哽咽。

她转了个身，避开闲杂人等投来的目光，还当这天大的秘密天知地知，你知我知，殊不知，就在曲振文面前的镜子下，另一枚窃听器并没有粉身碎骨，自然在尽职尽责地发挥着它的作用……

池仁坐在他的办公室里，将这天大的秘密尽收入耳。

有别于江百果的"大惊小怪"，他反倒没什么反应。可说穿了，他还不就是赌着一口气——他们越怕吓坏他，他就越不能自己吓坏了自己，让人看了笑话。

直到江百果那一句"可你知道他受了多少的苦"，令他前功尽弃。

他分明不渴，却偏偏去拿水杯，好端端的右手没了准心，害其一个倒栽葱，支离破碎。他俯下身去捡，上一秒分明小心翼翼，下一秒手指上就多了一道口子，鲜血虽算不上汩汩，可也滴滴答答的，惹人心烦。

他站直身，一脚踹开转椅，那装着轮子的庞然大物冲刺般撞向墙壁，发出一声巨响。

没人进来。

池仁交代过助理，没有他的命令，天塌下来也不准进来。

镜子下的那另一枚窃听器，是池仁昨天才装上去的，连江百果也并不知情。他之所以这么做，一来，算是他没低估曲振文，上了个双保险；二来，也是最重要的，在他和无误沙龙的死对头的交涉中，似乎有个他怎么看也看不透的盲区。换言之，如果不幸被他猜中的话，在江百果的这盘棋中，或许也有他不知情的招数。

总之，无误沙龙那厢，江百果和曲振文双双不知道“隔墙有耳”，仍你来我往。

“受苦？”曲振文不以为然，“他有吗？”

“我们不说看不见的，就说看得见的。他的大臂，那是刀伤吧？”

“那是多久前的事了？还不是因为他碰了我的底线。”曲振文指的自然是宋君鑫。

“就在不久前，他还遍体鳞伤。”

“那还是因为他碰了我的底线。”曲振文知道，江百果指的是唐茹插翅难飞的那一天，是他的人将池仁团团围住的那一天，也是赵大允为救江百果去鬼门关逛了一圈的那一天。

他连眉头都不带皱上一皱：“就好比，江小姐你也是阿仁的底线，我一提到想请你过去和大家凑凑热闹，都还没说要动你一根汗毛，阿仁的人还不就像不要命了似的？听说，被撞了个半死。”

江百果一颗心上天入地，但十指始终稳稳妥妥，直到这时，关节才发出咔的一声：“你是说……赵大允？”

“听说是这么个名字，记不清了。”曲振文没往心里去，“不说这些不相干的阿猫阿狗了，就说阿仁。我知道那天他伤得不轻，可事后我也追究了责任，是谁下手没轻没重的，我都罚了。这……我总没必要骗你。”

江百果黑白分明地活到今天，第一次苦于她虽知道什么是黑，什么是白，却词穷了。

“或者退一步，我们不说看得见的，说说看不见的。”曲振文仍有话说，“阿仁也算有失必有得，虽然我从未对他抱有出人头地的期望，可他能有今天的作为，我也为他高兴，真的，为你们高兴。”

“就到这里吧。”江百果招架不住，怕只怕曲振文再这样一派胡言，她真的会翻脸。

奋力地活到今天，江百果见过为数不少的小人和伪君子，可他们和曲振文一比，怕都是小巫见大巫了。曲振文的伪善，是能自己骗过自己的滴水不漏，换言之，他是真的认为他值得被颂扬。

坐久了，曲振文吃力地提了提腰杆：“也好。那么，就看江小姐能不能念在我是真的有替阿仁着想的情分上，替我管管他。于理，不管是他母亲的遗产，还是今天的致鑫集团，从来就没有他的份。于情，假如他能让我踏踏实实地过上几天舒心日子，我会比他母亲对他大方，这一点，我可以向你保证。”

江百果最后一次为曲振文撤下了白色围布：“我能问曲先生最后一个问题吗？”

另一厢，在池仁的办公室里，池仁的手指止了血，苍白到不大有知觉。既然猜不透江百果要问曲振文什么问题，他索性连猜都不猜了，转椅被他一脚踢得远远的，又不会自己长了腿跑回来，他只好坐在办公桌的桌沿，洗耳恭听。

“关于池仁的身世，曲先生至今没查个水落石出，当真是……为了池仁着想吗？”江百果问道。

有好一会儿，池仁没有听到曲振文的答案，还以为是窃听器的线路出了什么问题，可那嘈杂的背景音分明一如既往……

这时，江百果追问道：“还是说，是曲先生自己无法面对？我粗略一想，还真想不出哪一种真相会令曲先生稍稍好过一点？试想，假如池仁是你的亲生骨肉，你身为父亲，可远远不只是失职了，你猪狗不如。而假如他不是，十六年来被骗得团团转的，以及断子绝孙的遗憾，恐怕也是你无法接受的吧？所以，与其怎么都是一败涂地，还不如做个缩头乌龟，不是吗？”

“哇哦。”姑且不论曲振文的反应，池仁在这一厢像是看了好戏似的，发出了心服口服的一声慨叹。

好一个江百果。

当他畏首畏尾地猫在这办公室里，仍搞得一团糟时，她却在最前线为他扳回了一城。不，不只是扳回一城，她是反败为胜。

他听到曲振文爆发了剧烈的咳嗽声，像是枪林弹雨都闯过来了，最后却几乎要被江百果活活气死。

他听到曲振文气急败坏："这是我对你们最后的警告！"

他听到她更胜一筹："是，是该结束了。"

真的……好一个江百果。

也就只有她了，能让过了而立之年，却来历不明的他在泪流满面的同时，又像疯子般笑了出来。从今以后，他连姓名，连记忆，连根源通通可以不要，他仅存的，也是他将誓死捍卫的唯一一个称号，就是江百果的男人。

他是她江百果的男人。

那么，他今天洒下的血与泪，他宁死也不会承认是曲振文，或许还要再加上一个姚曼安给他带来的伤害。当江百果像老母鸡似的张开她的翅膀，将他牢牢护在身后，再也没有谁，能给他带来一丝一毫的伤害。

池仁出现在无误沙龙时，距曲振文离开有两三个小时了。

包扎手指还好说，可要管住自己的一张脸，却难于上青天。他将车子停在距无误沙龙两三百米的街角，对着后视镜勤学苦练。

而出现在无误沙龙后，池仁虽管住了他的一张脸，却忘了打腹稿，吞吞吐吐间对江百果道了一声"你好"。

你好……

这气势磅礴的两个字像是捅了江百果一下。曲振文说得对，她不过是他们这对"父子"间的传话筒罢了，而那不亚于烫手山芋的话到底要怎么传，她一度心中有数，但……"你好"？

池仁这句寒暄在迟到了许多年后，放在他们同床共枕、并肩作战的今天，会不会太客气了？

"等我一下。"江百果匆匆跑进了休息室。

巧的是，途中她和张什打了个照面，却还是如入无人之境般打开了张什的储物柜。张什咋咋呼呼地追过来：“来人，来人啊，老板侵犯员工的个人隐私啊。”

江百果不为所动，取出两罐啤酒，据为己有：“去年的十二月六号，是你第一次在工作时间喝酒，此后，据我所知至少还有四次。我就不扣你薪水了，用这个抵了。”

张什目瞪口呆。

具体日期，他记不得了，但在孟浣溪因为他对江百果下不去手，而判了他出局后，借酒浇愁，他是有的。不过，他还以为他神不知鬼不觉……

“慢着！”张什灵机一动，“你……你别忘了这会儿也是工作时间！”

“可你也说了，我是老板。”

在之前常常独处，后来又常常与池仁分享的天井里，江百果将啤酒打开，才分了池仁一罐，轻轻一碰：“无论如何，我们大功告成了。”她先将她的踌躇和他的“你好”高高挂起，先将Game Over定了性再说。

池仁没反对，点点头。

“那窃听器贵不贵？被他踩烂的时候，我还在想要不要让他赔。”江百果抿了一口啤酒，啧啧两声。

池仁轻笑：“他都说了些什么？”

江百果打了个响指：“说出来吓死你。”

“哦？”池仁也是尽力了，这种时候，还能做到兴致勃勃地等江百果给他讲故事。

“他说等他翘辫子的那一天，才会把属于你的一切还给你。”江百果嗤笑了一声，“你都不知道他有多心安理得，他觉得他没有对不起任何人，就算有，那也是因为人家先对不起他。所以我们能做的，的确只有一件事，那就是让那一天早点到来。”

语毕，江百果和池仁碰了第二次杯。

果然，江百果谎报了军情。

池仁并不喜欢欺骗，尽管他也曾无数次善意地欺骗江百果，但这种事，一向是只许州官放火，不许百姓点灯。但这一次，他却对欺骗求之不得，他知道，她不过是为了他好。

本来嘛，今天最不幸的人非他莫属，不幸中的万幸是还有江百果护着他，那么，哪怕就今天一天，他做个饭来张口、衣来伸手的小祖宗，也不枉命运在打他一巴掌后，为他揉三揉了。

五月的北京，总是被人们嫌弃，冷得太久，热得太快，难得中间几日温度宜人，又总伴随着大风。池仁将江百果拥入怀中："你说，我们去哪里好呢？"

在他们用百分之二十的概率，给曲振文埋下百分之百的祸根，更对自己做出百分之百的交代后，当致鑫集团对池仁而言一文不值，当无误沙龙对江百果而言像是前半生的事，他们似乎再也没有了留在这座城市的理由。

春风、酒精和池仁的怀抱令江百果心里涌起一股冲动："哪里都好，我们下个月就动身。"

至此，江百果心如明镜，她骗得过池仁，不过是因为他心甘情愿被她骗罢了。

自从曲振文将窃听器狠狠踩在脚下，池仁对于茫茫的未知，又怎么可能听之任之。他怕是早就飞奔来了。他却过了这么久才姗姗来迟，白色衬衫是才熨烫过的，头发梳得英气逼人，摆明了是要讨她欢心。姑且不论他那一句"你好"的不伦不类，此后，她怎么说，他就怎么听，真是将那血海深仇当了儿戏了。更何况，他一直将右手遮遮掩掩。

可她要真看不到他的伤口，她还是江百果吗？

她当然看到了，从里到外，从头到脚。

总之，她虽不知道他哪来的神通，又到底知道了多少，以及那绷带下的伤口是方是圆，却知道这个来之不易的句号，他想就这么画下了，一如她想这一切是时候结束了。

"江百果，我有说过我爱你吗？"

"这都不记得吗？"

"哦，对，我有给你发过信息，算是书面上说过。"那天，他在得知江百果就是他要找的她后，被曲振文的人打到半死不活，纵然对她有千言万语，却在弹指间就对她说了那三个字——我爱你。

“在那之前，还有一次。”江百果退出池仁的怀抱，背靠着墙壁，慢悠悠地享用着她的啤酒。

“不可能，你一定是记错人了。”

“那一次你也是发信息给我，你说‘江百果，我好像不会再爱上别人了’，虽然俗透了，可意思到了是不是？”

那是池仁发给江百果的三十六条信息中的第三十六条。

铁证如山，但池仁仍赖账似的搓了搓手臂上的鸡皮疙瘩：“真是往事不堪回首。”

江百果开怀大笑：“英雄所见略同。”

“江百果，谢谢你也爱我。”

江百果措手不及：“我……我有说过吗？”

“借用你的话，意思到了。”池仁没在开玩笑，眼底的血丝随之蔓延。

就这样，江百果一步跨到池仁的面前，踮了脚，吻住了他。她仍不知道他到底知道了多少，但她知道这个曾人人艳羡，各方面条件得天独厚的男人，到头来拥有的却只有她，只有她了。

MISS.JIANDAO

第39章

右手

关乎无误沙龙存亡的爆炸性新闻是谁泄露给无误沙龙的死对头的难不倒池仁，而答案，也并不离奇，不过是孟浣溪狗尾续貂，并不满足于天上掉馅饼，非要置江百果和无误沙龙于死地。

对此，江百果无奈道：“你说……她这算不算忘恩负义？”

稀松平常的早餐时间，可又怎么可能稀松平常，那“划时代的意义”无须点破。池仁和江百果不约而同地胃口大开，双双将手伸向了最后一片面包。

池仁将最后一片面包抹好了果酱，递给江百果：“愿意为您效劳。”

江百果拆台般呵呵笑了两声，分了池仁一半。

这时，池仁才说道：“也许她不是为了她父亲，而是为了张什。而这……我倒是多少表示理解。”

在张什和孟浣溪之间，当然不是张什一厢情愿。而张什和江百果的师徒情，孟浣溪不能明着斤斤计较，却始终怀恨。说穿了，她和张什那段失败的婚姻，磨灭了她全部的自信。

她非要做他的重中之重，最后明明做到了，却仍不自信，仍要将张三李四赶尽杀绝。

“这样不可理喻，你还说多少表示理解？”江百果不敢苟同。

“因为我也是这样。虽然知道你和张什是两条平行线，但一看到他，我就……嗯，好在，我没有孟小姐那么敢想敢干。”

江百果失笑：“真有你的。”

“总之，虽然表面上看起来，好像是张什爱孟小姐更多一点，你爱我更多一点，但实际上，我和孟小姐才是备受煎熬的一方。”

“错。”江百果吃光了面包，摇了摇手指，“表面上看起来，也是你爱我更多一点。”

“苏州好不好？”池仁话锋一转，“我们可以先住上一段时间，之后是去是留，到时候再做决定。”

“盛产太湖银鱼和阳澄湖大闸蟹的好地方，我不反对。”江百果爽快地耸耸肩。

而尽管池仁没放过江百果的任何一个小动作，却也没能从中找到破绽。她既没在举棋不定，又不是敷衍，甚至还动了动脑筋，连当地的特产都一一列举。问题是……他倒是能从致鑫集团一抬屁股说走就走，曲振文求之不得，也没人会拦他，可无误沙龙的丑闻一旦被曝光，不要说苏州了，相关责任人怕是连这个门都迈不出去。

不要说太湖银鱼和阳澄湖大闸蟹了，牢饭可由不得你挑三拣四。

至于所谓的“相关责任人”，池仁和江百果有言在先，几纸文书是非池仁莫属的。那么江百果的没心没肺，就大有问题了。她是将天网恢恢，疏而不漏当笑话吗？还是她并没有他以为的那么在乎他？

而这两种可能，都分明不可能。

就这样，池仁虽在江百果的整盘棋中仍有怎么看也看不透的盲区，却找到了第三种可能。

江百果吃饱了抹抹嘴，站直身，池仁却一把抓住了她的手腕："到时候，不会就我一个人吧？"

与其说江百果不在乎他，还不如说她会因为太在乎他，而做出种种蠢事来。

比如，当该来的来了，她会不会也有她的底牌，个人英雄主义爆棚，将他推开，自己扛了炸药包？他是真的怕，怕百密一疏，怕置身于"江南园林甲天下，苏州园林甲江南"的苏州园林，就他一个人愁肠寸断。

江百果笑盈盈地甩开了他的手："说什么呢你？"

此后，当池仁日以继夜、夜以继日地盯紧了江百果时，赵大允却为他带来了一则有关曲振文的消息。当时是早上七点，赵大允说三个小时前，也就是四点左右，疑似有一辆救护车出入曲振文位于北郊的别墅。

问题是，据池仁所知，曲振文和宋君鑫在一周前去了美国。而就在昨天，还有人拍下了宋君鑫和某过气的好莱坞影星共进晚餐的照片。而这"还有人"里的人，并不是池仁的人。

比一周前更早些的时候，池仁递了辞呈，曲振文虽仍拒绝和他面对面，却在第一时间批了他的辞呈。此后，池仁除了演戏演到底，和相关人等做了交接，也就算是和曲振文、和致鑫集团井水不犯河水了。"放下"二字，一直说起来简单，做起来难，有时却又说起来难，做起来简单。

而这或许是因为江百果创造出的那百分之二十的概率，或许是因为曲振文的底牌真的打败了他，也或许，是因为江百果的存在。她什么都不要做，只要她站在那里，只要她随心所欲、爱憎分明地站在那里，他就不能不放下一切奔向她。更何况，她为他做了那么多。

总之，当池仁放下了曲振文，曲振文的铜墙铁壁反倒咔咔地裂开了一条缝。

赵大允情报虽报得及时，人却钻了牛角尖，他想破了头也想不出，曲振文在北郊的别墅里藏了什么人。

池仁却不费吹灰之力就抓到了真相："他根本没有去美国，他根本没有和宋君鑫一起去美国。”

赵大允一拍脑门：“可要是……可要是被救护车拉走的人是他，我恐怕就查不出什么下文了。用您的话说，他那种人的健康报告，可不亚于国家机密啊。”

时间从七点走到了七点十分，池仁站在客厅的窗口，听卧室有了动静，想必是江百果起了床。接着，他看她哈欠连天地晃出来，都不大把他放在眼里似的，径直去了卫生间。

池仁苦笑，怎会是在这样一个温情脉脉的清晨，他反倒将曲振文的生死看了个透？

“还记得我和你说这话是什么时候吗？”池仁自问自答，“那时候有消息称，他被查出患有食道癌，我却说，他那种人的健康报告不亚于国家机密，我想当然地认为那是圈套，不想往里跳。”

“池先生，现在下结论未免为时过早。”

“不，不是为时过早，相反，现在才下结论恐怕太迟了。”

或许，那根本是命运的天平唯一一次倾向他，向他做出了恶有恶报的保证。可惜，好心却被他当作了驴肝肺，以至于明明可以不劳而获，他却偏偏将江百果的“孩子”——她的无误沙龙，像舍不得孩子套不着狼似的，舍了去。

这是早上七点十分的事。

尽管池仁之后做出了最快的反应，但决堤，往往就在一瞬间。

七点二十分，池仁要先走一步。而当时，江百果磨磨蹭蹭地还没有从卫生间里出来。

他轻轻叩了门：“百果，我有事出去一趟。”

江百果打开门，满嘴的牙膏沫：“好。”

池仁走了两步，又折回来：“今天你就不要出门了，跟店里请个假。”

江百果刷牙的动作顿了顿，却也没多问：“好，本来想今天跟老张交个底，把收尾的事说一说的，那就再往后放放吧。”

池仁说不上来个所以然，心底的不安却像一簇熊熊的火焰似的快要燎原。他伸手，揉了揉江百果的头发。江百果笑嘻嘻地抗议：“干吗？”“不干吗。”他不禁也笑了出来。

早上八点半，池仁抵达赵大允情报中的那一辆救护车进驻的私立医院，也就是曲振文此时的所在地。

对方严防死守，池仁回到车里，试探性地致电了曲振文。

这一次，他反倒认为曲振文会有别于前，电话接与不接的概率，至少是一半对一半。

可惜，曲振文还是没有接。

但三分钟后，有人敲了他的车窗：“曲先生有请。”

但直到九点半，池仁仍站在曲振文的病房外，不得入内。据说，就在他上来的这几分钟里，曲振文在吃了一夜的苦头后，难得昏昏欲睡，那么不要说他池仁了，就算是玉皇大帝、王母娘娘来了，恐怕也要待命。

一门相隔，池仁除了心疼光阴似箭，倒并没有决一胜负前的慌张。或许，这是因为胜负已定，毕竟事已至此，就算曲振文仍可以让他乖乖地吃闭门羹，曲振文无能为力地躺在里面也是不争的事实。

而另一个不争的事实是，江百果说得对，曲振文大概这辈子也不敢揭开池仁是不是他亲生骨肉的谜底了，没错，他不敢。

池仁轻笑一声，竟想离开了，似乎留下来才是画蛇添足。

偏偏这时，曲振文在病房里发出了一声痛苦的哀鸣。池仁停下脚步，先不论是不是动了恻隐之心，至少，是出于人类对未知的好奇。池仁叫了他十几年的爸，又和他斗了十几年，可他痛苦的样子对池仁而言，仍是未知。池仁知道，曲振文在铁石心肠和春风得意的背后，不可能没有痛苦，说穿了，不过是一个“忍”字罢了。

而今，他忍不住了。

病房门被人从里面打开，对方还是那句话：“曲先生有请。”

池仁既来之，则安之，终于，易如反掌地迈进了曲振文的领地，和他面对面了。环顾了一圈不亚于五星级酒店的病房，池仁有一说一：“我十六岁那年住的地下室，整间算下来比你这张床大不了多少。”

“吃得苦中苦，方为人上人。”曲振文身上连接着数台监控仪器，代表着钱能买来生的希望。

池仁走近曲振文："多久了？"

"一年半前查出来的。医生狗嘴吐不出象牙，说我活不过半年。"曲振文不甘示弱地按下按钮，调整了一下病床的角度，想要往上坐一坐，却伴随着高科技的机械声，又爆发了一阵咳嗽。

他的人和医护人员涌进来，却被他一个手势止住，他再一挥手，来人又通通退了出去。

"那时候，消息都走漏了，你也算力挽狂澜，至少骗过了我。"对此，池仁不是不懊恼的。

"呵呵，可谁又稀罕骗你？"

"那是……为了骗她？"这个她，池仁指的无疑是宋君鑫。

曲振文终于将一口痰顶了上来："可不就是为了骗她，怕她担心。"

池仁见状，从旁抽了两张纸巾。曲振文见状，还以为池仁这是要对他伸出援手，于是，上半身还下意识地向池仁欠了欠。不料，池仁却不紧不慢地抬高了一只脚，蹬在曲振文的病床床沿，用那两张纸巾擦拭鞋面。

同时，他的问句是个设问句："真的是怕她担心吗？"

曲振文有苦难言，又生生将那一口痰咽了回去："不然呢？"

"不然，该不会是怕她甩开你吧？有福同享谁不会，可有难同当，却不是谁都能做到的。"这是池仁设问句的下半句。

曲振文到底是又按下了救命的按钮。

医护人员个个身怀绝技，三下五除二将曲振文咽回去的痰又吸了上来。活不过半年的人，过了一年半仍在作恶多端，他们功不可没，起初是接二连三的放疗，后来，在食管中做了支架，中途他有过大大小小三次并发症，都有惊无险，这一次是肺炎，加上五脏六腑的指标都一降再降，衰竭是明摆着的，可即便连进食都不能了，他仍能大呼小叫。

池仁是被曲振文的人拉开的。

而当时，他还在说着："你的挚爱，爱的不过是你的年富力强，以及你能给她的人上人的身份。她大概早就再也不肯吃一丁点的苦头，一边是你的病榻，一边是更大的世界，你知道的，你知道她会怎么选择。”

曲振文的人将池仁拉开后，又向外推，这时，却被曲振文阻止了。

他的口鼻虽被医护人员插上了呼吸器，他却瞪着眼珠子，握着拳、蹬着脚阻止了那两名彪形大汉。毕竟说话的权利他也有，总不能独独让池仁逞了口舌之快，更何况他请池仁上来，自有他的目的。

而池仁对曲振文和宋君鑫的猜测，与其说是猜测，还不如说是碰碰运气。毕竟，他所掌握的，仅仅是当曲振文病入膏肓，宋君鑫仍在大洋彼岸流连忘返。

至于池仁的运气是好是坏，最有发言权的，无疑是曲振文。

只有曲振文知道，当他的诊断书无论是一次，两次，还是一百次，也不会再有任何出入时，将病情亲口告诉宋君鑫，却是他想都不敢想的事。于是，他亲自将他患有食道癌的消息散布了出去……果不其然，他怕什么，来什么，宋君鑫泪如泉涌：“振文，你说你会陪我走到最后，为什么出尔反尔？”

当时，曲振文除了说消息是假的，别无他法。

继而也只有他知道，他和宋君鑫别开生面的爱情，竟无法迈向平平淡淡……

此后，若说宋君鑫没伤着曲振文的心，那是不可能的。

食道癌这三个字再也没有被宋君鑫提及，他说那是假的，是烟幕弹，是做给别人看看，说给别人听听，闹着玩儿的，她信了。无论他怎么和病魔硬碰硬，吃了多少的苦，遭了多少的罪，他的每况愈下明明有目共睹，可他说那是因为他忙，她信了。甚至，他三天两头地咳嗽，肺都快吐出来了，屡屡用伤风感冒做挡箭牌，她也信了。

而说穿了，她信，不过是因为她想信。

还记得在进入致鑫集团后，池仁和曲振文第一次短兵相接，代表池仁的杨智郴在轻轻松松地拿下那一回合后，却没有在第一时间将曲振文的缺席告知池仁，当时池仁还在情急之下，给了杨智郴难堪。而那时，曲振文的缺席，令池仁百思不得其解。

池仁以为，曲振文是爱江山更爱美人，因为宋君鑫从瑞士回京，二人小别胜新婚。

实则那时，宋君鑫是从瑞士回京不假，却是因为曲振文病发，命悬一线。他再瞒，也瞒不住了。她再想装没事人，也装不下去了。

此后，池仁又以为曲振文和宋君鑫在北郊的别墅如胶似漆。

实则，他们是在一决雌雄。

当曲振文被扩散的癌细胞折磨得人不像人，宋君鑫肝肠寸断，被折腾得鬼不像鬼，看起来反倒比他更惨。就这样，无论他多想喝一口她亲手喂的药，多想这个停不下脚步的女人也收收性，多想她能陪陪他，嘴上却不得不说："我们说好了去威尼斯的叹息桥，不如你先去帮我看看值不值得跑这一趟？"

诸如此类。

宋君鑫为曲振文肝肠寸断是真的，说走就走，更是真的。

而这无非是因为，她最爱的人固然是曲振文，却要除去她自己。

而今天，在曲振文看来，池仁的"好运气"，距离他和宋君鑫的冷暖自知还差得远呢。当他一次次从死神的手里逃出来，宋君鑫却是用一张张精美绝伦的明信片向他问好，他的悲喜交加，除了他永远不会有人知道。

都还差得远呢！

就这样，曲振文从数名医护人员的缝隙中，对池仁轻蔑地笑了笑。

池仁在那两名彪形大汉的钳制下，上半身动弹不了，一抬脚，踹在曲振文的床尾："你笑什么？"

曲振文拨开呼吸器："笑我自己，最后……最后还是被你和江小姐算计了去。"

池仁一愣，却是因为一点就通，才会一愣。

随即，他直切要害："曲振文，你别忘了你亲口说的，你早在一年半前就被确诊为食道癌晚期！"

"那也不代表，我不是被你和江小姐谋财害命。要知道，我一听说……听说你们要毒死我，我真是吓坏了。我躺在这里，万一走不出去，你们要负……负大半责任。"

池仁终于攻下了那两名彪形大汉，上前一步，双手撼动了曲振文的床尾：“你要干什么？你到底要干什么？”

“去窗口看看，时间……也差不多了。”

池仁乖乖地扑到窗口。

楼下，有几辆白皮车相继赶到。池仁不难知道，那是八仙过海，各显神通的媒体。

“江小姐那边，也不会冷清。”曲振文一笑，又爆发一阵咳嗽。

偌大的病房，从窗口到门口，池仁花了足足三秒钟。同样是从数名医护人员的缝隙中，他目睹曲振文连白眼都翻了，却也知道那条命还能一次次地被捡回来。

池仁冲出门口，不等他致电江百果，负责江百果安全的人就抢先一步致电了他，说江百果行色匆匆，往无误沙龙方向去了。

池仁发动车子，匆忙间，将“左邻右舍”都剐了下，随即，逃逸。他就知道，他将他的人往江百果身边派了撤，撤了派，翻来覆去地折腾，却也是养了一群的废物，没事的时候个个蓄势待发，等有了事，一个也靠不住。

他就知道，他让江百果不要出门也是一句废话。

没事的时候，她倒是对他俯首帖耳，等有了事，她还不是把他的话当耳旁风，往不该去的方向说去就去。

这时，才是早上十点半。

池仁的车子驶入无所谓高不高峰的拥堵车道，他这才想起他该给江百果打个电话。

江百果在第一时间接通电话：“喂，池仁。”

她难得一张嘴捎带上他的名字，还伴随着风声，而这代表正在骑着她的地平线200风驰电掣。

“不是和你说今天就不要出门了吗？”

江百果好言好语：“我接到老张电话，他说店里出事了，我不能不过去一趟。”

“江百果，无误沙龙迟早会出事，难道不是你早就知道的吗？”

换言之，虽然计划赶不上变化，而这变化会叫人方寸大乱，可这明明是计划中的一部分。

江百果被难住了，顿了顿：“我去去就回。”

池仁为了杀出一条生路，一个掉头后，愣是在人行道上逆行了不下一百米，这才柳暗花明。他知道他拦不住江百果，也就不得不换了个法子：“那你在那家牛排店门口等我，我陪你一起。快了，我再有个二十分钟就到，快了。”

“好。”江百果想了想，也算让了一步。

只可惜，池仁说的那家牛排店尽管距无误沙龙还有一段距离，却还是不够远。于是，江百果虽当真在那里等了等池仁，但眼看不知道是些什么人从四面八方包抄了无误沙龙，她也就不能坐视不管了。

池仁说得对，她早就知道无误沙龙会出事。自从她将无误沙龙和曲振文放在天平上，她早就知道有得必有失。

可她一介女流，计划是一回事，真要面对，又是另一回事。

据张什在电话里说，有人自称受害者，带了媒体来，说是要问无误沙龙要个说法。至于什么叫作“受害者”，张什过了好一会儿才反应过来。而就在这好一会儿里，又有大批受害者及其家属和媒体纷至沓来……

而今，门口黑压压的人群义愤填膺，甚至令江百果无从入内。

江百果早就知道会有这一天，但真有人将砖头砸向了无误沙龙的玻璃窗时，她还是急了。她冲破层层封锁线，要进去和张什等人会合。而最初，人群还像是一盘散沙，紧接着，有人识破了她的庐山真面目，一句“就是她”，不亚于吹响总攻的号角。

险象环生，江百果终于冲进了无误沙龙。

张什一把将她几乎拎离地面：“果子，你说你把孟叔造的孽化腐朽为神奇，是骗我呢，还是骗你自己呢？”

江百果挥开张什的手，整了整衣襟的工夫，却也知道了什么不该说，什么不得不做：“还没来得及跟大家说，今天就择日不如撞日了……”

“你丫到底要说什么？”张什是真的急了。

“无误沙龙谢谢大家的陪伴……”

她的话又一次被张什打断：“也就是说要散伙？果子，你这是要进去了？”

江百果忍无可忍：“你能不能让我把话说完？首先，就算我和无误沙龙真要论罪，也轮不到你们说话，更不是外面那群人能说了算的，你们只管不该说的话别说，该拿的钱拿着，走人就是了。其次……也就没有什么其次了！”

这时，继江百果之后，孟浣溪是第二个还能冲进无误沙龙的女中豪杰：“怎么回事儿？我发誓，这真不关我的事！”

张什不傻：“我说亲爱的，你……你这是不打自招？”

“不关她的事。”江百果斩钉截铁，甚至，在对张什说了一遍后，又对孟浣溪说了一遍，“不关你的事。”

江百果不是大人大量，是就事论事。仅凭孟浣溪和无误沙龙的死对头，这么大的排场，他们还真搞不出来。要知道，即便是群众演员，也分三六九等，外头那一个个以假乱真的，他们还真请不动。

更何况，除了伺机而动的媒体，玻璃窗都给他们砸了，聚众闹事是没跑了的，此时却迟迟没个警方的影子，这里头怎会没人上上下下地打点？

加之，池仁的致电。

他池仁再好，再不可多得，再爱她，也没有未卜先知的本事，那么，幕后主使不是曲振文，还能是谁？

总之，曲振文知道了。

一旁，张什还是和孟浣溪翻了脸：“为什么？”

“什么为什么？我行得端做得正，走到哪里都敢说一句，我从来没有对不起你。可你呢？”

“是，你没有，我有，我张什无数次对不起你！”张什也顾不上家丑外扬了，“我有过二心，又逼死了我们的孩子，甚至连你爸的一蹶不振，也要怪我不作为。可我也无数次想将功补过，想挽回你，想和你重新开始！”

不仅仅是孟浣溪，包括江百果，所有人屏气凝神。

“不想了，可今天我不想了！”张什笑得比哭还难看，“今天我就破罐子破摔，再对不起你一次好了。孟浣溪，我们玩儿完了！”

就在这时，势必是有什么人一声令下，无误沙龙的大门像一层窗户纸似的被捅破了，有组织的人群如潮水般涌入。

混乱中，有媒体的话筒指向江百果，而就在江百果要行使她的发言权时，那话筒却发挥了它最原始的用途，被当作棍棒似的，将她狠狠打倒在地……

三个月后。

四川凉山彝族自治州。

这个叫作马依村的定点帮扶村和县城之间仅相距十一公里，但路是山路，每转一个弯，都要迂回着进进退退，池仁和江百果驾驶着一辆半新不旧的越野车，上来的时候，花了一个半小时，下去恐怕要更久。

这是他们来到四川的第二个星期了，也是他们第三次进出马依村。这一次，除了带上来一车的物资，江百果还给全村几十个孩子剪了头发。到最后，池仁看得出她的腿要站不住了，手也僵了，可她说什么也要剪完最后一个。

而池仁也看得出，即便是真的累坏了，江百果仍兴高采烈。

“你知道吗？我大概有四五年的时间在星期一不碰剪刀了。”江百果说道，“你不要笑，这就像有的人习惯晨练，而有的人喜欢在下午喝咖啡一样，人的身体是有记忆的。”

不巧，那天是星期一。

池仁忍住笑：“所以，你是在为你今天的表现找借口吗？不瞒你说，在我们来之前，我还在跟人家村主任吹捧你即便是在摩登大都市，也是响当当的王牌，结果……”

江百果自己也笑了：“结果，也不瞒你说，一拿上剪刀，我的大脑真的一片空白。”

池仁伸手，摸了摸江百果的后脑勺：“百果，放下你的数字和概率没什么不好。跟着感觉走，也没什么不好。你今天的表现……好极了。”

这三个月，江百果并不好过，之前千辛万苦长上去的几斤肉都掉回去了不说，还啃了些老本，但后脑勺永远是鼓鼓的。池仁每每摸上去，都会笑她像个长不大的孩子，却天资聪颖。

即便她都将满二十六岁了。

两年……眼看到了深秋，他们就相识了十六年，也重逢两年了。

“跟着感觉走？”江百果拉过池仁的手，和他十指交握，“像你吗？你因为跟着感觉走而吃的亏，还嫌不够多吗？”

池仁五指紧紧收拢了一下，便放开了江百果：“专心开车。”

山路险峻，论驾驶，一向心高气傲的江百果在池仁面前也是自叹不如的，但这一次，却是她全程做了司机，而池仁稳坐副驾驶位。毕竟，在三个月前，池仁的右手手掌掌骨基底粉碎性骨折，即便痊愈，复健也是一条漫漫长路……

三个月前。

曲振文后知后觉，可也总算是发觉了江百果有意引进了一套二乙醇胺超标的设备和配方，那时，他说他被吓坏了一点不假。

在此之前，他的身体不可逆转地时好时坏，而宋君鑫和她在美国的社交圈有约，他是打算陪她去的，顺便也死马当活马医地去试试美国的一种新药。却不料，临行前他还是倒下了。

宋君鑫哭着说要留下来陪他，他却命人独独退了他的机票。若问为什么，一来，这么多年了，他还是不忍心看她哭；二来，他也真受够了看她哭……

总之，当宋君鑫如期飞往美国，曲振文在医护人员的陪同下，又避人耳目地悄悄住进了他在北郊的别墅。

超标的二乙醇胺的致癌率高达百分之二十，曲振文在拿到这个数字的十分钟后，就被救护车送进了医院。而在那十分钟里，在那他连气都喘不上来的十分钟里，他先明白了一件事：他以为他接二连三地光顾无误沙龙，主动权在他，他命不久矣，所以才借由江百果，让池仁放他安享晚年。

却不料，主动权又哪里在他？他分明是一条鱼，上了池仁和江百果的钩！

他连晚年都没了，还谈什么安享！

同时，曲振文也有一件事怎么想也想不明白了：他到底做错了什么，池仁一定要置他于死地？他自认为在他和姚曼安之间，分明是姚曼安的一步错，导致了他们的步步错，而相较于姚曼安，反倒是他……待池仁不薄。

可十五年过去了，池仁始终要置他于死地！

曲振文自认为，他真是好人没好报，比窦娥还冤。

就这样，有了后来的鱼死网破。

鼎鼎大名的致鑫集团董事长即将被无误沙龙杀人于无形，他不顾这爆炸性新闻对致鑫集团的打击，也要让无误沙龙和江百果，以及池仁尝尝惹恼他的后果。他知道，他动江百果一根汗毛，大概和割池仁一块肉不相上下。

在对女人这一点上，有时候，曲振文真觉得是有其父必有其子。

被送进医院后，不知道第几次脱离了生命危险的曲振文仍能运筹帷幄。他知道，与其让江百果和无误沙龙受到法律的制裁，远远不如借民众的声讨，让她像过街老鼠似的人人喊打。

他知道，民众最热衷的无非是替天行道，和唯恐天下不乱。

而他是对的。

包抄无误沙龙的人马中，群众演员的数量不足两成，其余八成多，皆是爱国爱民却不分青红皂白的民众。说来有理，却也无稽，多少人抽烟酗酒、暴饮暴食、日夜颠倒的时候，不在乎数不胜数的慢性病，但有人要害我？那可不行！

手持话筒，将江百果狠狠打倒在地的媒体，自然是假的。他和那一票指认江百果，以及一声令下攻占无误沙龙的小头目们无异，都是受曲振文之命煽风点火，总之，是万万不能放江百果全身而退的。

后来，当江百果倒地不起，他们也就往后撤了撤。

毕竟，无误沙龙的顾客纷纷闻讯而至，此情此景下，把脚气和痔疮通通算在了江百果的头上。江百果抱着头，不知道有多少双脚踩了她，却知道池仁马上就会来到她的身边了。

在愈演愈烈的谩骂中，江百果没听到池仁的一字半句。他甚至连她的名字都没喊上一声，不像其他人，被冲得四散，张什还在喊她的名字，孟浣溪也还在喊张什的名字。

她只听到无论来者何人，池仁都一拳拳挥上去，越来越多的人闷哼着、尖叫着、谩骂着倒下去，而他距离她越来越近，越来越近。

曲振文的人一看这情况，想着求人不如求己，再这么看热闹，怕是没法子向金主交差了，不得不又披挂上阵。那是一根甩棍，他有备而来，目标是江百果的右手，谁让金主说了，她是靠手吃饭的。

而池仁终于来到了江百果的身边。她那么小，蜷缩成一团，没哭没闹，知道护住头的重要性，也知道他一定会来救她。而他一不小心被那群人以多欺少，落了下风，很难再绝地反击。

他倒下去，却弓着身子护住了她。

她睁开眼，一转头，和他四目相对，不知道这算不算她这辈子最难的时候，但眼泪一下子就在眼眶里打了转。

“别哭。”池仁说着，余光中却只见一道银光冲着江百果而来。他本能地做了些什么，却又说不清、道不明他到底做了些什么，反正，江百果安然无恙，而他的右手手掌传来了一阵剧痛……

MISS.JIANDAO

第40章

剪刀小姐

一个月前，也就是池仁右手掌骨基底粉碎性骨折的两个月后，曲振文还活着。

大多数时候，曲振文一睡就是大半天，体温有时居高不下，也有时才三十五度上下，怎么焐都焐不热，但总归，人是还活着。甚至，他一旦醒过来，脑筋就好端端的，仍不容小觑，以至于无误沙龙草菅人命虽纯属莫须有，却仍托他的福，泥足深陷了整整两个月的时间。

而此事若要从头说起，那就要从杨智郴被迫离开致鑫集团，导致池仁走投无路，不得不投机取巧，要让曲振文杀人偿命说起了。

对此，江百果在第一时间投了反对票，且在和曲振文有了面对面的交锋后，也并没有一丝一毫的动摇。

一个人挺了这么多年，江百果曾多亏了她的理智，更曾引以为傲，却也曾在理智和冷血被混为一谈时，心存怀疑，但这一次，她知道她是对的。关于这世界上的污浊，能惹就惹，不遗余力是对的，但大不了，惹不起总还能躲得起，总不能惹不起就满地打滚，弄脏了自己。

这小儿科的道理，换了别人不懂，江百果怕是讲都懒得讲。

但那是池仁，他不懂，她总不能袖手旁观。

所以才有了她和他的不分你我。

所以，你要知法犯法，我绝不答应。

由池仁出资、江百果出面和孟叔各取所需，是真的付诸了行动。几纸文书，代表无误沙龙将来无论好坏，是福是祸，都会算在池仁的头上，也是真的签字画了押。而更真的，是江百果连眼睛都不带眨的，就让池仁真金白银的资金打了水漂。

秘密销毁那一套设备和配方，可不像扔个垃圾似的，那几乎花了江百果的毕生积蓄。

可江百果觉得值。

自始至终，她不在乎钱，甚至不在乎报复曲振文，她觉得假如池仁的“放手”是钱可以买到的，那就太便宜她了。

曲振文将陈年旧事和盘托出，是江百果的意外收获。

而无论他多问心无愧，又或者说多厚颜无耻，江百果对他的定义，并没有一丝一毫的动摇。相反，她更知道她是对的，曲振文岂止是这世界上的污浊，根本是泥潭，虽然敬而远之未必光彩，但也好过和他同归于尽。

至于孟浣溪也来掺了一脚，和曲振文过早的顿悟，是江百果始料未及的。但事已至此，她不怕孟浣溪的不可理喻，也不怕曲振文的大开杀戒，怕只怕到头来，还是帮不到池仁，怕只怕池仁该放下的，还是放不下。

至于曲振文在顿悟后被吓坏了，是江百果的第二个意外收获。父亲的死不瞑目，她不能不算在曲振文头上，那么，池仁想有仇必报，她又何尝不想。

如此一来，她既没知法犯法，也没动刀动枪，曲振文却终恶有恶报，倒也真令人感慨。

一切都在向好的方向发展，除了……池仁被送进了手术室。

整整两个月，曲振文走不出他的豪华病房，同样的，池仁除了右手掌骨基底粉碎性骨折，从头到脚的伤势也让他不得不以医院为家。而曲振文在得知在那场混乱中，受伤的并非江百果，而是池仁后，毫不犹豫地将无误沙龙告上了法庭，继而，也就得知了他状告无误沙龙，便等于状告池仁。

为此，曲振文又一次气坏了。

他说他从未想伤害池仁，这是真的。

可三十年来，他在最大程度上伤害了池仁，这也是真的。

两个月，江百果在池仁的一句“别哭”后，真的一滴眼泪也没掉。她和赵大允代表池仁，和曲振文的人一次次对簿公堂，是被告，也是原告，要将曲振文以故意伤害罪论罪。

而尽管无误沙龙清者自清，曲振文的势力，也使得无误沙龙因为人言可畏，再也没有了立足之地。这和江百果计划中的既一样，又不一样。她是打算结束无误沙龙的，却没想到当初由她亲手挂上去的招牌不能由她亲手摘下来，而是被人砸了个粉碎。

甚至，她是打算三百六十行，换一行做的，却没想到，两个月后，在法律还了无误沙龙公道，同时，那一根甩棍的持有者等人，因故意伤害罪被判处了一年至八年不等的有期徒刑后，池仁请她帮他剪剪头发，她拿起剪刀，大脑一片空白。

病房的卫生间里。

池仁坐在镜子前，用左手抓了抓头皮，催促道：“我这辈子还没这么邋遢过，快。”

江百果将手指插入池仁的头发，剪刀都劈了叉，又停在最后关头：“我还是叫老张来吧。”

她转身要走，却被他一把拉住：“百果，你到底怎么了？”

这句话，池仁憋了两个月，一直觉得能不问就不问，觉得真把式总好过嘴把式，可到头来，无论他做什么，也改变不了江百果的郁郁寡欢。他的伤势没什么大碍了，无误沙龙的官司也赢了，关于她秘密销毁了设备和配方一事，他不怪她，他当然不怪她，相反他谢天谢地，可她还是一天天瘦了下去。

“什么怎么了？”江百果又要蒙混过关。

池仁站直身，不由分说地拉江百果入怀：“明明我是病人，还总要我哄你？嗯？”

“当心你的手。”

“都好了。”

“伸不直，握不拢，这叫都好了？”江百果不算激动，这阵子，她总是这样喜怒不形于色。

“你担心什么？”池仁换右臂紧紧揽住江百果，一转身，将她禁锢在自己和洗手池之间，说时迟那时快，左手覆在了她的胸前，笑得有些坏，“右手不行，不是还有左手？我不会委屈你的。”

说着，他还用力捏了捏。

他要激怒她，她也终于没让他失望，一把推开他，蹲在了地上。“别说了……”她将脸孔埋进他垂在身旁的右手手掌，“除非是骂我，否则，什么都别说了。”

“哎，我为什么要骂你？”

江百果没有说话，因为那话说出来，他也不懂。

——我把一切都搞砸了，是我的自负害了你，就算是曲振文，也只剥夺了你十五年的人生，而我却害你在未来的五十年“失去”不可或缺的右手。我曾自以为我的理智天衣无缝，到头来却是下下策。

他不懂她有多难过，或许永远也不会懂。

“我们出去走走吧。”池仁话锋一转。

“外面在下雨。”江百果又要钻回自己的壳。

“我是说，我们到远一点的地方去走走。”

池仁当然知道江百果在因为他的右手而自责，反倒是她，无论他说多少遍，也不知道他有多感激她。在他和曲振文之间，势必永远不会有圆满的句号，而相较于无所作为和杀人偿命，如今曲振文的苟延残喘，和他区区一只右手，大概是最好的结局了。

分明是她不懂，他有多感激她的理智。

当然，还有她的爱。

那就只好交给时间了。

在进驻四川之前，池仁和江百果还去了云南和贵州，同样，是去了一些贫穷落后的村落。因为江百果说，一定有比童年的她和池仁更不幸的孩子，而这虽是她一时兴起，他们却当真一步步走了下来。

但在来到四川凉山彝族自治州的马依村之前，江百果仍没有动过她的剪刀，一次都没有。

直到第三次来到马依村。

在那里，孩子们因为上学的路途遥远，在每个星期一的上午，都闹哄哄地在村子里的空地上追跑打闹。他们并不知道知识的力量，也就并不为不能接受教育而感到遗憾。他们齐刷刷地包围了江百果："阿姨，给我们剪个帅气的发型吧。"

发型。

江百果知道，这一定是池仁教他们的。否则，这些一年都洗不上一次澡的小鬼头们，又哪里知道什么叫发型。

江百果没有拒绝，一来，是不忍拒绝；二来，这些没走过南、闯过北的小鬼头们，大概是最好打发的顾客了吧，即便她剪得像狗啃的，也大可以骗他们说这是今年的流行风潮吧。

就这样，江百果从她的壳里小心翼翼地钻了出来。

接下来也就有了池仁和她在从马依村回县城途中的对话。

这一个月来，他们都黑瘦了些。池仁将他一点都不实用的白色衬衫一件件压在箱底，穿了一件迷彩的T恤，而耐脏是它最大的好处。而江百果穿的是之前在云南，他们偶遇的一队志愿者送给她的一件统一的文化衫，扎眼的橙色虽更显得她又黑又瘦，她却爱不释手。

鉴于江百果重拾了剪刀，坐在副驾驶位上的池仁摸了摸她的后脑勺："百果，放下你的数字和概率没什么不好。跟着感觉走，也没什么不好。你今天的表现……好极了。"

而江百果拉过池仁的手，和他十指交握："跟着感觉走？像你吗？你因为跟着感觉走而吃的亏，还嫌不够多吗？"

至今，他们有时仍水火不容，一个理智，一个感情用事，却又水乳交融，就像他感激她的理智，她一样感激他的感情用事。若不是他就那么不管不顾地救了她，若是换了她的右手有半点差池，她倒还好说，他怕是会尚未为姚曼安和自己报仇，又要开始为她报仇了。

那真是万劫不复。

池仁才松开江百果的手，告诫她要好好开车，他自己的右手却又在裤兜里蠢蠢欲动。“江百果。”他说道。

“嗯？”山路险峻，夜色渐浓，江百果不敢偏头。

“你知道的，我这个人一向说到做到。”

“所以？”

“我答应过你，你重新拿起剪刀，我会奖励你。”池仁从裤兜里掏出右手，吃力地握着拳。

江百果一脚刹车急急地踩下去，害池仁被晃了个七荤八素，皱了皱眉。但紧接着，他面带微笑，将右手伸到了江百果面前。

他握着的，是江百果亲自挑选的那一枚戒指。

光面的铂金戒指，镶嵌祖母绿型切割主钻，0.7克拉，平凡而夺目。

他用拇指和食指捏着戒指，颤巍巍地举着：“手给我。”

江百果的全副注意力都集中在池仁的右手上，像被施了魔法般将自己的手交给了他。她知道，这昔日不值一提的动作，池仁如今做起来，有多么的难。他的右手恢复得并不尽如人意，医生建议他要慢慢练习用左手吃饭和握笔。

可到底，他用他的右手，为她戴上了戒指。

“啊！”池仁低呼一声，“我好像忘了问你答不答应。”

江百果的手在长途跋涉中又皴裂了，指甲里还蓄着今天的新泥，和那璀璨的戒指驴唇不对马嘴。可她左看右看，就是移不开目光，直到热泪盈眶：“跟着感觉走的话，就答应你好了。”

这时，池仁手机作响。

“奇怪，这条路上不是一直没信号吗？”江百果咕哝归咕哝，仍对着自己的无名指看了又看。

池仁已渐渐习惯用左手掏出手机。

赵大允来电。

他试着接通电话，信号竟出奇的稳定，显得赵大允字正腔圆：“池先生，他快不行了，也就是这两天的事儿了。”

这个“他”，指的是曲振文无疑。

“终于。”池仁左思右想，单单说了这两个字，至于其中的意味，怕是连他自己也说不清道不明。

“他的律师说，他要见您。”赵大允一如既往地尽忠职守，“据说他的原话是，话一定要给您带到，至于是见还是不见，听您的，他不勉强。”

池仁和江百果没有赶当天最晚的一班航班，甚至连转天也没有赶时间，吃过午饭后，搭乘了下午的航班。回京，是江百果拿的主意，或者说，是她帮池仁拿的主意，而她甚至没有提曲振文，只说想家了。

想家。

虽说有对方在的地方就是家，但总要有个落脚的地方，否则，在分开的那十四年里，他们怕是早就各奔东西了。

飞机晚点，过了半小时，还纹丝不动。池仁和江百果坐在经济舱里，瘦小的江百果优哉游哉，人高马大的池仁却处处碰壁，又或许，是心里闷得慌罢了。到底，他还是要捅破那一层窗户纸：“百果，依你看，我这趟去见他……利占多少，弊又占多少？”

“我们不如换个说法……”江百果早就有了答案，“你去见他，后悔的可能性是百分之一到百分之九十九，不去见，却是百分之百。”

池仁一声叹息：“真有你的。”

飞机晚点了四十分钟，起飞后没多久，江百果晕机，将午餐都吐了出来，靠在池仁的肩头一路昏昏沉沉。

北京首都国际机场，赵大允来接机。

说来，池仁和江百果无数次出入这里，或是经过这里，却有时形同陌路，有时反目成仇，甚至有时，即便情投意合，也不能手牵着手，但这一次，他们终于可以像一对再平常不过的恋人。

平常，这两个字令多少人不甘寂寞，却又令多少人为之奋斗。

在回家的途中，江百果缓上口气来，请赵大允半路停了车，说要打包一份酸辣粉。池仁说打包就不好吃了，坚持要陪江百果坐下来吃完再走。总之，他有他最后的执拗，绝不会为了去见曲振文，而有半点的行色匆匆。

江百果依了池仁，却坚持要赵大允和他们共进晚餐。

赵大允不敢造次，连连推托，江百果却坚持到底。关于赵大允舍己救她一事，既然池仁和赵大允都守口如瓶，她也就没有点破。感恩二字，相较于上下嘴皮子一碰，他们这群人大概都更喜欢用余生去报答。在这一点上，赵大允对池仁是，池仁对江百果是，江百果对赵大允，势必也是。

而所谓的回家，不过是回了江百果的公寓。

先前一阵子，池仁和江百果还打算着等这公寓的租期一到，看看哪里可以真的扎下根来，却不料，这一阵子无论是大刀阔斧地行善还是作恶，都令二人渐渐囊中羞涩，连飞机都坐了经济舱，置房一事也就不得不暂缓了。

回到家，江百果先进了门，将池仁堵在门口，就说了两个字："去吧。"

"你总得让我喘口气吧。"池仁要挤进来。

但江百果严防死守："室外的氧气更充足。"

池仁到底是挤了进来："明早。我把我决定不了的事情交给老天，只要他能活到明早，我就去见他。"

翌日，八月二十九日。

曲振文在早上四点左右撒手人寰。四点，这终究是比池仁所谓的"明早"更早了一点，也就是说，假如池仁真将他决定不了的事情交给老天，那么，老天的决定恐怕是多一事不如少一事。

好在，在半夜一点左右，池仁又将决定权拿了回来。

身高将近一米八的曲振文，体重已不足一百斤，说是皮包骨一点也不为过，四肢上扎针留下来的瘀青已不能用连成片来形容，而是一层覆盖着一层，不要说大小便了，连呼吸都要借助机器。一开始，他还能用纸笔勉强写写画画，甚至用线条大发雷霆，如今，却只能用眨眼来表达是，或不是，而哪怕是影帝，恐怕也做不到只用两片松弛的眼皮来颐指气使。

池仁站在曲振文的床边，仍觉得钱这东西真的很不公平。

假如没有钱，或许他早就死了。

而假如没有钱，或许他也不会吃这么多的苦头。

没有第三个人在场，曲振文又不声不响，池仁不知所措，从床边走到沙发边，坐下，站起，又走回到床边，清了清嗓子。

曲振文毫无反应。

“我……”池仁硬着头皮开口，“快要做爸爸了。”

尽管连江百果都还没有捕风捉影，但池仁知道，江百果晕机和想吃酸辣粉不是偶然，他知道，他快要做爸爸了，绝不会错。

曲振文仍毫无反应。

也因此，池仁在曲振文的床边肆无忌惮地坐了下来：“我想我会是一个好爸爸的。大家都说什么样的父母就会教养出什么样的孩子，血浓于水和耳濡目染会占到一半以上的比重，但我会以你为前车之鉴，我不会像你一样，我会是一个……称职的父亲。”

至此，连医护人员都没抱希望了，曲振文却的的确确地睁开了眼睛。

“还舍不得吗？”池仁从曲振文的眼睛里不难看出，对于这个世界，他仍恋恋不舍，或心有不甘。

曲振文不能言语。

“说不出话来吗？”池仁明知故问。

曲振文呼吸急促。

池仁探身，拍了拍曲振文的肩：“那就听我说吧。”

曲振文一看开，呼吸倒也渐渐平复了下来。

池仁重新坐好：“说真的，我从小就对你的口才佩服得五体投地。那时候，你每次回家前，我妈她都会把她想说的话一遍遍练习，直到滚瓜烂熟，可等你一回家，她就会被你牵着鼻子走，除了微笑，除了让步，除了坚守最后一道防线，什么话都说不出来了。长大后我也是，在每次见到你之前，我都立场坚定，可一见到你，一给你高谈阔论的机会，我有时候真的也会怀疑，是不是我错怪了你。”

曲振文的眼睛里闪过一丝丝光彩。

池仁却轻笑道："可是没有，我没有错怪你。都这个时候了，我们也不谈是非黑白了好不好？毕竟谈了一辈子，我们谁都没能说服谁。今天我就说一句话，爸，我……真的觉得很冤。"

池仁眼眶倏地泛了红："这辈子做你的儿子，我真的觉得很冤。那么，你就把我对你这十几年来的紧咬不放，当作是我和你的私人恩怨好了，无关我妈，也无关那个女人，是我，是我自己觉得委屈，咽不下这口气。"

到底，池仁哭了出来。

从十六岁起，甚至是从蹒跚学步起的那满腔的委屈，倾巢而出。他也不过就是个孩子，当别人家的孩子看到爸妈红个脸就号啕大哭时，他看到的，却是曲振文和姚曼安自以为是的私欲。继而，当别人家的孩子一号啕大哭，爸妈便一左一右地围上去时，他用他弱小的身躯挡不住的，却是被他称为爸妈的那对男女你死我活的争执。

这时，曲振文双唇颤巍巍的，还真要说些什么。

池仁弯下腰，凑上前去，分辨出他的嗫嚅不过两个字：爷爷。

他听到了，即便那时他神志不清，他也一清二楚地听到了池仁的开场白。

池仁快要做爸爸了，那么，也就代表着他快要抱孙子了。

池仁哭到一半，又顿觉好笑。这个来到了死亡边缘的男人，终究仍对他满腔的委屈置若罔闻。或许，曲振文对他有着人之将死时的情意，否则，又何苦叫他来，可相较于自己的利益，包括爱情和金钱，包括自由，甚至包括曲振文仍待定中的孙子，他池仁……始终微不足道。

池仁用右手抹了抹眼睛："爷爷？不，毕竟连我是不是错叫了你十六年的爸，都还是个未知数。"

曲振文不得不默认。

"带着这个未知数，真的不会死不瞑目吗？"

"什么？你问我答案？不，我也不知道。"

"等你死后，我才会去找答案。到时候，等我闲下来，又心血来潮的时候，我会去看看你，告诉你一声。至于你听不听得到，那就是另一个未知数了。”

接着，像是这些话几经酝酿：“再有，我恐怕……也还欠你一个道歉。对你动过杀心，是我的不对。假如没有真心待我的人为我冲上去，把我拉回来，我不知道我是不是真的会酿成大错。不值得，你不值得我牺牲我做个好人的底线。”

池仁站直身，说不上来难不难过，四肢百骸的无力，不排除有脱胎换骨的可能：“那……就这样吧。”

曲振文瞪目，呜咽，扭动，几乎让人难以察觉，却是他对池仁最大程度的挽留了。

“不坐了。”池仁也算好言好语地谢绝，“怎么也要留点时间给你们，万一……她能赶回来呢？”

这个她，是指宋君鑫。

池仁知道，宋君鑫在半个月前去了南极探险。说来真是既可悲，又可笑，曲振文躺在这里忽冷忽热，一阵风都能让他一命呜呼，宋君鑫却说机会难得，说去南极探险是她去年许下的生日愿望，说她知道他一定会等她回来。

池仁离开病房，没有再回头。

四点的整点报时刚刚响起，曲振文的心腹和医护人员开始频频出入他的豪华病房。

这一次，他们没能再留他一命。

这时，池仁才疾步穿过冰冷而深邃的走廊，迈进了电梯。终究，他还是送了曲振文最后一程，隔着一道他们永远隔着的墙，谁也没有道一句再见，走完这最后一程，再也不见。

而就在电梯门关闭的过程中，池仁看到一抹艳丽的身影晃过，大抵是从隔壁电梯下来的，奔向曲振文病房的方向。池仁真的有好些时候没见过宋君鑫了，有时候他甚至怀疑，即便是面对面地看到了她，他也未必认得出她。但此时此刻，他知道那是宋君鑫无疑。

电梯门六亲不认地关闭了，池仁哭笑不得。

无论他多么不想承认，事实都摆在眼前——他十几年来不遗余力的报复，或许根本比不上宋君鑫这几分钟的姗姗来迟。

同样的，无论曲振文多么不想承认，事实也摆在眼前——他对宋君鑫一辈子的爱和讨好，甚至没能换来她见他最后一面。

那么，就在刚刚的弥留之际，他想必也是被绝望所包围吧。

回首这执着的几十年，他会不会也有竹篮打水一场空的觉悟？

他想必是被那“不值”的绝望扼杀了最后一丝丝的生机吧。

不过，哪怕什么都没有，池仁也无所谓了。

走出医院，天还黑着，池仁却一眼看到了江百果。那小小的人儿，蜷着腿坐在医院门口的花坛边上，既不焦躁，也不无聊，就在那儿安安静静地等着他。他却猴急起来，三步并作两步，平地还被绊了个趔趄。她站直身，捂着嘴笑他。他一把将她抱住，又哭了起来。

“没事，没事了，都过去了。”她轻拍着他的背，没有一句花言巧语。

三天后。

曲振文的追悼会也算是商界一件轰轰烈烈的要闻，但某人的缺席，却令闲杂人等津津乐道，以至于连悲恸的氛围都渐渐不伦不类。而这个人，当然不是阿猫阿狗般的池仁，而是曲振文的比翼鸟和连理枝——宋君鑫。

据说，对于曲振文的撒手人寰，宋君鑫是真的悲痛欲绝，然而，她却有比出席追悼会更重要的事要做。

致鑫集团和曲振文的全部财产通通落入了池仁的口袋，这让宋君鑫怎么受得了？

可曲振文的代表律师说了，在曲振文的遗嘱上就是这么一清二楚地写着，只要宋君鑫送他最后一程，那些就都是她的。

只要她能情深义重地送他最后一程，让他最后看一看她的如花笑颜，那些就都是她的。

然而，就这么一个毫不过分，甚至卑微的请求，她却没能做到，就差那令人扼腕的两三分钟。

又据说，宋君鑫砸了家里所有不值钱的东西，毕竟值钱的，她还得给自己留着。这十几年来，她自认为连曲振文都是她的囊中之物，又哪里顾得上往自己的名下多敛一敛财物，而偶尔的那些蝇头小利，又哪里够她往后养尊处优的生活？总之，她真真是机关算尽，却在最后阴沟里翻了船。

能砸的都砸了，宋君鑫一转念，当即找了律师。

她认为她有足够的理由，怀疑池仁伪造了曲振文的遗嘱。

相较于出席曲振文的追悼会，这场官司，才是她非打不可的。

医院妇产科。

好消息是江百果真的怀有身孕，而坏消息是，孩子能不能保住还有待观察。池仁发了飙，又落入俗套地叫嚣着找最好的医生来，他说："我有的是钱！"

江百果赔笑着将他拉到一边后，狠狠戳了一下他的脑门："真有你的，从感情用事发展到蛮不讲理了是不是？恶化得够快的。还有的是钱？那是你的钱吗？那不是曲振文的钱吗？"

池仁哑口无言。

关于致鑫集团和曲振文的财产，池仁是有打算的。既然曲振文到头来还是将他视为彻头彻尾的替补，这嗟来之食，他是万万不吃的，却也更不可能便宜了宋君鑫。她要告，就让她告好了，而或许，这就叫造化弄人，昔日，是姚曼安的遗嘱真假难辨，如今，又换了曲振文的。

为了不殃及池鱼，池仁打算在两年内才让致鑫集团渐渐退出舞台，直到不复存在，股份和财产的变卖后会通通用于慈善事业。

池仁并不把这叫作慷慨。

还是那句话，这一次，他希望他和江百果能为自己而活。

等结束了这一切，他们才好为自己而活。

却不料那混账医生说，他们的孩子未必保得住……

打一巴掌揉三揉，江百果投入池仁的怀抱："放心，我知道我行。"

他们总是这样，江百果长篇大论也好，沉默寡言也罢，还有这越来越偷懒似的，越来越没有含金量的大白话，却总是能对池仁对症下药。他虽还是悲观，还是疼她，还是怕得要死要活，却不得不信她。一声叹息后，他手臂都抬了起来，要抱抱她，却又当她是泥捏的、水做的、气吹的，小心翼翼到碰都不敢碰，无奈之下又收回了手。

“多少？”他问她。

她不假思索：“百分之百，我今天就把话撂这儿了，我一定行。”

“唉——”他又是一声叹息，“好想抱抱你。”

“抱，使劲抱！”她埋在他胸口笑，“抱完了，就百分之两百。”

可池仁又哪里敢使劲，尽管还是轻手轻脚，好歹是拥抱了江百果，而无论第几次这样拥抱她，每一次他都如获至宝。百分之二百，这数字他再满意不过，她的理智有目共睹，而感性的一面，仅限于他，或许连她自己都毫无察觉。百分之两百？听听，这像什么话？那感性的他，倒也不妨学着她用数字说话，这一次他知道，无论前路是坦途，还是又一千难万险之旅，百分之百，这是他和她注定的结局。

（全文完）